Gilbert Sinoué

La fille
du Nil

Denoël

Gilbert Sinoué est né le 18 février 1947 au Caire. Après des études chez les jésuites, il entre à l'École normale de musique à Paris et étudie la guitare classique, instrument qu'il enseignera par la suite.

Parallèlement à sa carrière de romancier, Gilbert Sinoué est aussi scénariste et dialoguiste.

Ne décrète pas que les étoiles sont mortes, parce que le ciel est brouillé.

Proverbe arabe.

Il est parfois donné aux hommes qui avancent en âge de pressentir la houle bien avant que le vent ne se lève. Aussi souvenez-vous de ce que je vous dis aujourd'hui, que cela reste gravé dans votre mémoire : si un jour la France et l'Égypte devaient creuser le lit du canal de Suez, c'est l'Angleterre qui s'y couchera.

Mohammed Ali pacha.

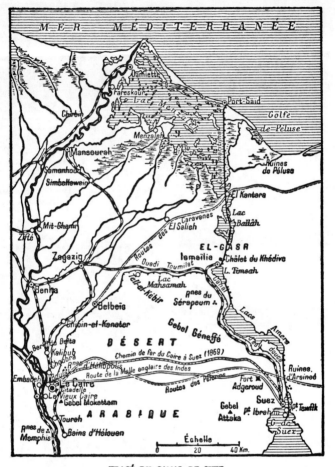

TRACÉ DU CANAL DE SUEZ

CHAPITRE 1

L'Égypte, Guizeh, décembre 1827

Trois lieues à peine séparaient le domaine de Sabah du Caire. Le Nil n'était pas loin. Pourtant, ici, au pied de ce plateau de Guizeh, on se serait cru déjà en plein cœur du désert. La présence écrasante des pyramides, la proximité des nécropoles endormies, renforçaient cette impression de solitude.

Ce n'est qu'au printemps que Sabah se dépouillait véritablement de son isolement. Dans un jaillissement de couleurs, les lauriers-roses, les massifs d'azalées et de camélias, les bosquets de citronniers et d'orangers, les hibiscus, se dressaient alors dans un orgueil superbe, et personnifiaient des mois durant le triomphe de la vie sur la mort. Un combat vieux comme l'Égypte.

En cet instant, la lumière bleuissante du couchant descendait lentement sur le domaine.

– Maman...

Schéhérazade tressaillit, comme au sortir d'un songe.

– Que désires-tu, mon fils ?

– J'aimerais que tu te joignes à nous. Juste quelques instants. Cela ferait plaisir à Linant.

13

– Linant. Tu veux parler de M. de Bellefonds ?
– Oui.
– Il est donc de retour ?
– Il est rentré de France. Sa première visite est pour nous. Tu veux bien lui souhaiter la bienvenue ?
– Le contremaître m'attend, et...
– Mère. S'il te plaît. Linant n'est pas un étranger et tu l'as toujours apprécié.

Elle posa un dernier regard sur l'entrée de Sabah. Soudain monta le bruit d'un galop. Elle se figea. Le galop crût. Des volutes de sable s'élevèrent vers le ciel. L'horizon tout entier se mit à gronder. Elle s'agrippa au bras de Joseph, l'âme vacillante, le trait transfiguré. Ses lèvres murmurèrent quelques mots en silence. On aurait dit qu'elle priait.

Le cavalier dépassa l'entrée du domaine. Sa silhouette noire, un temps aperçue, mourut sur la route poudreuse du Caire. Alors Joseph prit doucement sa mère par le bras et l'entraîna jusqu'à la salle de réception.

Linant de Bellefonds quitta le divan et vint à leur rencontre. Il était plutôt grand, mince, la lèvre supérieure ombrée d'une moustache naissante. Il avait vingt-huit ans, le même âge que Joseph. Il s'inclina devant Schéhérazade, effleurant respectueusement la main qu'elle lui tendait.

– Madame Mandrino. Mes hommages.
– Bonjour, Linant.

Elle l'invita à se rasseoir.

La fontaine érigée au centre de la pièce ruisselait doucement sous les lambris. Tout autour, Joseph avait fait allumer les lampes de verre, en prévision de la montée du soir. Cette pièce était certainement la plus belle du grand domaine familial. C'était aussi la plus chargée en souvenirs.

– Ainsi vous revoilà parmi nous...

— Oui, madame. Et pour longtemps cette fois.

Joseph précisa :

— Notre ami vient d'entrer officiellement au service du vice-roi. Il a été nommé ingénieur en chef, chargé des projets d'irrigation.

Schéhérazade glissa distraitement ses doigts le long de sa chevelure noire qui flottait sur ses épaules.

— Mabrouk, félicitations, Linant. L'Égypte a besoin d'hommes comme vous.

— Je vous remercie, madame.

— Quand je pense que je vais devoir travailler sous tes ordres !

— Eh oui, Joseph, je sais. J'imagine que ton orgueil va en souffrir. Mais dis-toi que tu ne seras pas le seul dans ce cas. Je connais nombre de gens que ma nomination a dû irriter. Pour ces messieurs sortis des grandes écoles, je reste ce que j'ai toujours été : un autodidacte.

— Si je comprends bien, tu comptes sur mon savoir et mes diplômes pour défendre tes thèses ?

Joseph avait accompagné sa question d'un coup d'œil volontairement oblique, presque inquisiteur. L'effet produit sur son ami fut instantané.

— Comment ? mais ne sont-elles pas aussi les tiennes ?

Joseph partit d'un rire franc.

— Bien évidemment, Linant. Sinon crois-tu que nous serions aussi liés toi et moi ?

Il prit sa mère à témoin :

— Linant est certainement l'être le plus angoissé que je connaisse.

— Pourtant, fit Schéhérazade, si j'en crois mon fils et le vice-roi, vous possédez de grandes qualités et bien plus d'expérience que de nombreux vieillards. Alors, ignorez donc les critiques. Pensez à vous.

Elle s'inquiéta tout à coup.

– Joseph, tu n'as rien offert à ton hôte ?

Elle frappa dans ses mains.

– Khadija !

Avant que la servante n'arrivât, elle s'enquit :

– Qu'est-ce qui vous ferait plaisir ?

– Je ne sais, madame... Je dois vous avouer que je ne me suis pas très bien remis de ma dernière traversée. Il faut croire que la mer me réussit de moins en moins.

Joseph eut un rire moqueur.

– Quelle honte ! Le fils d'un officier de la Royale, un ex-aspirant, habitué des voyages au long cours, devrait se garder de faire ce genre de confidence !

– Si vous êtes un peu barbouillé, proposa Schéhérazade, une infusion de helba vous fera le plus grand bien.

– De helba ?

– Ce sont des grains extraits d'une plante assez répandue ici. Je crois qu'en Occident vous appelez cela le fenugrec.

– Dans ce cas...

Elle ordonna à la servante qui venait d'apparaître sur le seuil :

– Khadija, prépare une tasse de helba pour monsieur.

– Et pour moi, demanda Joseph, un café je te prie, mazbout. Moyennement sucré.

Il reprit à l'intention de son ami.

– Si je comprends bien, tu as fait tes adieux à la marine ?

– Depuis l'âge de dix ans je n'ai cessé de voyager au côté de mon père. Terre-Neuve, le Canada... La page est définitivement tournée. Je ne veux plus me consacrer qu'à nos travaux et à l'étude de l'Égypte.

Schéhérazade fit observer doucement :

– De toute façon, ce n'est pas sur un navire égyptien que vous risqueriez de reprendre la mer. Notre pays n'a plus de marine.

Linant évita de commenter.

Elle questionna :

– Vous avez, je pense, entendu parler de Navarin ?

Comme il adoptait une expression gênée, elle insista :

– Parlez, Linant, répondez-moi.

– Navarin... Bien sûr. C'était il y a à peine trois mois. Il s'agit de ce port grec sur la mer Ionienne, théâtre de cette absurde bataille navale qui a opposé la flotte égyptienne aux puissances occidentales. Pour moi, ce fut une ignoble affaire. L'Égypte y a perdu sa flotte, et...

– Et moi, deux êtres chers. Deux êtres auxquels je tenais comme on tient à sa propre vie. L'un d'entre eux était mon ami, il s'appelait Karim ibn Soleïman, et j'avais pour lui l'amour que j'éprouve pour mes enfants. L'autre était mon époux, Ricardo Mandrino.

Le jeune homme ne fit aucun commentaire. Il savait par Joseph tous les détails du drame.

– Mama... c'est le passé. Il faut oublier.

– Mon fils, oublier les êtres qu'on a aimés, c'est les faire mourir une deuxième fois.

– Ce raisonnement est valable tant que le souvenir des morts n'empêche pas les vivants de vivre.

Une voix agressive l'empêcha de poursuivre.

– Il ne s'agit pas de ton père ! Ce n'est pas lui qui a disparu !

La jeune fille qui venait d'apostropher Joseph, traversa le salon et vint se planter devant lui.

– Oui, reprit-elle, il est facile de parler de ceux qui ne sont pas de votre sang.

Il répliqua avec calme :

– Tu es injuste, Giovanna. J'aimais Ricardo tout autant que toi. C'est lui qui m'a élevé. C'est auprès de lui que j'ai grandi. Lorsque mon père est mort, j'avais moins d'un an.

– Cependant, c'est la mémoire de Ricardo que tu trahis !

Il voulut protester. Mais Schéhérazade l'apaisa d'un geste de la main.

– Prends place, ma fille. Assieds-toi. Quand donc apprendras-tu à réfléchir avant d'assener des phrases aussi stériles que douloureuses.

– Défendre la mémoire de papa serait devenu stérile ?

– Ce qui l'est, c'est de défendre cette mémoire auprès de ceux qui en sont les gardiens. Mais ton frère te pardonne, tu n'as que quinze ans.

Giovanna croisa les bras dans une attitude de défi. Le bleu de ses yeux se fit dur, presque métallique.

– Et toi, mère ?

– Quoi donc ?

– Comment feras-tu pour obtenir le pardon de Ricardo ?

Une brusque pâleur envahit les traits de Schéhérazade. Elle se dressa lentement. La gifle partit, froide.

Interdite, Giovanna porta la main à sa joue. Le souffle coupé, sa bouche s'entrouvrit en quête d'une réplique qui ne venait pas. Joseph lui-même parut déconcentré. C'était la première fois que sa mère portait la main sur l'un d'eux.

– Écoute-moi bien, ma fille, que ces mots entrent dans ton esprit, qu'ils entrent en toi et ne s'effacent jamais : Ton père était ma chair avant d'être la tienne. Il était mon souffle avant que ce souffle ne te donne la vie. Avant que tu ne balbuties son nom, je l'avais crié mille fois. Lorsque pour la première fois tu as posé ta main dans la sienne, c'est la mienne qui t'accueillait. Ricardo Mandrino était mon époux. Dieu m'est témoin que je n'autoriserai jamais personne à porter jugement sur notre histoire. Jamais !

18

Elle marqua une pause avant de conclure :

– Maintenant, place à la bienséance. Tu n'as pas salué M. de Bellefonds.

La main toujours sur sa joue, Giovanna resta silencieuse. Elle scrutait sa mère comme on découvre une étrangère. On sentait que des idées furieuses et bouleversées se bousculaient dans sa tête. Au bord des larmes, elle se rua hors de la pièce.

Presque aussitôt, Joseph abandonna son siège et vint poser sa main sur l'épaule de sa mère.

– Tu l'as dit, mama. Elle n'a que quinze ans. Il ne faut pas lui en vouloir.

– Lui en vouloir ? Mon fils... Peut-on en vouloir à son double ?

Elle posa prestement sa main sur le bras de leur hôte.

– Pardonnez cet incident, je vous prie.

Linant eut une expression un peu gauche.

– Ce n'est rien, madame.

Un temps passa. Elle murmura, absente.

– Cette année, la crue s'est révélée bien médiocre. La récolte sera compromise.

– C'est vrai, confirma Joseph. Voilà six ans au moins que le niveau du Nil n'a été aussi bas. Moins de vingt coudées.

– Mais bientôt vous réussirez à maîtriser les caprices de notre fleuve, n'est-ce pas ?

– Nous l'espérons.

– Sinon, il ne nous restera plus qu'à faire comme les pharaons : prier pour que, là-bas dans sa grotte, le dieu Knoum daigne soulever sa sandale et libérer les flots.

Elle s'interrompit un moment avant d'ajouter :

– Ces problèmes de crue me rappellent que le contremaître m'attend.

Elle se leva d'un seul coup, imitée par Bellefonds.

– À bientôt, Linant. N'oubliez pas que cette maison est la vôtre.

Au moment où elle allait franchir le seuil, elle se retourna vers les deux hommes.

– Faites vite, mes enfants. Le temps presse. L'Égypte a soif, mes cotonniers aussi.

*

Allongée sur son lit, Giovanna n'entendit pas la porte s'ouvrir. Ce fut seulement lorsque Schéhérazade vint s'asseoir auprès d'elle, qu'elle prit conscience de sa présence.

– Tu dormais ?

Giovanna secoua la tête sans répondre.

– Regarde-moi.

Elle demeura de glace.

Schéhérazade l'observa un moment. Dans le clair-obscur qui noyait la pièce, le visage de sa fille se détachait, si proche, si lointain. Si la nature avait doté Joseph d'une beauté pure, voire évanescente, elle avait dessiné Giovanna d'un trait marqué, tenace, par opposition presque viril. À la fois femelle et mâle, lionne et chatte. C'était surtout dans ses yeux que transparaissait cette contradiction : des yeux d'un bleu saphir où la tendresse avoisinait la violence. Tout simplement les yeux de Ricardo Mandrino.

– Je vais partir, annonça Schéhérazade.

Elle ne broncha pas.

– Je vais en Morée [1], retrouver Ricardo.

Alors seulement elle se redressa.

– Retrouver mon père ?

– Mon mari, Giovanna.

1. Nom donné au Péloponnèse après la conquête byzantine en 1205.

20

– Mais... mais tu ne parles pas sérieusement. Nous savons bien qu'il est mort.

– Non.

– Il y a plus de trois mois que nous sommes sans nouvelles. Comment peux-tu imaginer qu'il soit encore en vie ?

– Parce que Dieu existe.

– Je ne comprends pas.

– Dieu est seul à décider, seul à trier les vivants des morts. Il n'a pas pu m'enlever Ricardo car il est un temps pour tout. Pour Ricardo et moi, ce temps n'est pas venu. Je le sais.

– Mais, maman, c'est absurde !

– Aie confiance, je le retrouverai.

– S'il était vivant, il serait parmi nous.

– Je le retrouverai.

– Mais comment feras-tu ? Tu ne vas pas **partir** toute seule à Navarin.

– Quelqu'un m'aidera.

– Le vice-roi ?

– Oui.

– Pourquoi le ferait-il ?

– Parce que lui et moi sommes comme les doigts de la main. Parce que c'est lui qui a envoyé Ricardo là-bas. Il l'a sorti de ma vie, il l'y ramènera.

Giovanna resta silencieuse, dépassée. Schéhérazade reprit :

– Maintenant, je voudrais te parler d'autre chose. Ton frère t'aime, Giovanna. Il t'aime de tout son cœur. Ne lui fais pas la guerre. Je ne voudrais pas partir le cœur serré. Puis-je te confier à lui ?

– Oui.

– Dois-je y croire ?

– Oui. Je te le promets. Quand comptes-tu partir en Morée ?

– Je l'ignore. Mohammed Ali se trouve actuellement à Ras el-Tine, dans son palais d'Alexandrie. Je lui ai demandé audience. Tout dépendra du résultat de l'entrevue. S'il ne tenait qu'à moi, je serais déjà en route.

Giovanna leva un visage troublé vers sa mère.

– Tu es folle, maman.

– Il n'est pire folie que l'abnégation, ma fille. Tu le sauras un jour.

Elle marqua une pause avant d'enchaîner, prenant soin de détacher les mots :

– Comme tu sauras qu'il ne faut juger ni condamner avant de tout connaître des choses. Et l'on ne sait jamais tout.

– Tu veux sans doute parler de ce que j'ai dit tout à l'heure... Ce que tu m'as confié de tes relations avec papa n'est donc pas suffisant pour que je me fasse une opinion ?

– Que t'aurais-je confié de si méprisable, ma fille ?

– Karim...

Schéhérazade rejeta ses cheveux en arrière dans un geste qui lui était familier.

– C'est donc de t'avoir ouvert mon cœur, non celui d'une mère, mais celui d'une femme, qui a fait cette blessure entre nous ?

– Karim...

– Karim est mort ! !

Elle avait crié.

– Il est mort à Navarin. Un cadavre parmi d'autres !

– Tu l'as aimé.

– Oui, je l'ai aimé. Il fut mon obsession. Mais en ce temps, j'étais encore plus jeune que toi aujourd'hui. J'avais quatorze ans !

– C'est à quatorze ans que tu l'as connu, mais votre histoire ne s'est jamais interrompue. C'est toi-même qui me l'as dit. Tu l'as revu quelques jours avant son départ pour Navarin. Papa vous a surpris. Il en a été meurtri, c'est encore toi qui me l'as dit. Aurais-tu oublié ?

– Tu n'as donc rien compris ? Je t'ai confié mon âme et c'est tout ce que tu en as fait ? Il n'y avait plus rien entre Karim et moi. Lorsque ton père est apparu dans ma vie, il a tout emporté. Je n'ai plus respiré qu'à travers lui. Tout ce que j'avais pu éprouver pour cet amour d'enfance a été effacé, broyé par Ricardo. Il ne m'est plus resté pour Karim que la tendresse, l'affection. Une affection immense, mais uniquement cela ! Mon amour n'était que pour Ricardo.

– Tu mens ! !

Schéhérazade resta pétrifiée.

– N'est-ce pas toi qui m'as raconté combien papa avait souffert lorsqu'il avait compris cette nuit-là que tu ne l'avais pas aimé autant que lui t'avait aimée ? N'est-ce pas toi qui m'as expliqué qu'il était parti pour Navarin le cœur brisé ? Que tu avais toujours pris de lui, plus que tu n'avais donné ! Est-ce vrai ou non ?

Comme sa mère demeurait silencieuse, elle insista avec force :

– Réponds !

Il n'y eut pas de réponse. Schéhérazade se leva lentement. Elle referma la porte de la chambre d'un geste brisé.

*

« On avait éteint les torchères, et le silence de la nuit avait repris ses droits. Mandrino, les bottes appuyées sur la rambarde de la véranda, acheva de vider sa coupe de vin.

– Je t'en prie, Ricardo, tu ne peux pas croire qu'entre Karim et moi il puisse...

– Ce que je crois m'appartient.

– Mais il était malheureux ! Seulement malheureux. Ce que tu as vu n'était de ma part qu'un geste de consolation. Rien de plus. Tu sais tout sur Karim et moi. T'ai-je jamais caché la vérité ? »

Seule dans sa chambre, debout, le front appuyé contre le bois tiède du moucharabieh, Schéhérazade contemple le désert, et les mots du passé.

« Depuis quand un aveu absout-il une faute ?
– Une faute ?
Sa voix s'était brusquement muée en un cri, empreint d'un mélange de colère et de désolation.
– Comment oses-tu parler d'une faute !
Il ironisa :
– Disons... un retour de flamme ?
– Vingt ans plus tard ? Tu es fou, Mandrino. Tu l'as toujours été. Mais cette fois ta folie est perverse ! Je te le répète : il n'y avait rien, rien dans mon attitude ni dans mes sentiments que de la compassion ; celle que j'aurais pu éprouver pour nos enfants. Tu dois me croire ! »

C'est malgré elle que son poing se serre. Trois mois plus tard, au souvenir de cette scène, l'étonnement est toujours le même devant la pauvreté des mots, cette impuissance à trouver la formule magique, seule capable de retenir celui qui souffre et s'apprête à partir.

« Il ne répliqua pas tout de suite, souleva ses jambes et les reposa calmement sur le sol.

– Le sujet est clos.

– Non !

– Très bien. Alors ce sera à toi de m'écouter. Dans notre histoire, l'un de nous est allé à la rencontre de l'autre qui attendait immobile. Patiemment, je suis venu. Jour après jour, semaine après semaine, j'ai contourné tes défenses, usant de ruses de guerre. Le cœur noyé d'amour, j'ai vécu dans l'espoir du jour où tu baisserais la garde, où les rôles seraient inversés. Ce fut long. Et de cette tendre guerre, j'ai conservé les traces.

Elle entrouvrit les lèvres, mais il enchaîna :

– Je vais te surprendre. Au cours de ces seize années, j'ai donné l'apparence d'un roc. L'impression que rien ou presque ne pouvait m'atteindre. Cependant, je te l'avoue ce soir, j'ai eu peur. Cent fois, mille fois. Lorsque je te quittais avec mes airs de certitude, j'étais à chaque fois un peu moins sûr de tout. Lorsque sur la dahabieh [1] tu m'as parlé de Karim, j'ai fait celui que le passé n'affectait pas. On est toujours affecté par le passé amoureux de ceux qu'on aime. Il est comme une menace à posteriori. Pour la première fois, au lieu de conserver au-dedans mes tempêtes, je les ai exprimées. Je m'en suis donné le droit. Comprends-tu ? »

---

1. Bateau, maison flottante.

Si elle comprenait ?

Tout le temps que Ricardo lui avait parlé, elle avait pris conscience d'une évidence : il lui avait donné plus qu'aucun autre homme. Avait-elle seulement su lui rendre ne fût-ce qu'une infime partie ? Elle se rendait compte que même aujourd'hui, des années plus tard, elle avait beaucoup pris, assoiffée, ne cherchant qu'à combler ses manques, ses retards d'amour et de sensualité. Tout un chemin restait à faire pour restituer l'infinie richesse qu'il avait semée en elle.

CHAPITRE 2

Mohammed Ali pacha, le dernier pharaon, avait voulu que l'on érigeât son plus beau palais à Alexandrie, à l'extrémité de la presqu'île de Pharos, sur le cap dit des Figuiers, entre le port ouest et le large. Depuis toujours, cette ville vieille avait séduit son cœur. Peut-être parce qu'ici le minaret était rare, les rues salubres, et le chaos propre aux venelles du Caire, absent. Ici, point de fleuve-dieu, rien que la mer. Et n'était-ce pas la mer qui, vingt-quatre ans plus tôt, l'avait emmené vers ce rivage, jeune officier, modeste orphelin de Cavalla, à la tête d'un contingent albanais ? N'était-ce pas en son écume qu'il avait su lire avec certitude sa gloire à venir ?

En ce moment même, dans son cabinet de Ras el-Tine, enfoncé dans un imposant fauteuil en bois de Damas, le vice-roi égrenait en silence un chapelet d'ambre. Ce mois de décembre n'était pas exceptionnellement frais, pourtant on avait fait allumer un feu de cheminée.

Devant le pacha se tenaient son ministre des Affaires étrangères, Boghossian bey [1], et M. Henry

1. Titre porté par certains hauts fonctionnaires turcs.

27

Salt, le très distingué consul britannique. Ce dernier se racla la gorge avant de conclure :

– Navarin fut, je le reconnais, un épisode malheureux. Le gouvernement de Sa Majesté George IV a déploré la destruction de votre flotte. Mais voyez-vous, les atrocités commises par vos troupes en Morée, les déportations en masse des populations chrétiennes ne pouvaient laisser plus longtemps nos gouvernements dans l'indifférence.

L'air absent, Mohammed Ali gardait l'œil rivé sur l'âtre. Boghossian bey prit sur lui de répondre :

– Monsieur le Consul, il me semble entendre la fameuse antienne philanthropique de votre ami George Canning, auteur de cette campagne anti-égyptienne à travers toute l'Europe. À l'en croire, à peine débarquées en Grèce, nos forces auraient organisé la dévastation systématique de tout le pays. Le peuple chrétien aurait été pourchassé et emmené en esclavage. J'ai même entendu dire que Son Altesse Ibrahim, commandant en chef des troupes et fils de Sa Majesté, se serait complu à envoyer à Constantinople des sacs de têtes et d'oreilles coupées.

L'Anglais adopta un air pincé.

– C'est malheureusement ce que nos observateurs nous ont rapporté.

– Allons, monsieur Salt, vous savez mieux que quiconque que tout cela est très largement exagéré. De toute façon, ce n'est pas aujourd'hui que nous allons analyser les motivations réelles qui ont poussé les forces alliées à s'ériger contre l'Égypte. Disons simplement que le triomphe égyptien en Morée constituait tout à coup pour votre pays un double danger. Le développement d'une nouvelle puissance, amie de la France de surcroît, vous devenait intolérable. Dès lors et comme à l'accoutumée vous avez appliqué votre vieil adage : diviser, diviser encore et toujours pour régner. L'Angleterre, monsieur Salt, a toujours excellé dans l'art des fausses alliances et des ententes pernicieuses.

Salt prit un air outré.

– Vous prêtez au gouvernement de Sa Majesté un comportement machiavélique. J'insiste : c'est l'aspect humain qui a prévalu. Le prince Ibrahim bey est intervenu sans discernement à l'égard des populations grecques.

– Monsieur Salt !

Le diplomate anglais s'interrompit net. C'était la première fois depuis le début de l'audience que Mohammed Ali intervenait. Sa voix grave roula dans la grande salle :

– Vous venez de citer mon fils. Savez-vous quels furent les derniers mots que je prononçai alors qu'il partait pour la Grèce ? Je vais vous les rappeler : « Que Dieu vous donne la victoire, mon enfant, et, s'il vous la donne, qu'il vous accorde la vertu de la douceur : soyez un ennemi avec vos ennemis, mais avec le faible, soyez clément. »

Salt fit glisser nerveusement son index le long de sa moustache.

– Je ne doute pas de la sincérité de vos propos, Majesté, mais il arrive que, pris dans le tumulte de la guerre, un général s'abandonne à certaines actions que la morale réprouve.

– Croyez-vous que j'aurais gardé le silence si tel avait été le cas ?

Une note maussade se glissa dans sa voix tandis qu'il ajoutait :

– L'Occident doit avoir la mémoire courte pour avoir si vite oublié l'homme que je suis et tout ce que cet homme a accompli depuis que – par la grâce du Tout-Puissant – il gouverne l'Égypte. J'ai combattu l'esprit fanatique et routinier des vieux musulmans.

J'ai aboli toutes les humiliations auxquelles, depuis des siècles, les chrétiens furent soumis. J'ai donné l'autorisation de fonder des couvents au Caire. J'ai permis aux églises de sonner les cloches. J'ai donné l'autorisation aux chefs des différentes religions d'officier publiquement. Celui qui ignore combien ce genre de décisions peut être insupportable aux dévots musulmans n'imagine pas le degré de tolérance et de courage qu'il m'a fallu. Et ce serait cet homme qui aurait laissé faire des massacres ? Mais qu'importe...

Il fixa longuement son interlocuteur.

– Ainsi, les grandes puissances exigent que j'évacue la Morée.

– Nous ne voyons guère d'autre issue, hélas.

– Parfait, alors je vais vous répondre. J'ai actuellement mon pied dans deux étriers. Mon fils Ibrahim a reçu l'ordre de maintenir ses troupes dans le Péloponnèse jusqu'au printemps. Il n'avancera pas d'une lieue sans mon autorisation. Si, d'ici là, votre gouvernement me fait des propositions qui me donnent satisfaction, je serai prêt à accepter ses offres et trouverai le moyen de retirer mes forces de la Morée. Sinon..

L'expression de Salt se fit plus attentive.

– Sinon, je réunirai toutes mes ressources disponibles et, grâce à l'influence que je possède à la Porte[1], j'obtiendrai le commandement de toute la flotte ottomane et j'achèverai la besogne commencée. Telle est ma position.

– Votre Altesse mesure-t-elle les conséquences d'une telle attitude ?

– J'ai cinquante-huit ans, monsieur Salt. Un âge où l'on ne s'embarrasse plus de complaisances.

– Qu'espérez-vous donc des puissances ?

1. Ou la Sublime Porte. Surnom donné au gouvernement des sultans turcs. Plus généralement : la Turquie.

– Rien de plus que ce qui m'a été promis et assuré par la France et l'Angleterre avant le drame de Nava rin : la Syrie en échange de mon retrait de Grèce.

– Je ne voudrais pas faire preuve de pessimisme, mais j'ai le sentiment que vos demandes n'ont guère de chances de trouver un écho favorable auprès de notre Premier ministre, le duc de Wellington.

– Ce serait bien triste, car cela signifierait que le vainqueur de Bonaparte n'a pas appris que l'homme de guerre doit savoir céder le pas au diplomate.

Le Britannique ravala sa salive.

– Dois-je rappeler à Son Altesse que le gouvernement français a très exactement les mêmes vues que nous sur cette affaire ?

– J'en ai été informé.

Salt examina le pacha.

– C'est curieux. J'ai comme l'impression que vous êtes moins sévère pour le gouvernement de Charles X que pour celui de George IV. Mais sans doute n'est-ce qu'une impression.

– Dois-je vous répondre ?

– Je vous en saurais gré.

– Voyez-vous, monsieur, il existe deux sortes de relations dans l'existence : celles qui sont fondées sur la crainte, et celles qui sont issues du respect. Je vous laisse imaginer laquelle des deux me lie à la France.

– Majesté, permettez-moi de vous dire que vous préparez l'Égypte à des heures sombres.

Cette fois le pacha ignora le commentaire. Il se plongea simplement dans la contemplation de ses mains, signe pour des interlocuteurs avertis que l'entrevue avait touché à sa fin.

L'Anglais se leva, s'inclina avec une certaine raideur et se dirigea vers la sortie.

– Monsieur Salt !

L'Anglais fit volte-face.

– Votre Altesse ?

– À propos de rapports et d'observateurs... Vous ne pouvez imaginer combien nombreux sont les voyageurs et les pèlerins qui nous parlent des Hindous.

Les traits du consul se crispèrent imperceptiblement.

– Il paraît que l'Inde se meurt, monsieur Salt, elle se meurt sous le joug de l'Angleterre.

*

Schéhérazade avait du mal à maîtriser son impatience. Voilà bientôt une heure qu'elle attendait d'être reçue par le vice-roi. Avec une certaine nervosité, elle se rendit vers la fenêtre ouverte sur la mer. Sous le soleil de midi, des ouvriers, dos courbé, s'affairaient dans la cour, déplaçant pierres et briques, en invoquant le soutien d'Allah. Dans son empressement à s'installer à Ras el-Tine, le souverain avait refusé d'attendre que la construction fût achevée. Une partie du palais restait encore à construire.

De l'endroit où elle se trouvait, Schéhérazade pouvait voir clairement l'extrémité ouest de la presqu'île, où quelques siècles plus tôt se dressait l'une des sept merveilles du monde : le phare d'Alexandrie. Elle essaya de s'imaginer ce qu'avait pu être cet éclat d'étoile dompté par les hommes, et qui, disait-on, éclairait comme en plein midi la nuit des marins. Aujourd'hui, les vagues venaient mourir au pied de l'édifice qui l'avait remplacé : la silhouette couleur de craie du fort de Qaytbay.

Elle songea que rien ne résiste à la fuite du temps, si ce n'est la mémoire. Non cette mémoire familière que l'âge finit par user, qui vous restitue au gré de ses caprices quelques éclairs de souvenirs, mais une autre, bien plus fidèle et immuable, celle des racines et du sang. Aujourd'hui, alors qu'elle approchait de la cinquantaine, Schéhérazade savait que, par la grâce de Dieu et de ses parents, cette forme de mémoire lui avait été transmise. À son insu peut-être, mais sûrement. C'est ainsi que dans la polyphonie des rumeurs du monde, la voix de Youssef ce père adoré, celle de Nadia sa mère, celle encore de son frère Nabil, mort à trente-deux ans, décapité par la folie des hommes [1], ces voix n'avaient jamais cessé de lui parler. Même celle de Samira, la sœur aînée, pourtant disparue depuis plus de vingt ans. Elle était partie un jour pour Paris au bras d'un fringant amiral français, on ne l'avait plus jamais revue.

À présent, c'était à elle, Schéhérazade, qu'incombait le devoir de transmettre le flambeau. Joseph, elle n'en doutait pas, serait le premier réceptacle. Mais Giovanna...

– Sett [2] Mandrino.

Elle se retourna. Abdallah Zulficar, le grand chambellan, venait d'entrer dans le salon.

– Le vice-roi vous attend.

*

– Entre, fit simplement le pacha, le trait sombre.

Elle se glissa dans le cabinet et se dirigea vers le souverain. Contrairement à son habitude, il ne se leva pas, et se contenta de désigner le fauteuil abandonné par Henry Salt.

– Vous allez bien, Majesté ?

– Et toi, ya setti [3] ?

1. Le frère de Schéhérazade dirigeait un groupe de résistants lors de l'occupation française en 1798. Il fut arrêté et condamné à être décapité au cours de la première insurrection du Caire (*cf. L'Égyptienne*, t. I).
2. Dame, ou encore madame.
3. Ma dame.

Le ton qu'il avait employé était neutre, simple formule de politesse.

– Bien. Par la grâce de Dieu.

Elle laissa passer quelques instants sans rien ajouter. Elle connaissait depuis trop longtemps le personnage pour ne pas pressentir qu'il était dans un de ses mauvais jours. Elle désigna le feu de cheminée.

– Vous avez froid ?

– Comment en serait-il autrement ? Depuis peu, un vent glacial souffle sur l'Égypte.

– J'ai cru apercevoir M. Henry Salt qui sortait d'ici. Dois-je en déduire que ce vent nous vient d'Angleterre ?

– D'Angleterre, de Russie, d'Autriche, de Turquie, et tristement de France. Veux-tu que je te dise ? Il m'arrive parfois d'être las de passer mon existence à desserrer l'étau dans lequel on cherche régulièrement à m'enfermer.

– Peut-être ne fallait-il pas vous engager à Navarin ?

Il sursauta.

– C'est toi qui parles ainsi ? Toi qui sais ? Je n'ai jamais voulu Navarin, jamais ! C'est mon statut de vassal de la Sublime Porte qui m'a forcé à me lancer dans cette aventure tragique, parce que je ne pouvais faire autrement, parce que j'étais condamné à répondre à l'appel du sceptre ottoman ! J'étais acculé. Pourtant, il eût suffi que la France répondît à mon appel. J'ai même réclamé un simulacre d'ultimatum. Deux ou trois navires qui auraient mouillé l'ancre dans le port d'Alexandrie m'offraient un prétexte idéal pour rejeter les demandes de la Porte et m'éviter de m'engager dans le conflit grec.

Le souverain avait raison. Elle ne put que le reconnaître.

– Sais-tu ce que j'ai dit, pas plus tard qu'hier

soir au consul de France ? « Êtes-vous seulement conscient que cette flotte égyptienne formée par le génie français fut coulée par des navires français ? C'est à cette contradiction que se résumerait l'amour que j'ai toujours éprouvé, que j'éprouve encore pour la France ? »

– Qu'a-t-il répondu ?

– « Je ne possède pas la réponse, Votre Altesse. » Et il a ajouté : « Il semblerait qu'il en est de l'amour comme de la politique : il y a des choses qui se font mais ne se disent pas. »

Il laissa tomber avec fatalisme :

– Parfois je me dis qu'aussi longtemps que l'Angleterre brandira ses interdits, la France et l'Égypte seront condamnées à vivre une liaison inassouvie. Car il ne fait aucun doute que la diplomatie britannique ne favorisera jamais les vues qui sont les miennes. Elle me laissera faire, quitte ensuite à m'enfermer dans les frontières de sa volonté implacable !

– Pas plus tard qu'hier, j'ai eu moi aussi l'occasion d'échanger quelques mots avec le consul de France. Il semble partager votre analyse.

– Drovetti ? Et que t'a-t-il confié ?

– Que son pays tendait à fortifier l'Égypte, que c'était son but, son désir le plus cher, malheureusement il ne peut le faire que dans des limites déterminées.

– C'est bien ce qui me chagrine.

– Je ne suis pas très versée en politique. Mais il me semble que nous vivons dans un monde pervers où chacune des quatre grandes puissances est en liberté surveillée. Il n'empêche que Drovetti m'a affirmé que son gouvernement était d'ores et déjà prêt à vous aider à reconstruire votre marine. Aussi puissante, si ce n'est plus encore, que la première. Il m'a aussi précisé que la France ne marchandera pas son aide.

– Je suis peut-être victime de l'affection aveugle que je porte à ce pays, mais je le crois. Toutefois, j'en attends plus encore.

– L'indépendance de l'Égypte ?

Comme s'il n'attendait que cette question, Mohammed Ali quitta son fauteuil et arpenta la pièce d'un pas nerveux.

– Tu viens de prononcer le mot sacré. Quand donc me débarrassera-t-on de la Porte et de ses sultans agonisants ! Je n'ai pas dévoué ma vie à l'Égypte et fait des choses qui auraient paru impossibles à d'autres pour en laisser, après moi, la jouissance à un pacha turc ! Je n'ai pas dépensé des sommes énormes pour fonder de vastes établissements, créer une marine, ouvrir des canaux, créer des routes et des écoles, et tant d'autres choses encore, pour laisser cet héritage entre les mains d'une civilisation barbare et sur le déclin !

– Je le crois aussi, Majesté.

Maintenant, les traits, la voix du pacha se faisaient pathétiques.

– Que le gouvernement de Charles X me reconnaisse. Qu'il reconnaisse mon indépendance, et ils verront ce que je ferai ! Je ne suis pas partisan des monopoles, je les ai créés pour m'assurer des ressources capables de maintenir une armée formidable sur pied. Lorsque les causes qui m'y ont obligé n'existeront plus, je reviendrai à d'autres idées. Je marcherai encore plus loin, aux côtés de la France, sur la voie de la civilisation. On verra ce que peut faire Mohammed Ali, assuré de son avenir et de celui de ses enfants !

Schéhérazade observa les bûches qui se consumaient dans l'âtre. Depuis vingt ans qu'il régnait sur l'Égypte, le pacha n'avait pas eu un jour de répit. Il lui avait d'abord fallu se débarrasser des Mamelouks, rejeter à la mer une tentative de débarquement anglais, mettre au pas le gouvernement d'Istanbul en évitant tout affrontement direct, tout en se gardant de prêter le flanc aux appétits de la France et de l'Angleterre. Il y avait de quoi épuiser le plus résistant des hommes et le plus fin politique.

– Que puis-je faire pour toi ? interrogea-t-il brusquement en s'accoudant à la tablette de la cheminée.

– Vous m'avez confié vos soucis. Je crains hélas qu'il ne me faille en ajouter un de plus.

Il haussa les épaules, et se laissa choir dans son fauteuil.

– Un souci de plus ne changera pas grand-chose à la situation présente. Je t'écoute.

– J'ai besoin que vous m'accordiez une faveur. Une faveur exceptionnelle.

Un éclair amusé irisa ses prunelles.

– D'aussi loin que je me souvienne, l'exceptionnel a toujours fait partie de toi.

– Vous me surestimez, Majesté.

– Te surestimer ? Te souviens-tu de notre première rencontre ? Moi je ne l'ai pas oubliée. Quand je pense que tu as eu l'audace de faire irruption dans ma chambre, en pleine nuit, pour me réclamer d'abroger un décret !

– C'est de ma ferme, de mes terres qu'il s'agissait. Vous aviez alors décidé de faire main basse sur toute l'agriculture égyptienne. Avais-je le choix ? Je n'aurais jamais accepté de vous céder l'héritage de mon père.

– Encore eût-il fallu que tu aies le pouvoir de refuser. Et dire que j'ai cédé !

– Non, sire, vous avez fait preuve d'équité. Vous avez joué et perdu.

– Des centaines de feddans [1], quelques millions de paras [2] en quelques parties de jeu de dames !

– C'est vous qui l'aviez proposé. Je n'ai fait que me plier au désir de mon souverain.

– Sett Mandrino, sais-tu que tu ferais un excellent diplomate ?

– Croyez-vous ? Je suis trop entière. Et je ne sais pas tricher.

– Il n'en demeure pas moins que je t'imagine parfaitement sortir victorieuse des plus âpres négociations. Qui sait ? Peut-être un jour aurai-je besoin de toi. Mais revenons à ta présence ici. Tu parlais d'une faveur. Laquelle ?

– J'ai décidé de partir à la recherche de Ricardo.

Il bascula d'un seul coup de l'écoute attentive à la stupéfaction.

– Veux-tu répéter ?

– Je veux retrouver mon époux.

– En Morée ?

– Oui.

Il l'examina, sidéré.

– Ton cerveau s'est envolé, Schéhérazade ! Je veux croire que c'est le chagrin qui l'a emporté. Tu voudrais aller en Grèce, en ce moment, alors que nous sommes à deux doigts d'entrer en guerre avec l'Occident ? Tu n'es donc pas au courant de ce qui se passe là-bas ? Mon fils Ibrahim se débat dans une nasse, son armée est affamée et sans munitions parce que je suis dans l'incapacité de lui faire parvenir le moindre convoi. Non, vraiment, je crois que tu as perdu la raison.

– Majesté, il faut que je retrouve Ricardo. Tant que

1. Selon les régions, le feddan oscillait entre 5 000 et 5 800 mètres carrés.
2. Le para représentait la quarantième partie de la piastre. Cette petite monnaie a disparu. La piastre, ou al-quirch, est devenue l'unité monétaire égyptienne à partir de 1849.

je n'aurai pas eu la certitude de sa mort, la certitude absolue, je ne pourrai pas continuer à vivre. Accordez-moi une escorte et un laissez-passer, c'est tout ce que je vous demande.

Il essaya de se contenir, mais on le sentait déjà éperonné par l'exaspération.

– Je t'en prie, ne parle pas comme une enfant. Si l'on n'a pas retrouvé la dépouille de Ricardo, cela ne signifie en rien qu'il est vivant.

– Non plus qu'il est...

– Laisse-moi finir ! J'aurais compris tes doutes s'il s'était trouvé impliqué dans un conflit terrestre. Là, il s'est agi d'un combat naval. La mer, c'est connu, est capable de manger un navire, alors que ne ferait-elle d'un homme... Je ne voudrais pas remuer ta peine, mais à l'heure qu'il est ton époux doit reposer sous les flots de la mer Ionienne.

– Laissez-moi en acquérir la certitude. Accordez-moi cette escorte.

Cette fois il explosa.

– Mais quel but vises-tu donc ? Ricardo Mandrino était ton mari, mais c'était aussi mon ami. Sa disparition ne suffirait donc pas ? Tu voudrais me faire subir la tienne ? Prends garde, Schéhérazade, je n'ai pas l'intention de porter ton deuil, aucunement !

– Tel n'est pas mon désir, Votre Altesse.

– Partir en Morée ! J'ai déjà perdu deux enfants : Ismaïl est mort comme un chien, brûlé vif dans le désert soudanais. Il n'avait pas trente ans. La peste a emporté Toussoun. Parce que aucun de mes serviteurs n'a eu le courage de m'annoncer la nouvelle, je l'ai retrouvé enveloppé dans un linceul et déposé comme un paquet sur le seuil de ma chambre. Et voilà qu'aujourd'hui tu voudrais ajouter un malheur de plus à ma vie ? Non, mille fois non !

– Je vous en prie.

– Non !!

Schéhérazade regarda autour d'elle éperdue. Le crépuscule s'était glissé dans la pièce et, avec lui, les premières ténèbres. Elle avait fait ce voyage du Caire à Alexandrie. Elle s'était rendue au palais pleine d'espoir, convaincue d'obtenir un accueil favorable. Et voici qu'elle se heurtait à une fermeté aussi implacable qu'inattendue de la part du vice-roi.

Elle quitta lentement le fauteuil et se rendit vers la fenêtre. Le ciel crépusculaire flottait sur la mer. Dans une heure il ferait nuit. Une nuit, une de plus, désespérément inutile, désespérément vide, parce qu'à l'image de celles qui l'avaient précédée, elle serait sans amour.

– Très bien, je partirai seule.

– Seule ? Sur un territoire en état de guerre ?

– Je ne vous en veux pas, je comprends vos craintes, je les respecte, mais il faut que j'aille au bout de ma quête.

D'un geste nerveux elle serra contre elle le châle noir qui recouvrait ses épaules.

– Tout à l'heure vous avez évoqué la mort de vos enfants. Si vous aviez éprouvé le moindre doute sur la survie de l'un d'entre eux, ce n'est pas pour la Morée que vous seriez parti, c'est au bout du monde.

Il n'eut aucune réaction. D'un geste sec, il fit virevolter son chapelet autour de son index.

– Puis-je me retirer, Majesté ?

– Peste soit de ton nom, peste soit de toi ! Tu ne cesseras donc jamais d'être un tourment pour mon cœur ? Voilà bientôt vingt ans que tu es entrée dans mon existence. Vingt ans que je crains pour toi. Si j'ignorais ton caractère, je te laisserais franchir cette porte sans appréhension ni état d'âme. Cependant, je te sais assez inconsciente pour partir en Morée.

– Je n'ai pas le choix.

– Pas le choix... Avant que tu ne franchisses ce seuil, j'aimerais que tu répondes à une question. Si Mandrino était encore de ce monde, pourquoi ne se serait-il pas manifesté ? Peux-tu répondre ?

– Peut-être est-il blessé, peut-être n'a-t-il pas les moyens de me prévenir.

– Kalam fadi [1] ! Il aurait pu faire parvenir un message à Ibrahim. Il sait que mon fils se trouve dans la région. J'ai moi-même lancé des hommes à sa recherche. Je l'ai fait sur ta demande, mais aussi parce que je me sentais responsable de l'avoir envoyé à Navarin. Les recherches n'ont rien donné. Allons, sois raisonnable. Tu n'es pas une fille stupide. Accepte la fatalité. C'est Dieu qui l'a voulu.

Il se tut comme pour juger de l'effet produit par ses paroles. Il découvrit alors combien l'expression de la femme s'était métamorphosée et il en fut bouleversé. Elle n'exprimait ni tristesse ni désespoir. Il s'agissait d'autre chose. Comme l'œil d'un moineau aux abois.

Il se retint de laisser entrevoir son émotion et se détourna.

– Tu auras ton escorte.

*

Paris, 31 décembre 1827

La pluie qui tambourinait sur les toits n'avait pas empêché la fête. La rumeur des bals improvisés, les flonflons mêlés aux éclats de rire apposaient leur signature sur la page tournée. Minuit deux. L'an neuf était aux portes de la ville.

Au 34, rue des Petits-Champs, Corinne Chédid se redressa vivement sur le fauteuil au velours râpé. S'était-elle assoupie ? Combien de temps ? Elle fut

1. Mots creux !

41

prise de panique à l'idée que le sommeil avait eu raison d'elle. Elle bondit vers la chambre à coucher de sa mère.

Samira semblait somnoler, pourtant elle gardait les yeux grands ouverts. Son teint très pâle faisait ressortir le mauve fatigué des cernes, et une touche de sécheresse désolée marquait son visage. Elle venait d'avoir cinquante-neuf ans, mais en paraissait dix de plus.

— Comment te sens-tu, maman ?

La femme voulut répondre, mais les mots se brisèrent dans une violente quinte de toux. Elle reprit péniblement son souffle et dit d'une voix hachée :

— Comme tu vois, ma fille, comme tu vois.

— Demain ça ira beaucoup mieux. Le Dr Moreau l'a dit.

Samira leva faiblement la main et la laissa retomber presque aussitôt sur le drap.

— Allah a'lem. Dieu seul le sait. Hélas, je n'ai guère d'optimisme.

— Mais non, maman. Tu as tort. Je te le répète : le docteur m'a assuré que les choses étaient en bonne voie.

La femme se contenta d'acquiescer, mais sans conviction.

— Tu es bonne. Que Dieu te bénisse.

Elle leva à nouveau la main, mais cette fois pour la poser sur la joue de sa fille.

— Plus je te regarde, plus je me dis que tu es le portrait de ta grand-mère.

— Depuis le temps que tu me le répètes, je n'ai plus le moindre doute.

C'est vrai que Corinne ressemblait beaucoup à Nadia Chédid. La même taille fine, le même teint mat d'Orientale, et le même petit nez, fin, légèrement galbé aux narines qui lui donnait une expression d'enfant alors qu'elle approchait de vingt ans. Mais ce qui soulignait surtout cette ressemblance avec la mère de Samira, c'était ce petit grain de beauté d'un pur noir de jais qui se détachait à la hauteur de la pommette droite.

Samira reprenait :

– S'il est une chose que je regrette de tout mon cœur, c'est que tu n'aies pas eu la chance de connaître tes grands-parents. C'est triste... et j'en suis responsable.

– Non. Tu n'es responsable de rien. Est-ce ta faute si tu as quitté l'Égypte ? Est-ce de ta faute si tu n'as jamais eu l'occasion ni les moyens d'y retourner ?

– J'ai raté ma vie, Corinna. Il n'y a rien de plus terrible lorsqu'on se retrouve à la veille de s'en aller définitivement que d'être conscient de cet échec. J'ai raté ma vie.

– D'abord tu ne pars pas. Et puis c'est faux. Tu as vécu pour l'amour. Tu as suivi un homme jusqu'ici parce que tes sentiments te poussaient à le faire. En quoi est-ce un échec ?

– Là n'est pas l'échec, Corinna. L'amour c'est un peu comme les jeux de hasard : on gagne, on perd. Non... ce dont je souffre le plus c'est d'avoir rompu avec les miens. C'est de les avoir égarés en cours de route. Il est là l'échec. Un jour toi aussi tu fonderas une famille. Tu comprendras qu'il n'existe pire faillite que de briser le cercle conçu par Dieu.

Corinne demeura silencieuse. C'est vrai qu'elle n'avait jamais croisé autour d'elle que des visages étrangers. Elle n'avait même pas eu la chance de connaître ce demi-frère, enfant de Ali Torjmane, l'époux turc de Samira. Quelques mois à peine après leur arrivée à Paris, l'enfant était décédé d'une pneumonie. En réalité, s'il existait un manque qui l'avait

43

accompagnée toutes ces années durant, c'était celui de ce père, qu'on disait amiral, qu'elle n'avait jamais connu.

– Tu sais que j'ai une sœur... Tu n'as pas oublié son nom ?

– Comment aurais-je pu ? C'est un nom qu'on n'oublie pas : Schéhérazade.

Samira fit un effort surhumain pour se caler contre les coussins.

– Corinna, promets-moi quelque chose.

– Je sais ce que tu vas me dire, maman.

– Dès que tu le pourras, retourne en Égypte. Retrouve Schéhérazade. Et dis-lui que je regrette. Que j'ai eu tort de briser nos liens. Qu'elle sache que je me suis trompée. Dis-lui surtout que je n'ai jamais cessé de l'aimer.

– Je te le promets.

Elle étouffa une nouvelle quinte.

– Ton père ne t'a pas reconnue, et aujourd'hui je me dis que c'est un signe de Dieu. Parce que tu restes avant tout une fille Chédid. La petite-fille de Youssef Chédid. N'oublie pas.

Corinne acquiesça.

– Il faut dormir maintenant.

CHAPITRE 3

Le petit village d'Épidaure, couché sur le golfe Saronique, était peut-être le plus modeste de cette région de la Morée. Mais pouvait-on qualifier de village ces rares maisonnettes éparses sous un soleil si dur en été que mouraient les oliviers ?

Les dix cavaliers en uniforme de l'armée égyptienne bifurquèrent vers l'ouest et s'enfoncèrent dans les terres. Moins de six lieues les séparaient du mont Kynortion. Quand ils l'atteignirent, le crépuscule commençait à s'étendre par taches. Droit devant eux se profilèrent un propylée, des colonnes brisées, plus loin sur la gauche, un formidable théâtre de pierre. C'étaient les traces d'un temps lointain, qui rappelaient que bien avant la souillure des troupes ottomanes, les dieux avaient occupé la Grèce.

Schéhérazade interrogea le guide.

– Osman, sommes-nous encore très éloignés du campement d'Ibrahim pacha ?

– Non, sett hanem [1], nous ne devrions plus tarder à l'apercevoir.

– Combien de temps encore ?

– Moins d'une heure, inch Allah.

1. Titre honorifique.

Quinze jours déjà qu'ils avaient quitté Alexandrie pour le Pirée ! À peine débarqués au port, ils avaient pris le chemin de l'Attique et, sous une lumière éclatante, traversé Éleusis, Corinthe, Mycènes. Partout où ils passaient, le mépris et l'injure les accompagnaient ; certains, plus téméraires, crachaient sur leur passage. Mais il n'y eut à aucun moment de réaction répressive de la part des dix soldats égyptiens. Le lieutenant Gamal qui commandait l'escorte avait donné des ordres précis : l'affrontement avec les populations devait être évité à tout prix. Il suivait ainsi les instructions du vice-roi. Parvenus en Corinthie, ils avaient dû modifier leur périple, descendre en Argolide où le fils du vice-roi avait immobilisé une partie de son armée.

Des pensées oppressantes tourmentaient Schéhérazade depuis qu'elle avait vu s'éloigner les côtes égyptiennes. Giovanna, Joseph, Mohammed Ali, tous l'avaient mise en garde contre l'incohérence de son entreprise. Et s'ils avaient eu raison ? Si elle ne faisait que poursuivre une vision inventée par un esprit têtu qui refusait d'accepter la réalité ?

Comme pour se rassurer, elle glissa machinalement ses doigts dans l'épaisse crinière de sa monture dont elle serra un peu plus les flancs.

Ils poursuivirent leur avancée, harcelés de temps à autre par des chiens fous. Une vieille paysanne les croisa, tout de noir vêtue. Elle s'arrêta sur place, se signa par petits gestes apeurés en invoquant à plusieurs reprises le saint nom de la Vierge. Les montagnes succédèrent aux vallons, les cyprès aux oliviers et aux sycomores, les terres verdoyantes aux plaines arides. Ce fut enfin au détour d'une colline que la voix du guide annonça :

– Allah soit loué. Nous sommes arrivés.

Sous la lune naissante venaient d'apparaître les

feux qui délimitaient le campement du fils de Mohammed Ali.

Ils avancèrent jusqu'à ce qu'ils fussent interceptés par une sentinelle. Schéhérazade mit pied à terre et déclina son identité. Quelques minutes plus tard on la conduisait vers la tente du pacha.

Elle connaissait Ibrahim pour l'avoir rencontré trois ans plus tôt. Le souvenir qu'elle en avait conservé était celui d'un homme doté d'une taille ordinaire, qui en imposait par son ample poitrine, ses proportions robustes et surtout par l'éloquence impérieuse de ses prunelles grises. Ce qui l'avait surtout frappée, c'était le contraste qui se produisait lorsqu'il s'abandonnait au rire : la lèvre, le regard, le cœur, tout paraissait s'illuminer en sa personne.

Une phrase lui revint à l'esprit, qu'elle avait souvent entendu prononcer par des vieillards conteurs sur la place de l'Ezbéquieh. Évoquant la chevelure et la barbe du prince héritier, ils disaient que « les orages de la guerre avaient changé bien avant le temps ce double feuillage en cascades neigeuses ». Pourtant le prince ne devait guère avoir plus de quarante ans aujourd'hui.

Une main écarta la toile de la tente. Elle entra.

Un sourire chaleureux l'accueillit. Dans une attitude empreinte d'élégance, le pacha porta la main successivement à sa poitrine, ses lèvres et son front.

– Soyez la bienvenue, dame Mandrino.

Un personnage était debout à ses côtés, qu'il s'empressa de présenter.

– Avez-vous déjà rencontré le colonel Soliman Sève ?

– Non, Excellence, mais j'ai beaucoup entendu parler de lui. Je ne crois pas me tromper en disant qu'après votre père et vous-même, c'est le personnage le plus célèbre d'Égypte.

Soliman Sève se contenta d'écarter modestement les mains, comme si sa réputation le dépassait.

L'homme avait belle prestance. Bien que français, il était vêtu selon le nizam el-gédid, le nouvel uniforme de l'armée égyptienne imposé depuis peu par Mohammed Ali. Si ce n'était la blancheur de son teint, il aurait pu passer pour un Oriental. Ancien officier d'artillerie à Toulon, colonel et officier d'ordonnance de Ney pendant la retraite de Russie, il était arrivé en Égypte une dizaine d'années plus tôt. Il avait été introduit auprès de Mohammed Ali, qui s'était lié d'amitié avec lui et l'avait engagé à son service. Depuis, Sève s'était employé à réformer la jeune armée égyptienne. Converti à l'islam, il avait transformé son prénom – Joseph – en Soliman. Au cours des dernières années, il avait participé à toutes les campagnes militaires au côté du vice-roi. Depuis deux ans, il occupait la fonction de premier aide de camp d'Ibrahim. Il était aussi son conseiller le plus proche.

Le pacha posa une main amicale sur l'épaule de Sève.

– Nous lui devons notre armée. Je lui dois mes victoires.

– Vous me surestimez, Votre Honneur. Je n'ai fait que mettre un instrument entre vos mains. C'est votre génie militaire qui a su l'exploiter.

– Allons, mon ami. On ne peut appliquer le terme de génie militaire qu'à des hommes tels que votre compatriote Bonaparte, ou Alexandre le Grand. Moi je ne suis qu'un modeste guerrier.

– Détrompez-vous. Je vous ai observé. Vous n'avez rien à envier à ces figures illustres. Vous verrez. Vos prouesses étonneront encore.

Ibrahim considéra Sève avec une soudaine gravité.

– Je n'aime pas la guerre. Je suis persuadé qu'il

doit exister une autre façon de demeurer dans l'Histoire.

Il désigna les coussins disposés sur un tapis de laine écrue.

– Prenez place, je vous en prie.

Tandis qu'elle s'asseyait, Schéhérazade demanda au Français :

– Est-ce vrai ce qu'on raconte à votre propos, colonel ? Ou ne serait-ce qu'un mythe ?

– Et que dit-on, madame ?

– Il paraîtrait qu'un jour, alors que vous étiez en train d'instruire un bataillon et que vous commandiez l'exercice du maniement des armes, certains de vos élèves officiers, qui supportaient mal d'être dirigés par un étranger, vous auraient pris pour cible.

– C'est malheureusement la vérité, madame.

Ce fut Ibrahim qui poursuivit à la place de Schéhérazade.

– Et savez-vous ce qu'il fit ? Au lieu de châtier les mutins, il s'est tourné vers eux en s'écriant : « Maladroits, vous ne savez pas viser, recommencez ! » N'est-ce pas exact ?

Sève ne put que confirmer.

– Félicitations, vous avez fait preuve d'un étonnant sang-froid. Vous auriez pu y laisser la vie.

– C'est exactement ce que je me suis dit, madame. Mais ce risque, je l'ai toujours couru. Alors, tant qu'à faire, perdre sa vie dans l'honneur m'est toujours apparu comme une évidence.

Ibrahim observa :

– Sett Mandrino, vous comprenez pourquoi, entraînée par un homme de cette trempe, l'armée égyptienne ne peut connaître que la gloire ?

Il frappa dans ses mains. Un garde apparut.

– Shaï !

Il proposa à Schéhérazade :

– Vous prendrez bien du thé ?

Elle répondit par l'affirmative.

Il s'assit à son tour, les jambes croisées sous lui.

– Maintenant, parlons de vous. J'ai été prévenu par mon père de votre arrivée. J'avoue que je n'y croyais pas beaucoup.

– Pourquoi, Excellence ?

– Je ne sais. Probablement parce qu'il est pour le moins inhabituel de voir une femme, orientale qui plus est, agir de la sorte.

Elle questionna Sève :

– En est-il de même en France ? À l'instar des Égyptiennes, les Françaises sont-elles reléguées aux tâches ménagères et au harem ?

Le colonel adopta une moue embarrassée.

– C'est que chez nous... la question ne se pose pas. Nous ne possédons pas de harem.

– Sett Mandrino, protesta Ibrahim, pourquoi comparer lune et soleil ? L'Occident est l'Occident. Chacun ses traditions. Je sais que nous donnons parfois l'image de la décadence. Mais certaines mœurs européennes n'ont-elles pas de quoi nous choquer ?

Il enchaîna avec une pointe d'ironie :

– Et puis, il doit bien y avoir un certain attrait dans cet Orient montré du doigt. Voyez comme il éveille les convoitises. Quoi qu'il en soit, j'aimerais préciser que, si votre attitude me surprend, elle éveille néanmoins mon respect.

– Le mien aussi, madame, déclara Sève.

– Vous savez, colonel, déjà toute jeune je prenais un malin plaisir à bousculer la tradition. Mes parents espéraient qu'avec l'âge je rentrerais dans le rang. Il n'en fut rien, hélas !

– Mon père m'a souvent parlé de Schéhérazade comme n'étant pas une femme ordinaire.

– Pour je ne sais quelle raison, le pacha me voit

comme une sorte de sorcière. Je veux espérer que ce n'est pas cette image que vous découvrez en moi.

Ibrahim partit d'un rire franc.

– Loin de moi cette pensée. Non, c'est votre projet que je trouve...

Il parut chercher le mot.

– Irrationnel ?

– Je le crains.

– Tel est aussi le jugement du vice-roi. À ce propos...

Elle fouilla dans le sac de vieux cuir qui ne l'avait pas quittée depuis son départ d'Égypte, et en sortit un pli qu'elle remit à son interlocuteur.

– Un mot de Sa Majesté.

Ibrahim s'empressa de découvrir le message. Au fur et à mesure qu'il lisait, son front se plissait, sa physionomie devenait plus soucieuse. Finalement il confia la lettre à Sève, et se confina dans la réflexion.

– Du bonheur, j'espère ? s'inquiéta Schéhérazade.

Plongé dans ses pensées, il ne parut pas l'entendre, ni voir le garde qui était revenu servir le thé. Ce fut seulement lorsque celui-ci s'en fut allé qu'il exhala un soupir.

– Nous traînons mon père et moi une gangrène qui a pour nom la Turquie. Si nous ne parvenons pas à nous en débarrasser, c'est l'Égypte qu'il faudra amputer.

– Je suis donc porteuse de mauvaises nouvelles.

Ibrahim rétorqua :

– Dis-lui, Soliman.

– D'après le message du vice-roi, la Russie serait déterminée à déclarer la guerre au sultan, et le ministère Villèle en France est d'avis de reconnaître officiellement l'existence politique de la Grèce. Le seul point qui joue en notre faveur – une fois n'est pas coutume –, c'est la position de l'Angleterre qui s'oppose à l'exécution de ce plan.

– Pour quelle raison s'y oppose-t-elle ?

– Oh, l'altruisme n'y est pour rien ! Elle n'est pas disposée à sanctionner la destruction de l'Empire ottoman, parce qu'un partage graduel et sans secousses cadre mieux avec ses vues. Elle espère ainsi obtenir la plus grande part du gâteau.

Ibrahim adopta un air dépité.

– La situation dans laquelle se trouve notre pays est la plus injuste qui soit. Nous sommes ici parce que c'est notre condition de vassal d'Istanbul qui nous l'impose. Parce que la Turquie se refuse à abandonner la Grèce, et qu'elle est trop faible militairement pour s'y tenir. Aujourd'hui, c'est auprès d'une armée exsangue, sans espoir de renforts que je risque de devoir affronter les puissances occidentales.

– Colonel, pensez-vous vraiment que le tsar pourrait entrer en conflit ouvert avec la Porte ?

– J'en ai bien peur, madame. Et ce serait tragique, car c'est votre pays qui, une fois de plus, en ferait les frais.

Le pacha laissa tomber avec une pointe de nostalgie :

– Ah... si seulement j'avais les coudées franches. Si seulement mon père était disposé à m'écouter.

– Que feriez-vous, Excellence ?

Il leva la main, et d'un seul coup serra le poing comme s'il broyait une noix.

– Je marcherais sur Istanbul. Je briserais le sultan, son vizir et leur cour. Et je déclarerais l'indépendance de l'Égypte

– Vous savez bien que c'est impossible. L'Occident ne vous laissera jamais faire une chose pareille.

– Vous connaissez mal les diplomates. Il n'y a qu'une seule politique qu'ils comprennent : celle du fait accompli. Il faut agir vite, avec célérité, voilà tout. N'ai-je pas raison, Soliman ?

– Vous connaissez mon opinion là-dessus. Elle rejoint en tout point la vôtre.

Les traits du pacha se détendirent sans transition.

– Mais vous n'êtes pas ici pour que nous débattions de politique. Revenons plutôt à ce qui vous amène. Vous êtes toujours décidée à vous rendre à Navarin ?

– Plus que jamais.

– J'ai bien connu Ricardo Mandrino. C'était un homme respectable. Et un ami fidèle.

– Pourquoi parler au passé ? Il l'est toujours, Excellence.

Il évita de commenter.

– Mon père a dû vous le dire, les recherches n'ont rien donné. Je présume que cela n'a pas affaibli votre détermination ?

Elle fit signe que non.

– Vous êtes courageuse, madame.

– Il ne s'agit pas de courage, colonel Sève, mais de conviction. Lorsque ces élèves vous ont tiré dessus, comment avez-vous réagi, si ce n'est en jouant le tout pour le tout ? Vous avez forcé le destin. C'est peut-être ce qu'à mon tour je tente de faire.

Ibrahim chuchota, comme s'il pensait à voix haute :

– Est-ce bien notre rôle d'aller à l'encontre des desseins du Très-Haut ?

Il questionna tout à coup :

– Appréciez-vous les contes et les légendes ?

– Bien sûr, Excellence. Il m'arrive même d'y accorder foi.

Il but la dernière gorgée de thé et se leva.

– Dans ce cas, j'aimerais vous faire partager un récit qui m'a été confié par un médecin grec, un certain Stavros rencontré ici. Vous voulez bien ?

Bien qu'un peu surprise, elle accepta.

– Il faudra me suivre au-dehors, car il faut une illustration à mes propos.

Il ajouta à l'intention de Sève :

– Je ne serai pas long.

Les feux continuaient de se consumer, projetant le long des rocailles des ombres fracassées. Le hennissement d'un cheval résonna quelque part, sans doute perturbé par un éclat de lune venu heurter la dague posée près d'un dormeur.

Le couple acheva de gravir un petit promontoire. Une fois au sommet, Ibrahim s'arrêta et indiqua un coin du paysage. Schéhérazade y reconnut les vestiges entrevus une heure plus tôt, alors qu'elle s'approchait du camp.

– Selon Stavros, ce sont les ruines d'un ancien sanctuaire consacré à une divinité grecque appelée Asclépios. La légende dit qu'il y a bien longtemps, un roi vint s'installer dans la région. Il avait une fille, appelée Coronis. Bien qu'enceinte du dieu Apollon, Coronis commit la faute de le tromper avec un mortel. Le dieu se vengea en la tuant, mais il sauva l'enfant à naître à qui il donna le nom d'Asclépios. Ensuite, il le confia à un centaure qui lui enseigna l'art de guérir. Au terme de son éducation, Asclépios acquit non seulement le pouvoir de soigner les affections les plus graves, mais celui, bien plus extraordinaire, de ressusciter les morts. Très vite, ses pouvoirs miraculeux furent connus de tous, et les gens vinrent des quatre coins de la Grèce pour implorer ses bienfaits. Tout aurait pu se prolonger ainsi, si Zeus, le roi des dieux, ne s'était brusquement inquiété de ce renversement de l'ordre de la nature. Savez-vous ce qu'il fit ?

– Non, Excellence.

– Zeus foudroya Asclépios.

*

Entre deux sanglots, Corinne prit la main de son amie Judith Grégoire et la serra fort.

– Je n'en peux plus. C'est trop dur. Pourquoi Dieu n'abrège-t-il pas ses souffrances ? Pourquoi ?

– Calme-toi. Il ne faut pas perdre espoir.

– Ma mère est perdue, Judith. Elle est perdue.

Judith attira son amie contre elle. Bien qu'elle eût cinq années de plus que Corinne, ce n'était pas l'écart d'âge qui la rendait plus mûre, mais sa condition d'épouse. Elle s'était mariée, deux ans plus tôt, à Georges Grégoire, tailleur de son métier, et cette nouvelle existence avait vite fait de la transformer.

De la chambre à coucher s'éleva une quinte de toux brutale. Corinne se raidit, les prunelles agrandies par l'angoisse. Si seulement elle avait pu fuir. Quitter Paris. Partir.

*

La mer Ionienne était d'un bleu unique, qui rappela à Schéhérazade les yeux de Giovanna. En amont d'un sentier torturé venait de surgir la baie de Navarin. Se pouvait-il que dans ce paysage émeraude un pareil drame se fût noué ? Le demi-cercle d'une lagune était posé en retrait du large, séparé par une étroite bande de terre. À l'extrémité nord on apercevait le col du mont Koryphasion au sommet duquel se dressaient les ruines d'une forteresse franque, accolée à la silhouette rassurante d'un monastère. En contrebas, un chemin escarpé conduisait vers une grotte. Sur la plage, une cabane, probablement celle de pêcheurs. Un peu plus loin, une minuscule maison de pisé. L'air, la luminosité

55

étaient d'une rare transparence. Comment se convaincre que, quelques mois plus tôt, en ce lieu empreint de sérénité, des canons avaient retenti, semant le feu et la mort ?

– Il vaut mieux poursuivre à pied et guider les chevaux, suggéra une voix. Le sentier est trop raide. Les bêtes risquent de glisser.

Schéhérazade approuva. Elle descendit de sa monture et emboîta le pas au guide. Insensiblement, à son insu, son pouls s'accéléra.

Quand ils atteignirent la plage, le soleil commençait de descendre à l'horizon.

– Nous dresserons le camp ici, déclara Gamal Abd el-Nour.

Il poursuivit à l'intention de Schéhérazade :

– Je vais demander aux occupants de cette maisonnette de vous accorder l'hospitalité. Ainsi, vous pourrez coucher à l'abri.

– Je veux bien, mais à la condition qu'ils soient dédommagés. S'ils refusaient, n'insistez pas. Je dormirai ainsi que je l'ai fait jusqu'ici, à la belle étoile.

L'officier voulut protester.

– Je vous en prie, lieutenant Gamal, faites comme je vous dis. D'ailleurs...

Elle confia les rênes de son cheval à l'un des soldats.

– Je vous accompagne.

*

Une odeur de poisson grillé montait de l'âtre.

Le Grec avait ouvert la porte. Derrière lui, son épouse et leurs deux enfants s'étaient regroupés contre le mur du fond avec une expression craintive.

Le lieutenant, qui s'était fait accompagner d'un interprète, fit signe à celui-ci de traduire :

– Nous recherchons un toit pour cette dame. Pourriez-vous l'héberger quelques nuits ?

Il y eut un moment de flottement. L'homme, un individu assez trapu, la moustache fière et effilée, hésita à peine.

– Désolé, nous n'avons pas de place.

– Nous vous payerons.

L'homme objecta :

– Ma femme et moi dormons ici. Quant à l'autre chambre, elle est occupée par les enfants.

– La dame pourrait la partager.

– C'est impossible.

Le lieutenant s'impatienta.

– Alors que décide-t-il ?

– Il refuse.

– Très bien. Dis-lui que je leur donne quelques minutes pour plier bagage.

– Attendez !

Schéhérazade esquissa un pas en avant.

– Confie-lui plutôt la vérité.

– La vérité ? Laquelle, sett hanem ?

– Explique-lui pourquoi je suis à Navarin.

L'interprète s'exécuta.

– Cette dame a perdu son époux lors de la grande bataille qui s'est déroulée dans la baie. Vous devez être au courant, n'est-ce pas ?

Le pêcheur acquiesça d'un battement de paupières.

– Elle vient d'Égypte. Elle a fait tout le voyage pour essayer de le retrouver.

– Dans ce cas elle ferait mieux de repartir. Elle ne trouvera plus rien à Ton Avarinon [1].

– Pourquoi ?

– Parce que tous les cadavres charriés par les vagues ont été enterrés par les survivants. Quant aux

1. La ville des Avars, ancien nom de Navarin.

rescapés, ils ont été emmenés. Ici, il ne reste que nous.

– Demande-lui s'il y a eu beaucoup de blessés ?

– Beaucoup. Et des morts, plus encore. La mer avait changé de couleur. C'était rouge partout. Même le sable.

– Alors, fit le guide, que décides-tu ? Tu sais bien que nous pouvons te forcer à accueillir la dame, sans le moindre dédommagement.

– Vous, les Turcs, possédez tous les pouvoirs.

– Tu fais erreur. Nous sommes égyptiens.

– Turcs, Égyptiens, le sang versé par l'un ou l'autre est toujours celui de nos enfants.

L'interprète se retourna vers son supérieur.

– Je crains que nous ne soyons obligés de les expulser de force.

– Non ! fit Schéhérazade. Il ne peut en être question !

– Sett hanem, vous voyez bien qu'ils ne veulent rien entendre.

– Ces gens sont chez eux. Ils ont le droit d'y rester. Partons. Je coucherai sur la plage.

– Vous n'y pensez pas ! Vous savez bien que les nuits sont glaciales. Vous allez tomber malade.

– Cessez de vous inquiéter pour moi, lieutenant Gamal. Je sais ce que je fais.

Elle partit en direction de la porte.

– Un instant, s'il vous plaît.

C'est la femme du pêcheur qui venait de s'exprimer.

– Qu'y a-t-il ?

– Dis à la dame qu'elle peut rester.

– Comment ?

– Tu m'as bien entendue. Elle peut rester.

Le Grec se lança dans une série d'invectives à l'encontre de son épouse, tandis que l'interprète transmettait le message à Schéhérazade.

— Demande-lui pourquoi elle accepte ce que son mari refuse ?

La femme répliqua laconiquement :

— Parce que je suis une femme, et que ce sont les hommes qui font la guerre.

CHAPITRE 4

Elle posa la tasse de café sur le sable et dit dans un français cassé.

– Il y avait un temps, je savais lire l'avenir dans le marc. Fini maintenant. C'est mieux comme ça.

Les deux femmes étaient assises côte à côte sur la plage, assez proches de l'eau pour qu'au gré des vagues l'écume vînt effleurer leurs pieds nus.

– Où as-tu appris à parler la langue française ?

Sophia Gliménopoulos, c'était le nom de la femme, referma ses doigts sur une motte de sable mouillé.

– Mon père est mort quand j'avais six ans. Ma mère a dû travailler pour nous élever, mon frère Andréas et moi. Elle a trouvé une place auprès d'un couple d'archéologues français qui habitaient une maison près de Mycènes. La dame était brave. C'est elle qui m'a appris. Nous sommes restés neuf années chez eux. Un soir le mari est décédé. La femme est repartie en France. Je pense souvent à eux.

Son visage se ferma.

– Dis-moi, Schéhérazade. Pourquoi les hommes sont-ils tous fous ?

– Je n'en sais rien. Peut-être parce qu'ils aiment le pouvoir.

Elle s'informa :

– Ainsi, toi aussi tu as perdu un être cher ?

– Mon frère, Andréas. Il n'avait pas trente ans.

– Comment cela s'est-il passé ? Quand ?

– Il y a à peu près quatre ans, c'était pendant le siège de Missolonghi. Les Turcs entouraient la ville. Il n'y avait plus rien à manger, c'était la famine partout, même les rats crevaient de faim. Alors Andréas a pris le commandement des défenseurs et ils sont sortis pour essayer de casser les lignes turques. Voyant qu'ils ne pouvaient réussir, ils se sont enfermés dans la citadelle et ils ont fait sauter les dépôts de poudre. Je ne sais plus combien de soldats ennemis ont péri dans l'explosion. Sûrement beaucoup. Lorsque la ville est tombée, les Turcs ont massacré tous les civils et on n'a jamais retrouvé le corps d'Andréas.

Elle releva brusquement le menton et conclut avec fierté :

– Il a combattu au côté d'un lord !

– Un lord ?

– Oui. Un Anglais, un dénommé Byron [1].

Schéhérazade fixa la femme avec compassion. Elle ignorait tout de ce personnage, mais il était touchant de voir que, pour Sophia Gliménopoulos, le seul fait qu'il fût présent au côté de son frère conférait à sa mort une certaine grandeur.

– C'est donc à cause d'Andréas que tu m'as ouvert ta porte.

– Probablement.

Elle détacha machinalement le sable humide qui collait à sa paume.

– Je crois que ce qu'il y a de plus triste que la mort, c'est de ne pas voir la dépouille de celui qu'on a

1. Élu en 1823 au Comité grec de libération contre la domination turque, lord Byron s'était rendu à Missolonghi pour contribuer à la lutte d'indépendance. Il y mourut en 1824 alors qu'il s'était rallié aux combattants. Son cœur est enterré dans « le parc des Héros ».

perdu. C'est une chose terrible. On est forcé de faire confiance à ceux qui vous disent : il n'est plus. On est deux fois plus en deuil. C'est pourquoi je te comprends. Et toi, Schéhérazade, tu es certaine que ton époux est vivant ?

– Jusqu'à ce que j'arrive à Navarin, je l'étais. Maintenant, je ne sais plus.

– Tu as tort de douter. S'il dormait là – elle montra la mer –, tu le sentirais. Il te parlerait tellement fort que tu ne pourrais pas ne pas l'entendre.

– Je l'ai cru blessé. J'ai imaginé qu'il avait pu être hébergé par des pêcheurs. Des gens comme vous. Pourtant tu m'as affirmé n'avoir jamais aperçu quelqu'un qui aurait pu ressembler à Ricardo.

– Très grand... Les yeux bleus. Non. Je suis désolée. Maintenant... il me vient une idée. Je crois qu'il faudrait aller voir le pope.

– Le pope ?

– Le prêtre. Mais avant, dis-moi, es-tu musulmane ?

– Non, chrétienne, grecque-catholique.

Elle la regarda, interloquée.

– Grecque-catholique ? Grecque ?

– Non, Sophia. Je n'ai aucun lien avec ton pays. C'est seulement le nom du rite auquel j'appartiens. Nous sommes quelques-uns en Orient à faire partie de cette communauté.

– Ah...

Elle n'eut pas l'air de saisir la nuance. Dans son esprit, le monde chrétien ne pouvait être que grec-orthodoxe ou n'était pas.

– Quelle différence y a-t-il ?

– Pratiquement aucune, si ce n'est que nous devons allégeance à l'Église de Rome et vous à celle de Constantinople.

– Encore des disputes d'hommes, tout ça !

Elle ajouta comme pour se rassurer :

– De toute façon tu es chrétienne... alors...

Son index se dressa en direction du mont Koryphasion qui dominait la baie.

– Regarde. Là-haut se trouve le monastère d'Aghios Fanourios que dirige le père Athanassios. Nous irons le voir. Je sais que lui et les autres moines ont accueilli de nombreux blessés et qu'ils les ont soignés après la bataille. Peut-être aura-t-il entendu parler de ton homme. Qui sait ? C'est peut-être un signe de Dieu.

– Un signe ?

– Je suppose que les grecs-catholiques ne connaissent pas Aghios Fanourios ? Il fait partie de nos saints et possède un pouvoir particulier. Je t'expliquerai plus tard...

*

Dans la grande salle voûtée flottait une odeur d'encens et de cire fondue. Des dizaines de cierges piqués dans une herse diffusaient une lumière jaunâtre. Des icônes au teint tragique dormaient aux murs.

Le seul mobilier se composait d'une grande table en chêne massif et de deux bancs austères. C'est là que les deux femmes avaient attendu le père Athanassios.

Il était arrivé quelques instants plus tard. C'était un petit homme trapu, les joues pleines de barbe, habillé d'une tunique trop grande pour lui. Le crâne était enfoui sous une coiffe noire.

Lorsque Sophia eut achevé ses explications, le pope adopta tout de suite un air affligé.

– Un homme grand, brun... Il y en avait certainement quelques-uns parmi les blessés. Un homme aux yeux bleus ? Il y en avait aussi. Comment savoir lequel d'entre eux était l'époux de cette dame ?

– Pourtant, l'Égyptienne affirme qu'il n'était pas le genre de personne à passer inaperçu. Il n'avait pas l'allure d'un simple soldat. C'était un noble.

Le prêtre souleva les mains et les laissa retomber avec lassitude.

– Que cette dame me pardonne, mais la personne chère est toujours l'exception... Et puis, dame Sophia, lorsqu'on est blessé, ces différences n'existent plus. Ils se ressemblaient tous ce jour-là.

– Dis-lui que mon mari n'était pas égyptien, mais européen. Un Vénitien. Sa peau devait être bien plus claire que celle des autres.

Sophia traduisit.

– Il y avait la souffrance ici. Qui aurait eu le temps de se souvenir de ce genre de détails ? D'ailleurs, parmi les rescapés se trouvaient aussi des Anglais, des Russes, des Français.

– Je comprends, admit Schéhérazade. Mais le père Athanassios n'était certainement pas le seul à soigner ces gens. Un autre prêtre a peut-être vu Ricardo ?

– Je n'étais pas le seul, c'est vrai. Mais c'est moi qui ai relevé le nom de chacun des rescapés. C'est pourquoi je m'en serais souvenu.

Schéhérazade sursauta.

– Il existe donc une liste ?

Le prêtre confirma.

– Et parmi ces noms ne figure pas celui de Mandrino ?

– Non.

– Est-il certain ?

– Certain, répondit le pope.

Malgré elle, bien qu'elle essayât de se raisonner, elle commençait à en vouloir à cet homme, pour son détachement, pour l'ennui qui se dégageait de sa voix.

– Cette liste. Est-ce qu'il me serait possible de la voir ?

– L'Égyptienne douterait-elle de ma parole ?

– Non... mais, qu'il me comprenne. Il s'agit de mon mari. Je voudrais juste vérifier. Je vous en prie.

Le pope fronça les sourcils.

– Vous voyez comme Dieu châtie les faiseurs de mal. Tous ces malheurs, tout ce sang versé. Rien ne serait arrivé si l'on n'avait pas cherché à semer la mort sur une terre étrangère, et cette femme ne serait pas endeuillée.

– Mon époux n'a jamais cherché à verser le sang. Ce n'était pas un guerrier, mais un diplomate. De plus, il était porteur d'un message de paix de la part du vice-roi d'Égypte. Un événement que j'ignore a dû se produire ou peut-être n'a-t-il pas eu le temps de livrer son message.

– Messager ou non, les Égyptiens se sont alliés au diable. Le diable d'Istanbul ! Laissez donc la Grèce aux Grecs. Cessez les massacres. Partez de chez nous.

Schéhérazade serra les dents.

– Je vous en prie... laissez-moi voir cette liste.

Sophia vint à son secours.

– Mon père, s'il vous plaît, exaucez sa prière.

– D'accord, fit le prêtre avec humeur. Mais après je vous demanderai de partir.

Lorsqu'il revint quelques minutes plus tard, sa physionomie était toujours aussi renfrognée.

– Lit-elle le grec ?

Schéhérazade répondit par la négative. Alors il confia la liste à Sophia.

Elle commença de réciter les noms, s'appliquant à les prononcer aussi distinctement que possible :

John Cunning
François Louvain
Ahmed Abbas

Mohammed Issa

Les consonances se chevauchaient, étrangères l'une à l'autre et cependant réunies au sein de la même parenthèse : Navarin.

Osman Abd el-Méguid
Jean Régnier
Fra Matteo da Bascio
Hussein Moussa

Lorsque la Grecque énonça le vingt-troisième et dernier nom de la liste, elle conclut d'une voix sourde :

– Je suis désolée... Il n'y a pas de Mandrino.

*

Allongée sur le dos, le corps enveloppé dans une couverture de laine, Schéhérazade fixait sans les voir les étoiles qui tremblaient au-dessus de la baie. Elle n'aurait pas pu tenir plus longtemps dans la maisonnette. À vouloir trouver le sommeil, elle s'était sentie au bord de l'asphyxie.

Un vent léger courait sur la surface de l'eau, emmenant jusqu'à elle l'écho des conversations, ponctué par le crépitement du feu allumé par les soldats.

Ainsi, Ricardo Mandrino était mort. Son corps était définitivement prisonnier des flots, son âme avait rejoint les astres. Depuis qu'elle était revenue du monastère, des scènes familières ne cessaient d'affluer vers sa mémoire. Elles arrivaient en essaim de papillons affolés, en désordre, mais obéissant à une logique qui leur était propre.

« – Vous voyez cette coupe ? Vous avez soif. Vous décidez de tendre la main pour la saisir. Où est-il écrit, dans quel livre si érudit soit-il, que vous irez au bout de votre geste ?

66

Nulle part. Ni dans les étoiles ni dans les abîmes. Pareillement, tous nos désirs sont en sursis, voués à se réaliser ou à s'éteindre. Dès lors, fort de cette pensée, je n'imagine pas que quiconque puisse se contenter de passer son existence insatisfait, ou dans des demi-contentements. De là ma force et mon épouvante. »

Quand Mandrino avait-il prononcé ces mots ? En quelle occasion ? Peut-être lorsqu'il avait évoqué son premier mariage et le divorce qui avait suivi.

Elle se souvenait avoir répliqué :

« – J'en déduis que vous ne fondez rien sur l'avenir. Vous conjuguez tout au temps présent, quelles qu'en soient les conséquences.

– Je ne sais. La réponse m'échappe encore. Ce dont je suis certain, c'est que dans ma quête perpétuelle je ne recherche que le port, l'harmonie de la tête et du cœur, le mélange impossible de l'eau et du feu. »

Indirectement, le Vénitien avait atteint son but. Le feu des étoiles, mêlé à l'eau de Navarin.

Elle songea à leurs enfants. À Giovanna qui ne le verrait plus et qui, le reste de son existence, porterait cette absence, en marge de toutes les autres, qui fait un manque insoluble.

Une boule s'était nouée au creux de son estomac. La nausée lui montait aux lèvres. La douleur était trop forte. Elle se releva, jeta la couverture sur ses épaules et partit le long de la grève.

Ainsi, même Aghios Fanourios, ce saint vénéré par

les gens d'ici, n'avait eu aucun pouvoir. Après avoir quitté le prêtre, Sophia Gliménopoulos avait expliqué avec une certaine gêne :

– C'est lui que nous invoquons lorsque l'on cherche à retrouver un objet égaré.

Elle avait ajouté très vite, un peu honteuse :

– J'aurais dû m'en douter. Les êtres humains et les objets, ce n'est pas pareil.

Le corps parcouru de frissons, elle continua d'avancer.

Autour d'elle, on n'entendait plus que le souffle des vagues. Elle était seule au monde. Elle vivrait seule. Ni Joseph ni Giovanna ne sauraient combler le gouffre creusé par la mort de Mandrino, parce que la tendresse, si grande soit-elle, ne guérit pas du manque d'amour.

Égarée dans ses réflexions, elle venait d'atteindre l'extrémité de la baie. Dans la lueur pâle des étoiles se déroulait la sente escarpée qui montait le long des flancs du mont Koryphasion, vers la forteresse franque. À mi-chemin, elle reconnut l'entrée de la grotte entrevue au moment de son arrivée. C'était, selon Sophia, un lieu mystérieux où un dieu, du nom d'Hermès, aurait vécu. La femme avait expliqué qu'Hermès était le guide des voyageurs et le conducteur des âmes des morts. Elle s'était dit alors que les coïncidences étaient parfois troublantes. Mais étaient-ce bien des coïncidences ?

– Que cherches-tu, femme ?

La voix avait surgi de nulle part. Schéhérazade étouffa un cri de frayeur. Un vieillard hirsute, les traits découpés au couteau, l'expression terrible, se dressait devant elle. Il s'était exprimé en grec. Elle bredouilla quelque chose en égyptien. À peine eut-elle prononcé les premiers mots que le vieillard pointa sur elle un doigt vengeur.

– Ça n'est donc pas assez ! Il faut que les chiens d'Istanbul nous amènent aussi leurs putains !

Le sens des mots lui avait échappé, mais au ton de la voix elle fut persuadée que le vieillard allait la tuer.

Tout à coup, il exhiba une statuette en pierre : un ange bénissant, avec dans sa main gauche un globe surmonté d'une croix.

Il bondit en avant, agitant la statuette comme s'il s'était agi d'une arme.

– Sois maudite ! Que le sang des miens retombe sur ta tête et sur celle de tes enfants !

Cette fois elle n'hésita plus. Elle pivota sur les talons et courut vers le camp.

*

Le lieutenant Gamal s'inquiéta.

– Vous allez bien, sett hanem ?

Elle fit oui, tout en essayant de reprendre son souffle.

– Vous êtes sûre ?

– Oui, lieutenant...

Elle se laissa tomber près du feu. Ses mains tremblaient.

– Vous voulez un peu de thé ? Cela vous fera du bien.

Elle accepta.

Elle ne se souvenait pas avoir eu aussi peur, hormis le jour où des émeutiers avaient dévasté le domaine de Sabah et provoqué la mort de Michel, son premier mari.

– Buvez pendant que c'est chaud.

Elle prit le gobelet que lui offrait le lieutenant et le serra entre ses doigts.

Pourquoi ce vieillard l'avait-il agressée ? C'était absurde. Voilà qu'à présent elle n'arrivait plus à se délivrer de cet ange bénissant. Il restait fiché dans son cerveau.

Elle porta le liquide à ses lèvres et but quelques gorgées.

– Sett hanem...

Un soldat lui tendit une couverture.

– Merci, Mourad. Posez-la sur mes épaules.

– Si vous le désirez, suggéra le lieutenant, vous pourrez dormir près du feu. Je dirai aux hommes de s'éloigner.

– Non. Ça ira. Je vais retourner dans la maison des Grecs. Je...

La phrase resta en suspens.

Non... elle devait se tromper.

Tout se mit à tournoyer autour d'elle, les étoiles, la baie, les braises, tandis que s'engravait sur le sable un nom : un des vingt-trois noms de la liste des rescapés.

FRA MATTEO DA BASCIO ! !

Elle voulut se précipiter chez Sophia, afin qu'elle lui confirmât que ce nom n'était pas imaginé, qu'elle l'avait bien cité. Mais à quoi bon. Elle savait d'avance que la réponse serait oui.

Fra Matteo da Bascio...

La joie qui maintenant la submergeait était presque aussi violente que la douleur éprouvée quelques heures plus tôt. Elle eut envie de crier, se jeter à genoux et pleurer de gratitude.

C'était il y a une quinzaine d'années. Elle venait d'arriver à Venise, accompagnée par Mandrino.

« Alors qu'elle allait pénétrer dans la maison de Ricardo, un détail curieux avait attiré son attention. À mi-hauteur de la façade apparaissait une sculpture en pierre représentant " un ange bénissant, avec dans sa main gauche un globe surmonté d'une croix ".

– C'est vous ? avait ironisé Schéhérazade.

Un plissement de front précéda la réponse.

– C'est une vieille histoire. Je ne sais pas si je devrais vous la raconter. Vous risqueriez de ne pas fermer l'œil de la nuit.

Elle insista.

– Très bien. Je vous aurais prévenue. Il y a longtemps, plus de deux siècles sans doute, vivait ici l'un de mes ancêtres : Giuseppe Mandrino, avocat de son métier. Il avait la réputation d'être prodigieusement avare et usurier. Il possédait à son service un singe apprivoisé, objet de l'étonnement et de l'admiration de tous. Un jour que Giuseppe avait invité à dîner *fra Matteo da Bascio*, vénérable capucin réputé pour sa sainteté, le singe, à la grande stupeur des convives, se cacha dès l'arrivée du moine. Découvert, il refusa de bouger, montrant les dents, fou de rage. Le capucin pressentit la raison de cette subite terreur. Il se fit conduire à la cachette du singe et, au nom de Dieu, lui ordonna de dire qui il était. L'animal révéla alors qu'il était le démon, et qu'il était là pour emporter l'âme de ce malheureux Giuseppe.

– Vous n'êtes pas sérieux ?

– Je vous livre l'histoire telle qu'elle m'a été rapportée par mes parents. Dois-je poursuivre ?

Elle se hâta d'acquiescer.

– Répondant aux questions du capucin, le démon expliqua qu'il n'était toujours pas parvenu à accomplir son œuvre, car Giuseppe avait l'habitude de réciter chaque soir un Ave Maria. Un seul oubli et sa diabolique mission eût pu s'accomplir. Alors le moine, après avoir fait un grand signe de croix, ordonna au diable de disparaître. Celui-ci, au milieu d'un vacarme épouvantable et de vapeurs de soufre, s'élança contre le mur et disparut par un trou qu'il y fit.

Mandrino désigna la sculpture :

– Par ici, très précisément. On plaça l'ange pour cacher le trou ouvert dans le mur par le démon, car aucun maçon n'avait pu le boucher avec des briques et de la chaux. »

Fra Matteo da Bascio...

Ce soir, le nom du vénérable capucin chantait à Navarin. Qui aurait pu connaître cette légende vénitienne ? Qui, hormis Ricardo Mandrino ?

Il avait fallu que ce vieillard fou brandisse cette statuette d'ange bénissant pour que se ranime un souvenir vieux de quinze ans.

*

– Je reconnais que c'est troublant, fit Sophia Gliménopoulos. Mais ce n'est peut-être qu'une coïncidence.

– Une coïncidence ? C'est impossible !

– Pourquoi pas ?

– Parce qu'il faudrait imaginer que non seulement il y aurait eu un Italien parmi les marins, mais que cet Italien fût capucin et porteur du même nom que le héros de la légende vénitienne. Non, Sophia. C'est impensable.

– Très bien. Alors comment expliques-tu que ton époux n'ait pas confié au prêtre Athanassios sa véritable identité ? Comment expliques-tu que sain et sauf il ne soit pas rentré en Égypte ?

Schéhérazade resta silencieuse.

– Tu vois bien. C'est illogique.

– Je reconnais qu'il y a là un mystère. Il n'empêche que la réalité demeure : Ricardo est vivant.

– Dans ce cas, où est-il ?

Elle ne répondit pas tout de suite. Son regard parut se perdre dans le vide, avec une certaine lenteur elle glissa ses doigts le long de ses mèches noires.

– Je ne vois qu'un seul endroit au monde où il pourrait se trouver : Venise.

– Venise ?

– Oui.

– Pour quelle raison se serait-il rendu dans cette ville, au lieu de rentrer en Égypte ?

– Si la réponse existe, c'est là-bas que je la trouverai.

La Grecque plissa le front avec circonspection. Ou l'Égyptienne était folle, ou elle était aveuglée par sa foi. Dans les deux cas, elle se dit qu'elle aurait besoin de toute la protection divine.

CHAPITRE 5

Corinne Chédid détacha le voile noir qui jusque-là avait masqué son chagrin, et le posa doucement sur la commode.

Depuis ce matin, dix heures, sa mère reposait dans le grand cimetière gris de Pantin. On devait avoir froid sous terre, mais on ne devait plus souffrir. Les dernières heures de Samira avaient été un calvaire. Où donc était Dieu, dans ces moments-là ?

Maintenant, rue des Petits-Champs, le vide occupait toute la place. Qu'allait-il advenir d'elle ? Vers quoi la conduirait son destin ? Elle n'avait que vingt et un ans, mais sa vie semblait s'être arrêtée.

– Il ne faudrait pas que tu restes toute seule ici.

La voix de Judith Grégoire la ramena à la réalité.

– Je n'ai pourtant pas le choix. Où pourrais-je aller ?

– Je sais d'avance que ce que je vais dire est absurde, mais si seulement tu avais pu renouer avec ton père ! Tu ne te sentirais pas orpheline aujourd'hui. Amiral, pair de France, Honoré Ganteaume devait certainement disposer d'une fortune considérable.

– Comment aurais-je pu ? Ma mère et lui n'ont jamais été mariés et il n'a jamais voulu me reconnaître. De toute façon, il y a plus de neuf ans qu'il est mort, et je ne sais rien de sa famille. Quoi qu'il en soit, si j'avais eu à choisir entre le nom de Ganteaume et celui de Chédid, c'est pour ce dernier que j'aurais opté. Il m'a toujours paru plus noble. Un homme capable d'abandonner une femme et son enfant ne mérite que le mépris, tout pair de France soit-il.

– J'ai cru comprendre que ta mère et lui se sont connus au Caire, c'est bien ça ?

– Oui, Honoré faisait partie de l'expédition française qui a débarqué en Égypte. Lorsque Bonaparte a décidé de rentrer clandestinement en France, c'est lui qui fut chargé d'organiser le voyage du retour. Il a invité ma mère à le suivre à Paris. Il était pourtant déjà marié et père de deux enfants.

– Samira était au courant ?

– Oui.

– Elle a quand même accepté de le suivre.

– J'aurais du mal à la blâmer. Elle portait le deuil d'un premier mari, assassiné au cours des émeutes qui secouaient l'Égypte de cette époque. De plus, elle avait la responsabilité d'un bébé à élever, et ne pouvait compter sur aucun soutien familial.

– Je croyais votre famille très liée.

– À cause de son mariage. Malgré toutes les mises en garde et les menaces paternelles, elle a tenu à épouser l'homme dont elle était éperdument amoureuse. Un Turc, musulman. Mon grand-père, catholique et patriote convaincu, ne lui a jamais pardonné cette double trahison.

Elle ajouta avec une pointe de tristesse :

– Je reconnais toutefois que maman avait une certaine attirance pour tout ce qui brille. Le Turc était un janissaire, et les janissaires avaient un certain pouvoir en Égypte. Honoré Ganteaume était contre-amiral.

– Finalement, ta pauvre maman me fait songer à un papillon qui se serait brûlé à la lumière.

Corinne resta silencieuse. Sans le savoir, son amie avait résumé la partie cachée de l'existence de Samira. Une part secrète et inavouable parce que souillée d'innombrables hommes, tous de passage, anonymes. Parce que, après avoir été abandonnée par l'amiral, il lui avait fallu survivre. Une courtisane... C'était ainsi que l'on surnommait ce genre de femme.

Tout à coup, tout lui parut si lointain. Le papillon était en terre et Corinne sans lumière.

– Tu vas venir habiter chez nous.

Elle la fixa avec incrédulité.

– Oui, Corinne. J'y tiens. Ne fût-ce que quelque temps. Plus tard, lorsque le chagrin s'en sera allé et si tu le désires encore, tu pourras revenir ici. En attendant, tu vivras à la maison.

– Mais... c'est impossible... ton mari...

– J'en ai parlé à Georges. Il est d'accord. Il a même ajouté que ce serait plus simple pour toi puisque tu travailles dans sa boutique et que notre appartement se trouve au-dessus. Ainsi, tu n'auras pas à traverser tout Paris.

Émue et déconcertée, Corinne ne savait trop quoi répondre. La proposition lui allait droit au cœur, mais dans le même temps elle avait du mal à envisager de quitter cette maison. Ne serait-ce pas une désertion ?

– Fais tes valises... Je vais appeler un fiacre.

– Judith... Tu crois que c'est la bonne solution ?

– Fais-moi confiance, c'est la seule.

Elle désigna l'appartement.

— Ici, tu ne verras qu'elle. Lorsque tu essaieras de t'endormir, tu guetteras son appel ou ses gémissements. Viens, Corinne... Laisse faire le temps.

*

Le Pirée, 6 février 1828

Mes chers enfants,
À l'heure où vous lirez ces mots, je serai, si Dieu veut, en vue de Venise. Ricardo est vivant. Vous dire ici comment j'en ai eu la confirmation serait bien trop long, et le temps presse. Mais sachez-le : il est vivant. Pour des raisons que j'ignore encore, il a dû regagner la Sérénissime. J'imagine que la nouvelle vous surprendra tout autant qu'elle m'a surprise. En effet, comment expliquer qu'il ait pu choisir de regagner la ville de son enfance plutôt que celle où l'attendent les siens ? Je suis comme vous : je ne trouve guère de réponse satisfaisante. Ricardo nous expliquera. La pensée de revoir la cité dans la lagune me bouleverse. J'y ai connu le bonheur, je veux croire qu'il ne m'aura pas oubliée.
Dans mes moments de doute, je me réfugie auprès de vous. Je songe aussi à la ferme aux Roses. Aux premiers jours d'avril quand il faudra semer les graines de cotonnier. Je nous imagine tous les quatre réunis dans ce lieu magique et la confiance me revient.
Dites à Hassan que j'attends qu'il n'oublie pas de tailler les rosiers et de débarrasser la grande allée de ses mauvaises herbes. Je n'aimerais pas que Ricardo ait l'impression

qu'en son absence ce domaine qu'il aime ait
été, tant soit peu, laissé à l'abandon.

Vous me manquez très fort. Je vous serre
l'un et l'autre contre mon cœur.

Schéhérazade.

Giovanna referma le pli et le tendit à son frère.

– Veux-tu la relire ?

– Non.

– Qu'en penses-tu ?

Joseph poussa d'une chiquenaude la pointe d'ardoise qui lui servait à dessiner ses plans. Elle alla rouler lentement sur la carte du Delta dépliée devant lui.

– Puisqu'elle dit qu'il est vivant, ce doit être vrai. Sinon elle ne nous donnerait pas autant d'espoir.

– Papa se trouverait donc à Venise ?

– C'est en tout cas ce que laisse entendre la lettre.

– Mais enfin, réfléchis ! S'il a vraiment échappé à la mort, comment imaginer qu'il ait pu nous laisser sans nouvelles ? Ce serait monstrueux ! Papa n'est pas capable d'une telle cruauté.

– Que veux-tu que je te réponde, Giovanna ? Pour être sincère, je reconnais qu'il y a là en effet une certaine incohérence. Néanmoins, on pourrait supposer qu'un événement imprévisible s'est produit qui l'a empêché de revenir au Caire, que sais-je ? un contretemps.

– Un événement... ou alors, il s'agit d'autre chose...

– Autre chose ?

– Peut-être s'agit-il d'une décision que papa aurait prise.

– Tu insinues qu'il n'aurait pas été forcé de se rendre à Venise ?

– C'est la seule explication.

78

– Qu'est-ce qui aurait pu le pousser à agir de la sorte ?

La jeune fille médita avant de répondre :

– Si papa avait décidé de quitter Sabah, Navarin lui offrait une occasion idéale.

– Tu ne serais pas un rien perverse, ma sœur ? Ne viens-tu pas d'affirmer que Ricardo était incapable d'une telle cruauté. D'ailleurs pour quel motif aurait-il décidé de rompre avec le passé ?

– Tu le sais parfaitement.

Joseph émit une exclamation agacée.

– Tu vas encore me rebattre les oreilles avec cette prétendue brouille qui les a opposés ? C'est ridicule ! Crois-tu qu'à cause d'une banale altercation on puisse remettre en question quinze ans de mariage !

– Il ne s'agissait pas d'une prétendue brouille, et encore moins d'une banale altercation ! Ce qui s'est passé était bien plus grave.

D'un coup sec, le jeune homme plaqua son crayon sur le bureau.

– Écoute, Giovanna, je n'ai ni la patience ni l'envie de te contredire. L'amour que tu éprouves pour papa t'aveugle tellement qu'il suffirait qu'un moineau se pose sur son épaule pour que tu y voies aussitôt l'agression d'un aigle. Et je t'interdis de m'assener une fois encore que, si je parle ainsi, c'est parce qu'il ne s'agit pas de mon propre père. Un jour viendra où tu réaliseras que les rapports entre les êtres ne sont pas aussi simples, aussi parfaits qu'on le voudrait. Ce n'est pas parce qu'une fois par an le Nil déborde de son lit qu'il faut l'assécher. Maintenant, laisse-moi, veux-tu, j'ai du travail !

La porte qui claqua derrière Giovanna fit chuter un petit vase de porcelaine.

Venise, 10 février 1828

Un flot de nuages noirs, menaçants et pansus, roulaient au-dessus de la Sérénissime. L'orage n'allait plus tarder à éclater. Sur le pont du *Leone*, Schéhérazade frissonna. Était-ce bien la même ville qu'elle avait connue quinze ans plus tôt, un février identique à celui-ci ? Un soleil éblouissant l'avait accueillie alors. Venise resplendissait et les façades aquarellées vibraient sous les coups de boutoir de la lumière. Aujourd'hui le décor était tout autre. La haute tour de brique du campanile de la piazza San Marco avait la tête noyée de brouillard et l'on discernait à peine les coupoles de la basilique.

Des porteurs, des anonymes se pressaient autour d'une hampe au sommet de laquelle flottait le symbole de Venise : la bannière ornée du lion d'or ailé, sur fond bleu nuit parsemé d'étoiles. Un choc sourd retentit. Le vapeur venait de s'arrimer au quai.

*

Rien ne ressemblait à ce qu'elle avait connu. Ou était-ce à nouveau l'absence de lumière ? Cette gondole qui l'emportait vers la demeure de Ricardo Mandrino lui paraissait extraordinairement terne. Pourtant rien ne manquait. Ni les ors, ni le velours, ni le brocart qui habituellement tapissaient le fond et les parois de l'esquif. Même la proue, avec son cou de cygne frappé de dents de fer, avait perdu de sa rudesse.

Schéhérazade se rejeta en arrière et se blottit dans un coin de la felze, la petite cabine de bois érigée au centre de la gondole. Elle avait mal à Venise.

En lui ouvrant la porte, Mario Carducci, le vieux majordome, eut un mouvement de recul. Il mit un temps avant de se convaincre qu'il s'agissait bien de l'épouse de son maître. La surprise passée, il bredouilla en se courbant :

– Signora Mandrino, bentornata a casa.

Il ajouta très vite dans un français approximatif :

– Soyez la bienvenue, signora.

Schéhérazade franchit le seuil d'un pas hésitant.

– Bonjour, Mario.

À peine se fut-elle exprimée qu'elle s'étonna du tremblement de sa voix.

Le majordome esquissa un mouvement vers le ponton contre lequel s'était rangée la gondole.

– Vos bagages...

– Attendez.

Il s'immobilisa dans l'attente d'un nouvel ordre.

– Est-ce que... ?

La question qui lui brûlait les lèvres resta en suspens.

Elle avança jusqu'au milieu de la cour. Ses chaussures faisaient un bruit mat sur le pavement de marbre. Le puits en bronze et sa margelle étaient toujours au même endroit. Les murs ornés de frises se dressaient, inchangés. Au fond se devinait l'escalier d'or qui menait à l'étage. Tout était à sa place.

– C'è qualcosa che non va, signora ?

Elle répondit, lointaine.

– Non, Mario. Tout va bien.

Le gondolier chantonnait doucement. La cloche d'un campanile tinta dans la brume.

Elle revint vers le vieux majordome.

– Est-ce que le seigneur Mandrino est arrivé ?

Elle avait posé la question d'un seul trait, en retenant son souffle.

Couchée dans le lit à baldaquin elle écoutait la pluie qui tombait à torrents. Elle imaginait dans la nuit le Canal Grande qui enflait sous l'orage. Avant de se coucher, Mario avait pris la précaution de barricader de planches l'entrée de la maison. Dans les demeures avoisinantes, on avait dû faire de même, et demain, comme toujours après les grandes pluies, l'acqua alta, les hautes eaux seraient pour un temps maîtresses de Venise.

Lorsque Ricardo évoquait ces heures de tempête, il en parlait comme d'une guerre à quoi s'ajoutait le harcèlement quotidien des marées qui deux fois par jour montaient à l'assaut de la lagune. Qui l'emporterait, de la mer ou de la Sérénissime ? Si Venise devait sombrer, c'est sûrement un peu de la rédemption du monde qui disparaîtrait avec elle.

Ainsi, Ricardo n'était pas là. Au dire du vieux majordome, il n'était plus jamais revenu depuis leur dernier voyage. Mario suggéra de s'enquérir auprès des membres de la famille. Quelqu'un saurait peut-être ce qu'il était advenu du Vénitien.

Fra Matteo da Bascio...

Et si, comme l'avait envisagé Sophia, elle était réellement victime d'une extraordinaire coïncidence ?

Une fois encore, elle rejeta cette hypothèse. Dès demain, elle se rendrait chez la cousine de Ricardo, la comtesse Massima Ranieri. En attendant il fallait dormir. Le sommeil seul lui amènerait un peu de paix.

*

– Allora, Ricardo sarebbe morto a Navarino...

Assise bien droite, les jambes croisées sous une longue robe de satin noir, le cou cerclé d'une fine gorgerette rose pâle, la comtesse Massima avait à peine cillé en prononçant ces mots. Par la rigueur du ton employé, le commentaire ressemblait à une épitaphe. Au cœur de ce salon, parmi ce mobilier où se propageaient des reflets huileux, elle entrevoyait sans doute la pierre tombale de Ricardo Mandrino.

Elle reprit, en français cette fois, et toujours sur le même ton.

– Ainsi, mon cousin serait mort.

– Pardonnez-moi, signora Massima. Ce n'est pas ce que j'ai dit. Au contraire, je suis persuadée qu'il est vivant. J'espérais le retrouver ici.

– Hélas, ma chère... Je crains qu'il ne vous faille mettre un terme à cette espérance. Ainsi que je vous l'ai expliqué, voici plus de deux ans que ni mon époux ni moi-même n'avons eu la moindre nouvelle de Ricardo. J'ignorais même qu'il pût être mêlé, de près ou de loin, à cette affaire de Navarin.

– Il l'a été, hélas.

– Il faisait donc de la politique.

Elle ajouta, exhalant un soupir :

– Dommage... Je croyais que ce mariage l'aurait assagi.

Schéhérazade n'eut pas la force d'épiloguer. Un mur s'était toujours dressé entre Ricardo et sa famille. L'esprit d'indépendance du Vénitien, le plaisir qui le poussait à bousculer les traditions, son goût inné de la provocation, l'avaient depuis longtemps placé en marge des dogmes familiaux. En épousant Schéhérazade, une roturière, une Arabe de surcroît, il avait rompu les derniers liens.

Mais tout cela n'avait guère d'importance. La seule réalité qui ressortait de cet entretien était que sa quête débouchait sur une impasse.

Elle fit un dernier effort et demanda :

– Pardonnez-moi d'insister. Mais ne pensez-vous

pas que quelqu'un de votre entourage pourrait nous aider ? Un proche ?

La comtesse fronça les sourcils.

– Mi dispiace... Je ne vois pas.

– Un ami ? Une connaissance ?

La comtesse releva le menton.

– Ma chère, si nous, les Mandrino, ignorons ce qu'il est advenu de l'un des nôtres, nul ne pourrait le savoir. Les familles d'Occident sont très liées, vous savez.

Elle s'était exprimée avec hauteur.

– Tout de même... Une information, un indice...

La Vénitienne plissa le front pour donner l'impression de réfléchir.

– Forse, Luciano...

Le nom ne lui était pas inconnu.

– Vous voulez parler de Luciano Robusti ?

– Si. C'était un ami de Ricardo. Vous ne vous souvenez pas ? Vous l'avez connu pourtant.

Non seulement elle l'avait connu, mais il avait été le témoin de leur mariage.

La comtesse avança sans se départir de sa raideur.

– Mais je doute beaucoup qu'il soit au courant de quoi que ce soit. Maintenant... vous pouvez toujours essayer de l'interroger.

– Connaissez-vous son adresse ?

– Il habite tout près de Santa Maria della Salute. Entre l'église et la Punta della Dogana. C'est à deux pas d'ici.

Sans attendre, elle tira d'un coup sec sur un cordon de soie. Une clochette tinta.

– Je vais donner des ordres pour qu'on vous accompagne. Mais enfin... que de tourments nous aura causés Ricardo ! Au bout du compte, il serait bien capable d'être vivant.

Au moment où l'Égyptienne se dressait, elle dit encore :

– J'espère que vous ne m'en voudrez pas si je ne puis vous garder à dîner ce soir, mais nous sommes tenus de nous rendre chez les Mascoli. Je vous aurais volontiers proposé de nous accompagner... mais j'imagine que dans votre état... Et puis les Mascoli sont des gens si pointilleux... Leur imposer un couvert de plus... Vous comprenez, n'est-ce pas ?

Schéhérazade se dressa.

– Tout à fait, signora Massima. Rassurez-vous. J'ai parcouru la Morée, j'ai fait la traversée du Pirée à Venise ; après ce genre d'expérience rien n'est plus insupportable que l'inutile.

Elle partit vers le valet en livrée qui l'attendait sur le seuil du salon.

*

« À peine le couple eut-il apparu sur le campo Santi Giovanni e Paolo, que tous les regards sans exception convergèrent dans sa direction.

Intimidée, elle serra plus fort le bras de Mandrino.

Au moment où ils parvenaient au pied de la statue du condottiere, il y eut une salve d'applaudissements, accompagnés de vivats et de cris. Toute la place parut vibrer sous un déferlement d'allégresse.

– Qui sont ces gens ? chuchota Schéhérazade dépassée.

– Des amis qui nous témoignent leur sympathie.

Des airs de mandoline vinrent s'unir aux acclamations. Deux musiciens en costume d'arlequin s'étaient mis à jouer en avançant vers le couple, cependant qu'un troisième les précédait en esquissant des pas de danse.

85

– Tu vois, fit Mandrino, nous aussi nous avons notre musique.

Devant son air éperdu, il gratifia le dessus de son bras d'une petite tape affectueuse.

– Pourquoi cet affolement, fille de Chédid ? Je te le répète, ce sont des amis.

Déjà les premières personnes se pressaient autour d'eux, qui les saluaient d'un signe ou leur tendaient la main avec chaleur. Du rio dei Medicanti, le canal qui longeait le campo, montaient les hourras des gondoliers de passage.

Sans qu'elle s'en fût rendu compte, il l'avait entraînée au pied des marches d'un édifice en brique rose. En haut s'ouvrait une porte byzantine. Par enchantement, il n'y avait plus qu'eux deux. Elle et Mandrino.

Il murmura :

– L'église de Santi Giovanni e Paolo.

Il marqua une pause, puis :

– Je t'avais dit que nous serions ici pour une fête. En vérité, j'ai menti : il s'agit d'un mariage.

– Un mariage ?

– Oui, Schéhérazade.

Un nouveau silence.

– Le nôtre.

Il répéta d'une voix étonnamment calme :

– Celui de Schéhérazade l'Égyptienne et de Ricardo le Vénitien.

Elle articula péniblement :

– Tu ne me dis pas vrai...

– Je suis un mécréant. J'ai donné sans recevoir, j'ai reçu sans donner. J'ai brûlé des jours inutiles. Mais tout finit dès cette heure, au pied de cette église. Accepte mon nom, et je ferai de toi l'être le plus heureux de la terre. En disant oui, tu effaceras du même coup toutes les femmes, puisqu'il ne sera donné à aucune autre d'être plus comblée, plus vénérée que toi.

Dans le ciel, le chant des mandolines s'était tu, les arlequins figés. On n'entendait plus un murmure si ce n'est le clapotis du canal contre les rives.

À travers un voile humide, elle entrevoyait Mandrino, vision incertaine, trouble. Il ne mentait pas. Ce n'était pas un jeu. Elle était peut-être victime de sa folie, mais c'était le genre de folie qui aurait fait céder la raison la plus saine.

Elle trouva la force de chuchoter .

– Je... je ne sais pas si je t'aime.

– Tu m'aimeras. Tu m'aimeras car tu m'as déjà aimé. Avant. Depuis toujours. Avant même que nous nous trouvions. Ce sont des choses qui t'échappent, mais moi je les ai toujours sues de tout temps.

Elle sentait qu'autour d'elle Venise s'affaissait insensiblement avec ses cathédrales, ses places, ses palais.

Son père, Nadia, Michel, Karim... Autant de fantômes, de souvenirs qui filaient sur un torrent tumultueux, si rapide, si puissant qu'ils lui échappaient en dépit de tous ses efforts, de son âme tendue à vouloir les conserver.

– Veux-tu m'épouser, Schéhérazade ?

Son ventre se noua.

– Oui, murmura-t-elle. Oui, Ricardo. Je le veux. »

La pluie avait cessé et un soleil pâle tentait vainement de percer les nuages.

Le campo Santi Giovanni e Paolo était désert.

Schéhérazade marqua un temps d'arrêt devant l'église de brique rose, avant de se diriger vers l'arc central. Les battants de la porte byzantine étaient entrouverts. Elle franchit le seuil et avança lentement vers le centre de la nef.

Au-dessus d'elle, à peine éclairées, deux coupoles incrustées de mosaïques à fond d'or formaient un ciel sombre et bossué. Là encore, quelle différence entre cette triste lumière et les feux glorieux qui avaient baigné les piliers le jour de son mariage !

Réprimant son désir de fuir, elle s'agenouilla au pied du maître autel et fit un signe de croix.

La voix de Luciano Robusti résonnait encore à ses oreilles : *Je n'ai plus jamais revu Ricardo depuis le jour de votre mariage. Nous nous sommes écrit certes, mais c'est tout. Je suis sincèrement désolé. Si je peux vous aider...*

C'était la fin du voyage...

Elle regagnerait l'Égypte par le premier vapeur.

CHAPITRE 6

Au-dessus du port, le tonnerre roulait et se tordait. La nuit et le déluge n'allaient pas tarder à fondre sur la lagune. L'atmosphère lugubre serra un peu plus le cœur de Schéhérazade. Malgré le vent froid qui soufflait par rafales, elle ne se résignait pas à gagner sa cabine.

Son attention allait vers la bannière qui claquait furieusement, et revenait sur le quai où, dans la lumière des lampes fumeuses et des torchères, des porteurs achevaient de débarquer les denrées venues du Levant. Les îles grecques avaient livré la cire, le blé, le miel ; l'Égypte, le coton et le sucre. C'est de la Sérénissime que partiraient le bois, les pierres, les céréales et les verreries de Murano.

Une cloche résonna des entrailles de l'*Esperia*, une voix lança un ordre. On s'apprêtait à larguer les amarres.

Schéhérazade essaya de refouler ses larmes. Pour la dernière fois, elle fixa les maisons alignées dans les ténèbres crépusculaires, l'eau grisâtre du Rialto, et s'écarta à reculons du bastingage.

Soudain, elle se figea, sous l'empire d'une force intérieure. Dans la confusion des voyageurs, illuminée par un éclair, une silhouette se détachait nettement des autres. Un homme très grand, brun, à la démarche altière.

Son cœur s'emballa avec une telle violence qu'elle crut qu'il exploserait dans sa poitrine. La silhouette continuait d'avancer. Les doigts de Schéhérazade s'étaient repliés à son insu, ses ongles s'enfonçaient dans la paume, jusqu'au sang, comme si elle avait voulu que la douleur la convainque de l'authenticité des choses.

Un nouvel ordre fusait. Des marins se déployaient au pied de la passerelle.

Elle se rua, dévala les marches qui conduisaient au pont inférieur, d'autres marches encore. Elle manqua de tomber, se reprit à la rampe. Des voyageurs arrivaient dans le sens opposé, qu'elle bouscula dans sa course.

On soulevait le ponceau. Des cris accompagnaient sa course. Un marin cria une mise en garde, mais elle ne l'entendit pas. Un bref instant elle entrevit le sol qui se dérobait sous ses pas. Il y eut un bruit sourd. La passerelle retomba. Elle se retrouva sur la terre ferme. Sans se soucier de l'affolement qu'elle avait suscité, elle scruta la cohue à la recherche de la silhouette. Elle l'aperçut qui disparaissait derrière un alignement de caisses et de tonneaux.

Suffocante, épuisée, elle atteignit l'endroit où il avait bifurqué. Il n'était plus qu'à quelques pas. Son cœur battait toujours aussi furieusement. Elle essaya de reprendre son souffle. Le pas de l'homme était ferme. Le maintien irréprochable. Ses vêtements nets. Était-ce bien là le rescapé d'une guerre ? Un être aux abois ?

Elle voulut repartir, mais ses jambes refusaient d'avancer. Elles s'étaient rivées dans la pierre, l'esprit confronté à une terrifiante interrogation :

Si Ricardo avait décidé de quitter Sabah, Navarin

offrait à Mandrino une occasion idéale. Était-ce possible ?

L'homme venait de s'arrêter. Il s'adressait à quelqu'un d'un âge avancé, les joues recouvertes d'une barbe immaculée. En réalité, ce deuxième personnage n'avait jamais cessé d'être là, elle venait seulement de le remarquer. Ils allaient se remettre en marche.

Elle tendit la main, frôla l'épaule de l'homme qui se retourna.

Ses yeux d'un bleu vif plongèrent en elle, si fortement qu'on aurait cru qu'ils atteignaient son âme.

Elle voulut dire : « Ricardo. » Aucun son ne sortit de sa bouche. Elle aurait voulu se jeter contre lui. Son corps restait cloué au sol.

Il continua de l'observer. Sans émotion. Sa physionomie n'exprimait qu'une curiosité anxieuse.

– Possiamo aiutare la signora ? Pouvons-nous vous aider ?

Ce n'était pas lui, mais le vieil inconnu qui venait de parler.

Elle entrouvrit les lèvres.

– C'est mon mari...

L'inconnu fronça les sourcils.

L'autre personnage ne parut pas comprendre.

Elle effleura d'une main tremblante le revers de sa cape et répéta :

– C'est mon mari...

– Votre mari, signora ? Vous en êtes sûre ?

Elle fit « oui » en secouant la tête à plusieurs reprises.

– Votre mari ?

Cette fois c'était l'homme aux yeux bleus qui avait posé la question, avec un étonnement sincère.

Il poursuivit :

– Puis-je savoir votre nom ?

91

En même temps qu'elle reconnaissait le timbre grave et chaud de Mandrino, elle eut la conviction d'être plongée dans un cauchemar, une irréalité plus tragique encore que l'absence ou la mort. Elle balbutia, consciente pourtant de l'incohérence du dialogue.

– Schéhérazade...

Il la considéra d'un air désolé.

– Signora, observa le vieil inconnu. Vous faites peut-être une erreur. Êtes-vous certaine de...

– Une erreur ?

Elle le fixa, les prunelles dilatées.

– Une erreur ?

L'inconnu se voulut apaisant.

– Vi prego...

– C'est Ricardo !

Un bruit de tonnerre traversa le ciel et couvrit sa voix.

– Comment avez-vous dit ? Ricardo ?

– Ricardo ! Ricardo Mandrino !

Les premières gouttes de pluie claquèrent sur le sol. Schéhérazade emprisonna la main de l'homme et la serra de toutes ses forces.

– Dis-lui ! Pitié, dis-lui !

Il n'y eut pour toute réponse qu'une expression gênée.

– Ce n'est pas possible... Je...

Elle ne trouvait plus les mots. Le sang battait à ses tempes. La folie prenait possession de son être. À bout de force et de désespoir, elle se laissa tomber comme une fleur coupée contre la poitrine de l'homme. Bien que désemparé, il ne la repoussa pas. Un temps passa. Elle sentit qu'il refermait ses bras sur elle. Il la retenait, l'empêchait de fléchir.

Comment douter ? Elle connaissait cette étreinte, comme elle savait l'odeur de la peau et ce parfum d'ambre. Rien au monde, nulle puissance n'aurait pu la convaincre du contraire. Elle avait reconnu sa terre, ce territoire était le sien.

Maintenant, un déluge massif s'abattait sur eux en lourdes nappes.

Elle crut entendre dans un fond de brume la voix du vieil inconnu qui disait :

– Calmez-vous, signora. Je vous crois. Je crois que vous dites vrai. Mais partons d'ici. Venez, venez...

– Mon nom est Enrico Manin. Ma famille, à l'instar des Mandrino, est issue de la vieille noblesse vénitienne. Il y a six mois environ je me trouvais au Pirée afin de procéder à la liquidation de certaines affaires. La bataille de Navarin laissait croire que le commerce avec la Grèce ne serait plus viable avant longtemps. C'est au Pirée que ma route a croisé celle de votre époux.

Schéhérazade, mains jointes, attendit patiemment qu'il poursuivît, se gardant de faire le moindre commentaire de peur de briser le fil.

– J'étais en train de remettre une lettre de créance à l'un de mes correspondants grecs qui tenait un débit d'huile vierge dans une ruelle du port. C'est derrière le comptoir que je vis Ricardo. Je ne le reconnus pas tout de suite. Comment aurais-je pu imaginer que ce personnage mal rasé, à la propreté douteuse, se livrant à un modeste travail de manutentionnaire, était le noble descendant des Mandrino, d'autant que cela faisait plus de quinze ans que je n'avais eu l'opportunité de le rencontrer.

» Dans un premier temps ce fut son allure qui me frappa, puis s'installa la conviction que l'individu m'était familier. Je questionnai alors mon client grec. Il m'expliqua qu'aux alentours de décembre il avait repéré l'homme errant sur le port. Il semblait à la

recherche d'un emploi et ne s'exprimait qu'en italien.
Ce fut cet élément qui décida Demetropoulos – c'est le
nom de mon commerçant – à embaucher le personnage. En effet, l'essentiel de sa clientèle se composait
d'Italiens ou de Vénitiens. De plus, la stature imposante de l'homme laissait supposer qu'en dépit de son
âge il pourrait être utile pour des travaux physiques
tels que le chargement des barils ou d'autres tâches
de ce genre. C'est ainsi que Ricardo – mais j'ignorais
encore qu'il s'agissait de lui – entra au service du
Grec.

– Mais alors, comment avez-vous eu confirmation
de son identité ?

– J'y arrive...

Il marqua une pause et demanda, comme si l'idée
revenait à son esprit :

– Vous ne voulez vraiment pas boire quelque
chose ?

– Je vous remercie. Poursuivez, je vous en prie.

– Je demandai à Demetropoulos si l'homme lui
avait fait des confidences sur son passé ou sur les raisons de sa présence au Pirée. Il me répondit qu'en
dépit de tous ses efforts il n'avait rien pu obtenir,
même pas un prénom. Il en conclut que l'individu
avait peut-être quelque chose à se reprocher, aussi il
n'insista plus, décida de le baptiser Alecos, et se rési-
gna à ne plus l'interroger. Vous imaginez que tout
cela ne fit qu'attiser ma curiosité. Je sollicitai du Grec
de pouvoir m'entretenir avec son employé, et je fus
mis en présence de Ricardo.

Enrico Manin caressa doucement les plis de sa
barbe, songeur.

– À croire que l'existence est un curieux écheveau... Il suffit de presque rien pour que le fil se noue
ou se rompe à jamais.

Il se reprit :

– Il ne me fallut pas longtemps pour arriver à une tout autre conclusion que celle de Demetropoulos. Mon interlocuteur n'avait rien d'un fuyard ni d'un hors-la-loi. Il était frappé d'amnésie.

Amnésie... le mot à peine lancé, elle crispa ses doigts sur un des bras du fauteuil, une pâleur terrible l'avait envahie. Mais elle ne dit rien.

– Dès lors, poursuivit Manin, je sus que notre échange ne déboucherait sur rien. Je décidai donc de mettre un terme à notre dialogue, lorsque tout à coup, alors que l'homme me serrait la main, je m'aperçus qu'il portait une chevalière. Je le priai de me laisser l'examiner. Sur la face était gravé un blason fascé en forme d'amande, avec en relief un cheval emballé.

– Les armoiries des Mandrino...

– Parfaitement. Le personnage qui se tenait devant moi était bien Ricardo.

Schéhérazade essaya de maîtriser le trouble intérieur que l'incroyable histoire avait fait naître en elle. Enrico Manin dut lire dans ses pensées, car il se pencha doucement et dit compatissant :

– J'imagine les sentiments qui vous habitent, madame... retrouver miraculeusement quelqu'un que l'on croyait mort, et ne saisir de lui qu'une ombre...

– Ensuite ? Qu'avez-vous fait ?

– Vous pensez bien que je ne pouvais abandonner un compatriote, un frère de noblesse, dans une telle situation. J'ai dédommagé Demetropoulos, et après avoir révélé à Ricardo qui il était, je l'ai convaincu de m'accompagner à Venise. J'estimais que c'était le seul endroit où il aurait une chance de recouvrer la mémoire. J'ignorais bien sûr qu'il était marié, encore plus qu'il vivait en Égypte.

– Ainsi, vous rentriez du Pirée lorsque je vous ai aperçus...

– En effet... Nous venions tout juste de débarquer et je m'apprêtais à emmener Ricardo chez moi. Demain j'avais prévu de le mettre en présence des siens. Car je crois me souvenir qu'il a encore de la famille ici. Une cousine, me semble-t-il.

Il fit une ultime pause et conclut :

– Mais il va de soi que je n'en vois plus l'utilité, puisque le destin vous a placée sur notre route.

Un silence oppressant s'instaura dans la pièce. Y avait-il dans ce dénouement imprévisible une volonté occulte de châtiment ?

Zeus foudroya Asclépios.

La chute de cette légende mythique racontée par Ibrahim revêtait des allures de symbole. Pourtant, à quel moment avait-elle cherché à bouleverser l'ordre de la nature ? En quoi refuser de se soumettre à la fatalité faisait-il offense à Dieu ? À moins que ce ne fût un dieu barbare, opposé au bonheur de ses créatures. Dans cette éventualité que faire, sinon lutter et vaincre la barbarie ? Après tout, l'exemple d'Asclépios n'était que l'une des innombrables pages enténébrées qui foisonnaient dans le monde mythique. Il en existait d'autres qui évoquaient la lumière. Le Jacob de l'Ancien Testament n'était-il pas sorti grandi de son combat ? Elle tenait déjà une partie de sa victoire puisqu'elle avait retrouvé Ricardo. Maintenant il lui restait à poursuivre son œuvre, jusqu'à ce qu'à son tour il se rendît à elle.

Elle quitta le fauteuil où elle était demeurée tout le temps du récit de Enrico Manin.

– Je crois qu'il est temps que je parle à Ricardo.

– Bien sûr. Il attend dans la pièce à côté. Cependant...

Il laissa la phrase en suspens.

– Oui ?

– Ai-je besoin de vous avertir que devant ses

absences de souvenirs, vous risquez d'avoir plus mal encore.

Un pâle sourire se dessina sur les lèvres de Schéhérazade.

– Il est vivant, monsieur Manin.

– Cette randonnée à cheval...

– Nous sommes partis, tous les trois, toi, moi et Joseph. Nous avons galopé plus de deux heures le long des dunes. Nous nous apprêtions à rentrer lorsque l'enfant te demanda, en désignant la pyramide la plus haute :

« Es-tu déjà monté au sommet ? »

Tu as répondu par l'affirmative.

Joseph dit encore :

« Tu recommencerais un jour, avec moi ? »

Il avait à peine fini sa phrase que déjà tu avais sauté à terre. Tu t'es tourné vers moi et tu m'as lancé :

« Vous joignez-vous à nous ? »

J'exprimai ma réprobation : Joseph n'avait alors que onze ans.

En guise de réponse, tu as tendu les bras vers lui et tu l'as aidé à descendre de cheval. J'ai à nouveau protesté :

« C'est de la folie ! Vous allez vous casser le cou ! »

Tu as aussitôt répliqué :

« Si le gnome corse y est arrivé, je ne vois pas ce qui nous empêcherait de faire pareil. »

Mandrino cilla, intrigué :

– Le gnome corse ?

– Tu parlais ainsi de Bonaparte. Tu n'avais guère de sympathie pour lui.

– En effet. Comment aurais-je pu en avoir ? Il a pillé ma ville.

– Tu te souviens donc ?

Il se tendit légèrement comme s'il s'apprêtait à se relever.

– Comment vous dire... ?

Elle lui prit fiévreusement la main.

– Non, Ricardo...

– Pardon... Comment *te* dire... Je peux lire des pans entiers de ma mémoire. Pour je ne sais quelle obscure raison, l'Histoire en fait partie. Ensuite il y a mon enfance et, confusément, Venise. Je dis confusément, car il m'est arrivé dans mes ténèbres d'entrevoir une cité sur l'eau, sans jamais pouvoir la situer. C'est seulement lorsque Enrico a évoqué la Sérénissime que j'ai fait le rapprochement.

– Quoi d'autre ?

– Des figures, des paysages indistincts, qui me font l'effet de galets qui tremblent au fond de l'eau. Ou encore, la sensation d'ombres qui avancent et reculent sans jamais constituer une image nette et définitive.

Il baissa les paupières et fixa le sol.

– Par exemple, cette vue qui m'apparaissait du haut d'un sommet. À présent, grâce à toi, je sais son origine. Je la comprends.

Il parut se concentrer un peu plus.

– D'un côté, un désert coloré de rose. De l'autre, le ruban d'un fleuve...

– Le Nil.

– Le Nil accolé à la campagne verdoyante. Un crépuscule qui prolonge la courbe des dunes. La transparence de l'air, et surtout... surtout la perception très nette de surplomber les frontières de la vie et de la mort.

Il se tut. Un trouble intense déformait ses traits, comme si de l'intérieur une pointe cherchait à les remodeler.

Sa voix laissa tomber sourdement :

– Et puis il y a toi...

Il tendit sa main vers elle et effleura sa joue.

– Ton apparence m'est étrangère, pourtant j'ai l'impression de te savoir par cœur. Un instinct animal me souffle que mon salut ne peut exister qu'à tes côtés. Confusément, à te dévisager, je sens une émotion, mais elle est aussi transparente que le cristal et, pourquoi mentir ? dépourvue de densité. Lorsque je repense à tout ce que tu m'as confié, à cette volonté têtue qui envers et contre tout t'a entraînée sur mes traces, je ne peux que m'interroger avec frayeur. Pourquoi ? L'amour qui nous liait était-il donc si grand qu'il méritât tant de dévotion ? Était-il si unique, pour que tu prennes le risque de lui sacrifier ta vie ?

Elle ne répondit pas tout de suite. Elle le considérait longuement comme si elle cherchait à lui transmettre sa pensée. Quels mots ? Lesquels seraient assez puissants pour traduire l'intraduisible. Elle était détentrice du manuscrit de leur passé. Si elle le remettait à Ricardo, il n'y verrait que des signes cabalistiques et un langage codé. Seule une clé lui aurait permis de décrypter le texte, mais elle était enfouie dans la nuit de sa mémoire.

Elle déclara à voix basse :

– Nous allons rentrer en Égypte. Veux-tu ?

Il fit « oui ». Puis, avec une certaine retenue :

– Giovanna... c'est bien ainsi que... qu'elle se prénomme ?

– Oui. Et sache qu'elle est ton portrait.

Il eut une expression presque juvénile.

– Je présume qu'elle aime son père ?

– Me croiras-tu si je te réponds qu'elle l'aime au point de s'inscrire en rivale ?

– Lui, c'est Joseph...

– Treize ans les séparent.

– Ce grand domaine que tu m'as décrit, Sabah, j'ai du mal à l'imaginer.

– Pourtant il existe. Tu le verras. Tu remonteras l'allée, et tout te semblera familier.

Il resta silencieux, sa main se tendit vers une carafe de cristal.

– Puis-je vous servir un peu de vin ?

Le vouvoiement lui était revenu, naturellement. Elle se détourna pour qu'il ne vît pas sa peine.

– Je bois très rarement. Et jamais hors des repas.

Il se servit, et enveloppa le verre dans ses deux mains.

– Tout ce que l'on a su et qu'il faudra réapprendre. C'est effrayant. Cette sensation d'être, sans être. De respirer, et de se sentir au bord de l'asphyxie, de savoir le cœur qui bat, avec au fond de soi la rigidité du cadavre.

– Ricardo, fais-moi confiance, tout reviendra avec le temps.

– Le chemin risque d'être long, et rien n'assure que je ne m'égarerai pas.

· Moi, *moi* je te l'assure, car je connais par cœur tous les points de repère. Il suffira simplement que je te les montre du doigt.

Il porta le verre à ses lèvres et but une large rasade.

– Voulez-vous que je vous dise... Ce n'est pas la peur de refaire le voyage qui me trouble... Non. Ce serait plutôt l'idée de ne plus être qu'un malade que l'on traîne derrière soi.

Elle voulut protester.

– Laissez-moi finir, je vous prie. Même si le passé n'est plus, les instincts demeurent. J'ignore si nous avons jamais abordé ce genre de discussion, mais sachez que je crains la mort. Elle m'épouvante.

– Je sais...

Il eut l'air surpris.

– Oui, nous en avons parlé. La mort est ton sujet favori.

– Pourtant, cette peur devient tout à fait anodine devant la honte de ne plus servir à rien. Je ne supporterai pas de vivre inerte. Jamais.

Il répéta avec force :

– Jamais.

Il se tut, contemplant le dépôt ambré au fond de son verre.

Elle se pencha vers lui.

– Je te propose un pacte.

– Un pacte ?

– Nous allons tenter de reconstituer la mosaïque. Mais si nous devions échouer, tu partiras. Tu partiras aussitôt que tu le voudras. Car...

Elle marqua un temps avant d'achever sa phrase.

– Car moi non plus, je ne pourrai pas vivre inerte.

– Comment cela ?

– Si j'étais amputée... Amputée de toi.

Une légère vibration s'était insinuée dans sa voix, tandis qu'elle poursuivait :

– Vivre à tes côtés, sans te partager, sans *te* vivre, serait, je crois, pire que l'absence.

Elle emprisonna le visage de Mandrino entre ses mains, promena un index autour de ses lèvres, le long des sillons gravés dans la peau. Chaque effleurement déversait en elle une énergie insoupçonnée. Et de la chair retrouvée filtrait la lumière.

– Tu es vivant...

CHAPITRE 7

Égypte, 2 mars 1828

Les cuisses fermement appuyées sur les flancs du pur-sang, Giovanna galopait le long des rives du Nil, entre eucalyptus et palmiers. Le vent fouettait ses joues de grains de poussière ; par moments, il griffait sa peau, mais elle n'en avait cure. Elle filait, livrée tout entière à son ivresse.

Sur sa droite, les trois cents minarets du Caire s'élançaient vers le soleil.

La jeune fille continua sa chevauchée, guidant sa monture, lui imposant son rythme avec la maîtrise d'une cavalière chevronnée. C'était dans ces moments-là, alors qu'elle ne faisait plus qu'un avec la nature, que Giovanna se sentait pleinement heureuse. Cependant, ce bonheur eût été incomplet si au bout de la course elle n'avait eu rendez-vous avec le fleuve-dieu.

Une inflexion des doigts sur les rênes, et Shams ralentit le pas, le galop se transforma en un trot docile. La cavalière et son coursier parcoururent encore une demi-lieue, jusqu'à ce que, obéissant à une nouvelle pression, la bête s'immobilisât.

Giovanna sauta à terre et courut vers la berge.

Le vainqueur du plus vaste désert du monde parut lui tendre les bras. Il l'attendait comme un amant fidèle. Elle alla s'asseoir au plus près de la rive, sans se soucier de la terre argileuse qui souillait ses vêtements. Après avoir dénoué ses sandales, elle remonta aussi haut qu'elle put les extrémités de son pantalon bouffant, et plongea ses jambes dénudées dans les flots lourds du fleuve. Aussitôt elle parut se transfigurer, tandis qu'un sentiment de bien-être indescriptible envahissait les fibres de son corps. Elle se dit qu'aucun doute, jamais, ne pourrait ébranler sa certitude : elle était bien une fille du Nil.

L'Égypte est une ville de poussière avec un arbre vert. Le Nil la partage : bénis soient ses voyages du matin et ses voyages du soir. L'Égypte est tantôt perle blanche, tantôt fragment doré, tantôt émeraude et tantôt tapis multicolore.

Chaque fois qu'elle se retrouvait au contact de ces rives ocre, le poème ancien refleurissait dans sa mémoire. Son auteur, le conquérant Amr ibn al'as, avait certainement dû vénérer cette terre et son fleuve, au moins autant que Giovanna.

Ses paupières se soulevèrent, elle embrassa le paysage du regard. Là-bas, en amont, quelques femmes avançaient le long de la berge, une gargoulette posée en équilibre sur le crâne. Drapées dans leur mélaya [1] de mousseline noire, elles faisaient songer à de gracieux funambules suspendus sur un filin d'argile. Leur démarche était souple, le mouvement de leurs reins ondoyant comme la soie. Par intermittence, l'arous [2] qui pendait entre leurs yeux, accrochait au passage un éclat de lumière qui ajoutait à la féerie.

1. Sorte de voile dans lequel se drapent les paysannes égyptiennes.
2. Agrafe de métal qui sert à maintenir le voile des femmes accroché sur leur visage.

Giovanna pensa : quelle différence avec la morne livrée du désert ! Ici était le royaume de la vie, en opposition totale avec celui des fantômes et des âmes, ce lieu mythique où, selon les anciens, le Nil prenait sa source.

Elle se pencha en avant, puisa dans ses paumes un peu d'eau et s'en aspergea les joues, le front, le cou.

Bientôt viendrait la saison de la crue, le moment que Giovanna préférait. Le fleuve aurait cette couleur rouge-brun dont usaient les Égyptiens de jadis pour peindre la chair des hommes. Bientôt, du fin fond des plateaux africains, les torrents charrieraient la vase féconde, gonflée de marais, de forêts vierges et des rivières d'Éthiopie. Du Nil bleu au Nil blanc, le chant glorieux de la vie se répandrait sur la vallée, jusqu'aux confins du Delta.

Je suis tout : le passé, le présent et l'avenir ! rugirait le fleuve-dieu, empruntant les mots de la déesse Neith.

Alors ce serait la *nuit de la goutte d'eau*. Cette nuit sublime entre toutes, au cours de laquelle les larmes d'Isis pleurant son époux Osiris mort ensemenceraient la terre.

Giovanna demeura encore un moment, l'esprit voyageur. Lorsqu'elle se décida enfin à rentrer, le soleil commençait à pâlir au-dessus du paysage. Elle contempla à regret le rêve liquide qui coulait vers le nord. Ses lèvres articulèrent un au revoir, puis elle remit ses sandales et enfourcha sa monture. L'instant d'après, l'étalon majestueux filait comme le vent sur la route qui menait à Sabah, laissant dans son sillage une petite tornade de poussière ocre.

Deux heures plus tard apparurent les contours du domaine, la grande maison blanche percée de moucharabiehs, les sycomores, les écuries, les palmiers oscillants. Un cavalier franchissait l'entrée. Il devait sans doute s'agir de Hussein. Décidément, ce brave garçon d'écurie ne se guérirait jamais de ses inquiétudes. Chaque fois qu'elle partait en randonnée, refusant de se faire accompagner, il restait à se morfondre, priant le Très-Haut pour qu'elle revînt saine et sauve. Ensuite, la crainte l'emportait et il partait à sa recherche.

Pourtant... non, ce n'était pas Hussein. Le jeune homme montait à cru, or le coursier qui venait à sa rencontre était dûment sellé. C'était Joseph. Un sentiment d'inquiétude la traversa. Il n'était pas dans les habitudes de son frère de quitter ses travaux à une heure aussi matinale. Elle pensa tout de suite à sa mère. Peut-être un courrier ?

Elle se lança à sa rencontre.

À mesure qu'elle se rapprochait, l'inquiétude se précisait. Joseph criait, gesticulait, en proie à une vive excitation. Bientôt les deux cavaliers furent tout proches. Ce fut comme si le vent du désert s'engouffrait d'un seul coup dans la poitrine de Giovanna.

– Ils sont de retour ! ! Ils sont de retour ! ! Papa est ici ! Il est vivant !

Elle sauta à bas de son cheval, et remonta en courant l'allée centrale. Ricardo l'attendait, debout au pied de la véranda ; à ses côtés, Schéhérazade faisait de grands signes de la main.

Elle allait se jeter au cou de son père, lorsque quelque chose l'alerta dans l'expression un peu distante qui habitait ses traits. Elle voulut mettre cela sur le compte de la fatigue du voyage. L'accueil fut tendre, mais sans chaleur. Dans cette voix qui disait : « Giovanna », elle ne reconnut pas la ferveur habituelle. Que se passait-il ? Ses bras se nouèrent autour de la taille de Ricardo. Elle avait beau se serrer du plus fort qu'elle pouvait contre lui, le malaise grandissait.

Tout au long de ces six mois, elle avait gardé en secret ses manques, elle avait contenu ses larmes, estimant Mandrino seul apte à les accueillir. Voilà que maintenant, sans qu'elle pût en définir la raison, son instinct lui criait que les lui révéler aurait été vain.

Elle se détacha, leva les yeux vers son père et fut bouleversée par ce qu'elle découvrit : il la détaillait, mais avec une curiosité animale.

Épouvantée, elle fit un pas en arrière.

La voix de Schéhérazade s'éleva alors entre eux.

– Venez, mes enfants, fit-elle. Entrons.

Assise dans un coin du divan, les pieds nus repliés sous elle, Giovanna écoutait attentivement les explications de sa mère, entrecoupées par les questions empressées de Joseph. Elle buvait Ricardo des yeux.

Au désarroi du premier instant avait succédé un sentiment confus, fait d'un inexprimable bonheur et d'incompréhension. Bonheur de ces retrouvailles, auxquelles elle reconnaissait n'avoir jamais cru. Incompréhension face à cette mystérieuse maladie qui frappait Ricardo et possédait le pouvoir de prolonger l'absence. Son père était bien là pourtant. Physiquement c'était le même homme. Certes, sa chevelure qu'elle avait connue noir de jais était aujourd'hui parsemée de lueurs blanches. Sa peau était plus hâlée, de nouvelles rides avaient fait leur apparition aux commissures des lèvres. Si quelque chose avait vraiment changé en lui, c'était l'éclat du regard : il avait perdu de sa lumière.

La servante nubienne venait de pénétrer dans le salon, un plateau à la main. Elle alla vers son maître et le dévisagea avec une expression mystique.

– Mon bey, j'ai beau vous regarder, je n'arrive pas à y croire.

Mandrino répliqua avec une certaine gaucherie.

– Vous savez, Khad...

Il buta sur le nom de la servante.

Joseph vint à son secours.

– Khadija.

– Khadija... j'ai moi aussi bien du mal à y croire.

La servante posa devant lui un verre de karkadé.

– Votre boisson favorite... Sans sucre. Comme vous aimez.

Le Vénitien plissa le front.

– Ma boisson favorite ?

– « Un verre de karkadé vaut tous les trésors du palais. » C'est ce que vous me répétiez tout le temps. Vous n'avez pas...

– Khadija, coupa précipitamment Schéhérazade, ça ira. Merci.

Décontenancée, la Nubienne hésita un moment, puis, devant l'expression soutenue de sa maîtresse, elle aligna les autres boissons sur le plateau d'argent et quitta la pièce en jetant au passage un coup d'œil circonspect sur Mandrino.

Ce dernier avait saisi le verre et le contemplait silencieusement.

Une expression nouvelle s'était insinuée sur ses traits.

Il continua d'observer le breuvage pourpre.

Schéhérazade déclara, mal à l'aise :

– Pardonne à Khadija. Je n'ai pas jugé utile de lui expliquer la situation. Non plus qu'à Hussein d'ailleurs.

L'éclatement sourd d'un verre qui se brise l'interrompit.

Giovanna et Joseph se regardaient tétanisés.

Des filets de sang coulaient le long du poignet de Ricardo.

– Mon Dieu, s'exclama Schéhérazade d'une voix étouffée.

Elle voulut se précipiter au secours de son mari, mais il la stoppa d'un geste impérieux. Il se mit debout. Sa figure avait pris un teint de cire, presque fantomatique, il dressa sa main sanglante vers la femme.

– Non. Laissez-moi. Laissez-moi, je vous prie. J'aimerais être seul.

En fin de soirée, la tension provoquée par l'incident n'était toujours pas retombée.

Schéhérazade et ses deux enfants s'étaient réunis sur la véranda. Au-dessus d'eux, le calme crépuscule faisait un contraste avec l'atmosphère tendue qui régnait autour des trois silhouettes. Lorsque, timidement, Khadija leur proposa de servir le dîner, chacun refusa et leurs prétextes sonnèrent faux.

Giovanna leva le front vers la lampe cuivrée qui se balançait doucement au plafond. En réalité, elle fixait la chambre située à l'étage supérieur. Ricardo s'y était enfermé.

Joseph reprit :

– Maman, je suis persuadé que seul un docteur pourrait aider papa.

– Je le crois aussi, approuva Giovanna.

– De plus, nous avons la chance de pouvoir nous accorder les services du médecin le plus compétent d'Égypte. Pourquoi nous en priverions-nous ?

Schéhérazade écarta du pli de sa tunique un fil imaginaire.

– Je suppose que tu veux parler du Dr Clot ?

– Bien sûr.

– Malheureusement, j'ai bien peur que, malgré toute sa science, Clot ne puisse faire grand-chose.

– Pourquoi ? questionna Giovanna.

– Parce que votre père ne souffre d'aucune maladie organique. Un voile est tombé sur sa mémoire, et aucun homme de science, si savant soit-il, ne pourra le soulever.

Joseph insista :

– Mais nous ne perdons rien à le consulter. Clot est le médecin attitré de la cour. Papa et Mohammed Ali ayant toujours été très liés, le pacha se fera une joie de nous aider.

– Je ne doute pas de la réponse favorable du vice-roi. C'est Ricardo qui refusera.

– Comment peux-tu en être si sûre ? s'étonna Giovanna.

– Parce que je connais son caractère. Il ne supportera pas l'idée d'être traité en malade ; en quoi il aura raison, puisque, je vous le répète, il ne souffre d'aucune maladie organique.

– Nous pourrions au moins essayer de le convaincre. S'il existe une chance, une seule, que le Dr Clot puisse le guérir de son amnésie, il serait absurde de ne pas la tenter.

– Peut-être... Mais pour ce faire, Ricardo devrait sortir de son mutisme et accepter le dialogue.

Une lueur palpita dans ses prunelles.

– Je vous avoue que j'ai cru que le retour en Égypte ne serait pas une trop rude épreuve. Apparemment, je me suis trompée. Quoi qu'il en soit, je ferai parvenir un message au vice-roi.

Elle se tourna pour quêter l'approbation de Giovanna. Sa fille n'était plus là.

Elle écarta le battant avec précaution. La chambre était plongée dans le noir. Ricardo, allongé sur le dos, les mains croisées sous la nuque, semblait assoupi. Elle entra, incertaine, laissant la porte entrebâillée. Guidée par le rai de lumière qui se déversait du couloir, elle se rapprocha lentement du lit.

La voix profonde de son père retentit presque aussitôt :

– Qui est là ?

Elle faillit repartir.

– C'est moi. Giovanna.

– Giovanna ? Que veux-tu ?

– Te voir. Te parler.

Il y eut un bruit de couvertures froissées.

– Tu peux me demander de repartir, mais je...

Elle prit une rapide goulée d'air.

– ... Je ne sais pas si je t'obéirai.

Elle sentit qu'il bougeait à nouveau. Elle se campa aux aguets.

– Tu as donc pour habitude de désobéir ?

– Pas toujours.

Grâce à la lumière diffuse qui filtrait à travers l'entrebâillement de la porte, elle pouvait lire les traits de Ricardo. Elle crut y déchiffrer un encouragement à poursuivre.

– Je crois qu'il y a des moments où si l'on obéit on y perd.

Il se releva à moitié.

– C'est ce que tu éprouves en ce moment ?

– Oui.

Il effleura de sa paume le rebord du lit.

– Assieds-toi.

Elle obtempéra sans hésiter.

– Tu voulais me parler ?

– Oui. Je... je voulais te dire que je comprends ce qui t'arrive. Il me semble que si tu es malheureux, ce n'est pas vraiment à cause de ta maladie. C'est pour une autre raison.

– Ah...

– Tu sais combien nous t'aimons.

Il fronça imperceptiblement les sourcils.

– Et d'être aimé me rendrait malheureux ?

– Bien sûr.

– Pourquoi donc ?

110

– Parce que tu n'arrives pas à nous rendre cet amour. Au lieu de te faire du bien, il te blesse. Mais je ne t'en veux pas.

Un sourire effleura les lèvres de Ricardo.

– Décidément, tu es quelqu'un de bien étrange.

– Ne suis-je pas ta fille ?

Il ne répondit pas. Sa main se tendit vers des allumettes sur la table de chevet. Il prit la lampe à huile posée tout à côté et mit le feu à la mèche. La chambre parut se ranimer.

– Très bien, Giovanna. Je vais t'ouvrir mon cœur. Si je devais te faire de la peine, je te demande pardon d'avance. Tu as raison lorsque tu dis que votre amour me blesse, plus qu'il ne me rend heureux. Depuis que j'ai retrouvé ta maman, que je *vous* ai retrouvés, j'ausculte mon âme dans l'espoir d'y découvrir une émotion : si j'y trouvais de la douleur elle serait aussi bienvenue que la joie. Si j'essayais de contraindre mes émotions, je sais d'avance que rien de bon n'en sortirait. Je me sens comme un marcheur qui avance dans une nuit glaciale et qui n'a pour repère que le bruit de ses pas.

Au fur et à mesure qu'il parlait, la tension faisait trembler son visage. Ses paupières s'alourdissaient.

– Voilà, tu sais tout.

Elle éprouva un léger frisson lorsque la main de Mandrino frôla ses cheveux.

*

Une aube douce se levait sur Sabah. Allongée en chien de fusil sur son lit, Schéhérazade observait les premiers rayons de soleil qui s'infiltraient insensiblement à travers les petits losanges creusés dans le moucharabieh. Bientôt s'élèverait la voix familière du muezzin qui, du haut de la mosquée de Guizeh, appellerait les fidèles à la première prière du jour. Elle se retourna sur le dos, rejetant le drap sur ses cuisses. Voici qu'au chagrin de l'âme s'était greffée une oppression physique. Pendant tout le temps qu'avait duré l'absence de Ricardo son corps s'était tu. La détresse engendrée par la séparation n'avait pas laissé de place au désir. Mais depuis qu'elle l'avait retrouvé, l'envie de lui s'était réveillée, sa chair le réclamait tout aussi naturellement qu'elle s'était assoupie. Le savoir couché dans la chambre voisine, à quelques pas d'ici, percevoir son souffle, imaginer sa peau sans pouvoir le toucher, la laissait brisée, pantelante.

Que pouvait-elle faire ? Rien sinon espérer que le temps mettrait fin à ce cauchemar.

Elle tendit l'oreille. Un bruit résonnait dans le couloir ; elle identifia le pas de Ricardo. Où allait-il ? Comment avait-il passé la nuit ? Elle faillit l'appeler, mais se mordit les lèvres. Tout était si fragile. Le mot le plus banal devenait un miroir déformant.

Le pas s'était immobilisé. Un trait d'ombre cachait le jour sous la porte. D'un geste vif, presque apeuré, elle remonta le drap sur ses épaules et attendit. Elle imaginait la main qui allait frapper contre le battant. Sa bouche s'entrouvrit prête à prononcer le prénom de son mari. Mais la main avait dû retomber, car le trait d'ombre avait disparu.

Ses doigts se crispèrent sur la frange de batiste.

C'est à ce moment qu'elle entendit trois coups secs.

Ricardo entra. Elle fut tout de suite frappée par le calme qui émanait de ses traits.

Il commença par aller vers l'un des fauteuils qui se trouvait à l'angle de la pièce, se ravisa, marcha vers la fenêtre et ouvrit grands les rideaux.

– C'est bien mieux ainsi...

Il désigna le fauteuil.

– Puis-je ?

– Tu es chez toi, Ricardo.

Il prit place. Croisant les jambes.

– Ce Dr Clot. Est-il compétent ?

– Le Dr Clot ?

– Giovanna m'a parlé. Selon elle, il serait parmi les meilleurs praticiens de ce pays. Est-ce bien le cas ?

– Sa situation, en tant que médecin personnel du vice-roi, laisse supposer qu'il l'est en effet.

– Quel âge a-t-il ?

– Guère plus de trente-cinq ans.

– Il est français.

– Oui. Je crois me souvenir qu'il est originaire de Marseille. Il est arrivé en Égypte il y a un peu plus de deux ans. Mohammed Ali lui a confié l'organisation du service de santé de l'armée. Il a aussi fondé l'école de médecine d'Abou Zaabal. Je sais aussi qu'il s'apprêtait à faire construire un grand hôpital spécialisé dans les maladies ophtalmiques [1].

– Quand pourrons-nous le rencontrer ?

– Dès que le pacha nous donnera son accord. Je m'apprêtais à lui écrire.

– Je présume qu'il faudra nous rendre à Alexandrie.

– Pas nécessairement. S'il en reçoit l'ordre, le Dr Clot pourra venir au Caire.

Elle ajouta très vite :

– La décision t'appartient.

– Ce n'est pas tous les jours qu'un modeste porteur d'huile du Pirée a l'opportunité de rencontrer un souverain. Je serais très honoré de revoir Son Altesse.

Il avait usé d'une pointe d'ironie, qu'elle évita de relever.

---

1. L'hôpital Kasr el-Eini. Il fut érigé sur le lieu même où en 1798 Desgenettes et Larrey, chirurgiens de l'armée d'Orient, avaient installé un lazaret. Un bâtiment lui a succédé qui porte toujours le même nom.

– C'est bien, Ricardo. J'espère de tout mon cœur que le Dr Clot pourra nous aider. De toute façon, si je me fonde sur l'excellente impression qu'il m'a laissée lors du dernier dîner qui nous a réunis, je...

– *Nous... ?* Tu veux dire, le Dr Clot et toi ?

– Tu faisais aussi partie de cette soirée, Ricardo.

Elle précisa, paupières baissées :

– C'est toi qui l'avais organisée. Ici. Chez nous.

– Quand ?

– Le 27 juillet. C'était mon anniversaire et celui de Giovanna. Nous sommes nées le même jour.

– Tu as dit le « dernier dîner », ce n'était donc pas le seul ?

– Non, fit-elle après une courte hésitation.

– Ce Dr Clot fait donc partie de mes familiers ?

Elle voulut changer de sujet.

– Ainsi, Giovanna t'a convaincu...

– Réponds-moi !

Elle bredouilla :

– Que veux-tu savoir ?

– Tu as entendu la question : Clot fait-il partie de mes familiers ?

Elle laissa tomber d'une voix presque inaudible :

– Tu l'appelais par son prénom : Barthélemy.

CHAPITRE 8

Paris, 5 mars 1828

Assurée que les aiguillettes étaient bien ferrées et à juste hauteur, Corinne remit le gilet à Georges Grégoire. Le tailleur se rapprocha de la vitrine et examina la pièce à la lumière du jour. Très rapidement un sourire de satisfaction éclaira son visage.

– Tu as vraiment des doigts de fée, ma petite Corinne. Si je n'étais pas égoïste, et si je ne craignais que tu ne nous manques, je céderais aux prières réitérées de mon ami Louvain et j'accepterais qu'il te vole à nous. Tu ferais merveille parmi les aristocrates de l'aiguille !

Il présenta le gilet à son épouse.

– Vois, ma chérie. N'est-ce point de la belle ouvrage ?

Judith confirma.

– Je te l'ai toujours dit, elle possède un don. De toutes les brodeuses que j'ai connues, aucune ne guipe ni ne broche le satin aussi finement.

– Arrêtez, tous les deux, fit Corinne, vous allez me faire rougir.

– C'est pourtant la vérité.

– En tout cas, pour ce qui est des propositions de

M. Louvain, j'ai bien peur que ce brave homme ne s'essouffle pour rien : je ne vous quitterai jamais. D'ailleurs, si j'avais eu la moindre velléité, elle se serait rapidement envolée. Savez-vous ce que m'a raconté Marceline, la petite lingère qui travaille pour lui ? Leur journée commence à neuf heures du matin et finit à onze heures du soir, parfois même minuit.

– Pour un salaire dérisoire, naturellement.

– Deux francs par jour !

Judith soupira.

– Lorsque l'on sait qu'une modeste mansarde revient à cinquante francs par mois, et qu'il faut au moins six sous pour se nourrir de pain et de lait uniquement, on se demande comment ces malheureuses peuvent survivre.

– Hélas, fit remarquer Georges Grégoire, Louvain ne diffère guère des autres patrons. De manière plus générale, c'est la condition ouvrière qui est déplorable.

– Assurément, fit Judith. Mais ce sont les femmes qui en souffrent le plus.

Elle enchaîna, tout à coup passionnée :

– Tous les travaux réellement lucratifs sont faits par les hommes. On ne nous laisse guère que des professions qui permettent à peine de quoi vivre. Dès qu'une industrie nous est accessible, ceux qui la dirigent s'empressent de baisser les salaires, pour la raison absurde qu'une femme ne doit pas gagner autant qu'un homme.

– C'est vrai, admit Georges Grégoire. Je reconnais qu'il y a là une véritable injustice.

Judith reprit, plus précisément à l'intention de Corinne.

– Tu comprends pourquoi nous fondons tant d'espoir dans le mouvement saint-simonien, et pourquoi il est si important qu'il continue de se développer dans le pays ?

Elle conclut fermement :

– Les saint-simoniens représentent la seule chance de transformer notre société. Celle-ci ne doit plus être gouvernée par ces frelons que sont les oisifs, les nobles, les rentiers, mais *par* les abeilles, *pour* les abeilles. C'est-à-dire les industriels.

Corinne fit de grands yeux.

– Les industriels ?

Ce fut Georges qui expliqua.

– C'est un mot nouveau. Il a été inventé par le fondateur du mouvement, le comte de Saint-Simon. Les industriels sont les hommes qui font la nation. Les richesses produites *par* les travailleurs doivent être redistribuées *aux* travailleurs. N'est-ce pas là un bel et noble dessein ?

Bien qu'un peu dubitative, Corinne acquiesça.

– Sans doute. Mais les pensées saint-simoniennes sont-elles vraiment aussi généreuses qu'on le laisse entendre ?

Judith fixa son amie avec une pointe de reproche.

– Si, ne fût-ce qu'une fois, tu avais accepté d'assister à nos réunions, tu ne poserais pas la question.

– C'est que... depuis la mort de maman je n'ai jamais eu le cœur à sortir.

– Je comprends, ma chérie. Mais il ne sert à rien de s'isoler avec son chagrin. Je suis certaine que d'écouter nos amis te ferait le plus grand bien. Leur enseignement touche aussi bien l'âme que l'esprit. Il ne pourra que te séduire par sa cohérence et les perspectives de plus grande justice sociale qu'il offre à notre France.

Elle quêta l'approbation de son époux.

– N'ai-je pas raison, Georges ?

Il fit oui en entourant affectueusement l'épaule de Corinne.

– La prochaine réunion est prévue pour le mois

prochain, le 6 avril à la salle Taitbout. Le Père sera présent. Aimerais-tu te joindre à nous ?

– Le Père ?

– C'est ainsi que les saint-simoniens surnomment le successeur de Saint-Simon. Son vrai nom est Barthélemy Prosper Enfantin. C'est un personnage hors du commun, un visionnaire comme le monde en a peu connu. De plus, c'est un érudit, un ancien de Polytechnique. Il faut le voir, l'écouter parler pour comprendre tout ce que le cœur de cet homme contient de bonté et de générosité.

– Pour moi, lança Judith avec ferveur, je ne crains pas d'affirmer qu'il représente une nouvelle religion et un messie.

Corinne parut choquée.

– Un messie ? Tu n'exagères pas un tout petit peu ?

– Non, Corinne. Et nous tous sommes ses disciples. Mais à quoi bon chercher à te convaincre. Tu verras et jugeras par toi-même.

– Alors ? Nous accompagneras-tu à la salle Taitbout ? questionna Georges.

– Si vraiment cet homme est comme vous le décrivez, il doit être porteur d'espoir. Je m'en voudrais de ne pas aller vers lui.

*

Alexandrie, 8 mars 1828

Campé sur un splendide cheval bai, Mohammed Ali contemplait avec une satisfaction affichée le chantier en construction qui longeait la mer.

– Ce sera le plus bel arsenal de tout l'Orient. Grâce à lui, je reconstruirai une flotte, plus prestigieuse encore que celle perdue à Navarin.

Il fit pivoter son buste vers le cavalier qui se trouvait à ses côtés et ajouta :

– C'est à vous, monsieur Cerisy, que le mérite reviendra.

– Je vous remercie, Majesté. S'il m'est donné de contribuer, un tant soit peu, à la grandeur de l'Égypte, je serai à la fois honoré et comblé.

– Honoré, vous ne tarderez pas à l'être : le décret vous accordant le titre de bey est prêt. Il n'y manque plus que ma signature.

Le Français remercia, visiblement ému.

– Votre Altesse, me croyez-vous digne d'une pareille distinction ?

– Vous l'êtes, monsieur Cerisy. Depuis votre arrivée de Toulon, je sais les difficultés inouïes que vous avez dû surmonter afin que cet arsenal voie le jour. Le tracé complet des travaux, l'aménagement des darses, l'instruction du personnel, jusqu'à la fabrication des machines nécessaires au creusement du bassin : tout est votre œuvre. Croyez-moi, elle est grande.

Il ne laissa pas à son interlocuteur le loisir de commenter et s'informa sans transition :

– Finalement, combien de cales envisagez-vous ?

– Quatre en maçonnerie avec des avant-cales prolongées en mer pour les vaisseaux de premier rang. Trois pour les frégates et les petits bâtiments. Ce qui fera sept en tout.

– Je présume que vous avez prévu un hangar pour la conservation des bois ?

– Bien sûr, Votre Altesse.

Il montra l'extrême sud du chantier.

– Là-bas, nous aurons les fonderies, les dépôts de munitions navales, ainsi qu'un édifice réservé aux salles de gabarit et de modèles.

– Parfait. Et dans combien de temps croyez-vous que nous pourrons armer notre premier vaisseau ?

– Sauf imprévu, environ dans trois ans, Majesté.

Mohammed Ali fronça les sourcils.

– Trois ans... Toute une vie...

– Malheureusement, il ne nous est pas possible d'aller plus vite.

– Rassurez-vous, monsieur Cerisy, j'en suis conscient. J'espère seulement que d'ici là les vautours qui rôdent sur l'Égypte ne l'auront pas dévorée. Je veux croire aussi que le Tout-Puissant...

Il s'interrompit. Son attention venait d'être captée par un petit groupe qui marchait dans leur direction. Il se souleva légèrement de sa selle et lança à son ingénieur :

– Nous reprendrons cette discussion plus tard. Que Dieu soit avec vous.

Il s'élança, entraînant dans son sillage les cinq militaires albanais qui composaient sa garde personnelle.

*

Joseph fut le premier à l'apercevoir. Il pointa son index vers le nuage de sable soulevé par les cavaliers.

– Le vice-roi ! Il vient à notre rencontre.

Schéhérazade observa discrètement Ricardo. Contrairement à ce qu'elle avait craint, il avait l'air détendu.

Giovanna avait saisi la main de son père. Elle la conserva jusqu'à ce que le pacha les eût rejoints. Avec une surprenante agilité pour sa corpulence, le souverain mit pied à terre, cependant qu'autour de lui ses gardes du corps prenaient position.

Dérogeant aux règles de la courtoisie, c'est au Vénitien qu'il s'adressa en premier.

– Sois le bienvenu, Mandrino bey ! Tu nous as manqué.

– La paix soit sur vous, Majesté.

Le vice-roi posa ses poings sur ses hanches et se rejeta légèrement en arrière dans une attitude contemplative.

– L'air marin ne semble pas t'avoir trop mal réussi, à moins que ce ne soit le climat de Grèce. Je te trouve radieux.

Il questionna Schéhérazade.

– Est-ce bien là cet homme malade et perdu que ton courrier m'a décrit ?

Elle ne dit mot.

– Décidément, les femmes qui nous aiment perdent toute notion d'objectivité. À croire que dans certaines situations le voile qui habituellement masque le bas de leur visage va se nicher sur leurs yeux.

Mandrino rétorqua d'une voix neutre :

– Malheureusement, Votre Altesse, je crains que les informations que vous a transmises mon épouse ne soient exactes.

– Allons, Mandrino bey, tu ne vas pas me faire croire que tu ne reconnais pas ton souverain !

– Dois-je répondre ?

– Uniquement si la réponse est celle que j'attends.

– Alors, vous m'obligez à me taire.

– Qu'est-ce que c'est que cette histoire d'amnésie ? Même après les pires tempêtes le poisson reconnaît l'océan ! Je ne connais pas d'étoile qui ne regagne sa place la nuit venue !

Il s'empara derechef de la main de Mandrino et la plaqua sur l'épaisse barbe qui recouvrait ses joues.

– Si tu es aveugle, il reste le toucher. Sens la barbe de Mohammed Ali. Dans tout l'Empire, il n'en est pas de plus soyeuse.

Il remonta la main du Vénitien jusqu'à la coiffe cylindrique qui protégeait son crâne.

– Et ce tarbouche qui cache ma chevelure ! Glisse ta paume le long du feutre. Seul Mohammed Ali confère de la noblesse à cette coiffure. On peut oublier les traits d'un ami, d'un parent, mais on

121

n'oublie pas son souverain ! Alors, Ricardo Mandrino, tu ne sais toujours pas qui je suis ?

Schéhérazade prit sur elle de répondre.

– Pardonnez-moi, Votre Altesse. Mais ne pensez-vous pas qu'il serait souhaitable de lui accorder un peu de temps ?

– Du temps ? Qui est maître du temps ? Ni ton époux ni moi n'avons signé de bail avec le Très-Haut ! Mon fils se brûle dans les montagnes de Morée. Le tsar s'apprête à fondre sur Istanbul !

– Votre Majesté...

– J'ai besoin de lui !

Il ordonna sur le même ton impérieux :

– Nous rentrons au palais.

*

Leurs pas glissaient le long de l'immense tapis de soie qui couvrait le sol du salon. Le décor respirait les ors, un luxe démesuré qui, par endroits, frisait le mauvais goût. Le marbre de Carrare côtoyait les lambris de stuc, les lustres de cristal, les chandeliers de cuivre. Au centre de la pièce trônait un trépied en bois ajouré, sur lequel était placé un plateau d'argent massif de taille cyclopéenne. Les serviteurs y avaient disposé sorbets, verres de tamarin, jus de canne à sucre et une montagne de pâtisseries qui embaumaient la pistache, les amandes pilées et le miel. Un narghilé se trouvait à portée de main du vice-roi. Sur le fourneau on venait de placer la boule de tabac, composée de son mélange préféré : du ma'assil, des feuilles de tabac hachées, fermentées avec de la mélasse.

Sur un signe du souverain, ils s'installèrent à la turque, en demi-cercle, sur le tapis. À peine assis, Mohammed Ali saisit le tuyau enveloppé de maroquin pourpre. Il aspira une goulée de tabac et répéta en fixant Mandrino :

– J'ai besoin de toi !

Le Vénitien écarta les bras avec fatalisme.

– Majesté, vous avez certainement raison lorsque vous déclarez que ni vous ni moi n'avons signé de bail avec le Très-Haut. Seulement, voilà, pour l'heure, le passé occulte le présent.

– Nous allons y remédier ! J'ai convoqué le Dr Clot. Il t'attend. Un serviteur te conduira à lui dès que tu en exprimeras le désir.

Il inspira une bouffée profonde, dans le même temps que son œil gris parcourait les visages. Il s'arrêta sur celui de Giovanna.

– Macha' Allah [1], fille de Mandrino, tu es de plus en plus belle.

La jeune fille répondit par un sourire un peu forcé.

– Oui, je sais, reprit le pacha, je suis trop vieux pour toi. Te souviens-tu de ce que tu as eu l'audace de me répondre le jour de ton anniversaire ?

Giovanna fit non.

– Évidemment, si je posais la même question à ton père, il me rétorquerait qu'il ignore jusqu'au jour de ta naissance. N'est-ce pas vrai, Ricardo bey ?

– Vous savez tout, Majesté.

– Je vais te rafraîchir la mémoire, afin que tu saches quel genre de fille est la tienne. C'était il y a sept mois environ, chez vous, à Sabah. Giovanna venait d'apparaître, et je m'extasiais devant sa beauté tout en exprimant le regret qu'elle n'eût pas quelques années de plus. À quoi sa mère a ironisé en s'exclamant : « Une reine d'Égypte de plus ? » J'ai répliqué : « Pourquoi pas ? » C'est à ce moment que la petite

---

1. Expression que l'on pourrait traduire par « l'action de Dieu ». Elle se veut exprimer la satisfaction devant quelqu'un que l'on constaterait épanoui, bien portant.

perle ici présente est intervenue : « Non, s'écria-t-elle, pas question ! » Comme je m'étonnais, elle ajouta – je le précise – avec une extraordinaire arrogance : « Vous avez déjà deux femmes. Moi je ne partage pas ! »

Le souverain tira une nouvelle goulée.

– Ainsi est ta fille, Ricardo Mandrino. Elle possède l'insupportable caractère de sa mère et, il me faut le reconnaître, sa beauté.

– Ce qui sous-entendrait qu'elle n'a rien hérité du père.

– Si. Mais à quoi bon en parler.

– Pourquoi ?

– N'as-tu pas oublié qu'elle est ta fille ?

Un petit rire le secoua.

– De toute façon, Giovanna avait raison. Si encore je n'avais possédé que mes deux épouses, l'Albanaise et la Circassienne, une troisième union eût été envisageable. Mais il y a les autres. Mes femmes illégitimes. Je n'en ai jamais fait le compte, mais je suis convaincu que mon harem doit en contenir presque autant qu'il se trouve de riz en Chine. Quant à ma progéniture... il y a longtemps que j'ai abandonné tout espoir de la dénombrer [1]. Mais revenons à des choses plus sérieuses...

Il s'adressa à Joseph.

– Mon fidèle ingénieur hydrographe, alors... ces travaux de reconnaissance du Delta, comment se présentent-ils ?

– Justement, Votre Altesse, je comptais vous en parler.

– Je t'écoute.

– M. de Bellefonds et moi-même voudrions poursuivre vers l'isthme de Suez.

1. Légende ou vérité historique ? On a attribué à Mohammed Ali 84 enfants. Quatre garçons et deux filles furent reconnus officiellement.

– L'isthme de Suez... Je devine là une idée du Français. Depuis que M. de Bellefonds est entré à mon service, il ne se passe pas un jour sans qu'il n'évoque cette région. C'est une véritable obsession.

– Il estime qu'un relevé topographique de l'isthme s'impose, et qu'il serait aussi utile que celui que nous avons entrepris dans le Delta.

– J'ai l'impression que notre ami poursuit en secret le rêve de son compatriote Bonaparte. Il songe toujours à ce projet de canal qui joindrait la mer Rouge à la Méditerranée. N'est-ce pas exact ?

– Je pense en effet que l'idée le séduit.

– Tout de même, ne perdez pas de vue que mes priorités vont à l'irrigation. L'Égypte est un don du Nil, mais elle est aussi victime de ses sautes d'humeur.

Il poursuivit sur un ton plus soutenu :

– Depuis des millénaires, les flots indomptés dévalent les hauts plateaux éthiopiens et submergent la vallée de cet engrais fabuleux qu'est le limon fertile. Seulement, voilà, cette manne est tellement imprévisible ! La montée des eaux tellement changeante d'une année à l'autre. Si nous voulons que ce pays maîtrise son destin, il faut – il souligna la phrase en martelant le bras du fauteuil –, il faut qu'il ait la capacité de gouverner son fleuve. Barrages, digues, canaux. C'est dans cette direction que nous devons concentrer nos efforts.

– Je suis entièrement de votre avis, Majesté. C'est pourquoi nous ne nous attaquerons à l'isthme qu'une fois les relevés topographiques du Delta dûment achevés.

Mohammed Ali mordilla d'un air pensif l'embout d'ambre sombre du narghilé.

– Combien cette expédition me coûtera-t-elle ?

– C'est M. de Bellefonds qui a établi les devis. Ils

sont à votre disposition. Dans le cas, bien entendu, où notre projet recueillerait votre consentement.

– Je n'ai rien à refuser à M. de Bellefonds, encore moins au fils de Ricardo et de Schéhérazade. Vous avez carte blanche. Quand comptez-vous partir ?

– La semaine prochaine, inch Allah !

– Dieu vous accompagne !

Il revint au Vénitien.

– Je présume que le nom de Linant de Bellefonds n'éveille en toi aucun souvenir ?

Ricardo ne répondit pas. Il ne paraissait pas avoir entendu la question.

– Ricardo bey !

– Oui, Majesté.

– Je te demandais si tu te souvenais de M. de Belle-fonds.

– Non.

Mandrino n'était plus dans la conversation. Son esprit s'était mis à dériver. Le présent reculait, remplacé par un faisceau d'images qui montaient du fond d'un puits.

« Il y a des musiques. La silhouette ondu-leuse d'une almée. Des porte-flambeau gardent l'entrée d'une tente de toile baya-dère, dressée dans un jardin. Au cœur d'une demi-brume : un couple. Elle, qui empri-sonne le visage d'un homme à la physiono-mie triste avant de le serrer entre ses bras. Lui, qui accueille l'étreinte, avec une expres-sion de souffrance. Puis il y a ce geste curieux : du bout de son index, la femme recueille les larmes qui glissent sur la joue de l'homme, et les porte à ses propres lèvres. »

Le Vénitien s'entendit demander :

– Qui d'autre était présent à cette soirée ?

Schéhérazade tressaillit.

– Tu veux parler de l'anniversaire de Giovanna ? Les invités étaient nombreux. Il devait y avoir une centaine de personnes.

– Une almée, des musiciens ?

– Oui.

– Une tente avait été dressée.

Ce n'était plus une interrogation. Il poursuivit :

– C'était donc un soir où le chagrin n'était pas de mise.

– Le chagrin ? Aucunement. L'heure était au contraire à la joie.

– Parmi les invités il y avait pourtant un homme triste. Qui était-ce ?

Tous le dévisagèrent avec stupeur. Schéhérazade demanda :

– Tu te souviens donc de lui ?

Malgré elle, une note d'appréhension s'était glissée dans sa voix.

– Et d'une femme qui séchait ses larmes de son index.

La gorge nouée, elle n'arrivait plus à poursuivre. Joseph parla à sa place.

– Il y avait bien un homme triste. Il s'agissait de Karim ibn Soleïman.

– Karim...

– C'était notre ami le plus proche. Il a travaillé à Sabah, alors qu'il n'était qu'un adolescent. C'était le fils de notre jardinier.

– Pourquoi ses larmes ?

– Parce que lui aussi partait pour Navarin.

Mohammed Ali décida d'intervenir.

– Le fils de Soleïman était l'un des deux amiraux qui commandaient la flotte. Le second étant mon gendre, Moharram bey. Je t'avais chargé de leur remettre un pli.

– Je vois...

Le Vénitien opéra une volte vers Schéhérazade.

– Cette femme qui le consolait... C'était toi ?

– Oui.

– Il t'était donc si proche ?

– J'ai grandi avec lui.

Un combat intense s'était réveillé, avec lui un mal insidieux, pervers. Il imagina un scorpion aveugle, tapi dans les plis de sa chair, qui tâtonnait pour planter son dard. L'instinct lui soufflait que l'apaisement – s'il existait – viendrait d'une information, d'un mot. Comment aurait-il pu l'obtenir ? Son esprit ignorait tout de la question à poser.

– Papa...

La voix de Giovanna le ramena au présent.

– Le fils de Soleïman est mort à Navarin.

À peine eut-elle prononcé la phrase qu'une saute de vent frais s'engouffra dans le salon, soulageant la pièce de la pesanteur qui l'avait envahie.

– Majesté, fit Mandrino, vous avez bien dit que le Dr Clot était prêt à me recevoir ?

– Parfaitement.

Le pacha frappa dans ses mains, comme par enchantement un majordome apparut sur le seuil.

– Conduis le bey chez le Dr Clot.

Ricardo salua le souverain et emboîta le pas au serviteur.

Dès que la porte fut refermée la voix de Mohammed Ali s'éleva dans le salon. Elle était dépouillée des accents provocateurs qui jusque-là avaient dominé. C'était une voix sourde, presque abattue.

– C'est effrayant... le Très-Haut m'est témoin, ce que j'ai vu est effrayant...

CHAPITRE 9

Mohammed Ali balaya l'air avec agacement.

– Docteur Clot, épargnez-moi les détours, je vous prie. Ce dont j'ai besoin c'est d'une réponse simple : oui ou non, Mandrino bey a-t-il une chance de recouvrer la mémoire ?

– La réponse est oui. Néanmoins je m'empresse de préciser que cette chance – comme tout ce qui est fruit du hasard – peut aussi bien intervenir dans une heure, dans dix ans ou...

– Jamais...

– Je le crains, Majesté.

Le pacha s'empara d'une tabatière en or qu'il se mit à faire tourner nerveusement entre ses doigts.

– Au fond, ce qui me fascine chez vous, hommes de science, c'est que vous n'avez pas vos pareils pour exprimer les certitudes de vos doutes.

– Sire...

– Ne vous excusez pas. Je suis de méchante humeur. Essayez de me dire plutôt par quel moyen nous pourrions provoquer cette chance mentionnée il y a un instant ?

Le Dr Clot baissa les paupières, l'air navré.

– Je ne sais. Un choc peut-être.

– Un choc...

– Un événement a enfermé sa mémoire ; un autre pourrait la libérer.

– En deux mots, un rendez-vous avec Dieu.

– En quelque sorte, Votre Altesse.

Le pacha referma ses doigts sur la tabatière.

– Malheureusement, voici bien longtemps que Dieu n'accorde plus de rendez-vous aux hommes.

*

La nuit a enveloppé le palais de Ras el-Tine. De la moiteur de l'air, lourde de parfums inconnus, émane une atmosphère languide. Rien ne bouge. Alexandrie dort sagement sur sa langue de terre, couchée entre la mer et le lac Mariout. Un craquement, un soulèvement de feux follets, s'élèvent entre ses murs millénaires. Personne ne s'inquiète. Ce pourrait être le fantôme d'Alexandre, celui de César, d'un quelconque Ptolémée ou plus simplement les éclaboussures de leurs rêves.

Ricardo est seul sur la terrasse qui surplombe la mer. Les mots du Dr Clot tournent au-dedans de lui. Ils ont la forme de couperets.

– *Hélas, mon ami, l'amnésie fait partie de ces affections devant lesquelles la médecine est sans ressource ; sa pathologie reste obscure. Causes et effets varient selon chaque individu. Et il n'existe pas deux individus semblables.*

La route est barrée. Désormais, il va devoir supporter de vivre, le cerveau en état de siège, cerné par des êtres qui savent tout de son histoire et dont il ne sait rien, hors quelques mots distillés.

– *Sinon... que faire ?*

Clot avait répliqué sans hésitation.

– *Devenir un réceptacle.*

– *Ce qui signifie ?*

– Voler, puiser, exiger, questionner inlassablement ceux qui vous entourent, engranger toutes les informations, même les plus futiles, comme autant d'armes qui serviront à prendre la citadelle dans laquelle s'est barricadé votre double. Car, n'en doutez pas, il est bien là, enfermé dans un coin de votre cerveau. Il est ce que les Grecs appellent l' « enantios », l'opposé.

En contrebas, l'écume oxydée lèche les rochers épars. Ricardo a l'impression que ce sont des parcelles de son destin dilué que les flots aspirent et exhalent. Pourtant le médecin a raison. Ce double doit exister. Ce serait une image inversée de lui, l'avers, prisonnier de l'autre côté du miroir. Pour le ramener à sa juste place, une alternative : lui tendre un piège dans lequel il viendrait se prendre, ou alors... briser le tain. C'est-à-dire mourir.

– Je te propose un pacte. Nous allons tenter de reconstituer la mosaïque. Mais si nous devions échouer, tu partiras. Tu partiras aussitôt que tu le voudras. Car moi non plus, je ne pourrai pas vivre inerte. Amputée de toi.

Cette femme... elle avait traversé la mer, elle l'avait cherché en Morée, à Venise, elle aurait sans doute poursuivi sa quête plus loin encore, portée par l'absolue conviction qu'elle le retrouverait tôt ou tard. Si au bout du compte c'était elle qui tenait la solution ? Si c'était en elle que se trouvait la seule force capable de renverser la citadelle évoquée par le Dr Clot ?

Ricardo posa les mains sur la balustrade. Le contact de la pierre le rassura. Il prit une profonde respiration, se laissant submerger par le parfum iodé du large, et repensa à cette douleur insidieuse qu'il avait éprouvée alors qu'ils étaient réunis autour du vice-roi. Elle s'était déclenchée au souvenir de cette soirée d'anniversaire et surtout à cause d'un personnage : Karim ibn Soleïman...

Qui était réellement cet homme ? Quels étaient les véritables liens qui l'unissaient à Schéhérazade ? Car il n'avait pas été dupe. Ce n'était pas uniquement de la tendresse, ou de l'amitié dans l'acception absolue du mot. Il s'agissait d'un sentiment plus profond. Sinon pour quelle raison l'évocation de la scène aurait-elle éveillé un malaise chez ceux qui l'écoutaient ? Pourquoi cette maladresse à travers les réponses et entre les mots ? Surtout cette phrase de Giovanna :

– *Le fils de Soleïman est mort à Navarin.*

Comme si elle avait cherché à le rassurer. Pourquoi ?

Ricardo se retourna. Devant lui se détachait la façade blanche du palais, avec ses dizaines de fenêtres où se reflétaient les étoiles comme autant de trouées vers le jour ou les ténèbres. Derrière l'une d'entre elles, une seule, résidait la réponse aux questions qu'il se posait.

Laquelle ouvrait sur la chambre de Schéhérazade ?

*

Elle sentit le corps de Mandrino qui se posait sur elle. Dans un premier temps, elle eut l'impression d'un grand oiseau qui s'écroule. Dans son demi-sommeil, elle crut qu'il avait cédé au désir de faire l'amour, simplement par désir. Ce n'est que lorsqu'il parla qu'elle comprit qu'il s'agissait de tout autre chose. Les mots sortaient de lui à la manière de galets qui roulent sous l'impulsion des vagues. Il y était question de la vie et de la mort, des fragilités de l'être, du mal d'aimer et du saignement qu'il entraîne. Question aussi d'une volonté de vaincre le cercle dans lequel un Dieu barbare l'avait enfermé. Elle ne put s'empêcher de faire un parallèle avec ce même Dieu qu'elle avait imaginé, opposé au bonheur de ses créatures, et de repenser au mythe d'Asclépios.

Il lui dit encore son besoin de retrouver la ferveur, celle qui insuffle le courage et interdit à l'homme de vivre autrement que les bras ouverts. Avant Navarin, c'est ainsi qu'il avait dû être, habité par cette ferveur. Il en était sûr.

Dans l'obscurité de la chambre, elle ne pouvait distinguer ses traits, mais elle imaginait l'extrême tension qui devait s'en dégager.

Enfin, il aborda leur relation. Depuis cette conversation dans les salons du palais, il savait qu'il avait dû l'aimer, elle, Schéhérazade, car il avait identifié l'origine de la douleur insidieuse. Elle provenait d'un sentiment aussi vieux que le monde, parfois excessif, souvent irraisonné, toujours fondé sur l'angoisse originelle ; celle de perdre celui ou celle que l'on aime. Il avait compris que Karim ibn Soleïman avait dû représenter un danger à un moment précis de leur existence, puisque la seule résonance de son prénom avait tiré de l'oubli la peur ancienne. Maintenant il n'aspirait plus qu'à comprendre le pourquoi. Il n'y avait que Schéhérazade pour l'aider à y parvenir.

Quand il eut fini, elle s'exprima à son tour, sans appréhension ni crainte. Page après page, elle relut pour lui le livre du passé. Elle lui fit le récit de cette nuit sur le Nil, où il l'avait invitée à dîner sur la maison flottante qui lui servait alors de demeure. C'était avant leur mariage, avant même que ne commence leur histoire. Quinze ans auparavant.

Au cours de cette soirée, il avait déclaré :

« Vous avez aimé par le passé. Ne me faites pas croire que le puits est tari.
– Si je vous répondais oui ?
– Je n'y croirais pas. Vous n'êtes capable

que d'amour. Vous ne vivez réellement qu'à travers ce sentiment. L'amour est l'eau du cœur. Sans lui, il se dessèche. Comme se dessécherait Sabah si un jour le Nil venait à disparaître.

– À cette seule différence que la crue revient tous les ans. Pas l'amour.

– Qui était cet homme ?

– À quoi cela vous servirait-il de savoir ?

– À dénouer certains fils. »

Ainsi qu'elle l'avait fait cette nuit-là, elle lui livra Karim. La frustration de leur histoire et sa conclusion, le désamour qui s'était ensuivi, le vide du cœur et l'amertume, remplacés quelques mois plus tard par l'immense passion qui l'avait enchaînée à Ricardo, sans jamais cesser de croître, de la consumer jusqu'à cette heure.

L'aube venue, l'un et l'autre avaient vidé leur âme.

Il se leva, fit quelques pas dans la chambre et revint vers elle.

– À Venise, tu m'as parlé d'un endroit qui s'appelle la ferme aux Roses.

– Un lieu sacré. Il appartenait à la famille depuis plusieurs générations. Il m'a permis de surmonter la mort de mes parents, celle de Michel, mon premier mari, et la dévastation de Sabah, du temps que Bonaparte occupait l'Égypte.

– Tu y plantes toujours du coton.

– Le plus recherché. Celui à longue fibre. J'ai longtemps essayé de le produire. Je dois à un agronome français d'avoir réussi [1].

1. Henri Jumel. L'Égypte lui doit son célèbre coton dont il est considéré comme l'inventeur ou le « re-découvreur ». À partir de 1820, le « coton Jumel » devint pour le pays une source de prospérité qui n'a fait que croître jusqu'à nos jours.

– C'est indirectement ce qui nous a rapprochés, n'est-ce pas ?

– Sur les recommandations d'une amie commune, tu t'es présenté chez moi en acheteur. Je possédais la seule plantation de toute l'Égypte qui ne fût pas entre les mains de Mohammed Ali. Très vite tu as suggéré que nous nous associions. Pour preuve de ton sérieux, tu as fait livrer à Sabah une extraordinaire machine américaine qui permettait de mettre le coton en balles et remplaçait le travail de trois fellahs.

– Bientôt nous serons en avril. N'est-ce pas en cette période que l'on sème les graines de cotonnier ?

Elle confirma.

– J'aimerais m'occuper de ces semailles. Je voudrais retrouver la ferme aux Roses.

Elle le dévisagea avec une émotion mal contenue.

– Si tu le veux, Ricardo. C'est aussi mon désir le plus cher.

– Et à quel moment commencent les récoltes ?

– Quelques mois plus tard. En priant Dieu que la crue du Nil soit favorable.

Il l'enveloppa de son regard bleu.

– N'aie crainte, Schéhérazade. Je suis de retour. De toutes les récoltes que tu as connues, je pense qu'elle sera la plus belle.

*

Paris, 6 avril 1828

La salle Taitbout, dans laquelle la famille saint-simonienne se réunissait chaque dimanche, était, comme à l'accoutumée, noire de monde. La hiérarchie se composait de trois degrés. Sur l'estrade siégeaient les membres du premier degré, sur les banquettes du pourtour ceux des deux autres degrés.

Quant au parterre, il était composé de familiers, mais aussi de curieux de toutes sortes venus de tous les coins de Paris. Ouvriers, artistes, gens du monde, parmi lesquels se distinguaient les femmes et les parentes des nouveaux apôtres : brodeuses, grisettes, lingères et modistes animaient la salle de leur essaim bourdonnant.

Encadrée par le couple Grégoire, Corinne Chédid semblait un peu perdue.

– Regarde, s'exclama Judith avec enthousiasme. Là, cet homme sur la gauche, en complet sombre. C'est Saint-Amand Bazard, l'un des deux chefs suprêmes. Et celui-ci, c'est Olinde Rodrigues. Il fut un disciple direct de Saint-Simon, et l'un des plus ardents promoteurs de la belle devise que je t'ai montrée en première page du *Producteur*, le journal saint-simonien.

– « Tout pour l'amélioration de la classe la plus nombreuse et la plus pauvre. »

– Bravo, fit Georges, tu as parfaitement retenu.

– Mais où est donc M. Enfantin ?

– Le *Père* Enfantin, rectifia Judith. Patiente, il ne va pas tarder.

Elle désigna deux autres personnages.

– Ce sont les frères Pereire, de prestigieux banquiers. Ce sont eux qui ont fondé le Crédit mobilier. Et sur la droite, cet homme qui a tant de prestance, c'est l'économiste Michel Chevalier. Il est professeur au Collège de France. À ses côtés, c'est Hippolyte Carnot. Fils du célèbre général qui a guerroyé sous Bonaparte [1]. Et là, assis au côté de cette belle femme au

1. Père du président Sadi Carnot. Il fut lui-même ministre de l'Instruction publique dans le gouvernement provisoire de la IIe République. Il devait se séparer des saint-simoniens au cours de l'année suivante, en raison de son désaccord avec les positions d'Enfantin.

teint de pêche, c'est l'ingénieur Paulin Talabot à qui nous devons nos chemins de fer.

– Que de beau monde ! Des banquiers, des économistes, des ingénieurs ! Je n'imaginais pas que tant d'esprits illustres adhéraient aux idées de vos amis.

– Et ils ne sont pas tous là ce soir. Il y en a bien d'autres, également prestigieux. La semaine prochaine, je te présenterai les dames qui tiennent le salon de la rue Monsigny. Tu ne pourras être que plus séduite encore.

Elle voulut poursuivre, mais fut alertée par un léger flottement qui parcourait la foule. Presque simultanément, des applaudissements crépitèrent.

– Le Père... Le Père...

Un homme d'une trentaine d'années, le thorax puissant, le front haut, les traits recouverts d'une barbe imposante, venait de faire son apparition sur l'estrade. L'œil était vif et lumineux, l'expression franche.

– Mes sœurs, mes chers frères, une fois de plus, votre présence emplit mon cœur d'allégresse. Merci d'être ici ce soir. Merci de votre fidélité.

Il se tut.

– Certains disent de nous : « Ce ne sont que des rêveurs. » Peut-être le sommes-nous. Seulement, il existe plusieurs sortes de rêveurs. Il y a les immobiles qui passent leur existence assis au pied des villes à ressasser leurs visions, qui songent et se chamaillent en prêchant l'inaccessible, convaincus au tréfonds d'eux-mêmes qu'il ne sera jamais à leur portée. Ceux-là, mes chers frères, mes sœurs, j'en conviens, sont à ranger parmi les poètes ou les utopistes. Puis il y a les autres, nous, les saint-simoniens.

Il prit une courte inspiration et lança d'une voix forte :

– Des rêveurs, certes, mais qui font bouger le monde !

Une salve d'applaudissements salua l'affirmation. Enfantin attendit que le calme revienne avant de reprendre :

– Nous vivons dans un univers qui n'a plus rien à envier à la barbarie. Un univers gouverné par le « chacun pour soi, chacun chez soi », dans lequel il n'est pas de place pour le faible et le défavorisé, qui interdit l'accès au droit le plus élémentaire, celui à la dignité.

Des voix d'approbation s'élevèrent, cependant que Judith chuchotait à Corinne avec un accent ému :

– N'est-il pas extraordinaire...

Corinne confirma sans quitter l'orateur des yeux.

– Notre vie doit se résumer en une seule pensée : assurer à tous les hommes le plus libre développement de leurs facultés. Les institutions sociales doivent avoir pour but l'amélioration du sort moral, physique et intellectuel de la classe la plus nombreuse et la plus pauvre. À nous de nous démarquer des formes politiques traditionnelles et des fantasmagories parlementaires de la politique des partis !

De nouveaux applaudissements crépitèrent, que le Père atténua en poursuivant sur sa lancée.

– En vérité, ce qui fait le vice de la politique des partis, c'est que tous font de l'idéologie vaporeuse ! Ils ont la bouche pleine de mots tels qu'amélioration, ordre, liberté, égalité, fraternité, autorité, mais ils sonnent creux.

» Je vous l'affirme : une société ne peut vivre sans idéal. L'idéal est le tremplin de l'homme. Son absence conduit à l'étouffement d'une nation. Voyez la France aujourd'hui : elle croît, mais dans les ténèbres. Que font les princes qui nous gouvernent si ce n'est chercher à bâillonner la lumière ? Engranger le profit afin qu'il ne serve que leurs intérêts et ceux d'une minorité repue. Il faut tout repenser. Il faut reconsidérer le système. D'aucuns nous qualifieront de « modernes », appliquant à ce mot un sens péjoratif. Si être moderne c'est savoir *ce qui n'est plus acceptable*, alors c'est de toute mon âme que je revendique ce modernisme-là !

Une fois encore l'assistance plébiscita l'orateur.

– Je l'ai dit, une société ne peut vivre sans idéal, mais elle ne peut pas vivre non plus sans religion. Cette religion existe, ses fondements ont déjà été énoncés par notre père fondateur : c'est le *Nouveau Christianisme*. Un christianisme non plus fondé sur l'acceptation aveugle des dogmes passés, mais sur la recherche constante de la Vérité et qui pour y parvenir doit passer, entre autres épreuves, par la confession au Père de nos vies antérieures.

À ce point de l'exposé, Corinne chuchota à Judith avec perplexité :

– Que veut-il dire par « la confession de nos vies antérieures » ?

– Le Père Enfantin veut connaître la moralité de ceux qui l'entourent. Il attend de ses apôtres qu'ils se livrent à lui et lui révèlent tout de leur passé, sans rien dissimuler.

– Tu ne trouves pas que pour certains ce pourrait être embarrassant ?

La question resta sans réponse, son amie avait déjà reporté son attention sur l'orateur.

– À présent, j'en arrive à l'essentiel de la réunion de ce jour. L'individu social c'est l'homme, mais l'homme indissociable de la femme.

Sa voix se fit plus forte.

– C'est pourquoi je vous dis : Femmes faites comme nous. Vous êtes en Dieu. Vous descendez de Dieu. Donc c'est votre droit d'être libres ! Manifestez-vous, faites-vous connaître, nous respecterons vos paroles et vos actes. Si vous devez venir à notre secours, c'est sur le champ d'honneur où nous serons

139

blessés, mais non dans le champ de repos où nous nous serions étendus, épuisés.

Comme il fallait s'y attendre, ce fut dans la gent féminine que cette partie du discours fut le mieux accueillie.

– Rien de neuf, rien de bon ne se fera dans la société sans l'affranchissement des femmes. Et cet affranchissement – je ne crains pas de l'affirmer – est forcément lié à une nouvelle morale sexuelle, à l'émancipation ! La sexualité de la femme ne doit plus être exposée à l'opprobre social. Il faut que son désir s'exprime en toute liberté.

Il prit une courte inspiration, avant de conclure :

– Mes sœurs, votre bannière étant à la peine, il est juste qu'elle soit aussi à l'honneur.

Cette fois, un véritable délire s'empara de la salle, et si certains visages, surtout masculins, exprimaient leur désaccord, la majorité de l'assistance applaudissait à tout rompre.

– Il n'y a pas de doute, dit Judith, la voix rendue tremblante par l'émotion. Cet homme est véritablement le Père de l'humanité.

Corinne Chédid se limita à un battement de paupières, songeant à part soi que les idées défendues étaient certainement belles et grandes. Pourtant quelque chose la gênait dans ce discours, qu'elle n'arrivait pas à cerner. Peut-être était-ce cette parenthèse qui avait trait aux confessions individuelles ? Ou ce projet d'une *nouvelle morale sexuelle*. Ou encore, ce terme étrange de *Nouveau Christianisme*. Élevée par sa mère dans le respect de la religion catholique, elle ne pouvait s'empêcher de trouver ces formules curieuses. De toute façon, elle en savait encore trop peu pour se permettre de condamner. Le mieux serait d'attendre et de chercher à mieux comprendre la nouvelle doctrine. Après tout, qui sait si un jour les saint-simoniens n'apporteraient pas un peu de lumière dans la vie plutôt terne qui jusqu'ici était la sienne ?

Elle croisa les doigts discrètement comme si elle priait et, ainsi que le lui avait enseigné Samira, elle s'appuya sur la part d'Orient qui vivait en elle, et décida de faire confiance au destin.

CHAPITRE 10

L'Égypte, la ferme aux Roses, 25 septembre 1828

Sous le soleil flamboyant, les huit cents cotonniers de la ferme aux Roses offraient le spectacle d'un champ d'albâtre éclaté.

Mandrino observa avec satisfaction :

– Vois, la promesse faite il y a six mois a été tenue. La récolte sera bonne.

Six mois déjà. Il n'y avait eu ni grand événement ni rebondissement spectaculaire, nulle secousse qui soit venue bouleverser l'esprit de Ricardo. Le personnage debout à ses côtés s'était transformé, se rapprochant jour après jour de l'homme d'avant Navarin. Cependant, l'évolution était loin d'être achevée. Elle faisait penser à une fresque qui aurait volé un jour en éclats, et que l'artiste tenterait de reconstituer dans une nuit absolue. Si, miraculeusement, sous l'effet d'un éclair providentiel, certaines pièces retrouvaient leur place originelle, d'autres restaient toujours en attente dans les ténèbres.

Elle pivota doucement.

– Je sens à nouveau la présence du bonheur.

Il sourit.

– À quoi ressemble-t-il ?

– Je ne sais... C'est comme un enfant qui bouge, là – elle posa sa paume sur son ventre. Je ne trouve pas de mot plus beau, ni de plus grand vainqueur, pour exprimer la fin de ma stérilité. Car, depuis Navarin et jusqu'à cette nuit au palais, c'est ainsi que j'ai vécu. Desséchée, vide. Pleine de désert.

Il la contempla longuement. Le bord de ses paupières et l'angle de ses sourcils étaient allongés de kohol. Comme souvent depuis leur arrivée à la ferme, elle était vêtue d'une simple abbaya noire. Mais ce matin, à la différence des autres jours, ses cheveux étaient nattés et entremêlés de pièces d'or qui ruisselaient sur ses épaules.

– Dame Mandrino, il vous plaît donc d'afficher votre fortune ?

– Ce n'est pas ma fortune que j'affiche, mais la générosité de mon époux. C'est au nombre de pièces d'or qui recouvrent sa chevelure que dans les harems on reconnaît la favorite.

Il haussa les sourcils.

– Ainsi, j'aurais fait de toi ma favorite.

– Oui. Et j'ai besoin de croire qu'il en sera toujours ainsi.

– Il faut donc que je te rassure ?

– Tous les jours, en toute heure.

– Tu doutes tant de ton pouvoir de séduction ?

Elle dit d'une voix si basse qu'on aurait cru qu'elle se parlait :

– Ne suis-je pas dans l'automne de mon âge ?

Il se pencha sur elle, emprisonna son menton entre ses doigts.

– Comment peux-tu parler d'automne ? Tu es resplendissante, belle comme un soir de pleine lune.

– J'ai cinquante et un ans, Ricardo Mandrino.

– Je le sais. Depuis deux mois.

– Au moment où je soufflais toutes ces bougies, Giovanna, elle, entrait dans ses seize ans.

Une note de nostalgie s'était glissée dans sa voix.

– Serais-tu jalouse, dame Mandrino ?

Elle se mit à rire.

– Jalouse ? Que Dieu me préserve d'éprouver jamais semblable sentiment à l'égard de mon enfant. Non, mais quand je la regarde, c'est comme si je me contemplais dans un miroir. Elle me rappelle combien le temps passe vite.

Il dit, pensif :

– L'âge, le temps... S'il est une chose que j'ai définitivement perdue depuis que je suis revenu dans le monde des vivants, c'est cette notion du jour qui passe. Est-ce plus clair ou plus sombre ? Il me paraît qu'hier n'est que le souvenir d'aujourd'hui, et aujourd'hui le souvenir de demain.

– Voilà une belle image, mais c'est une philosophie d'homme. Je ne connais pas une femme qui y adhérera. Qu'elle soit riche ou pauvre, qu'elle soit belle ou non, elle reste consciente de ces matins où, devant sa glace, elle jauge les marques que le temps imprime jour après jour sur ses traits. Et tout en elle se défend contre ce qu'elle considère comme la plus grande injustice du monde.

– Je vais te surprendre... J'aime cette injustice. Je l'aime parce qu'au lieu de te flétrir, elle te rend chaque jour plus belle.

Dans un mouvement spontané, elle éprouva le désir de se blottir contre lui. Ce qu'elle fit, mais avec une timidité d'adolescente. Quelque chose en effet émanait encore de Ricardo qui l'empêchait de laisser libre cours à ses pulsions naturelles.

Ce fut lui qui l'attira plus fermement contre son thorax.

– Crois-tu que je réussirai ? questionna-t-il avec une pointe d'anxiété.

– De quoi parles-tu ?

– De mon état. De ma quête. Parviendrai-je jamais à redevenir ce personnage, ce Mandrino que tu as si fortement aimé ? Un homme assez fou pour faire recouvrir de milliers d'orchidées les allées de ce domaine. Car c'est bien ce que tu m'as affirmé ? J'aurais été capable d'une pareille démesure ?

– Qu'aimerais-tu entendre ? Que je n'ai aucun doute ? Que je suis convaincue que tu redeviendras ce personnage ? Ce serait faux. Tu es déjà Mandrino. Tu es l'homme aux orchidées. Moi je le sais. C'est toi qui l'ignores encore. Et puis, qu'importe les orchidées et la démesure ! Je me contenterai de bonheur plus simple.

Il fronça les sourcils.

– Ne parle pas ainsi. Un bonheur attiédi est plus exaspérant que le malheur. Je n'en veux pas. Ce que j'attends de l'avenir, c'est d'être à nouveau capable de ne plus faire qu'un avec ce double dont une grande part, peut-être la plus forte, sommeille encore en moi.

– Patience, Ricardo. Et remercie Dieu pour le chemin accompli.

Le Vénitien laissa errer son regard le long des champs de coton. L'œil exprimait une volonté intense de s'imprégner du décor, comme s'il cherchait à juxtaposer deux images, l'une lointaine et irréelle, l'autre proche et palpable.

– Viens, fit Schéhérazade, notre invité ne va pas tarder à arriver.

– Le consul de France. Bernardino Drovetti... Vois-tu, c'est peut-être ce que je trouve le plus curieux depuis mon retour. Tout ce qui a trait à des souvenirs concrets... l'histoire de Venise, certains aspects de la situation égyptienne, des gens comme Drovetti, m'apparaissent plus clairement que certains êtres tels que le vice-roi, avec qui pourtant je fus bien plus lié. N'est-ce pas un paradoxe ?

– Tu te poses beaucoup trop de questions, Ricardo Mandrino. Apprends à t'abandonner. Tout te paraîtra beaucoup plus simple.

Elle le prit par la main.

– Viens... Il faut que je me change.

Il acquiesça docilement sans pour autant se départir de son expression songeuse.

– Père !

Giovanna était penchée à la fenêtre de sa chambre.

– Je suis prête. Hussein a sellé les chevaux.

Il n'eut pas l'air de saisir.

– Ne m'as-tu pas promis que nous ferions cette randonnée à cheval ?

– Nous la ferons donc.

– Mais tu avais parlé de ce matin.

– Nous attendons M. Drovetti.

– Mais alors ?

– Il ne restera pas longtemps. Nous partirons après son départ.

Un voile parut recouvrir le visage de la jeune fille.

– Tu en es sûr ?

– Oui, Giovanna. Je viendrai te chercher.

Elle glissa nerveusement ses doigts dans ses cheveux. Ricardo lui fit un petit signe amical avant de disparaître de son champ de vision.

*

Le consul de France Bernardino Drovetti saisit la coupe de champagne et la leva en direction de Mandrino.

– À votre retour parmi nous !

Le Vénitien imita son hôte.

– À votre santé, signor Drovetti. Mais...

Il se reprit :

– Peut-être devrais-je dire aussi : « À votre retour ? »

Le consul prit un air affligé.

– Hélas... Dans ce cas, il s'agit de tristesse. Ce retour en France me déchire le cœur.

Schéhérazade prit le verre de tamarin que lui présentait la servante.

– Ainsi, vous abandonnez le consulat.

– Ma chère amie, je n'abandonne rien. Je ne fais que me soumettre, c'est tout. Trop vieux ! On a décidé que j'étais devenu trop vieux pour continuer d'occuper ce poste. Évidemment, on n'a pas osé me le dire aussi franchement. Cependant j'ai bien compris que, derrière les courbettes du ministère Polignac, on me considère comme bon à jeter aux orties.

Il piocha une poignée de pistaches en grommelant :

– Vieux... comme si à cinquante-trois ans on était vieux.

Un sourire traversa les traits de Mandrino.

– Je ne vous le fais pas dire, mon ami. J'en ai dix de plus, et je ne me suis jamais senti aussi fringant.

– Comme je vous comprends...

Il se figea d'un seul coup.

– Dire que j'ai chevauché au côté de Bonaparte à Mantoue et en Égypte ! Aide de camp de Murat – il retroussa légèrement la manche de sa veste et montra une cicatrice à hauteur de son poignet –, blessé à Marengo, et enfin consul de France à Alexandrie !

– Une vie bien riche en effet, reconnut Mandrino. À votre place, je tairais mon amertume et je remercierais le destin de s'être montré si généreux.

Drovetti se contenta de dodeliner de la tête, le visage bougon.

– Votre successeur, interrogea Schéhérazade, a-t-il déjà été nommé ?

– Pas de manière officielle. Mais tout porte à croire que ce sera Albert Mimaut. Mon orgueil dût-il en souffrir, j'avoue que le personnage n'est pas dépourvu de qualités.

– Et pour quand prévoyez-vous votre départ ? s'informa Mandrino.

– Dans les mois à venir. Trois, cinq, tout dépendra du bon vouloir de Paris. S'il ne tenait qu'à moi, ce serait le plus tard possible.

Il reprit une nouvelle gorgée de champagne et poursuivit avec une soudaine passion.

– Vous comprenez... J'aime tant ce pays. Je lui ai consacré près de vingt ans de mon existence. Il est devenu ma seconde patrie.

Schéhérazade souligna sur un ton d'aimable reproche :

– Disons que vous avez surtout apprécié le charme de ses antiquités.

– Chère amie, enfin ! c'était dans un but purement désintéressé !

– Bernardino ! Vous avez tout de même constitué deux fabuleuses collections d'antiquités égyptiennes. La première, refusée par votre souverain Charles X, a été achetée par le roi de Sardaigne pour le musée de Turin. La seconde, finalement acquise par Charles X, occupe une place de choix dans votre grand Louvre, à Paris.

Drovetti ouvrit la bouche, prêt à clamer son innocence, mais Schéhérazade le rassurait.

– Toutefois nul Égyptien ne vous en tiendra rigueur. Vos conseils, votre fidélité jamais démentie à l'égard du vice-roi et des intérêts politiques de l'Égypte, compensent largement votre...

– ... passion pour l'égyptologie ? suggéra Drovetti avec une candeur feinte.

Schéhérazade se laissa aller à rire de bon cœur.

– Absolument, Bernardino.

– Quoi qu'il en soit, je vous sais gré d'avoir rappelé mon amitié sincère, ainsi que mon dévouement. J'ai au moins ce point en ma faveur.

Il se tourna vers Mandrino.

– À ce propos, mon cher Ricardo, ne pensez-vous pas qu'il serait temps de rejoindre le monde diplomatique ? Pas plus tard qu'hier, Son Altesse me faisait part de son regret de ne plus vous avoir à ses côtés.

Le Vénitien écarta les mains.

– Malheureusement, je ne vois pas très bien en quelle manière je pourrais lui être utile. Si j'ai conservé le souvenir de certains aspects historiques, ces notions sont bien trop faibles pour que je puisse me risquer à de quelconques joutes diplomatiques.

– Vous pourriez au moins essayer de reprendre contact avec les réalités politiques, renouer progressivement avec les conseils du palais.

Sa voix se fit plus pressante.

– Le ciel est sombre sur l'Égypte. Le pacha a besoin d'hommes de confiance. Des hommes comme vous, Ricardo.

Schéhérazade décida d'intervenir.

– Dites-moi si je me trompe, mais votre visite amicale ne serait-elle pas une mission déguisée ?

Le consul feignit l'étonnement.

– Que voulez-vous dire ?

– Mohammed Ali ne vous aurait-il pas chargé de convaincre Ricardo ?

Le consul laissa au silence le soin d'exprimer son aveu.

– Aucune importance, coupa Mandrino, qui semblait tout à coup avide d'informations. Expliquez-moi plutôt pourquoi vous avez parlé de « ciel sombre sur l'Égypte » ?

– Le 19 juillet dernier, la France, l'Angleterre et la Russie ont décidé d'un commun accord d'expédier une armée en Grèce afin de forcer le fils du pacha à évacuer la Morée. Dieu merci, le conflit s'est terminé par l'envoi d'un corps expéditionnaire français.

149

– Y a-t-il eu affrontement ? s'inquiéta Schéhérazade.

– Non. Après mille et une tractations, une convention a été signée. Elle stipule l'évacuation de la Morée par les troupes égyptiennes à l'exception de quelques places fortes, la restitution des esclaves grecs capturés par Ibrahim, et l'envoi de bâtiments pour assurer le retour de l'armée sous la protection des escadres alliées [1].

– Pour quand est prévu le retour d'Ibrahim ?

– Probablement pour le début du mois d'octobre.

Schéhérazade constata avec amertume :

– Ainsi, une fois de plus, la Sublime Porte aura engagé l'Égypte dans une guerre stérile.

– D'autant plus stérile que le sultan d'Istanbul se refuse à accorder à Mohammed Ali la moindre compensation en échange des services rendus.

– En vous écoutant, fit Mandrino, je me dis que tout cela a l'air bien complexe et me fait l'effet d'un formidable labyrinthe.

– Je me garderai bien de vous contredire. Toutefois, je vous ferai remarquer qu'il fut un temps où ce labyrinthe n'avait aucun secret pour vous.

Le Vénitien hocha la tête, l'air de dire « J'ai du mal à le croire », et poursuivit :

– Mais enfin, que désire véritablement le pacha ?

– Qu'on le débarrasse définitivement de cet état de servitude dans lequel le place sa situation de vassal d'Istanbul. Pour ce faire, il n'existe guère d'alternative : Il faut que les alliés mettent un point final à leurs atermoiements et reconnaissent l'indépendance de l'Égypte.

1. L'affaire devait aboutir le 5 février 1830 à la signature d'un protocole qui consacrait la formation de la Grèce (qui rappelons-le vivait sous domination turque) en État indépendant, jouissant de tous les droits politiques, administratifs et commerciaux.

– Et ils ne s'y résolvent pas.

Drovetti confirma.

– Mais la France ? fit Schéhérazade. Je sais quelle place elle occupe dans le cœur de Mohammed Ali. Ne pourrait-elle agir ?

– Vous avez mentionné mon dévouement à la cause égyptienne. C'est vrai. Mais j'ajouterai que c'est aussi celle de mon pays que j'ai défendue, convaincu que l'une est inséparable de l'autre : Mohammed Ali a besoin du génie français pour développer sa puissance ; la France a besoin de Mohammed Ali pour contrebalancer l'influence anglo-russe.

– Voilà qui a le mérite d'être clair. Mais alors, pour quelle raison votre pays n'applique-t-il pas clairement cette politique ?

Le consul fit une moue embarrassée.

– Parce que rien n'est simple. Ceux-là mêmes qui prônent le développement de l'Égypte, insistent pour que ce développement soit enfermé dans des limites très strictes.

Mandrino haussa les sourcils.

– Si je vous comprends bien, on voudrait mettre en œuvre deux principes contraires : d'un côté l'agrandissement de l'Égypte, de l'autre son affaiblissement ! La France hésite, tergiverse, et entre-temps ce sont les Anglais qui occupent le terrain. Avouez que cette politique est dénuée de sens.

– Mon cher Ricardo, lorsque l'on désire qualifier le monde politique, absurde devient un pléonasme. En vérité, c'est toute la fameuse question d'Orient qui est en cause, c'est-à-dire le partage de l'Empire ottoman. Chacune des puissances désire une part du gâteau et aspire naturellement à s'octroyer la plus grande. Pour compliquer le tout, voici que la Russie a décidé de faire cavalier seul, et de poursuivre contre la Porte la guerre commencée à Navarin afin de prendre l'Europe de vitesse.

151

– Comment le sultan réagit-il devant cette menace ?

– Comme toujours, Mahmoud II est victime de ses illusions. Il espère la rupture éventuelle de l'alliance des trois puissances, et se prépare à livrer bataille contre le tsar.

– Il voudrait la fin de l'Empire ottoman qu'il ne s'y prendrait pas mieux.

– C'est aussi le sentiment de Mohammed Ali. Il ne se passe pas un jour sans qu'il tente de retenir la Porte au bord de l'abîme, car il sait que l'Égypte, saignée aux quatre veines, devra encore payer les frais de cette nouvelle folie turque. D'ailleurs, il n'y a qu'à parcourir les messages qui affluent en provenance d'Istanbul pour en être convaincu. Il y a quelques jours encore, le sultan exigeait du vice-roi qu'il lui soit versé deux millions de talaris espagnols à titre de contribution à la guerre russo-turque, et il réclamait l'envoi immédiat d'un corps de troupes.

Drovetti émit un soupir affligé avant de conclure.

– Vous comprenez pourquoi je vous disais que Son Altesse a tant besoin d'être entourée de véritables amis et de conseillers de talent.

C'est Schéhérazade qui répondit, prenant les devants :

– Nous comprenons. Cependant – sa main se referma sur celle de son époux – je ne crois pas que Ricardo soit en mesure de renouer avec ce monde. Il a consacré des années au service de l'Égypte, offrant le meilleur de lui.

Elle s'interrompit.

– Je vous en prie, ne cherchez pas à m'enlever ce que Dieu m'a rendu.

Elle se pencha vers Mandrino pour chercher son approbation. Il était plongé dans ses pensées. Il ne l'avait pas entendue.

La nuit avait recouvert le domaine de Sabah.

Assise sur le rebord de la fenêtre de sa chambre, Giovanna imaginait au loin la morne livrée du désert.

Là-bas, dans l'écurie, Shams, le superbe cheval que lui avait offert Mandrino pour ses quinze ans, avait dû s'assoupir dans une triste mélancolie.

Ricardo n'était pas venu comme il l'avait promis. Et il était allé se coucher sans lui dire bonsoir.

Maintenant il devait dormir au côté de Schéhérazade.

*

26 septembre 1828, isthme de Suez

Joseph souffla sur le feu par petites saccades. Aussitôt la braise prit l'aspect d'un cœur rouge vif qui palpite. Satisfait, il revint s'asseoir auprès de Linant de Bellefonds.

Autour d'eux, c'était l'immensité désertique. Au-dessus, la nuit et ses constellations poudreuses suspendues à l'infini. Trois tentes, abritant le matériel et les ouvriers, découpaient leurs ombres triangulaires.

Réprimant un frisson, Linant remonta sur ses épaules la couverture de coton et tendit ses doigts écartés vers le feu.

– C'est curieux comme la mer et le désert peuvent avoir de points en commun. Pour moi qui fus longtemps marin, j'y trouve d'étonnantes similitudes.

– Je n'ai jamais navigué, mais je peux aisément le croire.

À son tour, le fils de Schéhérazade approcha ses mains des flammes.

– Quand je pense que nous avons, à quelques mois près, le même âge et que tu as déjà vécu mille aventures ! Je ne cesserai jamais de t'envier, Linant.

– Je crois que j'ai simplement eu la chance d'être élevé par un père officier de marine et d'obtenir très tôt mon brevet d'aspirant.

– Terre-Neuve, le Canada, l'Amérique ! Les grands espaces, le soleil et le gel. Tu as dû faire une provision de rêves et de souvenirs pour les années à venir.

– De rêves, peut-être. D'expériences, sûrement.

Joseph se leva, fit quelques pas et poursuivit en scrutant les ténèbres.

– En réalité, si je voulais être franc je t'avouerais que ma jalousie est feinte. Où que j'aille, c'est le désert qui occupera toujours la plus grande place dans mon cœur. Le jour où j'ai réellement pris conscience de cette immensité, tout a changé en moi, car pour qui sait entendre et voir, le désert possède un pouvoir magique.

Linant vint rejoindre son ami, alors que celui-ci ajoutait :

– Il fait de l'enfant un homme, en lui épargnant d'être adulte. L'adulte n'a plus de démesure, on lui a confisqué sa folie.

– Ce qui explique qu'un jour, il y a longtemps, fit Linant pensif, sur l'Égypte ne régnaient que des enfants. Des enfants assez prodiges pour faire courir derrière ces dunes un canal... Deux mille ans avant notre ère.

Il marqua une pause, laissant à la brise soufflant de l'est le temps d'instaurer son chant.

– Ici se sont affairés les ouvriers de Sésostris. À l'aide d'outils primaires, ils ont fracassé les vagues de sable chaud, et réussi à creuser la longue blessure au creux de laquelle l'eau des deux mers un jour se mêla.

Il enchaîna en chuchotant presque :

154

– C'est peut-être par des nuits comparables à celle-ci que voguèrent les barques de pharaon.

– De la branche pélusiaque, vers le lac Timsah, descendant jusqu'au sud, pour finalement rejoindre la mer Rouge. Tu vois, je sais par cœur le cheminement de cette voie d'eau [1].

Il s'agenouilla, saisit une poignée de sable.

– Longtemps après, ces grains millénaires ont eu raison de l'ouvrage de Sésostris. Il fallut attendre que vienne de Palestine un nouveau pharaon, Nechao, dix siècles plus tard, pour que les flots reprennent leur course.

– Au prix de cent vingt mille vies humaines. Si Hérodote a dit vrai.

Joseph reprit, comme pour ne pas être en reste :

– Darius Ier livra à son tour la bataille des deux mers. Cinquante ans plus tard, à la fin de son règne, le canal n'était creusé qu'à moitié. Ce fut Trajan qui, deux siècles après Jésus-Christ, le fit achever. Plus tard encore, c'est au calife Haroun el-Rachid que revint l'honneur de l'ultime restauration. Depuis, il dort. Il attend le retour de pharaons.

– Ou alors celui d'autres enfants...

Joseph se releva.

– Dis-moi, Linant, tu crois vraiment que ce projet de liaison directe entre les deux mers est réalisable ? Tu sais mieux que personne qu'il comporte de nombreux obstacles dont on ne voit pas très bien comment ils pourraient être surmontés. Pour ne citer qu'un exemple : la différence de niveau. Si Darius

---

1. Le Nil se divisait alors en trois branches. Deux subsistent seulement aujourd'hui. La troisième branche se jetait dans la mer au niveau de l'ancien port de Péluse. C'est à partir de cette troisième branche dite pélusiaque que les pharaons firent creuser leurs canaux qui se rejoignaient vers l'est du lac Timsah, avant de descendre vers le sud jusqu'aux lacs Amers, et ainsi par un autre canal jusqu'à la mer Rouge.

interrompit ses travaux, c'est que ses conseillers l'avaient prévenu qu'en coupant à travers l'isthme on risquait de provoquer un formidable déferlement des eaux qui inonderait l'Égypte. Plus proche de nous, il y a le mémoire de Le Père [1]. Selon lui, la mer Rouge serait plus élevée que la Méditerranée de neuf mètres.

– Comme toi, j'ai lu attentivement le travail préparatoire rédigé par l'ingénieur de Bonaparte. Le Père se trompe peut-être lorsqu'il déclare que cette différence existe. De toute façon, même si c'était le cas, rien ne nous empêcherait de concevoir un tracé direct. Il suffirait de compenser les dénivellations par un système d'écluse. Je suis persuadé que c'est réalisable. J'attends des relevés topographiques que nous allons effectuer ici qu'ils confirment ma théorie.

– Veux-tu que je te fasse une confidence ? Un pressentiment me souffle que tu as raison.

Linant parut surpris.

– On ne peut parcourir le monde ainsi que tu l'as fait, sans que la nature ou Dieu – ce qui est pareil – vous fasse le don d'un sixième sens.

– La foi de l'Oriental...

– N'en suis-je pas un ?

– Ce serait cette foi qui t'a poussé à m'accompagner dans l'isthme, sans manifester la moindre hésitation ?

– Oui.

– Et tu continueras de m'appuyer quoi qu'il advienne, quelles que soient les difficultés que nous rencontrerons ? Même si nous devons nous opposer

---

1. Pendant l'expédition française en Égypte, Jacques Marie Le Père a procédé, sur l'ordre de Bonaparte, au nivellement de l'isthme de Suez, travail préparatoire à l'étude d'un tracé de canal, soit direct d'une mer à l'autre, soit dérivé du Nil. Le mémoire où Le Père a consigné le résultat de ses travaux et formulé ses conclusions, fut publié, sous le Premier Empire, dans le recueil intitulé : *Description de l'Égypte.*

aux autres ingénieurs, à ces messieurs sortis des grandes écoles ?

— Oui.

Linant porta la main successivement à sa poitrine, ses lèvres et son front.

— Joseph mon ami, mon cœur, ma parole et ma pensée sont à toi.

CHAPITRE 11

Ménilmontant, février 1829

L'aube venait à peine de poindre, enveloppant la maison natale du Père Enfantin. La température était exceptionnellement douce pour la saison, le ciel limpide.

Allongé sur son lit, Émile Barrault était encore sous le coup de l'émotion provoquée par la nuit qu'il venait de passer. Il resta encore un moment ainsi, puis marcha jusqu'à la fenêtre. Écartant les volets, il respira profondément. Il lui parut qu'une mer émeraude s'engouffrait dans ses veines. Trente ans plus tôt, il avait vu le jour à l'île Maurice et, depuis, le souvenir de cette terre l'habitait avec une constance jamais démentie.

Ses paupières se soulevèrent. Il contempla le ciel et s'imprégna de tout le bleu qui s'en dégageait, le visage ruisselant d'une expression mystique. La révélation qui l'avait frappé cette nuit était prodigieuse, elle allait bouleverser l'avenir de ses frères saint-simoniens. La seule question à laquelle il n'arrivait pas à répondre, c'était *pourquoi* ? Pourquoi l'avait-on choisi, lui, Émile Barrault, pour accueillir le message divin ? Professeur de lettres au collège de Sorèze, doué d'un réel talent de prédicateur, il avait réussi à inscrire le saint-simonisme dans le courant du romantisme littéraire. Ses modestes accomplissements justifiaient-ils que le divin se penchât sur lui ? Qu'importe. À quoi bon vouloir décrypter les voies du Seigneur ? Une mission lui avait été confiée, il ne devait plus hésiter. Il fallait qu'il portât immédiatement la nouvelle au Père.

En toute hâte, il enfila un vêtement et quitta la pièce.

La demeure dormait encore.

Sans faire de bruit, il traversa la salle à manger et emprunta le couloir qui menait à la chambre du chef suprême.

*

Enfoncé dans un fauteuil, Prosper Enfantin écoutait avec attention le récit de son disciple. Lorsque celui-ci eut terminé, il joignit les mains avec force.

– Ainsi, tu confirmes les prémonitions que j'ai portées toutes ces années durant ; en fait, depuis que j'ai succédé à notre bien-aimé comte de Rouvroy. Elles se sont faites plus insistantes au cours des dernières vingt-quatre heures, mais je n'osais en parler à personne.

Il se tut, demanda avec une pointe d'appréhension :

– Crois-tu vraiment que l'on puisse ainsi s'adresser à nous ?

– Oui, Père. Il existe des vérités qui nous viennent d'ailleurs et qui portent en elles le sacré.

Émile Barrault scanda avec ferveur :

– La voix l'a dit : En vous est incarnée la moitié de Jésus-Christ ! L'autre moitié attend en secret son heure dans le corps d'une femme, une femme encore inconnue, mais qui deviendra votre épouse ! À vous deux, vous constituerez la nouvelle divinité !

– Et cette femme serait la Mère.

– La libératrice de toutes les femmes.

À présent, le soleil éclairait la colline et ses ruelles en pente, et la pièce était pleine de lumière.

– La difficulté réside dans la quête, objecta Enfantin. Dans quelle partie du monde la trouverons-nous ?

Émile Barrault répondit sans la moindre hésitation.

– Il n'y a plus rien à attendre des femmes d'Occident. Elles sont trop jalouses de l'indépendance que leur a transmise la Vierge chrétienne. En vérité, elles revendiquent une liberté qu'elles ont déjà acquise, mais elles sont incapables de concevoir leur fonction propre dans l'union avec l'homme.

– Ah...

– C'est en Orient que nous la trouverons. C'est là-bas qu'attend la Marie nouvelle.

Il marqua une pause et confia :

– Je la crois juive [1].

Comme son interlocuteur adoptait un air circonspect, il crut bon de préciser :

– De toute façon, elle ne peut être qu'orientale. Grâce à votre union, la Méditerranée deviendra le lit nuptial de l'Orient et de l'Occident jusqu'ici divisés.

Sa voix se mit à vibrer.

– Il y a dans ce message le contenu d'une prophétie. Qu'elle s'accomplisse !

Gagné par la ferveur de son disciple, le Père se dressa de toute sa hauteur et déclama avec emphase :

– Barrault ! Donne-moi ta main par-dessus les mers. Tu m'as annoncé aux filles d'Orient : elles me verront ! Je le jure par le croissant de leur lune

1. L'évocation s'explique peut-être par le fait qu'Émile Barrault ait eu pour maîtresses des femmes juives. C'est aussi une femme juive qui fut son épouse.

d'argent qui est venu aujourd'hui baiser la face de mon soleil d'or [1] !

Le disciple, ému aux larmes, saisit fiévreusement la main de son supérieur et, emporté par son élan, la baisa.

– Il n'y a plus un instant à perdre. À l'instar des prédicateurs des croisades, il faudra donner à notre quête le maximum de résonance. Partout en France, et à commencer par le Midi, vous irez répandre la nouvelle. Elle préparera votre embarquement pour l'Orient.

– Il en sera fait ainsi.

Enfantin fit quelques pas en se balançant comme un chat, puis pivota sur lui-même et emprisonna le bras de Barrault.

– Puis-je te demander une faveur, Émile ?

Sa voix avait baissé d'un ton.

– À mon avis, il serait prématuré de rapporter à nos frères ou à qui que ce soit notre conversation. Il serait vain de révéler ma demi-divinité tant que l'Épouse ne sera pas apparue.

Barrault promit avec solennité :

– Comptez sur ma discrétion, Père. Les grands mystères ne doivent être partagés qu'en temps et en heure, et uniquement avec les âmes prêtes à les accueillir.

*

Corinne Chédid referma la porte de la chambre et s'écroula sur son lit en s'efforçant de maîtriser les sanglots qui secouaient son corps. Dieu qu'elle avait mal. Dieu que la trahison avait un goût amer. À travers la porte-fenêtre qui ouvrait sur le jardinet, se découpaient les toits grisâtres de Paris. Elle connais-

1. Le Père à Barrault. *Livre des Actes*, p. 83 et suiv.

sait cette vue par cœur. Comme elle savait tous les détails de cette propriété où, entraînée par Judith Grégoire et son époux, elle vivait depuis bientôt trois mois. Les corps de logis, la cour, le pavillon, le kiosque, les allées de tilleuls lui étaient devenus aussi familiers que la maison de la rue des Petits-Champs.

La première fois que le couple lui avait proposé de le suivre, elle avait été tentée de répondre par la négative. Très vite, l'idée de la solitude, la peur de faire de la peine à ceux qu'elle considérait comme ses bienfaiteurs, l'avaient fait changer d'avis.

Dans les premières semaines, bien qu'elle éprouvât une certaine gêne à partager cette existence communautaire, elle n'avait pu s'empêcher d'être touchée par le dévouement de ses membres, leur générosité ; touchée aussi de constater de quelle façon, ici, les différences sociales étaient abolies. Observer ces hommes, ces femmes – dont beaucoup appartenaient aux élites, par leur naissance ou leur profession –, qui accomplissaient eux-mêmes les tâches domestiques les plus humbles, avait empli son cœur d'une douce allégresse.

Insensiblement, elle en était arrivée à partager nombre de leurs vues, et avait eu la sensation de pouvoir aimer les êtres humains d'un amour nouveau. De même, elle s'était mise à écouter les orateurs – qui ne manquaient pas de se succéder – avec plus d'attention et moins d'à priori. L'un d'entre eux en particulier, Charles Lambert – à qui on avait confié le développement théologique du dogme nouveau –, l'avait impressionnée plus qu'aucun autre. Il parlait de Dieu d'une manière si élevée, si convaincue, qu'il ne vous laissait pas insensible.

C'est au cours des derniers jours que le malaise ressenti en arrivant avait refait surface. Dans un premier temps, elle avait surpris des regards échangés –

encore que le terme d'œillades eût été plus approprié. Puis ce furent des attouchements, des frôlements de mains, des baisers – trop longuement soutenus pour être dépourvus d'arrière-pensées. Autant d'indices qui criaient la trahison : Judith et le saint théologien Charles Lambert étaient bel et bien amants. La fidèle amie, la dispensatrice de la noble morale n'était qu'une banale femme adultère.

Quant à Charles Lambert, l'admirable prédicateur, il était plus condamnable encore. Corinne avait toujours su qu'il avait pour compagne une femme – de grande qualité, disait-on – du nom de Pauline Roland. En revanche, ce qu'elle ignorait, et qu'elle avait appris récemment, c'est que l'homme de Dieu possédait une maîtresse de plus en la personne d'une saint-simonienne de la première heure : Suzanne Voilquin ! Pauline, Suzanne, Judith...

Si encore les protagonistes masquaient leur jeu. Au contraire, ils semblaient éprouver une réelle volupté à afficher leur liaison.

Était-ce donc cela, la liberté prônée par le Père Enfantin ? L'émancipation de la femme devait-elle passer par l'abandon de toute pudeur, de tout principe, au nom de la *nouvelle morale sexuelle* ?

N'en pouvant plus, prise d'un sentiment d'étouffement, convaincue que tôt ou tard son propre sang serait souillé par cet air pernicieux, Corinne avait décidé de parler à Judith. Il y avait une heure à peine. Elle avait vidé son cœur, elle avait attendu, espérant trouver dans les réponses de son amie une source d'apaisement.

– Ma chérie... Ouvre donc les yeux. La sexualité ne doit plus être soumise au jugement social, celui-ci n'a plus cours, il est d'un autre temps. Le désir doit s'exprimer sans entraves. Celui de l'homme s'affirmait déjà. Désormais c'est au tour de la femme de

s'épanouir et de vivre pleinement sa sensualité révélée.

– Mais... l'amour ? La fidélité à la parole donnée ?

– Il n'existe aucune contradiction dès lors que la
liberté de chacun est respectée.

– Ainsi, liberté serait synonyme de... polygamie ?

Judith avait eu cette réplique effarante :

– C'est la nouvelle loi. Le partage des revenus n'est
pas plus outrageant que celui du plaisir...

Alors elle avait fui. Fui pour ne plus voir Judith
Grégoire, ne plus entendre ces mots qui allaient si
violemment à l'encontre de son éducation.

Elle réprima un dernier sanglot et essuya du revers
de sa manche ses joues inondées.

L'image de Samira lui apparut, comme reflétée
dans un miroir éclaté. C'est naturellement qu'elle
repensa au métier de courtisane qui avait été le sien.
Bien que s'étant toujours gardée de prononcer la
moindre condamnation, Corinne l'avait longtemps
tenu pour peu louable. Aujourd'hui, en comparaison
avec la morale des êtres qui l'entouraient, elle le trouvait étonnamment sain. Sa mère n'avait guère eu le
choix. Elle avait dû se battre, étrangère, dans une
ville étrangère, avec la responsabilité d'une enfant à
nourrir. Chaque fois qu'elle avait livré son corps,
c'était pour survivre. Tandis que là il s'agissait de bien
autre chose : le plaisir charnel pour le plaisir, au nom
d'une prétendue émancipation qui s'érigeait en loi.
Comme si, pour s'avilir, l'homme avait eu besoin de
l'aval de ses pairs.

Que le présent était sombre, que l'avenir apparaissait plus noir encore ! Corinne avait mal. Elle se sentait ligotée, dans l'incapacité de prendre la moindre
décision. Pis encore, elle avait l'impression d'être
salie. Elle essaya de mettre de l'ordre dans toutes ces
pensées contradictoires qui se déversaient dans son

esprit. Si seulement elle avait pu quitter cette maison ! Mais où serait-elle allée ? Sans argent, sans travail, plus orpheline que jamais. Elle eut envie de hurler, de s'élancer au-dehors et dévaler les ruelles en pente qui dénouaient leur ruban vers l'inconnu.

Elle sursauta. On venait de frapper. Elle n'eut pas le temps de réagir, le battant s'écartait. La silhouette du Père Enfantin apparut.

Corinne fut prise d'un mouvement de recul, comme saisie d'effroi, tandis que le chef suprême signifiait d'une voix affectée :

– Chère fille, je pense que nous avons des choses à nous dire... Viens donc dans mon cabinet, je suis prêt à t'écouter.

*

Alexandrie, palais de Ras el-Tine, mars 1830

Giovanna s'étira sur la pelouse et respira à pleins poumons l'odeur de fol [1] et de jasmin qui embaumait les jardins de Mohammed Ali. Toutes les fois que ses parents se rendaient au palais, c'est ici, le long des allées bordées de tamaris et de lauriers-roses, qu'elle venait se réfugier.

Le visage offert au soleil déclinant, elle éprouva avec délice la caresse de la lumière et la tiédeur de l'herbe sous son corps. Des traînées mauve et or avaient surgi à l'horizon, amenant dans leur sillage le chariot du crépuscule. Giovanna gardait les yeux vrillés sur le ciel. Elle espérait y trouver un signe qui apaiserait son mal de vivre, un pont qui lui permettrait de franchir l'abîme qui la séparait de sa mère et bientôt de son père. À mesure que ses parents se rap-

1. Variété de jasmin au parfum dense, que l'on trouve en Orient.

prochaient l'un de l'autre, ils s'éloignaient d'elle. À chaque fragment de mémoire revenu, c'est un peu de Giovanna qu'on oubliait. Jusqu'à quand ? Lui faudrait-il à son tour mourir dans une autre baie de Navarin pour qu'on s'aperçût qu'elle existait ?

Elle s'était levée. D'un geste nerveux, elle lissa les plis de sa robe et prit la direction du palais. Quelques mètres plus bas, la mer étale dérivait vers les lumières phosphoreuses du port. Un môle de pierre projetait sa masse grise sur la surface de l'eau. Un voilier y était amarré, qui oscillait nonchalamment ballotté par les flots. Elle observa distraitement l'esquif, tout en poursuivant sa marche. Brusquement, au moment où elle allait s'engager sur la grande allée qui conduisait au palais, elle prit conscience que des militaires étaient alignés le long du môle, au garde-à-vous. Un peu comme s'ils attendaient de présenter les armes à quelque personnalité de haut rang. À cette heure ? Hormis le pacha, on ne voyait pas qui aurait pu mériter cet accueil. Or, Mohammed Ali se trouvait avec Mandrino.

Poussée par la curiosité, elle s'engagea sur le sentier. De l'endroit où elle se trouvait, elle pouvait mieux voir les silhouettes qui évoluaient sur le pont du voilier. Des éclats de voix montaient vers elle, couverts par le battement de la mer. Elle décida de se rapprocher encore.

Elle atteignit la plage. Une frange d'écume effleura ses chevilles. Elle ôta ses sandales et poursuivit sa marche, nu-pieds. Elle fut très vite au pied du môle. Quelques marches de pierre permettaient d'y accéder. Elle les gravit sans se soucier des militaires qui, toujours figés dans un garde-à-vous hiératique, ne paraissaient pas s'être rendu compte de sa présence. Éblouie par le soleil qui tombait face à elle, sur l'horizon, elle mit sa main en visière pour scruter le voilier.

Ceux qui étaient à bord gardaient l'œil fixé vers la proue, plus précisément sur le beaupré. Dans un premier temps, elle se demanda ce qu'ils pouvaient bien contempler ainsi. Une forme, entre ciel et terre, faisait corps avec le mât. Une corde ceignait sa taille dont l'extrémité était elle-même reliée à un anneau planté au sommet du beaupré, ce qui permettait sans doute de prévenir une possible chute. Le crépuscule qui avait commencé de peindre en touches sombres le décor, rendait la vision imprécise, mais Giovanna aurait juré que celui qui se trouvait là-haut souffrait. Lentement, cran après cran, il descendait vers le pont. On l'entendait qui ahanait, râlait, pestait peut-être intérieurement. Au bout d'un temps qui dut lui paraître une éternité, il atteignit le sol et, dans un mouvement plutôt dépourvu de grâce, il s'y laissa rouler. À travers les ombres avancées du soir, Giovanna eut l'impression qu'il s'agissait d'un nain, tant la silhouette était menue.

Quelques applaudissements crépitèrent. Quelqu'un se précipita et l'aida à se remettre sur pied. On jeta une serviette sur ses épaules. Un autre épongea la sueur qui noyait sa figure.

Ce qui surprenait, c'était la déférence avec laquelle tout ce monde s'activait autour du personnage. Finalement, celui-ci, les épaules pitoyablement voûtées, s'engagea sur la passerelle. Les militaires alignés se raidirent un peu plus. Une voix aboya un ordre.

Sans qu'elle s'en fût aperçue, Giovanna était parvenue tout près du soldat qui fermait le rang. Encadrée par deux hommes à l'allure martiale, la silhouette remontait le môle.

C'est là que Giovanna comprit qu'il ne s'agissait pas d'un nain, mais d'un enfant. Un enfant de huit ou neuf ans. Guère plus. Ce qui frappait surtout c'était sa corpulence ; il était plutôt bien en chair. Et puis il y avait ses mains. C'étaient presque des mains d'homme.

167

Il n'était plus qu'à quelques pas. En réalité, il se traînait plus qu'il ne marchait. À mesure qu'il se rapprochait, Giovanna pouvait lire plus distinctement ses traits. Il avait le visage plein, assez rond, surmonté de cheveux bouclés, d'un châtain foncé. Somme toute, un visage commun. C'était dans ses yeux que tout était inscrit. Il y vibrait une couleur qui rappelait l'eau déchirée du Nil : un brun fauve, presque bistré. Et Giovanna se dit que jamais elle n'oublierait ce qu'elle y découvrit : une si totale indifférence pour tout encouragement, une telle nostalgie, une telle solitude à l'égard du monde qui l'entourait.

– Monseigneur... Pardonnez-moi, suggéra l'un des hommes qui avançaient aux côtés de l'enfant. Il faut activer le pas, sinon l'exercice sera incomplet.

Il grimaça, s'efforça d'accélérer.

– Plus droit, Monseigneur, il faut vous tenir plus droit. Les épaules dégagées.

– Oui, Omar... Oui... Je fais ce que je peux.

– Vous êtes le prince. Un prince peut tout. Les épaules dégagées !

L'enfant essaya de son mieux de mettre le conseil en pratique. Mais Dieu qu'il souffrait !

– Rentrez le ventre.

L'enfant aspira une goulée d'air et se tint en apnée ; sans grand effet.

Tout à coup, il l'aperçut.

Déchiffra-t-il qu'elle avait le cœur attendri ? Elle vit qu'il s'écartait légèrement de sa trajectoire et du maintien imposé, pour se rapprocher d'elle.

– Excellence, s'étonna le tortionnaire, où allez-vous ?

Il ne parut pas l'entendre.

Il était arrivé devant Giovanna.

– Bonsoir, fit-il doucement.

– Bonsoir.

– Qui êtes-vous ?

– Mon nom est Giovanna. Giovanna Mandrino. Et vous ?

Il eut l'air surpris.

– Je suis Saïd. Saïd pacha. Le prince héritier.

Elle lui sourit.

– Le fils de Mohammed Ali ?

Il fit oui avec une touchante solennité.

– Excellence, chuchota le tortionnaire. Il se fait tard. Votre précepteur, M. Koenig bey [1], vous attend.

Il ne semblait pas se résigner à repartir, retenu par une mystérieuse attirance.

Sans réfléchir, cédant à une pulsion intérieure qu'elle aurait été incapable de définir, elle se pencha sur le petit prince et déposa un baiser sur son front.

Une expression un peu étonnée anima la figure du garçon. Elle sentit qu'on les séparait. Quand il atteignit l'extrémité du môle, il la regardait encore, donnant l'impression de vouloir graver dans son âme, et pour toujours, l'empreinte d'un visage ami.

*

Il y avait plus de trois heures qu'ils étaient réunis dans la grande salle du diwan [2]. Trois heures au cours desquelles l'atmosphère n'avait fait que s'alourdir, jusqu'à devenir suffocante.

Calés dans des fauteuils de velours damassé, il y avait là Henry Salt, le consul d'Angleterre, Bernardino Drovetti, consul de France, et entre les deux

1. L'éducation du jeune Saïd fut confiée à des maîtres européens. Koenig était français. Saïd parlait couramment le français et l'anglais, mais aussi le turc, l'arabe et le persan.
2. Mot turc qui signifie conseil d'État. Nom qu'on donne à toutes les salles où les souverains musulmans et leurs Premiers ministres tiennent conseil d'État ou donnent audience.

diplomates, Boghossian, ministre des Affaires étrangères.

Ricardo Mandrino, lui, était demeuré au fond de la pièce, confiné dans un silence attentif.

Mohammed Ali laissa tomber d'une voix où perçait une irritation mal contenue :

— Non, monsieur Salt, je vous le répète, l'Égypte ne se portera pas au secours d'Istanbul.

— Ce refus de soutenir et défendre la cause du sultan Mahmoud contre une probable invasion de la Turquie par les armées du tsar ne pourrait que rencontrer le regret et la désapprobation du gouvernement de Sa Majesté.

— Mon cher collègue, avança Drovetti, j'avoue ne pas comprendre votre insistance. Vous n'êtes pas sans savoir que, dans le cas où la Russie mettrait ses menaces à exécution, et si Istanbul devait tomber, la France serait prête à soumettre un projet de partage de l'Empire ottoman [1].

— Un partage sous la pression ressemblerait à un démembrement. De plus, il est hors de question que la Turquie cesse de conserver son existence d'État indépendant.

Mohammed Ali pencha son buste en avant.

— Dites-nous, monsieur Salt, d'où vous vient ce désir soudain de protéger l'indépendance des nations ? Pourquoi cette extraordinaire insistance à voir l'Égypte s'embarquer dans un affrontement qui – une fois de plus – ne la concerne pas ? La guerre de

1. La base essentielle de ce projet était de fonder un État chrétien autour d'Istanbul à la place de l'État turc et d'encourager Mohammed Ali à se déclarer indépendant et à rétablir l'ancien califat arabe. La France songeait alors à faire du pacha son lieutenant en Orient, à l'associer à sa politique africaine, et à se servir de lui pour reconstituer sous sa protection l'ancien empire arabe.

Morée a coûté à mon pays vingt millions de francs, trente mille hommes et ma flotte.

Il s'arrêta.

– Savez-vous quelle est la devise qui court dans les milieux turcs ? « La Turquie se battra jusqu'à son dernier soldat... égyptien. » Serait-ce aussi le vœu secret de l'Angleterre ? Pourquoi ne répondez-vous pas, monsieur Salt ?

– Parce qu'il devrait se trahir, Votre Altesse !

Les visages convergèrent vers Ricardo Mandrino. Il avait quitté le fond de la pièce et marchait vers Salt.

– La politique anglaise sera toujours invariable dans le fond, changeante et souple dans la forme. Elle ne favorisera jamais les vues du vice-roi. Souvenez-vous. Elle a encouragé naguère l'anarchie des Mamelouks afin d'empêcher un pouvoir stable en Égypte. Usant des capitulations [1] comme d'un moyen de pression, elle s'est opposée au développement des institutions naissantes. Voici qu'aujourd'hui elle veut pousser l'Égypte à livrer une nouvelle guerre. Pourquoi ? Tout simplement afin de vous engager à dépenser une partie de vos énergies hors de votre terre : en cas de défaite, elle pourra vous achever. En cas de victoire, elle s'arrangera, ainsi qu'elle l'a toujours fait, pour vous empêcher d'en recueillir les bénéfices.

Sa voix se fit plus incisive, tandis qu'il enchaînait :

– Dois-je vous le rappeler, Votre Altesse ? Le pays de M. Salt vous a empêché de conquérir l'Abyssinie,

---

1. Convention qui réglait les droits des sujets chrétiens en Égypte et dans les pays musulmans. Ce système conférait aux chrétiens, aux Européens en général, une immunité, voire parfois une impunité. Il donnait le droit aux citoyens de ne dépendre que de leur propre législation, et les dispensait de payer des impôts. Les protections consulaires s'exerçaient donc en faveur de leurs ressortissants au point que la population européenne finit par perdre la notion du juste et de l'injuste.

tout en vous laissant accomplir des conquêtes stériles au Soudan et en Arabie, épuiser vos forces et votre trésor en Grèce, pour finalement vous porter le coup fatal de Navarin. Ce n'est pas tout. Elle sait l'amitié qui vous lie à la France. Ne vous faites aucune illusion : l'Angleterre ne vous permettra jamais de vous allier à cette puissance. Jamais. L'Angleterre sera ce qu'elle a toujours été...

Il fixa Salt avec un sourire en demi-teinte.

— Une île où, après les pelouses, le cynisme est la chose la mieux partagée.

Le diplomate, blême, s'efforçait de contenir sa fureur.

— Auriez-vous perdu la langue ? questionna Mohammed Ali qui, bien que dépassé, avait du mal à masquer sa jubilation.

Salt s'était levé, un tremblement aux commissures des lèvres.

— Avec votre permission, Votre Altesse, j'aimerais me retirer.

Mohammed Ali indiqua la porte d'un geste courtois, mais sec.

Le consul sorti, il commenta :

— Ricardo bey. C'est étonnant. Certaines rumeurs couraient à ton propos. Tu avais, paraît-il, perdu la mémoire.

Mandrino ne répondit pas tout de suite. Il avait une expression un peu hagarde. On aurait dit tout à coup un homme perdu.

— Je ne sais pas, Sire. Est-ce moi qui ai parlé, ou un autre s'est-il exprimé par ma voix ? Je ne sais pas, Sire.

— Qu'importe, puisque les deux sont le même Mandrino.

Drovetti fit observer, la mine épanouie :

— Si vous aviez l'intention de vous rendre un jour

172

en Angleterre, je crois sincèrement qu'il ne faudra plus y songer.

– Il me faut donc espérer que la France se montrera plus hospitalière.

– Dites-moi, Ricardo bey, intervint Boghossian, sans vouloir diminuer en rien la qualité de votre analyse, je vous ferai remarquer que si l'Égypte s'aliénait l'Angleterre, elle serait définitivement isolée.

Il précisa en regardant Drovetti :

– Puisque malheureusement le gouvernement de Charles X n'est toujours pas décidé à nous soutenir ouvertement.

Le Vénitien parut réfléchir, puis il se laissa choir dans le fauteuil abandonné par Henry Salt.

– Une route s'offre à vous, Majesté. J'y vois la France chevaucher à vos côtés.

Sa main lissa machinalement ses cheveux, tandis qu'il développait :

– Depuis peu, la France inaugure une politique africaine qui vise à établir sa domination sur les États barbaresques. Nous savons parfaitement que l'Algérie fait partie de ses priorités. Hussein ibn el-Hussein, le dey [1] qui gouverne ce pays pour le compte de la Turquie, poursuit toujours la guerre de course en Méditerranée, passant outre aux décisions du congrès d'Aix-la-Chapelle. Ces relations déjà tendues se sont aggravées lorsqu'il y a deux ans, des corsaires d'Alger ayant capturé deux navires, Deval, le consul de France, protesta auprès de Hussein. Ce va-nu-pieds n'a pas trouvé meilleure riposte que de frapper le diplomate d'un coup de chasse-mouches et de refuser par la suite de présenter ses excuses. Depuis ce jour, nous savons qu'une intervention française en Algérie est en préparation ; d'autant que la Porte otto-

---

1. Du mot turc *dâï*, « oncle », titre honorifique accordé au chef du gouvernement d'Alger.

mane a laissé entendre qu'elle se désintéressait totalement de la question.

Il prit Drovetti à témoin.

– Est-ce que je fais erreur ?

– Je ne le pense pas.

– Pour mettre son plan à exécution, la France va se heurter – c'est l'évidence –, à l'opposition de l'Angleterre et de la Turquie. De plus, la conquête de l'Algérie ne sera pas une entreprise aisée. Une Égypte forte est donc toute désignée pour devenir un point d'appui de la politique française en Afrique. Pour être clair : Je propose qu'Ibrahim pacha, le fils de Sa Majesté, prenne le commandement d'une expédition à laquelle les Français participeraient.

Il s'enquit auprès de Boghossian bey :

– De combien d'hommes pouvons-nous disposer ?

– Environ 20 000 hommes de troupes régulières et 20 000 bédouins.

– Fort de cette armée et de la compétence militaire d'Ibrahim soutenu par le colonel Sève, il suffira de quelques jours pour se rendre maître de l'Algérie.

Mohammed Ali caressa rêveusement sa barbe.

– Ainsi, tu suggères que je livre une guerre en lieu et place de la France ?

– Vous l'avez fait maintes fois pour le sultan, sans en tirer le moindre bénéfice.

– Ce qui signifie ? questionna Drovetti.

Une lueur traversa les prunelles bleues de Mandrino.

– La Syrie pour l'Égypte. Et son indépendance reconnue.

Mohammed Ali se mit à arpenter la pièce d'un pas mesuré. Au bout d'un long moment, il annonça :

– Ce plan recueille mon entière adhésion. Il ouvre des perspectives inespérées pour l'Égypte. Reste à notre ami Drovetti de le soumettre à son gouvernement.

– Ce sera fait, Majesté. Cette démarche dût-elle être la dernière d'un consul finissant, je vous promets qu'elle sera entreprise et que je la défendrai de toute mon énergie [1].

Mohammed Ali fit demi-tour et regagna son fauteuil.

– Mandrino bey...

– Votre Altesse ?

– Sais-tu ce que je regrette ?

– Quoi donc, Votre Altesse ?

– Qu'il ne soit pas donné à chacun de nous d'être frappé d'amnésie.

*

L'humidité avait plaqué la nuit contre les minarets. Quelques rares échoppes vomissaient leur lumière tardive sur la chaussée poussiéreuse où le pas incertain de Ricardo venait s'imprimer. Des sons métalliques, irritants, se mêlaient aux odeurs de jasmin

1. Le plan fut effectivement soumis et défendu par Drovetti quelques semaines plus tard, et approuvé dans son ensemble par le gouvernement de Charles X comme base de la conquête projetée de l'Algérie. La Prusse et la Russie mises au courant approuvèrent. Metternich fit des réserves. L'Angleterre désapprouva formellement. Elle envisageait avec inquiétude le préjudice qui résulterait nécessairement pour la Porte ottomane de l'agrandissement de l'Égypte. Elle alléguait que l'Europe ne pourrait voir sans anxiété une révolution totale s'effectuer sur les côtes septentrionales de l'Afrique. À la suite de négociations – trop complexes à décrire ici – le plan fut abandonné, et finalement ce fut sans l'aide de l'Égypte que la France débarqua le 14 juin 1830, à Sidi-Ferruch, à 17 kilomètres à l'ouest d'Alger. Elle mit ainsi fin à la domination turque, exercée depuis le XVIe siècle par le dey, ses beys et ses janissaires au nom de la Sublime Porte. Ainsi commença ce que l'on a baptisé « la période française ». Marquée de conflits et de déchirements, elle ne devait s'achever qu'en mars 1962, avec les accords d'Évian.

rance et de hachisch teinté de miel. Quelqu'un devait jouer du aoud [1] non loin de là, sur une terrasse. Un musicien insomniaque, songea Ricardo, ou le grincement d'une âme torturée.

Voilà plus d'une heure qu'il marchait parmi les ruelles enchevêtrées et les flamboyances jaunâtres ; la pensée éclatée, comme si une entité mystérieuse avait frappé son cerveau d'un terrible coup de hache.

Il longea la devanture d'un café. Un bédouin sans âge, la tête ceinte d'un aigual à cordelettes d'or, paupières mi-closes, suçait avec une expression mystique l'embout de son narghilé. Sa peau était burinée par mille vents de khamsin, par le sel de la mer. Le nez busqué était découpé au couteau, pourtant il émanait de cette rudesse une aura indicible qui ressemblait à la douceur de vivre. Il était à l'image d'Alexandrie.

Alexandrie, témoin et créateur... Comme si la ville avait eu le pouvoir de remodeler la mémoire de Mandrino et de faire resurgir dans cette salle du conseil un flot de connaissances qui jusqu'ici avaient été confisquées par un autre port, Navarin. La cité millénaire avait peut-être jugé que l'heure était venue d'apposer sa signature souveraine.

Ricardo s'immobilisa aux limites de l'arsenal. Le palais de Ras el-Tine dormait sous les étoiles. La presqu'île de Pharos, qui lui servait d'écrin, vibrait dans la moiteur du soir.

Le Vénitien sentit des larmes qui montaient en lui. Il en était sûr maintenant, un nouveau pan de sa vie venait de renaître.

Engrangez toutes les informations, même les plus futiles, comme autant d'armes qui serviront à prendre la citadelle dans laquelle s'est barricadé votre double. Car, n'en doutez pas, il est bien là, enfermé dans un

1. Instrument de musique proche du luth.

coin de votre cerveau. Il est ce que les Grecs appellent
l' « enantios », l'opposé.

Jamais les mots prononcés par le Dr Clot n'étaient
apparus aussi clairement. Jamais comme ce soir il ne
s'était senti aussi proche de ce double. Le bouleversement intérieur déclenché par cette promiscuité soudaine éveillait en lui une excitation juvénile, une
envie de crier. Mais simultanément, chose étrange,
un sentiment avait surgi, ténu, lancinant qui s'incrus-
tait dans ses entrailles, et la face décharnée et hideuse
de la peur.

CHAPITRE 12

Paris, 23 décembre 1832, prison de Sainte-Pélagie

– J'entends, du fond de ma prison, l'Orient qui s'éveille et qui ne chante point encore, l'Orient qui crie. Je vois l'étendard du Prophète souillé, brisé. Le vin coulant, avec le sang engourdi d'opium, dans les ruisseaux d'Istanbul. Le Nil a rompu ses digues et se répand plus loin qu'il n'a jamais marché, portant les germes que la main de Napoléon a secoués sur ses bords et que Mohammed Ali a fécondés. Le voile de l'odalisque est tombé devant Mahmoud. Le verbe a pris sa forme multiple, par la presse il ronge le livre Un, le Coran. La grande communion se prépare ; la Méditerranée sera belle cette année ! Depuis Gibraltar jusqu'à Usküdar, cette côte brûlante se soulève et appelle l'Occident endormi sous la parole de ses phraseurs de tribune. Italie ! Italie ! tu auras quelques grands jours encore ; tu es étendue sur cette grande couche nuptiale ; ton ciel, dôme de Saint-Pierre, couvrira de sa riche parure la joie des fiancées ; tu n'es pas l'avenir, mais tu es le grand héritage du passé, la dot du Père au Fils et à la Fille [1].

1. Texte intégralement reproduit. *1883 ou l'année de la Mère*, journal publié par Émile Barrault à Lyon, livraison de février 1833.

Enfantin posa sur la table bancale le texte qu'il venait de lire et demanda à Barrault.

– Qu'en penses-tu, Émile ?

– Père, il n'est pas de mots pour qualifier rédaction aussi dense. C'est grand. Cela chante comme l'avenir. Un chant d'autant plus beau qu'il est né ici, dans cette cellule pouilleuse, entre les murs de cette prison où l'iniquité des hommes vous a conduit.

– Mon fils, dès que l'on cherche à s'élever, les autres n'aspirent qu'à vous briser les ailes.

– Quand je pense que les tribunaux ont osé vous condamner pour outrage à la morale publique !

– Qu'importe si l'on emprisonne le corps ! L'âme est toujours libre de voyager à sa guise.

Il pointa son index sur le document :

– La preuve. Mais ce n'est pas tout, Émile. Ce n'est un secret pour personne que la solitude est propice à la réflexion. Depuis que je vis ici, j'ai eu tout loisir de méditer. J'ai des choses importantes à te confier. Tout d'abord, qu'en est-il de la quête de l'Épouse nouvelle ?

Émile Barrault adopta une moue contrariée.

– Je suis contraint de vous informer qu'il existe certaines dissensions parmi les Compagnons de la Femme [1].

– Des dissensions ? Mais à quel propos ?

– Certains d'entre nous sont divisés sur le lieu où l'on trouvera l'Épouse. Vous connaissez ma position : l'Épouse est de race juive et viendra d'Orient. Depuis, une nouvelle révélation m'a été communiquée : elle apparaîtra en mai de cette année, à Constantinople.

– À Constantinople...

– Malheureusement d'autres, à l'instar de Rigaud,

1. Nom du groupe fondé à Lyon par Barrault et qui était chargé de quérir l'Épouse, « la Mère », promise à Enfantin.

refusent d'adhérer à cette vision. Ils sont convaincus que je me trompe.

– Dans ce cas, que proposent-ils ?

– Rigaud est persuadé que l'Épouse vit dans la région de l'Himalaya. Il se fonde sur les Veda pour expliquer...

– Les Veda ?

– Il s'agit d'un vaste ensemble d'écritures, six fois plus long que la Bible, et qui réunit les plus anciens textes de l'Inde. Les hindous orthodoxes leur attribuent une origine surnaturelle et une autorité d'essence divine. Rigaud s'appuie sur ces textes pour défendre sa thèse. Selon lui, l'Épouse ne peut se trouver qu'en Inde.

Enfantin caressa distraitement son épaisse barbe.

– Sans vouloir abonder dans son sens, il faut reconnaître que nous avons raisonné sur l'Orient un peu à la manière du commun des Parisiens. Réduire l'Orient à la Turquie, c'est oublier tous les peuples d'Asie ; c'est-à-dire la moitié du genre humain.

Barrault voulut protester.

– Attends, Émile. Permets-moi d'aller au bout de ma pensée et de te rassurer. Il existe un autre élément qui penche en faveur de ta thèse. Il a surgi il y a peu, une nuit, alors que je me tourmentais à chercher un peu de sommeil.

Les traits de Barrault se détendirent.

– Lequel ?

– L'Égypte. L'isthme de Suez.

Le disciple resta sans voix.

– Suez, répéta Enfantin.

Il s'empara d'une feuille manuscrite et la confia à Barrault.

Le disciple lut : « C'est à nous de faire, entre l'antique Égypte et la vieille Judée, une des nouvelles routes vers l'Inde et la Chine. Suez sera le centre de notre vie de travail ; c'est là que nous ferons l'acte que le monde attend, pour confesser que nous sommes mâles [1] ! »

– Pardonnez-moi, mais j'avoue ne pas saisir. Pourquoi Suez ?

– Afin de donner vie au grand dessein projeté il y a plus de dix ans par notre maître, le comte de Saint-Simon.

Il marqua une pause pour donner plus de poids à ce qui allait suivre.

– Le percement de l'isthme.

– Un canal ?

– Un canal qui relierait les deux mers : la Méditerranée et la mer Rouge. Il nous appartient d'instaurer entre l'ancienne Égypte et les Indes ancestrales l'une des routes modernes qui relieront l'Europe aux Indes et à la Chine. Nous aurons alors un pied au bord du Nil et l'autre à Jérusalem, le bras droit tourné vers La Mecque et le bras gauche vers Rome sans bouger de Paris. Suez sera le centre de notre existence laborieuse.

Barrault parut choqué.

– Ainsi, nous reprendrions le projet de Bonaparte ? Un personnage que notre maître – vous en conviendrez – détestait par-dessus tout.

– Je sais l'animosité du comte à l'égard de celui qu'il appelait « le pilleur de l'Europe ». Néanmoins, je tiens à te rappeler que l'expédition française a eu lieu en 1798, que la *Description de l'Égypte* fut publiée en 1809. Alors qu'en 1783 déjà, Saint-Simon envisageait de travailler au percement de canaux. À cette époque, il avait suggéré au vice-roi du Mexique le creusement de l'isthme de Panama, pour faire communiquer les deux océans. Et en 1787 il proposa à l'Espagne de relier Madrid à l'Atlantique, via Séville en utilisant le Guadalquivir.

1. Le Père à Barrault. Fonds Enfantin, 7619, f⁰ 3 r⁰.

– C'est vrai, admit Barrault. Ce serait justice que de reconnaître en lui un précurseur.

– En outre, si nous reprenons le projet Bonaparte, ce sera pour le transformer à notre manière. Dans l'esprit du vainqueur des Mamelouks, il ne devait être qu'une torche guerrière, un défi aux Anglais, une menace contre la route des Indes. Pour nous il sera un flambeau qui éclairera l'humanité. Le percement de l'isthme de Suez ne sera pas uniquement un exploit technique capable d'immortaliser son initiateur, il répondra à une nécessité religieuse. Creuser sur la carte du monde ce sillon bleu serait accomplir un grand signe de paix, de concorde et d'amour entre les continents, un trait d'union entre les hommes. Ce que j'appelle de tous mes vœux, c'est la collaboration fraternelle de toutes les nations, comme de toutes les classes sociales, la fusion de toutes les races.

L'anxiété de Barrault s'accrut. Qu'allait devenir la quête de l'Épouse ? La sublime folie de la Femme ?

– Comprends-tu ? poursuivait Enfantin avec plus de passion, la finalité, c'est de féconder la race orientale, la race noire femelle et sentimentale, avec les vertus mâles et scientifiques de la race blanche. L'Égypte, terre d'Histoire, me paraît toute désignée pour être le point de départ du rêve. C'est par l'Égypte que les peuples du centre de l'Afrique recevront la lumière et le bonheur.

– Cependant, pour mener à bien pareille entreprise, il faudra des ingénieurs, des géologues, des mathématiciens.

– Nous n'en manquons pas que je sache. Un homme comme Henri Fournel est parfaitement en mesure de se charger de l'aspect technique. C'est quelqu'un d'expérimenté et le seul parmi les saint-simoniens qui ait eu antérieurement une pratique assez large de la vie d'ingénieur.

– Il faudra tenir compte de l'opinion de ceux qui gouvernent l'Égypte. Croyez-vous qu'ils seront d'accord ?

– *Ceux qui gouvernent l'Égypte*, mon cher Barrault, se limitent à un seul personnage : Mohammed Ali. C'est lui, et lui seul, qui gère les destinées de ce pays. J'ai la conviction que le pacha est actuellement le plus grand homme d'action au pouvoir. Il possède une puissance d'exécution et une volonté rares, pour ne pas dire uniques. C'est pourquoi je le vois mal refuser un projet aussi ambitieux. De ce canal, il tirera, je n'en ai pas le moindre doute, de nouvelles richesses pour l'Égypte. Le vice-roi n'est-il pas le symbole incarné de notre doctrine ?

Barrault adopta une expression étonnée.

– Réfléchis, reprit Enfantin. Concentration de la propriété foncière, mobilière et industrielle entre les mains les plus capables de les faire fructifier, c'est-à-dire celles de l'État. Mobilisation du peuple autour de grands travaux d'intérêt collectif, etc.

Devant la ferveur qui se dégageait des propos de son interlocuteur, Barrault donnait l'impression d'être à bout d'arguments. Il fit pourtant une ultime tentative.

– Et le financement ? Y avez-vous songé ?

Enfantin balaya l'air comme si l'objection était de moindre importance.

– Il peut venir soit de l'Angleterre, à condition qu'elle comprenne bien son intérêt vital, soit d'un congrès européen, une sorte d'alliance des souverains de l'Europe.

Barrault se voûta légèrement et finit par poser la question qui lui brûlait les lèvres.

– Si je comprends bien, Suez efface la quête de l'Épouse.

– Mais pas du tout ! Attendre le lait de la femme

n'empêche pas que nous, hommes, préparions le pain ! Tu iras au bout de l'aventure. Tu partiras, Barrault. Je vais même te dire quel serait le jour idéal : le 22 mars.

– L'équinoxe de printemps !

– Oui. Cette date deviendra celle de l'égalité de l'homme et de la femme.

Le disciple eut l'air transfiguré.

– Le 22 mars... Oui. Ce sera un jour béni.

– Allez ! fit Enfantin, d'un geste seigneurial. Allez, Barrault ! annonce la bonne nouvelle aux Compagnons de la Femme. Dis-leur que le temps est venu.

Barrault se leva. Il avait les joues rouges, le trait fiévreux.

Tandis qu'il se précipitait vers la porte, Enfantin s'écria :

– Et lorsque vous rencontrerez la fille d'Orient... salue-la en mon nom. Salue-la bien bas !

*

Corinne Chédid regarda Judith avec incrédulité.

– L'Égypte ? Tu en es certaine ?

– Oui, ma chérie. J'ai appris la nouvelle par Aglaé Saint-Hilaire, qui elle-même la tenait d'Émile Barrault. Il est question que les saint-simoniens se rendent là-bas dans les mois prochains. Selon le Père, nous pourrions accomplir de grandes et belles choses dans ce pays.

Corinne hésita avant de demander :

– Et... Georges et toi, avez-vous l'intention de faire partie de ce voyage ?

– Je ne sais. Je t'avoue que j'hésite. Il faudrait que je confie la petite Aline à quelqu'un, car je me vois mal emmener une enfant d'un an à peine dans une contrée aussi lointaine.

Le regard de Corinne se posa sur le berceau installé dans un coin du salon : Aline-Prospère-Pénélope, fruit des amours du saint prédicateur Charles Lambert et de Judith, dormait en suçant son pouce.

– Quoi qu'il en soit, reprit Judith, je reste admirative devant le courage du Père Enfantin. Critiqué, insulté, emprisonné injustement, il demeure toujours en éveil, son esprit foisonne d'idées, et il n'est tourné que vers l'avenir.

Elle se tut, sa physionomie s'attrista.

– La maison de Ménilmontant me manque...

Corinne évita de commenter. Comment aurait-elle pu avouer à son amie le soulagement qu'elle avait éprouvé après la série d'événements qui avaient abouti à leur retour rue Cadet, dans l'appartement des Grégoire ?

L'éclatement des saint-simoniens avait commencé, le 22 janvier de l'année précédente, avec la fermeture de la salle Taitbout. Trois mois plus tard, la maison Monsigny subissait le même sort. Le 12 décembre, vers les sept heures du matin, le commissaire de police de Belleville, à la tête d'une compagnie de gardes nationaux, avait fait cerner la propriété de Ménilmontant. L'homme s'appuyait sur un certain article 291 qui interdisait les réunions de plus de vingt personnes. Une heure plus tard, la force armée entrait dans la maison et s'emparait de Prosper Enfantin et de ses lieutenants les plus proches.

La voix de Judith la tira de ses pensées.

– Tiens, regarde ce que le Père a écrit dans le *Livre des Actes* à propos du voyage en Égypte.

Corinne prit le petit recueil. C'était une sorte de publication périodique, dont la rédaction avait été confiée aux femmes par Enfantin, afin de rendre compte des actions de la Famille. Toutefois – et c'était là un paradoxe de plus –, seules les actions accomplies par les hommes y étaient citées.

Nous n'appelons aucune femme en particulier, mais nous regarderons toutes celles qui viendront à nous comme envoyées par Dieu même.

– Ce qui veut dire que le Père serait disposé à emmener en Orient les femmes qui en exprimeront le désir.

– Absolument.

Une lueur rêveuse traversa le regard de Corinne.

– Je trouve l'idée de ce voyage fascinante.

– Vraiment ?

Corinne affecta de prendre sa réplique à cœur.

– N'est-ce pas là-bas que la femme est le plus opprimée ? N'est-ce pas en Orient qu'elle souffre le plus d'enfermement ? Ce sont ces êtres-là que nous devrions aider en priorité. Tu ne crois pas ?

– C'est toi qui parles ainsi ? Toi qui, du temps de notre séjour à Ménilmontant, n'as pas manqué une occasion de critiquer la doctrine et les idées du Père ?

– J'ai réfléchi... Je crois que je me suis montrée, sinon injuste, du moins excessive.

– Excessive, tu le fus certainement ! Quand je pense à la violence avec laquelle tu t'es adressée au Père qui – en toute fraternité – réclamait ta confession.

Au souvenir de cette scène, qui remontait à bientôt deux ans, un frisson parcourut le corps de Corinne. Comment Judith pouvait-elle qualifier de confession des aveux arrachés, suivis d'un jugement inique. Il n'y avait qu'à voir comment la pauvre Suzanne Voilquin avait été traitée. En présence de son mari, tremblante comme une feuille, on lui avait imposé de raconter un viol subi dans sa jeunesse. Enfantin n'avait pas hésité à insinuer que, derrière la résistance que Suzanne avait déployée face à son agresseur, se cachait probablement un assentiment tacite ! Et de tomber dans les bras de M. Voilquin en concluant par

186

cette phrase monstrueuse : « En vérité, c'est le mari qu'il faut consoler. »

Corinne fit un effort pour masquer son amertume.

– C'est le passé, Judith. Depuis j'ai mûri, et je ne vois plus les choses de la même façon.

– Je suis heureuse de te l'entendre dire. Tu n'as pas idée du chagrin que tu nous as causé.

– Pardon... Je ne l'ai pas voulu.

Judith gratifia la main de Corinne d'une petite tape affectueuse.

– Allons, oublions tout ça. La tolérance n'est-elle pas la première qualité d'une saint-simonienne ?

Elle alla vers le berceau où dormait la petite Aline-Pénélope.

– N'est-elle pas belle ? fit-elle en glissant un regard attendri sur le bébé.

– Elle est merveilleuse...

Elle faillit ajouter : « Dommage qu'elle n'ait pas de père. » Mais elle jugea plus sage et surtout plus utile de défendre l'idée qui avait germé en elle depuis le début de la discussion.

– Dis-moi, Judith. Crois-tu que je pourrais me joindre au groupe qui part pour l'Égypte ?

– Toi ? Partir pour l'Orient ?

– Oui... J'aimerais contribuer à l'émancipation de nos sœurs égyptiennes. Servir la cause.

Judith revint vers elle et l'examina avec suspicion.

– Servir la cause ?

– Pourquoi pas ? Le Père a bien dit que toutes celles qui voudraient se joindre à lui étaient les bienvenues.

– Je crains malheureusement que cela ne soit impossible.

– Il le faut !

La détresse du ton lui avait échappé.

– Eh bien... ce voyage te tient vraiment à cœur.

187

Corinne baissa les paupières comme une enfant prise en faute.

– Quoi qu'il en soit, je te répète : c'est impossible. L'Égypte est directement liée à ce projet de canal. Un projet que seul le Père est capable de défendre. Or notre chef est en prison. Peut-être que plus tard... lorsque justice lui sera rendue...

Corinne détourna brusquement sa figure, afin que son amie ne vît pas l'immensité de sa déception.

– Ainsi, tout est perdu...

Judith s'avança lentement.

– S'il me souvient bien, tu as toujours de la famille en Égypte ? Tu m'as parlé d'une tante. La sœur de ta mère.

– Oui. Schéhérazade.

– Alors, pourquoi ne dis-tu pas la vérité ? Pourquoi ne pas avouer que ce n'est pas le dévouement qui te pousse à faire ce voyage, mais uniquement le désir de retrouver les tiens ?

Corinne fit volte-face.

– C'est vrai, avoua-t-elle enfin d'une voix brisée, j'ai envie de les retrouver.

– Mais tu ne sais rien d'eux ! Tu ignores quelle sorte d'existence est la leur, de même qu'ils ignorent tout de toi. Ton arrivée parmi eux pourrait très bien leur paraître une intrusion. Pourquoi vouloir renouer avec ce qui n'a jamais été ?

Une vague d'immense désespoir parut soudain submerger Corinne.

– Je vais te répondre, Judith : maman me manque ! Rien ni personne n'arrive à combler ce vide. Ni les discours du Père Enfantin, ni les prêches de M. Lambert. Certains soirs il m'arrive de ne plus pouvoir respirer. Alors pour avoir moins mal, je l'imagine à mes côtés, je la réinvente assise près de moi au bord du lit, qui me caresse doucement le front et me parle pour

188

m'aider à m'endormir. Jusqu'au moment où je me rends compte qu'elle n'est pas là, que ce n'est qu'une illusion. Alors je reste immobile dans le noir, comme ces malades qui n'osent plus bouger de peur de réveiller le mal. Et je guette la lumière du jour, envahie d'un froid glacial qui me rappelle le cadavre de maman.

Elle reprit son souffle.

– C'est pour cette raison que je veux aller en Égypte. Pour me réchauffer. Pour me blottir au creux d'une famille. Une vraie. Une famille de mon sang. Non celle que vous avez fabriquée. Voilà, tu sais toute la vérité.

Un silence tendu s'instaura dans la pièce. Judith repartit lentement vers le berceau où sommeillait Aline-Pénélope. Elle contempla longuement l'enfant et chuchota :

– Ce n'est pas une mère comme moi qu'il lui aurait fallu. C'est une Corinne Chédid.

CHAPITRE 13

Égypte, 25 décembre 1832

Dans le Vieux Caire, la minuscule église de Darb el-Guénéna était si noire de monde qu'on aurait pu penser qu'en cette messe de Noël tous les grecs-catholiques du pays étaient réunis ; mais ils n'étaient guère plus d'une cinquantaine. Le père Khouzam entama un cantique – en grec comme le voulait la tradition –, repris par l'ensemble des fidèles. Le chant enfla sous la voûte, émouvant et chaud, avec cette ferveur qui caractérise ceux qui se savent minoritaires.

Schéhérazade, Joseph et Giovanna avaient mêlé spontanément leurs voix à celles de l'assemblée. Ricardo, lui, étranger au rite byzantin, conservait une attitude de profond recueillement. En vérité, derrière cette apparence, il émanait du Vénitien une émotion qui ressemblait à de la gratitude.

Discrètement, Schéhérazade prit sa main et la serra.

Cette messe de Noël était différente de toutes celles qu'elle avait connues. Dans cette nuit où l'on célébrait une naissance, elle voyait une résurrection ; celle de son époux revenu des ténèbres. La foi avait vaincu la mort, l'espérance avait mis en déroute ce mot *Mak-*

toub, « c'est écrit », ce mot terrifiant, dans lequel on l'avait élevée, qui régnait depuis l'aube des temps sur les enfants d'Orient. Soudain une pensée pénible, affreuse, s'empara d'elle comme un malaise. Et si toute cette bataille livrée n'avait été inspirée que par un immense orgueil ? Toute petite déjà, ne cherchait-elle pas à prouver à son entourage qu'elle pouvait accomplir les actes les plus fous ?

Schéhérazade ne sera jamais qu'une petite peste indisciplinée. Nous n'avons hélas pas le choix. Ou alors, si... peut-être la vendre au premier marchand de tapis de passage.

C'était la voix de Youssef, son père, qui lui revenait. Youssef qui reposait derrière ces murs, dans le cimetière grec-catholique.

À cette voix se superposa le souvenir de Karim, le fils de Soleïman. Elle n'avait pas treize ans. Lui, seize. Il venait de lui faire part de son désir de devenir un jour Qapudan, grand amiral, et de voyager au bout du monde. Elle avait répondu :

– *J'ai réfléchi. Si tu veux être Qapudan, je serai reine de tout l'Empire.*

Il s'était enquis narquois :

– *Et que fera la reine de son pouvoir ?*

Elle l'avait regardé longuement avant de répliquer :

– *La reine ordonnera que jamais un bateau ne puisse quitter le port !*

Toujours cette vanité démesurée.

Non. Cette fois, il ne s'était pas agi d'orgueil, mais bien au contraire d'humilité. Dans l'instant où elle avait appris la disparition de son époux elle avait su qu'elle ne lui survivrait pas. Sans Ricardo, elle eût été incapable d'aller plus avant dans l'existence. Elle l'aurait certainement suivi dans la mort. Voici quatre ans qu'elle l'avait retrouvé, et plus que jamais elle demeurait sous la sujétion de cette effroyable peur ressentie naguère. Elle lâcha la main de son époux, et fit un large signe de croix.

– Mon Dieu, supplia-t-elle, si un jour l'un de nous doit s'en aller, faites que ce soit moi qui parte la première.

L'office s'était achevé sans qu'elle s'en fût rendu compte. Mandrino la prit par le bras, et ils sortirent, entraînés par le flot des fidèles.

– Avez-vous remarqué ? lança Giovanna en étudiant les gens autour d'elle. La mode européenne prend de plus en plus le pas sur nos coutumes vestimentaires. On se croirait à Londres ou à Paris.

Joseph haussa les épaules.

– Ma foi, ce n'est pas plus mal. En tout cas, pour ce qui me concerne, je me vois très mal vêtu d'une galabieh [1].

– Évidemment, mon cher frère, ce ne serait pas digne d'un homme comme toi, et qui plus est ingénieur à la cour. Tu as raison, laissons cet accoutrement barbare au peuple.

– Toujours les grands mots... Si seulement je pouvais comprendre pourquoi, dans ta bouche, la remarque la plus anodine prend des accents dramatiques.

– Je sais. Il y a des jours où je me dis que je ferais mieux de disparaître.

Sous l'œil interloqué de son frère, elle accéléra le pas.

Au-dehors, la journée était fraîche. Au-dessus des terrasses enchevêtrées du Vieux Caire, montait un parfum d'ambre. Par-delà les coupoles et les clochers, on distinguait des pans de murailles, vestiges de l'ancienne forteresse de Babylone.

Ils empruntèrent la petite allée qui serpentait à travers le cimetière jusqu'à la sortie. En amont les atten-

---

1. Tunique très largement répandue dans le petit peuple.

dait le fiacre, conduit par Hussein, le garçon d'écurie.
Avant de l'atteindre, ils durent se frayer un chemin
parmi les mendiants, les montreurs de singe et autres
quêteurs, qui comme à l'accoutumée s'étaient donné
rendez-vous devant l'église.

– Et voilà, commenta Giovanna. D'un côté le soleil,
de l'autre la lune. Je me demande qui des deux finira
par dominer l'autre.

– Rassure-toi, ce ne sera certainement pas nous,
rétorqua Joseph. Nous sommes bien trop minoritaires. Il y a quelques jours encore l'un des ingénieurs
du vice-roi m'expliquait que la communauté grecque-
catholique ne devait guère représenter plus de cinq à
six mille individus dans tout le pays. Dans ces conditions...

– Grecs-catholiques... Je ne comprends toujours
rien à cette appellation. On nous dit grecs, et nous
n'avons rien en commun avec la Grèce. Nous sommes
catholiques, mais nous ne suivons pas le rite latin.
D'origine syrienne, éduqués à l'européenne, nous
n'en demeurons pas moins des Égyptiens.

Ricardo se mit à rire.

– Je suis heureux de te l'entendre dire, ma fille.
Votre mère a eu beau tenter de m'expliquer cet
imbroglio, je n'y ai rien compris non plus.

Schéhérazade rétorqua avec un demi-sourire :

– De toute façon, je sais que seuls les Latins
trouvent grâce auprès de toi. Quant aux autres...

Elle feignit un geste de dénigrement.

– Oh là ! Si c'était le cas, aurais-je accepté que nos
enfants suivent le rite byzantin ?

– C'est vrai. Et tu as bien fait. Les grecs-
catholiques ne sont-ils pas l'élite de ce pays ?

Un nouvel éclat de rire secoua Mandrino.

– Décidément, je me demande si un jour la modes-
tie ne vous étouffera pas.

– Grecs-catholiques ou non, dit Giovanna avec une soudaine âpreté, l'Égypte c'est avant tout ce peuple. De pauvres gens qui depuis des siècles ont rendez-vous avec la misère.

– Sans doute, admit Schéhérazade. Mais sans nous que deviendraient-ils ?

– Évidemment... ne sommes-nous pas *l'élite* ?

Un frémissement ironique des lèvres avait accompagné la réplique.

– Nous le sommes en effet.

– Ce qui, ma très chère maman, te donne tous les droits...

Schéhérazade la considéra avec surprise.

– De quels droits parles-tu... ?

Pour toute réponse, Giovanna se hissa la première dans le fiacre.

Il y eut un moment de flottement. Schéhérazade hésita, puis elle prit place à son tour, suivie par Ricardo et Joseph. Ce dernier remonta la capote, tandis que Hussein levait son corbac, prêt à lancer l'équipage.

– Un instant ! ordonna Schéhérazade.

– Qu'y a-t-il ? s'inquiéta le Vénitien.

Elle se tourna vers sa fille.

– Tu ne m'as toujours pas répondu. Pourquoi cette allusion ?

– Quelle allusion ?

– À quoi joues-tu ? Si tu as une opinion, pourquoi ne pas l'exprimer jusqu'au bout ?

– Laissons tomber, intervint Joseph. Nous allons être en retard pour la molokheya [1] et Khadija sera furieuse.

---

1. Plat égyptien très réputé que l'on apprête grâce à une herbe mijotée dans du bouillon de poulet chargé d'ail, auquel on ajoute du riz, des oignons hachés, des morceaux de viande et du poulet.

– Joseph a raison, fit Mandrino. Nous reprendrons cette discussion plus tard.

Il tapota sur l'épaule de Hussein.

– Partons !

Le garçon leva son corbac, mais cette fois ce fut au tour de Giovanna de le stopper.

– Je vais répondre...

Elle se tourna vers sa mère et laissa tomber :

– Pour moi, nous ne méritons pas ce peuple.

– Qu'est-ce que tu racontes ?

– La vérité. Sous prétexte que nous avons eu droit à des études, et que nous nous exprimons en français. Sous prétexte qu'ils sont musulmans et nous chrétiens, nous nous prenons pour le nombril de l'Égypte. Oh, bien sûr, nous ne les traitons pas en esclaves. Nous les choyons, nous les appelons par leur prénom et nous les gavons de bakchich. Mais il n'empêche que dans notre for intérieur, nous les considérons comme étant d'une autre race, celle des domestiques.

– Mais quel est le rapport avec cette allusion de tout à l'heure ?

– Tu as dit que nous étions l'élite. L'élite n'a-t-elle pas tous les droits ? Au fond, secrètement tu méprises ces gens.

Schéhérazade examina sa fille avec consternation.

– Giovanna. Je suis née sur cette terre. Je l'aime du plus profond de ma chair. Comment peux-tu tenir de tels propos ?

Elle se frappa la tempe du bout des doigts.

– Magnouna... tu déraisonnes.

– Je déraisonne ? Aurais-tu oublié que Samira, ta propre sœur, fut bannie de la famille parce qu'elle avait décidé d'épouser l'homme qu'elle aimait, et que cet homme était musulman, donc faisait partie de la race inférieure ? Aurais-tu oublié ?

Elle parlait sans élever la voix, mais sa fureur

contenue trahissait une férocité délibérée. C'était une fureur glacée, incisive. Elle poursuivit, toujours sur le même ton.

– Qu'as-tu fait pour la défendre ? Tu as laissé mon grand-père imposer sa loi. Vous l'avez rejetée comme une lépreuse.

– Ce n'est pas possible... Tu ne peux pas être sérieuse... Cette affaire remonte à plus de quarante ans. J'avais treize ans à peine...

– Tu en aurais eu dix de plus que cela n'aurait rien changé.

– Giovanna... ma fille. Tu vas trop loin. Une fois de plus tu te sers de mes confidences pour...

– Est-ce ma faute si tu te trahis ? Si...

La voix de Mandrino la coupa d'un seul coup.

– Il suffit ! Tu parles comme une petite sotte. Je t'interdis de porter un jugement sur ta mère. Sur elle ou sur qui que ce soit !

– Ce n'est pas moi qui juge, c'est elle !

– Arrête ! tu deviens ridicule. Comment peux-tu imaginer que ta mère soit capable de mépriser un être à cause de sa religion ou de sa race, surtout lorsqu'il s'agit du peuple auquel elle appartient ? Tu es stupide. Ouvre donc les yeux !

– Ouvrir les yeux ?

Sa voix s'était brusquement muée en cri.

– Et toi, papa, pourquoi n'en fais-tu pas autant ? Pourquoi n'enlèves-tu pas ce bandeau qui t'empêche de regarder la vérité en face ! Depuis toujours elle n'a fait que te dévorer, te brûler. Elle t'a volé à nous, à moi, à tes propres ambitions.

– Giovanna !

– Tu te crois revenu parmi les vivants, mais tu n'as pas compris que ce retour n'est qu'un leurre ! C'est elle qui vit en toi. Uniquement elle ! !

Elle retint son souffle avant de scander :

– Toi tu es mort ! ! Tu es mort à Navarin ! !

Avant que nul n'eût le temps de réagir, elle avait bondi hors du fiacre et s'était mise à courir droit devant elle.

*

La nuit s'était posée sur Sabah, emplissant le domaine de ténèbres. Agitée par une brise venue du désert, la petite lampe de cuivre suspendue au plafond de la véranda allait et venait lentement. Autour, on pouvait voir les ombres qui s'étiraient et se diluaient au rythme de son balancement.

Joseph passa sa main dans les cheveux de sa mère.

– Je ne comprends pas ce qui lui a pris, maman. J'en arrive à me demander si ma sœur n'a pas perdu la raison.

– Tu connais ce proverbe, mon fils... « Si ton désir est de faire des cauchemars, installe ton lit dans un cimetière. » Pour des raisons qui m'échappent, ta sœur a décidé de dormir parmi les morts. Il y a quelques mois, c'était Karim. Ce matin, elle évoquait mes parents. La vérité c'est qu'elle m'en veut. Pourquoi ? Allah alem, Dieu le sait.

Elle se tourna vers Mandrino.

– Qu'en penses-tu, Ricardo ?

La mine sombre, le Vénitien répliqua :

– Je pense que le cerveau de Giovanna est à l'image du granit : dur et froid.

– Tu as pourtant discuté avec elle, fit remarquer Joseph. Elle ne t'a donné aucune explication ?

– Elle s'est contentée de me répéter que nous la traitions injustement. Elle a aussi émis une requête.

– Une requête ?

Il s'appuya sur la rambarde et fit entendre un grognement.

– C'est tellement absurde qu'il ne vaut pas la peine d'en parler.

– Mais quoi donc ? Que veut-elle ?

Il mit un moment avant de répondre :

– Nous quitter...

Sidérée, Schéhérazade trouva la force de demander :

– Et que lui as-tu répondu ?

*

Assise dans le noir, au pied du vieux sycomore, Giovanna conservait l'œil rivé sur la véranda, tout en ressassant les derniers mots prononcés par son père :

Si tu veux partir... fais-le. Seulement sache qu'il existe un obstacle de taille que tu devras surmonter. Je suis peut-être mort à Navarin, malheureusement, cela ne suffit pas : pour que tu franchisses le seuil de Sabah, il faudra que je meure une deuxième fois.

Ainsi, même la fuite lui était refusée.

D'un geste rageur elle arracha une touffe d'herbe et reporta son attention sur la véranda. Là-bas, le couple discutait toujours. Joseph s'était retiré. Elle ne pouvait entendre ce qui se disait, mais on devait parler d'elle.

Elle leva son visage vers le ciel criblé d'étoiles. Pour elle, la nuit avait toujours représenté un havre, une oasis vieille de milliards d'années où s'endormaient les êtres fatigués de porter leur souffrance. Si seulement elle avait pu se fondre en elle...

La lampe continuait d'osciller sous l'impulsion d'une invisible main.

Presque immédiatement elle eut la sensation qu'une lame chauffée à blanc s'enfonçait en elle.

Ricardo était en train d'enlacer Schéhérazade.

*

28 décembre 1832

Le jour était à peine levé que Sabah fut submergé par les zagarit, ces cris stridents, tremblés, suraigus, qui sont la manière des femmes d'Orient d'exprimer la joie.

En robe de chambre, attablé devant son petit déjeuner, Ricardo fronça les sourcils.

– Que se passe-t-il ?

– Peut-être un mariage, suggéra Joseph.

Schéhérazade se versa une deuxième tasse de moka.

– Il faudrait alors que ce fût au moins le mariage du pacha. Écoutez...

Les cris prenaient de plus en plus d'ampleur. Ils gagnaient tout Le Caire, des plus humbles quartiers de Boulac aux riches demeures du Mouski.

Ricardo se redressa.

– Je n'ai jamais entendu une chose pareille.

– Où vas-tu ?

– En avoir le cœur net.

Schéhérazade et Joseph lui emboîtèrent le pas. À peine furent-ils dans le jardin qu'ils tombèrent sur Hussein qui courait vers eux, en proie à une vive excitation.

– Qu'y a-t-il ? s'informa Ricardo. Pourquoi ces zagarit ?

– Vous n'êtes donc pas au courant ? Le fils de notre bien-aimé pacha est aux portes d'Istanbul ! Il a exterminé les armées turques à Konya !

– Ibrahim ?

– Qui d'autre, mon bey ? Seul notre prince est capable d'un tel exploit.

– Ce n'est pas possible..., dit Joseph, tu dois faire erreur.

Le garçon tendit les bras en direction de la ville tout en s'écriant d'une voix claironnante :

– N'entends-tu pas ? C'est toute l'Égypte qui est debout !

Schéhérazade et Ricardo se dévisagèrent avec incrédulité. Si l'un et l'autre avaient été tenus informés de la dernière campagne entamée par Mohammed Ali et son fils, cette dernière nouvelle les prenait complètement de court.

– Crois-tu qu'Ibrahim aurait pu désobéir au pacha ? interrogea Schéhérazade.

– Impossible.

– Désobéir ? s'exclama Joseph. Mais de quoi parlez-vous ?

– Entrons. Dans quelques secondes nous ne pourrons plus nous entendre.

– Mais, père, j'aimerais comprendre !

– Entrons. Je t'expliquerai. Mais avant il faut que je me change. Mon instinct me souffle que dans les heures qui viennent, nous recevrons un messager du vice-roi.

Tout avait commencé un an plus tôt. Lassé de se voir constamment abandonné par les puissances occidentales, écœuré par l'attitude de la Porte, déçu après l'échec de son plan qui visait à la conquête des Barbaresques pour le compte de la France, Mohammed Ali avait décidé de prendre par l'épée ce que la diplomatie lui refusait. Et ce qu'on lui refusait c'était la Syrie [1] et l'indépendance.

Le 14 octobre, l'armée égyptienne quittait Le Caire, avec pour premier objectif Saint-Jean-d'Acre, cité symbole, depuis que Bonaparte y avait vu se fracasser

1. En ce temps, la Syrie était composée de quatre pachaliks (provinces) : ceux de Damas, d'Alep, de Tripoli (en Lybie) et de Saïda (au Liban). La Palestine faisait partie de l'ensemble.

son rêve oriental. Toutefois, à l'opposé du général français, Ibrahim avait compris très vite que la chute de cette forteresse se déciderait dans les plaines de la Syrie et s'obtiendrait par des victoires en rase campagne. Six mois plus tard, Saint-Jean-d'Acre tombait comme un fruit mûr.

La chute de cette cité réputée imprenable démontra la faiblesse de la Porte et accentua le ressentiment déjà grand des peuples soumis au joug ottoman. En France, elle avait provoqué une joie sincère, en révélant au monde l'existence d'une puissance naturellement amie de ce pays. Dans toute la région, Ibrahim avait été admiré et regardé comme un sauveur. Dès lors, la route qui conduisait à la Syrie lui fut ouverte. Le 13 juin, il entrait à Damas sans rencontrer d'opposition. Ce n'est que le 7 juillet que l'armée turque, menée par huit pachas, parmi lesquels le pacha d'Alep, arrivait aux portes de la ville de Homs. Pendant que les généraux échangeaient des compliments et fumaient le narghilé, Ibrahim (qui n'avait couché qu'à cinq heures de Homs et non à dix-huit comme on le croyait) fondit sur les pachas avec la soudaineté de la foudre. En moins d'une heure sa victoire avait été acquise. La Syrie conquise, les choses auraient dû en rester là. C'était sans compter avec le désir obsessionnel d'Ibrahim d'en finir avec la Sublime Porte. En homme d'action, le prince décidait de forcer l'opinion occidentale afin qu'elle se prononce une fois pour toutes en faveur de l'Égypte. Or pour y parvenir, une seule voie : marcher sur Istanbul, déposer le sultan, briser l'hégémonie turque. Bien que réticent, Mohammed Ali avait appuyé la décision de son fils.

C'est à ce moment que le monde des grandes puissances, jusqu'ici passives, se dressa. À peine le projet connu, l'Angleterre, l'Autriche et la Russie s'y opposèrent avec la plus grande fermeté. Plus grave : la

France elle aussi exprima sa désapprobation. Disposée à soutenir l'Égypte, elle la soutiendrait, mais à la condition formelle que Mohammed Ali n'outrepassât point les limites assignées (de manière tacite) à son expansion.

Pris d'un léger frisson, Ricardo quitta le divan et se dirigea vers le mangal [1]. Il ranima les braises et déclara :

— Ces cris de joie qui montent de la capitale ne laissent guère de place au doute. Ces limites ont été franchies.

— Qu'est-ce qui te permet de l'affirmer ? demanda Joseph.

— Tout à l'heure, Hussein a mentionné la ville de Konya. Sais-tu où elle est située ?

Joseph fit non.

— En plein cœur de l'Anatolie. À cent lieues d'Istanbul.

— Ce qui voudrait dire qu'Ibrahim n'aurait pas tenu compte de la mise en garde occidentale. Et que...

L'arrivée inopinée de la servante l'interrompit.

— Pardonnez-moi, mon bey, mais il y a ici quelqu'un qui désire vous voir. Il est envoyé par le pacha.

Ricardo eut une expression amusée.

— Vous voyez que j'avais bien fait de me changer. Faites donc entrer ce monsieur, Khadija. Je suis sûr qu'il a des choses intéressantes à nous dire.

Assise parmi les coussins, les jambes repliées sous elle, Schéhérazade eut le sentiment d'une affreuse prémonition : *ils vont me le prendre, une fois encore.*

1. Braséro d'origine turque.

CHAPITRE 14

Alexandrie, 29 décembre 1832

Mohammed Ali s'empara de la cafetière à gros bec de toucan, et versa à Mandrino une deuxième tasse de moka.

– Je vous remercie, Majesté.

– Tu peux, Ricardo. Ce n'est pas tous les jours qu'il est donné aux mortels d'être servis par un pacha.

Un rire muet retroussa les lèvres du Vénitien, mais il ne fit aucun commentaire.

Mohammed Ali but une gorgée du liquide brûlant et ajouta :

– En vérité, c'est ma façon de t'exprimer ma gratitude pour avoir fait diligence.

– Votre messager a bien précisé que le temps pressait. J'aurais eu mauvaise conscience à ne pas me rendre sur-le-champ à votre appel.

– Mon messager a eu raison. Le sablier se dévide à bien vive allure en effet.

– Avant toute chose, j'aimerais savoir si la rumeur est fondée. Est-ce que Konya...

Le vice-roi anticipa :

– Oui. Konya est tombée. Confronté à une armée supérieure en nombre et en matériel, face à une cava-

203

lerie turque forte de 10 000 hommes, mon fils, judicieusement conseillé par le colonel Sève, a réussi à défaire Rachid pacha, le vizir dépêché à sa rencontre. Ce fut, paraît-il, un terrible combat, mais Allah était de notre côté.

– Décidément, il doit couler dans les veines de votre fils un peu du sang du grand Alexandre.

– Ou encore du génie militaire de Bonaparte. Ce qui ne me surprendrait pas outre mesure, puisque c'est moi qui lui aurais transmis ce prodigieux héritage.

– Vous, Majesté

– Qui d'autre ? Comme Alexandre, ne suis-je pas né en Macédoine ? Et en 1769 comme le général français ? Pour celui qui croit au destin et aux signes, ce lieu et cette date ne sont pas le fruit du hasard. D'ailleurs, qui peut croire au hasard ? sinon quelques esprits faibles ou incroyants. Et quand bien même le hasard existerait, il ne serait rien d'autre que le pseudonyme du Très-Haut.

– Ce n'est pas moi qui vous contredirai. Il me suffit de me retourner et de contempler le chemin parcouru depuis Navarin, pour qu'aussitôt s'estompent mes doutes, si par extraordinaire j'en avais.

Le vice-roi posa affectueusement sa main sur l'avant-bras de Mandrino.

– C'est bien, mon ami. Nous sommes donc de la même foi.

Il s'empara de son chapelet, et selon sa vieille habitude il entreprit de faire rouler les perles entre le pouce et l'index.

– Il y a quelque temps, nous nous sommes retrouvés ici même. Ton cerveau était alors entre ciel et terre, et je t'ai dit : j'ai besoin de toi. Tu te souviens ?

– Oui, Votre Excellence.

– Eh bien, jamais cette affirmation ne fut plus vraie qu'aujourd'hui. J'ai besoin de toi.

Le Vénitien demeura dans l'expectative.

– Dans une lettre du 22 octobre, j'ai fait parvenir à mon fils l'ordre formel de ne pas dépasser Konya et de s'en retourner après avoir dispersé les débris de l'armée ottomane.

Le vice-roi tendit la main vers une épaisse enveloppe. Il en sortit une liasse de lettres et remit l'une d'entre elles à Mandrino.

– Voici sa réponse.

Ricardo s'empara du pli. Très vite certains passages lui sautèrent aux yeux :

D'après vos ordres, nous devons faire demi-tour dès que nous serons arrivés à Konya. Cependant le bruit court que le grand vizir avance vers nous à la tête d'une forte armée et si nous reculions, on attribuerait ce mouvement à la peur et à notre incapacité de croiser le fer avec lui.

Ou encore :

Nous pouvons avancer sur Istanbul et déposer le sultan promptement et sans difficulté. Mais nous avons besoin de savoir si vous avez réellement l'intention de nous appuyer, afin que nous prenions les mesures nécessaires, car le règlement véritable de nos affaires ne se fera qu'à Istanbul, et c'est là, et là seulement que nous devrons nous rendre pour y dicter nous-mêmes notre volonté.

Et ceci :

Konya n'est pas Istanbul. La Sublime Porte ne sera disposée à conclure la paix avec nous que si nous entrons dans la capitale même. Père, dois-je vous rappeler que le sultan n'a conclu la paix avec les Russes que lorsque ces derniers ont pénétré jusqu'au cœur du pays ? Sans vos injonctions réitérées qui nous interdisent formellement toute avance, je serais ce soir aux portes d'Istanbul. Et je me demande à quel motif on peut attribuer cette mise en demeure ? Est-ce une fois de plus la peur de l'Europe ou autre chose ? Je vous prie, père, de vouloir bien m'éclairer sur cette question et de me communiquer vos décisions définitives à cet égard. Le temps presse... [1].

Ricardo restitua le courrier au vice-roi.

– Comprends-tu maintenant dans quelle situation je me trouve ?

– Ce que je comprends, Majesté, c'est que vous vivez dans l'obsession de Navarin. Un soupir de l'Europe, une seule note, un simple billet, sont assez pour que vous donniez l'ordre à vos armées de rentrer chez elles et que vous abandonniez vos rêves.

Le pacha explosa.

– Crois-tu que je l'ignore !

– Dans ce cas, laissez le champ libre à Ibrahim.

– Que dis-tu ?

– Ce qu'il faut, Majesté. Cent lieues séparent votre armée des mécréants d'Istanbul. Jamais occasion

1. Archives égyptiennes. Lettre d'Ibrahim datée du 28 décembre 1833.

semblable ne se reproduira. Vous avez évoqué le destin. Si vous me permettez cette métaphore, je vous dirai que le destin est comme une femme. Une femme que vous n'avez cessé de courtiser. La rejeter alors qu'aujourd'hui elle s'offre à vous risquerait de la blesser mortellement. Il n'est rien de plus terrible qu'une femme humiliée.

Mohammed Ali reprit son chapelet et le fit tourner nerveusement autour de son index.

– Tu me suggères donc d'accéder aux demandes de mon fils.

– Il connaît l'Europe. Il y a fait une partie de ses études. Il sait la portée du fait accompli. Autorisez-le à poursuivre son avance. Prenez Istanbul, négociez ensuite.

Au fur et à mesure que son interlocuteur développait ses arguments, la nervosité du vice-roi allait grandissant. Soudainement, tout le corps du souverain fut pris d'un soubresaut. Il hoqueta, noua ses poings. Il voulut parler, mais le mot s'étouffa dans sa gorge.

– Ah ! rugit-il, au comble de l'irritation. Qui me débarrassera de cette maudite infirmité !

Mandrino le regarda sans surprise, mais avec compassion. Il savait, à l'instar des intimes du pacha, que de tout temps il avait été victime d'un hoquet tenace qui le surprenait dans les moments d'intense émotion.

– Si Schéhérazade était ici, elle aurait peut-être pu vous soulager, Sire. S'il me souvient bien, c'est en vous guérissant du hoquet qu'elle a conquis votre cœur.

– C'est exact. Lorsqu'elle a fait irruption dans ma chambre... au palais...

Une nouvelle convulsion le força à s'interrompre.

– En pleine nuit... La frayeur qu'elle m'a causée... Mais revenons à notre sujet...

Avant de poursuivre, il prit hâtivement un verre d'eau et le vida d'une seule traite.

– Laisser le champ libre à Ibrahim...

– Oui, Sire. Je vous le répète, prenez Istanbul.

Le pacha se raidit sous l'impulsion d'un nouveau tressautement. Ses traits se figèrent. Il regarda fixement un point droit devant lui. L'expression était telle que Mandrino crut un moment que Mohammed Ali était confronté à une vision surnaturelle. Peut-être entrevoyait-il à travers ses pupilles dilatées l'Empire ottoman éclaté, le sultan Mahmoud à genoux, l'étendard égyptien claquant au vent au sommet de la mosquée de Sainte-Sophie. L'Égypte enfin indépendante.

*

Le corps trempé de sueur, Schéhérazade se contracta sous l'effet du plaisir. Elle retint un cri, ses muscles se tendirent, le cœur arrêté, la bouche ouverte à la manière d'un noyé qui cherche l'air, elle se laissa finalement retomber sur le thorax de Ricardo.

Aussitôt, les deux silhouettes se nouèrent. Et, dans la pénombre, leurs deux respirations ne firent plus qu'une.

Elle chuchota :

– Mon amour... Pourquoi n'y a-t-il pas d'autres mots que celui-là ?

– Parce que les amants sont des pillards, *mon amour*. Et que depuis que le monde existe, il n'est pas de mots qui aient trouvé grâce à leurs lèvres.

– Invente...

– Tu me crois donc plus imaginatif que les plus grands poètes ? Omar Khayyam lui-même était forcé de tremper ses phrases dans le vin pour leur donner un nouveau sens.

– Tu es plus grand qu'Omar Khayyam. Tu es Ricardo Mandrino. Tu es mon roi.

Il l'étreignit de toutes ses forces, comme quelqu'un qui cherche à comprimer une douleur.

– Quelle sorte de femme es-tu ? Où puises-tu cette énergie, cette faculté d'aimer sans qu'à aucun moment l'intensité de ta ferveur ne faiblisse ? Un peu plus de vingt ans se sont écoulés depuis que, dans cette église de Santi Giovanni e Paolo, nous avons décidé de lier nos vies. J'ai toujours cru qu'il fallait bien moins de temps pour que l'amour et le désir s'usent. Pourtant... Rien, rien n'est venu altérer le sentiment. Tout semble si intact. Comment ? Où trouves-tu ta force, Schéhérazade ?

Elle sourit.

– Comment peux-tu t'étonner, alors que tout me vient de toi ? Je n'ai aucune ressource, je ne possède aucun pouvoir. Tu m'as tant donné, je ne fais qu'essayer de restituer l'offrande. Aurai-je assez de temps ?

Il feignit d'être choqué.

– Ne sommes-nous pas immortels ?

– Le crois-tu ?

Elle se tut. Son regard parut s'évanouir dans des images lointaines.

Il demanda :

– Où es-tu ?

– Dans mon rêve.

– Un rêve ?

– Celui que je fais depuis quelque temps, depuis ton retour, et dans lequel je suis Schéhérazade. L'autre, la vraie. L'épouse du roi Shahriyar. Dans ce rêve, je possède le même don de conteur que cette femme légendaire, la même puissance d'évocation qui lui a permis pendant mille et une nuits de fasciner son époux et d'échapper au bourreau. Seulement voilà, ce n'est pas au roi que je livre mes contes.

Il eut une expression interrogative.

– Dans mon rêve, une porte s'ouvre. Un froid glacial s'infiltre dans la chambre en même temps qu'une silhouette que j'entrevois drapée dans un grand manteau blanc. Je sais qu'elle vient pour m'enlever à Sabah, à toi, à mes enfants. J'ai envie de hurler, je suis pétrifiée de terreur. Pourtant, au lieu de chercher à m'enfuir, je me redresse et je parle à la silhouette. Je lui parle... elle commence par me dévisager avec curiosité. Elle s'approche. Elle s'assied au bord du lit. Elle m'écoute. De plus en plus attentivement. Et au tréfonds de moi je sais que tant que je lui parlerai, elle oubliera sa mission.

Subitement elle se jeta dans les bras de Mandrino et s'agrippa à lui.

– J'ai peur, Ricardo... Garde-moi, j'ai peur.

– Mais de quoi as-tu peur, ne suis-je pas là ?

– Peur que le pacha ne nous sépare une fois de plus, peur qu'il ne t'envoie au bout du monde.

– Plus jamais. Rien ni personne ne nous séparera.

– Jure-le-moi.

– Je le jure.

Rassurée, elle se laissa retomber sur le dos, les battements de son cœur retrouvèrent progressivement leur cadence naturelle.

– T'ai-je dit qu'il est question que Joseph reparte pour l'isthme de Suez ?

– Non. Mais je n'en suis pas surpris. Linant l'a entraîné dans son rêve. J'ignore s'ils atteindront jamais leur but, mais je trouve leur démarche touchante. Je m'en réjouis aussi car un esprit occupé est un esprit que l'angoisse n'atteint pas. Finalement, je suis fier de Joseph. Il est le fruit de ton premier mariage, mais j'ai pour lui autant d'affection que s'il était mon propre enfant. Son père eût été fier de lui.

– Je le crois aussi.

– Quel sorte d'homme était-il ? Je n'ai pas souvenance que tu m'aies jamais parlé de lui. Ou alors il fait partie de ces choses encore enfouies. Son nom... ?

– Michel. Michel Chalhoub. Il suffirait que je te dise que Joseph est son double pour que tu saches tout.

– Comment est-il mort ?

– Lors d'une émeute... C'était le temps où Bonaparte occupait l'Égypte. Une bande de fanatiques déchaînés avait envahi le domaine. Ils ont massacré la servante qui tentait de les raisonner. Michel fut tué d'une balle. J'étais sous leur menace, tenant Joseph contre moi. Il n'était encore qu'un bébé. D'une certaine façon c'est à lui que je dois de n'avoir pas été tuée à mon tour.

– Joseph ?

– Oui. Il pleurait. Terrorisé. Ses larmes ont dû éveiller la pitié de ces fous, car ils sont repartis, nous laissant la vie sauve.

– Quel terrible drame ! Je me demande si l'amnésie n'a pas certains avantages, qui permet de rejeter dans l'oubli les souvenirs qui font mal.

– Les souvenirs, et les mots qui les accompagnent.

Elle remonta le drap sur elle.

– As-tu parlé à Giovanna ?

– N'a-t-elle pas décidé de livrer sa guerre ? À elle d'en supporter les conséquences. Et pour être sincère, je ne saurais trop quoi lui dire.

– Elle est malheureuse, tu sais.

– C'est elle qui génère son propre malheur. J'ai le sentiment qu'à l'image de ces êtres qui mettent le feu à leur existence, elle attend qu'il ne reste que des cendres pour demander de l'aide. De toute façon, je te le répète, j'ignore que lui dire.

Une tension aussi violente que soudaine s'empara de lui. Il laissa tomber sur un ton plein d'amertume :

– Ne suis-je pas mort à Navarin ?

211

Giovanna était en train de remonter le couloir qui conduisait à sa chambre. Elle entendit clairement la dernière phrase lancée par Mandrino. Elle s'arrêta net et colla son oreille contre le battant.

*

Affolée par le trouble que, sans le vouloir, elle venait de semer, Schéhérazade avait saisi la main de son époux.

– N'en parlons plus, Ricardo. Il sera toujours temps pour Giovanna de devenir adulte. Il ne servirait probablement à rien de lui céder maintenant.

*

Giovanna perçut un froissement de draps. Elle imagina qu'ils se retournaient l'un vers l'autre, se refermaient, comme les deux battants d'une porte sur le passé, empêchant le monde d'entrer.

*

Alexandrie, 6 janvier 1833

Bientôt six heures que le *Diogène*, arrivé de Tunis, mouillait dans le port d'Alexandrie, et les passagers n'avaient toujours pas été autorisés à débarquer.

Sur le pont arrière, la plupart des voyageurs s'étaient rassemblés et laissaient libre cours à leur colère.

– Mais enfin ! C'est inadmissible ! Je me plaindrai à la compagnie.

– Trente-sept jours de navigation pour se retrouver confinés comme des bestiaux ! C'est intolérable !

– Nous n'avons tout de même pas la lèpre !

Les plaintes se succédèrent un moment encore, jusqu'à ce qu'un officier apparaisse sur la passerelle.

– Messieurs ! Un peu de calme, je vous prie. J'ai une annonce à vous communiquer.

Un calme immédiat s'instaura.

– Voilà. Je suis au regret de vous annoncer que M. Costal, l'un des voyageurs embarqués à Tunis, est décédé à l'aube, alors que le *Diogène* n'était plus qu'à quelques encablures de la côte égyptienne. Certains d'entre vous ont peut-être pu entrevoir une civière emmenée par les autorités sanitaires du port. Le rapport du médecin est malheureusement sans appel : M. Costal a été victime du choléra.

Un mouvement de stupeur se déclencha parmi la foule.

– Messieurs ! Je vous en prie... Écoutez-moi ! Dans ces conditions, que je déplore, vous n'en doutez pas, le règlement portuaire nous impose de placer le navire en quarantaine. Ce n'est qu'au terme de ce délai que le débarquement à terre pourra s'effectuer. Mais pas avant.

L'officier fixa les voyageurs avant de conclure d'une voix navrée :

– Acceptez, je vous prie, nos excuses les plus vives pour ce contretemps, mais devant cette situation vous comprendrez que nous n'avons guère le choix. Je vous remercie, messieurs.

À peine se fut-il retiré que le pont du *Diogène* ressembla à un souk en pleine effervescence. On vitupérait, on contestait. Seul un personnage, légèrement en retrait, conservait son calme avec un fatalisme quasi oriental. Il s'agissait d'un jeune homme de taille moyenne, le front assez large surmonté d'une riche chevelure noire de jais. Il ne devait guère avoir plus de trente ans. Après avoir considéré avec indifférence le spectacle de ses congénères survoltés, il pivota sur les talons et, remontant la coursive, prit le chemin de sa cabine.

Une fois à l'intérieur, il referma la porte et se laissa tomber sur son lit. Certes, ce retard le contrariait un peu, mais après tout, il n'y avait pas de quoi se laisser aller à l'abattement. Il prendrait ses nouvelles fonctions de vice-consul de France avec quarante jours de retard, c'était tout.

Il laissa son esprit vagabonder et sa première pensée alla vers Mathieu, son père. Mathieu de Lesseps. Il lui manquait déjà, d'autant que la maladie dont celui-ci souffrait depuis quelque temps ne laissait guère espérer qu'il le reverrait un jour. La séparation avait été bien pénible. Mais il n'y avait pas eu de choix. Le vieil homme avait suffisamment œuvré pour lui obtenir ce poste de vice-consul à Alexandrie. Il se voyait mal le trahir. Et puis, pourquoi ne pas l'avouer ? l'idée de pouvoir enfin voler de ses propres ailes éveillait en lui, Ferdinand, un réel sentiment d'exaltation.

Il songea à cette Égypte qu'il allait bientôt découvrir et qu'il ne connaissait qu'au travers des récits rapportés par son père. Car Mathieu connaissait bien cette terre. Trente-cinq ans plus tôt, il y avait occupé la fonction de consul d'Égypte, du temps de l'expédition française. Bonaparte l'avait même chargé d'une mission secrète : trouver au sein de l'armée ottomane un homme qui possédât suffisamment de qualités pour réussir à se faire nommer pacha du Caire par la Sublime Porte. Soutenir ensuite sa nomination. Plus tard, cet homme aurait pu s'aligner au côté de la France et défendre ses intérêts. C'est ainsi que, de façon modeste il est vrai, Mathieu de Lesseps avait

214

appuyé l'ascension d'un simple bikbachi [1] orphelin de Cavalla, qui ne savait ni lire ni écrire, officier anonyme de l'armée turque tombé amoureux de l'Égypte. Mais rien chez le personnage ne le disposait à jouer les hommes de paille. Très vite, avec une science accomplie des jeux de la politique, il s'était débarrassé de ses tuteurs, rejetant toute influence, toute entrave d'où qu'elle vienne. Aujourd'hui il régnait en maître tout-puissant sur le pays. Il s'appelait Mohammed Ali.

Ferdinand s'étira paresseusement sur le lit. Maintenant, la question qui se posait était de savoir comment ne pas dépérir d'ennui sur ce vapeur et occuper utilement cet isolement forcé ?

À travers le hublot, on devinait la cime des vieilles murailles d'Alexandrie. La voix d'un muezzin s'élevait dans l'air cristallin. Nasillarde, elle dominait le bruissement lointain du port.

L'attention occultée par la lancinante mélopée, il faillit ne pas entendre qu'on frappait à la porte de la cabine.

Il fronça les sourcils. Qui cela pouvait-il bien être ?

Un homme au teint basané, la lèvre supérieure décorée d'une impressionnante moustache, apparut dans l'encadrement. Il tenait un paquet.

– Effendi [2] de Lesseps ?

– Oui ?

– Pardonnez-moi de vous déranger. Mais on m'a chargé de vous remettre ceci. C'est de la part de M. Mimaut.

---

1. Chef de mille hommes. L'un des premiers grades dans la hiérarchie des officiers de l'armée ottomane.
2. Mot turc. Titre de dignitaires civils ou religieux. En Égypte il tomba dans le langage usuel et les autochtones l'employaient (et l'emploient encore de nos jours) lorsqu'ils désiraient exprimer leur respect à l'égard d'un interlocuteur.

À l'énoncé du nom de son supérieur hiérarchique, Ferdinand se rassura.

– Ce n'est pas tout. Il y a aussi cette lettre.

Avec une certaine hâte, Ferdinand décacheta l'enveloppe.

Cher ami, cher collègue,

J'ai été informé du fâcheux incident survenu à bord du Diogène. *Vous m'en voyez sincèrement désolé. Vous trouverez ci-joint de quoi vous rendre – du moins je l'espère – cette quarantaine moins pénible à supporter. Dans l'attente de vous accueillir parmi nous, acceptez je vous prie mes souhaits de bienvenue et l'expression de ma cordiale amitié.*

Le consul général de France,
Albert Mimaut

– Y a-t-il une réponse ? interrogea l'homme.

– Transmettez mes très vifs remerciements à M. le Consul.

– Très bien, effendi.

L'homme s'inclina avec déférence et repartit le long de la coursive.

À peine seul, Ferdinand retira l'emballage qui protégeait le paquet.

Une expression ravie illumina ses traits. Un livre. Dire qu'il se demandait comment il allait occuper son temps.

Description de l'Égypte. Le titre ne lui était pas inconnu : il s'agissait de l'ensemble des données réunies par les savants qui accompagnaient Bonaparte lors de l'expédition française.

Avec une certaine fièvre, Ferdinand s'allongea sur son lit et commença de feuilleter l'ouvrage. Au hasard de sa lecture, un chapitre attira plus particulièrement son attention : « Projet de communication de la mer des Indes avec la Méditerranée par la mer Rouge et l'isthme de Suez, par Jacques-Marie Le Père. »

À peine eut-il parcouru les premières pages qu'il se sentit envahi d'une excitation incontrôlée.

Un chemin d'eau... Un canal... Un ouvrage titanesque...

L'ouvrage raccourcirait de près de dix mille kilomètres le trajet de Marseille à Bombay.

Une succession de personnages hors du commun surgirent de la nuit des temps, qui tous avaient contribué avec plus ou moins de bonheur à la formidable aventure.

« Sésostris... Néchao... Darius... le calife Omar, prince des fidèles, el-Mansour, le fondateur de Bagdad... Leibniz le mathématicien et enfin Bonaparte. »

Ah, lier son nom, celui de Ferdinand de Lesseps, à celui des géants de l'Histoire ! Serait-ce possible ?

CHAPITRE 15

Guizeh, domaine de Sabah,
10 janvier 1833

La main posée sur le bouton de la porte, Schéhérazade eut un temps d'hésitation. Elle tendit l'oreille comme si elle cherchait à percevoir un signe, un bruit qui deviendrait du même coup un encouragement à entrer dans la chambre de sa fille. Mais elle n'entendit rien. Peut-être Giovanna s'était-elle assoupie ? Finalement, elle poussa le battant.

Elle ne dormait pas. Assise sur le rebord de la fenêtre, elle fixait rêveusement la nuit. Dans un coin de la pièce, sur une petite table en bois ajouré, un chandelier diffusait sa lumière cuivrée et vacillante.

– Bonsoir, Giovanna.

Il n'y eut pas de réponse.

Schéhérazade s'approcha de la fenêtre. Ses bras se refermèrent frileusement sur sa poitrine.

– Tu n'as pas froid ?

La jeune fille secoua la tête, le regard fuyant.

– Sais-tu que, demain soir, c'est l'anniversaire de ton père ?

Il n'y eut pas de réaction.

– Deux semaines se sont écoulées, et tu refuses

toujours de rétablir le dialogue avec Ricardo. Penses-tu que ce soit bien ?

– C'est ainsi.

– Il me semble pourtant que la dureté de tes propos justifie que tu réclames son pardon.

– La dureté de mes propos ?

– Des choses terribles, Giovanna. Les aurais-tu déjà oubliées ?

Giovanna frissonna.

Ne suis-je pas mort à Navarin ? La phrase entendue dans le couloir, quelques jours auparavant, refit surface dans son esprit. L'avait-elle jamais quittée ?

– Il faut que tu saches. L'homme que tu as attaqué n'est plus celui qui a partagé notre vie avant le drame de Navarin. Bien sûr, l'évolution de sa maladie a été favorable, au-delà de nos espérances. Il n'en demeure pas moins qu'il reste dans le cerveau de Ricardo des pages entières qui peut-être jamais ne réapparaîtront. C'est un homme malade. Est-ce que cela ne mérite pas un geste de ta part ?

Il sera toujours temps pour Giovanna de devenir adulte. Il ne servirait probablement à rien de lui céder maintenant.

La jeune fille serra les poings.

– Ce qui laisserait croire que mon père est vulnérable.

– Plus fragile qu'il ne l'a jamais été.

Giovanna glissa sa main le long de ses cheveux.

– C'est pour cette raison que tu le manipules à ta guise ?

Le souffle manqua à Schéhérazade.

– Pourquoi joues-tu ? Tu uses de la fragilité de papa pour mieux le garder sous ta coupe. Au fond, c'est dans sa faiblesse que tu puises ta force.

Abasourdie, elle recula comme sous l'effet d'une violente bourrasque.

– C'est un cauchemar... Comment peux-tu imaginer, ne fût-ce qu'une seconde, que je veuille te voler ton père ? Est-ce de l'aimer comme je l'aime qui te prive de son amour ? Il a failli mourir, Giovanna. J'ai manqué ne jamais plus le revoir.

Il n'y eut pas de réaction.

– Écoute-moi bien, reprit Schéhérazade. Tu es ma chair. L'autre versant de ma vie. Regarde-moi !

Elle emprisonna vivement la figure de Giovanna et la força à affronter son regard.

– Je suis ta mère, Giovanna. Pas ta rivale.

Elle l'étudia pour sonder l'impact de ses paroles. Sa fille était restée de marbre.

– Je te le répète, demain soir c'est l'anniversaire de Ricardo. C'est l'occasion de faire un pas, sans que ton orgueil maladif en souffre.

La porte se referma, émettant un bruit sourd, lugubre.

Giovanna resta immobile, sa pensée se perdit vers les étoiles. C'est avec la soudaineté de l'orage qu'elle éclata en sanglots. Ses larmes se muèrent en un cri muet surgi des profondeurs déchirées de son âme.

*

La Citadelle, Le Caire, 11 janvier 1833

Campé devant l'imposante glace du salon dit des ambassadeurs, Ferdinand vérifia que rien ne déparait sa tenue. Rassuré, il regagna son fauteuil au côté du consul de France.

– Pardonnez-moi cette remarque, dit Mimaut, je fais peut-être une erreur, mais on dirait que vous avez le trac.

– Cela se voit donc tant que ça ?

– Suffisamment pour que je m'en sois aperçu.

Pourtant vous n'avez rien à craindre. Le pacha est un homme tout à fait courtois.

– Je n'en doute pas. Mon père m'a souvent parlé de lui. Simplement tout ceci est nouveau pour moi. Et surtout, j'avoue avoir été très impressionné par l'accueil qui nous a été réservé. Quel faste ! Quelle grandeur dans ce formidable cortège qui nous a escortés jusqu'ici. Il y avait bien plus de cent cavaliers. Et cette garde qui nous a rendu les honneurs à l'entrée de la citadelle...

– Vous verrez, on s'habitue très vite, tant aux honneurs qu'aux disgrâces. Il n'est qu'à voir la destinée de Mathieu, votre père. Consul général d'Égypte sous Bonaparte, ministre du royaume d'Étrurie, consul à Corfou. Un matin : la chute.

– Elle était inévitable dès lors que Napoléon connaissait la défaite.

– Quelque temps après, la gloire. Le retour de l'Aigle, les Cent jours, et pour votre père le titre de comte de l'Empire.

– Une gloire de courte durée, hélas. Les Bourbons revenus aux affaires, Louis XVIII refusa d'employer celui que l'Empereur avait plaisir à surnommer « le fidèle de la dernière heure ».

– Il n'empêche qu'on lui a accordé tout de même le poste de consul à Philadelphie, et enfin celui de Tunis. C'est bien ce que je disais : entre les honneurs et la disgrâce il n'y a guère que l'épaisseur d'un cheveu. Cependant, force est de constater que votre père a connu un parcours admirable.

– Saurai-je en être digne ? C'est peut-être de là que me vient ce trac.

– Vous en serez digne, j'en suis convaincu. Avec l'expérience vous ferez un brillant diplomate. D'ailleurs, vous n'êtes pas vraiment un novice. N'avez-vous pas occupé les fonctions de consul stagiaire à Lisbonne ?

– C'est vrai. Au côté de mon oncle Barthélemy. Je lui dois beaucoup.

Tout en parlant, Ferdinand jeta un coup d'œil à sa montre de gousset.

– Bientôt sept heures. Croyez-vous que le pacha nous aura oubliés ?

– Mon ami, permettez-moi de vous rappeler que l'Égypte est en guerre. L'emploi du temps de son souverain doit être, c'est le moins qu'on puisse dire, surchargé. C'est qu'il règne en ce moment une extraordinaire effervescence dans les milieux diplomatiques. Ibrahim pacha campe à cent lieues de la capitale ottomane et toute l'Europe retient son souffle.

– Les échos de cette affaire me sont parvenus à Tunis. Croyez-vous que le pacha prendra le risque d'enfreindre les mises en garde réitérées des puissances ?

– C'est la grande question que nous nous posons tous. Tout ce que je peux vous dire, c'est que l'heure est grave.

Ferdinand hocha la tête et, comme si tout au long de la discussion il n'avait jamais cessé de penser à autre chose, il changea de sujet.

– Cet ouvrage, la *Description de l'Égypte*... je ne vous remercierai jamais assez de me l'avoir prêté. C'est un véritable puits d'informations.

– N'est-ce pas ? J'étais certain que vous trouveriez plaisir à le lire. Un trésor en effet.

– Je suppose que vous-même l'avez parcouru ?

Mimaut confirma.

– N'avez-vous pas été impressionné par le mémoire de Le Père ?

Le consul parut fouiller ses souvenirs.

– Vous voulez parler de cette idée de percement de l'isthme de Suez ?

222

– Intéressante, vous ne trouvez pas ?

Mimaut haussa les sourcils.

– Je dirais plutôt utopique. Tous ceux qui, de près ou de loin, ont tenté de mener à bien cette entreprise, ont très vite déchanté.

Ferdinand faillit le contredire, mais il se retint. Après tout, à quoi cela aurait-il servi ?

Lorsque quelques minutes plus tard on vint les chercher, il dut faire un effort pour rassembler ses pensées, et surtout pour chasser ce mot qui ne cessait de marteler son esprit : *Suez...*

*

Contre toute attente, ce n'est pas dans le cabinet du vice-roi qu'ils furent introduits, mais dans la salle du trône. Illuminée par une forêt de lustres de cristal, l'immensité de la pièce avait de quoi donner le vertige. Le trône, surmonté d'un dais de velours pourpre, était érigé contre le mur du fond. La vision qu'il offrait était d'autant plus troublante que le centre de la salle était rigoureusement nu. De part et d'autre, une rangée de fauteuils tapissés de satin et recouverts de feuilles d'or semblait attendre quelques glorieux visiteurs.

Mimaut et Ferdinand avancèrent côte à côte jusqu'au trône où les attendait Mohammed Ali. Un détail vestimentaire attira tout de suite l'attention du consul général : le souverain avait revêtu l'habit qu'il venait depuis peu d'introduire dans son armée, une veste courte aux manches ouvertes sur toute la longueur de l'avant-bras, un pantalon bouffant sur les cuisses, serré aux mollets, la taille maintenue par une large bande de soie. Un yatagan, le fourreau incrusté de pierreries, flottait à sa ceinture.

« Encore une manière de se distinguer du maître turc », pensa Mimaut.

– Messieurs, soyez les bienvenus au Caire.

Mimaut salua et s'empressa de désigner son collègue.

– Votre Altesse, permettez-moi de vous présenter...

– M. de Lesseps... Ferdinand de Lesseps, fils de Mathieu. Oui. Je sais.

Une expression chaleureuse détendit les traits du pacha, tandis qu'il ajoutait :

– Ce nom éveille en moi de bienheureux souvenirs.

Il se pencha légèrement en avant et fixa le vice-consul.

– Saviez-vous que votre père a beaucoup contribué à mon avènement ?

– Puisque vous avez la bonté de l'affirmer, Sire.

– Je l'affirme en effet. Le nom de Mathieu de Lesseps restera toujours pour moi symbole de fraternité. Quant à son fils, il occupe déjà une place privilégiée en mon cœur. Monsieur de Lesseps, vous êtes ici chez vous.

– J'espère me montrer digne d'un si grand honneur, Votre Altesse.

L'expression amicale du vice-roi se modifia lorsqu'il reporta son attention vers Mimaut.

– Alors, mon cher, quelles sont les nouvelles de France ?

– C'est-à-dire, Sire...

– J'ai compris. Il ne nous faut attendre aucun changement d'attitude de la part de votre roi. Sa Majesté Louis-Philippe continuera de marcher dans l'ombre de l'Angleterre.

Mimaut répliqua avec une soudaine passion :

– Je vous en conjure, Majesté, essayez de comprendre la position de mon pays. Il est tout disposé à vous soutenir, mais il reste avant tout attaché à l'intégrité de l'Empire ottoman. Une intégrité que votre marche sur Istanbul est en train de faire vaciller.

– Qu'importe. Les dés sont jetés.

Le consul de France sursauta.

– Vous n'avez jamais rencontré mon fils, reprit le souverain. C'est dommage. Vous auriez vu quelle sorte d'homme il est. Têtu, impétueux, orgueilleux. Bref, le genre d'individu qu'on ne tient pas en cage, qu'on ne maîtrise ni avec des courriers ni avec des injonctions. Comme...

Il s'arrêta.

– Napoléon...

– Sire. Prenez garde. Le tsar vient de proposer à la Sublime Porte l'assistance militaire de la Russie. Vous savez bien que c'est un prétexte pour établir son hégémonie sur la région. Ce que la France ne peut accepter.

– Rejoignant ainsi l'opinion du gouvernement britannique.

– Une fois n'est pas coutume, Sire.

– Nous verrons bien. Laissons faire le destin.

Il se cala contre le dossier du trône.

– Et pour ce qui a trait à la modification des corps consulaires ? Une décision a-t-elle été prise ?

Le consul de France rétorqua avec affliction.

– Le duc de Broglie, notre ministre des Affaires étrangères, a hélas jugé que l'heure n'était pas propice à un tel changement. Nos représentants continueront de porter le titre de consuls généraux.

– Et non celui d'ambassadeurs [1].

D'un geste nerveux, ses doigts se nouèrent sur un bras du trône. Il lança à l'intention de Ferdinand de Lesseps.

– La monnaie égyptienne est frappée au Caire, je

1. L'Égypte (officiellement vassale d'Istanbul) n'étant toujours pas reconnue en tant qu'État à part entière, la fonction d'ambassadeur y était absente et la représentation étrangère limitée aux corps consulaires.

l'ai rendue indépendante du cours de la devise ottomane. J'ai interdit l'importation de piastres turques.
Depuis bien longtemps les divisions administratives
ont cessé d'être celles que la Porte avait tracées.
Dans tout le pays, tout ce qui affecte, en bien ou en
mal, l'ordre civil est sous ma tutelle. J'ai modifié les
tenues militaires, le drapeau. Je possède aujourd'hui
la marine la plus puissante de la région. Et enfin,
mon fils est à la veille de culbuter l'ancienne
Byzance !

Il marqua un silence volontaire, pour donner plus
de poids à ce qui allait suivre.

– Monsieur de Lesseps, savez-vous la dimension
de mon empire ? Quatre-vingt-quinze mille lieues [1] !
Vous m'entendez ? Quatre-vingt-quinze mille ! Il
s'étend de la Nubie à l'Arabie Pétrée, du Soudan au
Hedjaz, de la Syrie à la Cilicie, de la principauté
druso-maronite du Liban à la Crète. Et c'est cet
empire que l'on juge indigne d'accueillir un ambassadeur !

Lesseps allait répondre lorsque résonnèrent une
série de coups tambourinés contre la porte.

Le vice-roi fronça les sourcils.

– Qu'est-ce que c'est que ce vacarme ? Qui...

Il n'avait pas fini sa phrase que le battant s'écartait
avec fracas et qu'une silhouette d'enfant dévalait la
salle, courant vers le trône.

– Saïd ! gronda le souverain. Comment oses-tu ?

L'enfant se jeta dans les bras de son père. Là-bas,
des serviteurs s'étaient immobilisés sur le seuil. Sta-
tufiés.

– Mais enfin que se passe-t-il ?

– Père, sanglota Saïd, je n'en peux plus ! Pitié !

– Pitié ? Qu'est-ce que cela veut dire ?

L'enfant hoqueta.

1. Environ 380 000 kilomètres.

226

– J'ai faim...

Le front du pacha se plissa sévèrement.

– Combien pèses-tu ?

– Je n'en sais rien... Je ne sais plus.

Il interpella les serviteurs.

– Combien ?

Une voix tremblante chuchota :

– Cent six livres, Votre Altesse.

– Cent six livres ! Ce n'est plus un enfant, c'est un hippopotame !

Il se tourna vers Lesseps.

– Aux misères de la politique s'ajoutent mes soucis familiaux. Dites-moi, monsieur de Lesseps, vous qui êtes mince comme un fil, jugez-vous sain qu'un enfant de onze ans à peine pèse un tel poids ?

– Disons que, par rapport à sa taille, cela me paraît en effet quelque peu excessif.

– C'est bien mon opinion. Mais que faire ? J'ai tout tenté. S'il prend du poids, je le punis, s'il en perd, je le récompense.

L'enfant, la tête enfouie contre le ventre de Mohammed Ali, bredouilla :

– Tu ne m'as jamais récompensé...

– Comment aurais-je pu ? Tu ne fais rien d'autre que grossir !

Ferdinand de Lesseps échangea un coup d'œil amusé avec Mimaut et proposa :

– Si vous voulez bien m'accorder cet honneur, Majesté, je suis disposé à prendre en charge Son Altesse Saïd.

– Le prendre en charge ? Que voulez-vous dire ?

– M'occuper de son régime alimentaire. Nous pourrions l'amener à accomplir quelques exercices physiques.

– Mais je ne fais que ça ! protesta le jeune prince. De l'aube au couchant ! Ce matin encore j'ai dû sauter à la corde une heure durant. Ensuite...

– Silence ! gronda le souverain.

Il demanda à Ferdinand :

– Êtes-vous vraiment sérieux ? Vous sentez-vous de taille à assumer une pareille tâche ?

– Je ferai de mon mieux, Sire.

– L'entreprise risque d'être rude, mon ami.

– Pas si le prince m'accorde sa confiance.

Le vice-roi tapota sur l'épaule de son fils.

– Qu'en penses-tu ?

Saïd s'agrippa de plus belle au souverain.

– Tout ce que voudrez, mais par pitié, que l'on me donne à manger.

– Un plat de macaroni sans doute !

Les prunelles de l'enfant brillèrent d'un éclat gourmand.

– Oh, oui...

– Il serait capable de vendre le trône d'Égypte pour un plat de pâtes ! Tenez, monsieur de Lesseps, je vous le confie. Mais, je vous préviens, dans une semaine nous le pèserons. Si la balance n'affiche pas quatre livres de moins... vous risquerez l'incident diplomatique.

Un air complice anima la physionomie de Ferdinand.

– À moins que d'ici là vous n'ayez pris Constantinople, Sire.

– Je ne vois pas le rapport.

– Votre joie sera tellement grande que l'embonpoint de votre fils vous semblera dérisoire. Qui sait, peut-être même lui offrirez-vous un festin de macaroni ?

Saïd se retourna pour la première fois et scruta avec un mélange de méfiance et de curiosité celui qui allait être responsable de ses tourments à venir.

Joseph poussa un cri de triomphe.

– Tu avais raison ! L'ingénieur de Bonaparte s'est trompé !

Penché sur la table en bois de cèdre, Linant de Bellefonds acheva d'inscrire une ultime annotation sur la carte représentant l'isthme de Suez avant de confirmer :

– Oui... Un tracé direct est possible. Loin de faire obstacle au canal, la dénivellation constatée par Le Père peut au contraire faciliter son établissement. Pour contenir et maîtriser les eaux de la mer Rouge, on édifiera deux écluses. Ouvertes à chaque marée, elles permettront l'écoulement par gravité des eaux de la mer Rouge vers la Méditerranée, en contrebas. Ce n'est pas tout...

Linant posa son doigt sur le plan et poursuivit son exposé.

– Maintes fois répétée, la décharge des eaux excaverait une rigole que le courant approfondirait et élargirait peu à peu. La décharge éviterait aussi l'ensablement de l'embouchure ; en déblayant les boues de Péluse, elle faciliterait la création d'un port dans la baie. On obtiendrait ainsi, à peu de frais, un autre Bosphore, un Bosphore artificiel, un grand fleuve d'eau salée capable de porter des bâtiments de haute mer.

Emporté par sa joie, Joseph souleva son ami à bras-le-corps et le fit tournoyer.

– Tu es un génie, Linant ! Un véritable génie ! Tu mérites le titre de bey. Que dis-je, celui de pacha ! Un génie !

– Holà ! Du calme, tu vas te casser une jambe, et moi aussi.

Joseph reposa le Français à terre.

– Dieu et les hommes ne me le pardonneront jamais. C'est que désormais tu appartiens à la postérité.

– La postérité... Allons donc.

Joseph martela du plat de la main le relevé topographique posé sur la table.

– Réfléchis ! Rien ne sera plus pareil. Jusqu'à cette heure, tous les projets qui se rapportaient au percement de l'isthme imaginaient des voies indirectes. Les unes plus complexes et plus coûteuses que les autres. À partir de maintenant, rien ne s'oppose plus au creusement d'un canal en ligne droite, entre les deux mers.

– Je ne voudrais pas jouer les rabat-joie, mais il reste beaucoup à faire. Rejeter l'objection de Le Père ne suffit pas. C'est à l'étude du terrain qu'il faut nous atteler. Regarde... Ici, le lac Amer. Là, la dépression de Qantara. Entre les deux, le lac Timsah. Le but de notre prochaine expédition.

– Il faudra donc obtenir une nouvelle autorisation du pacha.

– Crois-tu qu'il nous la refusera ?

– Nous la refuser ? Tu veux rire, Linant ! C'est la conquête de la route des Indes que nous lui offrons. La maîtrise de tout le trafic maritime d'Akaba à Bombay ! Il va pouvoir réaliser le vieux rêve de son idole Bonaparte.

Sans transition, il entraîna son ami par le bras.

– Et maintenant, viens, nous sommes très en retard, mes parents doivent s'impatienter.

– Tes parents ? Mais où allons-nous ?

Joseph toisa son ami avec une expression d'aimable reproche.

– Tu as donc oublié. Ce soir, c'est l'anniversaire de mon père !

Le Français hésita.

– C'est que... je n'ai pas tellement le cœur à me distraire. Je m'inquiète pour ce projet d'expédition. Je me demande si le souverain sera disposé à financer ce genre d'opération alors que son pays est en guerre. Les travaux de prospection seront assez onéreux.

Joseph posa ses mains sur ses hanches.

– Nous parlions d'un rêve, n'est-ce pas ?

Linant confirma.

– Mon ami, un rêve n'a pas de prix, ou alors ce n'est plus un rêve.

*

Une atmosphère feutrée régnait dans la qâ'a, le grand salon ouvert sur les jardins de Sabah. Avant l'arrivée de ses hôtes, Schéhérazade avait fait brûler quelques perles d'encens et des volutes de fumée grise flottaient encore autour des lustres. La plupart des invités s'étaient répartis en petits groupes. Certains avaient pris place sur les divans, d'autres devisaient debout. Des serviteurs, nubiens pour la plupart, circulaient parmi les hôtes, proposant mezzés et boissons, drapés dans des galabiehs blanches.

Schéhérazade, vêtue d'une tunique de soie noire, évoluait avec son aisance coutumière, distribuant sourires et propos accueillants au gré des invités. Cependant, de temps à autre, elle s'arrêtait, fouillait la pièce des yeux, repartait. Une ombre grise obscurcissait alors ses prunelles.

Une nouvelle fois elle s'apprêtait à scruter l'assemblée, lorsqu'elle entendit la voix de Mandrino qui s'exclamait :

– Enfin ! Il était temps !

Elle frémit, son cœur bondit dans sa poitrine, mais rapidement son émotion retomba. Ce n'était que Joseph et Linant qui venaient de faire leur apparition.

– Nous commencions à nous inquiéter, fit Ricardo. Encore un peu, et je dépêchais un serviteur à la Citadelle.

– C'est ma faute, s'excusa Linant. Quelques calculs à effectuer... Je n'ai pas vu l'heure passer.

Le Vénitien agita l'index.

– Mon cher ami, je sais combien vos travaux sont importants et combien ils vous passionnent, néanmoins, écoutez les conseils d'un vieux monsieur : laissez un peu de place à la détente.

Il accomplit une volte et lança aux convives rassemblés autour de lui :

– M. Linant de Bellefonds et mon fils, Joseph. Tous deux ingénieurs hydrographes auprès de Sa Majesté.

Des expressions chaleureuses accueillirent les deux hommes.

– Prenez place, proposa Ricardo indiquant un coin du divan demeuré libre.

– Un instant, s'excusa Joseph.

– Où vas-tu ?

– Saluer maman.

– Mais c'est mon anniversaire ! Je me refuse à partager.

Dans le même temps qu'il prononçait ces mots, son regard se nimbait d'une lueur affectueuse.

Tandis que Joseph s'éclipsait, il s'empara d'une bouteille de champagne qu'il présenta à Linant.

– Du champagne de France ! Un cadeau de votre consul, M. Mimaut. Vous en boirez bien un peu ?

– Avec joie, monsieur.

Au moment où Joseph s'approchait de sa mère, il la vit qui disparaissait par la porte donnant sur le jardin.

Il lui emboîta le pas.

Dehors, le paysage était à peine éclairé par la

232

timide clarté des étoiles. Il lui fallut scruter un moment les ombres pour l'apercevoir. Elle lui tournait le dos, immobile, mains jointes, partiellement cachée par les feuillages de lauriers-roses.

Elle avait dû sentir sa présence, car elle tressauta légèrement et fit volte-face.

– Bonsoir, Joseph.

– Alors ? Qu'a-t-elle décidé ?

– Elle ne viendra pas.

– C'est absurde !

Elle fit un geste de résignation.

– Mais c'est l'anniversaire de papa !

– Ce matin encore, je l'ai adjurée de faire un effort. Un mur aurait exprimé plus de sensibilité.

Joseph serra les poings d'un air décidé.

– Très bien. Je vais aller lui parler.

Elle agrippa son poignet.

– Non ! Il ne faut pas.

– Laisse-moi faire, maman.

– Non ! À vingt et un ans, ta sœur n'est plus une enfant. Si à cet âge son cœur est muet, ni toi ni personne n'y pourrez rien. Je lui ai tout dit. Désormais le jeu est entre ses mains. Ce sera à elle, et à elle seule, de décider si elle veut continuer de vivre dans le noir ou s'ouvrir à la lumière. Le choix lui appartient.

Elle prit fermement le bras de Joseph.

– Viens, mon fils. Je ne voudrais pas manquer à nos hôtes.

Les soixante-huit bougies scintillaient sur l'imposant gâteau d'anniversaire. Les convives avaient formé un cercle tout autour et scandaient le nom de Ricardo Mandrino. Sa main dans celle de Schéhérazade, le Vénitien s'approcha lentement de la table. Il se pencha sur les bougies. Pourtant, au lieu de les souffler, il resta immobile. On aurait juré qu'il attendait quelque chose, ou quelqu'un.

Il bomba le thorax, prit une profonde inspiration.

C'est à ce moment qu'un souffle exhalé de l'autre côté de la table fit chanceler les mèches.

Abasourdi, Ricardo se redressa. Giovanna le dévisageait tendrement. Nul ne l'avait entendue venir.

– Je n'ai soufflé que les mauvais jours, papa, murmura-t-elle. À toi les plus beaux.

Le Vénitien continua de la fixer. Autour d'eux, les convives avaient adopté une attitude discrète, un peu comme des témoins indus.

Sans rien dire, Ricardo contourna la table et se campa devant Giovanna. Ils s'observèrent un moment, puis il tendit les bras. Elle se jeta aussitôt contre lui avec la violence d'une vague contre la digue.

Il chuchota à voix basse :

– Ma fille... ma préférée.

CHAPITRE 16

12 mai 1833, Alexandrie,
résidence du consul général de France

Sous l'œil fasciné de Ferdinand de Lesseps, la jeune danseuse – elle ne devait guère avoir plus de dix-sept ans – virevoltait, tanguait, à moitié nue, à travers la pièce nimbée de fumée. Ses longs cheveux teints au henné voltigeaient dans l'air, éclaboussaient la lumière ténue des lampes, avant de retomber en gerbes le long de ses épaules.

Un musicien sans âge frappait sur sa darbouka [1], l'air blasé ; ce qui était loin d'être le cas des invités conviés à la résidence de M. Mimaut, le consul général de France. Même Joseph et Linant de Bellefonds s'étaient laissé prendre sous le charme. Quant au Dr Clot, présent lui aussi, il avait l'air subjugué. C'est que le spectacle ne ressemblait en rien aux chorégraphies habituelles. La danse dite de « l'Abeille » était unique. Elle était un aiguillon des sens, un flamboiement lascif, suggéré mais jamais exprimé, qui avait pour conséquence d'enflammer l'imagination.

Malgré son jeune âge, la belle Safia possédait à

---

1. Tambour conique qui ressemble à un entonnoir.

merveille cet art singulier qui consistait non seulement à se mouvoir en rythme, mais surtout à jouer un rôle et s'y tenir avec le plus grand naturel. L'intrigue était simple : une jeune fille se promène nonchalamment, tout entière à ses rêveries, lorsque soudain une abeille la prend pour cible et cherche à se poser sur ses lèvres. La jeune fille prise d'effroi tente d'éloigner l'insecte ; celui-ci s'écarte, mais aussi vite revient à la charge. Alors commence un chassé-croisé, tout au long duquel l'abeille s'obstine à prendre possession de sa proie, choisissant pour y demeurer les retraites les plus équivoques.

Finalement, désespérée, la jeune fille appelle à son secours quelque spectateur obligeant, et c'est à lui que revient le troublant honneur d'envelopper l'infortunée entre ses bras protecteurs.

Tout compte fait, cette pantomime aurait pu demeurer empreinte d'une certaine naïveté si, au fil de la danse, les attitudes ne devenaient de plus en plus équivoques, si les vêtements ne tombaient un à un, jusqu'à ce que la danseuse se retrouve dénudée, ne conservant pour toute parure qu'un simple châle derrière lequel elle faisait mine de se protéger.

Safia, haletante, le corps désarticulé, allait et venait, légère. Les gouttes de sueur qui avaient recouvert sa peau luisaient comme des perles sous les feux. Une fine rigole coulait entre ses seins et glissait lentement jusqu'au nombril, vers le bas-ventre.

Enfin, dans un ultime jaillissement des reins, faisant dans l'air comme une brasse langoureuse, elle se laissa tomber sur le sol et dans un geste mélodramatique tendit des mains implorantes vers le spectateur le plus proche. Le sort désigna le consul général d'Autriche, M. Faber.

Il fallut l'insistance malicieuse de l'assemblée pour qu'il se décide à quitter sa place et – non sans une certaine gaucherie – accueille la belle Safia entre ses bras.

Une salve d'applaudissements salua leur étreinte.

Le calme revenu, le consul de France se pencha vers Ferdinand.

– Alors, le spectacle vous a-t-il plu ?

– C'est tout à fait étonnant. Je peux vous assurer que, dorénavant, il me suffira d'entrevoir une abeille pour qu'aussitôt me revienne le souvenir de cette soirée. Mais, voyez-vous, ce qui m'a surpris par-dessus tout, c'est cette extraordinaire permissivité. Dans un pays où les femmes sont confinées dans des harems, où le port du voile est une seconde nature, j'avoue que ce genre d'exhibition est paradoxal. Ne trouvez-vous pas ?

– C'est tout l'Orient, cher ami. Une alchimie complexe bien trop éloignée de nous pour que nous puissions l'analyser. En tout cas, vous n'êtes pas le seul à vous poser la question. Selon certaines rumeurs, le vice-roi s'apprêterait à interdire la danse de l'Abeille.

– Interdire ? Voilà qui serait regrettable.

– Rassurez-vous, il y aura toujours quelques privilégiés pour accueillir des filles comme Safia. Et comme tout ce que l'on frappe d'interdiction, le plaisir n'en sera que décuplé.

Un éclat de rire général salua la remarque du consul.

Joseph chuchota discrètement à l'oreille de Linant :

– Si nous partions ?

– J'y ai songé. Mais ce serait mal vu. Nous venons à peine d'arriver.

– Mais pourquoi diable as-tu accepté cette invitation ? Toi qui te plains de n'avoir jamais assez de temps pour nos travaux.

– Oui, je sais. Mais cette fois je n'ai pas pu me dérober. Je suis citoyen français, ne l'oublie pas. Et en tant que tel, j'ai quelques obligations à assumer à l'égard de mon consul. Et si la belle Safia revenait ? Tu renâclerais moins, ou n'est-ce qu'une impression ?

Joseph voulut protester, lorsqu'il entendit la voix de M. Mimaut qui apostrophait son ami.

– Dites-moi, monsieur de Bellefonds, vous qui êtes au fait de tous les travaux hydrauliques qui ont été accomplis dans ce pays, je présume que vous avez entendu parler du canal de Mahmoudieh ?

– Bien sûr. Il s'agit de cette voie d'eau que le vice-roi a fait creuser pour relier le Nil à Alexandrie.

– Parfait.

Mimaut tendit la main vers un personnage d'une soixantaine d'années à la silhouette étique. Sa lèvre supérieure était ornée d'une moustache grise et fournie, roulée en pointe aux deux extrémités, qui laissait entrevoir une large bouche aux lèvres huileuses.

– Je vous présente M. Mourawieff, agent consulaire de Russie. M. Mourawieff vient de nous faire part d'une information qui, je l'avoue, me trouble profondément. Il paraîtrait que pour creuser ce canal de Mahmoudieh on aurait soumis à la corvée près de soixante mille fellahs, sans abri, sans ration régulière pour les nourrir, et que l'on a même négligé de leur fournir les instruments appropriés qui auraient pu ménager leurs forces. Est-ce vrai ?

Linant but une gorgée de vin et reposa son verre.

– Oui, monsieur.

Les lèvres huileuses de Mourawieff s'écartèrent.

– Vous voyez, monsieur Mimaut. Je ne vous ai pas menti.

– Effectivement, reconnut le consul. Et comme vous le laissiez entendre, l'affaire a de quoi heurter.

Le Russe s'adressa directement à Linant.

– Puisque vous semblez au courant de la situation,

vous n'êtes pas sans savoir aussi que ces conditions de travail ont provoqué la mort de plusieurs milliers d'ouvriers : quinze mille, s'il me souvient bien.

– Quinze mille ? se récria une voix.

– Le chiffre est incertain, rétorqua Linant. Il n'en demeure pas moins qu'il est proche de la réalité.

Mourawieff s'empressa de préciser :

– Et de surcroît on atteste que les dépouilles ont servi à l'exhaussement des berges.

Cette dernière révélation provoqua un haut-le-cœur parmi les convives.

– Je ne peux pas le croire ! s'offusqua Mimaut.

– Interrogez donc M. de Bellefonds !

– Bien que rien n'eût été avéré, répondit Linant, tout laisse à croire que la chose a pu être possible.

Conforté, Mourawieff reprit la parole.

– Vous comprenez maintenant pourquoi je vous disais que, dans l'esprit du vice-roi, la vie d'un fellah ne vaut guère plus qu'un grain de poussière ? Vous réfutez mon jugement, mais force est de reconnaître que Mohammed Ali a imposé un régime despotique à ce pays. Voyez comme il a fait main basse sur toutes les terres agricoles, amenant les paysans à lui abandonner, de gré ou de force, leurs propriétés. D'ailleurs, il suffit d'interroger les gens du peuple pour se rendre compte que le personnage n'est pas aimé.

– N'est-ce pas là le sort commun à tous les grands hommes ?

Pour la première fois, Joseph venait d'intervenir.

– Vous venez d'évoquer les terres agricoles. Je pourrais aisément vous démontrer que, dans ce domaine, la politique de Sa Majesté est sinon la seule, du moins l'une des solutions les plus adéquates aux besoins de ce pays.

Le Russe adopta une moue sceptique. Ce qui eut pour effet de relancer Joseph.

– Savez-vous que, grâce à la clairvoyance du souverain, plus de quarante mille machines ont été introduites en Égypte qui permettent d'élever l'eau du Nil jusqu'aux berges du fleuve. Sous son impulsion, nous avons mis au point – il désigna Linant –, M. de Bellefonds et moi-même, un système de canalisations approprié aux cultures d'été, dont celle du coton. Il n'existe pas une province de Haute ni de Basse-Égypte où n'aient été creusés, toujours par ordre de Sa Majesté, des canaux et des digues. À l'heure où je vous parle, ces seuls travaux de canalisations ont atteint plus d'un million cinq cent mille mètres cubes. Croyez-vous que ce soient là les fruits d'un régime despotique ?

Mourawieff répliqua sèchement :

– Votre exposé n'est pas dépourvu d'intérêt, mais il ne modifie aucunement la réalité : Mohammed Ali règne en despote. Son peuple l'a même surnommé *Zalem pacha*. Le pacha tyran.

Cette fois, Joseph ne se contint plus.

– Un despote ! En connaissez-vous qui au milieu de difficultés incessantes, confrontés tant à l'opposition qu'au harcèlement des puissances étrangères, soient parvenus à couvrir leur pays de bienfaits ?

Il s'arrêta, prenant bien soin de détacher les mots.

– Puisque nous évoquons les puissances étrangères, je pourrais vous énumérer les pressions anglaises, mais... – il braqua les yeux sur ceux de son interlocuteur – je me contenterai de vous rapporter ces rumeurs selon lesquelles des navires battant pavillon... russe vogueraient en ce moment vers le Bosphore, prêts à fondre sur le fils du souverain.

Il acheva d'un air affété :

– Bien sûr, ce ne sont que des rumeurs...

L'agent consulaire accusa le coup sans broncher.

– Vous avez mentionné les bienfaits dispensés par

le vice-roi... Pour ma part, je ne vois que misère et oppression.

– Mais enfin, monsieur ! Réfléchissez ! Des écoles ! Des hôpitaux ! Des manufactures ! Des institutions modernes de toutes sortes qui ont permis de faire entrer l'Égypte de plain-pied dans la civilisation. Seize millions d'arbres plantés ! Une imprimerie nationale ! Le télégraphe aérien installé entre Le Caire et Alexandrie. Des routes ! Une école de médecine – fondée par le Dr Clot, ici présent. Mais j'aimerais soulever un point qui vous concerne tout particulièrement, vous qui êtes un étranger, monsieur Mourawieff. Pendant de longues années, il ne se trouvait pas une seule ville, sous le gouvernement direct de la Porte, que vous auriez pu traverser sans risquer d'essuyer une injure ou sans être détroussé. Aujourd'hui, grâce à celui que vous qualifiez de despote, il vous est possible de voyager à votre guise, d'Alep au Caire, de Médine à Khartoum, ou tout au long de la vallée du Nil, avec plus de sécurité que dans certaines villes d'Occident !

– Selon vous, cela justifie les quinze mille morts du canal de Mahmoudieh ?

C'est à ce moment précis qu'une voix calme mais ferme lança :

– Dès lors que la mort est au service de la vie. Oui, monsieur !

L'intervention provoqua un mouvement de surprise parmi les convives. L'homme poursuivit :

– Ce canal a servi à pourvoir Alexandrie en eau douce : l'eau est symbole de vie ! Il permet à la ville de communiquer avec le Nil. Grâce à quoi, les hommes voyagent et se déplacent : c'est aussi la vie ! Bien que la perte d'un être, fellah ou prince, soit toujours une fin de monde, si cette mort n'est pas une mort pour rien, mais si au contraire elle a pu servir au bien-être des autres hommes, alors, la raison qui a conduit à cette mort est absolue.

Le débat prit une nouvelle tournure. Le ton s'enflamma. Linant en profita pour interroger discrètement son ami.

– Connais-tu cet homme ?

– Pas du tout. J'ai cru l'entrevoir en début de soirée, c'est tout.

– En tout cas, il a de l'audace.

Changeant de ton, il remarqua :

– J'ignorais que tu possédais cette capacité à enflammer les foules.

Joseph haussa les épaules avec une expression amère.

– En admettant que ce fût vrai, je n'en éprouve aucune jouissance. Voudrais-tu m'accompagner au-dehors ? J'ai besoin de prendre l'air.

La nuit était douce entre les caroubiers et les allées bordées de térébinthes.

Joseph et Linant firent quelques pas dans le jardin. On percevait au loin le chuintement des vagues qui venaient mourir sur les plages de Montaza.

– Je ne supporte plus ces sortes d'individus ! pesta Joseph. Ils affirment, ils jugent, ils condamnent, comme si Dieu lui-même s'exprimait par leur voix !

– Tu les découvres à peine, mon ami. Le monde en est peuplé.

– Mais d'où leur vient cet aveuglement ? Tout est noir, tout est blanc. Pour eux les nuances n'existent pas.

– Il existe un mot pour qualifier cet état : la dyschromatopsie. Une incapacité de l'œil à distinguer les couleurs fondamentales.

– Oui. À la seule différence que, chez ces gens, c'est le cerveau qui est atteint.

242

– Quoi qu'il en soit, j'ai l'impression que depuis ce soir tu es devenu persona non grata à la cour du tsar Nicolas.

– Comme il en est de même pour mon père à la cour d'Angleterre, il ne restera plus beaucoup de pays où nous pourrons nous rendre.

Un glissement de pas interrompit leur discussion. Ils se retournèrent en même temps. Devant eux se tenait l'homme qui s'était opposé à Mourawieff.

– Messieurs, commença-t-il sur un ton courtois, pardonnez mon intrusion... Tout à l'heure, j'ai cru comprendre que vous étiez ingénieurs hydrographes.

– C'est exact.

– Si vous n'y voyez pas d'inconvénient, j'aimerais beaucoup m'entretenir avec vous. Oh, rassurez-vous, pas ce soir. Mais demain ou un jour de votre convenance.

– Ce sera volontiers, mais pourriez-vous nous dire de quoi il s'agit ?

– Je suppose que c'est au sujet du canal de Mahmoudieh ? demanda Joseph.

– Non, monsieur. Nous avons fait je crois le tour de la question.

– Mais alors ?

L'homme prit une brève inspiration.

– Il s'agit de l'isthme de Suez...

– L'isthme de Suez ? répéta Linant, troublé.

– Oui.

– Pardonnez-moi, dit Joseph, mais à qui avons-nous l'honneur ?

– Mon nom est Lesseps, Ferdinand de Lesseps.

CHAPITRE 17

Alexandrie, 14 mai 1833

Le port d'Alexandrie avait rarement connu pareille effervescence. On aurait cru que la moitié de la ville faisait un cortège bariolé et sonore aux treize voyageurs français qui venaient de débarquer de la *Clorinde*. Au fur et à mesure qu'ils progressaient à travers la ville, le cortège devenait plus dense, les commentaires plus irrévérencieux. C'est que jamais auparavant on n'avait vu des roumis vêtus de la sorte.

Uniforme ? Livrée ? Il y avait cette veste bouffante sous laquelle se découpait une chemise blanche sans col, qui, détail singulier, était boutonnée et lacée par-derrière. Une grande écharpe retombait en cascade et laissait entrevoir un collier formé de toute une série d'anneaux en différents alliages et métaux. Le pantalon blanc faisait songer à un justaucorps. Les chausses étaient noires. La taille était ceinte d'une large bande de cuir verni, ornée d'une épaisse boucle de cuivre. Un béret rouge masquait le crâne, et pour ajouter à l'étrangeté de l'accoutrement le nom du porteur de l'habit était brodé sur sa poitrine, en lettres capitales rouges.

Émile Barrault marchait radieux, au côté du drogman qui leur servait de guide.

Il pivota brusquement vers son compagnon le plus proche, un jeune compositeur de vingt-trois ans, du nom de Félicien David.

– Vois, Félicien ! N'est-ce pas la même ferveur qui vibre dans l'air et rassemble les âmes ! La même qui dominait la Canebière lorsque, il y a un mois, nous embarquions à Marseille !

Félicien acquiesça.

Barrault poursuivit :

– Jamais, jamais je n'oublierai l'atmosphère qui a régné ce jour-là. Le port ne suffisait pas à la foule qui se pressait. Il n'y avait pas assez de barques pour contenir ceux qui voulaient monter nous saluer à bord de la *Clorinde*. La mer était couverte de nacelles qui s'entrechoquaient et l'air agité par les chants divers qui nous célébraient.

Barrault n'exagérait pas. Ce départ pour l'Orient avait été réellement émouvant. Ce n'est qu'après que les choses s'étaient gâtées. À Istanbul.

À peine parvenus dans la capitale ottomane, les Compagnons de la Femme étaient allés à travers les différents quartiers, prêchant, et surtout – conformément aux instructions d'Enfantin – prenant bien soin d'ôter leur béret chaque fois qu'une femme, fût-elle pauvre ou riche, apparaissait sur leur route.

Ils avaient poursuivi leur quête de place en place, tenant réunion dans les cafés du Bosphore et même dans les cimetières. Jusqu'au jour où – comble du bonheur – un officier turc, aux lèvres ombrées d'une moustache superbe, leur proposa d'assister à l'arrivée du sultan Mahmoud prévue pour le lendemain midi devant la Grande Mosquée. Celui que l'on surnommait *l'ombre d'Allah sur terre* allait y accomplir ses dévotions.

245

La graine simonienne à peine semée commençait-elle déjà à germer dans le cœur de l'Islam ?

À l'heure dite, les Compagnons s'étaient présentés sur le parvis de la Grande Mosquée, qui n'était autre que l'ancienne basilique dédiée par Constantin, quelques siècles plus tôt, à la sagesse divine, et qu'on appelait alors Sainte-Sophie. Mais qui s'en souvenait encore ?

Mahmoud II apparut en grand cortège, portant tarbouche et monté sur un superbe tcherkess à la robe gris pâle. Barrault, le premier, avait soulevé respectueusement son béret, mais sans l'ôter. Le sultan avait beau être *l'ombre d'Allah sur terre*, il appartenait avant tout au sexe mâle et par conséquent ne pouvait avoir droit aux mêmes égards que la future Épouse. Les douze imitèrent leur chef. Le sultan leur rendit leur salut – du moins c'est ce qu'ils crurent – et disparut dans la mosquée.

Comment expliquer l'étrange tournure que prirent les événements ?

La nuit même, ils furent arrêtés.

Bien sûr, il ne s'agissait pas d'une arrestation dans le sens vrai du terme. Il n'en demeurait pas moins que les « apôtres » furent emmenés et placés à résidence dans l'une des ailes du palais. Ils ne devaient en sortir que quelques semaines plus tard. Une nuit où la lune était pleine au-dessus du Bosphore, on les fit embarquer sur un caïque : destination Smyrne.

Dès lors le séjour en Turquie perdit de son charme et de ses voluptés. Il ne leur restait plus qu'à partir pour l'Égypte.

Aujourd'hui, cheminant dans ces ruelles d'Alexandrie, Félicien repensait à ce salut que leur avait adressé *l'ombre d'Allah sur terre*. Il en était sûr maintenant, ce n'était pas un salut, plutôt le regard empreint de componction que l'on jette à des créatures dont on sait le sort depuis longtemps scellé [1].

– Nous sommes arrivés ! s'exclama Barrault devant une maisonnette éclaboussée par le soleil de midi. La résidence du consul général de France, M. Mimaut.

Il ouvrit les bras et les souleva légèrement vers l'azur avec une expression de gratitude.

– Mes frères ! Humez cet air iodé qui monte de la mer ! Regardez ces braves gens qui nous font une si noble escorte. Le vent me souffle qu'ils pressentent la noblesse de notre mission.

Félicien inspecta les gens attroupés autour d'eux. Quelques fellahs, un mendiant borgne, des enfants, un montreur de singe et un marchand de jus de caroube qui, pour attirer l'attention, faisait tinter une paire de cymbales entre ses doigts.

– Égypte ! Égypte, berceau des hommes, déclama Barrault. Demain, cette nuit, à l'heure de la solitude et du silence, je sais que nous apparaîtra le génie de la femme, captive encore sur ta terre voilée. Et nous l'accueillerons !

Jeu du hasard ? À peine eut-il achevé son discours qu'une paysanne, entièrement recouverte d'un drap, une gargoulette en équilibre sur le sommet du crâne, apparut au détour de la ruelle. Sur-le-champ, comme un seul homme, les apôtres ôtèrent leur béret et la saluèrent avec autant de déférence que s'il se fût agi de Cléopâtre réincarnée.

Hélas, la réaction de la paysanne ne fut pas celle escomptée. Ébahie, elle prit ses jambes à son cou en

1. Si l'on en croit les archives diplomatiques, il semblerait que la doctrine, les propos et la présence même des Compagnons étaient jugés incompatibles avec les lois et les mœurs turques. C'est grâce à l'intervention de l'amiral Roussin, ambassadeur de France à Istanbul, que l'intermède turc se conclut par une sortie plus ou moins honorable.

laissant choir sa gargoulette. Une fois hors de vue, elle s'appuya contre un muret pour reprendre son souffle.

Décidément, ces êtres venus d'Occident avaient des coutumes bien étranges.

Presque simultanément, elle proféra un juron. Qui allait remplacer sa gargoulette ?

*

Le Caire, 15 mai 1833

La maison de Linant de Bellefonds était située au cœur de l'Ezbéquieh, devenu quartier aristocratique depuis l'époque où Bonaparte y avait installé son quartier général, quelque vingt-cinq ans plus tôt.

Un rai de soleil filtrait à travers les interstices du moucharabieh, éclairant les épures et les cartes topographiques dispersées sur une grande table en bois de cèdre. Du dehors montaient la rumeur de la rue et des odeurs mêlées d'épices et de poussière. Joseph invita Ferdinand à le suivre sur le balcon où Linant les attendait.

— Heureux de vous revoir, monsieur de Lesseps.

Linant avança un fauteuil en osier tressé. Avant de s'y asseoir, le vice-consul prit le temps de contempler le décor autour de lui.

— Dieu que c'est beau !

Il pointa son doigt en direction d'une étendue d'eau dont la surface faisait comme un grand plateau métallique sous l'effet du soleil.

— C'est curieux, je n'imaginais pas trouver un lac à cet endroit.

— C'est celui de l'Ezbéquieh. En ce moment vous le voyez au plus bas. C'est uniquement à l'heure de la crue du Nil qu'il mérite réellement son nom de lac. À

248

l'époque des Mamelouks, il était très en vogue. C'est ici que les cavaliers venaient fêter leur victoire après s'être livrés à leurs compétitions de polo.

– De polo ?

– Oui, je sais, cela étonne toujours. Pourtant c'est absolument véridique. Le polo était la grande passion des Mamelouks. Et pour revenir à ce lac, vous avez de la chance de le voir, car il sera bientôt drainé et asséché.

– Voilà qui serait bien dommage, ne croyez-vous pas ?

– Cette étendue liquide n'est guère salubre. Sans compter que, l'été venu, elle attire des bataillons de moustiques. Mais rassurez-vous, l'œil n'y perdra pas puisqu'il est prévu qu'un parc viendra remplacer le lac.

Ferdinand se laissa choir dans le fauteuil.

– J'ai passé ces dernières vingt-quatre heures à visiter votre capitale. Savez-vous ce qui m'a le plus étonné ? C'est cet incroyable brassage des religions. On m'a cité plus de vingt synagogues, je ne sais combien d'églises coptes, et plus de trois cents minarets. C'est impressionnant.

– Juifs, catholiques et musulmans, observa Joseph, ne font-ils pas partie d'un même peuple, celui des gens du Livre ? Il en a toujours été ainsi dans le passé, en Égypte du moins. Reste à espérer que le miracle se poursuivra.

– Puisque vous évoquez le passé, je vous avouerai qu'arpentant la Quasabah, je me suis livré à un petit jeu. J'ai essayé de me transporter dans le temps afin d'imaginer à quoi pouvait ressembler cette ville quelques siècles plus tôt.

– Oh, sans aucun doute elle devait être beaucoup plus resplendissante qu'elle ne l'est aujourd'hui. On l'appelait alors Om el-donia. La Mère du Monde.

– La Mère du Monde..., répéta Ferdinand. Et de réciter : « Celui qui n'a pas vu Le Caire, n'a pas vu le monde. Son sol est paré d'or, son Nil est un prodige. Ses femmes sont comme les houris du paradis. Ses maisons sont des palais, et son air, doux et aussi odorant que l'aloès, réjouit mon cœur. Et comment en serait-il autrement puisque Le Caire est la Mère du Monde ? »

– Félicitations, complimenta Joseph. Peu de gens connaissent l'origine de cette expression. Vous avez donc lu les contes des *Mille et Une Nuits* ?

– Grâce à mon père. Peut-être l'ignorez-vous, mais il fut pendant quelque temps consul général après l'expédition française. C'est à lui que je dois les modestes connaissances que je possède sur l'Égypte.

– Si j'en juge par la voie que vous avez choisie, vous semblez marcher sur ses traces.

– Je m'y efforce. C'est un homme que j'admirais beaucoup.

– Vous parlez de lui au passé, remarqua Linant.

Un voile obscurcit les traits du jeune vice-consul.

– Il est mort il y a peu. Hélas.

– Je suis désolé, monsieur.

Ferdinand hocha silencieusement la tête.

– Si nous parlions plutôt de l'avenir ?

– L'isthme de Suez par exemple ?

Ferdinand se cala dans son fauteuil.

– Parfaitement.

– Nous allons enfin savoir pourquoi cette région vous intéresse tant.

D'un signe de la main, Linant invita le jeune vice-consul à commencer.

– Je suppose que le nom de Jacques-Marie Le Père ne vous est pas inconnu.

– Non seulement il ne nous est pas inconnu, mais il a longtemps été l'objet de tous nos tourments.

250

– Je ne vous suis pas. Vos tourments ?

Joseph éluda la question.

– Vous aviez commencé à nous expliquer la raison de votre intérêt. Poursuivez, je vous en prie.

– Le hasard fait parfois curieusement les choses. Le bateau qui m'amenait de Tunis a été placé en quarantaine. Songeant à toutes les heures creuses que j'allais devoir affronter, mon supérieur, M. Mimaut, a eu la gentillesse de me faire parvenir la *Description de l'Égypte*. Comme vous le savez, il contient le mémoire en question. J'ai donc eu tout loisir de le compulser, au point de le savoir par cœur. Une idée a immédiatement germé dans mon esprit. Il s'agit d'un projet démesuré...

– Le creusement de l'isthme de Suez.

Le souffle coupé, Lesseps considéra Linant de Bellefonds.

– Ainsi... vous saviez ?

– Il n'y a là rien d'étonnant. Le canal n'est-il pas le sujet principal du mémoire ?

Ferdinand approuva silencieusement.

– J'en arrive donc au but de ma visite : j'aimerais savoir si le projet est concevable. Je veux dire, techniquement.

– La réponse est oui.

– C'est curieux. Vous m'avez répondu sans l'ombre d'une hésitation. Comme si depuis toujours vous portiez la réponse dans votre cœur.

Linant quitta brusquement son fauteuil.

– Voulez-vous nous suivre à l'intérieur, je vous prie ?

Arrivé devant la grande table en bois de cèdre, il s'adressa à Joseph.

– Je te cède la parole.

Le fils de Schéhérazade montra les cartes éparpillées.

– Vous avez devant vous le travail de plusieurs années. Il contient une somme d'informations jamais rassemblées auparavant. La première partie représente les relevés hydrographiques de toute la Haute-Égypte. La deuxième est entièrement consacrée à la région qui vous intéresse : l'isthme. Vous dire le nombre d'heures qui ont été dévolues à l'étude des moindres lacs, des plus humbles nappes phréatiques, serait peine perdue.

Joseph marqua une pause volontaire avant de poursuivre.

– Linant avait conçu un premier projet. Il envisageait la liaison des deux mers par l'intérieur de la Basse-Égypte.

– Un canal indirect.

– Oui. Mais depuis peu cette idée a été remplacée par une autre, bien plus rationnelle, bien moins onéreuse, et ouvrant de grandes perspectives de navigation.

– Un canal direct ? risqua Ferdinand, dont le visage s'était soudainement enfiévré. Pourtant, si je me réfère au mémoire de Le Père, cette possibilité a toujours été rejetée en raison d'une différence de niveau entre la mer Rouge et la Méditerranée.

– Faux.

C'est Linant qui avait répondu.

– Vous voulez dire que cette différence de niveau n'existe pas ?

– Elle existe.

– Mais alors ?

– Elle ne serait pas un obstacle à un percement en droite ligne. Mes calculs sont là, qui le prouvent.

Le cœur de Ferdinand de Lesseps s'était mis à battre à grands coups précipités.

– Expliquez-moi, voulez-vous ?

L'ingénieur reprit mot pour mot l'exposé qu'il avait

déjà développé quelques semaines plus tôt à l'intention de Joseph et conclut :

– De cette façon, nous emprunterons la grande dépression longitudinale, qui s'ouvre en droiture, du nord au sud, entre Péluse et Suez. Dans cette dépression naturelle de l'isthme s'inscrira une brèche, une coupure, en creusant un canal à grande section.

– Mais alors ! s'exclama Lesseps sur un ton enflammé, nous ne sommes plus devant une chimère ! Plus rien ne s'oppose au lancement du projet !

Une expression indulgente apparut sur le visage de ses interlocuteurs.

– Monsieur de Lesseps, commença Linant, votre enthousiasme est touchant à voir. Mais avez-vous songé à l'incroyable complexité de la tâche ? Aux obstacles dressés sur la route ? Ce n'est pas tout de contourner une objection géodésique, encore faut-il avoir les moyens de mener l'affaire à bon port.

– Croyez-vous que je n'y ai pas pensé ? Depuis que j'ai pris connaissance du mémoire de Le Père, il ne s'est pas passé un jour, une heure, sans que je réfléchisse au problème. J'avais la prescience que ce canal pouvait devenir une réalité. Maintenant, j'en ai la certitude.

– Moi aussi, figurez-vous. Seulement voilà. La question est comment ? Comment obtenir la concession du vice-roi ? Sans l'accord de Mohammed Ali, inutile de songer à frapper le moindre coup de pioche. Où trouver les sommes nécessaires ? Sans mentionner l'aspect politique de l'affaire. Car n'en doutez pas : il surgira dès la première seconde où le projet sera connu.

Paradoxalement, au lieu de refroidir l'ardeur du vice-consul, les arguments développés par Linant ne firent que l'enflammer davantage.

– Il faut agir par étapes. À mon avis, la première difficulté que nous devons surmonter c'est celle que vous venez d'évoquer en premier : convaincre Sa Majesté. Lui avez-vous soumis un plan ?

– Vous pensez bien que le projet ne lui est pas inconnu. Il s'est intéressé au mémoire de Le Père, essentiellement en raison de l'admiration qu'il a toujours éprouvée pour son idole : Bonaparte. Quant à lui soumettre un plan, encore eût-il fallu que nous possédions des données concrètes. Or les seules dignes d'intérêt ont trait au niveau des deux mers. C'est plutôt mince pour persuader le vice-roi de se lancer dans une entreprise aussi colossale. Vous en conviendrez.

– Pardonnez-moi d'insister, mais là n'est pas le problème. À mon avis, l'élément le plus important est de jauger Sa Majesté. Essayer de savoir de manière précise quel est son point de vue sur l'affaire. Si elle se montrait réfractaire, il va de soi que cela réduirait considérablement les chances de voir aboutir le projet. En revanche, une attitude favorable aplanirait nombre de difficultés. Vous comprenez ?

Linant et Joseph se concertèrent.

– Monsieur de Lesseps, je crois que vous avez raison. Nous allons en parler à Son Altesse.

L'œil de Ferdinand s'illumina d'un seul coup.

– Bravo ! Je suis sûr que cette démarche ouvrira de nouveaux horizons. De mon côté, croyez-moi, je ferai tout ce qui est en mon pouvoir pour vous aider. Dès mon retour ce soir, à Alexandrie, j'aborderai le sujet avec M. Mimaut. Qui sait...

Le ton de sa voix se fit plus rauque.

– Il y a peut-être, pour le gouvernement de la France, un grand rôle à tenir.

Il s'approcha lentement de la table et, avec la ferveur d'un sourcier qui pressent le cours d'eau invi-

sible, il effleura des deux mains les relevés topographiques.

– Pour la France, pour l'Égypte, mais aussi pour
tous les hommes de bonne volonté.

*

– Giovanna, dit Mandrino doucement, si seulement tu pouvais essayer de vider ton cœur.

– À quoi bon ?

– Je ne voudrais pas me réfugier derrière des
phrases creuses, mais j'ai toujours été de ceux qui
croient que si les êtres savaient parler, le monde ne
serait plus pareil. D'un mot, un seul, peut naître
l'espoir.

– Ou la douleur.

Le Vénitien exhala un soupir. Autour d'eux, l'air
était plus transparent que du cristal. La masse mor-
dorée des pyramides se détachait sur le ciel azuré.
Quatre mois s'étaient écoulés depuis la soirée d'anniversaire. Quatre mois au cours desquels Ricardo
s'était rapproché insensiblement de sa fille, s'éver-
tuant de comprendre et surtout d'apaiser cette âme
tourmentée. Jusque hier encore, il avait cru y être
parvenu. Il avait fallu que survienne cet incident stupide – une vague histoire de selle mal entretenue –
pour que le feu s'embrase à nouveau entre la jeune
fille et sa mère. Il jeta un coup d'œil machinal vers les
deux chevaux bais alignés au pied de la dune et laissa
tomber d'une voix presque inaudible :

– La douleur est parfois une affaire de choix...

– Tu veux dire que les gens décident délibérément
de souffrir ?

– Ou de refuser le bonheur. Ce qui revient au
même.

– Sache que ce ne sera jamais mon cas.

255

– Et pourtant...

Elle se rebiffa en se redressant promptement.

– Non ! J'ai mal, mais uniquement quand les autres me blessent !

– Les autres...

Il tendit sa main dans l'air et dessina un demi-cercle.

– Où sont-ils ? Ici je ne vois que toi et moi. Le désert, nos chevaux. Chez nous, à Sabah, il y a ton frère. Il y a aussi cette brave Khadija et Hussein. Je n'imagine pas qu'un seul d'entre eux puisse vouloir te blesser.

Il se reprit à la manière de quelqu'un qui se souvient.

– C'est vrai... Il y a aussi ta mère.

Elle n'eut pas l'air de réagir.

– Mais mon oubli est pardonnable. Car je ne connais pas de mère capable de donner la souffrance à son enfant. Ou alors c'est qu'elle est sous l'emprise du diable.

Dans le même temps qu'il parlait, il scrutait la jeune fille avec une acuité brûlante.

– N'est-ce pas, Giovanna ?

Elle demeura confinée dans son mutisme.

Il répéta sa question avec force.

Alors elle cria, violente, presque rageuse :

– JE N'AIME PAS MA MÈRE ! ET ELLE NE M'AIME PAS ! !

Le vent du désert s'était soudainement glacé. Quelque part, vers les mastabas, s'éleva comme un bruit de porte qui grince, ou n'était-ce que le crissement du sable griffant les tombes ?

– Tu n'aimes pas ta mère...

Mandrino avait répété la phrase sur un ton monocorde.

– Sais-tu au moins pourquoi ?

Elle conserva le silence, un silence obstiné, accompagné d'un léger frémissement des lèvres.

Il dit :

– Je vais te donner la réponse.

Ses doigts se nouèrent à la manière de quelqu'un qui prie.

– Parce que tu tentes de lui ressembler, et que tu n'y parviens pas.

– Que dis-tu ?

– La vérité. Tu te voudrais aussi forte qu'elle, tu ne parviens qu'à la colère. Tu te voudrais aussi sage qu'elle, ta sagesse n'est que lassitude. Tu te voudrais aimante, tu n'es que possessive. Tu voudrais agir, accomplir comme elle, tu restes témoin. Tu aimerais que tes rêves atteignent leur cible, mais tu oublies que pour que la flèche vole il est indispensable que l'arc soit stable. Tu voudrais donner autant qu'elle donne, mais tu n'as pas compris que c'est uniquement lorsque l'on se donne soi-même que l'on donne vraiment. Voilà l'explication.

Un brouillard humide s'était insinué dans les prunelles de la jeune fille, voilant le saphir habituellement si pur. Elle s'entendit qui répliquait d'une voix sans inflexions, presque abattue.

– Tu l'aimes tellement, n'est-ce pas...

– Tout autant que je t'aime.

Elle eut tout à coup envie de se mettre à courir, droit devant elle, se perdre dans la mer de sable. C'est qu'à travers les propos de Ricardo venait d'apparaître une évidence à laquelle elle n'avait pas songé, ou qu'elle avait toujours repoussée : ce que sa raison aurait pu accepter, son cœur le refusait. Quand elle éprouvait le désir d'ouvrir les bras, une force intérieure lui criait : méfiance ! Garde-toi du monde ! Chaque fois qu'elle avait voulu poser sur l'autre un regard serein et juste, elle se retrouvait plus que jamais enfermée dans les ténèbres. Finalement, il se pouvait qu'une autre Giovanna vécût en elle. Une

Giovanna qui *savait*, qui aurait pu lui dire comment on pouvait *se donner soi-même*. Si c'était le cas, cette moitié d'elle devait ressembler à l'ombre que projette une silhouette lorsque le soleil la frappe de face. Qui se retourne jamais pour voir son ombre ?

Les mots fusèrent, presque à son insu :

— Je veux essayer... mais sans toi, je ne pourrai pas.

— Seul, nous ne pouvons rien. Je serai là.

Elle allait lui répondre lorsqu'un bruit de galop fit trembler le sol autour d'eux. Un cavalier, bride abattue, fonçait dans leur direction.

— Il me semble que c'est quelqu'un pour nous...

Le cavalier, un militaire, n'était déjà plus qu'à quelques pas. Son cheval pila dans un jaillissement de sable.

— Mandrino bey ? De la part de Sa Majesté, annonça-t-il en brandissant un pli.

Ricardo s'empara du message.

— Son Altesse attend-elle une réponse immédiate ?

— Je n'ai pas reçu d'ordre dans ce sens, mon bey.

— Très bien. Dieu t'accompagne.

Le militaire salua. Opérant une volte, il lança sa monture à travers les dunes et fila vers la route de Guizeh.

— Qu'est-ce que c'est ? s'enquit Giovanna tout à coup tendue.

L'œil plongé dans sa lecture, Ricardo n'eut pas l'air de l'entendre. Un temps s'écoula. Il annonça enfin :

— Viens. Nous rentrons.

Elle emprisonna son poignet.

— Qu'y a-t-il ?

— Ibrahim est entré dans Kutahia.

— Kutahia ?

— C'est à cinquante lieues d'Istanbul.

Elle poussa un cri de joie.

— Mais c'est merveilleux !

– Pas vraiment.

– Ah ? Pourtant ne disais-tu pas que le seul moyen pour l'Égypte d'être libre et indépendante serait d'en finir avec le sultan ? Tu as même convaincu Mohammed Ali dans ce sens, n'est-ce pas ?

– Si j'en juge par le contenu de cette lettre, on a fait vaciller sa conviction. Il a décidé de mettre fin à la marche triomphante d'Ibrahim.

– L'arrêter alors qu'il est si près du but ? Pourquoi ?

– L'explication serait trop longue. Viens. Rentrons à Sabah.

Alors qu'ils partaient vers les chevaux, elle questionna :

– En quoi tout cela te concerne-t-il ?

– Je viens de te le dire. Le vice-roi exige que son fils stoppe net son avance. Il craint qu'un simple courrier ne suffise pas à lui faire entendre raison.

Elle ravala sa salive.

– Ce qui signifie ?

– Qu'un émissaire de confiance devra se rendre sur place, à Kutahia.

– Et le vice-roi voudrait que cet émissaire...

Elle n'acheva pas sa phrase, comme si de prononcer les mots aurait suffi à matérialiser ce qu'elle appréhendait.

– À tort ou à raison, Mohammed Ali estime que je suis le seul capable de persuader Ibrahim. Mais je te rassure : rien encore n'a été décidé.

Elle se sentit enveloppée d'un froid glacial.

– Papa... tu ne vas pas accepter. Tu ne vas pas te rendre en Turquie.

Il allongea le pas.

– Je t'en prie, réponds... Tu ne vas pas aller à Kutahia.

– S'il le fallait, je crois que je partirais.

– Rien ne t'y oblige !

– Sinon le sens du devoir.

Elle se sentait perdre pied.

– Le devoir ? Mais tu l'as mille fois accompli !

Il sauta en selle.

– Allez, rentrons.

Elle secoua la tête avec entêtement.

– Il y a autre chose. Dis-moi, je t'en prie.

-- Sans doute as-tu raison. Il y a plus important encore : l'amitié qui me lie au souverain. Mais je te le répète : aucune décision n'a été prise.

– Partir, encore une fois !

Les doigts du Vénitien emprisonnèrent les rênes d'un geste vif.

– Kutahia n'est pas le bout du monde.

– Navarin non plus n'était pas le bout du monde !

– Viens... Il se fait tard, Giovanna.

Elle cria presque :

– Et moi ! ! As-tu pensé à ce que moi j'allais devenir ?

– Voilà que maintenant tu t'exprimes comme une épouse jalouse. De toute façon si je partais ce serait une affaire de deux semaines tout au plus. Et tu ne resterais pas seule. Joseph serait à tes côtés.

– Joseph... Mais, alors maman... ?

– Que crois-tu ? Elle m'accompagnera à Kutahia...

Elle demeura bouche bée.

– Allez ! Giovanna, viens je t'en prie !

CHAPITRE 18

Guizeh, domaine de Sabah, mai 1833

Songeuse, Schéhérazade promena un ongle le long des ciselures du plateau de cuivre, entre les espaces incrustés de paillettes d'argent.

– Le choix, répéta-t-elle, il se résume en peu de mots : mourir d'inquiétude ou te suivre dans ta déraison.

– Allons, fit Mandrino, tu dramatises. D'abord, il n'est pas certain que je parte, ensuite ce n'est qu'un voyage, rien de plus.

Elle le fixa avec un sourire pâle.

– Un voyage ? Rien de plus ? Kutahia n'est pas Alexandrie. Nous ne partirions pas pour la ferme aux Roses ou pour Venise. Ce que tu te proposes d'entreprendre, c'est un périple dans un pays en guerre, dans une contrée aride et dure.

– Tu exagères. La Turquie n'a rien de la Géhenne. Je l'ai déjà traversée.

– C'était il y a longtemps et dans d'autres circonstances.

Il réprima un geste d'agacement.

– Oui, je sais. Mes cheveux ont blanchi, le temps a creusé mes traits, mon regard est moins bleu.

Mais ne t'inquiète pas. Je suis aussi solide que les pyramides.

– Ricardo... Le vice-roi peut parfaitement charger quelqu'un d'autre de cette mission. Tu le sais.

– Et s'il s'agissait d'un choix délibéré de ma part ? T'es-tu posé la question ? Depuis mon retour de Navarin à quoi ressemble mon existence ? Certains jours, il m'arrive de m'observer dans la glace. Que vois-je ? Une silhouette qui s'épaissit, un feu qui s'éteint. Et mon avenir figé.

– Et le présent qui ne compte pas.

– La seule chose qui compte c'est le devenir d'un être. Dès l'instant que l'on cesse d'être utile, c'est que l'on est mort.

À peine eut-il prononcé ces mots que revint à Schéhérazade le dialogue qu'ils avaient eu à Venise. Elle venait de le retrouver et tentait de le rassurer sur l'avenir. La discussion avait alors dévié sur sa peur de la mort. En l'évoquant il avait dit :

Cette peur devient tout à fait anodine devant la honte de ne plus servir à rien. Je ne supporterai pas de vivre inerte. Jamais.

Voici qu'aujourd'hui il redisait les mêmes mots, avec la même fièvre.

– Tu ne m'écoutes plus ?

La question la ramena au présent.

– Si, bien sûr.

– Je veux continuer à vivre, Schéhérazade. Pas immobile, mais en mouvement. J'ai soif. Peux-tu comprendre cela ?

– Ce que je comprends, c'est que ta soif est inaltérable. Je revois tout à coup ce puits qui se trouve à l'orée du domaine. Ni mon père ni son père avant lui ne l'ont connu tari. Hier encore, j'y ai recueilli de l'eau : elle avait la clarté de la lune et la fraîcheur de la nuit. Si Dieu le veut, ce sera pareil pour nos enfants et pour leurs enfants aussi. Dans ce monde où le désert est roi, j'ai toujours été convaincue que ce puits n'était pas un acquis, mais un miracle, un don du ciel, dont nous étions les dépositaires. Il est à l'image de notre vie, Ricardo.

Elle se tut, et murmura comme on évoque un mystère :

– Redouter la soif alors que votre puits est plein, n'est-ce pas là une soif qu'on ne pourra jamais étancher ?

Il ne fit aucun commentaire et se plongea dans une longue méditation qu'elle n'osa pas interrompre.

*

– Que cherchent donc ces messieurs ? grogna Mohammed Ali.

Il montra un groupe d'une vingtaine de personnes qui ne cessaient de le fixer, depuis le promontoire qui surplombait la mer et l'arsenal.

Cerisy répondit avec une certaine gêne :

– Ce sont ces Français dont je vous ai déjà parlé, Votre Altesse. Les saint-simoniens.

– Saint-simoniens... curieux nom. Que veulent-ils ? C'est au moins la troisième fois que je les rencontre ici. Aiment-ils tant les bateaux ? Ou sont-ils venus admirer votre ouvrage ?

– Ni l'un ni l'autre, Majesté. Votre aide de camp ne vous a donc pas informé ? L'un d'entre eux, un certain Émile Barrault, souhaite obtenir une audience.

– Qu'a-t-il à me dire ?

– Euh... je pense qu'il voudrait vous entretenir de quelques projets qui ont trait à l'Égypte, de certaines idées.

– Des projets, des idées. Cerisy bey, ne pourriez-vous être plus clair ?

– À vrai dire, cela me paraît à moi-même assez confus...

Le vice-roi s'impatienta.

– Allons, je vous en prie, faites un effort !

– Voilà. Il s'agit d'une association universelle, de l'organisation pacifique des travailleurs, de la venue d'une mère-épouse, en qui serait incarnée la moitié de Jésus-Christ, et...

Il se racla la gorge avant de conclure :

– De l'égalité de l'homme et de la femme.

Mohammed Ali demanda avec perplexité :

– Dites-moi, monsieur Cerisy, depuis combien de temps ces gens sont-ils arrivés à Alexandrie ?

– Une semaine, peut-être plus. Pourquoi, Majesté ?

Au moment où Cerisy posait sa question, le groupe des saint-simoniens passa tout près d'eux, séparés de quelques mètres par la garde personnelle du souverain. Ils soulevèrent leur béret et se penchèrent respectueusement.

Mohammed Ali, un sourire contraint sur les lèvres, leur rendit leur salut.

– Vous disiez, Majesté ? reprit Cerisy.

– Quoi ? grommela le souverain.

– Vous vouliez savoir depuis quand ces messieurs se trouvaient en Égypte.

– Et j'ai entendu votre réponse : une semaine. C'est tout de même très peu.

Cerisy ne saisit pas l'allusion.

Le vice-roi lança d'un seul trait :

– J'ignorais que le soleil de ce pays pouvait altérer aussi rapidement le cerveau !

Il tira sur les rênes de sa monture d'un geste sec.

– Venez, Cerisy ! J'ai rendez-vous avec votre compatriote, M. de Bellefonds.

Arrivant au grand galop à hauteur des saint-simoniens, il les gratifia d'un nouveau salut, plus gracieux que le premier.

– Je suis épuisé, gémit Saïd en se laissant choir sur la grève. Épuisé...

Au-dessus du lac Mariout, la boule rouge du soleil était comme suspendue sur un fil d'argent au-dessus de l'horizon, prête à basculer de l'autre côté de la terre. Un rose garance avait recouvert les flots immobiles et la silhouette des derniers pêcheurs.

Ferdinand rejoignit le garçon et, à l'aide d'un mouchoir, il éponge la sueur qui dégoulinait sur son visage, presque aussi écarlate que l'astre solaire.

– Je suis épuisé, répéta le prince. C'est au-dessus de mes forces.

– Pourtant nous n'avons fait qu'une demi-heure à peine de course à pied, Excellence. Reconnaissez que ce n'est pas beaucoup.

– Pas beaucoup ?

Saïd se redressa à moitié.

– Monsieur de Lesseps, savez-vous quel a été mon emploi du temps depuis que le jour s'est levé ? Je vais vous le dire. À six heures du matin, j'ai eu droit à un bol de thé et une tranche de pain sec. Ni beurre, ni confiture, ni œufs, pas même du foul [1]. Ensuite mon professeur de gymnastique est venu me chercher pour m'emmener au port. Et là, direction le mât !

– Je vous demande pardon ?

– Grimper ! J'ai dû grimper au sommet d'un mât. Trois fois d'affilée ! Avez-vous déjà grimpé au mât d'un bateau ?

– Heu... non, Excellence.

– C'est haut. C'est très haut. Un faux mouvement,

---

1. Ou foul médemmès. Fèves cuites à l'huile. Le plat le plus répandu en Égypte.

et on est réduit à une bouillie de fatta [1]. Ensuite il y a eu le saut à la corde et, en fin de matinée, une heure de rame !

– Je reconnais que...

– Attendez, ce n'est pas fini. Après un déjeuner squelettique, on est venu me chercher pour ma leçon d'escrime. Enfin, une heure plus tard, ce fut votre tour, monsieur de Lesseps. Alors, lorsque vous me dites qu'une demi-heure de course à pied n'est pas grand-chose...

Il s'interrompit et leva l'index.

– J'oubliais ! Quand nous habitions la Citadelle, sur le Mokattam [2], une fois par semaine j'étais obligé de faire le tour des remparts. Heureusement, depuis que nous vivons à Ras el-Tine, ce dernier exercice m'est épargné.

– Ah... C'est donc que l'on a jugé que c'était trop.

– Pas du tout.

Il laissa retomber la tête d'un air maussade.

– C'est qu'il n'y a pas de remparts autour de Ras el-Tine.

Ferdinand de Lesseps, dépassé, tendit la main à Saïd et l'aida à se relever.

– Venez, Excellence, nous allons retourner au palais. D'ailleurs, le crépuscule est déjà là.

– Attendez, monsieur de Lesseps, pas tout de suite.

Le prince porta une main à son oreille.

– Écoutez...

Portée par la brise, la voix d'un muezzin récitant l'*Ebed* se frayait un chemin au-dessus du lac Mariout.

– J'aime cette prière... La connaissez-vous ?

1. Plat composé de pain rassis trempé dans un bouillon, de riz, de boulettes de viande, relevé d'ail et de vinaigre et recouvert de yaourt.
2. Le mont Mokattam est une colline mamelonnée ; la citadelle construite en 1176 par Saladin se dresse sur le dernier mamelon.

– Non, prince Saïd.

L'enfant se mit à chantonner doucement, s'appliquant à suivre le muezzin.

– « Le Désiré, l'Existant, le Seul, Celui à qui nul ne ressemble, qui est sans égal et sans descendance... »

Il s'arrêta.

– Savez-vous ce que c'est ?

Une fois encore, Ferdinand fut contraint de répondre par la négative.

– Les attributs d'Allah... Il y en a cent. Mais seulement quatre-vingt-dix-neuf sont cités par les hommes. Le dernier n'est connu que du seul Très-Haut.

Maintenant la voix du muezzin s'infléchissait vers des registres plus graves, imprégnant le paysage d'une certaine majesté.

– J'aime cette prière, répéta Saïd, transporté.

– Puis-je vous en demander la raison, Excellence ?

– C'est qu'elle m'éloigne des hommes.

– Vous ne les aimez donc pas ?

– Peut-on aimer ce qui vous fait souffrir... Non, je n'aime pas les hommes.

– C'est dommage. En rejetant les hommes, vous vous privez de leur amitié.

– Je ne sais pas de quoi vous parlez. Un prince n'a pas d'ami. D'ailleurs qu'est-ce que l'amitié, monsieur de Lesseps ?

Le vice-consul parut réfléchir un moment.

– Vous venez d'évoquer avec émotion les surnoms attribués à Allah.

– Oui...

– Il en est de même pour l'amitié. Entouré de quatre-vingt-dix-neuf personnes, une d'entre elles sera unique à vos yeux.

– Pourquoi ?

– Tout simplement, prince Saïd, parce que vous serez unique aux siens.

Le garçon étudia son interlocuteur avec un étonnement plaisant.

– Je vais y réfléchir, monsieur de Lesseps..., fit-il doctement. Je vais y réfléchir.

*

– Ainsi, monsieur de Bellefonds, le percement de l'isthme ne déclencherait pas les inondations catastrophiques prophétisées par les anciens...

Mohammed Ali aspira une bouffée de tabac et fixa le plafond dans une attitude pensive.

Il demeura ainsi un moment, sous les regards anxieux de Linant et de Joseph.

– Vous savez, reprit-il, que ce n'est pas la première fois que le thème du canal est abordé.

– Bien sûr, Votre Majesté, rétorqua Joseph, mais avec cette différence qu'aujourd'hui nous disposons de nouvelles données qui permettent d'envisager le percement d'une voie directe. Plus courte et ouverte sur de plus vastes horizons. De surcroît, nous sommes en possession d'une carte géographique précise des lieux, qui nous autorise à mettre au point un véritable projet technique.

Mohammed Ali acquiesça sans pour autant se départir de son expression un peu lointaine.

Joseph décida d'aller plus loin.

– Si vous m'y autorisez, Altesse, je me permettrai de soulever un point essentiel en faveur du canal. Il contribuera au développement des ressources commerciales et intellectuelles de votre pays en le plaçant plus à portée de l'Europe. Il constituera, grâce aux droits de passage, une source directe de revenus capable de doubler sa richesse économique. Il est dans l'intérêt de l'Égypte, mais il contribuera aussi à votre gloire personnelle. Songez que c'est sous

268

votre règne que se produira la jonction entre les deux mers. Le monde louera votre audace.

– Ma gloire personnelle ?

Le pacha eut un léger haussement d'épaules.

– Croyez-vous qu'elle ne soit pas encore établie ?

– Pardonnez-moi... ce n'est pas ce que j'ai voulu dire.

– Et quand bien même ne le serait-elle pas encore, coupa le vice-roi. J'ai soixante-quatre ans. Peux-tu imaginer qu'à cet âge un homme sain de corps et d'esprit aspire à courir après cette chose fugace qu'est la gloire ? Et puis tu as parlé d'audace...

Le vice-roi secoua la tête à plusieurs reprises de gauche à droite.

– Tu es jeune, fils de Mandrino, tu n'as pas encore appris la vie. Aussi, je vais te confier un secret. À vous aussi, monsieur de Bellefonds, écoutez : C'est lorsqu'on est le plus faible qu'il faut se montrer le plus audacieux. Voyez comme ma faiblesse fut grande des années durant.

Il marqua un temps d'arrêt, son œil se voila un peu.

– J'ai compris que j'étais devenu fort le jour où j'ai senti qu'il me fallait être prudent.

Il ajouta très vite, et d'une voix presque inaudible, comme s'il se parlait à lui-même :

– Si seulement mon fils Ibrahim pouvait comprendre...

Il se ressaisit et reprit sur un ton raffermi :

– Je n'ignore rien des avantages du canal et des bienfaits innombrables qu'il pourra procurer à l'Égypte. Et je n'y suis pas opposé.

Cette dernière affirmation fit naître une expression de soulagement chez ses interlocuteurs. Mais très vite Mohammed Ali agita sa main en signe de modération.

– Je n'y suis pas opposé, répéta-t-il, néanmoins il faudra que soient respectées certaines conditions.

– Lesquelles, Sire ?

– Plus tard. Chaque chose en son temps.

Il prit une nouvelle bouffée de tabac, exhala un nuage de fumée bleue et poursuivit.

– Vos travaux d'étude ne sont pas encore terminés, que je sache.

– Non, hélas. Mais il dépend de vous qu'ils se poursuivent.

– Eh bien, vous avez mon autorisation ! Allez de l'avant. Établissez plans, cartes, devis. Je vous aiderai et je répondrai favorablement à toutes vos requêtes, qu'il s'agisse d'argent, de matériel ou de main-d'œuvre. Rien ne vous sera refusé. Une fois tous les problèmes techniques réglés, revenez me voir. À ce moment nous approfondirons la question.

– Nous vous remercions, Votre Altesse. Votre générosité nous va droit au cœur et nous réconforte.

– Ne vous ai-je pas déclaré que j'étais convaincu que ce canal serait un bienfait pour l'Égypte ?

– L'Égypte et le monde, renchérit Joseph. À ce propos, j'ai plaisir à vous informer que nous comptons un soutien inconditionnel en la personne de M. le Vice-Consul de France.

– M. de Lesseps ?

– Oui, Sire. Il nous a rarement été donné de rencontrer une telle passion. Il nous a assuré que, par l'intermédiaire de M. Mimaut, il tenterait d'amener la France au projet.

Mohammed Ali écarta doucement les bras dans une sorte de geste fataliste.

– Qu'Allah le soutienne dans ses démarches.

Le souverain fit un signe, qui indiquait que l'entrevue était arrivée à son terme.

Aussitôt, Linant et Joseph énoncèrent les formules de politesse d'usage et gagnèrent le seuil.

Ils avaient à peine fait quelques pas que la voix du pacha retentit.

– « Le canal de Suez, qui unirait les eaux de l'océan Indien à celles de la Méditerranée, ferait de l'Égypte la seule possession qui permettrait à la France de contrebalancer l'énorme puissance maritime de l'Angleterre. » Savez-vous de qui sont ces mots ?

Les deux hommes se regardèrent perplexes.

– Un compatriote de M. de Lesseps. Le vôtre aussi, monsieur de Bellefonds. Vous ne voyez pas ?

Ils firent « non ».

– Bonaparte. Mes enfants, Bonaparte...

*

À peine furent-ils sortis du cabinet du vice-roi que Joseph demanda à Linant :

– Qu'a-t-il voulu dire ? Ne trouves-tu pas cette dernière remarque confuse.

– Au contraire, elle m'a paru d'une grande clarté.

– Explique-toi.

– Le vice-roi est sincère lorsqu'il dit n'être pas opposé au canal de Suez. Cependant, en citant Bonaparte, il a voulu nous faire comprendre qu'il s'agissait avant tout d'une affaire politique.

– Pourtant, protesta Joseph, le projet est universel. Il ne concerne pas une nation en particulier, mais le monde entier. L'Angleterre, la France, toutes ces puissances qui à l'heure actuelle s'entre-déchirent, trouveront ici l'occasion de s'unir pour une cause qui va au-delà de leurs intérêts personnels.

– Mon ami, crois-tu que telle n'est pas aussi mon opinion ?

Ils étaient parvenus au bout du long corridor qui débouchait sur le grand escalier de marbre menant aux étages inférieurs.

– Quoi qu'il en soit, conclut Linant, nous serions bien ingrats de trouver à redire : « Argent, matériel,

main-d'œuvre, rien ne vous sera refusé. » N'est-ce pas
là ses propos ?

Il emprisonna le bras de son ami avec enthousiasme.

– Alors, puisqu'on nous a laissé la bride sur le
cou... filons, mon cher. Suez nous attend !

– Tu as raison, Linant. Filons !

CHAPITRE 19

Kutahia, en Turquie, mai 1833

Les feux de camp dressés le long de la plaine bossuée de Kutahia étaient si nombreux qu'ils faisaient songer à un ciel d'étoiles inversé. Au grand livre de Schéhérazade, ils éclairaient une page de plus. L'angoisse d'être séparée de Ricardo avait été plus forte que tous les arguments invoqués par la raison. Quittant Sabah, dans l'aube du petit matin, alors que s'estompait la face camarde du sphinx, le « père de la terreur », elle s'était sentie envahie par les paroles d'une mélopée. Ou était-ce une mise en garde ? « Le cœur de l'homme est un vaste champ : la passion le brûle, mais l'amour l'éclaire. » Lui serait-il jamais donné d'aimer Mandrino autrement que de passion ?

— Je suis heureux de vous revoir, sett Mandrino.

La voix d'Ibrahim pacha la ramena sur terre.

— Ce bonheur est partagé, Monseigneur.

Ils étaient arrivés au campement depuis deux jours, mais elle ne s'habituait toujours pas au nouveau visage du prince. Six années s'étaient écoulées depuis leur rencontre à Épidaure, mais c'est le double que le temps avait inscrit sur ses traits. La fatigue, la tension des batailles, avaient profondément marqué

273

l'homme. Et surtout il y avait eu cette marche forcée, qui en treize jours l'avait amené de Konya à Kutahia, le long des steppes de l'Anatolie, en plein hiver, sous des températures auxquelles ni ses hommes ni lui n'étaient préparés. Les cheveux du prince avaient dû s'imprégner des neiges du mont Taurus, car ils étaient maintenant entièrement blancs. Toute la figure était torturée, à l'image du paysage alentour.

Du coup, la mission de Ricardo avait pris une tournure tragique. Comment convaincre un homme qui avait fait autant de sacrifices et fondé tant d'espoir surtout, un homme aussi persuadé de la justesse de son action, qu'il lui fallait jeter à terre ses espérances et mettre un bandeau sur ses rêves ?

Le soir même de leur arrivée, le Vénitien avait remis au fils de Mohammed Ali la missive qui contenait l'ordre impératif de ne plus avancer d'un mille.

Le prince avait replié le mot et s'était contenté de déclarer d'une voix éteinte :

– Six jours me séparent du palais du sultan. Autant dire une distance dérisoire. Voilà que par sa volonté mon père repousse Istanbul aux confins de l'univers.

Il n'avait rien ajouté de plus et s'était confiné dans un mutisme impressionnant par la tristesse qui s'en dégageait. Ibrahim aurait probablement jeté dans les flammes la lettre du vice-roi, si ne demeuraient en lui les notions de respect inculquées depuis son enfance.

Ce soir, assis devant les braises rougeoyantes, avec en toile de fond la rumeur du vent qui dévalait les pentes déchirées du Kaçkar Dag, Ricardo revenait à la charge.

– Je sais ce que vous éprouvez, Excellence. Je devine quelle frustration est la vôtre. Ma sincérité m'oblige à vous confier que je partage vos sentiments. Mais nous ne pouvons occulter le point de vue de Sa Majesté votre père. C'est l'Europe entière qui est debout et oppose son veto. La veille de mon départ, l'Angleterre, par la voix de son consul général le colonel Campbell, a menacé d'expédier une escadre devant Alexandrie.

– L'Angleterre ! l'Europe ! Et la France ? Que fait la France ?

– Excellence, la France a toujours manifesté de l'amitié à l'égard de votre père, elle est désireuse de l'appuyer et je reste persuadé qu'elle le fera. Mais vous l'avez placée dans une situation terriblement complexe. D'un côté le gouvernement de Louis-Philippe souhaite défendre le légitime avantage que vous et votre père avez obtenu. De l'autre, il demeure fermement attaché à l'intégrité de l'Empire ottoman. Une intégrité aujourd'hui menacée par vous, et demain par l'intervention russe.

– Ainsi, la France emboîte le pas à l'Angleterre.

– Vous ne lui laissez pas le choix. N'oubliez pas qu'il est un rêve qui hante depuis longtemps les couloirs des chancelleries européennes : le partage de l'Empire ottoman.

Ibrahim laissa tomber avec tristesse :

– Le partage de l'Empire ottoman... Un rêve vieux de quatre-vingt-quatre ans.

– Et vous savez qu'il se réalisera. Dans un avenir plus ou moins proche, cette région du monde n'aura plus le même aspect. Les puissances se diviseront la dépouille turque. Face à cet enjeu énorme, l'Égypte n'a guère plus de poids qu'un grain de riz.

Ibrahim se leva soudain, le poing levé vers le ciel.

– Ah ! si seulement mon père m'avait écouté ! Depuis que je suis entré en Turquie, il n'a cessé de tergiverser ! Que d'ordres et de contrordres, que d'atermoiements. Voici plus d'un an que dure cette guerre, et aucune décision franche n'est intervenue ! J'ai toujours eu mon père à mes trousses pour freiner ma poussée victorieuse !

– C'est que, tandis que vous étiez en train de livrer vos combats, lui tentait de surmonter les embûches créées par la diplomatie européenne. Souvenez-vous de Navarin, Excellence.

– Mon père est un grand homme, Ricardo bey. Et je lui conserve toute mon admiration. Malheureusement, je constate qu'il a l'esprit trop analytique. Le fait accompli, c'est la seule forme d'action devant laquelle le monde s'inclinera toujours. Il ne fallait pas laisser le temps à l'Europe de réagir ! Il ne fallait pas !

Il balaya de sa main les tentes dispersées autour de lui.

– Voyez mon armée. Depuis que je suis condamné à rester sur mes positions, je n'ai plus les moyens de la nourrir. Ce pays est un désert ! Il n'y pousse que la pierre et la ronce ! Où sont les rives du Nil et ses champs verdoyants ?

Il se mit à arpenter la terre poussiéreuse d'un pas nerveux.

En le voyant ainsi, qui ressemblait à un félin frustré, Schéhérazade se dit qu'il faisait indiscutablement partie de cette race de conquérants qui, si on leur ouvrait le monde, iraient jusqu'au bout. Des hommes qui, à l'instar d'Alexandre ou de Gengis Khan, ne s'arrêtent que lorsqu'ils tombent.

Sous le ciel nocturne d'Anatolie, le temps semblait s'être figé. Finalement, le prince revint vers le couple et se laissa choir sur le sol, les jambes repliées sous lui.

– Parfait. Voici le message que je vais transmettre à mon père. Je me soumettrai à ses ordres. Pas un seul de mes soldats ne franchira les limites de Kutahia. Je ne prendrai pas Istanbul. Toutefois il est hors de question que je fasse demi-tour. En tout cas, pas avant d'obtenir des puissances qu'elles satisfassent mes revendications.

– Lesquelles, prince Ibrahim ?

– Du point de vue politique : l'indépendance de l'Égypte. Du point de vue territorial, j'exige les régions d'Alaïa et de Cilicie. C'est-à-dire toute la côte sud de l'Anatolie qui forme le complément de la Syrie, désormais partie intégrante de la nation égyptienne. J'exige aussi l'île de Chypre. Nous en ferons une station pour notre flotte, la gardienne vigilante des rives d'Anatolie et de la route des Indes. Pour finir, je demande le district d'Adana avec un port sur la mer, qui facilitera le transport du bois indispensable à la flotte.

Il fixa Mandrino.

Une expression amusée habitait les traits du Vénitien

– Que se passe-t-il ? s'irrita Ibrahim. Pourquoi ce sourire ?

– Parce que j'ai rarement vu une telle communauté d'esprit entre un père et son fils. Ce que vous venez d'énumérer n'est rien de plus que la liste des revendications déjà transmises par Sa Majesté aux grandes puissances. Pas un seul point n'en est absent. Pas un mot n'en diffère.

Schéhérazade fit remarquer au prince .

– Après tout, Monseigneur, vous n'êtes peut-être pas totalement dépourvu de cet esprit analytique que vous reprochiez à votre père.

Le ton enjoué sur lequel elle s'était exprimée n'échappa pas à son interlocuteur. Il riposta avec une pointe d'agacement.

– Que voulez-vous, sett Mandrino, la lionne n'enfante pas de mulet.

Il enchaîna à l'intention de Ricardo.

– Nous parlions de la position de la France. Croyez-vous qu'elle soutiendra nos exigences ?

– Je peux vous affirmer qu'à l'heure qu'il est, un

diplomate français, l'amiral Roussin, se trouve à Istanbul et se bat pour que l'Égypte conserve ses acquis.

Ibrahim plongea sa main dans la poche de son pantalon bouffant et fit jaillir un chapelet d'ivoire qu'il commença à égrener.

– Finalement, lorsque je fais le bilan, je me dis que la position de mon pays est l'une des plus difficiles qu'ait jamais connues une nation en cours de formation. Chaque fois qu'elle tente de conquérir son indépendance de haute lutte, qu'elle essaie de s'assurer l'alliance des puissances, celles-ci se regroupent comme un seul homme pour se dresser contre elle.

Il exhala un soupir qui ressemblait à un sanglot étouffé.

– Savez-vous comment tout cela finira ?

Il leva un visage douloureux vers le ciel étoilé.

– L'Égypte mourra...

*

Paris, mai 1833

De la fenêtre montaient le bruissement des fiacres et le claquement étouffé des sabots sur les pavés de la rue Cadet.

Judith Grégoire posa le linge humide sur le front de Corinne. Celle-ci voulut exprimer sa reconnaissance, mais les mots s'éteignirent au bord de ses lèvres desséchées par la fièvre.

– Il ne faut pas te fatiguer, chuchota Judith. Dors.

Dormir ? Non, surtout pas. Dans une brume ténue, elle entrevoyait à peine son amie penchée sur elle. Elle n'aurait probablement pas pu l'identifier s'il n'y avait eu cette voix familière. Bientôt deux semaines qu'elle était rongée par la maladie, qu'elle sentait son

278

corps juvénile se consumer, perdre de sa substance, glisser vers des abîmes sans fond.

C'était surtout les nuits qui se révélaient les plus éprouvantes. À peine le sommeil prenait-il possession d'elle qu'aussitôt surgissaient des fantômes grimaçants, des créatures difformes, auxquels elle tentait désespérément d'échapper, courant de toutes ses forces dans des forêts peuplées d'arbres décharnés qui dépliaient leurs branches sur son chemin comme s'ils avaient voulu s'emparer d'elle.

Dormir... Il fallait rester éveillée, surtout ne pas dormir.

Quelle était l'origine de ce mal qui était en train de la miner, avec cette ténacité des félins à l'affût de leur proie ? Même le Dr Ledoux, pourtant connu pour l'acuité de ses diagnostics, s'était montré impuissant à trouver une explication.

Un tremblement fit soudainement tressaillir ses épaules, tout son corps. Une quinte de toux la secoua. Elle eut l'impression qu'on lui arrachait les poumons.

– Ma pauvre chérie, dit Judith sur un ton compassé.

– C'est comment de mourir ?

– Non ! Chasse ces idées ! Tu verras que demain ça ira beaucoup mieux. Le docteur l'a dit.

Mais non, maman. Tu as tort. Je te le répète : le docteur m'a assuré que les choses étaient en bonne voie.

D'où venait que ces phrases se juxtaposaient ?

S'il est une chose que je regrette de tout mon cœur, c'est que tu n'aies pas eu la chance de connaître tes grands-parents. C'est triste... et j'en suis responsable.

Jamais la voix de Samira n'avait été si claire.

Elle sentait qu'elle s'endormait.

C'était étrange, il y avait du soleil dans ces images qu'elle entrevoyait. Une douce chaleur aussi. Une tendre sérénité. C'était peut-être cela, mourir.

Le vainqueur du plus vaste désert du monde parut lui tendre les bras. Il l'attendait comme un amant fidèle. Elle alla s'asseoir au plus près de la rive, indifférente à la terre argileuse qui souillait ses vêtements. Un sentiment de bien-être indescriptible envahissait toutes les fibres de son corps. Elle se dit qu'aucun doute, jamais, ne pourrait ébranler sa certitude : Elle était bien une fille du Nil.

*

Sous le plafond de toile, Schéhérazade frissonna contre le corps de son époux.

– J'ai froid, Ricardo.

Dans le lointain, jaillissant de la steppe anatolienne, on entendait des bruits étranges. Des sons qui n'avaient rien de commun avec ceux qui résonnaient sur le Delta ou le désert. Le battant qui refermait la tente fut secoué par une saute de vent glacial.

Ricardo entoura de ses bras le corps de Schéhérazade et la serra contre lui.

– Pardon. Pardon de t'avoir imposé ce voyage.

– On n'impose jamais rien. Si je suis ici, c'est parce que je l'ai voulu. Il n'y a que les faibles pour reporter sur les autres ce qui leur arrive. Suis-je faible, Ricardo Mandrino ?

Une nouvelle saute de vent dispersa le halo de lumière diffusé par la lampe à huile.

Elle demanda :

– Crois-tu, comme Ibrahim, que l'Égypte mourra ?

– Quelle réponse voudrais-tu entendre ?

Elle médita un moment, puis elle se détacha de son époux et souffla la mèche. Les ténèbres prirent alors possession de la dernière lueur qui scintillait encore sur la steppe.

Alexandrie, juin 1833

La salle à manger de l'hôtel Cecil n'avait pu conte-nir tout le monde, tant la curiosité soulevée par la conférence annoncée avait été grande. Il se pouvait aussi que la perspective de participer à un événement sortant de l'ordinaire ne fût pas étrangère à cet engouement. Pour la petite communauté européenne d'Alexandrie, les distractions étaient rares.

M. Mimaut et Ferdinand de Lesseps occupaient les premiers rangs. À leurs côtés se tenaient Linant et Joseph, ainsi que Giovanna. C'est sans chaleur qu'elle avait accepté d'accompagner son frère. Au reste, elle n'avait pas eu le choix. Depuis le départ de leurs parents pour la Turquie, Joseph s'acquittait avec zèle de son rôle de tuteur. Autour d'eux, dans un flam-boiement de tarbouches et de feutres, étaient réunis des diplomates, des agents consulaires, des drog-mans, ainsi que certaines personnalités proches de l'entourage de Mohammed Ali. Le petit monde alexandrin avait décidé de prêter l'oreille à ce groupe étrange qui, trois mois plus tôt, avait débarqué en Égypte.

Les saint-simoniens. C'est ainsi qu'ils se faisaient appeler.

Voilà près d'une demi-heure que l'orateur, un cer-tain Émile Barrault, avait commencé son discours. On l'écoutait, sinon avec passion, du moins avec un réel intérêt.

La tenue vestimentaire de l'individu et de ses compagnons avait déjà de quoi captiver l'attention. En dépit de la chaleur étouffante et de l'humidité de ce mois de juin, aucun des membres du groupe n'avait jugé utile de retirer sa veste bouffante, non plus que la grande écharpe qui ornait son cou. Même le béret enfoncé sur leur crâne paraissait rivé à jamais.

Giovanna étouffa un bâillement au moment où Barrault achevait de développer l'idée de l'organisation pacifique des travailleurs.

Elle jeta un coup d'œil distrait sur son frère et fut un peu surprise de lui découvrir une physionomie studieuse. Les visages autour d'elle traduisaient le même intérêt. Elle en conclut que quelque chose devait lui échapper dans cette avalanche de mots et de principes énoncés. Alors elle décida de faire un effort et retourna vers l'orateur.

Les minutes se succédèrent. Barrault aborda le thème de la Femme-Messie, le couple divin, et insensiblement, presque à son insu, Giovanna se sentit captivée à son tour.

Le discours terminé, des applaudissements courtois, mais non dépourvus de chaleur, saluèrent le saint-simonien.

– Qu'en pensez-vous ? s'enquit Mimaut tandis que l'assistance refluait vers la sortie.

– Intéressant, mais hélas, utopique, répliqua Joseph.

– Et vous, Ferdinand ? C'est aussi votre opinion ?

– À vrai dire, je suis incapable de me faire une idée précise. J'ai l'impression que ces gens sont porteurs d'une grande idée, mais que cette idée est noyée dans un fatras de croyances pour le moins incongrues.

– C'est bien mon avis, confirma Mimaut.

– Au risque de vous surprendre, intervint Linant, je pense malgré tout qu'il y a là les prémices d'une société nouvelle. Il va de soi que tout n'est pas à retenir dans les idées proposées. J'en veux pour exemple cette suggestion de remplacer le travail forcé obligatoire des fellahs par un surcroît d'impôts. Elle ne me paraît pas très sensée. Le mieux serait d'établir des principes de répartition équitable.

– Que voulez-vous dire par « équitable » ? s'informa Ferdinand.

– Traiter les paysans égyptiens comme s'ils étaient associés à l'œuvre commune. Partager le fruit des récoltes entre tous, selon le travail que chacun aura accompli.

– Allons, mon cher, rétorqua M. Mimaut, revenez sur terre. Ce que vous suggérez là rejoint l'utopie de ces messieurs. De toute façon, jamais Mohammed Ali ne concédera pareille chose !

– Il aurait tort ! lança Giovanna avec brusquerie. Je suis de l'avis de M. de Bellefonds. Faire bénéficier les fellahs de leur travail serait leur rendre justice. En se rendant maître de toutes les terres agricoles, notre souverain a fait de l'Égypte une grande ferme, dont il est le seul à tirer les bénéfices. Ne croyez-vous pas qu'il serait temps de remédier à cette situation ?

Quelque peu surpris par le ton soudainement passionné de la jeune fille, Mimaut se fit plus nuancé.

– Bien sûr, mademoiselle. Mais dans ce cas précis, il ne s'agirait pas de changement, mais d'un véritable bouleversement qui aurait pour conséquence une remise en cause de toute l'économie de votre pays.

– Nous en avons les moyens. Sinon, croyez-vous que le pacha aurait décliné les offres d'emprunt faites par les Rothschild et les banquiers qui, depuis des mois, cherchent à inaugurer en Égypte leur politique financière ? Savez-vous que le commerce avec l'étranger double tous les ans ? Et à notre avantage ? Rien que l'année passée l'Égypte a exporté pour plus de un million sept cent quarante mille livres, bien moins que le montant de ses importations. N'est-ce pas suffisant pour justifier un meilleur partage des richesses ?

Elle reprit son souffle.

– Notre peuple est nu, monsieur Mimaut. Un jour viendra où il faudra bien songer à le vêtir. Sinon, c'est lui qui nous déshabillera.

Lorsqu'elle se tut, ses lèvres tremblaient légèrement. Ses joues étaient empourprées et ses prunelles brillaient comme sous l'effet d'un feu intérieur.

Joseph, abasourdi, examinait sa sœur comme s'il découvrait une inconnue. Il ne comprenait pas. Tous les jugements qu'il avait jusqu'ici portés sur elle venaient de se fracasser d'un seul coup.

Il demanda d'une voix où transparaissait une note admirative :

– Giovanna... Mais d'où tiens-tu ces informations ? Ces chiffres ?

– Peut-être qu'il m'arrive d'écouter. Et de retenir.

Il bredouilla presque :

– Je... J'ignorais que tu t'intéressais à autre chose qu'à...

– Qu'à ma petite personne ?

Il fit « oui ».

– Tu as raison. Mais il m'arrive d'imaginer que l'Égypte, c'est aussi moi.

*

Ricardo se dressa brusquement sous la tente où l'aube avait commencé à sourdre. Il appuya ses paumes contre ses tempes qui battaient furieusement. Les élancements qui lui transperçaient le cerveau étaient insoutenables, au point qu'il faillit hurler. Il se mordit les lèvres. À force de comprimer son crâne, les jointures de ses doigts étaient devenues laiteuses. Un rat était en train de mordre sa chair, de ravager sa cervelle à coups de dents. Il plaqua une main contre son œil injecté de sang, certain que le globe oculaire allait fuser hors de son orbite. La sueur inondait sa peau. La souffrance atteignit un seuil d'une violence telle qu'il souhaita perdre conscience. La nausée occultait ses sens et rendait plus intolérable encore la torture infligée à son cerveau.

Puis, tout aussi soudainement que le mal avait surgi, il commença de s'estomper, se mit à refluer par vagues, par paliers. Jusqu'à toucher un seuil qui rendit la souffrance plus humaine.

Il prit la main de Schéhérazade. Elle dormait toujours

CHAPITRE 20

Alexandrie, palais de Ras el-Tine, mai 1833

– Toujours cent livres ! s'écria Saïd d'un air horrifié. Je n'ai perdu que six livres en cinq mois !

Le prince descendit de la balance et se laissa tomber sur un divan avec un air de vaincu.

Ferdinand essaya d'atténuer le désespoir du garçon.

– C'est toujours un mieux, Monseigneur. Imaginez que, malgré tous vos sacrifices, votre poids soit resté neutre ou, pis, que vous ayez grossi.

– C'est une véritable catastrophe, monsieur de Lesseps ! Mon père ne m'a-t-il pas fait promettre que pour mes onze ans je devais peser moins de quatre-vingt-dix livres ?

Il conclut d'une voix lugubre :

– C'est demain mon anniversaire.

– Ne vous inquiétez pas. J'assurerai à Sa Majesté que vous avez fait preuve d'une abnégation exemplaire. Je suis certain qu'il comprendra qu'à l'impossible nul n'est tenu.

– C'est mal connaître mon père, monsieur de Lesseps. Il ne comprend *que* l'impossible.

– Allons, Excellence. Le vice-roi n'est pas un bourreau. Vous êtes son enfant.

Saïd dodelina de la tête sans conviction.

– Certains jours il m'arrive de rêver que je suis l'enfant d'un fellah ou d'un quelconque homme du peuple. Ces gens ne sont pas aisés, mais je suis sûr qu'ils mangent à leur faim. Au fond, grossir, maigrir, ce sont là des soucis de riches. La nuit je rêve, monsieur de Lesseps – le jour aussi d'ailleurs. Je vois défiler des caravanes de friandises, de la konafa, des baklavas, du pain au miel... Et quand je sors de ma rêverie, c'est pour me rendre compte que la réalité est un cauchemar.

Il gémit.

– Ah ! si seulement j'étais fils de pauvre !

Ferdinand se sentit désarmé. Il était vrai que le désespoir de l'enfant était compréhensible. Avec le régime qu'on lui avait imposé il aurait dû maigrir d'au moins quinze livres. Or là...

– M'autorisez-vous à me retirer un moment, Excellence ? Je ne serai pas long.

Saïd grimaça avec indifférence.

– Faites, monsieur de Lesseps. Moi je vais dormir, dormir et rêver. Puisqu'il ne me reste plus que ça.

Et il s'écroula comme une masse parmi les coussins.

*

Paris, mai 1833

Judith surgit dans la chambre de Corinne. Elle était radieuse.

– Écoute-moi, j'ai une merveilleuse nouvelle à t'annoncer !

L'air perdu, la jeune fille se retourna sur le dos.

Dans son extrême faiblesse, rien au monde n'aurait pu égayer cet état d'épuisement où elle vivait depuis bientôt des semaines.

– Dis-moi...

Judith vint s'asseoir au bord du lit.

– Le Père Enfantin va être libéré !

– C'est bien.

– Comment ? C'est tout ?

– Que pourrais-je dire de plus ?

– Mille choses ! Bondir de joie, crier ton bonheur !

Corinne voulut se redresser sur l'oreiller, mais elle renonça, tant l'effort lui parut éprouvant.

– Alors ? insista Judith.

– Ce doit être, j'imagine, un grand soulagement pour les saint-simoniens. Et à quoi doit-on cette remise en liberté ?

– À l'occasion des Trois Glorieuses [1].

– C'est bien, répéta Corinne d'un air absent.

Au fond, que lui importait que le Père Enfantin soit libéré puisque cette libération ne changerait rien à la consomption qui la rongeait. Si encore on avait pu diagnostiquer l'origine du mal. « Phtisie, avait supputé le Dr Ledoux, ajoutant très vite : mais je ne pourrais être formel. »

Elle sentit la main de Judith qui emprisonnait la sienne.

– Ma pauvre chérie, tu ne saisis toujours pas en quoi cette nouvelle est merveilleuse ?

Corinne conserva le silence.

– L'Égypte...

– L'Égypte ?

– Tu ne te souviens donc plus ? Il y a quelques mois nc t'ai-je pas confié que le Père avait l'intention de se

1. Il semblerait que le roi ait vu d'un très bon œil le départ d'Enfantin pour l'Égypte ; non seulement parce qu'avec le chef suprême s'éloignaient un certain nombre de fauteurs de troubles, mais aussi parce qu'il approuvait le projet industriel des saint-simoniens. La sortie d'Enfantin pourrait avoir été discrètement préparée par des entretiens entre des intermédiaires du roi et l'ingénieur Henri Fournel.

rendre dans ce pays pour y entreprendre de grandes choses. Ne t'ai-je pas aussi rapporté son message : *Nous n'appelons aucune femme en particulier, mais nous regarderons toutes celles qui viendront à nous comme envoyées par Dieu même.*

À mesure que son amie parlait, la physionomie de Corinne se métamorphosait.

– Tu veux dire... que...

– Oui ! Tu pourras faire partie de ce voyage.

L'émotion faisait presque trembler ses lèvres. Elle sentait les battements de son cœur qui s'accéléraient.

– J'ai parlé de toi à Aglaé Saint-Hilaire, la compagne de notre chef. Je lui ai cité tes propos mot pour mot.

Judith adopta une moue complice avant d'enchaîner sur un ton récitatif :

– « Contribuer à l'émancipation de nos sœurs égyptiennes. » C'est bien ce que tu voulais ?

– Et... qu'a-t-elle répondu ?

– Qu'à son avis rien ne s'opposait à ce que tu les accompagnes.

– Oh, Judith... Je n'arrive pas à y croire... Je partirais donc pour l'Égypte ?

– *Nous* partirons. Car Georges et moi t'accompagnerons. Nous embarquerons dès que le Père aura quitté la prison de Sainte-Pélagie.

Corinne ferma les yeux, non à cause de son extrême fatigue mais parce qu'une voix familière était en train de chuchoter à son oreille.

– *Tu sais que j'ai une sœur... Tu n'as pas oublié son nom ?*

– *Comment aurais-je pu ? C'est un nom qu'on n'oublie pas : Schéhérazade.*

*

Dans le silence feutré de la salle du trône, le baron de Boislecomte conclut de sa voix rauque :

– Ainsi, Majesté, cette guerre s'achève à l'avantage de l'Égypte. Vous voilà maître du pachalik d'Acre, de Jérusalem, de Naplouse, de Tripoli, de Damas et d'Alep. Maître de la Palestine, de toute la Syrie et du district d'Adana tant convoité par votre fils. Mais, plus important encore, vous contrôlerez désormais les défilés du Taurus, ce qui vous protégera contre une éventuelle agression turque, et vous permettra même de prendre, le cas échéant, l'offensive contre la Porte. Avec l'occupation de ces défilés, c'est la clef de l'Anatolie qui est entre vos mains. Mais reconnaissons que nous avons frôlé un terrible drame.

Mohammed Ali répliqua :

– C'est exact, monsieur le Baron. Mais je tiens à préciser que nous n'en serions jamais arrivés là si l'Europe ne m'avait acculé dans une impasse. Savez-vous les propos qui m'ont été rapportés, sortis de la bouche même du sultan ? « Mohammed Ali ne sera jamais pour la Sublime Porte qu'un serpent qu'elle aura réchauffé dans son sein. » Un langage bien dur, pour un personnage que l'Égypte n'a eu de cesse de soutenir.

– Je sais, Sire. Mais aujourd'hui songez à l'avenir. La page est tournée.

Le pacha croisa les doigts sur son ventre.

– La page est tournée. Cependant, méfiez-vous, monsieur le Baron. Celle qui s'ouvre est d'ores et déjà maculée. En m'empêchant d'entrer dans la maison du sultan, vous avez laissé le portail béant. Les ennemis de la France ne vont pas tarder à s'y engouffrer.

– Vous voulez parler des Russes bien sûr.

– Pouvez-vous imaginer qu'ils vont se retirer du Bosphore sans contrepartie ? Leurs troupes campent à deux milles de celles d'Ibrahim. Dans le village d'Unkiar-Skelessi. Les généraux du tsar peuvent apercevoir au bout de leur longue-vue les coupoles de Sainte-Sophie. Retenez bien ce que je vous dis : ils ne repartiront pas les mains vides.

Le baron de Boislecomte aurait pu contester les propos de son interlocuteur, mais il n'en fit rien. Des rumeurs couraient déjà dans les milieux diplomatiques que la Russie et la Turquie étaient à la veille de signer un traité de défense mutuelle [1].

*

Les narines de Saïd frémirent comme sous l'effet d'un chatouillement tenace. Dans un premier temps, il se dit qu'il était toujours dans son rêve, mais devant la persistance de la sensation, il se redressa.

Ferdinand était penché sur lui, un plat de macaroni à la main.

– Bism Allah el-Rahman el-Rahim... Au nom d'Allah le Miséricordieux... Serais-je parvenu sans le savoir au jardin de l'Éden ?

– Pas encore, Monseigneur. Mais ce pourrait être l'entrée du chemin qui y mène.

1. Effectivement, le 8 juillet de la même année, la Russie et la Turquie signèrent le traité d'Unkiar-Skelessi (du nom de la position occupée par les troupes russes sur la rive asiatique du Bosphore), traité de défense mutelle qui devait durer huit ans, auquel était annexée une clause secrète. Cette clause (bientôt connue des autres puissances) faisait de la mer Noire un lac russe. Le tsar fournirait au sultan attaqué par une tierce puissance un concours armé, le sultan se bornerait, si la Russie était en guerre, à fermer les détroits au navires, empêchant ainsi une attaque en mer Noire. Ce traité visait à établir un protectorat russe sur l'Empire ottoman.

Saïd bondit, tout ébouriffé, et se mit à contempler le plat, avec béatitude.

– Des macaroni... Cinq mois que m'obsède cette vision. Cinq mois que par la pensée je vis la seconde magique où mon palais accueillera ce mets divin entre tous.

– Alors, ne vous faites plus languir, Excellence.

Le prince s'empara du plat avec l'appréhension du dormeur qui craint de voir s'évanouir un joli rêve. Il plongea sa fourchette et porta la première bouchée à ses lèvres.

– Dieu est Grand, murmura-t-il en déglutissant avec extase.

Ne se maîtrisant plus, il se jeta sur l'assiette. Il ne mangea plus, il dévora.

– Ferdinand, fit-il la bouche pleine, dis-moi si, de tous les plaisirs, la volupté de manger n'est pas le plus incomparable.

– Disons qu'il fait partie des joies de l'existence. Mais il en est d'autres tout aussi appréciables.

– Lesquels ?

– La liste est longue. Mais, sincèrement, croyez-vous qu'il soit l'heure de philosopher ?

Il insista.

– Cite-m'en un au hasard. Le premier qui te vienne à l'esprit.

Ferdinand réfléchit.

– Peut-être le dépassement de soi, Excellence.

Saïd fit des yeux ronds.

– Qu'est-ce que cela signifie ?

– Vous est-il déjà arrivé de faire des châteaux de sable ?

– Souvent. C'est même l'un de mes jeux favoris.

– À mesure que vous construisez votre château les vagues ne viennent-elles pas ronger les remparts ?

– Évidemment. Ce qui a toujours le don de me mettre en fureur

– Et vous abandonnez votre ouvrage

– C'est vrai. Mais avec d'aussi modestes moyens peut-on résister contre la puissance des vagues ?

– Le dépassement de soi consiste en cela.

– Lutter contre le rire moqueur des flots ? Mais nul ne le peut.

– C'est bien pourquoi celui qui y parvient est un homme rare. Il le devient plus encore le jour où, malgré la destruction de son œuvre, il est capable d'aller plus loin.

– Plus loin ? C'est-à-dire ?

– Vous avez évoqué le rire moqueur des flots. Il faudrait que cet homme puisse rire à son tour, mais d'un rire plus sonore encore, au point de couvrir celui des flots.

Le garçon passa une main dans ses mèches en désordre et resta songeur, fixant Ferdinand avec gravité.

– Il me semble que je vous ai ennuyé avec mes théories, fit le vice-consul.

– Pas du tout, Ferdinand.

Il demanda soudainement :

– Tu aimerais me voir rire ainsi ? Plus fort que l'orage et que tout le vacarme des tempêtes ?

– J'en serais heureux en effet.

Saïd se pencha à son oreille et chuchota :

– Encore un plat de macaroni... Rien qu'un seul.

*

Joseph emboîta le pas à Giovanna et ils entrèrent dans le cabinet du vice-roi. Mohammed Ali leur tournait le dos, l'œil rivé sur le fort de Qaytbay. Il mit quelques instants avant de se retourner.

– Installez-vous, mes enfants.

Tandis qu'ils obtempéraient, il enchaîna

– Je vous ai demandé de venir, car j'imagine que vous étiez impatients de recevoir des nouvelles de vos parents.

– C'est vrai, Sire. Voilà dix jours qu'ils sont partis, et nous commencions à nous poser des questions.

– Rassurez-vous. À cette heure ils doivent être sur le chemin du retour.

– Dieu soit loué.

Mohammed Ali saisit une feuille qu'il confia à Joseph.

– C'est un mot de votre père. Prenez connaissance du paragraphe qui vous concerne. Vous le trouverez au bas de la page. Le reste se rapporte à nos affaires politiques.

... Avant de vous quitter, je prierai Votre Majesté de bien vouloir prévenir nos enfants que nous sommes en bonne santé et qu'au moment où vous recevrez cette lettre, nous serons – Inch Allah – à trois jours du Caire. Qu'ils sachent qu'ils nous manquent, et qu'à la seule pensée de les revoir nous oublions les fatigues du voyage.

Je veux espérer que Joseph a bien veillé sur sa sœur et que celle-ci n'a pas trop rechigné à subir cette tutelle.

Schéhérazade se joint à moi pour leur dire notre amour. Il ne s'est pas passé un seul jour sans que leurs noms ne soient au bord de nos lèvres...

La suite était à nouveau réservée au vice-roi. Un post-scriptum concluait la lettre.

P.-S. *Pardonnez-moi, Sire, d'abuser de votre temps ; mais je vous saurais gré de dire à*

*Giovanna qu'il y a peu j'ai pris une décision
qui la concerne. En effet, j'ai estimé que
l'heure était venue qu'un membre de la
famille, autre que Schéhérazade et moi-même,
s'intéressât aux plantations de coton de la
ferme aux Roses. Or, Joseph ne vivant que
pour l'isthme de Suez et ses travaux hydrauliques, qui, sinon Giovanna, serait le plus
apte à reprendre le flambeau et devenir le gardien de la terre sacrée de ses grands-parents ?
Personne ne pourrait tenir ce rôle avec plus
d'honneur et de courage qu'elle.*

Sa lecture achevée, Joseph restitua la lettre au
pacha et se retourna en souriant vers sa sœur.

– Ainsi, te voilà intronisée reine de la ferme aux
Roses...

Giovanna, abasourdie, ne trouva rien à répondre.

– Je crois que votre père a raison d'évoquer cet
héritage. Après tout, votre famille est la seule de toute
l'Égypte à posséder une terre agricole. Ce qui représente une grande fortune.

Un éclat furtif traversa les prunelles de Giovanna.

– Auriez-vous l'intention d'apporter un changement à cette situation ?

– Dieu m'en garde, fille de Mandrino ! J'aurais trop
peur du mauvais œil !

– D'autant que si je me réfère à cette lettre, ce n'est
plus à ma mère que vous aurez affaire, mais à moi.

Mohammed Ali soupira.

– Dire que l'on me croit le tout-puissant vice-roi
d'Égypte ! Heureusement qu'aucune oreille étrangère
n'assiste à cette conversation, sinon je ne donnerais
pas cher de mon trône !

Il retrouva un ton plus sérieux pour s'adresser à
Joseph.

– Ton père a évoqué ce projet de canal. Qu'en est-il ?

– Dans peu de temps Linant et moi serons en mesure de vous remettre un rapport détaillé. Vous aurez alors tout loisir de prendre votre décision. À ce propos, s'il me souvient bien, je vous avais fait part du grand intérêt que M. de Lesseps manifestait pour cette entreprise et du soutien qu'il souhaiterait nous apporter. Verriez-vous un inconvénient à ce qu'il se joigne à notre prochaine réunion ?

– Aucunement. J'avais pour le vice-consul un sentiment d'amitié. Depuis peu, il a aussi ma gratitude. Grâce à lui, mon fils aîné semble retrouver un poids raisonnable. Pas assez vite à mon gré, mais suffisamment pour que j'y reconnaisse un effort louable.

– Vous parlez sans doute du prince Saïd, dit Giovanna.

– Oui.

– Puis-je vous poser une question, Sire ? En quoi cela vous dérangerait-il si votre héritier avait quelques livres en trop ? Estimez-vous que c'est à sa maigreur que l'on reconnaît un grand roi ?

– Entre maigreur et obésité, il y a autant de différence qu'entre une gazelle et un hippopotame. Rester mince sous-entend que l'on se force à une discipline. Et la discipline est la qualité première d'un futur roi !

– Saïd n'a rien d'un hippopotame !

– Qu'en sais-tu ? L'as-tu jamais vu ?

– Bien sûr. Et cette rencontre me fut pénible.

Le pacha haussa les sourcils.

– Le spectacle d'un enfant à qui l'on impose d'escalader un mât au risque de se casser le cou m'est apparu comme étant inhumain, pour ne pas dire monstrueux !

Mohammed Ali s'empourpra.

– Fille de Mandrino, insinuerais-tu que je veuille du mal à mon propre fils ?

– Bien sûr que non, Majesté. Mais vous pourriez peut-être faire preuve de mansuétude. Si un matin on devait vous ramener Saïd en morceaux, l'Égypte serait privée d'un roi. Pour vous qui rêvez de confier ce pays à votre descendance, reconnaissez qu'il serait bien navrant de perdre l'un de ses membres pour une banale histoire de poids.

Cette dernière remarque dut toucher le pacha en plein cœur, car il prit appui sur le dossier du siège le plus proche comme s'il allait défaillir.

– Quel âge as-tu ? demanda-t-il avec brusquerie.

– Je vais avoir vingt-deux ans dans quelques semaines.

– Tu es précoce... Ta mère était alors âgée de trente et un ans lorsqu'elle a fait irruption dans mon palais, une nuit de printemps. Et déjà je la trouvais arrogante !

Si la jeune fille avait cru n'être pas allée trop loin, la dernière remarque du vice-roi venait de lui prouver le contraire.

Mohammed Ali posa un œil noir sur Joseph.

Comprenant qu'il valait mieux se retirer, il empoigna le bras de sa sœur et l'invita à se lever.

– Au revoir, Majesté, risqua-t-elle timidement.

Il n'y eut pas de réponse.

CHAPITRE 21

Alexandrie, juin 1833

Sur ordre des frères Vianello, propriétaires du *Principe Ereditario*, Giuseppe Garibaldi [1], second à bord, fit hisser la bannière des saint-simoniens alors que le navire entrait dans le port d'Alexandrie. Les trois bandes horizontales, blanche, violette et rouge claquèrent dans l'azur égyptien.

Prosper Enfantin contempla, ému, ces trois couleurs qui représentaient les principes de son mouvement : le blanc pour l'amour, le violet pour la foi, le rouge pour le travail. Le dessein qu'il avait conçu quelques mois plus tôt dans sa cellule de Sainte-Pélagie était en train de se réaliser. Il plaça sa main en visière pour se protéger de la luminosité et fixa l'est, l'est où sommeillait l'isthme de Suez.

Sans se retourner, il demanda à ses apôtres – huit en tout, parmi lesquels l'ingénieur Henri Fournel, Charles Lambert et Paulin Talabot, et Suzanne Voilquin :

– Croyez-vous aux coïncidences ?

1. Il s'agissait bien de l'homme politique italien. Contraint à l'exil par Mazzini, il était entré dans la marine sarde, et ne devait regagner l'Italie qu'en 1848.

Il poursuivit sur sa lancée :

– Nous sommes le 1er novembre [1]. Est-ce que cette date ne vous rappelle rien ?

– Dans notre calendrier, ce jour est consacré à notre père fondateur.

– N'est-il pas curieux que notre arrivée ait lieu un jour comme celui-là ? Plus curieux encore : nous sommes un vendredi. Pour les mahométans c'est le jour du Seigneur.

– Un signe de plus..., dit Lambert. À présent, qui pourrait douter de l'aspect divin de notre mission ?

La ville se rapprochait à vue d'œil et l'on distinguait de plus en plus nettement le décor et les silhouettes allant et venant dans la lumière dorée. On n'allait plus tarder à mettre les chaloupes à la mer.

– Ça y est ! s'écria Fournel. Je les vois ! Voici Barrault !

– Là, je reconnais Cayol !

– À ses côtés, n'est-ce pas Félicien David ?

Le petit groupe s'était accoudé au bastingage, rivalisant pour reconnaître les compagnons qui les avaient devancés en terre d'Égypte.

Le cœur rempli d'allégresse, Judith Grégoire entoura l'épaule de sa voisine.

– C'est ici que tout commence.

Corinne Chédid, la gorge nouée, voulut répondre, mais n'y parvint pas.

Aucun mot n'aurait pu exprimer son émotion. Les parfums iodés qui l'enveloppaient, les senteurs d'épices et de sable chaud, c'était comme si rien ne lui était inconnu. Ici avait vécu sa mère un demi-siècle

---

1. Les saint-simoniens se fondaient sur un calendrier qui leur était propre, essentiellement établi sur le soleil et la lune, symboles mâle et femelle. Chaque jour, chaque semaine, chaque mois commémorait un fait (masculin) important.

plus tôt ; c'est dans ces venelles poudreuses qu'elle avait grandi.

Aujourd'hui 1er novembre, elle fêtait ses vingt-sept ans. Cette coïncidence-là effaçait toutes les autres.

– Signora e signori, annonça le dénommé Garibaldi d'une voix chantante, siamo pronti... Si vous voulez bien me suivre.

Corinne empoigna sa petite valise, l'œil toujours braqué sur Alexandrie.

*

Assis dans la cuisine, Ricardo repoussa en grimaçant le plat de fèves que venait de lui servir la servante et se versa une deuxième tasse de moka.

Hormis les allées et venues de Khadija, rien ne troublait le silence tranquille qui régnait dans la maison. Joseph était à Alexandrie. Giovanna et Schéhérazade dormaient encore.

À travers la fenêtre on apercevait les premiers rayons de l'aube qui chassaient les ténèbres du jardin et le recouvraient progressivement d'un rose tendre.

– Vous ne mangez pas, Mandrino bey ? s'étonna Khadija en découvrant l'assiette de fèves toujours intacte.

– Je n'ai pas beaucoup d'appétit ce matin.

– Vous auriez peut-être préféré que je vous prépare autre chose ? Des œufs par exemple ?

Mandrino refusa.

– Vous n'êtes pas malade au moins ?

– J'ai seulement besoin de reprendre mes esprits et d'oublier les steppes turques.

– Mon bey, a-t-on idée aussi de voyager si loin ? Ces gens sont des barbares !

Ricardo n'avait pas l'esprit à disserter. Pour l'heure, une seule chose le préoccupait. La veille, alors qu'il venait à peine de s'endormir, l'effroyable douleur déjà ressentie en Turquie avait resurgi. Comme la première fois il avait cru mourir. Il en était certain maintenant, cela n'avait rien à voir avec un banal mal de tête. Il s'agissait d'autre chose. Peut-être fallait-il en parler au Dr Clot ? Le médecin français pourrait lui fournir une explication. À peine cette idée eut-elle germé qu'il la rejeta aussitôt. Il avait toujours eu en horreur tout ce qui de près ou de loin avait trait à la maladie. Consulter un médecin, c'était déjà s'avouer en état de faiblesse. Après tout, ces deux crises ne signifiaient rien, sinon que ce dernier voyage avait été plus éprouvant qu'il ne s'en serait douté, et que le corps avait ses limites.

– *Mes cheveux ont blanchi, le temps a creusé mes traits, mon regard est moins bleu. Mais ne t'inquiète pas. Je suis aussi solide que les pyramides.*

Et s'il s'était trompé ?

– Bonjour, papa !

La voix de Giovanna lui évita de réfléchir plus avant.

– Tu es bien matinal aujourd'hui.

Il répliqua comme par jeu :

– Que veux-tu ? Il paraît que les vieillards ont de moins en moins besoin de sommeil.

Elle haussa les épaules et se dirigea vers le petit placard où était rangée la vaisselle.

– Le jour où tu seras un vieillard, Mohammed Ali épousera une Anglaise.

La comparaison le surprit tellement qu'il partit d'un éclat de rire.

– La prochaine fois que je verrai le vice-roi, je lui ferai part de ton allusion. Je suis certain qu'il appréciera.

– Pas si tu lui en révèles l'auteur. J'ai l'impression qu'il y a comme un froid entre lui et moi.

Elle acheva de se verser un verre de lait et vint s'asseoir en face de son père.

– Je lui ai parlé de Saïd. Est-ce que tu savais qu'il forçait ce malheureux enfant à monter au sommet des mâts dans le seul but de lui faire perdre du poids ?

– J'ai en effet entendu parler de cette histoire, mais j'ai toujours cru qu'il s'agissait de ragots.

– C'est la stricte vérité. Tu aurais dû voir Saïd comme je l'ai vu pour comprendre quelle torture cet exercice représentait pour lui. Alors, je me suis permis de plaider sa cause auprès du pacha.

À l'étonnement de Ricardo avait succédé l'appréhension.

– Tu n'es pas allée trop loin j'espère ?

– Je lui ai dit que ce n'était pas à sa maigreur qu'on reconnaissait la grandeur d'un roi. Si c'était le cas, Mohammed Ali eût été un piètre souverain car il est loin, n'est-ce pas, d'être filiforme. Et je lui ai fait observer que si un matin on lui ramenait Saïd en morceaux, il priverait l'Égypte d'un héritier au trône. N'est-ce pas la vérité ?

Le visage de Ricardo s'assombrit.

– Il est des vérités qui ne sont pas toujours bonnes à dire. Surtout lorsque l'on s'adresse à un souverain.

– C'est toi, mon père, qui parles ainsi ? Depuis que je suis toute petite je ne t'ai jamais vu agir autrement qu'en disant tout haut ce que les autres n'osaient pas.

– Et si j'avais été inconscient ? Si ton père était fou ?

– Ce serait dommage...

Elle contempla rêveusement le verre de lait et demanda :

– Es-tu toujours d'accord pour que nous allions à la ferme aux Roses ?

– Oui. À moins que tu ne le désires plus.

La réponse fusa sans la moindre hésitation.

– Je le veux plus que tout au monde.

– Je pars tout à l'heure pour Alexandrie pour rencontrer le vice-roi. Je ne pense pas m'absenter plus d'une huitaine de jours. Dès mon retour, nous ferons ce voyage.

Un bruit de pas résonna dans la maison. Schéhérazade avait dû s'éveiller. Ricardo but la dernière gorgée de café et se leva.

– Je vais aller me préparer.

Alors qu'il se dirigeait vers le seuil, Giovanna l'apostropha.

– Papa ?

Il fit volte-face.

– Merci.

– Pour quoi ?

– Pour la ferme aux Roses...

– Je te l'ai dit : qui sinon toi pourrait devenir le gardien de cette terre ?

Une expression enjouée illumina le visage de la jeune fille.

– Malgré ma folie ?

– Il est trop tard pour refaire ton éducation.

Il grommela en repartant :

– Ou celle de ton père...

*

Alexandrie, juin 1833,
résidence du consul général de France

– Je ne voudrais pas me montrer pessimiste, monsieur Enfantin, mais je crains que l'emploi du temps de Sa Majesté ne soit très chargé en ce moment. Par conséquent, l'espoir d'obtenir une audience est mince.

Le chef des saint-simoniens insista avec force.

– Je n'en doute pas. Mais il y va de l'avenir de l'Égypte. De l'Égypte, et aussi du monde.

L'exagération arracha un petit sourire intérieur à Mimaut. Il examina une nouvelle fois les notes qu'il avait prises avant l'entrevue.

> *Marie, Jérôme, Henri Fournel. Ingénieur, ancien étudiant à l'École des mines, dirigea pendant quatre ans l'usine de Brousseval en Haute-Marne, puis des Forges du Creusot.*
>
> *Charles Lambert. Boursier au collège de Douai, entré à l'École polytechnique en 1822, en sortit en 1824, premier de sa promotion.*
>
> *Thomas Urbain Appoline, dit Urbain. Né en Guyane. Bonnes études au lycée secondaire de Marseille.*
>
> *Émile Barrault. Professeur de lettres au collège de Sorèze. Auteur de nombreux essais sur l'Orient.*

En ajoutant à ces noms celui de Prosper Enfantin, force était de reconnaître que ces hommes n'étaient pas les premiers venus. Relevant le nez de son document, Mimaut interrogea Ferdinand de Lesseps.

– Qu'en pensez-vous ? Y a-t-il une possibilité de convaincre Sa Majesté ?

– M'autorisez-vous à être franc ?

Sur un signe d'encouragement, il reprit à l'intention de leurs visiteurs :

– Messieurs, sans vouloir vous offenser, vous conviendrez que la réputation de votre mouvement – liée probablement à vos thèses politiques et morales – sème le trouble dans les esprits. L'intermède d'Istanbul est là pour en témoigner. À quoi est venue se greffer cette embarrassante affaire d'argent. Certains de vos camarades qui vous ont précédés en Égypte, affichent une fâcheuse propension à solliciter auprès des résidents français des aides financières pour payer leurs dettes. Pour employer une expression triviale, vous passez un peu pour des parasites.

Les cinq membres du groupe échangèrent des regards offusqués.

– Vous parlez sans doute de Casimir Cayol ? suggéra Thomas Urbain.

– Les noms n'ont pas d'importance. Seuls comptent les faits.

– Que voulez-vous, monsieur de Lesseps, plaida Enfantin, en attendant de pouvoir subvenir à leurs besoins, nos frères n'ont d'autre choix que de faire appel à la générosité de leurs compatriotes.

– Reconnaissez tout de même que c'est fort gênant.

– Ce n'est pas tout, surenchérit Mimaut. Il y a eu aussi cet incident lié à une dame anglaise. Une certaine lady Stan...

Il parut chercher le nom.

– Stanhope [1], compléta Barrault. Oui, mais là notre démarche n'avait rien de condamnable. Nous avons rencontré cette personne au Liban dans un but purement désintéressé. La rumeur courait que lady Stanhope aurait eu la vision d'un messie féminin. Vous l'ignorez peut-être, mais notre quête de la Mère...

– Émile ! coupa sèchement Enfantin, nous dévions du sujet.

1. Fille du comte Charles Stanhope, elle partit pour l'Orient et s'établit en 1814 au Liban, au sein de la communauté druze où elle était vénérée comme une sorte de prophétesse. Mécène, amoureuse des arts, elle accueillit de nombreux visiteurs, parmi lesquels certains saint-simoniens et... Lamartine ; elle mourut en 1839 à Saïda dans le dénuement.

Mimaut conclut tout de même :

– Avant de fermer la parenthèse, je vous rappellerai que M. Urbain, ici présent, a obtenu de la dame en question un drogman, des provisions, des montures, et un don de cinq cents piastres pour chacun de ses compagnons.

Urbain réagit, piqué au vif.

– Vous n'allez tout de même pas reprocher à cette dame sa générosité !

Enfantin eut du mal à contenir un geste d'agacement.

– C'est le passé, monsieur le Consul. Pour ce qui est de l'avenir, je puis vous assurer que nous avons la ferme intention de trouver des emplois, si humbles soient-ils, qui nous permettront de gagner notre vie.

– Parfait. À présent, si vous nous donniez un aperçu de ces projets qui intéressent, si j'ai bien saisi, « l'avenir de l'Égypte » ? Cela nous permettrait de mieux défendre votre cause auprès du vice-roi.

Comme s'il n'avait attendu que ce moment, Enfantin répondit avec enthousiasme.

– En vérité, nos projets sont aussi riches que nous sommes démunis. Il en est deux qui nous tiennent particulièrement à cœur. Je pense que la personne la plus qualifiée pour vous les exposer est notre frère, Henri Fournel. Aussi, je lui cède la parole.

L'ingénieur remercia.

– Tout d'abord, il y a le chemin de fer. L'Égypte en est démunie. Nous avons pensé qu'une première voie pourrait relier Le Caire à Suez. Une opération dont le coût serait relativement bas. L'Égypte étant un pays plat, nous n'aurions pas à entreprendre d'imposants travaux de nivellement. De plus, nous n'aurions pas à redouter les procès inhérents à ce genre d'affaire et qui sont habituellement intentés par les propriétaires terriens. Vous le savez, il n'en existe pas dans ce pays.

Il se tut avant d'annoncer :

– Le second projet consiste en un canal. Un canal qui relierait les deux mers.

Lesseps réprima un sursaut

– Un canal ?

– Absolument, répondit Enfantin. Dans la région de l'isthme de Suez. L'un d'entre vous a-t-il lu la *Description de l'Égypte* ?

Essayant de maîtriser leur surprise, Mimaut et Ferdinand firent « oui » de concert.

– Par conséquent, vous avez dû naturellement prendre connaissance du mémoire de Le Père. Il évoque l'idée de réunir la mer Rouge à la Méditerranée. C'est ce rêve que nous voulons réaliser. Oui, monsieur de Lesseps. Un canal.

Maintenant, Mimaut comprenait mieux la grandiloquence dont avait usé Enfantin au début de l'entrevue.

– C'est absolument étonnant, rétorqua Ferdinand. Me croiriez-vous si je vous disais que depuis mon arrivée en Égypte il ne se passe pas un seul jour sans que le canal de Suez n'occupe mes pensées ? Et pas seulement les miennes. Ici même, j'ai rencontré deux hommes que le sujet passionne tout autant.

Enfantin se fit plus attentif.

– Qui sont-ils ?

– Le premier est français et s'appelle Linant de Bellefonds. Il est ingénieur hydrographe à la cour. Le second est égyptien. Ingénieur lui aussi. Joseph Mandrino. Son père est le conseiller le plus écouté du vice-roi. Nous avons déjà évoqué la possibilité avec M. Mimaut d'intéresser la France à l'entreprise.

– Mais c'est passionnant ! s'écria le saint-simonien avec exaltation.

Et de poursuivre sur un rythme fiévreux.

– Il faut absolument que nous les rencontrions !

Comment peut-on faire ? Pourriez-vous arranger un rendez-vous ?

– C'est tout à fait possible.

Enfantin se leva, en proie à une vive excitation, et lança à ses compagnons :

– Ne vous avais-je pas dit que c'est en Suez que repose la clé de notre avenir ! Suez et l'Égypte ?

Lesseps s'enquit :

– Monsieur Enfantin, avez-vous déjà entrepris une étude du projet ?

– Parfaitement. Nos ingénieurs, parmi lesquels M. Talabot et M. Fournel, ont même élaboré un tracé.

Enfantin revint vers Mimaut.

– Monsieur le Consul, ne pensez-vous pas que vous possédez suffisamment d'éléments pour convaincre le pacha de nous accorder cette entrevue ? M. de Lesseps lui-même ne vient-il pas d'exprimer votre propre intérêt pour ce canal ? Il suffirait de réunir nos volontés pour que s'accomplissent ces grandes choses.

– Je vous promets que je ferai tout ce qui est en mon pouvoir pour que vous rencontriez Mohammed Ali. Je vous demanderai seulement d'être patients. Le pays sort à peine d'un conflit tumultueux. Et bien que la paix ait été signée, la tension reste encore vive dans l'esprit du vice-roi. En attendant, j'aimerais vous offrir l'hospitalité. J'ai cru comprendre que vous étiez descendus à la pension des frères Pastre ?

– En effet.

– Tant que vous ne serez pas en fonds, je vous propose de venir habiter ici. La résidence est vaste, bien trop vaste pour M. de Lesseps et moi. Nous disposons de suffisamment de place pour accueillir cinq personnes.

Lambert rectifia :

– Je vous demande pardon, monsieur le Consul, mais nous sommes huit. Trois femmes font aussi partie du groupe.

– Vous m'en voyez ravi. Le charme des Euro péennes est plutôt rare à Alexandrie.

– Je leur céderai ma chambre, proposa spontané ment Lesseps. Les femmes attachent plus d'importance que nous aux choses du confort.

– C'est infiniment aimable de votre part, remercia Enfantin. Je suis très touché. Mais êtes-vous sûr que nous ne vous dérangerons pas ?

– Puisque je vous le propose.

– Eh bien, nous acceptons avec joie. En échange je vous promets que nous ferons de notre mieux pour que notre séjour soit le plus court possible.

Se tournant vers Lesseps, il s'enquit :

– Serait-il possible de rencontrer ces deux ingénieurs dont vous avez parlé il y a un instant ?

– Dès demain si vous le voulez. J'ai rendez-vous avec eux ici même, à onze heures.

– C'est parfait ! Ainsi nous aurons tout loisir d'évoquer ce rêve qui nous tient tant à cœur.

Sur un signe de leur chef, les saint-simoniens se levèrent.

– Avec votre permission, nous allons chercher nos bagages.

À peine le groupe se fut-il retiré que Mimaut murmura d'une voix pensive :

– Un canal... Croyez-vous au destin, monsieur de Lesseps ?

Sur le chemin qui menait à la pension des frères Pastre, le Père laissa libre cours à sa joie.

– La route s'ouvre à nous, mes frères ! Et elle sera royale !

Les disciples approuvèrent. Seul Barrault n'eut pas l'air de partager totalement leur allégresse.

– Père, dit-il, hésitant, tout cela semble très prometteur, mais... la Mère ? La Femme-Messie, votre moitié divine... que devient notre quête ? L'entreprise matérielle compte certes, mais nos aspirations spirituelles ?

— J'y ai mûrement réfléchi, Émile. Bien plus que tu ne peux l'imaginer. Je suis arrivé à une conclusion. Au cours de la traversée, une vision m'est apparue. Une vision imprécise, qui, je le reconnais, m'a posé des problèmes tant par sa complexité que par les contradictions qu'elle implique.

Le disciple s'immobilisa, tendu comme un arc.

— Te souviens-tu du jour où nous avons évoqué pour la première fois les desseins de notre défunt maître, le comte de Saint-Simon ? C'était dans ma cellule à Sainte-Pélagie. Ce jour-là, nous t'avons parlé de la Mère, du canal de Suez, mais aussi de Panama. Je vous avais confié qu'en 1783 Saint-Simon avait suggéré au vice-roi du Mexique le creusement de l'isthme pour faire communiquer les deux océans.

— C'est exact.

— Eh bien, dans ma vision, il m'est apparu clairement que c'est en Amérique centrale et non point en Orient que nous trouverons l'Épouse.

— En Amérique centrale ? !

— Oui, Barrault. À Panama.

— C'est... c'est tout à fait inattendu.

Enfantin pointa un index péremptoire sur le thorax de son disciple.

— Seul l'homme de peu de foi s'étonne des mystères ! Pas vous, Émile.

Il adopta un air pensif.

— C'est là-bas qu'il te faudra aller. Et tu nous y attendras.

Barrault était complètement secoué.

— Pardonnez-moi, mais j'ai du mal à saisir le sens de votre vision et...

— Je suis formel !

Il scanda.

– Pa-na-ma ! Tu partiras dès que nous aurons trouvé les moyens de te fournir un passage.

Enfantin saisit le bras de Barrault avec vigueur.

– Ah, mon frère ! Comme je t'envie de pouvoir accomplir une si noble tâche [1] !

---

1. S'il fut effectivement « conseillé » à Barrault de partir pour Panama (lettre du 8 août, fonds Enfantin, Ms 7 619, ff. 2-4) c'est qu'Enfantin avait très vite pressenti le danger que pouvait représenter l'exaltation mystique de son disciple et les conséquences néfastes qui pouvaient en découler. Finalement Barrault ne partit pas pour Panama, mais pour l'Algérie où il fonda une colonie agricole dans l'Atlas. Il y fut élu député à l'Assemblée législative.

CHAPITRE 22

Alexandrie, juin 1833

De la fenêtre du consulat, Corinne pouvait apercevoir une partie de l'arsenal, un navire en construction qui, emprisonné dans sa gangue de bois, faisait songer au squelette d'une baleine géante.

Sur la gauche se découpait un somptueux édifice. Le palais du vice-roi, lui avait-on dit. La vue embrassait la mer, les plages de sable. Sur la droite, en bordure de la ville, la colonne dite « de Pompée » se dressait vers le ciel.

Depuis son arrivée, elle avait l'impression de vivre un rêve. Elle n'était étonnée de rien et émerveillée de tout. La misère seule la heurtait. Celle de ces hommes, la peau tannée par le soleil, dont il se dégageait quelque chose d'indicible qui ressemblait à une abnégation servile et à une forme de révolte trop timide pour pouvoir jamais s'exprimer.

Mais elle se sentait bien. Comme un animal qui retrouve son territoire, à des riens, à des sons, à des odeurs.

Elle fut tirée de sa songerie par Judith et Suzanne Voilquin qui entraient dans la pièce.

– Alors... tu n'es toujours pas lassée de cette vue ?

– Au contraire. Chaque heure qui passe me laisse sur ma faim.

Suzanne s'avança jusqu'à la fenêtre.

– Il y a tant à faire dans ce pays. Tant de pauvreté à soulager.

– J'étais justement en train d'y penser. C'est d'une grande tristesse.

– Depuis une semaine que nous sommes ici, j'ai été frappée de voir combien le dogme de la fatalité a puissance sur ce peuple. Rien n'égale sa profonde résignation. Lorsque les mots sacramentels, « Allah karim, Il est Miséricordieux » sont prononcés, tout est dit. Le pauvre fellah a faim, il a soif, il perd un enfant : Dieu le veut. Allah karim. C'est pourquoi nous devons aider ces gens. Il le faut. Notre devoir est de les tirer hors du malheur et de soulager leur peine.

L'accent de vérité qui se dégageait des propos de sa compagne confirma à Corinne combien elle s'était trompée sur Suzanne Voilquin. Lorsque quelques mois plus tôt elle avait découvert qu'elle était la maîtresse de Lambert, sa première réaction avait été de la condamner. Depuis, et surtout au cours de la traversée, elle avait appris à mieux connaître le personnage. Il était tendre, et surtout d'une générosité rare.

Suzanne poursuivait.

– J'ai appris que tout ce qui touche à la santé était géré par un Français, un certain Dr Clot. Il aurait même fondé un hôpital et une faculté de médecine. Je me suis dit que nous pouvions peut-être lui proposer nos services. Je suppose que les aides-soignantes sont rares dans ce pays. Peut-être même sont-elles inexistantes. Qu'en pensez-vous ?

– C'est une excellente idée, reconnut Judith.

– Absolument, confirma Corinne. Je serai enchantée de te seconder dans ta démarche. J'aurai enfin l'impression de servir.

– J'en parlerai donc à M. de Lesseps. C'est un homme exquis. Il n'est qu'à voir avec quelle générosité il nous a cédé sa chambre. Je suis persuadée qu'il nous aidera à rencontrer le Dr Clot.

– Pourquoi ne pas lui en parler tout de suite ?

– Figure-toi que c'était mon intention. Mais en ce moment il est en réunion avec le Père et des ingénieurs égyptiens.

– Eh bien, nous guetterons le départ de ces messieurs.

Elle posa ses mains sur le rebord de la fenêtre et respira à pleins poumons l'air marin.

– Dieu que cela nous change de la grisaille de Paris. Je crois que je n'aurai jamais assez de ce ciel bleu...

– J'y pense ! Mais tu dois avoir de la famille ici ? N'aimerais-tu pas essayer de les retrouver ?

Elle échangea un coup d'œil complice avec Judith.

Si elle aimerait ? Depuis son départ de Marseille elle n'avait vécu que dans cet espoir.

*

Au-dessus de la chambre des deux jeunes femmes, dans le bureau du consul général, Joseph pointa son index sur la carte de l'isthme.

– Ce serait donc entre le grand lac Amer et le lac Timsah que s'effectuerait la deuxième jonction. Ensuite nous avons envisagé une troisième artère qui franchirait le plateau d'el-Perdan, jusqu'à l'est du lac Menzaleh et la Méditerranée.

Henri Fournel et Enfantin écoutaient les explications avec une attention soutenue.

À leurs côtés, Linant de Bellefonds triturait un chapelet avec la nervosité de l'étudiant face à ses examinateurs. Décidément, les années avaient beau passer, il ne cesserait jamais d'être impressionné par ces hommes sortis des grandes écoles. Il s'en voulait pour cette fragilité.

Il jeta un coup d'œil vers Ferdinand et fut frappé par sa sérénité. Elle contrastait tellement avec son tourment intérieur à lui !

Lorsque enfin Joseph acheva son exposé, Fournel prit immédiatement la parole.

– Messieurs, laissez-moi vous dire combien je suis admiratif devant le travail que vous avez accompli. Nous avions, il est vrai, envisagé un tout autre tracé. Indirect celui-là : il partait de la pointe nord de la mer Rouge, à hauteur des ruines de Qolsum, et il se dénouait vers l'ouest, en passant par Boulak, le port-faubourg du Caire pour remonter jusqu'à Alexandrie en longeant le lac Maréotis. Mais je reconnais que votre idée est bien plus séduisante.

Linant se sentait libéré d'un énorme poids. Il avait craint que ces polytechniciens ne trouvent dans son étude matière à se gausser. Maintenant restait à leur prouver que leur projet de canal indirect était sans avenir. Il allait énoncer ses critiques lorsque brusquement la voix de Ferdinand de Lesseps résonna dans la pièce.

– Pardonnez-moi, messieurs. Je n'ai pas pour habitude de jouer au rabat-joie. Mais il me faut attirer votre attention sur un élément qui me paraît essentiel : rien ne se fera si au préalable nous ne gagnons à notre cause le seul personnage dont dépend cette affaire. Je veux dire Mohammed Ali.

– Mais il n'a émis aucune objection, protesta Joseph. Nous vous avons rapporté notre entrevue.

Ferdinand lissa sa moustache d'un geste machinal.

– Justement. Mon instinct me dit que le souverain est moins disposé à s'engager dans cette aventure qu'il n'en donne l'impression. Or, je vous le précise une fois encore, sans une concession officielle, le canal restera une ligne imaginaire tracée sur le désert.

– Nous convaincrons le pacha ! riposta Enfantin. Et nous ferons de lui le véritable héros du développement industriel de l'Égypte !

– Je veux bien vous croire, concéda Ferdinand. Cependant, il y a aussi un autre problème à surmonter : le financement. Avez-vous une idée là-dessus ?

– Bien plus qu'une idée, monsieur de Lesseps. J'y ai beaucoup réfléchi. Une fois l'aspect technique approuvé, il sera possible de créer une société d'étude internationale composée de sociétaires et de souscripteurs. Je vois très bien les chambres de commerce de Lyon et de Marseille y participer, mais aussi la Société industrielle de Vienne et la commune de Trieste (en raison de ses intérêts maritimes). Quant à l'Angleterre, sa Compagnie des Indes la place en première ligne pour faire partie du groupe.

– À combien estimez-vous le coût des travaux ?

– Dans son mémoire Le Père citait un chiffre approximatif de trente à quarante millions de francs. C'était il y a un demi-siècle. Aujourd'hui un montant de quatre-vingts millions me paraît raisonnable.

– Et combien d'ouvriers seraient nécessaires ?

Talabot répondit :

– Si je m'en réfère au mémoire : dix mille environ.

– Il en a fallu six fois plus pour creuser le canal de Mahmoudieh.

– Qu'importe ! trancha Ferdinand. Au risque de me répéter, j'insiste sur le fait que sans l'approbation de Sa Majesté, toutes ces perspectives sont vaines.

Enfantin fronça les sourcils. Apparemment l'entêtement du vice-consul commençait à l'exaspérer.

– Il dépend donc de vous et du consul général que nous en ayons le cœur net. Pour ce qui me concerne, je suis tout disposé à rencontrer le pacha, à l'heure et au jour de son choix.

– M. Mimaut vous a promis qu'il intercéderait en votre faveur. C'est un homme de parole.

– J'en suis convaincu.

– Et maintenant, avec votre permission, je vais être obligé de vous abandonner. J'ai un rendez-vous qui ne souffre aucun retard.

Tout en parlant, Ferdinand s'était levé.

Joseph fit de même.

– Je vous suis. Il faut que je rentre aussi.

Un moment plus tard, les deux hommes dévalaient l'escalier qui menait à la sortie.

– Quel personnage cet Enfantin ! commenta Joseph. Le moins qu'on puisse dire ⌐'est qu'il a de la suite dans les idées. N'est-ce pas votre avis ?

Ferdinand eut un geste évasif.

– Une chose est sûre, lui et Fournel sont sincères et convaincus du bien-fondé de leurs thèses. Pour ce qui est du reste...

Alors qu'ils s'engageaient dans la petite cour ornée d'une fontaine, ils aperçurent les deux silhouettes féminines de Corinne et Suzanne qui arrivaient à leur rencontre. Ce fut cette dernière qui aborda le vice-consul.

– Monsieur de Lesseps, bonjour.

– Bonjour, madame.

– J'aimerais encore vous exprimer toute notre gratitude pour votre hospitalité. Merci mille fois.

– Ce n'est rien, chère madame Voilquin. Je n'ai rien fait que de très naturel.

Il présenta Joseph.

– Un ami, M. Mandrino. Mme Suzanne Voilquin.

– Mes hommages.

Suzanne s'empressa de désigner sa compagne.

– Corinne, une sœur saint-simonienne, mais une amie avant tout.

317

La jeune fille inclina pudiquement la tête.

– Enchanté, mademoiselle.

Le temps d'un éclair elle croisa les yeux de Joseph et se détourna.

– Alors, que puis-je faire pour vous ? s'enquit Ferdinand.

– Voilà. Nous aimerions beaucoup rencontrer le Dr Clot. Vous serait-il possible de nous arranger un rendez-vous ?

Ferdinand parut un peu pris de court.

– Le Dr Clot...

– Vous le connaissez, n'est-ce pas ?

– Oui. Mais comment vous dire... C'est quelqu'un de très occupé. J'ignore si vous êtes au courant, mais il est en charge du service de santé égyptien. Une lourde tâche.

Suzanne fit remarquer avec une certaine candeur :

– Mais on ne peut rien refuser au vice-consul de France !

Ferdinand se mit à rire.

– Mais, chère madame Voilquin, ma position de diplomate ne me donne pas tous les pouvoirs. Cependant, je vous promets de faire de mon mieux pour qu'il vous reçoive.

– Si vous me le permettez, proposa Joseph, peut-être pourrai-je accélérer les choses. Clot est un ami de mon père.

– Vous feriez vraiment cela ?

– Bien sûr.

– Eh bien, vous voilà satisfaite ? s'enquit Ferdinand.

Suzanne répondit par un sourire reconnaissant.

– Comment vous communiquerai-je le jour du rendez-vous ? questionna Joseph.

– En nous laissant un message, ici au consulat.

Ferdinand précisa :

– Ces dames sont les amies de M. Enfantin.

– Ses disciples, rectifia Corinne.

L'empressement de la jeune fille à effectuer cette mise au point amusa Joseph.

– Ainsi, mademoiselle, vous êtes aussi une saint-simonienne ?

– Oui, monsieur. Cela vous étonne ?

– Non. Enfin...

– Mais qu'y a-t-il ?

Il la dévisagea avec curiosité.

– C'est curieux...

– Quoi donc ? Que je sois saint-simonienne ?

Joseph parut chercher ses mots.

– Pardonnez-moi de vous interrompre, mais je vais être en retard, intervint Ferdinand.

Ils saluèrent hâtivement les deux jeunes femmes et repartirent vers la sortie.

Alors qu'ils débouchaient dans la rue, Ferdinand demanda :

– Sans vouloir être indiscret, qu'avez-vous trouvé de si curieux chez cette demoiselle ?

– Curieux ? répéta Joseph comme s'il revenait sur terre.

– Que vous arrive-t-il, mon cher ? C'est bien le terme que vous avez employé.

– C'est vrai. Disons que j'ai trouvé en cette personne une allure familière.

– Mais encore...

– La couleur de ses yeux. Leur forme. Ses longs cils qui battaient comme des ailes de papillon. Le teint de sa peau.

– Je ne vous suis pas.

– Une Égyptienne... J'aurais juré que cette jeune fille était égyptienne. Mais je dois certainement faire erreur.

*

– N'as-tu rien oublié ? demanda Ricardo.

Giovanna montra un petit sac de peau.

– Tout est là.

– Hussein a-t-il attelé la calèche ?

– Il est en train de le faire.

La jeune fille rejoignit son père sur le divan.

– Je suis tellement heureuse de partir...

– Je pense que ce petit séjour à la ferme nous fera du bien. Cet aller-retour à Alexandrie m'a plus fatigué que mon séjour en Anatolie.

– Comment se porte notre souverain ?

Il répliqua avec un faux détachement :

– J'ai vaguement cru comprendre que Saïd ne grimpe plus aux mâts des voiliers. Sa Majesté aurait jugé l'exercice trop périlleux.

– Tu vois... J'ai donc eu raison d'exprimer mon opinion !

– Tu ne crois pas si bien dire. Il est question que Saïd soit envoyé en France, à Saint-Cyr pour poursuivre ses études. Le pacha aura donc estimé que pour un prince héritier, enrichir ses connaissances était plus important que de résoudre ses problèmes de poids.

Giovanna semblait désarçonnée.

– Si j'avais imaginé que ma remarque provoquerait un tel bouleversement...

– Sans vouloir diminuer en rien tes talents de persuasion, dis-toi que la décision du pacha fait partie d'une tradition. Ibrahim, lui aussi, avait été envoyé à Saint-Cyr.

L'apparition de Schéhérazade mit fin à leur dialogue.

Elle entra dans la pièce, un plateau à la main ; sur celui-ci étaient disposés une carafe de tamarin et trois petits verres.

– J'ai pensé qu'avant votre voyage vous auriez envie de vous rafraîchir un peu. Le soleil est levé depuis moins d'une heure et déjà la chaleur se fait sentir.

Elle posa le plateau sur la table de cuivre.

– Il est tout de même dommage que tu ne te joignes pas à nous, dit Ricardo. Toi qui aimes tant la ferme aux Roses.

– J'ai décidé de m'occuper un peu de Sabah. Et puis il y a Joseph. Il m'a promis qu'il viendrait passer vingt-quatre heures. Depuis notre retour de Turquie, je n'ai pas eu beaucoup l'occasion de le voir. Il me manque.

– Toi aussi, tu me manques.

– Je te manque ? Mais je suis là pourtant.

– Tu ne le seras plus dans quelques minutes.

Il ajouta très vite d'un air de défi :

– Si je disparaissais ? Si nous ne devions plus nous revoir ?

Elle s'approcha spontanément de lui et lui caressa les cheveux avec une expression attendrie.

– Tu seras toujours aussi fou, Ricardo Mandrino. Nous avons survécu à Navarin et aux steppes turques, ce n'est certainement pas la ferme aux Roses qui aura raison de nous !

– Va savoir...

Il invita Giovanna à le suivre.

– Allons-y. Je voudrais arriver au Fayoum avant la nuit tombée.

Schéhérazade les précéda jusqu'au seuil de la maison.

– Prends soin de ton père, Giovanna.

La jeune fille acquiesça avec une certaine raideur.

Elle avait eu si peur que Schéhérazade ne cède à l'insistance de Ricardo ! C'était la première fois qu'elle allait se retrouver seule avec son père. Une tierce personne, quelle qu'elle fût, l'aurait dépouillée d'une part de son bonheur.

Ricardo serra son épouse contre lui et se dirigea vers la calèche.

Hussein les attendait, corbac à la main, prêt à lancer l'équipage.

Longtemps après qu'ils eurent disparu à l'horizon, Schéhérazade demeura sur le seuil de la maison. Son esprit fit un bond dans le temps. Elle se souvenait qu'un homme qu'elle aimait d'un autre amour l'emportait lui aussi vers la ferme aux Roses ; il y avait longtemps de cela.

Ce jour-là, Youssef avait immobilisé les chevaux. Il avait saisi Schéhérazade par la taille et l'avait soulevée très haut de manière qu'elle pût embrasser la plus grande partie du paysage.

– Regarde bien, ma fille... C'est ici que dorment nos racines. Cet endroit fut la première richesse de mon père.

Elle n'avait alors que treize ans. L'homme était son père.

Aujourd'hui c'était Giovanna qui allait revivre cet instant magique. Elle aurait voulu se joindre à eux, ne pas perdre un instant de Ricardo. Mais non. L'avenir appartenait à Giovanna. L'avenir c'était elle.

Le ciel flamboyait au-dessus du désert.

Elle entra à pas lents dans la demeure déserte.

CHAPITRE 23

Alexandrie, palais de Ras el-Tine, juin 1833

Sous les lustres qui étincelaient de mille feux, Mohammed Ali était accroupi sur le tapis de soie de Boukhara ; l'œil tout rond, il examinait avec une expression enfantine le train miniature conçu par Henri Fournel. D'une chiquenaude, le saint-simonien lança la locomotive qui s'ébranla sur de minuscules rails de bois, entraînant cahin-caha trois petits wagons jusque sous le nez du pacha.

Autour d'eux, assis en tailleur, Linant de Bellefonds, Joseph et Ferdinand de Lesseps observaient la scène avec la même curiosité.

– Pouvez-vous recommencer ? pria Mohammed Ali.

Sans hésiter, Fournel reposa le train sur son support de plâtre et le propulsa une deuxième fois.

Le pacha dévorait le spectacle. Lorsque la locomotive arriva en bout de course, il se releva un peu comme à regret et réintégra une position plus digne du souverain qu'il était.

– C'est charmant, congratula-t-il, tout à fait charmant. Toutes mes félicitations, monsieur Fournel.

Fournel se redressa à son tour. Détail particulier :

sur les recommandations de M. Mimaut, il avait abandonné son costume de saint-simonien pour une tenue courante. La veille, le consul général de France lui avait laissé entendre qu'il y aurait quelque inconvenance à se présenter devant le vice-roi dans un habit que d'aucuns jugeaient extravagant.

– Je vous remercie, Votre Altesse, dit Fournel. Il va de soi que cette maquette conçue par notre sculpteur, M. Alric, n'est qu'un symbole [1]. Cependant, je puis vous assurer que nous sommes en mesure de la reproduire grandeur nature. Très précisément entre Le Caire et Suez.

Le vice-roi répliqua tout en caressant sa barbe soyeuse.

– Je ne doute pas de vos capacités, monsieur Fournel. Seulement voilà. J'ai déjà fait appel – une fois n'est pas coutume – à un ingénieur anglais, M. Galloway. Promesse a été faite à l'Angleterre que c'est elle qui construira cette voie ferrée. Je suis désolé, vous arrivez trop tard.

Aussitôt les traits du saint-simonien traduisirent sa déception. Il suggéra tout de même :

– Votre Altesse, peut-être pourriez-vous envisager un partage équitable du projet ? Les rails seraient fabriqués par les Anglais, le train et le tracé par la France.

– Je vous l'ai dit, monsieur Fournel, il est trop tard.

L'ingénieur se voûta.

– Toutefois, reprit Mohammed Ali, je m'en voudrais de ne pas utiliser vos talents. Vous êtes, je crois, un expert minier ?

– Oui, Sire.

– Dans ce cas, que diriez-vous de prendre la direction des mines de Syrie ? Je pourrais vous envoyer là-

1. Quelques mois plus tard, à la demande du vice-roi, Alric réalisera un buste de Mohammed Ali.

bas où l'on a grandement besoin d'hommes aussi qualifiés que vous. Vous pourrez aussi compter sur un salaire confortable.

Fournel répondit d'une voix hésitante :

– Je ne sais, Majesté... Accordez-moi un temps de réflexion.

– Naturellement. La décision vous appartient.

Joseph, qui n'avait rien perdu de la conversation, était plongé dans la plus grande confusion. Ils étaient ici pour défendre avant tout le canal de Suez, et voilà que le Français, prenant tout le monde de court, s'était lancé dans son projet de chemin de fer. Il était d'autant plus à l'aise que son chef avait décidé de ne pas participer à la réunion, afin, selon ses propres termes, « que sa personnalité ne constituât pas un obstacle ». Quant au vice-roi, nul n'ignorait qu'il ne portait pas les Anglais dans son cœur. Alors pourquoi cette décision de leur confier le chantier ferroviaire ?

La seule explication au comportement de Fournel était probablement qu'il semblait plus convaincu par ce projet de voie ferrée que par celui du percement de l'isthme. Pour ce qui était du choix du vice-roi, Joseph ne lui trouvait, pour l'instant du moins, aucune justification.

Un silence un peu gêné s'était instauré dans la salle. Ce fut Linant qui le rompit.

– Sire, il y a quelques mois, vous nous avez engagés à poursuivre l'étude de l'isthme de Suez et à vous communiquer le résultat de nos travaux. Ils sont désormais à votre disposition. Bien que quelques problèmes demeurent, l'essentiel qui permettrait de s'attaquer au creusement a été réuni. À présent, il nous serait difficile d'aller plus avant sans connaître votre décision.

– Le canal... Bien sûr...

S'emparant de sa tabatière, il la fit doucement rouler au creux de sa paume et annonça d'un trait :

– Et le barrage ?

– Je vous demande pardon, Sire ?

– Le barrage, monsieur de Bellefonds, le barrage !

Quittant sa position assise, le pacha se leva, dominant du même coup ses interlocuteurs.

– Savez-vous ce que disait votre compatriote Napoléon ? « Il ne faut pas perdre une seule goutte de l'eau du Nil. » Or que se passe-t-il ? À chaque crue s'évaporent des millions de mètres cubes de cette source de vie. Et le désert continue de triompher. Aujourd'hui quelle alternative à ce drame me propose-t-on ? Un canal et... un canal.

Sa voix monta d'un cran.

– Je vais vous répondre sur ce point. Oui, je suis tout à fait convaincu de l'intérêt que représente pour l'Égypte le percement de l'isthme. S'il me fallait réaliser deux rêves dans ma vie : le canal de Suez serait le premier d'entre eux. Le barrage sur le Nil, le deuxième. Je vais peut-être vous surprendre, mais j'ai passé plus d'une nuit à réfléchir sur le sujet. Vous êtes de grandes âmes désintéressées. Et souvent les grandes âmes sont inconscientes des réalités du monde.

Il marqua une pause.

– Parlons donc de ce canal. Je sais que l'Autriche et la France le souhaitent. Mais l'Angleterre ? Si nombre de nations aspirent secrètement à dévorer l'Égypte, l'Angleterre est de loin la plus vorace de toutes. Le canal de Suez ne ferait qu'accroître cette voracité. Les intérêts en présence seront trop gigantesques, les Anglais n'y résisteront pas. Au pire, ils feront de ma terre un camp armé destiné à défendre leur empire. Au mieux, ils mettront leur veto et s'opposeront avec la plus grande férocité au projet. Vous savez parfaitement qu'aucune entreprise, fût-elle privée, ne pourra faire un pas sans le soutien de son gouvernement.

Joseph rétorqua :

– Mais pourquoi êtes-vous si convaincu du refus anglais, Majesté ?

– Parce que c'est une évidence, fils de Mandrino. Qu'apportera avant tout le canal ? Une amélioration des communications. Ce qui va à l'encontre des intérêts commerciaux, politiques et militaires de l'Angleterre.

– Je crains de ne pas très bien comprendre votre argument.

Mohammed Ali leva les yeux au ciel.

– Très bien. Tu m'obliges à jouer le rôle d'instituteur. Alors ouvre grandes tes oreilles, vous aussi, messieurs : la route des Indes demeure la voie royale de l'Angleterre. La contrôler a toujours fait partie de sa priorité absolue. C'est pourquoi elle a occupé, entre autres, Le Cap, les îles de l'Ascension, Sainte-Hélène. Si demain une autre route voyait le jour – bien plus directe et bien plus rapide entre son empire d'Orient et celui d'Occident –, comment pouvez-vous imaginer qu'elle resterait les bras croisés ?

Ferdinand de Lesseps protesta.

– Sire, je vous ferai observer que ce canal ne pourrait être que d'un grand avantage pour la toute-puissante Compagnie des Indes. Vous n'êtes pas sans savoir de quel poids elle pèse dans les assemblées de Sa Majesté britannique. Je peux faire erreur, mais je pense que ce pays se cantonnera à la neutralité.

– Vous êtes encore jeune, monsieur de Lesseps, et votre cœur est tendre. Je souhaite que vous ayez raison ; hélas, je ne le crois pas.

Il se tut, croisa les bras.

– Nous avons évoqué l'Angleterre... Mais elle n'est pas la seule. Parmi les grandes puissances, il y a aussi la Russie. Comment réagira-t-elle selon vous ?

– Je ne vois pas pourquoi elle s'opposerait. Au

contraire, le canal ouvrira à sa flotte un accès direct vers l'Orient. Ce qui d'un point de vue stratégique n'est pas négligeable.

Mohammed Ali fit quelques pas et, s'emparant d'un chibouque [1] posé sur une table basse, il l'alluma posément. Un nuage bleu s'éleva du fourneau et se mit à danser dans l'air. Le vice-roi aspira quelques bouffées puis il annonça :

– D'accord. Je ne m'opposerai pas au canal.

Sans laisser le loisir à ses interlocuteurs d'apprécier sa décision, il poursuivit :

– J'y mets deux conditions. La première : que les grandes puissances s'entendent entre elles et qu'elles m'en fassent la demande. Dans l'heure qui suivra, je ferai entreprendre les travaux. La deuxième : il sera hors de question que j'accorde une concession à une compagnie privée étrangère pour percer le canal et à fortiori pour l'exploiter. L'Égypte est suffisamment riche pour mener à bien l'entreprise sans l'aide de capitaux étrangers, et elle ne manque pas de main-d'œuvre ; je peux employer la totalité de mon armée. Voilà. Si ces deux conditions étaient réunies, il y aurait une chance qu'avant ma mort je puisse voir naviguer ma flotte entre les rives du désert.

Ferdinand de Lesseps rétorqua d'une voix où pointait le découragement :

– Si je comprends bien, pour soustraire l'Égypte aux dangers du percement, vous exigeriez un acte de garantie internationale.

– Ce que j'exige, monsieur de Lesseps, c'est que le canal de Suez soit à l'Égypte et non l'Égypte au canal !

Il s'arrêta, aspira une nouvelle bouffée de tabac qu'il exhala tout aussi vite.

---

1. Pipe droite et longue dont l'usage est propre à l'Égypte ; le tuyau peut atteindre deux mètres. L'extrémité est en ambre.

– À présent, revenons au barrage sur le Nil. Et là je m'adresse plus particulièrement à mes deux ingénieurs hydrographes ici présents. Vous avez noté naturellement que, victime d'un phénomène dont je vous abandonne l'explication, la branche de Rosette est plus fortement alimentée que celle de Damiette, au point que dans les années de Nil bas celle-ci se trouve si démunie que même la navigation y devient impossible. Tant qu'on ne remédiera pas à cet équilibre, il est inutile d'espérer développer les cultures d'été. Des régions entières, parmi les plus riches d'Égypte, sont menacées d'asphyxie. Vous comprenez dès lors combien ce problème est prioritaire. Le canal peut attendre. Un ventre vide ne le peut pas

Joseph fit remarquer :

– Majesté, de nombreuses solutions à ce problème ont été suggérées. Et...

Le pacha le coupa.

– Je sais. Si nombreuses que je m'y perds. Certaines proposent d'endiguer le fleuve à la pointe du Delta pour hausser le niveau des eaux et en accroître la vitesse, d'autres envisagent purement et simplement la fermeture de la branche de Rosette. D'autres encore suggèrent un plan d'aménagement des principaux canaux d'irrigation. Mais je m'arrête là. Dénombrer toutes les solutions avancées serait fastidieux Ce que j'aimerais connaître, c'est votre opinion, monsieur de Bellefonds. Vous les avez toutes étudiées, pour laquelle opteriez-vous ?

Bellefonds répliqua sans la moindre hésitation :

– Pour aucune de celles énoncées, Majesté.

– Mais alors ?

– Je pense qu'il faut barrer non pas l'une, mais les deux branches du fleuve par des ouvrages régulateurs. C'est à mon avis le moyen le plus efficace.

Mohammed Ali médita :

– Eh bien, nous allons créer une commission d'experts qui sera chargée d'examiner l'ensemble des projets et de déterminer le meilleur parti à prendre. C'est vous, monsieur de Bellefonds, qui la présiderez. Et le fils de Mandrino vous secondera.

Il tendit la main en direction d'Henri Fournel.

– Par ailleurs, je vous encourage vivement à travailler en étroite collaboration avec les amis de M. Fournel. J'ai cru comprendre que parmi eux se trouvaient des esprits non dépourvus de qualités.

Il se laissa tomber dans un fauteuil et conclut :

– Ce que je vous propose, c'est de relever un défi et de résoudre une difficulté technique sans précédent. À vous de montrer que vous êtes à la hauteur de l'aventure.

À peine Mohammed Ali eut-il achevé son exposé que tout s'éclaira dans l'esprit de Joseph. Un moment plus tôt, il s'était étonné de voir le souverain prêt à concéder aux Anglais la construction du chemin de fer. En agissant ainsi, le vieux renard n'avait fait qu'appliquer une théorie qui lui était chère : celle du funambule. À l'Angleterre il accordait la route ferroviaire, à la France un grand chantier hydraulique. Ainsi l'équilibre entre les deux nations était-il savamment maintenu.

Ferdinand de Lesseps s'était avancé auprès du pacha.

– Majesté, je comprends et j'adhère à votre désir de pallier les manques les plus pressants de votre pays. Pourtant, je ne peux m'empêcher de me dire qu'il est regrettable que vous repoussiez cet exploit merveilleux que Suez eût représenté. Si vous m'y autorisez, je vous ferai observer que vous avez commis une erreur d'appréciation dans votre analyse de tout à l'heure. Vous avez, et c'est dommage, négligé totalement l'importance du rôle que pourrait jouer la France à vos côtés. Elle peut beaucoup, Sire. Bien que ses mains soient souvent nouées.

Le pacha émit un grognement.

– Monsieur de Lesseps, j'aurai bientôt soixante-six ans. Il est parfois donné aux hommes qui avancent en âge de pressentir la houle bien avant que le vent ne se lève. Aussi souvenez-vous de ce que je vous dis aujourd'hui, gravez ces mots dans votre mémoire : si un jour la France et l'Égypte devaient creuser le lit du canal de Suez, c'est l'Angleterre qui s'y couchera.

La conclusion était tombée comme un couperet.

*

Giovanna marchait au bras de son père parmi les palmiers et les eucalyptus. Cela faisait une semaine environ qu'ils étaient arrivés à la ferme aux Roses. Et d'aussi loin qu'elle se souvînt, elle ne s'était jamais sentie plus proche du bonheur. Par moments, il lui semblait qu'elle pouvait le toucher dans chaque feuillage, dans les coques ivoire des cotonniers, dans le geste millénaire des fellahs.

Dès le lendemain de leur arrivée, Ricardo l'avait emmenée faire le tour des champs. Il lui avait fait découvrir tous les charmes secrets de la ferme aux Roses qu'il tenait lui-même de Schéhérazade. Il avait présenté Giovanna aux fellahs, à leurs épouses, au contremaître, non comme sa fille, mais comme la future maîtresse des lieux. Depuis, les hommes s'inclinaient sur son passage.

– Tout ce que tu vois autour de toi, avait expliqué Ricardo, est l'œuvre de ta mère.

Et il lui avait expliqué comment, après la mort de ses parents et le meurtre de son premier mari, après que Sabah eut été ravagé par un groupe d'émeutiers, Schéhérazade était venue se réfugier ici, dans ce lieu qui à l'époque n'était rien de plus qu'une ferme à l'abandon. Elle n'avait que vingt-cinq ans. Joseph n'était alors qu'un bébé. À force de courage et d'entêtement, elle avait tout restauré. Seule. Elle avait passé des mois entiers à essayer de résoudre l'énigme du coton à longues fibres. Jusqu'au jour où, grâce à un agronome français, elle était parvenue à réaliser son rêve. Aujourd'hui, ce coton faisait la renommée de l'Égypte et celui de la ferme aux Roses.

Giovanna avait écouté attentivement. Et si elle avait éprouvé de l'admiration pour la force de sa mère, ce sentiment fut malgré elle, et comme toujours, accompagné par cette sorte de brûlure intérieure. Comme si l'on avait attisé une braise posée sur son cœur.

– Demain, ce sera à toi de régner sur la ferme aux Roses.

Le temps d'un éclair, elle fut prise de vertige. Serait-elle à la hauteur de cette tâche ?

Comme s'il avait lu en elle, Ricardo annonça :

– Et maintenant, suis-moi. Je vais te montrer « le jardin de l'Égypte ».

– Le jardin de l'Égypte ?

Il l'entraîna vers les chevaux.

Une demi-heure plus tard, ils mettaient pied à terre aux abords d'un lac frangé de roseaux autour duquel s'épanchait un paysage vert tendre. Prenant la jeune fille par la main, Ricardo la guida à travers les palmiers crissants et les fleurs de papyrus.

– Regarde...

Devant eux, les flots étales scintillaient sous l'effet du soleil de midi. Une felouque dérivait avec indolence, projetant sur l'eau l'ombre de ses mâts gréés de voiles écrues.

– Nous sommes ici au cœur de la plus grande oasis

du pays. Celle du Fayoum. Il y a quelques milliers d'années, c'était un des lieux de chasse favoris des pharaons, jusqu'à ce que l'un d'entre eux assèche les marécages en construisant un réservoir à l'endroit où le fleuve débordait de ses rives. Il permit ainsi la création d'un réservoir permanent. C'est lui que tu vois en ce moment, c'est le lac Qaroun [1]. Grâce à cette initiative, les terres arables ont triplé. Tout fleurit ici, même la pierre. Même les dunes. La vie se répand jusqu'aux confins de l'oasis.

– D'où ce surnom de « jardin de l'Égypte » ?

Il confirma.

– Ce que tu contemples devrait t'aider à chasser tes appréhensions. Sur une terre aussi fertile, la ferme aux Roses ne peut pas mourir. Ou alors c'est que tu aurais décidé du contraire. Tout ce qui t'entoure est là pour te soutenir. Il te suffira de l'appeler et la richesse naturelle qui sommeille dans cette terre viendra rouler à tes pieds.

– Crois-tu vraiment que ce soit aussi simple ?

– Si tu apprends le langage secret, et si tu apprends à écouter, oui, je te l'affirme.

– Quel langage ? Que faudra-t-il écouter ?

– Je connais trop mal ces choses pour te les enseigner. Mais ta mère, elle, les sait par cœur. Le jour venu, elle te les confiera.

Ils remontèrent en selle et repartirent vers le bahr Youssef, le canal qui alimentait le lac. Ils longèrent les rives argileuses bordées de tamariniers et de caroubiers, firent une courte halte dans le petit village de Sanhour, où l'on insista pour leur offrir du thé au jasmin et des dattes gorgées de soleil. Un buffle

---

1. Avec le XXᵉ siècle, deux maux ont frappé le « jardin de l'Égypte » : la surpopulation et la salinisation. Le lac Qaroun ne mesure plus que 40 kilomètres de long par 9 de large, et il est aussi salé que la Méditerranée.

jeta sur leur passage un œil torve tout en balayant de sa queue touffue les nuées de mouches qui harcelaient ses flancs.

C'est dans l'une de ces maisonnettes de torchis que Giovanna prit toute la mesure de la pauvreté égyptienne. Une seule pièce, quelques trous percés dans les murs, qui permettaient à un peu de jour et de lumière de pénétrer, des nattes de jonc posées à même le sol, où l'on dormait et mangeait. Des cruches, une lampe à pétrole, voilà à quoi se résumait la richesse de cette famille.

Quel contraste avec les splendeurs de Ras el-Tine et celles des demeures bourgeoises du Caire et d'Alexandrie.

Mandrino leur donna l'argent qu'il avait sur lui, puis ils prirent le chemin du retour.

— Papa... comprends-tu pourquoi ce jour de Noël, alors que nous sortions de la messe, j'ai dit que nous ne méritions pas ce peuple ? Je voulais seulement essayer d'expliquer combien l'injustice était grande.

— J'en suis conscient, Giovanna. Mais où est la solution ? Au risque de t'irriter, je reprendrai l'interrogation de ta mère : Sans nous que deviendraient-ils ? Quand bien même nous voudrions changer les choses, nous ne le pourrions pas. Nous ne sommes que les modestes maillons d'une chaîne. Le pouvoir n'est pas entre nos mains, mais entre celles de l'État.

— L'État manque de générosité.

— Peut-être... mais il a une excuse : il n'est pas libre. Il vit en état de siège. Et plus grave encore, personne ne sait ce qu'il adviendra de l'Égypte après la mort de Mohammed Ali. Le sort de la dynastie est entre les mains d'Istanbul et de l'Occident. Qui gouvernera ce pays ? Un pacha nommé et imposé par le sultan ? Un homme de paille à la solde de quelque grande puissance ? Un nouveau Bonaparte ? Non, Giovanna, les choses ne sont pas aussi simples.

– Pourquoi pas une femme ?

Il écarquilla les yeux.

– Une femme ?

Son rire éclata dans le couchant.

– Toi, par exemple ?

Elle répliqua sur un ton de bravade :

– S'il se présentait une chance, une seule, je n'hésiterais pas. Je la saisirais ! Pour l'Égypte. Pour ne plus voir le spectacle de ces villages nus.

CHAPITRE 24

Le Caire, juillet 1833, hôpital Kasr el-Eini

Une odeur ténue d'éther flottait dans le bureau du Dr Clot. On n'aurait su dire si elle provenait de la pièce elle-même, du couloir ou de la blouse que portait le médecin. Quelle qu'en fût l'origine, Corinne avait bien du mal à s'y accoutumer. Et il n'y avait pas que l'odeur. La vue des malades l'avait indisposée tout autant. Le long du couloir qui les avait conduites jusqu'au bureau de Clot, elle avait eu le temps d'entrevoir ces formes étiques allongées dans le silence froid des chambres, et bien que la vision fût furtive et qu'elle n'eût rien de particulièrement repoussant, elle avait senti son cœur se serrer, ses mains devenir moites. Ce qui n'était pas le cas de Suzanne Voilquin ni de Judith. Au contraire, ses deux amies avaient eu l'air tout à fait à l'aise, comme si la souffrance et la proximité de la mort leur eussent été choses familières.

– Voilà, docteur... Vous savez tout.

Clot posa les mains à plat sur son bureau. Jusque-là, il avait laissé Suzanne s'exprimer, l'écoutant attentivement sans jamais chercher à l'interrompre.

– Madame Voilquin, avant toute chose, laissez-moi vous dire combien votre démarche ainsi que celle de vos amies me touchent. Le métier d'infirmière est parmi les plus beaux du monde, mais c'est aussi le plus ingrat et le moins reconnu. Car il a tous les inconvénients de la pratique médicale sans en posséder le prestige. C'est pourquoi, je vous le répète, votre démarche m'émeut tant. Malheureusement, je ne vois pas comment je pourrais vous donner satisfaction.

Une expression déçue se dessina sur les traits de ses visiteuses.

– Mais nous ne demandons aucune rémunération, avança Judith. Tout ce que nous désirons, c'est aider.

– C'est bien ce que j'avais compris. D'ailleurs l'argent n'aurait pas été un obstacle. Le pacha m'a accordé, Dieu merci, les moyens de remplir ma tâche. Non. L'écueil est ailleurs.

Clot quitta son siège, contourna le bureau et vint se camper devant les trois jeunes femmes.

– Voyez-vous, l'Égypte n'est pas la France. L'état des mœurs ne permet pas que des femmes soient soignées par des hommes ou inversement Cette situation s'applique aussi dans l'enseignement. À ce jour, il n'existe pas d'infirmières dans ce pays. Et pour cause : nous ne disposons pas de femmes capables d'instruire leurs consœurs. Je me suis évertué à obtenir du vice-roi de former à la faculté d'Abou Zaabal des esclaves noires et abyssiniennes. De même ai-je tenté de lui arracher la promesse de fonder au Caire un hôpital réservé aux femmes. Il a répondu favorablement à mes deux suggestions. Hélas, elles restent à l'état d'ébauche. Vous comprenez maintenant dans quel dilemme je me trouve ?

Les arguments développés par le médecin

n'eurent pas l'air d'affaiblir la détermination de Suzanne Voilquin.

– Certainement. Mais il existe d'autres alternatives, docteur Clot. Vous pourriez peut-être nous aider à entrer dans des familles égyptiennes où nous servirions de tutrices, ce qui nous donnerait la possibilité de nous initier à l'arabe au contact des enfants. Dans le même temps, vous pourriez nous prodiguer une instruction médicale qui nous permettrait d'entrer dans les harems et d'y remplir un rôle utile, voire même lucratif.

– Suzanne a raison, appuya Corinne. Pas plus tard qu'hier, en bavardant avec le consul général, j'ai appris que la fille d'un médecin français, le Dr Dussap, assistait activement son père. Après tout, il ne doit pas être sorcier d'appliquer un vésicatoire ou de poser un séton.

Le Dr Clot croisa les bras et étudia en souriant les trois femmes.

– À en juger par vos observations, j'en déduis que vous avez mûrement réfléchi à la question. Effectivement, tout ce que vous venez de suggérer est envisageable, mais ne résout pas pour autant le problème de votre instruction. Mon emploi du temps ne me permet pas de vous donner des cours particuliers. En revanche...

Il lissa d'un coup sec sa moustache.

– Il y aurait peut-être une solution... Toutefois elle exigerait que vous vous soumettiez à une petite mise en scène.

Elles attendirent qu'il précise sa pensée.

– Que diriez-vous d'assister aux cours que je donne à la faculté de médecine d'Abou Zaabal ?

– Mais... ne venez-vous pas de déclarer qu'en raison des mœurs du pays les femmes n'y étaient pas admises ?

338

– Cet interdit ne vous concernerait pas.

Les trois jeunes femmes échangèrent une moue perplexe.

Clot poursuivit :

– Il suffirait tout simplement que vous vous déguisiez... en hommes.

– Vous plaisantez ?

– Pas le moins du monde. Une galabieh masquera vos formes, un turban permettra de protéger votre chevelure. Étant donné que la décision de vous accueillir à la faculté dépend uniquement de moi, je ne vois pas ce qui pourrait s'y opposer.

Il ajouta :

– Au pis, vous passeriez pour de jeunes éphèbes quelque peu efféminés, c'est tout.

Le premier instant de surprise passé Suzanne opéra une volte vers ses amies.

– Qu'en dites-vous ? Est-ce que l'idée vous tente ?

Corinne se hâta d'approuver.

– Bien sûr. Après tout, qu'est-ce que nous risquons ?

– On ne tranche pas le cou aux jeunes éphèbes, que je sache ? plaisanta Judith.

– Rassurez-vous. Je m'y opposerai formellement.

– Très bien. Quand pourrons-nous assister au premier cours ?

– Il faudra d'abord vous installer ici, au Caire. Sinon je ne vois pas comment vous pourriez vous partager entre la faculté et Alexandrie.

– Mais nous ne connaissons personne qui puisse nous héberger dans la capitale !

– Il y aurait peut-être quelqu'un.

Clot demeura pensif.

– Vous avez mentionné mon confrère, le Dr Dussap. C'est un homme de grand cœur et de surcroît il possède une vaste demeure. Je pense qu'il ne verrait

339

pas d'inconvénient à ce que vous vous installiez chez lui en attendant que vous trouviez un endroit où vous loger. Il est marié à une femme adorable, une Abyssinienne, et sa fille, Hanem, est tout aussi affable. Vous seriez bien chez eux. Je leur en parlerai dès ce soir.

– Jamais nous ne saurons assez vous remercier, docteur Clot.

– Ce serait plutôt à moi de vous dire ma gratitude. J'ai tant besoin d'infirmières. Vous allez me devenir des aides précieuses.

Satisfaites, les trois jeunes femmes prirent congé du médecin. Alors qu'il les raccompagnait, Corinne demanda :

– Docteur Clot, vous qui connaissez certainement beaucoup de monde dans ce pays, auriez-vous entendu parler de la famille Chédid ?

– Chédid... Non, je ne vois pas.

– Pourtant il s'agit d'une grande famille chrétienne du Caire. Des grecs-catholiques.

Clot rétorqua, l'air navré.

– Vous savez, il y a plus de quatre mille grecs-catholiques en Égypte. Ce nom ne me dit rien, hélas.

– Pardonnez-moi d'insister. C'étaient des gens très riches. Ils possédaient, et possèdent encore sans doute, un vaste domaine, en bordure du désert, près des pyramides, à Guizeh.

– Un domaine ? Les seuls propriétaires terriens que je connaisse – les seuls de toute l'Égypte d'ailleurs –, ce sont les Mandrino. Le pacha s'étant rendu maître de toutes les terres agricoles, vous n'en trouverez pas d'autres.

– Mandrino..., répéta Corinne perplexe. Vous en êtes sûr ?

– Oui, mademoiselle, et pour cause : ce sont des

amis très proches. Ricardo Mandrino est le conseiller de Sa Majesté.

– Mandrino n'est pas un nom arabe, n'est-ce pas ?

– C'est exact. L'homme appartient à la noblesse vénitienne. Mais il n'empêche qu'il est égyptien d'adoption et de cœur. J'y pense ! Vous devez aussi le connaître, puisque c'est son fils, Joseph, qui a tant insisté pour que je vous reçoive !

– Nous sommes impardonnables ! se récria Suzanne.

Elle s'empressa de préciser pour son amie.

– Tu te souviens ? C'est cet homme que nous avons rencontré, il y a environ trois semaines, en compagnie de M. de Lesseps, et qui très aimablement s'est proposé de nous recommander auprès du Dr Clot.

Bien sûr qu'elle s'en souvenait. Elle avait d'ailleurs été touchée par la gentillesse du personnage. Elle s'en voulut de n'avoir pas fait le rapprochement.

– Si je ne suis pas indiscret, questionna Clot, pourriez-vous me dire pour quelle raison ces Chédid vous intéressent ?

– Parce que des liens de parenté m'unissent à eux. Ma mère était égyptienne. Sa sœur était une Chédid.

Clot considéra son interlocutrice avec surprise.

– Votre mère ? Égyptienne ? J'aurais dû m'en douter. Vous avez ce charme des filles d'ici. Vous êtes née en France ?

– Oui. Et j'y ai vécu jusqu'à ce jour.

– En tout cas, je vous promets que si jamais j'entendais parler de ces Chédid, je ne manquerais pas de vous prévenir.

Les trois jeunes femmes saluèrent le médecin une

dernière fois, et repartirent le long du couloir d'où transsudait toujours cette odeur ténue qui prenait au cœur. Mais cette fois, Corinne ne parut pas s'en rendre compte. Elle était toute à la conversation qu'elle venait d'avoir et qui avait soulevé dans son esprit de nombreuses interrogations.

Mandrino... Chédid... Quelle relation pouvait-il bien y avoir entre ces deux noms ?

*

Attablé dans la salle à manger de Sabah, Joseph participait au déjeuner dominical pour la première fois depuis longtemps. Tout en assaisonnant de vinaigre et d'oignons râpés son plat de molokheya, il poursuivit :

– C'est vrai. J'avoue être assez déçu par l'attitude de Mohammed Ali. Si vous aviez vu de quelle manière il a mis un point final au projet de percement de l'isthme ! Il caricatura la voix du souverain pour déclamer : « Ce que je veux, monsieur de Lesseps, c'est que le canal soit à l'Égypte et non l'Égypte au canal ! » Imaginez la mine déconfite du vice-consul ! Il n'y avait pas que la sienne d'ailleurs, la nôtre n'était guère plus réjouissante à voir !

Schéhérazade répliqua :

– Je vais peut-être ajouter à ta déception. Je crois qu'il est normal que le vice-roi se méfie des puissances. Le passé et le présent confirment tous les jours qu'on ne peut s'appuyer durablement sur elles.

Elle réclama l'opinion de Giovanna assise à ses côtés. Celle-ci opina.

– Je suis de ton avis. Avec toutefois une réserve : M. de Lesseps a eu raison de dire que c'était faire peu de cas du rôle que pourrait jouer la France.

Après tout, ce pays a quand même prouvé sa fidélité à l'Égypte, et à Mohammed Ali en particulier.

– Petite sœur, je te remercie, fit Joseph avec une grandiloquence feinte. C'est bien la première fois que tu abondes dans mon sens.

– Si j'ai bien compris, avança Ricardo, vous allez donc entamer la construction de ce barrage sur le Delta.

– Eh oui... La seule satisfaction que j'en tire, c'est que le projet défendu par Linant l'a finalement emporté sur les autres. Les travaux devraient commencer au début de la semaine prochaine. À ce propos, vous serez peut-être étonnés d'apprendre que ce groupe nouvellement débarqué en Égypte – les saint-simoniens – va participer de manière très active au chantier.

– Voilà qui est effectivement surprenant, s'étonna Mandrino. Mohammed Ali leur aurait donc accordé sa confiance ?

– Sa décision le prouve. Je suis d'ailleurs forcé de reconnaître que ces hommes ont sur l'organisation du travail des idées totalement révolutionnaires. Leur chef, M. Enfantin, a émis une série de propositions qui a eu pour effet de plonger les responsables dans la plus grande perplexité. Figurez-vous qu'il propose, entre autres, de ne pas recruter d'hommes au-dessus de quarante ans, ni d'enfants au-dessous de dix ans. De plus, il suggère d'embaucher aussi les individus qui se seraient volontairement mutilés, de manière que la mutilation n'apparaisse plus comme une garantie contre la conscription.

– La proposition n'est pas dépourvue de bon sens, admit Ricardo.

– Ce n'est pas tout. Prenant exemple sur les principes militaires, il suggère que les ouvriers soient organisés en dix-huit bataillons, divisés en dix compagnies, elles-mêmes divisées en cinq escouades. Au sein de chaque bataillon, six ouvriers seraient désignés comme instructeurs, auxquels il serait attribué un salaire de vingt-cinq piastres par mois. Il envisage aussi d'allouer pour tous et sans distinction de grade, des rations de nourriture identiques, un sac et une couverture, ainsi qu'un uniforme [1].

– Un uniforme ?

– Il consisterait en une robe de laine, une ceinture de cuir et un bonnet pour se protéger du soleil. Mais là n'est pas le plus extraordinaire...

Joseph avala une bouchée de molokheya avant de poursuivre.

– Les ouvriers pourraient faire venir auprès d'eux leurs femmes et leurs enfants, lesquels auraient aussi la possibilité – pour un salaire proportionné au travail qu'ils effectueraient – de contribuer à l'ouvrage.

– Ce monsieur ne manque pas d'originalité. Reste à savoir si le pacha acceptera ce bouleversement.

– Pourtant il le devrait, rétorqua Giovanna. Existe-t-il système plus ignoble que celui de la corvée ! Voilà des siècles que l'on recrute de force les fellahs et qu'on leur inflige les travaux les plus pénibles sans qu'ils perçoivent le moindre émolu-

1. Bien des plans socialistes « d'organisation du travail » en France, dans les années 1840, envisageront le modèle militaire comme une solution provisoire à l'amélioration de la condition ouvrière. Et l'on sait qu'à l'époque où les saint-simoniens réfléchissaient ainsi en Égypte, les enfants, en Europe, étaient employés dans la campagne et dans les industries bien avant dix ans. Par ailleurs, ce qui aurait pu apparaître comme un certain cynisme dans l'argument qui faisait valoir l'impossibilité pour les hommes d'échapper à la conscription, soit militaire, soit industrielle, paraissait être surtout destiné à flatter les préoccupations guerrières des gouvernants. En réalité, par ce biais, on espérait que le recrutement se limiterait à des hommes dans la force de l'âge.

ment. Je vous assure que si ce M. Enfantin réussissait à faire changer les choses, il aurait en moi une adepte de plus.

Schéhérazade fronça les sourcils.

– Je ne sais rien de ces gens, mais les rumeurs qui circulent au Caire ont de quoi choquer les esprits les plus tolérants. Les femmes qui les accompagnent ne seraient pas de la plus haute vertu et vivraient avec les hommes dans une curieuse promiscuité. On raconte même qu'ils prêchent le droit au divorce.

– Ils appellent cela l'émancipation de la femme, fit Joseph sur un ton mitigé. Ce n'est peut-être pas si mal.

La voix de Ricardo le coupa.

– Mon fils, tu apprendras que l'émancipation, ce n'est ni plus ni moins que de faire sortir les êtres d'une prison pour les enfermer tout aussi rapidement dans une autre. Aujourd'hui les femmes sont dans des harems. Demain elles seront dans des usines.

L'arrivée de la servante interrompit la conversation. À peine se fut-elle retirée que Joseph enchaîna :

– Quoi qu'il en soit, leur philosophie n'a pas que des conséquences négatives, si j'en juge par les motivations des saint-simoniennes que j'ai rencontrées. Elles m'ont paru tout à fait honorables.

Giovanna resta la cuillère au bord des lèvres.

– Que dis-tu ? Tu as fait la connaissance de ces femmes ?

– Oui. C'était il y a quelques semaines, au consulat de France. Une certaine Corinne et son amie désiraient être reçues par le Dr Clot.

– Elles étaient déjà malades ? persifla Mandrino. Après si peu de temps en Égypte ?

345

– Mais pas du tout ! Clot m'a expliqué qu'elles désiraient travailler comme infirmières ou aides-soignantes. Et n'exigeaient même pas de salaire.

– Nous savons parfaitement que c'est impossible. Les mœurs égyptiennes ne permettent pas ce genre d'activités.

– C'est aussi ce que Clot leur a dit. Mais elles ne se sont pas découragées pour autant. Sur ses suggestions, elles ont accepté d'assister aux cours de la faculté.

– Mais de quelle façon ?

– Déguisées en hommes !

L'image fit sursauter Schéhérazade.

– Joseph, tu n'es pas sérieux ?

– Clot te le confirmera.

– Quel âge ont ces femmes ? s'informa Giovanna.

– L'une d'entre elles doit avoir trente-cinq ans environ. Corinne, elle, est beaucoup plus jeune. Je ne pense pas qu'elle ait plus de vingt-cinq ans.

Giovanna posa d'un seul coup ses couverts et examina son frère avec une attention nouvelle.

– C'est étrange, fit-elle d'un air suspicieux.

– Qu'elles soient prêtes à travailler pour rien ?

– Non. Tu as évoqué ta rencontre avec ces deux femmes, à deux reprises pourtant tu n'as cité qu'un seul prénom : Corinne.

Les joues de Joseph virèrent au rose vif.

– Je ne vois pas ce que tu veux dire...

*

– Coupez, Excellence ! cria Ferdinand en plongeant son fleuret vers le cœur de Saïd.

Le garçon dégagea par-dessus le poignet de son partenaire et, avec une étonnante souplesse pour sa corpulence, il tenta une quarte, aussitôt contrée par Lesseps.

Dans la salle d'armes déserte, le cliquetis des lames se mêlait aux halètements du jeune prince. La figure emprisonnée sous le trémail métallique de son masque, engoncé dans son plastron, il suait à grosses gouttes, les traits congestionnés, s'appliquant du mieux qu'il pouvait à mettre en pratique les recommandations ponctuelles du vice-consul.

– Plus de souplesse, Monseigneur ! Plus de souplesse.

Sans laisser à son partenaire le temps de souffler, Ferdinand enchaîna les unes après les autres une série de lignes d'engagement avec une cadence infernale. Curieusement, le jeune prince faisait mieux que résister à ces assauts répétés. On pouvait percevoir qu'il éprouvait une certaine ivresse dans sa façon de livrer combat.

– Passe ! Remise ! Prise fer !

De coulé en dégagement, main gauche dressée bien en équerre à hauteur des épaules, les deux escrimeurs se déplaçaient par à-coups, faisant grincer le parquet sous leurs chaussons, offrant par moments l'image de danseurs appliqués à suivre en mesure un contrepoint imaginaire.

Au terme d'un ultime engagement, Saïd s'allongea, tenta – non sans brio – un moulinet, mais malheureusement il échoua.

– Bravo, Excellence ! complimenta Ferdinand en ôtant son masque. Vous avez été parfait aujourd'hui.

Saïd découvrit à son tour son visage.

– Parfait ? Vous voulez dire nul ! C'est rageant ! Je n'arriverai jamais à marquer un seul point avec vous !

Il retira d'un geste vif son gant d'armes à crispin et l'envoya valser à l'autre bout de la salle.

– Finalement, je suis nul en tout...

347

Traînant les pieds il se laissa choir sur un banc et appuya son dos contre le mur, l'œil maussade.

Lesseps s'approcha.

– Vous avez tort de vous dénigrer ainsi, Monseigneur. Croyez-vous qu'en dix leçons on puisse se transformer en fine lame ? Je persiste à dire que vous avez fait des progrès extraordinaires.

– Vous êtes gentil... mais tous vos compliments ne feront pas de moi un homme souple. C'est ce qui me manque le plus, la souplesse. Mon père a bien raison de me comparer à un hippopotame !

Ferdinand s'assit à ses côtés.

– Justement, dans ce cas précis, il a tort. En vérité, ce qui vous manque encore, c'est de bien posséder la technique. Le reste viendra tout seul. Dès qu'un escrimeur n'a plus à tenir son attention sur l'exécution de ses gestes, cette souplesse que vous évoquez est délivrée. Toute sa finesse, toute sa force, peuvent alors converger à la pointe de son fleuret. Vous verrez qu'avec le temps vous acquerrez cette maîtrise.

– Enveloppement ! prime ! parade de septime ! seconde ! taille ! tierce ! Je finis par m'y perdre avec tous ces coups et ces positions.

– Excellence, vous voulez brûler les étapes comme si...

– Comme si j'étais médiocre en tout. Ce que je suis ! Il faudra bien que je prouve à mon père ma compétence dans un domaine, non ?

Se ressaisissant, il maugréa :

– Pardonnez-moi, je suis de méchante humeur.

Lesseps ne répondit pas. Il se limita à retirer posément ses gants et à les poser sur ses genoux.

Saïd lui glissa un coup d'œil inquisiteur.

– De toute évidence, vous aussi...

– Je vous demande pardon, Monseigneur ?

– Je dis que vous aussi vous semblez être de méchante humeur.

– À quoi voyez-vous cela ?

– Je commence à vous connaître, monsieur de Lesseps. Presque aussi bien que vous me connaissez.

Ferdinand fit courir ses doigts sur la manchette de cuir qui recouvrait l'un des gants.

– Peut-être suis-je un peu contrarié en effet.

– Puis-je en connaître la raison ?

– Ne m'en veuillez pas, Excellence. Il s'agit, disons... d'une déception.

Une lueur malicieuse éclaira les prunelles du prince.

– Votre fiancée vous aurait-elle abandonné ?

Ferdinand eut une expression nostalgique.

– En quelque sorte...

– Ce n'est pas grave.

Il déclama avec emphase :

– Vous savez comment sont les femmes ! On les admire et elles nous déçoivent. C'est en tout cas ce que dit mon père.

Ajoutant avec la gravité d'un vieux sage :

– Et ne vaut d'être admiré que ce qui est éternel, et ce qui est éternel est invisible.

– Sans doute, Monseigneur. Vous avez raison. Mais il est des choses que l'on peut rendre visibles et qui possèdent en elles l'éternité...

Les intérêts en présence seront trop gigantesques, les Anglais n'y résisteront pas. Au pis, ils feront de ma terre un camp armé destiné à défendre leur empire. Au mieux, ils mettront leur veto et s'opposeront avec la plus grande férocité au projet. Vous savez parfaitement qu'aucune entreprise, fût-elle privée, ne pourra faire un pas sans le soutien de son gouvernement.

La voix et la silhouette de Mohammed Ali traversèrent furtivement la mémoire de Ferdinand.

Il se pencha avec une vivacité soudaine vers le prince.

– Savez-vous de quoi j'ai envie tout à coup ?

Saïd fit non.

– Vous ne devinez pas ?

– Non, répéta le prince.

Ferdinand souleva légèrement les bras et dit à voix basse :

– Macaroni... Monseigneur... Il paraît que ce plat peut chasser les déceptions les plus cruelles !

Saïd branla la tête d'un air docte.

– Je crois que vous avez raison, Ferdinand.

CHAPITRE 25

Guizeh, domaine de Sabah, janvier 1834

D'un geste précis, Schéhérazade acheva de dessiner le contour de ses yeux à l'aide du petit bâtonnet de khol. Elle le rangea ensuite dans le petit coffret à maquillage et, rejetant un peu la tête en arrière, elle vérifia que rien ne déparait son visage. Le miroir lui renvoya une image nimbée de nostalgie.

Cinquante-six ans... À force de les observer, un peu comme un guetteur observe les effets du vent sur les lignes d'un paysage, elle avait fini par les connaître par cœur ces ridules aux commissures des lèvres, les premiers plissements du cou. Depuis peu, elle s'était résignée à ne plus masquer de henné les filaments grisonnants qui avaient commencé de parsemer ses longs cheveux noirs, convaincue qu'il ne servait à rien de ruser contre le temps. Si l'expression était toujours belle, le sourire lumineux, si la fraîcheur conservée de son teint la rendait toujours désirable, elle ne pouvait s'empêcher de se dire que ce n'était ni plus ni moins que les épiphanies d'une jeunesse passée.

– Schéhérazade...

Elle tressaillit. L'arrivée de Ricardo la tira de sa

351

méditation. Il s'approcha d'elle, la prit par les épaules et l'emmena jusqu'à la fenêtre.

– Regarde...

Appuyées sur l'horizon, les pyramides se détachaient sous les rayons du soleil et donnaient l'impression de nefs géantes ensablées entre les dunes. Une caravane de dromadaires poussée par la brise dénouait son ruban cahoteux en direction de l'est.

– Peut-on rêver plus beau spectacle que celui du soleil qui se lève sur le désert ?

Elle le considéra avec amusement.

– Auriez-vous tout à coup l'âme bucolique, seigneur Mandrino ?

– Peut-être. Il se peut aussi que j'aie appris à savourer plus que par le passé chaque nouvelle journée. Comme si...

Il se tut brusquement et ses prunelles prirent un peu de la couleur pâle de l'aube.

– Qu'y a-t-il ?

– Rien. Tu l'as dit : j'ai l'âme bucolique.

Sans transition il emprisonna le visage de Schéhérazade entre ses mains.

– Te souviens-tu encore du premier jour où nous nous sommes rencontrés ?

Elle n'eut pas l'ombre d'une hésitation.

– C'était un vendredi. Le 8 octobre 1801.

– Nous avons été présentés l'un à l'autre par cette dame...

– Dame Nafissa [1]. Elle avait passé l'après-midi à la ferme aux Roses, et tu venais la chercher.

---

1. Surnommée la Blanche en raison de ses origines circassiennes, Nafissa était l'épouse de Mourad bey, le plus puissant chef mamelouk. Elle rendit de grands services aux Français et aux Européens en général lors de l'expédition Bonaparte en Égypte. (*Cf. L'Égyptienne*, t. I).

Elle mima les présentations avec un air faussement cérémonieux.

– Ricardo Mandrino... Schéhérazade, fille de Ché-did.

Il répliqua sur le même ton.

– Ravi, chère madame. Dame Nafissa m'avait vanté votre beauté, mais je reconnais qu'elle était bien en deçà de la vérité...

Il se mit à rire.

– Dieu, quelle formule surfaite !

– Parce que tu n'en croyais pas un mot ?

– Bien au contraire. Mais reconnaissons que j'aurais pu trouver une autre manière de t'aborder ! Cependant, aujourd'hui, plus de trente années plus tard, je me dis que jamais je ne fus si proche de la vérité.

Il glissa sa main dans les cheveux de Schéhérazade.

– Tu es belle. Tu ne l'as jamais été autant.

Elle se blottit contre lui.

– Décidément, Ricardo Mandrino, tu me surpren-dras toujours. Avant ton arrivée je me désespérais devant ma glace et maudissais intérieurement les dieux de se montrer aussi injustes à l'égard des femmes.

– Tu vois, on a toujours tort de déjuger les dieux.

Il se détacha d'elle.

– Il ne faudrait pas que nous soyons en retard. La fête est prévue pour dix-huit heures. Et nous avons une longue route à faire.

– Je n'en ai plus que pour quelques minutes.

– Je vais m'assurer que Giovanna est prête et que la berline est avancée. Entre nous, je me serais bien passé d'assister à ces festivités. Mais comment aurais-je pu refuser alors que le moindre fellah sera au rendez-vous ?

– Le pacha n'aurait pas compris. Ibrahim encore moins.

– C'est sûr.

Il soupira.

– Et demain on nous attend à l'inauguration du chantier du barrage.

– Oui, mais là, je tiens absolument à m'y rendre. Pour Joseph.

– Je comprends. Rassure-toi, je n'ai pas l'intention de lui faire faux bond.

Il annonça d'un seul coup :

– Schéhérazade, je vais me retirer des affaires.

Elle l'étudia, stupéfaite.

– Voilà un certain temps que l'idée mûrit en moi. Je suis las de cette dépendance vis-à-vis du palais. Las de vivre sur un fil, à m'interroger sur la prochaine mission qu'on risquerait de me confier. Mon amitié demeure plus que jamais acquise à Mohammed Ali, mais il est temps de penser un peu à moi, à nous.

– En as-tu déjà parlé à Sa Majesté ?

– Pas encore. Mais je ne manquerai pas de le faire à la première occasion.

– Un tremblement de terre ne lui fera pas autant d'effet. Tu en es conscient ?

– Je suis surtout conscient que nul n'est irremplaçable. Des hommes comme Boghossian, Edhem, Artine, Cerisy ou encore le colonel Sève sont des êtres de grande qualité. Ils sauront tout aussi bien que moi soutenir et conseiller le pacha.

– C'est aussi ma conviction. Mais reconnaissons que les rapports que vous avez entretenus jusqu'ici furent d'une nature assez exceptionnelle. Il n'y avait pas que la confiance qui vous liait Mohammed Ali et toi, il y avait aussi une réelle affection.

– Je te l'ai dit : mon amitié lui demeure acquise. Et je serai toujours à son écoute. Seulement, il n'est plus question que je reparte où que ce soit.

Il ajouta d'un trait et à voix basse :

– J'ignore combien d'années il me reste à vivre...
Elle posa hâtivement un doigt sur ses lèvres.

– Je t'interdis de parler de ces choses !

– Il le faut pourtant, puisque c'est ce qui motive ma décision.

Il montra le paysage qui flamboyait à travers la fenêtre.

– Ce sont des instants comme ceux-là dont je voudrais profiter, et je ne le peux qu'à tes côtés, ici, à Sabah. Aujourd'hui je sais que le voyage à Kutahia fut une folie.

Elle resta silencieuse. Comment lui exprimer le profond soulagement qu'elle ressentait ? Mille fois, depuis leurs retrouvailles, elle avait voulu le supplier d'arrêter, de poser ses valises, sans jamais oser vraiment prononcer les mots, toujours obsédée par l'idée de rattraper le temps perdu. C'est sans doute pourquoi elle ne s'était pas opposée à ce qu'il reprenne ses fonctions auprès du vice-roi, pourquoi elle avait accepté de l'accompagner en Turquie. Il ne s'était pas passé un seul jour depuis son retour de Navarin qui ne fût dominé par cette pensée : *Il lui avait donné plus qu'aucun autre homme. Avait-elle seulement su lui rendre ne fût-ce qu'une infime partie ?*

Et il y avait eu ce jugement cruel porté par Giovanna...

Tu uses de la fragilité de papa pour mieux le garder sous ta coupe. Au fond, c'est dans sa faiblesse que tu puises ta force.

Cette fois, plus personne ne pourrait lui reprocher de garder son époux à ses côtés.

*

Sous le soleil déclinant, Le Caire retentissait des milliers de youyous lancés par les voix aiguës des femmes. De la cime du Mokattam au fin fond de Boulak la cité était livrée à la musique et à l'exultation. Des bédouins surgis du désert dévalaient au grand galop la Quasabah sous les cris et les encouragements. Debout sur leur pur-sang, bras écartés, ou tenant en équilibre sur un étrier, les cavaliers rivalisaient de prouesses pour le plus grand bonheur de la foule.

Des tissus multicolores étaient tendus par-dessus les ruelles, on brandissait des mouchoirs aux fenêtres. Des femmes avaient même quitté le secret des harems pour crier leur admiration.

– Ibrahim ! Ibrahim ! Allah est avec toi ! !

Le vainqueur des Turcs, le triomphateur de Saint-Jean-d'Acre, le conquérant de Kutahia et des monts Taurus avançait à la tête de son armée, campé sur un magnifique cheval tcherkess. Et du haut des remparts de la Citadelle, entouré par les plus hauts dignitaires de la cour, son père le regardait.

Nulle émotion chez Mohammed Ali, nul tressaillement des paupières, seulement une grande fierté.

Il demanda à Schéhérazade et Ricardo :

– Chez vous, chrétiens, n'existe-t-il pas une phrase que votre Dieu aurait prononcée en parlant de son fils ? On me l'a rapportée un jour, mais je ne m'en souviens plus.

Le couple s'interrogea avec perplexité.

– Non, Sire, je ne vois pas, dit Mandrino.

– Ricardo bey, je te soupçonnais bien d'être un peu païen. En revanche, que ton épouse le soit aussi, voilà qui me choque. Attachez-vous si peu d'importance aux Écritures ? Je sais qu'elle existe, cette phrase !

– Sire, dit Giovanna, moi je la sais.

Mohammed Ali lui décocha un coup d'œil circonspect.

– Je t'écoute...

Elle récita doucement :

– Celui-ci est mon Fils bien-aimé en qui j'ai mis toute mon affection.

Les yeux du souverain roulèrent sous ses paupières.

– Bien, fille de Mandrino... Voilà qui compense un peu ton effronterie de la dernière fois.

Ricardo dévisagea sa fille avec surprise, mais ne fit aucun commentaire.

Le cortège venait de disparaître derrière les murailles de l'ancienne forteresse de Babylone qui abritait le quartier du Vieux Caire. Giovanna en profita pour examiner les gens autour d'elle. Son regard survola les ministres, les consuls, les ulémas [1], pour s'arrêter sur un couple campé à la droite du vice-roi. De la femme, entièrement voilée d'un drap de mousseline blanche, on n'entrevoyait que les yeux noirs bordés de khol. Quant à l'homme, il devait avoir une vingtaine d'années, et pourtant il avait déjà le trait flasque. Un double menton défigurait son cou, le teint était grisâtre. Mais c'était ce qui émanait de lui qui intriguait. On n'aurait su dire s'il s'agissait de cynisme ou de cruauté.

Giovanna questionna discrètement son père.

– Qui sont ces personnes ?

– Lui, c'est Abbas, le petit-fils de Sa Majesté. Elle, c'est Nazla hanem, sa fille aînée. On la surnomme « la grande princesse ».

– Et Saïd ? Comment se fait-il qu'il ne soit pas là ?

– Je croyais t'avoir mise au courant. Saïd a été envoyé poursuivre ses études en France. Il a embarqué hier matin sur le *Mahroussa*.

– Ainsi, c'était sérieux ?

Au souvenir du jeune prince, elle éprouva un petit pincement au cœur. Elle le revoyait, brisé, voûté, se

1. Théologien, dans les pays arabes de religion musulmane.

traînant lamentablement en remontant le môle. Elle souhaita qu'il fût heureux en ce moment.

Le cortège venait d'arriver à l'entrée de la Citadelle. Bientôt Ibrahim en franchirait le seuil, et comme le voulait la tradition il mettrait pied à terre et marcherait à la rencontre de son père.

*

Anonyme au milieu de la foule, Corinne Chédid applaudissait à tout rompre, alors qu'elle ne savait rien ou si peu sur ce généralissime. On lui avait seulement expliqué qu'il était le fils du vice-roi et qu'il revenait couvert de gloire. En réalité, elle exprimait simplement son bonheur d'avoir quitté Alexandrie, son bonheur aussi d'avoir été accueillie avec tant de chaleur par la famille du Dr Dussap. Clot avait eu raison de dire que c'étaient des êtres merveilleux.

*

Le banquet touchait à son terme, mais dans la salle à manger les serviteurs papillonnaient toujours, apportant des boissons fraîches, du café et des douceurs.

Au grand déplaisir de Giovanna le sort l'avait placée en face du jeune homme aux traits flasques. À la gauche de celui-ci on trouvait le colonel Sève. Plus loin, Ferdinand de Lesseps et Mimaut. On dénombrait presque autant de Français que d'Égyptiens. Rien que dans l'entourage proche du colonel, il y avait les capitaines Mary, Cadeau, Daumergue et Caisson. On retrouvait aussi Cerisy, le Dr Clot, Livron, qui, quelques années plus tôt, avait servi d'intermédiaire au vice-roi pour la construction en Europe de ses frégates ; Besson, promu au rang de vice-amiral ; le Dr Dussap, chargé depuis peu du service de santé militaire. Et tous les autres. Mais l'invité le plus inattendu était certainement Charles Lambert. Ni Enfantin, ni Fournel, ni aucun autre membre du groupe n'avait été sollicité. Sans doute, le saint-simonien avait-il bénéficié des recommandations de Linant au côté de qui il œuvrait à l'élaboration des plans et des devis du futur barrage sur le Delta.

– Mandrino bey ! lança le colonel Sève. Savez-vous que votre fille vous ressemble beaucoup ?

– Comment en serait-il autrement ? C'est ma fille.

– Et je suppose qu'elle doit avoir les qualités morales de sa mère.

– Erreur ! persifla le vice-roi. Elle n'en a que les défauts.

– Sire, rétorqua courtoisement Sève, n'êtes-vous pas un peu sévère ?

– Colonel, intervint Schéhérazade, vous qui connaissez bien Sa Majesté, vous devriez savoir que chez lui la sévérité n'est souvent que l'expression de son affection.

Elle se pencha vers Mohammed Ali.

– N'ai-je pas raison, Votre Hautesse ?

En guise de réponse, le pacha plongea sa main dans une grappe de raisin.

– Madame, reprit Sève, je repense à votre halte, il y a sept ans, à Épidaure, alors que vous étiez engagée dans cette quête impossible.Vous avez réussi, là où tout le monde vous donnait perdante. Je n'ai jamais eu l'occasion de vous le dire, mais vous avez conquis mon admiration.

– Mon ami Sève a raison, reconnut Ibrahim. Ni la légende d'Asclépios ni la peur de l'échec ne vous ont dissuadée.

Il prit spontanément Giovanna à témoin.

– Tu as vraiment une mère exceptionnelle.

– Bien sûr, Monseigneur. Comme le laissait entendre Sa Majesté, je ne suis qu'une pâle imitation.

Elle avait affecté un enjouement délibéré, mais on voyait bien qu'elle ne plaisantait pas.

– Allons, mademoiselle ! se récria Sève. Sa Majesté vous taquinait. Je n'en crois pas un mot.

– C'est pourtant la stricte vérité, colonel. Ainsi que vous le faisiez remarquer très justement, ma mère réussit là où tout le monde la donne perdante. Tandis que pour moi, c'est l'inverse. Vous comprenez ma souffrance ?

Elle se pencha vers Schéhérazade.

– N'est-ce pas, maman ?

– Ma chérie, tout ce que je peux te répondre, c'est que celui qui porte au fond de l'âme un désir de souffrance finit par créer les occasions de souffrir. Et c'est bien connu, la souffrance est le paradis des fous.

Sans attendre, elle poursuivit mais en s'adressant à Sève :

– Alors, colonel, quel effet cela vous fait-il de vous retrouver au Caire après ces années d'absence ?

– Un réel bonheur, madame. Ni la Syrie ni la Morée n'ont pu combler ce manque de l'Égypte. Si j'ai été fier de combattre au côté du prince, si chaque victoire m'a comblé de joie, les êtres qui me sont chers m'ont beaucoup manqué. J'avais hâte de les retrouver.

Il marqua une courte pause.

– À ce propos, la semaine prochaine, j'organise une réception dans ma demeure. Me ferez-vous l'honneur d'être des nôtres ?

Mandrino remercia avec courtoisie.

– C'est très aimable à vous, colonel, mais je ne sais si mon emploi du temps me le permettra.

Sève insista.

– La soirée est prévue en l'honneur de Son Excel-

360

lence Ibrahim. Faites un effort. Nous comptons vraiment sur votre présence, ainsi que sur celle de votre épouse, bien évidemment.

– Et moi ? lança avec brusquerie Giovanna.

Le colonel se racla la gorge.

– Bien sûr, mademoiselle.Vous êtes la bienvenue.

– Rassurez-vous, je ne ferai de l'ombre à personne. Je sais parfaitement me conduire en société.

La réaction de Ricardo fut immédiate.

– De toute évidence, il te reste beaucoup de choses à apprendre. La première consiste à savoir se tenir à sa place.

La jeune fille pivota violemment vers son père. Elle était à deux doigts de répliquer, mais ce qu'elle lut sur son visage l'en dissuada : il y avait une colère contenue, mais terriblement menaçante.

Par bonheur, le jeune homme aux traits flasques créa la diversion.

– Dites-moi, colonel Soliman, j'imagine qu'au cours de cette réception seront présents nombre de vos compatriotes ?

Il avait sciemment apostrophé Sève par son surnom arabe.

– Naturellement, Abbas bey.

Le jeune homme remua sur son siège dans un mouvement dépourvu de grâce et dit avec une certaine sécheresse :

– Alors, peut-être pourriez-vous essayer de raisonner un peu votre communauté afin qu'elle cesse d'abuser des capitulations ?

Sève parut déconcerté.

– Croyez-vous qu'elle en abuse tant ?

Le petit-fils de Mohammed Ali adopta une moue volontairement ambiguë.

– Oh... ce sont des rumeurs qui courent ici et là.

– Vous savez ce qu'on dit à propos des rumeurs :

La rumeur approche. L'écho la redit. Rien n'est plus stupide qu'un écho.

Le jeune homme perçut-il la flèche décochée par le Français ou préféra-t-il l'ignorer ? Il se contenta de soulever le menton et se replia dans le silence.

La tension retomba. Et le reste de la soirée se poursuivit dans un climat plus serein. À plusieurs reprises, Schéhérazade chercha à capter l'attention de sa fille, mais depuis l'incident elle ne relevait plus le nez de son assiette.

Le dernier café servi, Mohammed Ali se dressa.

– Venez ! lança-t-il à ses hôtes. Nos artificiers vont faire brûler le ciel du Caire en hommage à mon fils !

Un moment plus tard, tous les invités se retrouvèrent sur l'une des terrasses de la Citadelle.

Dans un geste affectueux, le souverain entoura les épaules d'Ibrahim.

– Vois, mon fils... Cette cité t'appartient. Demain ce sera au tour de l'Égypte tout entière.

À peine eut-il achevé sa phrase qu'un coin de ciel s'embrasa. Le feu d'artifice commençait. Très vite, les étoiles s'évanouirent sous la lumière éclatée des bouquets multicolores.

*

Dans le salon de la Citadelle endormie, Mohammed Ali aspira quelques bouffées de son chibouque et laissa tomber d'une voix morne :

– Mon fils est de retour, Ricardo. J'ai conservé mes conquêtes, j'aurais tout lieu de me réjouir, et pourtant je n'y parviens pas.

En dépit de l'heure tardive, il avait entraîné le Vénitien dans ses appartements privés. Quelques minutes plus tard, Ibrahim les avait rejoints.

Ils étaient là, tous les trois, assis en tailleur autour

d'une table basse surmontée d'un plateau en argent massif. Dans un coin, près de la fenêtre, un mangal fumeronnait encore et jetait dans l'air des volutes parfumées d'encens.

– Je ne parviens pas à me réjouir, car je sais que le poids qui pèse sur mes épaules vieillissantes va devenir trop lourd à porter.

– Sire, observa Ricardo, vous avez soixante-cinq ans, j'en ai trois de plus que vous.

– Oui, mais toi tu n'es pas à la tête d'un empire.

– Vous avez évoqué le poids qui pèse sur vos épaules. Depuis quand la victoire serait-elle un fardeau ?

Le pacha pointa le long tuyau de sa pipe vers son fils.

– Dis-lui, Ibrahim. Explique-lui dans quelle situation l'Égypte se trouve désormais.

– Voilà plus de trente ans que toutes les ressources en hommes et en argent sont affectées à l'armée et à la marine. Trente ans que nous sommes en guerre. Cette lutte prolongée contre la Porte, ou en son nom, a vaincu notre prospérité. Si ces conditions doivent se prolonger, d'ici un an le trésor sera épuisé. Aujourd'hui, il est déjà dû à l'armée trois mois de solde. Ce n'est pas tout. Il suffit d'observer la carte : l'empire égyptien s'étend d'Alexandrie jusqu'en Asie Mineure. Quelle nation peut défendre un territoire aussi grand, des frontières aussi étendues et y maintenir indéfiniment une armée sur le pied de guerre ?

– Dans ce cas, Monseigneur, ni vous ni votre père n'avez le choix.

– Je sais ! s'exclama Mohammed Ali. Il faut prendre mon courage à deux mains et déclarer l'indépendance de l'Égypte.

– Vous l'avez dit, Majesté.

– De plus, enchaîna Ibrahim, nous devons tenir

compte d'un élément nouveau, et que nous n'avions pas prévu. Depuis peu, un sentiment national égyptien est né et commence à prendre une forme tangible. Pas plus tard qu'hier mon père a accueilli une délégation d'ulémas venus lui faire part de leur impatience tout en l'assurant de leur appui. Leur démarche est d'autant plus appréciable lorsque l'on sait que ces docteurs de la loi ont souvent été opposés à nos mesures.

– Certainement. Et si vous ignoriez ces nouveaux patriotes, vous risqueriez de subir leurs critiques.

Il fixa Mohammed Ali.

– Majesté, en déclarant votre indépendance vous seriez dans votre droit le plus absolu. La Grèce n'était-elle pas elle aussi une province ottomane ? Aujourd'hui la Grèce est un pays libre. Le sultan n'avait-il pas les mêmes droits sur l'Algérie ? Pourtant, depuis le débarquement des Français, le roi Louis-Philippe ignore la suzeraineté de la Porte sur ce pays. L'Algérie est devenue territoire français. Pourquoi les grandes puissances objecteraient-elles à une décision que tout justifie ?

– Pourquoi ? Ne faites pas l'enfant, Ricardo ! Vous savez aussi bien que moi qu'il existe un obstacle majeur, incontournable, et c'est justement l'approbation des puissances ! De tout temps, le monde a été gouverné par un carré de pays qui décident de la moralité universelle. Au gré de leurs intérêts, ils décrètent un matin qu'une chose est honorable qui était méprisable la veille !

– Alors agissez en conséquence, Sire.

Ibrahim appuya Ricardo.

– Dites-vous que nous ne connaîtrons plus jamais une situation aussi favorable que celle que nous vivons aujourd'hui. Nos armées couchent à quelques milles d'Istanbul. Nous sommes maîtres de la Syrie, du Soudan et de l'Arabie. Prenez comme un conquérant le titre correspondant à cette réalité, passez outre à la politique de l'Occident et d'une main ferme placez la couronne sur votre tête ! Alors, je vous assure que ni le sabre ni la diplomatie ne vous la contestera ! !

Mohammed Ali respira profondément à plusieurs reprises et l'on n'entendit plus dans le salon que son souffle un peu rauque.

– Je vais commencer par faire une demande écrite auprès des puissances. Ensuite, je sonderai leurs représentants.

– Pardonnez-moi, Sire, mais ce serait une grave erreur. Chercher par la voie des négociations ce que vous auriez négligé de faire par hardiesse rendra le succès impossible ; même si vous avez tous les arguments du monde en votre faveur. Votre fils a raison. Permettez-moi de citer cette phrase d'un philosophe : « Ce que vous refusez d'accepter du moment, l'éternité ne le rendra jamais. »

Le souverain ne répondit pas. On sentait qu'une terrible bataille se livrait en lui.

– Mandrino bey, je suis tellement sûr de mon droit que si je ne déclarais pas mon indépendance dans ce monde, je la proclamerais dans l'au-delà...

CHAPITRE 26

Le visage enfoui dans les coussins, Giovanna essayait de maîtriser les sanglots qui secouaient son corps. Elle se détestait. Si seulement elle avait eu le courage de mourir, si la mort n'éveillait pas en elle la même terreur que chez son père, c'est avec joie qu'elle s'en serait allée vers le néant.

Quel démon l'habitait donc, pour que tout à coup elle éprouvât ce besoin viscéral de mordre ceux qui l'entouraient ? C'était encore et toujours cette autre part d'elle-même qui la gouvernait. Un tyran aveugle qui décidait brutalement d'agir, mettait ses armées en marche et devant qui elle était condamnée à rendre les armes. Le cœur dévasté, il ne restait plus que des cendres.

Pourtant elle avait essayé de bâillonner le monstre. Depuis ce séjour à la ferme aux Roses, elle avait même cru remporter la victoire. Voilà que tout était à recommencer ; elle devait faire partie de ces êtres en qui la nature avait semé plus de mal que de bien.

Voici mon fils en qui j'ai mis toute ma confiance...

Ce n'était pas un hasard si elle s'était souvenue de cette phrase, d'ailleurs la seule des Évangiles qu'elle aurait pu citer de mémoire. La première fois qu'elle l'avait lue, c'était pendant un cours de catéchisme ;

elle venait d'avoir onze ans. Dès lors elle n'avait plus rêvé qu'au jour où son père lui dirait ces mots. Durant toutes ces années passées, elle s'était endormie avec cette espérance, jusqu'à ce que la décision de Ricardo de lui confier les clés de la ferme aux Roses ait rendu ce rêve possible.

Mais les rêves sont fragiles, ils ne supportent pas la trahison.

Avec une rage folle, elle martela ses coussins. Ses lèvres s'entrouvrirent. Du tréfonds de son ventre elle sentit un cri qui montait, un cri d'animal déchiré. Elle était seule dans la maison, tous l'avait abandonnée pour se rendre à l'inauguration du barrage. Personne ne l'entendrait. Elle se redressa sur son lit, prête à libérer le cri, mais demeura la bouche ouverte, comme une noyée en manque d'air.

*

C'est au centre de la région surnommée « le Ventre de la vache » que, sous les directives de Linant, de Joseph et de leurs collaborateurs saint-simoniens, on avait installé le chantier du barrage. Les tentes formaient déjà un petit village de toile qui projetait ses ombres molles le long des marées d'herbes et de palmes, tandis qu'à quelques pas de là le fleuve-dieu poursuivait sa course, délaissant avec un superbe dédain le va-et-vient des humains. Ces mortels croyaient donc qu'on pouvait apprivoiser l'indomptable ?

Aujourd'hui était un jour faste car on allait poser la première pierre de l'École du génie. Une dahabieh magnifiquement pavoisée venait d'amener les officiels, parmi lesquels le colonel Sève, accompagné par Edhem bey, le représentant du vice-roi, Ferdinand de Lesseps, Ricardo et Schéhérazade.

Sur la grande table dressée au milieu du camp trônaient les vins de Bourgogne, de Provence et de Champagne, offerts par le consul de France. Des volailles embrochées tournaient au-dessus des feux. Sous un dais de fortune, un petit orchestre formé de musiciens arabes s'échinait à jouer un morceau qui aurait dû ressembler à *La Marseillaise*.

– Toutes mes félicitations, monsieur Enfantin. Votre fête est une vraie réussite.

Le chef des saint-simoniens, qui était en pleine discussion avec Linant, interrompit son dialogue pour remercier l'auteur du compliment.

– Je suis heureux que vous l'appréciiez, Edhem bey. C'est un grand jour.

– Sa Majesté vous fait dire qu'elle regrette de n'avoir pu se joindre à nous. Mais les affaires de l'État... Vous comprenez, bien sûr.

– Naturellement. Mais vous êtes là. Et à travers vous, c'est un peu de Sa Majesté que nous accueillons.

Edhem parut touché par la métaphore. Linant continua.

– Pardonnez-moi. Je sais que l'heure n'est pas aux discussions sérieuses, mais pourriez-vous nous dire si vous avez du nouveau au sujet des propositions que nous vous avons transmises ?

Il se hâta d'ajouter :

– Je vous assure, Edhem bey, que les transformations que suggère M. Enfantin profiteront à tous, et rendront plus glorieuse encore l'image de Sa Majesté.

Le représentant du vice-roi adopta une moue embarrassée.

– Ce que vous nous réclamez est impossible. J'ai lu attentivement votre rapport. Il est certainement plein de bons sentiments, toutefois nous ne pouvons bouleverser du jour au lendemain les traditions de ce pays.

– Mon bey, nous respectons les traditions, elles sont l'âme d'une nation. Mais le système de la corvée mérite-t-il ce qualificatif ? Ne m'en veuillez pas si je le juge inhumain, et en tout cas inefficace. Réclamer qu'il soit versé une indemnité aux ouvriers, vouloir qu'ils soient convenablement nourris et que l'on emploie des soldats plutôt que de malheureux fellahs arrachés à leurs champs et à leurs familles ; ce sont autant de requêtes qui se fondent sur le respect le plus élémentaire de la condition humaine.

Linant soutint le chef des saint-simoniens.

– Je crois sincèrement que M. Enfantin a raison. Ne pourriez-vous reconsidérer votre décision ?

Edhem bey fit une moue embarrassée.

– Je vais essayer, monsieur de Bellefonds. Mais je ne vous promets rien. En revanche, j'ai parlé au vice-roi des logements en dur et de l'hôpital de chantier. Il n'y est pas opposé.

– Voilà donc un premier pas d'accompli. Je vous remercie de tout cœur.

– Songez tout de même au reste, insista Linant. Je puis vous assurer que ces changements doubleront l'efficacité des travaux.

Edhem bey exprima quelques mots d'approbation.

– À présent, il faut que je vous abandonne. Je dois aller féliciter le colonel Sève. Je ne sais pas si vous êtes au courant, mais Sa Majesté vient de lui accorder le titre de pacha.

Alors qu'il s'éloignait, Enfantin objecta sur un ton un peu triste :

– Dommage, tout de même !

– Allons ! Ne vous laissez pas abattre. Nous finirons par avoir gain de cause. Tôt ou tard, le système de la corvée sera abrogé.

– Là n'est pas la question.

Il désigna le chantier.

– Je suis fier de contribuer à cette aventure. Dans le même temps, je me dis qu'un autre projet aurait pu bénéficier de cette belle organisation.

– Le canal... Vous y pensez encore.

– Oui, Linant, plus que jamais. Je vais vous confier un secret : j'ai fait la demande auprès du vice-roi afin qu'il accorde un firman [1] qui me permettrait de me rendre dans l'isthme avec quelques-uns de nos compagnons. Sève a promis qu'il nous fournirait les tentes et les vivres nécessaires à l'expédition.

Linant eut l'air surpris.

– Le colonel ? Comment se fait-il ?

– Figurez-vous qu'il a beaucoup de considération pour notre groupe, et que c'est de son propre gré qu'il a décidé de nous prêter main-forte.

– Tout compte fait, vous avez séduit énormément de monde en Égypte. Sève, Mimaut, Lesseps, et moi-même bien sûr... J'imagine que vous n'en espériez pas tant.

Enfantin confia comme s'il poursuivait une pensée :

– Je vais vous choquer. Je ne vois pas dans ce barrage, malgré son importance, l'œuvre d'industrie qui aura sur le monde une influence comparable à celle des grandes batailles d'un Alexandre, d'un César ou d'un Napoléon.

– Vous avez peut-être raison, mais il faut regarder le barrage comme étant un premier pas.

– Un grand pas, je le reconnais, mais qui ne s'inscrit pas encore sur « la grande route de la gloire industrielle ». Il a un caractère trop *égoïste*, trop *purement national*.

Il marqua un temps.

1. Édit, ordre ou permis émanant d'un souverain musulman. En l'occurrence, il s'agissait pour Enfantin d'obtenir un sauf-conduit pour lui et ses compagnons.

– Mohammed Ali est-il destiné à installer dans le monde cette grande gloire des combats contre les éléments naturels ? Je commence à en douter. En revanche, ce dont je suis certain, c'est qu'il prépare l'avènement de cette gloire plus puissamment que tout autre souverain. C'est parce que j'avais en France cette conviction que je suis venu en Égypte et que je suis en ce moment volontaire dans l'armée de ce grand préparateur de la gloire pacifique.

– Une attitude qui vous honore, monsieur Enfantin. Pour revenir au canal, je n'ai pas perdu foi en son avenir. Je suis persuadé que tôt ou tard le projet verra le jour.

– Inch Allah... En tout cas, quoi qu'il arrive, je me battrai dans ce sens, contre vents et marées, contre tous les sceptiques.

Il esquissa un pas vers les tréteaux où tout le monde s'était regroupé.

– Venez, mon ami. Allons rejoindre les autres.

– Je vous présente M. Enfantin, annonça Joseph à ses parents.

– Chère madame, je m'empresse de vous dire combien je suis honoré de rencontrer la mère d'un jeune homme aussi talentueux.

Il s'inclina ensuite devant Mandrino.

– M. de Lesseps m'a beaucoup parlé de vous et de l'influence que vous aviez auprès de Sa Majesté.

– Le vice-consul a beaucoup exagéré. On n'influence guère que les êtres fragiles. Ce qui, vous vous en doutez, est loin d'être le cas de Mohammed Ali.

– Bien sûr. Néanmoins je suis persuadé qu'il sait apprécier la sagesse de vos conseils.

– J'aurais aimé avoir la même influence que mon père, soupira Joseph. Peut-être alors aurais-je pu réussir à amener le pacha à jouer la carte de Suez !

– Peut-être que le temps plaidera en notre faveur. M. de Bellefonds me faisait justement remarquer le nombre de gens qui étaient en train de se rallier à nos théories.

– Il a certainement raison. Si je vous disais que ma propre sœur s'est montrée séduite par certaines de vos thèses !

– Je n'en suis pas étonné. Les femmes qui nous rejoignent sont de plus en plus nombreuses. À mon avis, ce mouvement ira croissant dans les années à venir. C'est inéluctable.

– D'où vous vient cette certitude ? questionna Ricardo.

– Tout simplement parce que les femmes ne veulent plus vivre bâillonnées. L'heure est venue de leur donner la parole. Il n'est qu'à lire et écouter les propos de nos sœurs saint-simoniennes pour découvrir combien elles ont souffert de cet enfermement. Ce sont elles les premières qui nous affirment que rien de neuf ni de bon ne se fera sans le préalable affranchissement des femmes.

Ricardo étouffa un bâillement.

– Oui, je vois... À commencer par la libération de l'Éros.

– Pourquoi pas ? L'amour n'est-il pas pour tous ? N'est-il pas la voie royale qui mène aux portes de l'Éden ?

Le Vénitien fixa le sol d'un air méditatif.

– Monsieur, j'ignore si cette libération rendra plus grandes ou plus heureuses les femmes. J'espère seulement que ce paradis que vous leur souhaitez n'aura pas un arrière-goût d'enfer.

Joseph jugea opportun de dévier la conversation.

– Je ne vois pas M. Fournel. J'espère qu'il n'est pas souffrant ?

– Hélas, M. Fournel est parti pour la Syrie. Pour

des raisons personnelles il a refusé de s'engager dans la construction du barrage [1].

– Dommage...

Mandrino profita d'un temps de silence pour déclarer :

– Désolé de mettre fin à cette conversation, très enrichissante au demeurant, mais – il fit un geste en direction des tréteaux garnis de nourriture –, comme on dit en France, ventre affamé n'a pas d'oreilles.

Il adressa un petit signe complice à son fils et entraîna Schéhérazade. Ils n'avaient pas fait quelques pas que celle-ci observa :

– Si j'en juge par ta mine renfrognée et par la façon cavalière avec laquelle tu t'es esquivé, j'en déduis que tu n'as pas beaucoup apprécié les propos de M. Enfantin.

Pour seule réplique, le Vénitien poussa un grognement.

– Je ne te savais pas si vieux jeu, seigneur Mandrino ! C'est vrai que j'étais réticente à son égard, pourtant aujourd'hui je suis forcée de réviser un peu mon jugement. Il n'y a pas que des absurdités dans les idées qu'ils défendent.

Ricardo s'arrêta net.

– Tu n'es pas sérieuse ? Leurs théories sont absurdes !

– Pas toutes. Regarde-moi. Si j'avais vécu en me pliant aux traditions, crois-tu que, dans un pays comme l'Égypte, j'aurais pu réaliser le peu de choses que j'ai faites dans ma vie ? Connais-tu beaucoup de femmes soumises qui auraient restauré la ferme aux Roses envers et contre tous ? En connais-tu beau-

---

1. Il semblerait que ce fût pour ne rien sacrifier de sa valeur d'ingénieur en France que Fournel refusa de s'engager dans la construction du barrage, estimant que seul le projet du canal méritait un effort financier.

coup qui auraient eu l'audace de prendre d'assaut, et en pleine nuit, la chambre d'un vice-roi pour exiger de lui qu'il abroge un décret ? Et je ne parlerai pas de ce voyage en Morée... Une pure folie que seule une femme qui se moque des règles établies a pu accomplir. Au fond, c'est peut-être une saint-simonienne d'avant le temps que tu as épousée.

Piqué au vif, il lança dans un semblant de mise en garde :

— Méfie-toi que je n'adhère moi aussi à leurs idées. À ce qu'on raconte, leurs femmes sont, paraît-il, extraordinairement libérales.

Contre toute attente, Schéhérazade resta sans réaction. Son attention était ailleurs. Il avisa alors une jeune fille aux cheveux auburn qui s'avançait dans leur direction.

— Bonjour. Puis-je vous servir à manger ?

— Avec joie.

— Qu'aimeriez-vous ? Un pigeon grillé ? Une tranche de mouton ?

— Une tranche de mouton fera l'affaire.

Il s'informa auprès de Schéhérazade.

— As-tu une préférence ?

Elle n'eut pas l'air de l'entendre. Il dut répéter.

— La même chose. Une tranche de mouton.

La jeune fille opina et repartit vers la table d'un pas gracieux.

— Que se passe-t-il ? s'inquiéta Ricardo. Tu as l'air tout chose.

— Qui est cette personne ?

— De qui parles-tu ?

— Cette jeune fille, là...

Elle tendit son doigt vers la silhouette.

— Que sais-je ? Une serveuse, sans doute.

— C'est curieux.

Il n'eut pas l'air de saisir.

– Cette ressemblance. Le même nez, le même petit grain de beauté sur la pommette. C'est le portrait de ma sœur.

– Samira ?

– Oui. Avec trente ans de moins.

– Ah bon.

Il haussa les épaules et enchaîna sur un autre sujet. Elle l'écouta vaguement disserter sur les dernières décisions du vice-roi, jusqu'au moment où la jeune fille réapparut devant eux.

– Voici, dit-elle en leur présentant deux assiettes. Je vous souhaite un bon appétit.

Au moment où elle allait repartir, Schéhérazade l'interpella.

– Mademoiselle. Puis-je connaître votre nom ?

– Je m'appelle Corinne.

– Et... vous faites partie des saint-simoniens ?

– Oui.

Elle crut bon d'ajouter comme si cet aveu l'embarrassait :

– Enfin... d'une certaine façon.

– Il faut que je vous confie un secret, dit Mandrino avec un certain amusement. Savez-vous que vous avez une jumelle ?

– Ah ?

Elle parut un peu décontenancée.

– Mon épouse vous trouve beaucoup de ressemblance avec un membre de sa famille.

– Et de qui s'agit-il ?

– De sa sœur. Il paraîtrait que vous êtes son sosie.

Un saisissement soudain fit vaciller les traits de Corinne.

– J'espère que je ne vous ai pas offensée.

– Non... non, pas du tout.

Elle se sentait ridicule. Pourquoi son cœur battait-il la chamade ? Il ne pouvait s'agir que d'une coïncidence.

– Vous êtes en Égypte depuis longtemps ? questionna Schéhérazade.

– Six mois, environ...

– Vous êtes française, bien sûr.

– Ma chérie, protesta courtoisement Mandrino. Tu ne crois pas que tu es un tout petit peu indiscrète ?

Passant outre à la remarque du Vénitien, Corinne s'entendit répondre par mots entrecoupés.

– Je suis à moitié égyptienne. Ma mère est née à Guizeh. Elle est partie pour la France à l'époque de l'expédition française. Mon père faisait partie de l'armée de Bonaparte, il...

Sa phrase resta en suspens. Son interlocutrice était devenue très pâle.

Non, ce ne pouvait être...

Elle eut tout à coup le sentiment qu'autour d'elle la chaleur du soleil devenait intolérable. Dans son esprit étaient en train de se juxtaposer deux visages ; celui de sa mère et celui de cette femme qui lui faisait face. L'ovale du visage, le dessin des lèvres. Le parallèle s'imposait, et avec lui, cet air qu'elle aurait juré familier.

– Viens... viens, fille de Chédid.

Elle entendit les mots, en même temps qu'elle vit les bras tremblants qui se tendaient vers elle.

Y avait-il encore place pour le doute ?

Elle se laissa glisser doucement contre la poitrine de Schéhérazade. Et au contact de sa peau, de son odeur, elle sut qu'elle avait enfin trouvé le port.

CHAPITRE 27

– Giovanna. Je te présente Corinne Chédid... ta cousine.

Bouche bée, Giovanna salua l'inconnue tout en interrogeant ses parents du regard. Joseph était rayonnant.

– Allons nous asseoir, proposa le Vénitien. Nous serons mieux pour parler.

Ils entrèrent dans le salon. Ricardo alluma les lampes et prit place à son tour sur un divan.

– C'est fou..., répéta Joseph.

C'était la troisième fois qu'il prononçait le mot, depuis que sur le chantier ses parents l'avaient mis en présence de Corinne. Si seulement il avait pu se douter que l'inconnue croisée trois semaines plus tôt dans la cour du consulat était une Chédid ! Sa cousine !

– Je l'avais dit à M. de Lesseps ! Je lui avais dit que vous aviez une allure familière !

La remarque provoqua un sourire timide sur le visage de Corinne.

– Si vous m'expliquiez ? pria Giovanna. J'aimerais comprendre.

– C'est une longue histoire, commença Schéhérazade. C'était il y a plus de trente ans... Du temps de l'expédition française.

377

Comme on livre un conte de fées, elle raconta la vie de Samira, s'interrompant par moments, le temps de quêter une confirmation auprès de la jeune fille, pour reprendre aussitôt le récit. Elle arriva enfin à l'ultime rebondissement, la rencontre sur le chantier du barrage, et conclut :

– Et qu'on ne vienne pas me dire que Dieu n'existe pas.

– Alors ? demanda Ricardo à Giovanna. Que penses-tu de tout cela ?

– Je ne peux que reprendre les mots de mon frère : c'est fou ! C'est fou, mais c'est avant tout une grande joie.

Elle s'était exprimée avec une sincérité sans fard.

– Mes enfants, annonça Schéhérazade, à partir de cette heure nous ne serons plus quatre à Sabah, mais cinq.

Elle prit la main de Corinne et la serra affectueusement.

– Considère désormais qu'ici tu es chez toi.

– Je vous remercie, madame. Cependant...

Schéhérazade s'écria :

– Madame ? Avez-vous entendu ? Tu es la fille de ma sœur, Corinne. Mon propre sang ! Allons, je t'en prie, appelle-moi comme tu voudras, mais surtout pas... « madame ». Que voulais-tu ajouter ?

– Je suis très touchée par votre générosité, seulement il y a les autres... Il y a cette amie, Judith Grégoire, dont je vous ai parlé, mes études à la faculté. Il faudra aussi que je gagne un peu d'argent.

– De l'argent ? Mais de quoi parles-tu ? Une fille Chédid n'a pas à travailler ! Je ne sais pas comment les choses se passent en France, mais ici les femmes ont d'autres devoirs que celui d'aller gagner leur vie.

– L'émancipation a du retard, philosopha Ricardo, rieur.

378

– Tu as cité *les autres*, releva Schéhérazade, tu veux parler de tes amis saint-simoniens ?

Corinne confirma.

– Ce qui sous-entendrait, dit Ricardo, que tu te sois réellement liée à – il faillit dire « ces gens », mais rectifia – ce groupe ?

– Disons que je me sens redevable à leur égard. Après tout, c'est grâce à eux que j'ai pu venir en Égypte. À la mort de maman, ce sont eux qui m'ont hébergée, qui m'ont nourrie.

– Mais tu travaillais en échange ! Ne nous as-tu pas raconté que tu t'occupais, entre autres, de la blanchisserie et des tâches ménagères ?

– C'est vrai.

– Alors ? Je ne vois vraiment pas en quoi tu devrais te sentir endettée. À moins que – il marqua une légère hésitation – à moins que tu ne veuilles vivre à leur manière ?

Corinne noua ses doigts nerveusement.

– Puis-je vous faire une confidence ?

Une note d'appréhension s'était insinuée dans sa voix.

– Je n'ai plus rien en commun avec les saint-simoniens.

Le soulagement que sa révélation provoqua fut nettement perceptible.

– Au début, c'est vrai que je me suis sentie proche d'eux. C'est vrai que leur générosité, leur bonté, leur désir d'améliorer le monde, m'ont touchée. Seulement, les choses ont évolué. Il y a eu cette affaire de « nouveau christianisme » qui a commencé à me choquer, cette histoire de Femme-Messie, ces confessions forcées exigées par le Père...

– Le père ? bondit Schéhérazade. Quel père ?

– C'est ainsi que nous appelions le chef du mouvement, M. Enfantin.

Devant la moue circonspecte déclenchée par son explication, elle crut bon de préciser :

– Oui, je sais, moi aussi je trouvais cette appellation déplacée. Il y a eu aussi la manière de se conduire de certaines femmes.

Elle poussa un soupir.

– Voilà pourquoi je vous disais que je n'avais plus rien en commun avec le groupe.

– Dans ces conditions, où est le problème ?

– Il n'y en a pas, affirma Schéhérazade. Tant que tu étais seule, tu n'avais pas le choix. Désormais tu as une famille. Qu'y a-t-il au monde de plus important ?

– Vous croyez vraiment que je peux rester avec vous ?

– Corinne, intervint Giovanna avec une autorité inattendue, c'est moi qui te le demande.

Et comme l'autre s'étonnait :

– J'ai toujours souhaité avoir une sœur. Pas toi ?

Si elle l'avait souhaité ? Comment dire le manque dont elle avait souffert ? Comment dire ces visages anonymes pour lesquels elle n'avait jamais rien éprouvé que des sentiments anodins ? Comment expliquer que depuis la mort de Samira elle n'avait rêvé qu'à cette minute ?

– Je reste, murmura-t-elle la gorge nouée par l'émotion. J'ai trop besoin de vous...

Silencieux dans son coin, Joseph la dévorait des yeux.

*

Alexandrie, l'arsenal, février 1834.

Sur la corniche qui surplombait l'arsenal, Mohammed Ali semblait en proie à la plus grande nervosité. Il fit quelques pas droit devant lui, avant de revenir

380

vers le colonel Campbell, le nouveau consul général d'Angleterre.

– Mais enfin, pourquoi cet entêtement ? Pourquoi cette volonté destructrice ? La France, elle, est prête à reconnaître mon indépendance, alors pourquoi faites-vous obstruction à cette volonté ?

– Le gouvernement de lord Palmerston...

– Lord Palmerston ! Parlons-en ! Depuis quatre ans qu'il est ministre des Affaires étrangères, jamais la politique de votre pays n'a été aussi dure, aussi intransigeante !

– Sire, pouvez-vous lui reprocher de défendre les intérêts de sa patrie ?

– Cher colonel Campbell, l'intérêt de sa patrie implique-t-il le mépris des autres nations ? Regardez-moi. Je suis un vieil homme. Vous serez bientôt débarrassé de ce pacha qui vous empoisonne. Tout ce que je demande c'est d'être assuré avant de mourir de l'avenir de ma famille. Je veux que la puissance que j'ai fondée passe entre leurs mains. Ma requête est-elle si absurde ? Pourquoi ne pas faire un geste ?

– Lord Palmerston juge que le statu quo actuel demeure la meilleure des choses. Je vous rappelle ses propos : « Une déclaration d'indépendance serait regardée comme un acte d'hostilité, et si la Sublime Porte réclamait l'assistance de l'Angleterre, elle la trouverait disposée à la lui accorder. » D'autre part, Majesté, vous avez évoqué l'attitude de la France. Permettez-moi de vous contredire et de vous faire observer qu'elle désapprouve votre projet. Il en est de même pour les autres puissances.

– Monsieur le Consul général ! Ce n'est pas parce que vous avez envoyé Napoléon à Sainte-Hélène qu'il faut vous croire porte-parole de la France ! C'est au représentant de l'Angleterre que je m'adresse en ce moment, non à celui de Louis-Philippe. Répondez-moi : pourquoi avez-vous consenti à la séparation de la Grèce, de la Belgique et ne voulez-vous pas reconnaître celle de l'Égypte ?

Campbell ne répondit pas.

– Vous ne dites rien ? Alors montrez-moi dans l'Histoire un vassal aussi puissant que je le suis et qui se soit contenté du rôle de sujet et n'ait secoué le joug de l'obéissance ? Ne comprenez-vous pas qu'il est inique de vouloir m'y maintenir plus longtemps ?

Le consul finit par riposter :

– Je vous l'ai expliqué, Majesté. Mon pays est opposé au démembrement de l'Empire ottoman. Au reste, vous ne pouvez pas comparer votre situation à celle de la Grèce, ou de la Belgique. La manière dont vous gouvernez l'Égypte, vos ambitions, sont autant d'éléments en votre défaveur.

Mohammed Ali faillit s'étouffer.

– Mes ambitions ? Ma manière de gouverner l'Égypte ?

Sa voix explosa, comme un rugissement.

– Mais, colonel Campbell ! Vous avez dévoré l'Écosse ! Vous avez fait main basse sur l'Irlande et vous l'avez affamée ! Vos colonies s'étendent en Amérique du Nord, en Inde, en Afrique ! Vous déambulez dans une partie du monde avec autant d'arrogance que s'il s'agissait d'une allée de Buckingham ! Et vous osez me parler de mes ambitions ?

Il essaya de reprendre son souffle, tandis qu'une crise de hoquet prenait insidieusement possession de lui. Alors il laissa tomber d'une seule traite, de crainte de ne plus pouvoir aller au bout de ses phrases :

– Vous transmettrez à lord Palmerston le message suivant : Je retiens ma volonté à clamer mon indépendance comme on retiendrait un oiseau dans le creux de sa main. Je ne pourrai l'emprisonner indéfiniment.

Le diplomate riposta sans hésiter :

– Alors n'en doutez pas, Sire, ce sera la guerre. La dernière vous a accordé pratiquement tout ce à quoi vous aspiriez. N'allez pas plus loin. Vous perdriez d'un seul coup tout votre acquis. Car cette fois, ce n'est pas l'armée du sultan que vous trouverez sur votre route, mais celle de l'Angleterre.

Entre deux spasmes, le souverain fit un signe de la main, indiquant que la discussion était arrivée à son terme.

*

Il devait être six heures du matin lorsque le cri retentit dans le domaine de Sabah.

Schéhérazade bondit hors du lit. Elle enfila une tunique et se précipita dans le couloir qui menait à la chambre de Joseph. En arrivant sur le seuil elle manqua de défaillir. Il gisait inanimé en travers du lit. Giovanna penchée sur lui balbutiait des mots affolés.

– Que lui est-il arrivé ? hurla-t-elle.

Sans attendre la réponse elle se rua vers son fils. Il haletait, les traits crispés, inondé de sueur, le corps secoué de frissons. De percevoir son souffle la rassura un peu.

– Joseph... je t'en prie...

Ricardo fit irruption à son tour dans la pièce, suivi par Corinne.

En un instant, il avait jugé la situation.

– Giovanna ! ordonna-t-il, va immédiatement chercher le Dr Clot ! Que Hussein t'accompagne en calèche ! Fais vite !

– Je t'accompagne, proposa spontanément Corinne.

– Mais papa, Clot doit être à la faculté en train de donner ses cours... Peut-être qu'il...

383

– Il viendra pour mon fils ! Fais ce que je te dis ! Allez !

Il s'approcha à son tour de Joseph toujours inanimé et se mit à lui tapoter les joues à plusieurs reprises. Le jeune homme bougea faiblement en gémissant.

– Il revient à lui. Il faudrait de la fleur d'oranger.

Schéhérazade fonça vers la cuisine.

– Joseph..., répéta Ricardo.

Cette fois il battit des paupières et entrouvrit les yeux. Ils brillaient à la façon d'un miroir frappé par le soleil.

– Ça va mieux... Ne crains rien. Tout va bien.

Joseph acquiesça faiblement. On aurait cru qu'il s'apaisait, lorsque dans un violent sursaut il se redressa à moitié et se mit à vomir par jets sporadiques. Aussitôt après, il retomba lourdement, épuisé. Une suite de mots incohérents filtra entre ses lèvres. Il délirait.

Schéhérazade, le flacon de fleur d'oranger à la main, revint dans la pièce. Aidée par Ricardo, elle tenta, mais sans succès, de faire boire le malade. Les tremblements persistaient. La figure brûlante de fièvre s'était métamorphosée, on aurait dit qu'elle se parcheminait sous l'effet d'un dessèchement intérieur.

Lorsque Giovanna et Corinne ramenèrent le Dr Clot, il n'était pas loin de midi.

Le médecin palpa le corps de Joseph, vérifia le pouls, examina les aisselles, l'aine. Quand il se releva, sa physionomie était sombre et grave.

– Alors ? s'impatienta Ricardo.

– Il serait inutile que je vous mente.

Il mit un temps avant de décréter :

– Peste bubonique...

Les occupants de la pièce eurent la sensation que le sol se dérobait sous eux.

Le Vénitien saisit Clot par les épaules.

– Ce n'est pas possible ! Vous devez faire erreur !

– J'aurais bien aimé... Cependant aucun doute n'est possible. Ganglions dans l'aine, sous les aisselles, dans la région cervicale, forte fièvre, vomissements. Ce sont là des symptômes classiques... tenez... regardez...

Il remonta le vêtement de nuit de Joseph jusqu'à la taille et pointa son index sur le côté gauche, à un travers de doigt de l'aine.

– Voici un signe qui malheureusement écarte toute autre hypothèse...

Schéhérazade et Ricardo fixèrent l'endroit indiqué par Clot.

La peau avait formé une sorte de cloque, entourée d'un cercle ocellaire. Hideux. C'était le premier bubon, enkysté, qui suppurait sa pourriture interne.

La peste...

Le mot sonnait comme un glas. Des images de cadavres décharnés et dégoulinants, des charrettes de morts traînées dans des rues désertées s'imposèrent à l'esprit de tous. Car, si Joseph était frappé, on pouvait en déduire qu'au même moment d'autres que lui étaient pareillement atteints. Au Caire ou dans le Delta, sur le chantier du barrage.

*

– Dites-moi la vérité, Barthélemy, Joseph est-il condamné ?

Ils s'étaient regroupés dans le salon, suspendus au verdict définitif de Clot.

– Je ne peux pas me prononcer. S'il s'agissait de la peste pulmonaire, ma réponse eût été formelle : votre

385

fils n'aurait pas survécu au-delà de trois ou quatre jours. Mais là, tout reste encore possible. Joseph est jeune, il est de bonne constitution.

Schéhérazade tordit nerveusement le mouchoir qu'elle tenait dans sa main. Son cerveau accueillait les explications du médecin, mais son cœur les rejetait. Ce ne pouvait être possible. Ce n'était pas de son fils que l'on parlait.

Près d'elle, recroquevillée dans un coin du divan, Corinne n'osait rien dire, elle retenait son souffle, dépassée ; seuls Ricardo et Giovanna donnaient l'impression d'un certaine maîtrise. Cette dernière s'informa :

– Docteur Clot, y aurait-il un traitement ?

Le médecin passa machinalement sa paume le long de ses traits anguleux.

– Dans l'état actuel de nos connaissances, il n'existe aucun remède contre cette maladie. Aucun. Tout ce que l'on peut faire, c'est inciser les bubons au fur et à mesure de leur apparition, donner du laudanum et envelopper le malade dans un drap humide pour faire baisser la fièvre. C'est tout.

– Et attendre la mort...

Clot ne fit pas de commentaire. Il alla chercher sa petite sacoche en peau retournée et en sortit une fiole au contenu jaunâtre.

– Tenez, Ricardo. Vous lui ferez boire six gouttes au coucher du soleil. Puis, tous les jours, midi et soir. Mais prenez garde de ne jamais dépasser ces doses. Administré avec excès le laudanum est mortel.

Le Vénitien s'empara du flacon et machinalement le confia à Schéhérazade. Elle le prit, l'examina avec une étrange fixité. Et Mandrino fut frappé par la transformation qui, en quelques heures, avait ravagé ses traits.

Le lendemain le drapeau jaune de la peste était hissé sur la Citadelle, sur les minarets, à l'entrée des faubourgs. Mais il n'y avait pas que Le Caire qui était touché par le fléau. À l'aube du troisième jour, les premiers cas firent leur apparition à Alexandrie. Ferdinand de Lesseps fut nommé chef du commissariat à la Santé publique. Le mal se propagea à une telle vitesse que le vice-consul dut transformer le consulat en hôpital. Faisant preuve d'un dévouement exemplaire en tous points, le vice-consul partagea son temps entre Alexandrie et la capitale, selon que la situation s'aggravait dans l'une ou l'autre. Le plus dur fut d'organiser l'évacuation des quartiers atteints. La plupart des occupants, épouvantés, refusaient d'abandonner leur domicile ou même de se soumettre aux mesures de purification.

Dans la semaine qui suivit, Damiette, Rosette et la plupart des villages du Delta furent à leur tour gagnés par l'épidémie.

Les lazarets de fortune mis en place par les médecins français furent très vite débordés et il ne se passa plus une seule nuit sans que retentissent dans le ciel d'Égypte les cris stridents des pleureuses.

Les rats à la dérive, porteurs de pestilence, déferlaient dans les rues, croyant peut-être ainsi échapper à la mort, ignorant que c'était eux-mêmes qui en étaient les convoyeurs.

Une seule alternative s'offrait à la population : fuir ou braver le fléau. À mesure que les morts s'accumulaient et que l'effroi prenait possession des villes, le premier choix s'imposa. Bientôt, le fleuve fut couvert de barques et de canges qui remontaient le courant vers la Haute-Égypte. Leurs occupants s'étaient peut-être dit que les anciennes divinités de Thèbes étendraient sur eux leur protection, puisque le Dieu chrétien et musulman était impuissant.

Mohammed Ali lui-même ne fut pas épargné par la peur. Après avoir donné l'ordre que toutes les administrations et les écoles fussent placées en quarantaine, il s'isola avec sa famille entre les murailles de la Citadelle et n'en bougea plus, protégé par un triple cordon sanitaire.

Détail irréel, dans ce chaos qui régnait partout, on pouvait apercevoir de temps à autre des individus qui jouaient à la balle dans les venelles désertées. Aux Occidentaux qui s'étonnaient, on expliquait que les épidémies étaient apportées par des légions de démons, les affarits. Par moments, l'un d'entre eux, fatigué de voltiger dans les airs, fondait sur un individu et en faisait sa proie. Jouer à la balle avait pour but de rompre le cercle que les démons formaient au-dessus des humains.

La mosquée de Sayyeda Zénab, la protectrice du Caire, était le seul lieu sacré où les femmes étaient autorisées à pénétrer. Alors c'est par vagues qu'elles étaient venues s'y recueillir. Les prières se mêlaient aux sanglots, les lamentations impudiques au désespoir muet. Sur le seuil, de faux dévots sans scrupule vendaient de l'eau bénite au pouvoir prétendu miraculeux.

Les morts étaient portés par des mourants jusqu'aux portes des cités et, insensiblement, la vie déserta la capitale.

Chez le Dr Dussap, Suzanne Voilquin se réveilla un matin, le corps couvert de pétéchies, premiers symptômes du mal. On posa des sangsues sur son estomac, on lui fit boire de l'eau gommée et des potions fortement laudanisées. Ce traitement eut-il quelque effet bénéfique ? La saint-simonienne survécut. Il n'en fut pas de même pour Halima, l'épouse du médecin, et sa fille la jeune Hanem. Les deux femmes devaient décéder à quelques jours d'intervalle. Dussap lui-même n'allait pas tarder à les rejoindre dans la mort. Mais dans son cas, ce fut peut-être la tristesse qui le tua.

Le chantier du barrage non plus ne fut pas épargné. Les uns après les autres, les ouvriers tombèrent. Edhem bey en premier.

Ce fut au tour des saint-simoniens. Alric, le jeune sculpteur qui avait conçu le petit train miniature ayant servi à Fournel, succomba entre les bras d'Agarithe Caussidière, la compagne d'Enfantin. Lamy, Fourcade, Dumolard, Maréchal, la liste n'en finissait plus. Si le Père fut l'un des rares à en réchapper, c'est parce que, dans les premiers jours de l'épidémie, il était parti pour Karnak, en Haute-Égypte, en compagnie de Lambert et de deux autres compagnons.

Au dernier jour du fléau on fit le compte des morts. Il dépassait le chiffre de deux cent mille.

*

Lorsque Joseph s'éveilla ce matin-là, il s'étonna de la pénombre qui régnait dans la chambre.

Il scruta les ténèbres et découvrit Corinne endormie dans un fauteuil, au pied du lit. Il essaya de s'asseoir à moitié et l'effort qu'il fit pour y parvenir l'effraya. Jamais il n'aurait cru qu'on pouvait se sentir si affaibli.

Est-ce le froissement des draps qui fit sursauter Corinne, ou alors ce sixième sens qu'acquièrent ceux qui veillent au chevet des malades ? Elle déplia ses jambes et posa ses pieds nus à terre. D'abord elle resta silencieuse et se contenta d'examiner Joseph avec une certaine appréhension, comme si elle avait voulu s'assurer que ce qu'elle entrevoyait n'était pas une alarme de plus, mais le reflet de ce mieux pour lequel elle avait tant prié. Au cours de ces dernières semaines, elle avait tellement connu de fausses joies qu'elle en était arrivée à se méfier de ses observations. Ce fut seulement lorsque la voix de Joseph lui parla qu'elle eut la certitude que cette fois la guérison était enfin venue.

Elle quitta le fauteuil et vint s'asseoir au bord du lit.

– Comment te sens-tu ?

– Faible...

– C'est normal. La maladie a été longue.

– Combien de temps ?

– Trois semaines, aujourd'hui.

Il eut l'air atterré et fit glisser sa main le long de ses joues amaigries et noires de barbe.

– Je dois avoir une drôle de tête.

– Celle de quelqu'un qui a beaucoup lutté. C'est fini maintenant. Tu voudrais manger ?

Déjà elle s'était levée, prête à gagner la porte.

– Corinne...

Il montra le fauteuil encore marqué de son empreinte.

– Tu... tu as passé la nuit ici ?

Elle opina, enchaînant très vite :

– Je vais aller prévenir les autres. Ils vont être fous de joie. Tu nous as fait très peur, tu sais...

À l'idée qu'elle avait veillé sur son sommeil, il se sentit ému. Son émotion eût été bien plus grande si on lui avait dit que, depuis le premier jour de sa maladie, Corinne s'était métamorphosée en chien fidèle et qu'elle ne l'avait pratiquement pas quitté, jusqu'à refuser de s'alimenter ailleurs qu'à son chevet ?

Il souleva faiblement la main pour intercepter un rai de lumière qui filtrait à travers les persiennes. Une chaleur familière envahit sa paume. Il revivait.

CHAPITRE 28

Alexandrie, août 1835

L'embarcadère grouillait comme à l'accoutumée d'une foule bigarrée. Parvenu à l'endroit où la chaloupe était amarrée, Ferdinand ordonna au porteur de s'arrêter et fit volte-face vers Linant de Belle-fonds.

– Eh bien, mon ami. Je crois que l'heure est venue de nous séparer. Je tiens à ce que vous sachiez combien j'ai été heureux de vous avoir connu.

– J'ai partagé ce bonheur. Vous allez me manquer.

Il s'enquit sans illusion quant à la réponse :

– Êtes-vous vraiment contraint de rentrer à Paris ?

– Je suis épuisé, Linant. Ce combat contre l'épidémie m'a brisé. De toute façon, Mimaut est muté, et il est question que je sois nommé à La Haye ou à Malaga.

– Si vous aviez le choix, pour laquelle de ces deux villes opteriez-vous ?

– Malaga, sans la moindre hésitation.

– L'Espagne vous attire à ce point ?

– J'ai toujours eu un petit faible pour l'Andalousie. Et puis... il y aura la mer qui me rappellera un peu Alexandrie. En outre, j'ai de la famille en Espagne.

Dans la province de Badajoz très précisément. J'ai très envie de la revoir.

— Des parents proches ?

— La nièce de ma mère, la comtesse de Montijo. Il y a aussi Eugénie, sa fille.

Un éclat malicieux fit pétiller l'œil de Linant.

— Tiens donc... C'est vrai que vous êtes toujours célibataire.

— Allons, mon cher ! Vous faites fausse route : Eugénie n'est qu'une enfant ! Elle vient d'avoir neuf ans.

Linant se rétracta sans pour autant se départir de son expression.

— En effet, une épouse de cet âge serait plutôt mal vue par le corps diplomatique. Mais je ne me fais pas de souci pour votre avenir sentimental. Une petite voix me souffle qu'après toutes ces années passées en Égypte vous êtes mûr pour rencontrer l'élue de votre cœur.

— J'aurais mauvaise foi à vous contredire. Depuis la mort de mon père, je n'ai jamais autant éprouvé le besoin de fonder un foyer.

— C'est bien naturel. En tout cas, quoi qu'il arrive, souvenez-vous que vous avez un ami en Égypte.

— Je le sais, Linant.

Il se tut et sa voix se fit plus nuancée.

— S'il est une chose que je regrette, c'est de n'avoir pas pu concrétiser notre rêve.

Il pointa son doigt sur l'*Onorato* qui mouillait au large.

— Sur ce vapeur, j'emporterai un peu de Suez.

— Je partage votre amertume. Peut-être que d'autres réussiront là où nous avons échoué.

Il confia tout à coup :

— Je ne sais pas si vous êtes au courant, mais le pacha a accordé l'autorisation à Enfantin de se rendre dans l'isthme afin d'y travailler. Six personnes l'accompagnent. J'ai comme l'impression qu'ils veulent vérifier mes calculs.

– Tiens ? Je croyais pourtant les saint-simoniens en disgrâce auprès de Sa Majesté, notamment en raison de l'attitude de leur chef pendant l'épidémie. Il semblerait que Mohammed Ali n'ait pas beaucoup apprécié le départ d'Enfantin en Haute-Égypte, qu'il l'aurait considéré comme une fuite. N'a-t-il pas ordonné que l'on cesse de lui verser les sept cent cinquante piastres qui lui avaient été allouées pour sa contribution aux travaux du barrage ?

– Je suis au courant de cet incident. Il n'en demeure pas moins que le firman a été signé de la main du pacha.

– Quoi qu'il en soit, je ne peux que souhaiter à ces messieurs plus de chance que je n'en ai eu. Et à vous aussi bien sûr, car je suppose que vous allez continuer de les appuyer ?

Linant fronça les sourcils.

– S'il me reste quelque pouvoir. Depuis un certain temps, pour des raisons qui m'échappent, j'ai le sentiment d'être lâché par le vice-roi. Voyez ce qui s'est passé avec le barrage... Tous les travaux ont été stoppés sans préavis, du jour au lendemain.

– Il n'y a pas que les voies du Seigneur qui sont impénétrables ; celles des rois le sont aussi. Patientez... Le ciel s'éclaircira. Sa Majesté vous tient en trop haute estime pour vous écarter de façon durable.

Il donna l'accolade à Linant.

– Adieu, mon ami. Prenez soin de vous.

Il posa un dernier regard sur le paysage.

– Qui sait si un jour je reverrai cette ville...

– Vous connaissez le proverbe : « Qui a bu une fois l'eau du Nil est condamné à revenir sur ses berges. Sinon, la soif le hantera tout au long de son existence. »

– Sans doute, Linant. Sans doute...

Ses lèvres s'écartèrent en un sourire rêveur.

– Je me demande si je n'éprouve pas déjà les prémices de cette obsession.

Il pivota et prit place dans la chaloupe qui allait le conduire sur le vapeur.

Longtemps après que l'embarcation se fut éloignée, Linant était toujours sur le quai à fixer l'horizon.

*

Joseph aida Corinne à descendre de cheval et, la prenant par la taille, il la déposa à terre. Le visage de la jeune fille, déjà rouge d'émotion, s'empourpra plus encore. Son émoi ne provenait pas uniquement de cette première séance d'équitation – encore que l'appréhension, la peur du ridicule, n'y fussent pas complètement étrangères. C'était surtout la proximité du jeune homme qui semait le trouble en elle, à quoi était venu s'ajouter ce contact physique. Il avait été furtif, certes, mais d'éprouver ces mains qui se posaient sur elle, les premières mains d'homme qui touchaient son corps, l'avait mise sens dessus dessous.

Elle fit de son mieux pour se ressaisir et lança avec désinvolture :

– Je ferai une parfaite écuyère, n'est-ce pas ?

– J'en suis sûr. Mais il faut que tu saches qu'il te faudra du temps si tu veux arriver à la perfection. Dresser un cheval est une jouissance qu'aucun mot ne peut exprimer. Du reste, il ne te suffira pas de savoir monter ; tu devras aussi apprendre à soigner ta monture, l'aiguayer, la bouchonner, en un mot : l'aimer. S'il est essentiel qu'un cheval sente la domination de son cavalier, il doit aussi percevoir son amour.

– L'aimer ne sera pas difficile ; quant au reste, j'apprendrai.

Il indiqua le sphinx qui se dressait à quelques pas d'eux.

– Tu vois, il n'est pas aussi effrayant ni aussi impressionnant que tu semblais le croire.

– On pourrait même dire qu'il est beau. Dommage que son nez soit brisé.

– C'est la faute des Mamelouks. Ils s'en servaient comme cible pendant leurs exercices d'artillerie ; une artillerie dont ils n'ont jamais su se servir au demeurant. Il n'est qu'à voir de quelle façon Abounaparte les a balayés.

Elle pouffa de rire.

– Abounaparte ? Tu veux parler de Napoléon ?

– Oui. C'est ainsi que les Égyptiens le surnomment. Abou signifiant père.

– Et lui, fit-elle en désignant le lion à tête humaine, c'est « le père de la terreur ».

– Oui. Mais ne me demande pas pour quelle raison les Égyptiens l'ont affublé de ce nom ; je sais seulement sa légende. Il y a plus de trois mille ans, un prince du nom de Thoutmosis s'endormit ici même. Harmakhis, le dieu solaire, lui apparut en songe et promit au prince de lui accorder le royaume d'Égypte si on le désensablait. Ce que le prince fit ; et il devint pharaon [1].

Corinne buvait littéralement ses paroles. Ce n'était pas tant le récit qui la captivait que le timbre de la voix. Depuis dix-huit mois qu'elle connaissait Joseph, elle était toujours aussi fascinée par cette faculté qu'il

---

1. À titre purement anecdotique, une autre légende lui succéda dans l'imagination populaire des années 1968, alors que l'Égypte vivait sous la dictature de Gamal Abdel Nasser. On racontait alors que le sphinx était apparu au dirigeant, pour l'implorer – non de le désensabler – mais de lui accorder une faveur rarissime pour l'époque : un visa de sortie.

avait de mettre de la douceur dans les sujets les plus graves.

– Vas-tu retourner sur le chantier ? demanda-t-elle.

– Pas avant quelque temps. Il a été mis fin aux travaux, sur ordre de Mohammed Ali.

– Je suppose que ce sont les conséquences de l'épidémie ?

– Probablement. Mais je soupçonne aussi le pacha d'avoir eu du mal à assimiler la rigueur que nécessitait une telle affaire. Jusqu'ici, il avait toujours mesuré la difficulté d'une entreprise au nombre d'ouvriers réquisitionnés. Il n'a pas compris, par exemple, combien était importante la qualité des bois de construction et pourquoi Linant insistait tant sur ce point. Songe qu'il a même suggéré que l'on démolisse l'une des pyramides afin d'en tirer les pierres nécessaires à l'édification du barrage [1].

– C'eût été criminel !

– Dieu merci, il est revenu sur son idée. À vrai dire, les causes qui ont conduit à l'arrêt des travaux sont plus complexes qu'il n'y paraît. Il y a tout d'abord la crise financière provoquée par les guerres. Voilà deux semaines qu'aucun salaire n'a été versé et que toute émission d'argent a été interrompue. Il a donc fallu faire des économies. Sur ces ennuis d'argent est venu se greffer le motif politique. À mon avis, il a été déterminant.

– Qu'est-ce que la politique vient faire dans une affaire intérieure ?

– J'ai le sentiment que le vice-roi cherche à punir

1. Ce fut Mimaut qui protesta vigoureusement contre cette idée, laquelle fut imputée à tort ou à raison aux saint-simoniens. Une lettre d'Enfantin prouve qu'ils n'y étaient pour rien, mais que lui-même ne s'en serait pas scandalisé, au contraire, y voyant même un symbole de modernité. (Fonds Enfantin, Ms. 7.827/17, fⁿ 6.)

les Européens, les Français en particulier. Hier encore, mon père me confiait que, pour la première fois, Sa Majesté avait refusé d'accorder l'autorisation à des étudiants qui voulaient se rendre en France pour achever leurs études. Il aurait répondu : « J'ai apporté la France en Égypte, qu'ils en profitent. »

– Pourquoi ce revirement ?

– Colère, amertume, sans doute. Le gouvernement de Louis-Philippe a fait savoir qu'il ne soutiendrait pas la demande d'indépendance du vice-roi. Or, celui-ci croyait fermement à l'appui de la France, il en était convaincu. Il a été terriblement déçu et attristé.

– C'est dommage. Le barrage était une belle entreprise. Je pense aussi à la déception qu'ont dû éprouver ces pauvres saint-simoniens. Décimés par la peste, abandonnés par le pacha, ils ne vont probablement pas tarder à plier bagage.

– Certains partiront, d'autres resteront malgré tout en Égypte. Je vois mal quelqu'un comme Charles Lambert retourner en France alors qu'il vient à peine de fonder à Boulak l'École polytechnique ; un établissement qui s'annonce comme le fleuron du système d'enseignement égyptien. De plus il est très apprécié du pacha et de son entourage.

Il marqua un court silence.

– Mais ce ne sont là que les péripéties de la vie. Je suis convaincu que la bouderie du vice-roi à l'égard de la France ne durera pas. Il y a entre lui et ce pays une histoire d'amour trop profonde pour que l'un ou l'autre se résigne à y mettre un point final. Je les compare souvent à un couple de vieux mariés. Ils ont connu des orages. Ils en connaîtront encore.

Corinne l'examina avec amusement.

– Tu parles comme un sage qui aurait une grande expérience du mariage et des rapports amoureux.

– Peut-être est-ce tout simplement de l'intuition ?

Il l'étudia à son tour.

– Et toi, Corinne ? Que sais-tu des choses de l'amour ?

– Oh, ce que j'en ai lu dans les livres. De grandes et belles histoires, mais qui finissent toujours mal.

– Toujours ? Tes auteurs sont bien pessimistes. Je pense au contraire qu'il existe bien plus d'histoires d'amour heureux qu'on ne l'imagine. Seulement voilà, le désespoir recueille plus d'écho que la félicité.

– Tu sembles si sûr de toi.

– Comment pourrait-il en être autrement ? N'ai-je pas grandi à l'ombre du bonheur ? Vois mes parents. Ils ne m'ont offert que la vision d'un couple merveilleusement soudé et contre qui le temps n'a pas eu de prise. Mon père est dans l'hiver de sa vie, pourtant lorsque je le surprends qui pose son regard sur ma mère, j'y découvre la même tendresse qu'au premier jour.

Il fixa un point invisible sur l'horizon.

– Le seul vœu que je formule, c'est de transmettre à mes enfants – si Dieu m'accorde d'en avoir – le même exemple.

Elle l'avait écouté attentivement, toujours buvant ses mots, et au fur et à mesure qu'il s'exprimait, elle avait fait la comparaison avec sa propre vie, avec le destin malheureux de Samira. À l'inverse de Joseph, l'unique exemple qu'elle eût connu était celui du chagrin et de la solitude éprouvés par sa mère. Que le bonheur existât, elle n'en avait jamais douté ; qu'un homme fût capable de l'évoquer et d'y croire, voilà qui l'exaltait. De toute façon, pourquoi s'étonnait-elle ? Tout ce qui venait de Joseph ne pouvait qu'être pur et beau.

La tasse se déroba sous les doigts de Ricardo et se brisa sur le sol dans un bruit mat. Le Vénitien s'agrippa au montant de la porte. Tout tournait autour de lui, le salon basculait. Dans un effort surhumain, il réussit à atteindre le divan et s'y laissa choir. Il porta la main à sa tempe, l'appuya de toutes ses forces contre son crâne comme s'il cherchait à comprimer un jaillissement sanguin. Ses artères allaient se rompre, son cerveau n'était pas loin d'être broyé par ces spasmes lancinants.

Il y avait bien longtemps qu'il n'avait plus ressenti cette douleur et il en avait déduit que la fatigue du voyage à Kutahia avait été seule responsable de ces crises. Il s'était même félicité de n'avoir pas consulté le Dr Clot. Voilà que tout recommençait. Il étouffa un gémissement. En contre-jour, entre ses paupières mi-closes, il entrevit une forme enveloppée dans un manteau blanc qui marchait vers lui. Il n'y décela aucune agressivité, rien non plus qui éveillât l'effroi. La mort revêtait donc l'apparence d'un ange ? Un nouvel élancement secoua son corps. Il se recroquevilla en position de fœtus et attendit. Si Dieu existait, il ne pouvait pas ne pas avoir songé à l'épouvante que ses créatures ressentiraient dans ces moments du dernier souffle, dans les minutes qui précèdent l'ultime naufrage. Il avait dû certainement prévoir cela. L'ange poserait un baume de nard ou de myrrhe sur son front qui miraculeusement chasserait le tremblement de ses membres. Il n'aurait plus mal. Il s'éteindrait doucement, sans souffrance.

À présent l'ange était tout près de Ricardo. Un parfum s'exhalait de lui. Étrange... On aurait juré une fragrance de rose et de jasmin.

– Ricardo...

Il battit des paupières. *Les anges avaient-ils une voix humaine ?*

On répéta son prénom. Un linge humide effleurait ses joues.

Il regroupa les lambeaux de lucidité qui résistaient encore en lui et cligna des yeux pour mieux distinguer la forme penchée à son chevet. Elle n'était plus seule, une autre l'avait rejointe.

– Papa...

C'était bien Giovanna.

Des larmes bourgeonnaient sous sa paupière qu'elle essuya furtivement.

Il refusa de sombrer. Elle avait trop de chagrin.

– Ça va, ma fille, articula-t-il faiblement. Ce n'est rien. Juste un malaise...

*

Les brumes du soir flottaient sur Sabah, et dans le salon le vide du désert s'était insinué.

Ricardo se cala parmi les coussins du divan et grimaça un sourire.

– Vous voyez... Il ne fallait pas vous inquiéter. Tout va bien à présent.

Le trait grave, Schéhérazade demanda :

– Ce n'est pas la première fois que tu ressens ce genre de douleur, n'est-ce pas ?

Il mentit.

– Comment aurais-je pu subir d'autres crises sans que tu t'en aperçoives ? Bien sûr, c'est la première fois.

– Je ne te crois pas.

– Pourtant, c'est la vérité.

Il poursuivit très vite :

– De toute façon, il n'y a pas de quoi s'alarmer. Je me sens parfaitement bien.

Giovanna s'agenouilla au pied du divan et fixa son père avec autorité.

– Tu vas consulter un médecin. Je l'exige.

Il se mit à rire.

– Tu l'exiges ? Depuis quand une fille a-t-elle le droit d'exiger quoi que ce soit de son père. Subirais-tu déjà l'influence saint-simonienne ? Tu te serais – il buta sur le mot – *émancipée ?* Si c'est le cas, je te conseille vivement de reconsidérer ton attitude. Ici, c'est Ricardo Mandrino qui commande, et pour long-temps encore.

Schéhérazade s'empressa de riposter :

– Il n'est pas dans mes habitudes d'approuver Gio-vanna, mais dès demain nous ferons venir le Dr Clot. Il faut que tu te soignes.

Ricardo se redressa de toute sa taille et toisa les deux femmes avec une sorte d'orgueil altier.

– Rien ! vous m'entendez ! Rien ne m'obligera à geindre dans le giron d'un médecin ou de qui que ce soit ! Je respire et mon cœur continue de battre. C'est tout ce qui compte. Si demain je devais être handi-capé par ce corps – il fit un geste dédaigneux en dési-gnant sa silhouette –, je l'éliminerais sans le moindre état d'âme avant qu'il ne m'élimine. Maintenant je ne veux plus entendre parler de maladie. Est-ce clair ?

Passant outre à la mise en garde de son père, Gio-vanna répliqua :

– Que ce soit moi qui parle ainsi, passe encore, j'ai souvent prouvé que l'égoïsme était mon fort ; mais venant de toi, ces mots sont impardonnables. Ils sont une offense à l'amour que tu dis nous porter.

Elle plongea ses yeux dans ceux du Vénitien.

– Puisque c'est toi qui commandes... tu feras comme bon te semble.

Giovanna avait à peine achevé sa phrase que, de retour de leur randonnée, Joseph et Corinne franchissaient le seuil du salon. Le rire au bord des lèvres, ils se figèrent immédiatement en découvrant les mines tendues.

Joseph observa tour à tour son père, Giovanna, et s'arrêta sur Schéhérazade.

– Que se passe-t-il ?

Sans lui laisser le temps de répondre, le Vénitien lança :

– De mauvaises nouvelles en provenance du Caire.

– La peste ?

– Non. Les sempiternelles contrariétés politiques...

Il balaya l'air de la main.

– Tout finira par s'arranger, comme d'habitude.

Il adopta un ton dégagé pour s'informer auprès de Corinne :

– Alors ? Comment s'est passée cette première balade à cheval ?

– Je pense que je ne me suis pas trop mal débrouillée.

Elle se tourna vers Joseph.

– Qu'en penses-tu ?

– Tu as été parfaite.

Il s'inquiéta à nouveau.

– Vous êtes sûrs que tout va bien ?

Ricardo émit une exclamation agacée.

– Tu es têtu mon fils ! Puisqu'on te l'a dit.

– Bon. Je n'insiste pas.

Prenant Corinne par la main il reprit, mais cette fois avec une certaine solennité :

– Voilà... Nous avons une nouvelle à vous annoncer. Nous avons décidé de...

Il buta sur la suite de la phrase, et prenant son souffle il déclara :

– Corinne et moi avons décidé de nous marier.

Un cri de joie couvrit le dernier mot. Schéhérazade se précipita sur Corinne et la prit entre ses bras, tandis que Giovanna se jetait au cou de son frère.

– Et moi qui me disais que tu finirais par épouser Linant de Bellefonds !

– Tu vois... tout arrive.

Schéhérazade enlaça tendrement Corinne.

– C'est merveilleux. Tu nous accordes là un grand bonheur. Je ne pouvais espérer plus beau cadeau que celui de la fille de Samira épousant mon fils. Mabrouk... Mille fois mabrouk [1] !

Joseph s'approcha de Ricardo qui jusque-là avait conservé le silence.

– Alors, papa ? La nouvelle n'a pas l'air de te réjouir.

– Vous n'avez pas oublié que vous êtes cousins tous les deux...

– Et alors ? Quelle importance ? Nous sommes en parfaite harmonie avec la coutume, non [2] ?

– C'est exact.

Il eut un instant l'air pensif.

– Que le bonheur soit sur vous, mes enfants... Ma descendance est assurée. À présent je peux partir serein...

Schéhérazade eut du mal à réprimer un frisson. Quelque chose l'avait glacée dans le ton de sa voix.

1. Félicitations.
2. Longtemps en Égypte, et particulièrement à cette époque, il était de tradition que les cousins se marient entre eux. Cette coutume existe encore dans certaines familles musulmanes.

CHAPITRE 29

Le Caire, 1ᵉʳ octobre 1835

Corinne vint se placer au côté de Joseph au pied de l'autel. Dans sa magnifique robe blanche elle semblait sortie d'un conte, ou de l'une de ces saintes icônes qui ornaient les murs de la petite église de Darb el-Guénéna.

La famille Chédid au grand complet et les amis les plus chers étaient rassemblés sous la nef centrale. Suzanne Voilquin et Judith Grégoire étaient présentes elles aussi ; Corinne avait voulu que cette dernière fût son témoin. Joseph, lui, avait naturellement choisi Linant.

Debout au premier rang, Schéhérazade contemplait la scène, l'esprit agité d'émotions confuses. Comme sur un verre dépoli émergeaient les lueurs du passé.

– *Je suis fier, mon fils. Rends-la heureuse.*

– *C'est mon seul désir. Je ne souhaite rien d'autre au monde que d'offrir à Schéhérazade un peu du bonheur que vous avez su si bien lui donner.*

– *Et faites-nous un bel héritier ! Un mâle fort et courageux !*

C'étaient les recommandations que Youssef, son

père, adressait à Michel Chalhoub, le premier époux de Schéhérazade. Quelques mois plus tard, Joseph venait au monde. Aujourd'hui, il se mariait.

De quoi est fait le temps ? Un fleuve qui ressemble au Nil ? Un torrent qui charrie les heures de nos vies, pauvres brins de paille. On ne peut rien freiner, et le voudrait-on que nos mains n'auraient d'autre prise que l'écume blanchâtre et les rides oxydées des remous.

Elle observa discrètement Giovanna.

Qu'allait-il advenir d'elle ? Un cœur instable qui ne parvenait toujours pas à trouver le rythme parfait. Elle aurait bientôt vingt-quatre ans, et dans ses attitudes régnait toujours cette immaturité, comme une maladie dont elle ne voulait pas se guérir, peut-être de peur de quitter l'enfance.

Joseph venait de glisser l'anneau au doigt de Corinne. Le couple échangea un baiser pudique. Ils étaient mari et femme. Ils se tournèrent vers l'assistance et remontèrent lentement l'allée centrale.

Sous le voile de dentelle blanche, on entrevoyait deux grosses larmes qui glissaient le long des joues de Corinne. Elle donnait l'impression de vivre un rêve éveillé. En arrivant à la hauteur de Schéhérazade, elle la fixa le temps d'un pas et sa physionomie exprima tout le bonheur du monde.

L'assistance quitta les travées, emboîta le pas aux mariés. Très vite, tous se retrouvèrent sur le parvis, submergés par les youyous et les cris d'allégresse des passants.

Une berline décorée de rubans blancs et bleus, des fleurs piquées sous les harnais du cheval, attendait le couple.

Mandrino, demeuré sur le seuil de l'église, apostropha les invités.

– Et maintenant ! Tous à Sabah, que se prolonge la fête !

Il prit le bras de Schéhérazade et de Giovanna, et les entraîna d'un pas vif.

C'est au moment où il posait sa botte sur le marchepied, prêt à prendre place dans la calèche, que le ciel vacilla. Un voile noir l'enveloppa. Il lâcha le bras de son épouse, se retint à celui de sa fille. Un abîme s'était creusé sous lui dans lequel il basculait. Son front heurta un objet, peut-être un essieu, ou tout simplement le sol pierreux. Il entrevit dans un clair-obscur Schéhérazade penchée sur lui, puis ce fut une succession de scènes et d'anamorphoses, de dialogues disparates.

« – Je ne vous crois pas, Ricardo. Vous n'avez pas fait ça ? Six mille orchidées ? Mais personne au monde n'aurait pu rassembler et encore moins transporter pareille quantité.
– C'est pourtant ce que j'ai fait, Sire. »

Pourquoi tout à coup entendait-il la voix de Mohammed Ali ?

« – Dites-moi, Ricardo, entre nous... Êtes-vous vraiment amoureux ?
– Sire... qu'est-ce que l'amour ?
– Allons, ne jouons pas avec les mots. Répondez-moi plutôt.
– Je vous dirai simplement que toutes les femmes que j'ai pu connaître avant elle ne furent que des détours.

La baie de Navarin résonnait du feu des canons...

La *Guerrière* était secouée comme si toute la mer s'était mise à trembler.

– Amiral ! L'incendie gagne ! Il faut abandonner le navire !

Là-bas les canonniers du *Dartmouth* s'apprêtaient à lancer une nouvelle pluie d'obus.

Un homme, Karim, le fils de Soleïman, hurlait des ordres sur le gaillard avant.

Brusquement un boulet le frappa de plein fouet. Le corps parut se tordre dans une affreuse grimace. Un bras vola vers le ciel avant de retomber aux pieds de Mandrino. »

Maintenant tout lui revenait.

Ce Karim entrevu un soir de fête... c'était donc lui...

« Dans un épouvantable vacarme, la vergue se décrocha. Ricardo eut à peine le temps de la voir qui chutait. Il esquissa un pas en avant, mais sans doute pas assez vite. Une masse heurta sa nuque. Il sombra.

Quand il entrouvrit les yeux, un grand silence régnait autour de lui. Un crucifix était pendu sur le mur qui lui faisait face, il étincelait d'une lumière venue de quelque part. »

« – Je t'aime...
– Je le crois.
Elle protesta :

– Jamais tu ne m'as dit le mot ! En seize ans de mariage, jamais, pas une seule fois.

– Qu'est-ce que cela change ? Si un jour je ne devais plus être, tu te souviendrais au moins que je fus le seul homme à n'avoir jamais dit je t'aime. Ce sera mon originalité. Et dans la bouche de celui qui me remplacera, le verbe ressemblera à une offense. »

Au prix d'un effort surhumain, il saisit la main de Schéhérazade et ses lèvres s'animèrent. Une pensée d'une infinie tendresse traversa son esprit. Au-dessus de lui, le ciel était d'un bleu admirable, et il se dit que jamais le soleil n'avait brillé d'un tel éclat.

*

Khadija servit le thé au Dr Clot et, les yeux rougis de larmes, repartit vers la cuisine. Assises autour du médecin, les quatre silhouettes conservaient un silence pesant.

Schéhérazade, les traits blêmes, le nuque rigide, regardait droit devant elle.

Clot porta la tasse à ses lèvres et but une gorgée.

– Il n'est pas mort. C'est l'essentiel, n'est-ce pas ?

Il s'était exprimé d'une voix neutre, à la manière de quelqu'un qui s'efforce de se convaincre lui-même.

– Il n'est pas mort, docteur. Mais est-il vivant ?

Clot n'osa pas affronter le regard de Giovanna.

– D'une certaine façon, on pourrait dire qu'il l'est.

Il se cala contre le dossier du fauteuil tout en poursuivant :

– Si je me réfère à cette crise que vous m'avez décrite et dont Ricardo fut victime il y a environ un mois, tout laisse à croire qu'aujourd'hui il a été atteint de ce que les Grecs appelaient un *aneurusma*, ou anévrisme. L'affection consiste en une dilatation brutale d'une artère, cérébrale en l'occurrence, qui conduit à sa rupture. Quant à savoir quelles sortes de dégâts peut provoquer ce genre d'attaque... Rien, dans l'état actuel de la médecine, ne permet de le dire. Il est vivant, c'est la seule chose que nous pouvons affirmer.

La voix tremblante de Schéhérazade s'éleva :

– Vivant... Vous l'avez vu, vous l'avez examiné... Qu'y a-t-il de vivant chez Ricardo Mandrino ? Ses pupilles sont dilatées sur le néant. Il ne parle plus. Ses membres sont pétrifiés, plus lourds que du granit. Tout ce qui subsiste c'est ce souffle qui filtre à travers ses lèvres. Rien de plus qu'un souffle...

– Je sais, madame. Mais que puis-je vous dire d'autre, sinon que ce souffle est signe que la vie résiste en lui. Du reste, il existe un facteur favorable. J'ai pu vérifier qu'il pouvait ingurgiter quelque liquide, ce qui permettra de l'alimenter de façon succincte, mais suffisante pour le maintenir vivant. À ce propos, je préconise de lui faire boire, le plus souvent possible, du lait mélangé à un jaune d'œuf et du miel. Cette mixture très nourrissante fournira à son corps l'énergie élémentaire dont il a besoin.

Joseph s'informa :

– Un homme peut-il vivre en se nourrissant uniquement de cette façon ?

– Aussi longtemps qu'aucune complication ne surgira.

– Nous entend-il ? Croyez-vous qu'il perçoive notre présence ?

– Ainsi que je vous le disais, nos connaissances sont limitées. La rupture de l'artère a dû provoquer un épanchement de sang lequel a noyé une partie de son cerveau, asphyxiant du même coup les centres moteurs. D'où cette aphasie et cet état cataleptique. Au-delà de ces observations, je suis incapable de déterminer dans quelle mesure Ricardo est sensible ou non au monde extérieur. Pour ma part...

Il but une nouvelle gorgée de thé, avant de poursuivre.

– Si je me fonde sur l'examen médical et sur l'expérience que j'ai de ce genre de cas, je pencherais plutôt pour une absence de perception.

Un mort vivant, pensa Schéhérazade. Voilà à quoi se résumait l'analyse du médecin. Une machine dépourvue de sentiments, d'émotions, un être aveugle et bâillonné.

Joseph questionna :

– Combien de temps mon père restera-t-il ainsi ?

Clot releva le menton avec une expression circonspecte.

– Une fois encore, je suis dans l'incapacité de faire un pronostic. Quelques jours, plusieurs mois...

– Ne pourrait-on espérer une amélioration ? s'informa timidement Corinne.

– Malheureusement, je ne le pense pas. Les lésions provoquées sont certainement irréversibles.

Schéhérazade s'était levée, forçant le médecin à s'interrompre.

Elle se retira sans un mot.

Elle écarta la porte et entra dans la chambre noyée d'ombres.

Ricardo était couché, les bras alignés de part et d'autre de son corps.

Elle alla s'asseoir avec précaution au bord du lit et prit la main droite de son époux qu'elle emprisonna entre ses paumes. Il n'eut aucune réaction.

Pas le plus insignifiant battement de cil, rien qui laissât croire qu'il fût seulement conscient d'une présence.

Schéhérazade entrouvrit la bouche, mais les mots moururent au bord de ses lèvres. Elle eut l'impression que le moindre son aurait pu agresser Ricardo et éveiller en lui le mal qui dormait. Alors elle resta sans rien dire, se limitant à écouter cette respiration un peu lourde qu'elle imaginait comme une sorte de lien invisible qui les retenait encore l'un à l'autre.

Zeus foudroya Asclépios.

C'était la deuxième fois qu'elle repensait à la légende qu'Ibrahim lui avait racontée autrefois à Épidaure ; la première étant lorsqu'elle avait découvert l'amnésie de Ricardo. Elle s'était dit alors que les dieux se vengeaient parce qu'en ramenant son époux à la vie elle avait osé leur voler leur proie. Désormais, elle savait qu'il n'est jamais donné aux humains de raturer, ne fût-ce qu'une seule syllabe des mots écrits dans le Grand Livre.

Zeus avait foudroyé Ricardo Mandrino.

Un froid glacial fit frémir Schéhérazade. Pourtant au-dehors le soleil brillait et la température d'octobre était clémente.

Était-il possible que l'heure fût venue pour qu'après vingt-quatre années de vie commune, d'amour jamais altéré, le chant dût s'interrompre ? Était-il possible que l'on fût à la veille de la dernière aube ? Que l'être que l'on avait gardé contre soi, dont on avait partagé la chaleur, le sommeil, les colères parfois, que cet être s'en allât définitivement. Lui qui avait si peur de la mort, voilà qu'il allait l'affronter. Schéhérazade se retourna brusquement et fouilla l'obscurité comme si elle cherchait à débusquer l'ennemi. La chambre était vide ; il n'y avait qu'elle et son époux.

Elle se pinça les lèvres jusqu'au sang pour ne pas éclater en sanglots. Si par miracle une conscience veillait en lui, il aurait été triste de la voir pleurer. Elle caressa lentement sa joue, étonnée de la trouver encore tiède.

Où était son mari ? Dans quelle partie de l'univers chevauchait-il en ce moment ? La vision d'un voyageur en attente sur une passerelle tendue entre deux rives traversa son esprit. Dans peu, sous l'impulsion d'une force mystérieuse il franchirait les derniers pas qui le séparaient encore de l'autre versant et il disparaîtrait à jamais.

Mais quand ?

Quelques jours, quelques mois..., avait dit Clot.

Ainsi, Ricardo continuerait de subsister jusqu'au jour où le destin déciderait de mettre un point final à cette survivance.

Voulez-vous que je vous dise... Ce n'est pas la peur de refaire le voyage qui me trouble... Non. Ce serait plutôt l'idée de ne plus être qu'un malade que l'on traîne derrière soi. Je ne supporterai pas de vivre inerte. Jamais.

Certains jours, il m'arrive de m'observer dans la glace. Que vois-je ? Une silhouette qui s'épaissit, un feu qui s'éteint. Et mon avenir figé.

Et le présent qui ne compte pas.

La seule chose qui compte c'est le devenir d'un être. Dès l'instant que l'on cesse d'être utile, c'est que l'on est mort.

Schéhérazade se contracta, essayant d'étouffer la voix qui chuchotait à son oreille.

Une main écarta le battant de la porte et Giovanna s'introduisit dans la chambre. Avec précaution elle s'avança jusqu'au pied du lit et resta debout à regarder la poitrine de Ricardo qui se soulevait avec une régularité impressionnante.

– Papa..., dit-elle à voix basse. Nous sommes là. Demain tu iras mieux.

*

– Pourquoi pleurez-vous, sett hanem. Le maître va vivre. Vous verrez. Allah ne permettra pas qu'il nous quitte. Jamais.

Schéhérazade leva une figure défaite sur Khadija.

– Oui, si Dieu le veut, il vivra.

Qu'aurait-elle pu dire de plus à la vieille servante ? La première nuit venait de s'écouler. Le petit matin rosissait la crête des palmiers et des térébinthes, tout semblait à sa place. Tout, sauf ce tabouret où Ricardo avait l'habitude de venir s'asseoir pour prendre son petit déjeuner.

Giovanna se servit un verre de lait chaud et le posa devant elle sans le boire. Cette nuit passée sur un lit de fortune au chevet de son père l'avait vieillie de dix ans. Schéhérazade, elle, s'était couchée au côté de son époux et jusqu'au petit jour elle l'avait tenu contre elle comme on berce un enfant. Quelqu'un pénétrant par hasard dans la chambre aurait pu croire à deux sentinelles protégeant on ne sait quel trésor.

– Crois-tu qu'il souffre ?

Schéhérazade ne répondit pas tout de suite.

– Je ne sais pas, ma fille. Je veux croire à ce que nous a dit Clot : « une absence de perception ». C'est bien le terme qu'il a employé ? J'imagine que s'il n'éprouve pas de bien-être, il ne doit pas non plus ressentir de souffrance.

Giovanna glissa la main le long de sa chevelure et resta un moment silencieuse.

– Vous savez, dit Khadija, j'ai déjà entendu parler d'un cas comme celui-là. À Beni-Souef, les gens du village pourront vous dire l'histoire d'un homme, le cheikh el-balad [1] en personne, qui a été frappé comme le maître. Eh bien, vous le croirez ou non, il a survécu et il est mort centenaire. Je vous jure, madame !

Et comme pour donner plus de poids à ses affirmations, elle se signa, elle qui était musulmane.

– Je suis peut-être naïve, fit Giovanna, mais je ne veux pas croire que papa demeurera ainsi. Il va s'en sortir. J'en suis certaine.

– J'aimerais avoir ta foi. Malheureusement, je ne peux pas. Clot...

– Clot peut se tromper ! N'a-t-il pas avoué lui-même que ses connaissances étaient limitées ?

Schéhérazade hocha la tête, sans conviction.

Les deux femmes restèrent un long moment silencieuses, perdues dans leurs pensées. Finalement Giovanna but d'une traite son verre de lait et se leva.

– Je vais aller le voir, annonça-t-elle d'une voix tendue. Tu n'as besoin de rien ?

– Non, je te remercie. Je vais me faire un peu de café et je te rejoindrai là-haut.

– Elle est bien triste, fit remarquer Khadija en regardant sortir Giovanna. Son père était tout pour elle.

Schéhérazade faillit répliquer : « Et pour moi ? Sais-tu seulement ce que représentait Ricardo ? » Mais elle se contint.

Je ne supporterai pas de vivre inerte. Jamais.

Pourquoi ces mots prononcés par son époux lui revenaient-ils sans cesse à la mémoire ? Au début ils lui étaient apparus comme une mise en garde. Depuis ce matin, ils résonnaient comme une prière

---

1. Chef du village.

*

Les jours et les nuits se succédèrent sans qu'aucune amélioration n'intervienne. Clot revint à plusieurs reprises, mais à chacune de ses visites l'abattement s'installait plus profondément dans les esprits, et pour tous la conviction s'imposa que Ricardo était définitivement perdu. Pour tous, sauf pour Giovanna qui avec un entêtement farouche continuait de croire qu'un miracle surviendrait.

C'est peut-être au bout de la troisième semaine, alors que Schéhérazade se réveillait au côté de son époux, qu'elle fut frappée, plus encore que lors des jours précédents, par la décomposition physique qui était en train de se produire. Le personnage allongé auprès d'elle n'avait plus rien du Vénitien altier qu'elle avait connu.

Ce matin-là, une odeur acide avait envahi la chambre. Ce n'était pas la première fois que Schéhérazade la percevait. À plusieurs reprises déjà elle avait connu ce relent âcre. Elle souleva le drap. L'urine avait formé une tache jaunâtre, et le bas-ventre de Ricardo dégageait une puanteur insupportable.

Elle n'éprouva aucun sentiment de dégoût, seulement les larmes lui montèrent aux yeux, et dans les sanglots qu'elle tentait de refouler il n'y avait pas seulement une désespérance infinie, mais aussi une immense révolte devant ce délabrement auquel était réduit l'homme qu'elle aimait.

Comme une somnambule, elle se dirigea vers une armoire pour y chercher un vêtement de nuit et des draps propres.

C'est en déplaçant le linge que sa main rencontra le flacon de laudanum. C'était le dernier que le Dr Clot lui avait remis pendant la maladie de Joseph. Il était à peine entamé.

Vous lui ferez boire six gouttes au coucher du soleil. Puis tous les jours, midi et soir. Mais prenez garde de ne jamais dépasser ces doses. Administré avec excès le laudanum est mortel.

Ses doigts se refermèrent sur les parois de verre. Elle serra le flacon à faire bleuir ses phalanges, puis le lâcha vivement comme s'il lui brûlait la main et referma le placard. En revenant sur ses pas, elle croisa le regard de Ricardo. Aussitôt elle crut que le sol se dérobait sous elle. Ce n'était plus ce regard mort ; une flamme y avait pris naissance qui luisait dans le bleu des prunelles, dont elle n'aurait pu dire avec exactitude s'il s'agissait d'une supplique ou d'un encouragement.

Il n'y avait pas de doute possible : Ricardo l'avait vue saisir le flacon.

*

Schéhérazade se laissa aller contre l'épaule de Joseph. Elle aurait voulu pleurer, mais elle n'avait plus de larmes.

– A-t-on le droit de laisser un être glisser ainsi vers la mort ? Dis-moi, Joseph. Dis-moi que je suis folle !

– Je comprends ce que tu ressens, et je te rassure, je trouve ton attitude légitime.

– J'ai songé à le tuer ! Tu m'entends ? Quand j'ai tenu ce flacon dans le creux de ma main, c'est la délivrance de Ricardo que j'ai eu l'impression de tenir ! Le pouvoir de mettre fin à son humiliation !

Elle gémit, se dégageant des bras de son fils.

– Je suis folle...

– Non, je te le répète. C'est humain. L'impuissance devant la détresse de ceux qu'on aime est une chose terrible.

– Au point de penser à lui ôter la vie ? Je dois perdre la tête...

– Sans aucun doute, maman !

Giovanna se tenait sur le seuil et les considérait avec effarement.

Elle avança jusqu'à eux et reprit :

– Tu as réellement eu l'intention de le tuer ?

– Dans mon esprit c'était seulement le rendre à la vie.

– Tu te substituerais donc à Dieu ? Mais de quel droit ?

– Il ne s'agit pas de droit, Giovanna, mais de compassion et d'amour. Ne vois-tu pas à quoi est réduit Ricardo ? T'es-tu jamais posé la question de savoir ce qu'il pouvait éprouver dans le secret de son cœur ?

– Le Dr Clot l'a dit ! Il ne ressent rien !

– Et cette affirmation te suffit ? Une forme décharnée dans un lit, qui dépérit jour après jour ?

Elle voulut protester, mais Schéhérazade poursuivit.

– Connaissais-tu les principes de ton père, quel attachement il avait pour le respect de soi et pour l'honneur ? Entre vivre humilié ou mourir dans la dignité, peux-tu m'affirmer qu'il n'aurait pas choisi la seconde option ? Moi, je sais ! J'ai passé près de vingt-cinq années à ses côtés, je l'ai entendu exprimer sa philosophie sur les choses de la vie et de la mort.

– On peut passer mille ans aux côtés d'un être, on ne le connaît pas pour autant !

Une expression dure apparut sur ses traits.

– Mais là n'est pas la question. Il te suffirait de reconnaître que tu es lassée de le soigner, et tout deviendrait plus clair !

Joseph bondit.

– Tais-toi !! Tu es ignoble ! Comment oses-tu ?

– C'est de mon père qu'il s'agit ! Mon père !!

Elle pointa un index accusateur sur Schéhérazade.

– Je te préviens, maman, chasse cette idée de ta pensée. Chasse-la sinon tu t'en repentiras jusqu'à ton dernier jour.

*

Décembre touchait à sa fin. Une pluie fine glissait sur le domaine de Sabah que les arbres étonnés accueillaient avec soulagement. La dernière fois qu'il avait plu sur Le Caire c'était il y a six ans au moins.

Khadija et Schéhérazade soulevèrent Ricardo et le calèrent contre la tête de lit.

Dans ce qui était devenu un rituel, Schéhérazade prit le bol de lait, de jaune d'œuf et de miel, et à l'aide d'une cuillère commença à nourrir son époux.

– Comment allez-vous faire quand je serai partie ? soupira la servante. Je m'inquiète de savoir si ma remplaçante sera à la hauteur.

– Elle le sera, ne te fais pas de souci.

– Vous ne m'en voulez pas trop, j'espère ? C'est que je n'ai pas le choix. Vous comprenez ? Mon pauvre mari n'a plus d'âge. Moi je vais avoir soixante ans. Il est temps que nous rentrions à Beni-Souef. Nous y finirons nos vieux jours. Inch Allah.

Elle répéta avec insistance :

– Vous comprenez, n'est-ce pas ?

– Bien sûr, Khadija, bien sûr. Mais il n'empêche que tu nous manqueras.

– Et vous donc ! Après plus de quinze ans passés à votre service... Vous étiez devenus ma deuxième famille.

418

Elle poussa un nouveau soupir.

– Ah, si seulement je partais d'ici le cœur léger. De savoir que le maître est toujours malade me déchire le cœur. Qu'a dit le Dr Clot après sa dernière visite ?

Comme Schéhérazade ne répondait pas, elle insista :

– Sett hanem... Vous m'avez entendue ? Qu'a dit le Dr Clot ?

La pluie tambourinait sur le paysage.

– Madame... ?

Schéhérazade avait posé le bol sur la table de nuit.

Elle tourna doucement la tête vers la servante et annonça d'une voix étrangement calme :

– Le maître nous a quittés...

CHAPITRE 30

– TU L'AS TUÉ !

Giovanna avait laissé tomber l'accusation sans
élever la voix, mais sa maîtrise trahissait une férocité délibérée qui paraissait bien plus menaçante
que si elle eût crié. C'était une fureur glacée, incisive.

Schéhérazade et Joseph la dévisageaient, effarés.
Joseph le premier riposta :

– Je veux croire que c'est le chagrin qui te fait
délirer.

– Je n'ai jamais été aussi lucide.

– Écoute-moi, Giovanna. C'en est trop. Je...

– Inutile d'essayer de me convaincre ! Tu es sous
son emprise, comme papa ! Elle te domine, elle se
joue de toi de la même façon qu'elle s'est jouée de
lui ! Tu ne vois qu'à travers elle, tu t'exprimes avec
ses mots. Elle te tient en otage comme elle tenait
Ricardo !

Joseph essaya de refréner la colère qui sourdait
en lui.

– Giovanna... Je t'en conjure, reviens sur terre.
Tu es absurde !

– Absurde ?

Le visage congestionné, elle toisa son frère. Plongeant la main dans une poche de sa tunique, elle exhiba le flacon de laudanum.

– Vois ! Reconnais-tu cet objet ?

– Évidemment. C'est le médicament que m'avait prescrit le Dr Clot.

– Le troisième flacon. Au cas où tu l'aurais oublié, il était à peine entamé au moment de ta guérison.

– Et alors ? Qu'est-ce que cela veut dire ?

– Regarde ! !

Elle déboucha le flacon sous l'œil de Joseph, et le renversa.

Il était vide.

Tout à coup désorienté, Joseph objecta :

– Je... Il est possible que tu fasses erreur.

– Non, mon fils, confirma Schéhérazade. Je l'ai eu entre les mains. Il y a quelques semaines le flacon était plein.

– Tu vois ! triompha Giovanna. Comprends-tu à présent ?

– Il doit y avoir une explication. Un élément qui nous échappe.

– Ce qui t'échappe, c'est ce que tu refuses d'admettre : elle a tué papa !

– Non ! !

La voix de Joseph s'était muée en cri.

– Non, c'est totalement insensé !

Il saisit la main de sa mère avec brusquerie.

– Dis-lui, maman. Dis-lui qu'elle se trompe !

Schéhérazade se contenta de nouer ses doigts.

– Je t'en prie, supplia Joseph. Dis-lui !

Elle finit par répondre d'une voix faible :

– Ricardo est mort... C'est tout ce que je sais ce soir.

– Tu vois bien, persista Giovanna. Elle ne peut même pas se défendre tellement l'acte qu'elle a commis est flagrant.

Schéhérazade se décida à répliquer :

– J'ignore quelle démence gouverne ton cerveau. Voilà des années que tu m'accuses de tous les maux. Des années que tu me voues une haine incompréhensible. La seule question que je me pose, c'est comment peux-tu vivre avec autant de fiel dans le cœur ?

Giovanna serra les poings, sa figure se crispa. Étaient-ce des pleurs qu'elle cherchait à refouler ? L'épouvante devant ses propres accusations ? Ou ce venin qui – si elle en croyait sa mère – n'avait de cesse qu'il l'ait entièrement consumée.

– Je vais partir d'ici. Je m'en irai après l'enterrement de papa.

– Quoi ? se récria Joseph.

– Il n'est plus question que je partage votre toit. Je ne vivrai pas au côté d'une...

Joseph ne la laissa pas prononcer le mot fatal. Il se dressa et, prenant sa sœur par les épaules, il la secoua avec rage.

– Tu es un monstre ! Tu n'as donc aucun respect pour ce deuil !

– Assez ! ordonna Schéhérazade.

Elle avait quitté le divan et s'était campée devant Giovanna.

– Il y a quelque temps, un jour de Noël tu avais fait part à ton père de ce même désir. Te souviens-tu de ce qu'il t'a répondu ? « Si tu veux partir... fais-le. Seulement sache qu'il existe un obstacle de taille que tu devras surmonter. Je suis peut-être mort à Navarin, malheureusement, cela ne suffit pas : pour que tu franchisses le seuil de Sabah, il faudra que je meure une deuxième fois. »

Elle braqua ses yeux sur ceux de sa fille.

– Aujourd'hui Ricardo Mandrino est mort... Plus rien ne s'oppose à ton départ.

2 janvier 1836

Le cercueil heurta la fosse dans un bruit sourd. Il ne pleuvait plus, mais le ciel était teinté de gris.

Soutenue par Joseph et Corinne, Schéhérazade se baissa, prit une poignée de terre et la jeta sur le couvercle de chêne orné d'un crucifix doré. Ensuite, alors que le couple s'écartait un peu, elle demeura immobile, fixant le trou noir, indifférente au défilé des personnages venus rendre un dernier hommage à Ricardo Mandrino.

Le grand absent était Mohammed Ali. Retenu à Alexandrie par l'arrivée des représentants des grandes puissances, le vieux pacha avait délégué Ibrahim.

Aux anonymes se mêlaient les familiers : Linant, Judith Grégoire, le colonel Sève et les paysans de la ferme aux Roses qui avaient fait le déplacement du Fayoum au Caire.

Voilée de noir, Giovanna se tenait de l'autre côté de la fosse. Face à Schéhérazade.

Insensiblement, la terre commençait à masquer le cercueil qui semblait s'enfoncer lentement dans le sol meuble.

Enfermé dans sa prison de bois, Ricardo Mandrino voguait peut-être pour la Sérénissime. Ou qui sait ? peut-être était-il là, invisible, toujours présent auprès de Schéhérazade.

Tandis que la foule se dispersait, Judith s'approcha de Corinne que Joseph avait abandonnée pour recueillir les dernières condoléances.

– C'est un jour bien triste. Je suis sincèrement désolée pour toi, pour ta famille.

Corinne répondit par un sourire amène.

– Je voulais aussi te dire que je repars bientôt pour la France. Je ne sais pas quand nous nous reverrons, mais j'espère qu'au hasard d'un voyage avec ton époux tu viendras me rendre visite à Paris.

– Tu vas quitter l'Égypte ?

– Oui. Nous ne pouvons plus poursuivre notre tâche ici, nous n'en avons plus les moyens. Comme tu le sais, l'épidémie a frappé la plupart d'entre nous. Quant aux rescapés, ils sont à bout de souffle, découragés, et le doute s'est emparé d'eux. Mais cette expérience n'aura pas été vaine.

Elle précisa avec une petite pointe de fierté :

– Du reste, nous emportons un certificat signé de la main du Dr Clot qui confirme que Suzanne et moi avons suivi des cours de sages-femmes, et que, livrées à nous-mêmes, nous avons exercé avec succès. J'ai même eu l'occasion de tester mes capacités sur Suzanne. Il y a quelques jours elle a accouché d'un petit garçon, Alfred Charles Prosper.

– Il est inutile de demander qui est le père ?

– Tu t'en doutes... [1].

– Ainsi le rêve est fini... Et M. Enfantin ? Va-t-il rentrer à Paris lui aussi ?

– Oui. La fermeture du chantier du barrage a vaincu son enthousiasme.

– Qu'en est-il de cette quête de la Femme-Messie ?

– Certains la poursuivront sans doute ailleurs... En Amérique du Nord ou du Sud, ou en Océanie. Mais en vérité, l'idée a fait long feu, et nombre de nos sœurs en France clament de plus en plus fort que la Mère, ce sont toutes les femmes et non une seule, issue d'un

1. Fils naturel de Charles Lambert, il sera déclaré sous le nom de jeune fille de Suzanne Voilquin, Monnier, et décédera le 4 juin suivant.

fantasme masculin. Comme tu vois, c'est un peu la débâcle.

– Oui, et c'est bien décevant... Dommage. J'ai souvent été opposée à la dérive de vos théories, mais il n'en demeure pas moins que l'espoir d'un monde plus humain pour lequel vous vous êtes battus est le plus noble qui soit. Peut-être qu'un jour, ailleurs, l'idée saint-simonienne revivra débarrassée de tout le fatras que certains ont cru bon d'y semer. En tout cas, c'est mon vœu le plus cher. Je suis sincère.

Judith déposa un baiser sur la joue de son amie.

– Adieu, Corinne. Comme disent les gens de ton pays : Allah karim...

Le cimetière est désert à présent.

Schéhérazade a exprimé le désir de rester seule. Au pied de la tombe de Ricardo, sa longue silhouette voilée se détache comme un cyprès noir et rigide sous les feux du couchant.

Cette fois, plus rien ne ramènera son époux. Ni voyage en Morée ni descente vers les abîmes de Navarin. Cette fois, il n'a pas eu le temps de laisser de sa main tremblante un signe, le nom de fra Matteo da Bascio. Il n'y aura pas non plus de paysanne grecque ou de pope qui pourrait lui permettre de partir sur les traces de Mandrino.

Elle se concentre pourtant de toutes ses forces sur l'amas de terre sous lequel repose le cercueil. Qu'attend-elle ? Que la folie prenne possession de son esprit ? Ou plus probablement que la chose qui a emmené Mandrino vienne l'emporter à son tour. Oui, il n'y a pas d'alternative. Alors elle prie, elle prie pour que les années qui la séparent de ce moment se transforment en jours, les jours en heures et les heures en secondes.

Si seulement elle avait pu se procurer cette drogue

miraculeuse ! Mais le flacon était vide. S'il le fallait, elle s'agenouillerait aux pieds du Dr Clot, lui ou un autre, pour qu'il cède à sa supplique.

Demain peut-être... Ou ce soir...

*

Alexandrie, palais de Ras el-Tine, 7 janvier 1836

Accoudé à la fenêtre ouverte sur le large, Mohammed Ali contemplait le va-et-vient des vagues. Brusquement il se prit le visage entre les mains comme pour retenir l'émotion qui s'en dégageait.

Ibrahim s'approcha de lui et se tint respectueusement à ses côtés, s'interdisant de briser la méditation de son père. De toute façon qu'aurait-il pu dire pour apaiser son chagrin ? Bien qu'il s'y attendît, la disparition de Mandrino l'avait frappé de plein fouet. Plus de trente années d'amitié venaient de s'éteindre, soufflées par le vent de la mort.

– Ismaïl, mon fils, m'a été arraché. Toussoun l'a suivi. Aujourd'hui, on m'enlève l'homme que j'aimais autant que s'il était de mon propre sang. Ma seule consolation, c'est de me dire que mon heure viendra.

– Père... pensez à Ricardo, il n'aurait pas apprécié que vous parliez ainsi. Vous vivrez longtemps encore. Pour votre famille, pour l'Égypte.

– L'Égypte... ?

Il se retourna dans un mouvement las et montra ses mains.

– Voici l'Égypte... Une chair ridée que le temps flétrit chaque jour un peu plus. Bientôt le sang qui coule dans ses veines sera tari et la chair deviendra poussière.

Il s'accouda à nouveau sur le rebord de la fenêtre et dit d'une voix presque inaudible.

– Je suis peut-être allé trop loin. J'ai voulu m'approcher d'Alexandre et des grands conquérants, et comme eux me voilà piégé par mes conquêtes.

– Vous n'aviez pas le choix, père.

– Sais-tu comment le peuple me surnomme ? *Zalem pacha*. Le pacha tyran. Il ne me pardonne pas d'avoir étatisé les ressources du pays et d'avoir systématiquement brisé toute opposition.

– Je vous le redis : vous n'aviez pas le choix. La modernisation de cette terre était à ce prix. Vos conquêtes ne furent rien d'autre qu'une succession de guerres que l'on vous a indirectement imposées. Quant à ce piège dont vous parlez, vous savez bien que ce sont les puissances qui vous y maintiennent.

Mohammed Ali l'arrêta.

– Laisse, mon fils. Je n'ai pas le cœur à parler de politique. La mort de Ricardo me pèse comme un linceul.

Il déclara soudainement :

– Sa famille... Schéhérazade. Je veux que tu t'en occupes personnellement. Ils ne doivent manquer de rien. Tu m'entends ?

– Justement, père. La fille de Ricardo est là.

– Giovanna ? Mais que fait-elle ici ?

– Je ne sais pas. C'est le grand chambellan qui l'a accueillie. Elle demande à être reçue par vous.

– Va ! Qu'on la fasse venir immédiatement ! Va, Ibrahim !

*

– Es-tu consciente de ce que tu me demandes ?

– Oui, Majesté. Il ne me reste pas d'autre choix. Je vous en prie.

Mohammed Ali referma nerveusement ses doigts sur le bras du fauteuil. Il avait l'air plus perdu que Giovanna.

– Sais-tu qu'en abandonnant Sabah, tu as endeuillé ta mère une deuxième fois ? Est-ce que tu le sais ?

– Vous ne saisissez donc pas ? Elle a assassiné mon père !

– Magnouna ! Folle ! Comment peux-tu imaginer qu'elle ait pu commettre une telle action ? Ricardo était sa chair, le sang de ses veines !

– C'est pourquoi elle n'a pas supporté ce qu'il était devenu. Vous auriez dû le voir allongé dans cette chambre. Il ne ressemblait plus à rien. Il n'avait plus rien d'un homme ! C'était...

– C'était toujours Ricardo Mandrino ! ! Quoi que tu insinues, c'était lui !

– Le laudanum... je vous ai expliqué que le flacon était vide. Quelques jours plus tôt, c'est clairement qu'elle évoquait avec Joseph l'éventualité de mettre un terme à la maladie de papa.

– Inepties ! Propos d'une femme qui souffre ! N'as-tu jamais souffert ?

– « Quand j'ai tenu ce flacon dans le creux de ma main, c'est la délivrance de Ricardo que j'ai eu l'impression de tenir. » Ce sont ses propres mots !

– Je te le répète ! scanda le vice-roi, Schéhérazade n'aurait jamais pu faire une chose pareille. Elle l'aimait trop.

– Et si c'était par amour qu'elle l'avait tué ? Vous êtes-vous posé la question ?

Tout à coup, le pacha parut désarçonné, comme si le dernier argument avait ébranlé ses certitudes.

Pressentant qu'elle avait marqué un point, Giovanna persista :

– Ricardo était pour elle le début et la fin. Il était son unique raison de vivre. Elle était fière de lui. Fière de le savoir si fort, invincible. Elle n'a pas supporté de le voir s'étioler, n'être plus qu'un cadavre décharné agonisant dans un lit.

Le souverain fronça les sourcils. Il ne savait plus où se trouvait la vérité. Il rétorqua sur un ton où perçait la réprobation :

– Quel que soit l'état de celui qu'on aime, ses proches n'ont pas le droit d'être juge et partie. C'est le Très-Haut qui donne la vie. Lui seul a le pouvoir de la reprendre.

Giovanna approuva silencieusement.

– Très bien ! fit-il avec une soudaine impatience. Tu ne veux donc plus retourner vivre à Sabah ?

Elle fit « non ».

– Si tu as tant soit peu le caractère de ta mère, je présume que si je te fermais ma porte, tu serais capable d'aller te perdre on ne sait où.

– Oui, Majesté.

– Eh bien soit ! Tu pourras rester à Ras el-Tine.

Il précisa très vite :

– Toutefois, j'y mets une condition. Il est hors de question que tu te complaises dans une oisiveté béate. Je n'ai pas encore réfléchi de quelle façon tu pourras te rendre utile, mais je trouverai, et j'attendrai de toi que tu accomplisses la tâche qui te sera dévolue avec une rigueur sans faille. Es-tu d'accord ?

– Je ferai tout ce que vous voudrez.

– Parfait...

Il quitta son fauteuil et fit quelques pas dans la pièce, les mains nouées derrière le dos.

– Mais qu'arrive-t-il au monde ? Les hommes seraient-ils devenus fous ? Qu'un empire éclate, c'est le tribut à payer à l'Histoire. Que la mort emporte ceux qu'on aime, c'est la loi éternelle d'Allah. Mais qu'une fille en arrive à mépriser sa mère, c'est là le pire des blasphèmes.

Il conclut d'une voix sourde :

– Que Dieu nous garde, fille de Mandrino.

CHAPITRE 31

Alexandrie, 1er octobre 1838

Les embruns fouettaient les joues du consul général de France, M. Cochelet. Escorté par deux gardes, il parcourut en frissonnant les derniers mètres qui le séparaient du cabanon érigé à l'extrême sud de l'arsenal.

En réalité, ce n'était pas tant le vent d'automne qui le faisait frissonner, que le contenu de la missive qui reposait dans son portefeuille de maroquin noir.

On écarta pour Cochelet le battant de la porte. Il entra et immédiatement se trouva face au vice-roi. Celui-ci était debout, la main nonchalamment appuyée sur un siège en osier, un sabre accroché à sa ceinture.

– Prenez place, monsieur Cochelet.

Dans le même temps que le consul se glissait dans un fauteuil, Mohammed Ali enchaîna :

– Savez-vous à quoi je pensais avant que vous n'arriviez ?

Il fit un pas vers la fenêtre qui ouvrait sur une partie de l'arsenal et d'où l'on apercevait des bâtiments en chantier.

– En contemplant ces navires de guerre, je me

disais que votre pays pouvait être fier de son génie. Sans la contribution de votre compatriote M. de Cerisy, jamais cet arsenal n'aurait vu le jour. C'est encore et toujours un peu de la gloire de la France qui grandit en terre d'Égypte.

– Votre remarque me touche, Majesté. Je sais qu'elle est sincère.

– M. Molé va bien ?

– Oui, Sire.

– Tout à fait entre nous, je regrette un peu la démission de son prédécesseur, M. Thiers. Non pas que votre nouveau premier ministre manque de qualités, mais je le trouve un peu, si vous me pardonnez l'expression, timoré. Sa réticence à intervenir en faveur des révolutions hors de France ne laisse rien présager de bon pour mon pays. Est-ce que je me trompe ?

– Je crois en effet que vous avez raison. D'ailleurs, ceci vous le confirmera.

Il fouilla dans son maroquin et en sortit une lettre qu'il tendit à Mohammed Ali.

Celui-ci la prit et la posa devant lui sans prendre la peine de décacheter l'enveloppe.

– Vous ne la lisez pas, Majesté ?

– À quoi bon. Je connais d'avance son contenu. Voulez-vous que je vous le résume ? Le gouvernement français est fermement décidé, dans le cas où je donnerais suite à mon projet d'indépendance, non seulement à ne pas tenir compte de la position nouvelle que je prendrais, mais encore à déclarer qu'il regarderait cette démarche comme non avenue, et serait prêt à y mettre obstacle par tous les moyens dont la France dispose, en commençant par l'envoi d'une escadre devant Alexandrie et sur les côtes de Syrie. Et le pli se conclut par une demande de réponse catégorique et de nature à mettre fin à toute incertitude.

Il marqua une pause et demanda avec un sourire accablé :

– Est-ce bien ce que m'écrit M. Molé ?

– Presque mot pour mot, Sire.

– L'âge a beaucoup d'inconvénients, mais il a néanmoins certains avantages ; celui de précéder la pensée des autres en fait partie. Quoi qu'il en soit, j'ai une nouvelle importante à vous communiquer : hier, j'ai reçu la visite d'un émissaire de la Porte, Sarim effendi. Le sultan l'a chargé de négocier un arrangement.

– Lequel ?

– La Sublime Porte serait disposée à accorder le droit héréditaire à mes descendants. En contrepartie je devrais restituer la Syrie, le Soudan, le Yémen... bref le démantèlement de l'empire égyptien. Et naturellement, il me faudrait abandonner définitivement mes projets d'indépendance.

– Que lui avez-vous répondu ?

– Et vous, monsieur Cochelet ? Que répondriez-vous si l'on vous demandait que la France renonçât à l'Algérie et à la plupart de ses colonies en échange de quoi le monde reconnaîtrait qu'elle est une nation libre et indépendante ?

Le consul resta silencieux.

– J'ai donc fait savoir au sultan que je ne consentirai jamais à abandonner la moindre partie de mes possessions.

– Cependant, Votre Altesse, je vous ferais remarquer que l'hérédité n'est pas une carte à négliger. Elle représenterait au moins cet avantage de respecter l'intégrité – du moins nominale – de l'Empire ottoman ; ce que réclament les grandes puissances.

– Vous voudriez que, pour préserver le sommeil de l'Europe, je sacrifie les territoires acquis par le sang de mes enfants.

– Votre volonté, hélas, ne pèse pas lourd devant l'opposition de ces deux grandes nations que sont mon pays et l'Angleterre.

Le pacha serra convulsivement la poignée de son sabre et commenta d'une voix abattue :

– L'Angleterre... Et ce cher lord Palmerston. Vos compatriotes sont des gens bien tendres, monsieur Cochelet. Vous cherchez en toute bonne foi à prévenir une crise imminente, alors que les Britanniques, eux, n'ont qu'une idée fixe : ils veulent la guerre entre mon pays et la Turquie, ce qui leur procurerait l'alibi tant espéré pour me briser et occuper l'Égypte. Si vous voulez mon avis, j'ai bien peur que la France n'aille au-devant de grandes déceptions.

Il se ressaisit et interrogea à voix haute :

– Par quelle magie votre pays en est-il arrivé à partager les idées d'un personnage comme lord Palmerston ? Au nom de quel enjeu l'Égypte est-elle devenue la dot de leurs épousailles contre nature ?

Le consul inclina un peu la tête comme s'il confessait son impuissance.

– Si j'osais, je vous dirais que vous êtes la première victime de ce qu'on pourrait appeler une nouvelle ordonnance mondiale, ou si vous préférez de cette entente cordiale [1], qui unit depuis peu mon pays à l'Angleterre. Que voulez-vous ? La France devait sortir de l'isolement diplomatique dans lequel l'a conduite sa dernière révolution.

– À n'importe quel prix ?

– Je ne sais...

Cochelet marqua une pause, enchaînant d'une voix basse et nerveuse :

– En tout cas, si je puis vous confier un sentiment

1. En réalité, le terme s'appliquera véritablement au moment de l'alliance franco-britannique lors de la guerre de Crimée (1854-1856).

personnel, Majesté, sachez que je suis entièrement favorable à votre indépendance. Je suis convaincu qu'elle n'est pas seulement dans votre intérêt, mais dans celui de l'Europe tout entière qui gagnerait à être délivrée de ces questions orientales. Un dénouement imprévu ne pourrait qu'apporter la perturbation dans ses relations politiques [1].

– Malheureusement, vous n'êtes pas le premier ministre de la France.

– Majesté, vous vous interrogiez de savoir pourquoi mon pays en était arrivé à cette prise de position à votre égard.

– Vous m'avez répondu : entente cordiale.

– Oui. Mais ce n'est pas tout.

– Je vous écoute.

Cochelet esquiva le regard de pierre du souverain.

– Les grandes puissances sont convaincues que vous allez – d'un jour à l'autre – déclencher les hostilités contre la Turquie et prendre de force ce qu'on vous dénie. Dans toutes les chancelleries occidentales la rumeur s'est installée et devient assourdissante. Vous comprendrez aisément que dans ces conditions les esprits soient montés contre vous, et que l'on juge votre politique dans les termes les plus défavorables. L'Orient est fier, Sire ; l'Occident ne l'est pas moins. Il se refuse à céder à ce qu'il considère comme un chantage.

Le pacha écarquilla les yeux, abasourdi.

1. Cochelet plaida cette cause, mais en vain, auprès de son gouvernement, le mettant en garde contre la perte que la France subirait, si venaient à se briser les liens privilégiés qui jusque-là avaient prévalu entre l'État français et Mohammed Ali. En réalité, malgré de cruelles déceptions, le gouvernement de Louis-Philippe persistait à vouloir faire de l'alliance anglaise le pivot de sa politique. L'entente des deux puissances maritimes devait, dans sa pensée, dominer l'Europe et assurer son équilibre.

– Que dites-vous ? Moi, je serais prêt à déclarer la guerre ?

– Je ne fais que vous rapporter le sentiment qui prévaut, Sire.

– Et ce serait pour cette raison que l'on me refuse toute chance de négociation ? C'est à cause de cette croyance que la France se tient tournée vers l'Angleterre ?

Cochelet haussa les sourcils avec embarras.

– C'est du moins l'un des motifs.

Un long silence s'instaura dans le cabanon, à peine ponctué par le ressac des vagues.

– Bien, monsieur Cochelet. Je vais donner au monde une preuve de ma bonne foi. Je vais faire taire cette rumeur dont vous parlez.

Il caressa le pommeau de son sabre et poursuivit sur un ton que l'on aurait pu confondre avec de l'amertume, mais qui révélait la profondeur de sa tristesse.

– Je vais quitter l'Égypte.

Le consul crut avoir mal entendu.

– Je vais quitter l'Égypte. Je partirai quelque temps, ainsi on ne m'accusera plus de fomenter des guerres. Je m'en remettrai à la générosité des puissances et je leur donnerai le temps de réfléchir avant de statuer sur mon sort. C'est elles qui décideront de ce qu'il adviendra. Ou elles m'accorderont le droit à la dignité et elles me permettront de poursuivre ma tâche civilisatrice dans la paix et la sécurité, ou alors...

– Mais où irez-vous, Majesté ?

– Rassurez-vous, monsieur Cochelet. Rassurez aussi les chancelleries, M. Molé, lord Palmerston, Metternich et le tsar. Je n'envahirai pas l'Europe

*

– Partirais-tu avec moi, Giovanna ?
– Partir ? Mais pour quel pays ? Et quand ?
– Le Soudan. Dans les jours qui viennent.

Un peu déconcertée, la jeune fille s'approcha du souverain.

Il l'invita à s'asseoir près de lui sur le canapé de brocart.

– Pardonnez mon indiscrétion, Votre Altesse, mais quelle est la raison de ce voyage soudain ?

– Un besoin de voir de près comment vit ce territoire depuis qu'il fait partie de l'Égypte. Le désir de vérifier par moi-même si les nouveaux gouverneurs ont mis fin à la politique fiscale oppressive que leurs prédécesseurs avaient appliquée, m'assurer que la carence et la corruption n'ont plus cours. Voir aussi si la population est traitée avec équité. Tu ne le sais pas, mais il y a une dizaine d'années j'ai nommé cent dix-huit chefs et sous-chefs afin qu'ils initient la population à la culture de la terre et enseignent aux Soudanais l'industrie, particulièrement celle de la poterie et de la construction navale. D'autre part...

Un éclat rieur traversa ses prunelles.

– J'ai souvent entendu évoquer l'intérêt des savants occidentaux pour les sources du Nil. Elles sont inconnues à ce jour. Pourquoi ne pas tenter de les découvrir ?

Devant le sursaut de Giovanna, il s'empressa de la rassurer.

– N'aie crainte. À soixante-dix ans bientôt, le temps m'est compté. Nous n'irons pas au-delà du Nil Blanc. Alors ? Que dis-tu de ce projet ?

– Je le trouve passionnant, Sire. Et je me fais une joie de découvrir le Soudan.

– Parfait...

Il réprima un frisson et montra le mangal rangé dans un coin de la chambre.

– Voudrais-tu l'allumer, je te prie ? Je me sens glacé.

Elle s'exécuta et, pendant qu'elle disposait le charbon dans le brasero, il s'enquit avec détachement :

– As-tu des nouvelles de ton frère ?

– Non, Sire. La dernière fois que je lui ai parlé remonte à plus de deux ans.

– Lorsqu'il est venu te supplier de revenir à Sabah. C'est exact ?

– Oui.

– Deux ans et bientôt huit mois... Le temps passe étrangement vite.

– Sans doute. Je ne m'en rends pas compte.

– Eh oui ! c'est le privilège de la jeunesse de n'avoir pas la notion du temps. C'est lorsque tu auras franchi la quarantaine que tu commenceras à frémir. Tu te retourneras alors pour contempler le chemin parcouru et tu seras prise de vertige.

Elle éparpilla des copeaux de bois entre les charbons et y mit le feu.

– Je constate que tu es devenue une véritable experte dans l'allumage des mangals, plaisanta le pacha.

– L'habitude, Sire. Vous avez besoin d'autre chose ?

Il fit un geste de dénégation.

– Mais ne pars pas tout de suite.

Elle s'installa docilement en tailleur aux pieds du souverain.

– J'ai eu des nouvelles de ton protégé.

– Mon protégé ?

– Saïd, mon fils... l'aurais-tu déjà oublié ?

– Bien sûr que non. Il est toujours à Saint-Cyr ?

– Et toujours aussi gros. Maintenant qu'il n'a plus

437

personne pour le surveiller, il doit s'en donner à cœur joie.

— Quand va-t-il rentrer en Égypte ?

— Pas avant qu'il ait achevé ses études et sa formation militaire. Ensuite j'aimerais qu'il visite un peu le monde.

— Est-il heureux ?

— Je présume qu'il l'est. De toute façon, est-ce bien important ? La seule chose qui compte c'est qu'il ait du caractère et le sens du devoir. Un jour, après Ibrahim, son tour viendra de régner sur l'Égypte, il devra se montrer à la hauteur de sa tâche.

Elle opina.

— Il lui faudra aussi se sentir aimé. Je ne crois pas que quiconque puisse accomplir de grandes choses s'il n'est pas entouré d'affection.

Il caressa lentement sa barbe soyeuse.

— Je connais quelqu'un qui n'aura plus jamais d'affection. Ou si peu.

— Vous ne parlez pas de vous, Sire ?

— Oh, moi, j'en suis comblé ! Mes fils me vénèrent, du moins je l'espère, quant à mes épouses...

Un petit rire le secoua.

— Entre la Circassienne, l'Albanaise et toutes ces créatures qui dorment dans mon harem, j'imagine que leur tendresse réunie devrait me suffire largement pour les quelques années qui me restent à vivre.

Son ton redevint sérieux.

— Non, ce n'est pas de moi qu'il s'agit, mais d'une femme qui à sa façon les surpasse toutes.

Giovanna baissa les yeux.

— Ta mère ne te manque-t-elle pas ?

Devant son mutisme, il émit une exclamation agacée.

— Ah ça ! Fille de Mandrino ! Je te trouve bien aise d'évoquer l'affection à propos de Saïd ! Et Schéhérazade ? Crois-tu qu'elle n'ait pas besoin qu'on l'aime elle aussi ?

– Il faudrait qu'elle rende cet amour. Or elle ne le peut pas. Elle a tout donné à Ricardo et n'en a jamais eu pour les autres ; pas pour moi en tout cas.

– Mots creux ! Si elle ne t'aimait pas, crois-tu qu'elle aurait tant souffert de votre séparation ?

– Qu'en savez-vous, Majesté ? Vous a-t-elle seulement demandé de mes nouvelles ? A-t-elle jamais écrit ?

Le pacha marqua une légère hésitation.

– Peut-être est-elle blessée ? Peut-être a-t-elle tellement mal de votre rupture qu'elle préfère se confiner dans le silence ?

– Écoutez, Votre Altesse, elle m'a privée de mon père alors qu'il était vivant, elle l'a accaparé, ne me laissant rien de lui sinon quelques lambeaux de tendresse. Ensuite elle a persisté en commettant un blasphème contre Dieu et contre la vie. Si vous êtes assez magnanime pour pardonner un acte aussi odieux, tant mieux. Mais ne me demandez pas d'en faire autant !

Elle se tut, avala une goulée d'air et ajouta d'une voix lasse :

– Je vous en prie, changeons de sujet. Nous savons vous et moi que chaque fois que nous évoquons ce problème, nous en arrivons à des mots qui font mal. À présent, puis-je me retirer, Sire ? Votre trésorier m'attend.

– Garbis bey ? Apparemment il a l'air assez satisfait de la manière dont tu gères l'intendance du palais. Congratulations. Lorsque je t'ai confié cette responsabilité je n'imaginais pas que tu ferais aussi bien.

– Vous voyez, je ne suis pas une fille aussi perdue que j'en ai l'air. Cependant, je dois reconnaître que sans les précieux conseils de M. Garbis [1], je ne sais pas si je ne me serais pas égarée. Il possède ce côté à la fois murène et intuitif qui fait la qualité des grands financiers.

Le souverain émit un grognement, tandis qu'elle se remettait sur ses jambes.

– Au revoir, Majesté.

Une fois seul, il resta un moment immobile, puis il se dirigea vers une tenture qui tombait le long du mur. Il l'écarta, dévoilant une porte dérobée.

– Entre !

Aussitôt la femme apparut. Elle scruta la pièce comme si elle cherchait à s'assurer que personne d'autre, hormis le souverain, ne s'y trouvait et s'avança.

Il la prit dans ses bras dans un élan affectueux.

– Ezayek... Comment vas-tu, mon enfant ?

– Je vais bien, Sire. Je vous remercie.

– Laisse-moi te regarder, dit-il en se reculant un peu.

Il fronça légèrement les sourcils.

– Tu es toujours aussi belle.

– Vous mentez mal, Sire. Mais l'intention est bonne.

– Pourquoi mentirais-je ? Nous ne sommes pas en politique, que je sache ! Sincèrement, je te trouve rayonnante.

Dans le même temps qu'il prononçait ces mots, il s'évertuait de ne rien laisser transparaître de son effroi. Était-ce bien Schéhérazade qui se trouvait

1. De son vrai nom, Alexandre Sarkis Garbis Kouyoumdjian. Il faisait partie de ces innombrables ministres et conseillers arméniens dont Mohammed Ali avait su s'entourer. Il semblerait que le père de Garbis bey fut l'un des orfèvres les plus renommés du Caire. Passionné de musicologie, il aurait fait don de sa fortune – qui était considérable – à l'université d'El-Azhar afin que fût créée une section d'études musicales.

440

devant lui ? Cette femme à la séduction légendaire qu'il avait connue au sommet de sa beauté ? Ce ne pouvait être elle ! Pas ce personnage alangui, cette silhouette étique à la figure sillonnée de rides ! Non. Il devait être la victime d'un sortilège.

Il se ressaisit pourtant et adopta un ton désinvolte.

– Dommage que je n'aie plus vingt ans...

Elle l'interrompit.

– Comment va-t-elle ?

– Comme quelqu'un qui serait sur le seuil d'une maison et qui n'oserait pas y entrer.

– Ce qui veut dire ?

– Elle se cherche, elle tâtonne, mais je pense qu'elle n'est pas loin de trouver la sérénité.

Schéhérazade remonta le châle noir qui couvrait ses épaules.

– Et sa santé ? Ne manque-t-elle de rien ?

– Étrange question. N'est-elle pas sous la protection de Mohammed Ali ? Elle a tout, rassure-toi.

Il alla prendre place derrière son bureau.

– Puis-je t'offrir quelque chose à boire ? Un thé ?

– Non, Majesté. Merci.

– Pourtant tu aimais bien le thé, jadis.

– Et son travail ? En êtes-vous content ?

– Si étonnant qu'il puisse paraître, elle se montre parfaitement à la hauteur. Disciplinée, organisée, et surtout – c'est ce qui m'a le plus surpris – incroyablement humaine avec ses subalternes. Il me parvient assez régulièrement des échos à propos d'un geste, d'une action généreuse, qu'elle a pu accomplir ici et là. C'est assez curieux lorsque l'on sait la dureté de son caractère.

– Vous vous trompez. Il ne s'agit pas de dureté, chez Giovanna, mais uniquement de caractère. Certains sont à l'image des roseaux, d'autres ressemblent à des chênes. Elle est rigide, mais elle n'est pas dure. Joseph, lui, est un roseau.

– Et toi ? Qu'es-tu, Schéhérazade ?

Un rire muet entrouvrit ses lèvres.

– Sans doute dois-je être plus proche du chêne ?

– C'est bien ce que je me disais.

Il se pencha vers elle.

– Et maintenant, parle-moi un peu de ta vie. Comment tes jours se passent-ils ?

– Je m'occupe du domaine. Je marche dans le désert. Je médite et j'attends.

Il fronça les sourcils.

– Tu attends ?

– L'enfant qui va naître.

Sa perplexité s'accrut.

– De quel enfant parles-tu ?

– Celui de Corinne. Elle est enceinte de sept mois.

Il éclata d'un rire sonore.

– Tu vas être grand-mère !

– Cela vous amuse beaucoup, on dirait ?

– Que veux-tu, je n'ai jamais pu imaginer qu'un jour tu serais dans cette situation. Tu faisais partie de ces femmes pour qui le temps est immobile et que ces choses de la vie – somme toute, bien naturelles – n'atteignent pas.

– Si je vous suis bien, pour vous je ne pouvais être qu'une épouse, une maîtresse, c'est tout.

– C'est effectivement l'image que j'avais de toi. Celle d'une grande amoureuse.

Schéhérazade médita en le fixant.

– Finalement, c'est Giovanna qui serait dans le vrai. Car, au fond, elle ne m'a jamais considérée comme une mère. Comme vous, elle n'a sans doute jamais vu en moi autre chose que cette amoureuse que vous évoquez.

– C'est possible. Et alors ?

Elle frappa du plat de la main sur le bureau du souverain.

– Vous ne comprenez donc pas ? Tout le drame qui nous oppose prend sa source dans cet effroyable malentendu ! Je l'aime. J'aime ma fille ! Et l'amour que je lui ai offert, elle ne l'a considéré que comme une sorte d'armistice, au mieux une alliance, de celles qui s'instaurent entre deux adversaires. Pourtant je suis sa mère !

Elle s'était exprimée avec fièvre, et ses mains s'étaient mises à trembler.

– Il ne sert à rien de te mettre dans cet état ni de ressasser le passé. Tu as été ce que tu as voulu être. Un jour Giovanna comprendra.

– Il sera trop tard !

– Schéhérazade...

– Il sera trop tard, je vous dis !

Il leva les bras et les laissa retomber avec fatalisme.

– Allah a'lem... Dieu seul sait l'avenir.

Il enchaîna comme pour détendre l'atmosphère.

– Joseph t'a-t-il informée ? Nous allons peut-être remettre le barrage en chantier. Sur ma demande, Linant et lui m'ont fait parvenir une nouvelle étude du projet. Selon eux, trois ans au lieu de cinq seraient nécessaires pour amortir les dépenses grâce à la création d'un million cinq cent mille feddans.

– Dans ce cas pourquoi hésitez-vous ?

– Parce que les travaux coûteront près de deux millions de piastres, que les finances de l'État sont au plus bas, et qu'elles le resteront tant que les puissances n'auront pas mis fin à ce statu quo dans lequel elles m'ont enferré.

– Je vois...

Elle avait répondu plus par courtoisie que par sollicitude.

– Qu'as-tu, Schéhérazade ? Tu es absente du monde.

– Le monde... Où est ma place dans le monde ? Les

jours ressemblent aux nuits, et les paysages ont tous la même couleur. Tous les dimanches je vais me recueillir sur la tombe de Ricardo. Et savez-vous... ?

Elle baissa les paupières, comme honteuse de son aveu.

– Ce sont les seuls moments où j'ai l'impression d'exister.

Il se redressa dans son siège, sa main se referma sur un stylet posé sur le bureau.

– Il y a une question que je ne t'ai jamais posée...

Il enserra avec force l'objet métallique.

– As-tu vraiment mis fin aux souffrances de Ricardo Mandrino ?

Elle leva la tête vers lui. Elle était blanche. On aurait dit que le sang avait reflué de son visage, dans une expression de supplice intolérable.

– Qu'avez-vous dit, Majesté... ?

CHAPITRE 32

Alexandrie, palais de Ras el-Tine, 26 juin 1839

Les rochers noirs hérissaient leurs crêtes au-dessus des flots et menaçaient de crever le ventre de la dahabieh, celle qui voguait en tête, où avaient embarqué Giovanna et le vice-roi.

Affolée, la jeune fille voyait se rapprocher les monstres de pierre, tandis qu'autour d'elle les passagers continuaient de deviser comme si de rien n'était. Elle se dit qu'elle était certainement victime d'une hallucination, qu'on allait réagir ou que les rochers allaient disparaître d'un seul coup. Pourtant, non. L'étrave fendait toujours l'eau claire. On entendait le ronronnement des roues à aube qui barattaient l'eau de leurs palettes, et la dahabieh poursuivait imperturbablement sa remontée du Nil Blanc.

Giovanna se précipita vers le cheikh capitaine en criant un avertissement. Pour seule réaction, il lui offrit un aimable sourire et repartit vers la dunette.

À tribord, les baobabs géants qui jetaient leurs ombres sur les berges du fleuve se mirent à vaciller, leurs racines s'arrachaient du sol et dans leurs efforts faisaient vibrer le désert soudanais.

C'était peut-être la fin du monde ? Giovanna chercha le vice-roi. Celui-ci conversait avec la même nonchalance, le bras appuyé sur le bastingage. Autour de lui, l'auditoire composé d'hommes et de femmes ne donnait pas non plus l'impression de s'inquiéter outre mesure. Et là encore, la scène était fantasmagorique. Les personnages étaient nus, seules leurs parties génitales étaient couvertes d'un morceau de peau d'animal à peine plus grand que la main. Sous leurs chevelures crépues, la poitrine était tatouée de dessins bizarres et de bandes bariolées, et tous tenaient, qui une massue durcie au feu, qui une lance ou un bouclier.

Un choc terrible fit trembler le pont du bateau. Giovanna hurla, mais le cri resta au fond de sa gorge. Alors elle s'élança aussi vite qu'elle put, parcourut en un éclair les quelques mètres qui la séparaient du vice-roi.

– Majesté ! ! Il faut abandonner le bateau, nous allons couler ! !

Il se tourna lentement vers elle et lui présenta une expression ricanante. Le sang de la jeune fille se figea dans ses veines ; non à cause de ces traits tordus qu'elle découvrait, mais parce que le personnage qui la toisait n'était plus le même : c'était Ricardo Mandrino...

Les traits ruisselants de sueur, Giovanna se redressa dans son lit. Son cœur battait la chamade, son souffle était court. Autour d'elle, les premiers rayons de l'aube filtraient à travers les moucharabiehs, amenant dans leur sillage un peu de l'aube rougeoyante. Elle examina le mobilier, comme pour s'assurer que tout était à sa place. Elle était bien dans sa chambre à Ras el-Tine, au palais, à Alexandrie.

Pourtant elle aurait juré que tout ce qu'elle venait de vivre n'était pas le fruit d'un délire onirique, qu'elle était encore au Soudan, « le pays des Noirs », dans le sud du désert de Berber. L'esprit encore plein de son cauchemar, elle tendit la main vers une carafe posée sur sa table de chevet et but de larges gorgées d'eau fraîche. Le contact de ses doigts avec les parois argileuses l'apaisa un peu.

Des senteurs de citronnier et d'oranger montaient des jardins. Le ciel était bleu. Pas un nuage ne flottait dans l'air transparent. Tout paraissait si serein, si paisible, alors qu'en ce moment même un drame se jouait aux confins des frontières égyptiennes.

Mais la nature ignore les tragédies humaines.

Cela faisait trois mois qu'elle était rentrée de ce long périple où elle avait accompagné le vice-roi. Un périple fou, et tellement tragique.

Encadrés par une soixantaine de marins d'élite et sous le commandement de trois officiers instruits dans le dessin, les mathématiques et les sciences naturelles, ils étaient partis de Rosette et avaient remonté le Nil Blanc jusqu'à la première cataracte. Le saint-simonien Charles Lambert était le seul Européen faisant partie du voyage. En refusant la présence de tout autre Occidental, Mohammed Ali voulait sans doute exprimer sa déception et sa tristesse à l'égard de ceux dont il se sentait abandonné.

Ils avaient poursuivi leur voyage jusqu'au Gebel Rewoïan, où le frère du sultan de Darfour était venu en grande pompe leur rendre hommage. Une semaine plus tard, le 6 novembre, ils arrivaient à Khartoum, la ville fondée dix-sept ans plus tôt par Mohammed Ali. En ce temps-là, ce n'était qu'une réunion d'une dizaine de cabanes où subsistaient des familles du Sennaar[1] et quelques berbères. Depuis, des centaines de maisons de briques avaient poussé sur les bords du fleuve, une caserne, un hôpital – tenu par des médecins français – et une multitude d'échoppes entourées de jardins emplis d'aromates sauvages.

Aux environs du 17, ils atteignirent Fazangoro. Après avoir débarqué de la dahabieh et traversé les montagnes, ils débouchèrent dans la plaine où le Khor el-Adi, la rivière *Juste*, se jette dans le Nil Bleu. Là, enchanté par les fermes modèles conçues par les agronomes égyptiens, le souverain fit don à ceux-ci d'une centaine de feddans et les dispensa de tout impôt pendant cinq ans. À la nuit tombée, il demanda que l'on rassemblât tous les chefs de tribu et leur fit un discours que le vent de l'harmattan emporta jusqu'aux confins du pays. Giovanna avait conservé en mémoire quelques paroles qui, par leur franc-parler, allaient bien au-delà de l'allocution classique d'un souverain à ses sujets.

« Les peuples des autres pays étaient d'abord sauvages. Ils se sont civilisés. Vous avez une tête et des mains comme eux ; faites comme ils ont fait, vous vous élèverez, vous aussi, au rang des hommes, vous acquerrez de grandes richesses et vous goûterez à des jouissances que vous ne pouvez même pas soupçonner aujourd'hui à cause de votre profonde ignorance.

« Rien ne vous manque pour y parvenir : vous avez beaucoup de terres, de bestiaux et de bois ; la population est nombreuse et les femmes fécondes. Jusqu'à présent vous n'aviez pas de guide, à présent vous

1. L'ancien royaume de Nubie, situé entre le Nil Blanc et l'Atbara, et traversé par le Nil Bleu, à l'ouest de l'Abyssinie. La contrée avait été conquise en 1821 par Mohammed Ali, et annexée à l'Égypte.

l'avez. Ce guide, c'est moi-même. Je vous pousserai à la civilisation et au bonheur.

« Le monde est divisé en cinq grandes parties ; celle que vous occupez se nomme l'Afrique. Eh bien ! dans toutes, excepté ici où vous êtes, on connaît le prix du travail, on a le goût des choses bonnes et utiles, on se livre avec passion au commerce qui donne la fortune, le plaisir, la gloire ; mots que vous ne comprenez pas encore.

« Voyez l'Égypte. C'est un pays peu étendu ; cependant, grâce au travail et à l'industrie de ses habitants, il est riche et le deviendra davantage ! Comparez-le à cette région de Sennaar ; vingt fois plus grande que l'Égypte, elle ne produit presque rien, parce que ses habitants restent oisifs, comme s'ils étaient des êtres morts ! Apprenez bien que le travail donne tout, et que sans lui vous resterez ceux que vous êtes · des êtres morts !... »

Les auditeurs, émerveillés et confus à la fois, prièrent alors le souverain dans un élan spontané de les emmener en Égypte pour qu'ils s'y instruisent aux arts de l'agriculture et du commerce.

« Votre intention est louable, leur répliqua Mohammed Ali, mais il vaut mieux que vous y envoyiez vos enfants. Ils seront plus longtemps utiles à ce pays lorsqu'ils seront de retour. Je les placerai dans mes grandes écoles, ils y apprendront ce qui est profitable et beau. Soyez sans inquiétude pour eux, car ils seront mes enfants adoptifs et, quand ils auront acquis les sciences, je vous les renverrai pour qu'ils fassent votre bonheur, celui de ces contrées, et qu'ils me glorifient. »

Le lendemain, il proclama la liberté du commerce de l'indigo et donna au gouverneur l'ordre de fournir les outils, et tout ce qui serait nécessaire au développement de cette culture.

Avant de poursuivre le voyage pour Fazoglou, il laissa sur place Charles Lambert et le chargea de faire deux rapports, l'un sur un projet de chemin de fer, l'autre sur l'établissement d'un canal entre le fleuve blanc et le Kordofan. Ce canal serait destiné à fournir l'eau pour l'irrigation des terres et faciliterait le transport du fer extrait des montagnes voisines.

C'est sur le chemin du retour qu'il apparut à Giovanna de quelles angoisses était victime le pacha.

Ils n'étaient plus qu'à deux jours de Rosette. Sous la lune pleine on entrevoyait les courbes du désert, avec au premier plan les roseaux, des houles de palmes et des marées de feuillages désordonnés.

Mohammed Ali était assis, solitaire, sur le pont de la dahabieh et scrutait le paysage.

Giovanna s'était approchée de lui, et devant le spectacle de cet homme méditant, elle avait failli revenir sur ses pas et regagner sa cabine ; mais il lui avait demandé de rester.

Combien de temps demeura-t-il silencieux ? Elle n'aurait su le dire. Ce dont elle se souvenait c'était des premières paroles qu'il avait prononcées, sans doute parce que jamais auparavant il n'avait usé de mots italiens.

– Grido di dolore...

Bien que cette langue lui fût totalement étrangère, Giovanna n'avait pas eu de mal à saisir le sens de l'expression : « cri de douleur ».

Le souverain avait poursuivi :

– Crois-tu qu'ils comprendront jamais que mon départ d'Égypte ne fut rien d'autre que cela... grido di dolore.

Il n'attendit pas la réponse.

– J'en doute. Je ne crois plus à la justice des grandes puissances. S'il me restait quelque espoir, il eût été balayé par ce que je viens d'apprendre.

– De quoi s'agit-il, Majesté ?

– Les Anglais ne partiront plus d'Aden.

– Pardonnez-moi, mais... Aden ?

– Avant notre départ, le gouvernement britannique a sollicité de pouvoir se rendre dans ce port pour y créer un dépôt de charbon. J'y ai cru. J'ai même recommandé à l'imam de répondre favorablement à la demande anglaise. Le gouverneur général des Indes, lord Auckland, m'a écrit en termes sirupeux pour me remercier de mon intervention.

Ses doigts se crispèrent.

– Or, on vient de m'informer que des troupes militaires ont débarqué à Aden. Elles ont occupé les hauteurs d'alentour et se sont fait céder le port. Désormais, la ville et les territoires environnants sont propriétés de Sa Majesté britannique la reine Victoria [1].

Il serra le poing.

– Naturellement, le monde n'a rien trouvé à redire. Ni la France, ni la Russie, ni l'Autriche n'ont élevé la moindre protestation. Comprends-tu maintenant pourquoi je ne crois plus à la justice des grandes puissances ? Deux poids, deux mesures...

Il plissa le front dans la pénombre.

– Allah karim... Mais ce soir mon âme est triste et de funestes pressentiments habitent mon esprit.

C'était le 13 mars.

Trois mois plus tard les forces ottomanes franchissaient l'Euphrate, et sans déclaration de guerre débordaient les frontières égyptiennes en Syrie.

Giovanna revoyait, comme si c'était hier, l'expres-

1. Lorsqu'en 1798 Bonaparte envahit l'Égypte, les Anglais prirent conscience de la valeur stratégique de ce port du Yémen sud, situé non loin de l'entrée de la mer Rouge, pour préserver leur suprématie sur la route des Indes. Ils ne devaient plus le quitter jusqu'en novembre 1967.

sion défaite du souverain apprenant la nouvelle. C'était bien plus que de la consternation ou de la révolte : l'homme était brisé.

Il commença par convoquer M. Cochelet, le consul général de France. Celui-ci lui expliqua que pendant son absence on s'était rendu compte du bien-fondé de ses revendications et surtout de l'ascendant que l'influence anglaise continuait d'exercer, à son seul profit, à Istanbul. La France avait décidé de modifier le statu quo en faveur du vice-roi pour prévenir pacifiquement une crise imminente en Orient. C'est alors que le gouvernement de Louis-Philippe se rendit compte que, dans les coulisses, le délégué britannique, lord Ponsoby, excitait les Turcs à la guerre, avec pour dessein secret de briser une fois pour toutes le souverain égyptien. Ainsi, le sultan, sûr de l'appui et de l'intervention de l'Angleterre en sa faveur, avait décidé de provoquer les hostilités et de prendre sa revanche.

– Et maintenant, monsieur Cochelet, que suggérez-vous ?

– Majesté, essayez de prendre un peu de recul. Vous savez quels sont les dessous du traité d'Unkiar-Skelessi qui lie les Russes à la Sublime Porte. Si vous répondez à l'agression turque, alors le tsar – sous prétexte de venir au secours du sultan – débarquera dans le Bosphore. Nous savons tous quelle en sera la conséquence : un embrasement de l'Europe avec le risque que la Turquie, pour ne pas dire tout l'Empire ottoman, devienne protectorat de la Russie.

– Votre gouvernement est hypnotisé par l'éventualité d'une intervention du tsar qui ne se produira jamais. Je vous l'affirme !

– Donnez-nous du temps, je vous en conjure. Il faut négocier.

– Négocier ?

452

– Vous connaissez les exigences du sultan. Resti-
tuez la Syrie. Faites un geste.

Le souverain lui coupa la parole sèchement.

– Je vais vous conter une histoire, monsieur
Cochelet : « Un enfant, aux prises avec un serpent,
avait eu la chance de lui écraser la queue. Sa mère,
craignant la colère du serpent, entreprit de les
réconcilier. D'accord, dit le serpent ; qu'il me rende
ma queue et nous serons amis ! » Ne voyez-vous pas
que c'est insensé !

L'abattement du vieux pacha ne dura pas. Il avait
trop affronté la vie, franchi trop d'obstacles pour
baisser les bras. Le lion qui sommeillait en lui se
dressa, et son rugissement fit trembler les murs du
palais de Ras el-Tine.

Il convoqua son fils Ibrahim sur-le-champ.

– Vous vous porterez à la rencontre des troupes de
nos adversaires qui ont pénétré dans nos territoires
et, après les en avoir chassées, vous marcherez sur
leur grande armée à laquelle vous livrerez bataille. Si,
par l'aide du Tout-Puissant, la fortune se déclare pour
nous, sans passer par le défilé de Kulek-Boghaz, vous
marcherez droit sur Malatia, Karpont, Orfa et Diar
el-Kébir !

Ces quatre territoires cités par le souverain allaient
au-delà des limites assignées par l'arrangement de
Kutahia. Mais, curieusement, ces ordres étaient
empreints de modération, car, attaqué et menacé
dans son existence par le sultan, Mohammed Ali était
en droit d'en venir aux extrêmes : déclarer son indépendance et marcher sur Istanbul.

Accompagné par le fidèle colonel Sève, Ibrahim
avait alors foncé vers les frontières de Syrie.

Dans la soirée du 23, il arriva à une centaine de

lieues d'Alep, non loin de la ville de Nézib, et disposa son armée prête à livrer bataille dès le lendemain.

À l'aube du 24, il rassembla les officiers de son état-major et les adjura de combattre avec vaillance. Tous jurèrent de mourir les armes à la main. Aucun d'entre eux n'ignorait qu'ils allaient devoir lutter à un contre quatre.

Deux heures plus tard, l'armée égyptienne se mit en mouvement et prit les positions qui lui avaient été assignées. Face aux quarante mille hommes d'Ibrahim apparurent les cent cinquante mille Turcs commandés par Hafiz pacha.

Le soleil commençait à rougir l'horizon lorsque les canons tonnèrent.

Aux environs de midi, les forces turques étaient en déroute. Quinze mille prisonniers, autant de fusils, cent soixante-dix canons, tout le camp ottoman jusqu'aux décorations, insignes de commandement, tomba entre les mains du vainqueur.

Dès lors, plus aucune résistance ne s'opposait à Ibrahim.

Pour la seconde fois, la route d'Istanbul s'ouvrait à lui.

L'esprit toujours plongé dans ses pensées, Giovanna acheva de s'habiller et partit d'un pas rapide le long des couloirs du palais. Garbis bey ne serait pas content. Elle était en retard.

*

Schéhérazade souleva le bébé et le berça contre elle.

– Que Dieu le garde. J'ai rarement vu un enfant aussi beau.

– Et aussi brailleur, plaisanta Joseph. Mais je lui pardonne, puisque c'est un mâle.

– Belle mentalité ! se récria Corinne. Devrais-je en déduire que si je t'avais donné une fille, tu l'aurais noyée ?

– Oh, je n'aurais pas été jusque-là. Mais va savoir...

Schéhérazade rendit le bébé à Corinne.

– Samir... Je suis heureuse que tu aies choisi ce prénom. Il lui va bien.

– Samir... Samira... Somme toute, quoi de plus naturel ?

– Je le trouve tout de même un peu maigrichon pour sept mois, commenta Joseph. Êtes-vous sûres de bien le nourrir ?

Corinne lui lança un coup d'œil courroucé et prit Schéhérazade à témoin.

– Vous voyez comme il est ?

– Laisse tomber, ma Corinne. Il a oublié à quoi lui-même ressemblait à sept mois. Il est splendide cet enfant.

– Comment en serait-il autrement ? Il me ressemble. Plus tard, nous en ferons un ingénieur.

– Parce que tu voudrais décider aussi de la profession de ton fils ? Et s'il n'avait aucune prédilection pour les mathématiques ou pour les sciences ?

– Comment se pourrait-il avec un père comme moi ? Les lions ne font pas de mulets.

Corinne poussa un soupir et s'en alla vers la porte.

– Je vais aller le coucher. Il a assez entendu de sornettes pour aujourd'hui.

– In-gé-nieur ! scanda Joseph, taquin.

– Arrête, mon fils, protesta Schéhérazade. Tu es en train de la torturer.

– Je plaisante, maman.

Il se laissa choir sur l'un des divans.

– Samir vivra comme bon lui semble. Tu m'as trop appris ce que signifiait le mot liberté pour que je me permette de trahir ce principe sacré.

Elle s'installa à son tour à ses côtés.

– Je l'espère. Rien n'est plus pénible que d'imposer aux autres sa vision du monde. Si nous en voulions une preuve, il n'est qu'à voir ce qui se passe en ce moment autour de nous. C'est horrible.

– Je sais à quoi tu fais allusion. Mais la victoire de Nézib est là pour prouver qu'il y a tout de même une justice. Le piège s'est refermé sur l'agresseur. Jamais Mohammed Ali n'aura été plus maître de la situation.

– Que Dieu t'écoute, mon fils. Mais je me demande si l'Égypte, déjà exsangue, aura les moyens de résister longtemps.

Comme si la discussion lui rappelait de mauvais souvenirs, elle changea de sujet sans transition.

– As-tu des nouvelles de Linant ?

– Oui. Je dois le rencontrer tout à l'heure. Je suis même en retard. Les choses ne s'arrangent pas pour lui, je pourrais même dire qu'elles empirent. Un nouveau venu s'est implanté au sein de l'équipe des ingénieurs, qui semble prendre de plus en plus d'importance. Il s'est fait remettre – avec l'accord de Mohammed Ali – tous les plans du barrage. Et déjà ses premières critiques se font entendre. Il a clairement exprimé son opposition au plan que nous avons conçu et envisage d'autres solutions techniques et d'autres emplacements que ceux préconisés par Linant et les saint-simoniens.

– De qui s'agit-il ?

– Un certain Mougel [1]. Un Français.

– Tiens ? Je croyais les ingénieurs français en disgrâce.

– Oh, ce n'était qu'une bouderie du pacha. Il n'a

1. Mougel était d'origine normande. Sorti de Polytechnique en 1831, il avait occupé les fonctions d'ingénieur du port de Fécamp. À partir de 1838 il fut délégué par l'administration des Ponts et Chaussées pour assurer la direction du port d'Alexandrie.

jamais été dans son intention de se passer durablement de la France.

– Pauvre Mohammed Ali... Il doit se sentir bien seul face au monde entier.

Elle s'était exprimée avec une réelle tristesse, bien trop profonde pour qu'elle concernât uniquement le destin du souverain. C'était un peu son propre sort qu'elle jugeait aussi.

Joseph dut le percevoir, car il demanda :

– Et toi, maman ? Éprouves-tu la même solitude ?

Elle ne répondit pas.

Joseph reprit :

– N'oublie pas que je suis là. Tu sais aussi que Corinne t'adore presque autant que si tu étais sa propre mère. Et il y a le petit. Je suis conscient que l'amour que la vie t'a enlevé ne pourra jamais être remplacé par quiconque. Mais je t'en prie, ne rejette pas celui que nous t'offrons.

– Il n'est pas question que je le rejette, Joseph. Tous les matins je remercie Dieu de t'avoir, de *vous* avoir à mes côtés. J'ai perdu un homme, mon mari ; un enfant est né, et mon fils est toujours là. J'ai perdu une fille ; la providence m'en a envoyé une autre. Je serais ingrate de fermer mon cœur à tant de miracles.

Joseph resta silencieux, étudiant sa mère comme pour décrypter si elle était vraiment sincère. Quelque peu rassuré, il se décida à partir.

– Linant doit s'impatienter. À ce soir ?

– À ce soir, mon fils.

*

Linant se servit une large rasade de vin et présenta la carafe à Joseph.

– Tiens, mon ami. Voici la panacée. Comme par enchantement, tous les chagrins de l'univers, toutes les déceptions s'estompent devant ce liquide sublime.

457

Il se mit à déclamer sur un ton emphatique :

– Profondes joies du vin, qui ne vous a connues ? Quiconque a eu un remords à apaiser, un souvenir à évoquer, un chagrin à noyer, un château en Espagne à bâtir, tous enfin vous ont invoqué, dieu mystérieux caché dans les fibres de la vigne !

Joseph examina son ami avec stupéfaction.

– Qu'est-ce que c'est que ce baragouin ? As-tu perdu la tête ?

– Non, mon cher, je n'ai jamais été aussi lucide.

– Allons ! tu ne vas tout de même pas devenir alcoolique parce qu'on a soulevé quelques critiques sur ton projet de barrage ! M. Mougel n'est pas un imbécile. Il s'apercevra qu'il est dans l'erreur.

– Mon cher ami, je suis au regret de te décevoir ; il n'en est rien.

Il reprit la carafe et la tendit une nouvelle fois à Joseph.

– À ta place je me servirais. Tu vas en avoir besoin.

Sans attendre l'acquiescement de son ami, il remplit son verre jusqu'à ras bord et s'enquit :

– Tu as lu le projet de Mougel, n'est-ce pas ?

– Bien évidemment. Proposer d'ériger le barrage dans le lit du fleuve, alors qu'il faudrait le construire à sec, est insensé ! D'ailleurs son plan n'a-t-il pas été soumis au Conseil des ponts et chaussées français ?

– Il l'a été. Ils nous ont transmis leur verdict.

– Alors ?

Il pointa son index sur le verre.

– Tu ne bois pas ?

– Réponds, Linant !

– L'avis est défavorable.

– Hé bien ! Tu devrais être satisfait !

Linant serra les poings.

– Comment le serais-je ? Le projet de Mougel va quand même être exécuté. Je l'ai appris ce matin.

458

– Contre l'avis du Conseil ? Mais c'est de la folie !

– Mon ami, de nos jours, c'est la folie qui gouverne le monde !

– Mais jamais ce barrage ne pourra être construit ! Mougel va droit à l'échec.

– C'est l'avenir qui le dira [1].

Dans un mouvement emporté, Joseph porta le verre de vin à ses lèvres et but quelques gorgées.

– Décidément, plus rien ne va. Je ne comprends pas ce qui se passe !

– Que veux-tu ! Il y a des moments où les portes se ferment une à une, et quoi que l'on fasse, elles demeurent closes. Regarde-moi. La peste a porté un coup fatal à mes projets ; l'aveuglement de l'Occident les a enterrés.

Il prit une profonde respiration.

– Pourtant, tout s'explique. Nous sommes en train de subir le contrecoup de la politique des puissances européennes. Les uns après les autres, les Français désertent l'Égypte : Cerisy, le général Siguéra, qui commandait l'École militaire de Damiette, et tant d'autres.

Il marqua une pause, puis :

– Je vais peut-être te faire sourire : signe de ce renversement des alliances, on annonce au Caire l'arrivée de douze ingénieurs... allemands que l'on dit destinés à reprendre les postes abandonnés par mes compatriotes.

Joseph essaya de temporiser.

– Oui, mais Charles Lambert conserve toujours la direction de l'École des mines, M. Bruneau vient d'être nommé à l'École d'artillerie de Tura, et Perron

1. Il sera effectivement exécuté, mais sera quasi inutilisable durant tout le siècle en raison des vices de construction qui menaceront sa stabilité. Ce n'est qu'en 1933 que l'on reviendra aux choix techniques proposés par Linant et ses collaborateurs saint-simoniens.

a pris la direction de l'École de médecine. Ainsi que je le confiais à ma mère, ce n'est qu'un mouvement d'humeur du pacha.

— Mon cher, tout dépendra des événements à venir. Si la France se décide à prendre de manière claire et décisive le parti de l'Égypte, alors sans doute les choses redeviendront ce qu'elles ont été. Dans le cas contraire, je crains fort que ces noces entretenues depuis plus de quarante ans ne s'achèvent sur un divorce retentissant dont la facture sera lourde.

Il s'informa tout à coup.

— À ce propos, toi qui es dans le secret des dieux, as-tu des échos ?

— Depuis la mort de mon père, les informations sont rares. Tout ce que je sais, c'est que pour l'heure la situation semble toujours bloquée, d'autant que huit jours après la victoire de Nézib, le sultan Mahmoud est mort, léguant le pouvoir à son fils, le prince Abd el-Maguid.

— Peut-être que ce nouveau dirigeant se montrera moins belliqueux ou plus conciliant ?

Joseph ne put contenir un petit rire railleur.

— C'est un gamin. Il n'a pas dix-sept ans.

— Ce qui sous-entend qu'il n'aura d'autre pouvoir que celui de se laisser manipuler. Voilà qui ne va pas arranger les choses.

Et il se servit un autre verre.

— Calme-toi, Linant. Essaye d'être optimiste, que diable ! Tout n'est pas joué. Je sais que la situation est grave et surtout affreusement complexe, mais c'est justement de cette complexité que peut jaillir une solution. As-tu seulement songé à ce qui adviendrait si Ibrahim prenait Istanbul ? Après tout, il n'est plus qu'à une centaine de lieues de la capitale ottomane, et plus aucune armée ne se trouve sur son chemin.

— Si tu veux mon opinion, ce serait le seul moyen

460

d'en finir avec cette affaire. Mais ira-t-il jusqu'au bout ?

– Nous verrons bien. Aie confiance. Si cela peut te rassurer, je vais te confier un secret. Depuis que Mohammed Ali a appris à lire, il s'est plongé avec une incroyable boulimie dans les œuvres littéraires [1]. Pour commencer, il a naturellement dévoré tout ce qui avait trait à son idole, Napoléon. Il s'est ensuite penché sur des ouvrages aussi divers que *L'Esprit des lois* de Montesquieu. Il y a quelques mois – et c'est à quoi je voulais en arriver –, il m'a convoqué dans son cabinet et m'a prié de traduire pour lui *Le Prince* de Machiavel. Je me suis mis au travail et lui ai donné le premier jour les dix premières pages de l'ouvrage, et le jour suivant dix pages et dix encore le troisième, mais le quatrième il m'arrêta.

Linant haussa les sourcils.

– J'imagine qu'il commençait à trouver cette lecture fastidieuse.

– Pas du tout. Sais-tu ce qu'il m'a dit ? « J'ai lu attentivement tout ce que tu m'as donné sur Machiavel. Je n'ai pas trouvé grand-chose de nouveau dans tes dix premières pages ; j'espérais encore, mais les dix pages suivantes n'étaient pas meilleures et les dernières de simples lieux communs. Je vois clairement que je n'ai rien à apprendre de cet homme. En fait de ruses, j'en sais plus long que lui. Je te dispense donc de m'en traduire davantage. »

– Amusant, mais à quoi veux-tu en venir ?

– Je me dis simplement qu'un souverain qui s'estime plus rusé que Machiavel ne peut pas se laisser piéger. Il va s'en sortir.

Le récit de son ami ne paraissait pas avoir déridé Linant. Plus motivé par le désir de rompre cette

1. Il commença à savoir lire vers l'âge de quarante-cinq ans.

atmosphère tendue que par intérêt véritable, Joseph questionna :

– Et M. Enfantin ? Qu'est-il devenu ?

– Il est à Paris. Nous nous écrivons de temps à autre. Mais toutes ses lettres se ressemblent.

– Que veux-tu dire ?

– Suez ! Suez ! Suez ! Le canal.

– Me serais-je donc trompé ? s'étonna Joseph. J'étais convaincu qu'après son départ il n'y penserait plus. J'ai donc fait fausse route.

– Complètement, mon ami. Non seulement il continue d'y penser, mais il est en train de soulever ciel et terre pour éveiller l'intérêt du gouvernement français. Il songe même à constituer une association en vue du percement de l'isthme.

– Je ne peux que saluer cette ténacité. Chapeau bas.

– Il m'a aussi réclamé un mémoire sur le sujet. Il semblerait qu'il soit destiné à l'ambassadeur d'Autriche à Paris, lequel devrait le soumettre à Metternich en personne.

– C'est formidable !

Il précisa très vite :

– Et astucieux. L'Autriche a toujours plaidé la cause du canal. Si mes souvenirs sont bons, Metternich avait même déclaré qu'il considérait le percement de l'isthme comme un événement de première importance, l'une de ces réalisations qui laissent leur empreinte sur les siècles, étant convaincu qu'il ouvrirait à l'Autriche les portes de l'avenir.

– C'est vrai. Mais il s'est empressé de faire savoir que ce canal accroîtrait l'avidité de cette chère Angleterre, et que par conséquent il était porteur de péril. S'il a toujours ce point de vue, je ne vois pas à quoi servirait de lui envoyer mon mémoire.

Joseph s'inquiéta.

462

– Tu l'as quand même fait parvenir à Enfantin,
j'espère ?

– Évidemment.

Ses traits se contractèrent.

– Le monde peut s'enflammer, fils de Mandrino.
Ibrahim peut prendre Istanbul. Ce canal, j'y crois. Je
ne sais s'il verra le jour, si ce jour-là flottera sur ses
berges un drapeau turc, français, anglais ou égyptien,
mais j'y crois.

CHAPITRE 33

Dans les jours qui suivirent la victoire de Nézib, une activité intense régna dans les chancelleries européennes.

Toujours hanté par la peur d'une intervention russe et par le désir de parvenir à un règlement pacifique, la France s'évertua à convaincre le pacha de stopper la marche de son fils vers Istanbul. De menaces en pressions et peut-être par lassitude, peut-être aussi parce qu'il voulait croire encore à un arbitrage favorable des puissances, Mohammed Ali céda et l'on expédia un émissaire français, le capitaine Cellier, au quartier général d'Ibrahim avec l'ordre d'immobiliser son armée et de ne pénétrer sous aucun prétexte en Asie Mineure.

La fureur du prince fut égale à son désespoir.

– Avez-vous lu les livres d'Histoire ? Où avez-vous jamais vu qu'un général victorieux s'arrêtât dans sa marche !

C'est la mort dans l'âme qu'il se soumit aux volontés de son père, refusant toutefois de se replier sur Alep. Pour la seconde fois, la capitale ottomane s'était trouvée à portée de sa main ; pour la seconde fois, on le privait de sa conquête.

Le 3 juillet, la Sublime Porte faisait porter à

Mohammed Ali une proposition du grand vizir dans laquelle elle lui offrait – après restitution de la Syrie, de l'Arabie et du Yémen – l'hérédité de l'Égypte et la réconciliation. Le sultan avait-il pressenti qu'en dépit du soutien des grandes puissances son pouvoir était au bord de l'abîme ? Sans doute.

Six jours plus tard, un événement considérable devait confirmer cette impression.

Ce matin-là, Giovanna se trouvait dans le cabinet de Garbis bey. Ils discutaient des prochaines améliorations à apporter à la condition des serviteurs du palais, lorsque brusquement une incroyable pâleur envahit les traits du trésorier. Il se mit à bégayer, en pointant son index vers la mer.

Giovanna crut qu'il allait s'écrouler, frappé d'apoplexie. Ce fut seulement lorsqu'elle suivit son regard qu'elle comprit la raison de son saisissement

Une immense flotte, battant pavillon turc, couvrait l'horizon.

Presque simultanément, elle vit une escadre égyptienne qui allait à sa rencontre.

Dix-neuf coups de canon retentirent dans le ciel d'Alexandrie, tirés par une corvette de guerre ancrée dans la rade.

Giovanna se sentit à son tour défaillir.

Elle balbutia :

– Garbis bey... C'est l'invasion. Les Turcs s'apprêtent à débarquer !

– Non, fille de Mandrino, répliqua le vieil homme d'une voix nouée par l'émotion. Ce n'est pas une invasion, c'est une sédition.

– De quoi parlez-vous ? Quelle sédition ?

– La flotte turque vient se soumettre à l'Égypte avec armes et bagages.

– Comment ? C'est impossible !

– Regardez...

Le vapeur, le *Nil*, décoré aux couleurs royales venait de quitter la rade.

– Sa Majesté va à la rencontre de l'amiral, prêt à lui rendre les honneurs.

– Vous voulez dire que cet homme vient livrer à l'Égypte la marine de la Sublime Porte ?

– Parfaitement.

– C'est inouï !

Inouïe, cette action l'était en effet.

La livraison de toute une flotte de guerre par son commandant en chef plaçait Mohammed Ali devant une situation sans précédent dans l'Histoire [1].

Dans toute l'Europe la nouvelle se propagea comme une traînée de poudre. À Istanbul c'était l'hystérie qui dominait. À Londres, lord Palmerston fulminait. En Russie, le tsar Nicolas rongeait son frein, hésitant sur la marche à suivre. Quant à Paris, on riait sous cape, et pour cause.

Une semaine plus tôt, l'amiral français Lalande qui croisait dans l'archipel à bord de l'*Iéna* avait rencontré la flotte turque qui faisait voile vers Alexandrie, précédée, comme en éclaireurs, de frégates anglaises. Ne doutant pas qu'elle fût sortie des Dardanelles pour aller chercher le combat avec l'escadre égyptienne, et voulant l'empêcher d'aller au-devant d'un affrontement contraire aux vœux de la France, Lalande arraisonna le vaisseau amiral ottoman. Mais à sa grande surprise, Fawzi pacha, l'amiral

1. Après la débâcle du Nézib, le gouvernement turc était en pleine décrépitude, et ses divisions internes étaient apparues au grand jour. De nombreux responsables ottomans estimèrent alors que le grand vizir Khosrew pacha (qui dirigeait le pays depuis la mort du sultan) était vendu aux Russes. En livrant sa flotte à Mohammed Ali, l'amiral aspirait à la destitution du vizir.

turc, lui apprit sous le sceau du secret qu'à l'insu des marins anglais il avait l'intention de conduire sa flotte en Égypte pour la livrer à Mohammed Ali. Ravi de la mystification réservée aux Britanniques, l'amiral Lalande s'éloigna en se frottant les mains, laissant les navires turcs poursuivre tranquillement leur traversée.

En quelques semaines, la Turquie avait perdu son souverain, son armée, sa flotte. Et Istanbul était à la merci d'Ibrahim.

Giovanna arborait un sourire radieux. Les explications que venait de lui fournir Garbis bey avaient éveillé chez la jeune fille un formidable enthousiasme.

– C'est merveilleux ! s'exclama-t-elle. À présent un accord entre Sa Majesté et la Sublime Porte ne peut plus être contourné. Il obtiendra le droit héréditaire et nos frontières seront conservées dans leur intégralité. Il ne lui reste plus qu'à proclamer son indépendance !

– Tout n'est pas si simple, fille de Mandrino. Je ne suis pas un politicien, mais j'ai l'impression qu'on nous empêchera de traiter directement avec le sultan.

– Pour quelle raison ?

– Probablement de crainte que nous ne parvenions à une paix qui serait trop favorable à l'Égypte. Mais laissons faire le temps et prions le Très-Haut qu'il soit à nos côtés et qu'Il inspire Son Altesse.

Le temps, hélas, ne devait pas jouer en faveur du vieux pacha. Et le Très-Haut jugea sans doute qu'Il n'avait pas à intervenir dans les querelles de ses créatures.

Quelques mois plus tard, Thiers remplaçait Soult,

et l'idée d'une Égypte indépendante fut enfin admise non seulement par le roi, mais aussi par Thiers, Guizot – ambassadeur de France à Londres –, et par la plupart des dirigeants français.

Guizot plaida avec force la cause de Mohammed Ali auprès de lord Palmerston. Il le fit avec tout ce que la diplomatie nécessite d'artifices et de stratagèmes.

– My lord, pourquoi faire courir à la paix de l'Orient, à la sécurité de la Porte et de l'Europe, tant de hasards ? Pour refuser l'hérédité à un vieillard de soixante et onze ans ? Qu'est-ce donc que l'hérédité en Orient, My lord, dans cette société violente et précaire, dans ces familles nombreuses et désunies ? L'histoire de Mohammed Ali n'est pas un fait nouveau dans l'Empire ottoman ; plus d'un pacha avant lui s'est élevé, a fait des conquêtes, s'est rendu puissant et presque indépendant. Qu'a fait la Porte ? Elle a attendu. Les pachas sont morts, leurs fils se sont divisés et Istanbul a repris ses territoires et son pouvoir. C'est encore ici pour elle la meilleure chance et la conduite la plus prudente.

– Il y a du vrai dans ce que vous dites là. L'hérédité n'aurait peut-être pas grande valeur. Pourtant Ibrahim pacha est un chef habile, aimé de ses troupes, meilleur administrateur que son père, dit-on. Il a auprès de lui des officiers capables... des Français. Nous nous disons tout, n'est-ce pas ? Est-ce que la France ne serait pas bien aise de voir se fonder en Égypte et en Syrie une puissance nouvelle et indépendante, qui serait presque sa création et deviendrait nécessairement son alliée ? Vous avez la régence d'Alger. Entre vous et votre alliée, l'Égypte, que resterait-il à l'Angleterre ? Presque rien, ces pauvres États de Tunis et de Tripoli. Toute la côte d'Afrique et une partie de la côte d'Asie sur la Méditerranée, depuis le Maroc jusqu'au golfe d'Alexandrette [1], serait ainsi en votre pouvoir et sous votre influence. Cela ne peut pas convenir, monsieur Guizot.

En vérité, le revirement de la France arrivait trop tard. Lord Palmerston avait eu le temps de se ménager de solides points d'appui dans les cabinets européens. La France persista à soutenir les prétentions de son protégé, les Anglais continuèrent d'y opposer un refus obstiné jusqu'au jour où l'affaire atteignit son point culminant.

L'atmosphère qui régnait dans la salle du trône était lourde, froide comme une nuit d'hiver. Pourtant août régnait sur Alexandrie, et le soleil n'avait jamais été plus généreux.

S'efforçant de réprimer le tremblement qui agitait ses mains, Mohammed Ali relut pour la troisième fois l'ultimatum que venait de lui remettre le colonel Hodges, le consul d'Angleterre, nommé en remplacement de Campbell jugé trop favorable au souverain.

L'ultimatum se résumait en ceci :

Les quatre puissances s'engagent à maintenir l'intégrité de l'Empire ottoman et la suzeraineté du sultan. Elles décident que le pacha d'Égypte recevrait trois sommations successives à dix jours d'intervalle.

S'il se soumettait à la première, il obtiendrait l'Égypte à titre héréditaire et le pachalik d'Acre sa vie durant.

À la deuxième, il n'aurait plus que l'Égypte.

La troisième le mettait à la discrétion du sultan.

---

1. Ancien nom d'Iskenderun, port de Turquie près de la frontière syrienne.

Mohammed Ali examina encore une fois les signatures : il trouva celles de la Russie, de l'Autriche, de la Prusse et de l'Angleterre, mais pas celle de la France. Elle ne pouvait y être. Le document avait été rédigé quelques jours plus tôt à Londres, au cours d'une conférence d'où la France avait été exclue.

– Colonel Hodges, murmura le pacha d'une voix rauque. Qu'est-ce que c'est que ce document qui traite les vainqueurs en vaincus ?

Le diplomate ne fit aucun commentaire.

– Passe encore que vous me méprisiez, reprit le souverain. Je ne suis qu'un pion sur l'échiquier du monde. Mais la France, colonel Hodges, vous ne pouvez pas traiter la France comme vous traitez l'Égypte !

L'Anglais ne répondit toujours rien.

Mohammed Ali brandit le document et sa voix monta d'un cran.

– Vous n'avez même pas jugé digne de lui communiquer ce traité ! Vous avez agi comme des brigands, oui, colonel Hodges, des brigands ! Vous avez manipulé les cours, fomenté des complots, établi vos pressions dans l'ombre. Et pour parvenir à quoi ? À ceci ?

Il assena sur un ton décidé.

– Transmettez à lord Palmerston que mon parti est pris. Je me défendrai à outrance. C'est avec l'aide de la Providence que j'ai obtenu ce que je possède ; elle seule me l'arrachera !

– Vous réagissez dans la colère, Sire. Du reste, si vous espérez que le gouvernement de M. Thiers livrera bataille à vos côtés, vous vous faites des illusions, Sire.

– Croyez-vous ! La France a rappelé ses troupes, mis en état ses arsenaux et ses dépôts, elle a même fait amorcer des travaux de fortifications autour de

470

Paris. Une extraordinaire fièvre s'est emparée du pays [1] !

Hodges répliqua d'un air laconique :

– Les Français disent ce qu'ils veulent, ils ne peuvent pas faire la guerre aux quatre puissances pour vous soutenir. Vous vous retrouverez seul. Ayant tout perdu.

– C'est ce que nous verrons, colonel Hodges ! C'est ce que nous verrons.

Le consul se retira, une expression ambiguë au coin des lèvres. En descendant les marches du grand escalier de marbre blanc, lui revinrent les propos de lord Palmerston.

Les Français ne feront pas la guerre. Je connais trop le caractère timoré de Louis-Philippe. Jamais il ne s'engagera sérieusement dans un conflit contre les puissances. Quant à Mohammed Ali, il n'acceptera aucune des propositions soumises par le traité de Londres. Et il tombera tête baissée dans la nasse.

Tout se passait comme le ministre l'avait prévu.

« Un grand politicien que lord Palmerston », songea Hodges en lissant sa moustache.

Le 8 septembre, le gouvernement britannique mit sa menace à exécution et fit tirer sur les positions égyptiennes en Syrie et au Liban. Le 10, les transports arrivèrent à Beyrouth commandés par le commodore Napier. Quinze cents marins anglais et sept à huit mille Turcs occupèrent le littoral et établirent leur camp principal dans la baie de Jounieh.

Ibrahim confia au colonel Sève la défense de la côte. Lui-même devait se porter au secours des

1. Effectivement, à peine connu à Paris, le traité de Londres, aggravé par sa forme volontairement blessante, émut l'opinion et éveilla un véritable sentiment de fierté nationale. Du duc d'Orléans aux républicains, on fut prêt à faire la guerre.

points menacés. Mais les troupes égyptiennes étaient éparpillées dans toute la Syrie, décimées par la maladie et les fièvres qui ravagent l'été les côtes syriennes.

Le 10 octobre, le commodore Napier prit le parti de livrer bataille à Ibrahim avant qu'il eût le temps de concentrer ses forces. Le 10 au soir Ibrahim connaissait sa première défaite.

La France ne réagit pas. Elle était allée jusqu'à l'extrême limite de la tension avec le reste de l'Europe et jusqu'au seuil d'une guerre générale pour la défense de son protégé et la sauvegarde de l'empire qu'il avait constitué.

La chute du ministère Thiers survint le 23 octobre, signifiant pour Mohammed Ali son abandon définitif par le gouvernement de Louis-Philippe.

Dans la journée du 3 novembre, vingt et un bâtiments de guerre anglais, autrichiens et turcs ouvrirent le feu sur Saint-Jean-d'Acre. Vers quatre heures de l'après-midi la poudrière du fort sauta dans un fracas épouvantable, ouvrant une large brèche du côté du port et ensevelissant mille cinq cents soldats sous les décombres. C'en était fait de la résistance égyptienne. La puissance militaire du généralissime se détraqua comme par enchantement, et les villes tombèrent les unes après les autres comme les grains d'un chapelet.

Et l'heure de la retraite sonna.

Elle fut terrible.

Brisé, anéanti, dépouillé, le vieux pacha s'enferma dans la solitude de son palais, dans l'attente que les grandes puissances statuassent sur son sort.

Il attendit trois mois.

Un matin de février la décision tomba. Elle fut en tous points le reflet du triomphe des vues anglaises :

1° L'hérédité était reconnue par droit d'aînesse

dans la descendance mâle de Mohammed Ali en ligne directe. Mais l'investiture serait donnée par Istanbul et, pour la recevoir, l'héritier serait tenu de se rendre dans la capitale ottomane pour y présenter ses hommages à son suzerain. Le vice-roi demeurait assimilé aux simples pachas de l'empire, et l'Égypte continuait d'être une province ottomane.

2° Le vice-roi aurait la faculté de créer des officiers dans son armée, mais jusqu'au grade de colonel exclusivement. Istanbul s'arrogeait le droit de nommer les grades supérieurs.

3° Le tribut à verser à la Sublime Porte était fixé à quarante millions de piastres, et non plus calculé proportionnellement aux revenus de l'Égypte.

4° Le chiffre de l'armée égyptienne serait limité à dix-huit mille hommes, et il lui était désormais interdit d'accomplir de nouvelles constructions navales.

L'empire éphémère du vieux pacha était dissous. L'Égypte seule, augmentée du Soudan, restait entre ses mains. Sans la fermeté de dernière heure de la France, même le droit héréditaire lui aurait été dénié.

*

Palais de Ras el-Tine, décembre 1840

Un branle-bas de combat tira le souverain de sa méditation. Il fronça les sourcils et apostropha avec colère le garde en faction sur le seuil de son cabinet.

– Loutfi !

Un garde passa sa tête dans l'entrebâillement de la porte.

– À vos ordres, Votre Altesse !

– Qu'est-ce que c'est que ce vacarme ?

Le garde adopta une mine penaude.

– Je... je ne sais pas, Votre Altesse. Je...

– Qu'on arrête immédiatement ce bruit !

– Oui, Votre Altesse !

Le garde n'avait pas fait trois pas qu'il s'immobilisa, bouche bée. Il bredouilla :

– C'est... c'est...

– Qui ? Parle donc ! s'exaspéra le vice-roi.

– C'est...

Une voix s'éleva à l'autre bout du couloir.

– C'est moi !

Mohammed Ali fixa le seuil de la porte. De l'endroit où il se trouvait, il ne pouvait encore voir le personnage, mais il aurait reconnu l'intonation entre mille. Il posa ses mains à plat sur le bureau et son cœur se mit à battre un peu plus vite.

Il attendit encore quelques instants.

Un jeune homme à la taille imposante apparut dans l'encadrement. C'était un gaillard bâti en force avec un cou de taureau. Une fine barbe dévorait ses joues jusqu'aux pommettes, que surmontaient des cheveux châtain foncé aux reflets métalliques. On aurait pu le qualifier de bel homme, s'il n'avait été aussi gras.

– Saïd... Mon fils !

En quelques lourdes enjambées, le jeune homme se retrouva devant le souverain, et dans un élan ému il s'agenouilla et baisa la main de son père. Celui-ci le força à se relever et l'enveloppa entre ses bras.

– Amdella al salama, bienvenue, mon fils.

Saïd se remit debout. En dépit de sa corpulence, il tremblait comme un poulain.

– Qu'y a-t-il, s'inquiéta Mohammed Ali. Serais-tu fiévreux ?

– Non, père. Je vais bien.

– Mais alors ? Qu'as-tu ?

Saïd fit une grimace, ennuyé. Aussitôt le souverain éclata de rire en s'adossant à son fauteuil.

– Ah ! Je vois.

Il caressa le ventre rond de son fils.

– Macha' Allah... Apparemment on ne meurt pas de faim à Saint-Cyr.

Saïd ne dit mot.

– Allons. Chasse tes craintes ! Ventripotent ou gracile, quelle importance ! Dans ce monde où les souris dévorent les chats, ce ne sont plus que des problèmes secondaires.

Les traits du prince se détendirent.

– Si vous saviez combien j'étais terrorisé sur le bateau qui me ramenait de France.

– Assieds-toi et parlons de choses plus sérieuses. Es-tu satisfait de ton séjour en France ?

– Comblé. C'est un pays merveilleux et Paris est une ville unique au monde. Il n'empêche que je me languissais de rentrer.

Une certaine affliction apparut sur son visage.

– J'ai suivi les événements avec l'appréhension que vous imaginez. Il fallait voir, comme je l'ai vue, la révolte et la colère des Français devant l'affront qu'on nous a fait subir. Cette conférence de Londres fut une ignominie. Je n'arrive toujours pas à croire que l'on en soit arrivé là.

– Maktoub, ya ebni. C'est le Tout-Puissant qui a décidé. Mais il ne faut plus regarder le passé. Tournons-nous vers demain, et consolons-nous en nous disant que dorénavant l'Égypte ne sera plus jamais orpheline ni à la merci du premier décadent venu de Turquie. Nous avons acquis le droit héréditaire. Et c'est un grand trésor. Demain, Ibrahim pourra me succéder sans que personne ne puisse contester sa couronne. Ensuite, ce sera ton tour. Nous avons obtenu l'établissement d'une dynastie qui, quoi qu'on dise, distinguera désormais notre pays de toute autre province ottomane et lui assurera la continuité d'un gouvernement identifié à sa destinée.

Il conclut avec un sourire forcé :

– Maintenant que l'avenir de mes enfants est garanti, je peux partir l'âme sereine.

– Le plus tard possible, père.

– Le jour et l'heure ne sont-ils pas entre les mains d'Allah ?

Saïd s'installa en tailleur aux pieds du vice-roi.

– J'ai pris connaissance des conditions qu'on nous a infligées. Elles sont draconiennes et ne vous laissent plus beaucoup de champ libre. Pensez-vous qu'il vous sera malgré tout possible de poursuivre votre tâche ?

Mohammed Ali caressa doucement sa barbe argentée.

– L'ère des conquêtes est close. Je ne veux plus songer qu'à rétablir la prospérité de mon pays. Ces années de guerre l'ont rompu. Je ne veux plus aspirer qu'à la paix, à l'oubli et à la réconciliation.

Saïd ne put qu'approuver.

Une tristesse indicible avait envahi son cœur. Nonobstant cet élan, cette énergie qui caractérisaient depuis toujours les propos de son père, ce n'était plus le même homme qui s'exprimait. Il était clair que ces derniers mois de lutte l'avaient épuisé et tout démentait l'expression sereine qu'il affichait. On devinait un accablement intérieur qui entravait ses pensées, jusqu'à son souffle.

– J'ai appris aussi pour Mandrino bey. C'était un homme brave.

– Le meilleur.

Il dit à voix basse :

– Il me manque.

– Et les siens ? Que deviennent-ils ? Avez-vous de leurs nouvelles ?

– Oui. Schéhérazade vit avec son deuil. Joseph est toujours à mon service. Quant à Giovanna...

Il s'arrêta brusquement.

– Mais tu te souviens toujours d'eux ? Lorsque tu as quitté l'Égypte, tu avais douze ans à peine.

– Je n'ai rien oublié, père. Ricardo n'était-il pas votre conseiller le plus proche ?

Le pacha hocha la tête.

– Nous organiserons un banquet pour fêter ton retour. Cela te ferait plaisir ?

– Si tel est votre souhait. J'en serai heureux.

– Il faut que tu ailles saluer ta mère et ton frère. Tu ne l'as pas encore fait, je suppose ?

– Non. J'avais trop hâte de vous voir.

– Alors, ne tarde plus. Va les retrouver, mon fils !

Le prince se redressa avec la difficulté que lui imposait son poids.

– Je vous reverrai tout à l'heure. Si vous le voulez bien.

Au moment de se mouvoir, il demanda avec une certaine désinvolture :

– La fille de Mandrino bey... Vous n'avez pas fini de me dire ce qu'elle était devenue.

– Elle n'habite plus à Sabah. Elle vit au palais depuis la mort de Ricardo. Je l'ai placée sous la tutelle de Garbis bey, en charge des problèmes d'intendance.

Saïd parut tout secoué.

– Que... Pour quelle raison ?

– C'est une longue histoire. Nous en parlerons une autre fois.

– À votre aise, père.

Et il partit vers la porte.

– Tu pourrais aussi aller la saluer ! lança Mohammed Ali. Nous avons failli nous brouiller à cause de toi.

Le jeune homme se retourna.

– À cause de moi ?

– Ça aussi, c'est une longue histoire. Mais celle-là, c'est elle qui te la racontera.

Tandis qu'il reprenait le chemin de la sortie, il sentit l'œil du vice-roi qui le scrutait avec une curieuse insistance.

CHAPITRE 34

Guizeh, domaine de Sabah, décembre 1840

D'un air content, Joseph montra la lettre à Schéhérazade.

– Elle est adressée à Linant, mais il me l'a confiée. Aimerais-tu que je te la lise ?

– Pourquoi pas ? Des nouvelles de l'étranger sont toujours plaisantes à entendre.

Il s'enquit auprès de Corinne.

– Nous ne dérangerons pas le petit ? Il dort ?

– Oui. Ne t'inquiète pas. À poings fermés.

Joseph saisit le pli et vint se placer sous la lampe de la véranda.

Malaga, décembre 1840

Mon cher Linant,

Ces quelques mots qui, je l'espère, vous rappelleront au souvenir de notre amitié. Vous avez dû certainement éprouver quelque déception devant ce silence prolongé. Je pourrais invoquer mille excuses ; elles ne seront qu'autant de lieux communs. Aussi je me contenterai de vous dire que, depuis mon

479

départ d'Égypte, ma vie fut un véritable tourbillon dans lequel les moments de loisirs n'ont
trouvé que peu de place. Je vais tenter, aussi
brièvement que possible, de vous décrire ce
que fut mon existence au cours de ces dernières années.

À peine de retour à Paris, le destin (vous
n'avez pas oublié je pense notre dernière discussion sur l'embarcadère alors que nous
échangions nos adieux) le destin disais-je, a
placé sur ma route une délicieuse personne,
douée de toutes les qualités dont un homme
peut rêver. Il s'agit de la fille d'une fidèle amie
de ma mère. Cette jeune personne a produit
sur moi une grande impression. Elle s'appelle
Agathe Delamalle. Ses parents sont issus
d'une grande famille parisienne, dont la plupart des membres ont fait carrière dans la
haute magistrature.

Elle est devenue, depuis le 12 décembre
1837, Mme de Lesseps.

Je vous vois sourire et je ne peux m'empêcher de repenser à votre phrase : « Une petite
voix me souffle qu'après toutes ces années
passées en Égypte vous êtes mûr pour rencontrer l'élue de votre cœur. » Quelle prémonition !

Il n'y a pas eu de voyage de noces. À peine
étions-nous rentrés chez nous que l'on m'en-
voyait à La Haye, afin de seconder M. le
ministre Boislecomte, lequel avait fort à faire
devant les problèmes soulevés par l'indépendance belge. C'est à Rotterdam qu'est née
notre première enfant. Hélas, ce grand bonheur fut de bien courte durée. Le petit être
devait mourir un mois plus tard. Aussi, c'est

avec le soulagement que vous imaginez que j'ai accueilli ma nomination au consulat de Malaga. La perte de mon enfant avait rendu la Hollande bien triste.

C'est d'Espagne que je vous écris en ce moment.

D'un point de vue strictement professionnel et pour qui aspire à une grande carrière, Malaga est un poste sans grand prestige. Toutefois, il me permet de jouer un rôle utile dans ce pays qui connaît des heures graves et tourmentées. Vous n'êtes pas sans savoir qu'il y sévit encore de graves querelles de succession, sans parler de ces sanglantes guerres carlistes [1]. Tous les jours nous croyons être au bord de la guerre civile ; le pays est en plein désarroi. Progressistes et modérés s'affrontent au quotidien. Naturellement, nous, Français, soutenons les modérés. Et tout aussi naturellement, les Anglais – vous vous en doutez – sont dans le camp adverse.

J'ignore comment ce drame finira. Mais je vous avoue que je suis grandement inquiet d'autant que mon deuxième enfant est né il y a peu et que je crains pour sa sécurité et pour celle de mon épouse. Cette chère Agathe est pourtant d'un dévouement exemplaire et fait preuve d'un admirable courage dans ces moments périlleux que nous traversons.

Voilà. Vous savez presque tout sur la façon dont j'ai vécu ces quelques années loin d'Égypte. J'ai appris que ce pays a, lui aussi,

1. Les carlistes étaient le nom que l'on donnait aux partisans de Don Carlos de Bourbon, prétendant au trône d'Espagne après la mort de son frère Ferdinand VII et de ses descendants.

traversé des heures pénibles. Vous pouvez
imaginer combien je fus choqué par le traité
de Londres. Une affaire bien navrante. Mais
que voulez-vous... Ce sont les drames de la
politique.

   J'exprime le vœu que ces mots vous trouve-
ront en bonne santé et que vos occupations
n'auront pas trop souffert de cette guerre.

   Bien à vous.

Ferdinand de Lesseps.

Sa lecture terminée, Joseph confia la lettre à Corinne.

– Eh bien, commenta-t-elle, il n'y a pas qu'en Égypte que les événements sont tourmentés.

– Ce n'est pas tout, fit Joseph. Il y a un post-scriptum.

Il poursuivit :

– *P.S. Suez est toujours dans mes pensées.*

– Je suppose, observa Schéhérazade, que ce sont ces derniers mots qui éveillent le plus ton intérêt ?

– Comment en serait-il autrement ? Ils prouvent que ce projet reste présent dans les esprits, et ce malgré les guerres, les bouleversements et les distances.

Il précisa à l'intention de Corinne :

– T'ai-je dit qu'il y a quelques mois Linant recevait un courrier de M. Enfantin ? Le Père lui aussi continue d'être captivé par le canal.

– Oui. Mais j'ai l'impression qu'entre ces deux hommes, il en est un dont l'intérêt se traduit dans les faits. Je veux parler d'Enfantin, bien sûr.

– Joseph, s'informa Schéhérazade, crois-tu vraiment que cette entreprise serait une bonne chose pour notre pays ?

– Du fond du cœur, je le crois.

Elle glissa sa main le long de ses cheveux grisonnants.

– Méfie-toi. Regarde autour de nous. Cette terre est déjà la victime des passions. Souviens-toi aussi des recommandations de Mohammed Ali. J'ai bien peur que si jamais ton rêve et celui de Linant devait se réaliser, il n'attise plus encore les appétits du monde à l'égard de l'Égypte.

Elle demanda à Corinne :

– N'ai-je pas raison ?

– Je n'aurais peut-être pas été aussi affirmative si je n'avais vu combien les hommes sont capables du pire dès que leurs intérêts sont en jeu.

Schéhérazade précisa avec une pointe de nostalgie :

– Ricardo lui aussi était très critique à l'égard du canal. Te l'ai-je jamais dit ?

Joseph répondit par la négative.

– Il savait combien cette affaire te tenait à cœur, c'est pourquoi il n'osa jamais exprimer ouvertement son opposition. Il n'empêche que lorsqu'il nous arrivait d'aborder le sujet, sa position était claire. Il comparait alors le sort de notre pays à celui de Venise, m'expliquant qu'à l'instar de l'Égypte la cité sur la lagune avait connu l'occupation ottomane et celle de Bonaparte. Ce furent sa richesse et sa puissance qui lui valurent tant de jalousies.

Elle s'était exprimée un peu à la manière d'une enfant qui rapporte avec fierté les mots d'un héros.

– De toute façon, fit remarquer Joseph, ce n'est pas demain la veille que ce projet verra le jour. Personne ne peut dire quand il deviendra accessible. Il est encore trop tôt. Ou... trop tard.

L'intervention de Latifa mit fin à leur discussion.

– Le dîner est servi ! annonça-t-elle d'une petite voix flûtée.

483

– Nous venons, fit Schéhérazade.

Alors qu'elle repartait vers les cuisines, Joseph chuchota :

– Je ne m'habituerai jamais à sa voix. Chaque fois qu'elle ouvre la bouche, j'ai l'impression qu'il va en jaillir un mirliton.

Il exhala un soupir nostalgique.

– Ah... Où est notre brave Khadija ? Dommage qu'elle ait dû nous abandonner.

– Tu sais bien qu'elle n'avait pas le choix, rétorqua Schéhérazade. Il fallait qu'elle retourne à Beni-Souef, au côté de son mari. Quant à la voix de Latifa, tu t'y habitueras. Elle est pleine de qualités, cette fille.

– Sans doute, sans doute, répliqua Joseph sans conviction.

Il se leva en même temps que Corinne, et tous deux emboîtèrent le pas à Schéhérazade.

*

Par la fenêtre entrouverte le crépuscule avait déversé ses ombres grises dans le cabinet de Garbis bey. Giovanna régla la mèche de la lampe posée sur le bureau et se replongea dans sa lecture.

Un moment s'écoula. Elle eut une expression contrariée et retourna à la page qu'elle venait de quitter. Elle n'en avait rien retenu ou presque. Depuis ce matin elle avait un mal fou à se concentrer. Ses pensées se bousculaient dans son cerveau pareilles à des épis battus par les flots.

Depuis bientôt trois ans qu'elle avait quitté Sabah, elle n'avait pas eu la moindre nouvelle de Schéhérazade. Ni lettre ni messager. Tout ce qu'elle savait de sa mère, elle le tenait de Joseph qui, forcé par ses obligations, venait de temps à autre lui rendre visite au palais. Même dans ces moments-là, leur conversation se limitait à un échange distant, reflet d'âmes blessées.

Une fois ou deux, elle avait ressenti le désir de rentrer à Sabah et de mettre fin à son deuil. Mais le ressentiment qu'elle éprouvait, probablement aussi un certain orgueil, entravait en elle toute velléité de retour.

Non ! Ce n'était pas à elle d'aller quêter le pardon, mais à sa mère. Elle n'avait rien à se faire pardonner. Quel que fût le comportement qu'elle avait pu avoir dans le passé, si critiquable fût-il, on ne pouvait le comparer avec l'effroyable geste accompli par Schéhérazade. Elle avait usurpé son pouvoir.

Elle referma le livre avec nervosité.

Qui, sinon Giovanna, serait le plus apte à reprendre le flambeau et devenir le gardien de la terre sacrée de ses grands-parents ? Personne ne pourrait tenir ce rôle avec plus d'honneur et de courage qu'elle.

Elle aurait tant voulu se montrer à la hauteur des espérances que Ricardo avait placées en elle. Elle savait d'avance tout ce qu'elle aurait pu entreprendre pour transformer cette ferme en un lieu exemplaire. Elle mettrait fin à l'injustice séculaire qui pesait sur les fellahs, elle appliquerait à l'organisation du travail de nouveaux principes, plus généreux, plus ambitieux aussi ; ceux-là mêmes qu'elle essayait depuis trois ans d'insuffler autour d'elle, ici, au palais, mais sans grande réussite. La vérité, c'est qu'elle n'était pas restée insensible aux discours des saint-simoniens. Ils avaient semé une graine en son esprit qui ne demandait qu'à germer. S'ils avaient échoué en Égypte, c'était peut-être parce qu'ils n'étaient pas nés de cette terre. Ils avaient été une sorte de greffon hybride. Une Égyptienne, elle, saurait. Mais comment faire à présent ?

Sa main se crispa sur le rebord du bureau. Une

bouffée d'angoisse l'avait saisie. Elle ne ferait rien de bon ce soir. Demain elle aurait les idées plus claires.

Au moment où elle s'apprêtait à souffler la mèche, on frappa à la porte. Elle plissa le front.

– Entrez ! fit-elle étonnée.

La porte s'ouvrit. Un jeune homme s'avança, un peu gauche.

– Bonsoir, fille de Mandrino. Je sais qu'il est tard. Mais j'ai croisé Garbis bey, qui m'a assuré que vous travailliez encore.

Elle observa le visiteur attentivement. Il lui rappelait quelqu'un, mais elle ne parvenait pas à mettre un nom sur le visage.

Sans attendre, il vint se camper devant elle et la toisa. Comme elle ne semblait pas réagir, il objecta sur une note un peu espiègle :

– J'aurais donc tellement changé ?

S'empressant d'ajouter :

– C'est normal. Bien des années ont passé.

Elle commençait à trouver cette façon de l'aborder plutôt cavalière, mais elle ne fit aucune remarque, freinée par la sensation que le personnage ne lui était pas inconnu.

D'un geste sec, il plaqua sa paume sur son abdomen rebondi.

– Heureusement pour moi, ils n'avaient pas de bateaux à Saint-Cyr.

– Saïd ? s'écria-t-elle incrédule en se levant. Se reprenant aussitôt elle rectifia : pardon, *Monseigneur*.

– Ce n'est pas grave. Vous m'avez connu enfant. Vous pouvez m'appeler par mon prénom.

Il désigna un divan.

– Puis-je ?

Rouge de confusion, elle bafouilla :

– Bien sûr, Monseigneur. Vous êtes chez vous.

Comme elle restait debout, il l'invita à se rasseoir.

– Cela fait bien longtemps, n'est-ce pas ?

Dix ans déjà. Elle le revoyait, gamin voûté, le pas lent, se traînant le long de ce môle. Elle s'était dit alors que jamais elle n'oublierait ses yeux, l'expression de nostalgie et la solitude qu'ils dégageaient. Si aujourd'hui le physique s'était métamorphosé, l'expression, elle, était toujours la même.

Il l'étudiait en silence, et sans qu'elle sût pourquoi elle se sentit tout à coup aussi intimidée qu'une gamine.

– Ainsi, vous avez élu domicile au palais.

– Sa Majesté votre père a eu la générosité de m'accueillir.

– Vous avez donc abandonné votre demeure de Guizeh ?

Ses lèvres esquissèrent le mot « oui » sans le prononcer.

– Il serait indiscret de vous demander la raison ?

Elle éluda la question.

– Qu'éprouvez-vous après une si longue absence ?

– Un grand bonheur et une grande tristesse. J'ai trouvé mon père bien fatigué et bien vieilli.

– Il a été très secoué par les événements de ces derniers temps. Un autre que lui se serait déjà écroulé.

Il opina.

– Et votre travail avec Garbis bey ? En êtes-vous satisfaite ?

– J'apprends. Et de temps à autre je m'autorise à soumettre certaines idées qu'il a la bonté d'approuver.

– C'est curieux. Lorsque je pensais à vous, je ne vous imaginais pas exerçant une fonction. Il faut dire aussi qu'à l'opposé des femmes d'Occident, les Égyptiennes qui travaillent sont aussi rares que des flocons de neige.

Elle réprima un sursaut. *Lorsque je pensais à vous...*

Il n'avait donc pas oublié cette brève rencontre sur le môle ? Étrange. Tant d'années étaient passées. Elle s'efforça de se concentrer et objecta :

– Et vous estimez qu'il n'est pas convenable qu'une femme s'occupe en dehors de son foyer ?

– Si je ne venais de passer dix ans en France, je vous aurais répondu par l'affirmative. Aujourd'hui, sans pour autant abonder dans l'extrême, je vois les choses autrement.

Était-ce le thème abordé ? Elle commençait à recouvrer sa lucidité et sa verve coutumières.

– Qu'appelez-vous « l'extrême », Monseigneur ?

– J'estime que la femme doit être le complément de l'homme et non chercher à devenir son égale. Il suffit d'observer la nature, n'est-elle pas la signature du divin et le symbole d'un ordre parfait ? Chaque chose y est à sa place. Si Dieu avait voulu l'égalité de ses créatures, pourquoi se serait-il donné la peine de les créer mâle et femelle ?

Il se tut et interrogea :

– Avez-vous jamais croisé une gazelle ?

– Non, hélas.

– C'est une des plus belles choses qui soient. Elle est élégante et svelte. Ses yeux sont si vifs, si tendres, si bouleversants que lorsque nous, Orientaux, voulons exprimer notre admiration devant les yeux d'une femme, nous n'avons rien trouvé de plus beau que de les comparer à ceux d'une gazelle. Maintenant, prenez le buffle. Il est lent, grotesque. Il n'apprécie que la boue et les marécages. Il est grossier et lourd. À quoi servirait à une gazelle de vouloir se faire buffle ?

Giovanna rétorqua derechef :

– Et si la gazelle était lassée de se faire piétiner par le buffle ? Y avez-vous songé ?

– Ce serait sa faute. Une gazelle ne devrait frayer qu'avec des buffles courtois.

Content de sa réplique il s'esclaffa et tout son corps massif fut secoué de soubresauts. On aurait dit un enfant ravi du tour qu'il venait de jouer. Son rire devait être contagieux, car Giovanna se laissa emporter à son tour, baissant la garde.

Puis le silence retomba, et pendant un temps on n'entendit plus que le chuintement de la mer.

– Fille de Mandrino, reprit Saïd, je ne vous ai toujours pas confié le but de ma visite. Mon père a décidé d'organiser un banquet pour fêter mon retour. Si vous vouliez bien me faire l'honneur d'y assister, vous me combleriez.

Prise au dépourvu, elle parut hésiter.

– Monseigneur. Je suis très touchée par...

Il se redressa promptement.

– Merci. Vous ne pouvez savoir quelle joie vous me procurez.

Et sans attendre, il se dirigea vers la porte.

– Je vous préviendrai de la date. Je pense que ce sera pour la fin de la semaine.

En même temps qu'il posait sa main charnue sur la poignée, il ajouta :

– Je suis heureux, fille de Mandrino.

Chuchotant dans un souffle :

– Heureux de vous avoir retrouvée.

Et la porte se referma doucement derrière lui.

CHAPITRE 35

Isthme de Suez, 29 décembre 1840

Un léger vent d'ouest s'était levé qui doucement faisait frémir la surface du désert. Joseph fronça les sourcils, scruta un moment le paysage et sans plus attendre rangea son théodolite dans sa mallette protectrice.

– Linant ! hurla-t-il en plaçant ses mains en porte-voix.

Plus loin, agenouillé sur le sable, Linant vit son ami montrant un coin de ciel qui virait au gris sale.

– Le khamsin ? Ce n'est pourtant pas la saison !

– Non. Mais on ne sait jamais comment les choses peuvent tourner ; il est plus prudent de rentrer au campement.

La mine renfrognée, Linant replia ses cartes, rassembla ses instruments et les fourra dans son bissac.

– Alors, s'informa Joseph, quelle est ton impression ?

– Je ne peux pas me prononcer.

Et il laissa échapper un juron.

– Peste soit de ce climat !

– Du calme. Il n'y a pas de quoi te mettre dans cet état.

Linant ne se contint plus.

– Que dis-tu ? Quinze années de recherches, de travaux, d'évaluations ; des nuits blanches, des heures passées à élaborer des plans ! Pour aboutir à quoi ? Au néant !

– Je comprends ta déception. Mais rien n'est encore définitif. C'est peut-être Enfantin et ses ingénieurs qui sont dans l'erreur.

Linant se prit le visage entre les mains. On le sentait anéanti.

Il fallait reconnaître que le courrier dont ils avaient pris connaissance quarante-huit heures auparavant avait de quoi ébranler les esprits les plus sereins. Rédigé de la main du chef des saint-simoniens, il disait succinctement ceci :

« Contrairement aux affirmations de l'ingénieur de Bonaparte, contrairement aussi aux nivellements de la Commission d'Égypte que vous présidiez, j'ai le regret de vous annoncer qu'il n'existe *aucune différence de niveau entre la Méditerranée et la mer Rouge*. Vous avez bien lu : *aucune différence*. Les derniers relevés effectués lors de mon séjour dans l'isthme ont été dûment analysés par un groupe d'ingénieurs dirigé par l'un de nos frères, M. Paulin Talabot. Le résultat de leurs études est sans appel. »

Suivaient deux pages d'explications techniques, et la conclusion :

« Vous comprenez bien que, face à cette découverte, toutes les données fondamentales qui reposaient sur cette *pseudo*-différence de dix mètres, sont à revoir. Car, sans différence de niveau, pas de courant, et sans courant, pas de canal profond et surtout pas de rade ni de port en Méditerranée. M. Talabot préconise donc de revenir au projet de tracé indirect. Quoi qu'il en soit, tous les plans sont à reprendre depuis le début. Je ne manquerai pas de vous tenir informé... »

Ainsi, toutes ces années durant, Linant n'aurait fait que perpétuer une erreur géodésique, née près d'un siècle plus tôt ?

Joseph posa sa main sur l'épaule de son ami.

– Viens... Partons d'ici. Nous en reparlerons plus tard.

Linant se leva de mauvaise grâce. C'est à ce moment qu'il aperçut le point sombre et mouvant qui grossissait sur la toile grise de l'horizon.

– Un cavalier...

– Sans doute un homme de la tribu des Badichaï. Que fait-il dans ce coin ?

Au fur et à mesure qu'il se rapprochait, on pouvait mieux détailler la silhouette. Joseph s'était trompé. Hormis une bande d'étoffe qui masquait la partie inférieure de sa figure à la manière des bédouins, la tenue vestimentaire du cavalier était celle d'un Occidental.

Ce n'est que lorsqu'il pila à quelques pas d'eux que Linant remarqua son uniforme et les deux galons qui ornaient ses épaules. Aussitôt, sous l'œil médusé de Joseph, il apostropha le personnage.

– Thomas !

– Bellefonds ! (Il avait prononcé « Bell-fondz » avec un fort accent britannique.) Je suis bien heureux de vous voir.

Linant fit les présentations.

– Mon ami, Joseph Mandrino. Le lieutenant Thomas Waghorn.

Et il poursuivit à l'intention du militaire :

– Toujours aussi persévérant à ce que je vois !

– More than ever ! Plus que jamais. Mais pour être sincère, je vous avoue que si ces gentlemen de Londres ne se décident pas à me venir en aide, je crois que je serai forcé de rendre les armes.

– Quel est le meilleur temps que vous ayez réalisé, Thomas ?

492

– Forty days. Quarante jours. Pas mal, non ?

Linant émit un sifflement admiratif et fit volte-face vers Joseph.

– T'ai-je jamais parlé du lieutenant Waghorn ?

– Il ne me semble pas.

Linant allait se lancer dans ses explications, mais l'Anglais le coupa avec courtoisie :

– Sorry, old chap, mais il faut que je reparte. Vous comprenez que chaque minute est précieuse.

– Bien sûr. Que Dieu vous aide !

Tout en s'élançant, le lieutenant s'écria :

– Si vous voyez M. de Lesseps, ne manquez pas de le saluer pour moi !

Il disparut dans un tourbillon de sable.

– Veux-tu m'expliquer de quoi il s'agit ? s'informa Joseph. Qui est donc cet individu ?

– Un visionnaire, un fou ! Un de plus.

– Mais encore ?

– Thomas était officier dans l'armée des Indes. Un jour qu'il se trouvait à Calcutta, il s'est penché sur une carte du monde et s'est mis à calculer la distance qui séparait la péninsule indienne du Royaume-Uni, en imaginant un autre chemin que la sempiternelle route des Indes. Une voie qui, au lieu d'emprunter le cap de Bonne-Espérance, passerait par...

Il laissa volontairement la phrase en suspens.

– Tu ne devines pas ?

– Non, je ne peux pas le croire !

– C'est pourtant la vérité : par l'isthme de Suez. Il était convaincu que l'on pouvait établir une nouvelle route jusqu'à Bombay ou Calcutta ; une route terrestre. Il s'est efforcé de convaincre les autorités britanniques de la justesse de ses vues ; mais en vain. Alors, emporté par cette passion aveugle qui caractérise les aventuriers de génie, il s'est rendu au siège de la Compagnie des Indes à Londres, s'est procuré un double du courrier que l'on expédiait habituellement par voie maritime via Le Cap, et après avoir avisé les hommes d'affaires entretenant des relations commerciales avec le continent indien, il a entrepris le périple en solitaire jusqu'en Inde.

– En empruntant quel parcours ?

– Il s'est embarqué de Farmouth à bord d'un vapeur qui assurait la liaison avec Malte. De là, il a poursuivi jusqu'à Alexandrie. Une fois parvenu dans le port égyptien, il a poussé jusqu'à Suez, franchi la mer Rouge, pour arriver une quarantaine de jours plus tard à Bombay.

– Plus de quatre mille milles !

– Quatre mille cinq cents, très exactement.

– Il aurait donc accompli en quarante jours un parcours qui, par la voie maritime, nécessite sept à huit mois ?

– Parfaitement. Malheureusement, en dépit de sa performance, aucun organisme officiel ne s'est jusqu'à ce jour intéressé à lui. Il en est réduit à demander cinq shillings aux expéditeurs de courrier qui lui font confiance. Une misère.

– Mais tu ne m'as jamais parlé de cet homme ! À quelle occasion l'as-tu rencontré ?

– Il y a cinq ans environ, au mois de septembre, je me trouvais en compagnie de Ferdinand, aux environs du lac Timsah. Thomas en était alors à sa deuxième tentative. Inutile de te dire combien notre ami Lesseps fut impressionné. Par la suite, le hasard l'a placé une fois encore sur ma route tandis que je prospectais dans la région de l'isthme. Souviens-toi, c'était l'époque où le vice-roi avait clairement exprimé ses réticences à l'égard de notre projet de canal. Mon moral n'était guère plus brillant qu'aujourd'hui. Et je n'y ai plus repensé.

Joseph pivota sur sa selle et scruta les dunes dans

l'espoir d'apercevoir le cavalier, mais il avait disparu [1].

– Rentrons, déclara Linant. La tempête se rapproche. Il serait stupide de mourir en plein échec.

Ils tournèrent bride et filèrent vers l'est.

*

La plupart des invités s'étaient retirés, et ne restait plus qu'une dizaine d'entre eux – uniquement des hommes –, qui devisaient dans le salon d'honneur. Les femmes, quant à elles, étaient confinées dans la pièce voisine, où de temps à autre s'élevaient leurs voix aigrelettes et leurs éclats de rire mutins.

Coincée entre la princesse Nazli, la sœur aînée du vice-roi, et la baronne Babenberg, l'épouse du consul d'Autriche, Giovanna s'ennuyait ferme. Mais elle n'avait pas le choix. Prendre congé de l'assistance alors que la princesse était présente eût été faire injure au vice-roi lui-même.

Le dîner avait traîné en longueur. Pour des raisons qu'elle ne s'expliquait pas, aucun représentant du sexe féminin n'avait été admis à la table. On les avait servies séparément, dans la salle à manger habituellement réservée aux concubines du harem, ce qui avait eu pour effet de mettre Giovanna hors d'elle. C'était pour faire plaisir à Saïd qu'elle avait accepté de venir ; elle ne l'avait même pas entrevu.

– Ainsi, ma chère, votre pauvre père est décédé il y a trois ans. On dit de lui que c'était un homme admirable.

– Il l'était, madame, répliqua Giovanna au personnage qui venait de l'aborder, une femme d'une qua-

---

1. Malgré ses efforts, Thomas Waghorn n'obtint jamais de subsides officiels pour son projet de navette terrestre, et il mourut ruiné.

495

rantaine d'années, maquillée à outrance et mons-
trueusement grasse.

– Mon fils l'a bien connu, vous savez.

– Et qui est votre fils, madame ?

La femme eut un violent haut-le-corps.

– Je suis Farida hanem ! clama-t-elle, le menton
relevé.

– Ah...

– La fille de Sa Majesté !

Giovanna courba la nuque d'un air faussement
respectueux.

– Pardonnez-moi, Farida hanem. Mais je l'ignorais.

– Et mon fils, c'est Abbas pacha.

Abbas... Dans un premier temps, le nom ne lui
rappela rien. Ensuite lui revint l'image de ce jeune
homme aux traits flasques aperçu le jour du retour
triomphal d'Ibrahim. Elle s'était d'ailleurs retrouvée
assise en face de lui, lors du banquet.

– Je vois, fit-elle sur un ton neutre.

Et elle se plut à mentir.

– S'il me souvient bien, il a grande allure.

Les lèvres de la princesse s'écartèrent et elle
arbora une grimace qui se voulait un sourire.

– C'est vrai. C'est un bel homme.

Presque immédiatement ses traits s'illuminèrent
et elle se redressa, prenant appui – sans le moindre
égard – sur la cuisse de Giovanna.

– Abbas ! roucoula-t-elle d'une voix de fausset.
Nous parlions justement de toi, avec mademoiselle !

Le jeune homme venait d'apparaître sur le seuil du
salon, précédé par Saïd.

Faisant abstraction de la présence de ce dernier,
Farida se pendit au cou de son fils.

– Viens, proposa-t-elle, en le tirant par le bras. Je
vais te présenter à une charmante jeune fille.

Le jeune homme se laissa entraîner sans opposer de résistance. Une fois parvenu devant Giovanna il la salua mollement. Sa physionomie n'exprimait pas le moindre signe d'intérêt. Il fit remarquer d'une voix traînante :

– Nous nous sommes déjà rencontrés, me semble-t-il ?

– Oui, Abbas pacha. Il y a longtemps.

Il se mit tout à coup à la détailler.

– Vous êtes bien égyptienne, n'est-ce pas ?

– Parfaitement.

– Alors pourquoi vous habillez-vous comme une Occidentale ?

Dans le ton employé il y avait une note nettement dédaigneuse, voire méprisante.

Giovanna glissa un coup d'œil vers Saïd qui se tenait un peu en retrait. Elle crut déceler un message temporisateur, mais elle n'en eut cure et rétorqua :

– Parce que tel est mon plaisir, Excellence. Serait-ce gênant ?

– Plutôt, oui. Pour moi, une Arabe doit s'habiller à l'arabe. Sinon ce n'est plus un vêtement qu'elle porte, mais un déguisement.

Elle riposta d'une voix rogue :

– M'autoriseriez-vous à mon tour à vous poser une question ? Comment jugeriez-vous un homme dont les mains sont affublées de bagues ? Les bagues ne sont-elles pas les ornements de la femme ? Ou devrait-on en déduire que... c'est aussi un déguisement ?

Les joues d'Abbas s'empourprèrent. Furibond, il fit disparaître ses mains derrière son dos.

Il y eut quelques gloussements vite réprimandés par un geste réprobateur de Farida.

Saïd se décida enfin à intervenir.

– Fille de Mandrino, pardonnez-moi de vous interrompre, mais M. Garbis bey nous attend.

Il avait accompagné sa phrase d'une mimique discrète.

Giovanna remonta le couloir à longues enjambées. Elle fulminait.

– Vous m'avez peut-être sauvée des griffes de ces horribles gens, Monseigneur, mais je ne vous pardonnerai jamais de m'avoir entraînée dans cette soirée !

Saïd se confondit en excuses.

– Je vous assure, Giovanna, je vous assure que je n'y suis pour rien. Jamais je n'aurais pu imaginer que ce banquet se serait déroulé de cette façon. Il faut me croire !

Il essaya de lui prendre le bras pour freiner sa course, mais elle l'écarta.

– Laissez-moi, je vous prie !

– Accordez-moi au moins la chance de me défendre !

Malgré ses adjurations, elle continua d'avancer sans ralentir le pas. Ce fut seulement lorsqu'elle arriva sur le seuil de sa chambre que Giovanna s'immobilisa.

– Je vous écoute, dit-elle en croisant les bras.

Le jeune prince essaya de reprendre son souffle. Il avait les traits congestionnés et suait à grosses gouttes.

– Normalement, il était prévu que vous participiez au banquet avec les épouses des diplomates. J'avais même exigé que vous soyez placée à ma droite. La place d'honneur.

Il avala une goulée d'air, reprit lentement :

– Au nom du Très-Haut, je suis incapable d'expliquer ce qui s'est passé.

– Que voulez-vous dire ? Vous étiez présent quand on m'a refoulée de la salle à manger, non ? Et vous n'avez rien dit, rien fait !

– Je n'avais aucun moyen de m'opposer aux ordres de mon père.

– Votre père ?

– Écoutez-moi. Sans aucune raison apparente, sans la moindre justification, quelques minutes avant l'arrivée de nos hôtes, sa physionomie s'est soudainement métamorphosée. La chair de son visage s'est affaissée, son teint devint terreux, et sur le moment il m'a fait penser à ces figures de cire que j'ai pu entrevoir dans certains musées d'Europe.

Giovanna le considéra avec consternation.

– Et ensuite ?

– Il a saisi une carafe, l'a serrée tellement fort que nous crûmes qu'il allait la briser entre ses doigts, et il l'a balancée contre un mur. Ce n'est pas tout. Comme nous gardions le silence, n'osant l'interroger sur l'étrangeté de son comportement, il s'est levé, brandissant le poing, et s'est mis à hurler : « L'Islam ! Le nom d'Allah ! ! Les infidèles ne souilleront plus le sol sacré de mon palais ! Dorénavant les femmes ne seront plus admises à ma table ! Exilons les impies ! » Il a interpellé les serviteurs et leur a donné l'ordre d'ôter tous les couverts prévus pour les dames. Voilà. Je vous ai tout dit. Me croyez-vous maintenant ?

Sidérée, Giovanna trouva la force de murmurer :

– Bien sûr, je vous crois, Saïd... pardon... Monseigneur...

– S'il vous plaît... Oublions le protocole.

Elle opina.

– Mais comment expliquez-vous l'attitude de Sa Majesté ? Lui si courtois, si ouvert... Il est inimaginable qu'une personne aussi digne que lui ait pu tenir de tels propos.

– Je ne sais pas, Giovanna. Que ce soit Ibrahim, le colonel Sève, ses ministres... aucun de nous n'y comprend rien. De plus, il a fait renvoyer tous les plats et n'a rien mangé de la soirée. D'entre toutes les personnes présentes, une seule a applaudi la scène : Abbas pacha ! Il était ravi !

– Je n'en suis pas étonnée. Avec tout le respect que je dois à votre tante, la princesse Farida, j'ai l'impression qu'elle a enfanté un taré.

– C'est aussi mon sentiment.

Dans un mouvement inconscient, sa main se referma sur celle de Giovanna.

– J'ai besoin de vous...

– Besoin de moi, Monseigneur ? Mais que puis-je faire ?

– Simplement me promettre de rester à mes côtés. De m'autoriser à vous rendre visite. Vous parler. Je...

Ses derniers mots s'étouffèrent dans un sanglot.

– J'ai peur... peur pour mon père.

– Il ne faut pas, Saïd – sous l'emprise de l'émotion, le prénom lui avait échappé –, il ne faut pas. Après tout, Sa Majesté a peut-être été victime d'un moment de colère. Songez à tout ce qu'il a subi ces dernières années. Vous-même, ne me faisiez-vous pas remarquer combien vous l'aviez trouvé fatigué à votre retour de France.

– C'est vrai, admit Saïd. Mais si vous l'aviez vu... Ce n'était plus Mohammed Ali pacha, c'était un étranger. Un dément.

À présent le corps du jeune homme était pris de tremblements, il faisait penser ainsi à l'enfant qui, dix ans plus tôt, remontait le long du môle, vaincu, brisé.

– Saïd, vous devez vous ressaisir ! Un prince n'a pas le droit de s'abandonner à la peur.

– Être de sang royal ne protège pas du chagrin.

– Non. Mais il aide à mieux le supporter.

Elle écarta la porte.

– Voulez-vous entrer ? Je vais vous faire un peu de thé à la menthe. Vous vous sentirez mieux. Venez, Saïd.

Il la suivit docilement dans l'appartement et se laissa choir dans un fauteuil tandis qu'elle s'éclipsait. Lorsqu'elle revint quelques instants après, elle tenait un plateau de cuivre sur lequel étaient disposés une théière chantournée et deux petits verres.

– Il faut le laisser infuser, dit-elle doucement. Après je vous servirai.

Elle posa le tout sur une petite table de marqueterie et s'installa en tailleur aux pieds du prince.

– Dites-moi, Giovanna. Pensez-vous qu'il faudrait informer un médecin de ce qui s'est passé ?

– Uniquement si une crise similaire devait se reproduire. Pour l'heure je n'en vois vraiment pas l'utilité. Après tout, lequel d'entre nous n'a jamais été victime d'un moment de...

– Folie ?

– En quelque sorte. Non, je pense qu'il n'y a pas lieu de s'inquiéter outre mesure. Sa Majesté est sans doute victime de son épuisement. Ses nerfs ont craqué, voilà tout.

Il acquiesça silencieusement.

– Je vous donne sans doute l'impression de prendre au tragique un incident somme toute anodin, mais je puis vous affirmer que ce n'est pas le cas.

– Je m'en doute. Voir se dédoubler un être de votre chair, s'apercevoir qu'il est autre, est un sentiment terrifiant.

Il la contempla, plus serein.

– C'est étrange... Par deux fois je vous ai croisée sur ma route. Et par deux fois, par votre seule présence, vous avez apaisé mon cœur. Je vous le dis maintenant : vous ne saurez jamais l'effet provoqué

501

par votre regard quand il s'est posé sur moi, alors que je n'étais entouré que d'ombres hostiles. L'effet de votre voix, disant simplement « Bonsoir ».

Elle eut l'air troublée.

– Je... J'ignorais...

Il interrogea tout à coup :

– Connaissez-vous M. de Lesseps ?

– J'ai eu la chance de le croiser. Pourquoi cette question ?

– M. de Lesseps est quelqu'un qui m'est très cher. Un jour que nous nous promenions – ou, devrais-je dire : que je *souffrais* – sur les rives du lac Mariout, j'entendis s'élever la voix d'un muezzin qui récitait l'*Ebed*. Un chant où l'on déclame les quatre-vingt-dix-neuf attributs d'Allah. Le centième n'étant connu que du Miséricordieux seul. Je confiai à M. de Lesseps que cette prière était ma préférée, parce qu'elle m'éloignait des hommes. Il m'a alors répondu : « C'est dommage. En rejetant les hommes, vous vous privez de leur amitié. – Je ne sais pas de quoi vous parlez, répliquai-je, un prince n'a pas d'ami. D'ailleurs qu'est-ce que l'amitié ? »

– Et que vous a-t-il répondu ?

– « Vous venez d'évoquer les surnoms attribués à Allah. Il en est de même pour l'amitié. Entouré de quatre-vingt-dix-neuf personnes, une d'entre elles sera unique à vos yeux. »

– Pour quelle raison ?

Un éclair complice traversa les prunelles de Saïd.

– Je lui ai posé la même question. Voici sa réponse : « Tout simplement, prince Saïd, parce que vous serez unique aux siens. »

Il prit une courte inspiration.

– Le temps a passé. Ce n'est qu'aujourd'hui que je me rends compte combien il avait raison.

Elle s'apprêta à verser le thé, mais il intercepta son geste.

– Vous ne me demandez pas pourquoi ?

Elle haussa les sourcils, un peu troublée.

– Pourquoi, Monseigneur ?

– Parce depuis que je vous ai rencontrée, fille de Mandrino, vous êtes unique à mes yeux.

CHAPITRE 36

Palais de Ras el-Tine, juin 1841

Le Conseil était réuni au grand complet dans l'immense salle du deuxième étage du palais. Pas un seul membre du gouvernement ne manquait à l'appel. Les deux fils du souverain, Saïd et Ibrahim, avaient pris place respectivement à la droite et à la gauche de leur père. Charles Lambert (désormais pleinement en charge de l'instruction publique, mais aussi conseiller aux finances) était assis au côté de Boghossian bey, le ministre des Affaires étrangères. Plus loin, on trouvait Garbis bey et Giovanna.

Bien que les responsabilités de la jeune fille se fussent accrues au cours des derniers mois, rien vraiment ne justifiait sa présence au sein d'une pareille assemblée. Certes, le trésorier avait plaidé sa cause avec passion, Charles Lambert, en défenseur des principes saint-simoniens, l'avait ardemment soutenue, mais il ne faisait pas de doute qu'aucun d'eux n'aurait obtenu satisfaction si Saïd en personne n'avait intercédé auprès de son père.

Mais la fille de Mandrino n'était pas le seul personnage nouveau admis à ce Conseil. Il y avait aussi Abbas pacha. Bête noire de Giovanna, de Saïd et de la majorité des membres du gouvernement, le jeune homme trônait avec fatuité en bout de table. Ce n'était un secret pour personne que Mohammed Ali n'éprouvait aucune sympathie pour son petit-fils, or – démarche pour le moins curieuse –, c'était le pacha lui-même qui avait sollicité sa venue.

– Fille de Mandrino ! s'exclama le souverain. Bienvenue parmi les lions ! Fasse qu'Allah ne nous tienne pas rigueur d'avoir transgressé la tradition.

– Allah est Miséricordieux, Sire. Il pardonnera.

La voix traînante d'Abbas s'éleva du fond de la salle.

– Fasse aussi, mademoiselle, qu'Il vous réserve un destin plus heureux que celui que connut la belle Shagarat el-Dor.

Le ton était trop mielleux pour ne pas cacher une perfidie quelconque.

– Pardonnez mon ignorance. Mais qui était cette personne ?

– L'unique sultane à avoir jamais régné sur l'Égypte. Hélas, son ambition était démesurée. Elle a connu une fin terrible... Piétinée et battue à mort...

– Intéressant, Excellence. Que voulez-vous ? Il arrive malheureusement que des femmes se veuillent être des mâles et n'en aient que les défauts.

Elle s'arrêta, posa sur son interlocuteur un regard lourd de sous-entendus.

– Mais il y a pire encore. Ce sont les faux mâles qui s'imaginent posséder les qualités de la femme.

Les joues d'Abbas s'empourprèrent.

– Je ne vois pas le rapport avec Shagarat el-Dor ?

Mohammed Ali interrompit sèchement son petit-fils.

– Abbas ! Nous ne sommes pas ici pour exhumer des histoires qui remontent à la nuit des temps.

Sans attendre, il apostropha Charles Lambert.

– Alors, Lambert bey ! Où en est votre rapport sur la monnaie ?

Le saint-simonien posa sa main sur une liasse de documents.

– Tout est là, Majesté. Mais je crains que cette lecture ne soit trop fastidieuse. Aussi, avec votre permission, je résumerai la situation en quelques mots.

– Nous vous écoutons.

– Dans un premier temps, au-delà des choix techniques ayant trait à la frappe, une constatation s'impose : la monnaie égyptienne est trop riche quant à son titre, à son poids et à ses alliages. À peine émise, elle est récupérée pour les métaux qui la constituent. D'autre part, elle est beaucoup trop dépendante de celle de la Turquie et des monnaies européennes. Si un remède n'est pas apporté à cette situation, l'État égyptien ressemblera de plus en plus à ces grandes administrations coloniales qui utilisent toutes sortes de monnaies étrangères en plus de la monnaie de leur métropole.

– Que suggérez-vous ?

– Une monnaie nationale mieux équilibrée, précise et beaucoup plus répandue.

– Parfait. Remettez-moi votre rapport ; je le lirai et vous ferai part de ma décision.

Lambert confia le dossier au vice-roi.

Celui-ci s'informait à nouveau.

– Quant au programme scolaire de l'École polytechnique de Boulak, l'avez-vous établi ?

– Oui, Sire. Au départ, j'envisageais de m'inspirer du modèle français. Mais après mûre réflexion, j'ai adopté un point de vue différent. Voyez-vous, le caractère saillant des hommes de ce pays, par rapport à l'Europe, est d'être vivement impressionnés par les sens. Pour que les élèves assimilent bien les vérités scientifiques, j'ai le sentiment qu'il leur faudra recourir le plus possible à l'expérience sur le terrain. Parmi les écoles célèbres en Europe, celle qui par son application pratique se rapprocherait le plus de celle de Boulak, est l'École centrale des arts et manufactures de Paris. C'est un établissement récent, plein d'avenir, que certains nomment déjà « l'École polytechnique industrielle ».

– Combien d'années d'études seront nécessaires ?

– Trois ans. La dernière année sera couronnée par un cours « d'économie industrielle » en dix-huit leçons. De sorte que les ingénieurs égyptiens pourront acquérir une connaissance aussi complète que possible des travaux publics.

Lambert marqua une pause avant de préciser :

– Je propose aussi que, sur une journée de douze heures de cours, trois heures soient réservées à l'étude de la langue française. Ce qui rendrait beaucoup plus profitables d'éventuels séjours d'études de jeunes Égyptiens en France.

– Je ne vous suis pas, Lambert bey, objecta Abbas. Pourriez-vous être plus précis ?

– Habituellement, les étudiants qui se rendent en France sont dans leur majorité des adolescents. Lorsqu'ils reviennent en Égypte, ils ont tout perdu, ou presque, de leur identité nationale. C'est pourquoi je suggère que l'enseignement du français débute ici, dès l'enfance.

– Je ne comprends toujours pas, rétorqua le petit-fils de Mohammed Ali.

Lambert s'apprêtait à développer lorsque Giovanna le prit de vitesse.

– Abbas pacha, l'idée de M. Lambert est pourtant claire.

Et comme on s'adresse à un enfant en bas âge, elle expliqua :

– En permettant à nos étudiants d'apprendre la

langue française dans *nos* écoles, nous repousserions leur départ à un âge suffisamment mûr pour qu'ils aient eu le temps de s'imprégner de la culture et des mœurs de notre pays. De cette façon, nous continuerons d'entretenir nos échanges avec la France, sans que pour autant notre jeunesse perde son identité culturelle. Vous avez compris maintenant ?

– Vous n'y êtes pas du tout, fille de Mandrino. J'avais bien saisi cet aspect. En revanche, ce qui continue de m'échapper, c'est l'intérêt d'enseigner une langue étrangère à des enfants égyptiens. Plus particulièrement le français !

– Qu'avez-vous contre l'enseignement du français, Excellence ? Vous le parlez correctement pourtant.

Il émit un ricanement et sa voix se fit cinglante.

– Il m'a été imposé. Je ne trouve pas naturel qu'il en soit de même pour notre peuple. Auriez-vous oublié que c'est en grande partie à cause de l'indécision et des tergiversations françaises que l'Égypte a dû subir l'humiliation du traité de Londres ! Auriez-vous oublié que...

– Assez ! somma Mohammed Ali en frappant du poing sur la table. Je t'interdis, tu m'entends ? Je t'interdis de parler ainsi de la France ! Toute ma vie je lui serai reconnaissant pour ce qu'elle a fait pour moi, et lorsque ma dernière heure viendra, je léguerai ma reconnaissance à mes enfants ici présents et je leur recommanderai de rester toujours sous la protection de cette nation ! Est-ce clair [1] ?

Le visage du souverain s'était tendu. Il cillait comme sous l'effet d'une violente lumière. Subitement, sans que rien l'eût présagé, il se lança dans une

---

1. Ces propos, Mohammed Ali les avait déjà exprimés un an plus tôt lors d'une discussion avec le comte Waleswski, envoyé spécial de Thiers, lequel était alors chargé d'obtenir du vice-roi qu'il s'en remette à la France du soin de traiter en son nom avec la Sublime Porte.

sorte de discours incompréhensible qui n'avait plus rien en commun avec le sujet traité. Tout aussi brusquement, il se retourna vers Ibrahim et lui chuchota d'une voix fébrile :

– Mon fils, tu m'assures que nos troupes ne franchiront pas les défilés du Taurus, hein ? Tu me l'assures ? Sinon, les conséquences seront redoutables. Jamais... Istanbul. Jamais tu n'iras au-delà des limites imparties par Londres. Jure-le-moi, Ibrahim. Jure.

Le prince, éperdu, examinait son père avec consternation.

– Jure-le-moi ! Jure-moi que tu ne dépasseras pas le Taurus !

– Mais... père... notre armée n'est plus réduite qu'à dix-huit mille hommes. Elle est confinée dans ses casernes. Nous n'avons plus de marine. Nous ne sommes plus en guerre.

Le souverain ne parut pas l'entendre. Il se pencha vers son autre fils, Saïd, et poursuivit toujours avec la même fébrilité :

– Toi ! Toi qui sais ! Il ne nous reste plus que dix jours si nous voulons conserver l'hérédité. Passé ce délai, ce sera la dépossession complète, soit de gré, soit de force. Dis-le à ton frère. Dis-lui !

Sans s'interrompre, il fouilla dans la poche de sa veste, en extirpa un chapelet et se mit à faire défiler les grains entre le pouce et l'index, par saccades, de plus en plus vite.

Nul n'osait plus bouger ni respirer. Dans un silence tendu, tous les visages avaient convergé vers le souverain et l'observaient dans l'expectative. D'un éclat ? D'un revirement ? Ou alors d'un naufrage plus pitoyable encore...

Pris d'une nouvelle impulsion, Mohammed Ali porta le chapelet à ses lèvres et le conserva ainsi, dans une fixité cadavérique.

Un mouvement se produisit à l'autre bout de la table. Giovanna s'était levée et, faisant fi des mises en garde muettes qui se manifestaient autour d'elle, elle marcha d'un pas décidé vers le souverain. Parvenue à ses côtés, elle s'agenouilla, se blottit contre lui et lui enserra la taille.

On devinait qu'elle lui parlait, mais d'une voix si basse que personne n'en pouvait saisir le sens ; personne à part Saïd. Et Ibrahim, peut-être.

– Je suis là, Majesté. Tout va bien. Nous vous protégerons. Comme Ricardo Mandrino l'a toujours fait. Comme Ricardo Mandrino, vos enfants et moi serons votre rempart.

*

– Vous comprenez maintenant pourquoi j'étais si inquiet ?

Les vagues venaient mourir sous les pas de Giovanna et de Saïd. Dans l'alignement de Pharos la plage de sable blanc s'étendait à perte de vue.

– Pourtant, poursuivit le prince, dans l'heure qui a suivi, il est redevenu le même homme. Pleinement conscient de ses actes et de ses propos. Il a donné des ordres, pris des décisions, signé des firmans, dicté sa correspondance. Et ce matin il a accordé audience au grand vizir.

– Je ne sais que vous dire, Monseigneur.

Il saisit le bras de Giovanna dans un mouvement empressé.

– Je vous en prie. Cessez de m'appeler ainsi. Pour vous je suis Saïd. Mohammed Saïd. Votre ami.

– Bien, Saïd.... Pour ce qui concerne Sa Majesté, je me sens aussi désarmée que vous. En avez-vous parlé avec le Dr Clot ?

– Ibrahim l'a consulté. Il lui a décrit tous les symptômes. Mais mon père a refusé de se laisser examiner.

– Mais Clot doit certainement avoir une opinion !

– Si c'était le cas, il s'est bien gardé de nous la confier. Il estime qu'il est trop tôt pour se prononcer. Il suggère d'attendre. Pour lui, il s'agit probablement d'un surmenage. Une fatigue cérébrale qui serait la conséquence de l'âge et aussi des contrariétés que mon père a subies au cours de ces dernières années.

– Il n'a sans doute pas tort. Quoi qu'il en soit... Saïd, vous devez être fort. Sa Majesté attend de vous que vous vous comportiez comme un fils digne du nom qu'il a forgé. Vous avez été élevé dans la noblesse, et ce mot n'est pas vain. Il sous-entend le courage et la générosité. Il est la préférence de l'honneur à l'intérêt. Mais surtout, il implique que vous devrez faire bien, parce que votre père a bien fait.

– Je... comment vous dire...

Il s'interrompit, attentif, fasciné, avant de poursuivre :

– Vous savez si bien manier les mots. Moi je ne sais pas. Vous êtes si forte. Vous possédez tant de sagesse en vous. Serait-ce uniquement parce que des années nous séparent ? Je ne le crois pas. Quand on est ce que vous êtes, cela vient de l'âme, de cet héritage que vous évoquiez. Par-dessus tout, il y a votre générosité. Une générosité rare, parce qu'elle se traduit par le don de soi.

Saïd parlait. Mais c'était la voix de Mandrino que Giovanna entendait. Une voix qui jaillissait du fin fond de la mer et des écumes.

Tu te voudrais aussi forte qu'elle, tu ne parviens qu'à la colère. Tu te voudrais aussi sage qu'elle, ta sagesse n'est que lassitude. Tu te voudrais aimante, tu n'es que possessive. Tu voudrais agir, accomplir comme elle, tu restes témoin. Tu aimerais que tes rêves atteignent leur cible, mais tu oublies que pour que la flèche vole, il est indispensable que l'arc soit stable. Tu voudrais donner autant qu'elle donne, mais tu n'as pas compris que c'est uniquement lorsque l'on se donne soi-même que l'on donne vraiment. Voilà l'explication.

Était-ce possible qu'un être portât sur elle un jugement opposé en tout point à celui de Ricardo ?

Saïd était-il fou ou insensible pour ne pas avoir perçu le fiel qui sommeillait dans son âme ? Était-ce bien à elle, Giovanna, qu'il s'adressait ? C'était sans doute sa jeunesse qui lui soufflait ce langage. Après tout, il n'avait que vingt ans.

– Vous vous trompez, ma jeunesse ne me rend pas aveugle.

Elle le considéra avec surprise.

– Vous sauriez lire dans les pensées ?

– Qui sait ?

Il se détourna vers la mer.

– Avez-vous déjà vu un kaléidoscope ?

– Quel nom étrange ! Non, jamais.

– J'ai eu l'occasion d'en voir un lorsque je me trouvais à Paris. C'est une sorte de lorgnette tapissée de miroirs, dont le fond est occupé par des fragments mobiles de verre colorié. En s'y réfléchissant, les fragments produisent d'infinies combinaisons d'images aux multiples couleurs. On a l'impression d'un arc-en-ciel éclaté. C'est ce que nous sommes tous, Giovanna. Un kaléidoscope. Des êtres formés de fragments. Selon le regard que l'on pose sur nous, nous ne sommes plus les mêmes. Pour certains nous ne serons jamais que le diable, pour d'autres un ange.

Il écarta les bras, dévoilant sa silhouette trop grasse pour ses vingt ans. Il montra ses énormes mains aux doigts boudinés.

– Lorsque je vous ai croisée sur ce môle, je me suis vu dans vos yeux. Et pour la première fois, j'ai eu l'impression de n'être plus ce petit enfant obèse et bedonnant, mais quelqu'un de normal. Quelqu'un – il eut un temps d'hésitation – que l'on pourrait aimer.

Giovanna l'avait écouté sans oser l'interrompre. Au-delà de l'émotion que les propos de Saïd avaient éveillée en elle, une question lui brûlait les lèvres. Son instinct lui soufflait que ce n'était pas par hasard qu'il avait employé l'exemple du kaléidoscope, ce symbole d'une vie fragmentée qui devient belle ou laide au gré des regards que l'on pose sur elle.

– Votre père vous a parlé, Saïd. Il vous a dit pourquoi j'ai quitté Sabah.

Il fit mine de protester.

– Non ! C'est inutile. Il ne servirait à rien de mentir. Si je peux vous rassurer, dites-vous que je ne me sens pas blessée, encore moins trahie.

– C'est vrai. Il m'a parlé.

– Et qu'en avez-vous conclu ?

– Voulez-vous que je vous réponde franchement ? J'ai eu l'impression d'un tragique malentendu.

– Vous...

– Attendez ! Dans le même temps, je me suis mis à votre place. Et je me suis dit que, comme moi, vous aviez grandi dans la certitude qu'on ne vous aimait pas.

– Détrompez-vous, mon père, lui, m'a aimée.

– Vous êtes-vous jamais demandé si vous ne vous estimiez pas indigne de cet amour ?

Elle sentait l'exaspération sourdre en elle.

– À quoi voulez-vous en venir, Saïd ? De toute façon, mon passé n'appartient qu'à moi. Et puis, de grâce, cessez de vouloir m'imaginer autrement que je ne suis !

La soudaine rudesse de la voix lui porta droit au cœur.

– Très bien. Alors qui êtes-vous, Giovanna ?

– Certainement pas cet être pur et généreux auquel vous semblez croire ! Votre exemple du kaléidoscope est très astucieux, seulement vous avez oublié de préciser que cette vision réfléchie dans ces miroirs n'est qu'une illusion. Je n'ai rien de sage, rien de fort.

– Arrêtez ! Quel plaisir éprouvez-vous à vous mépriser comme vous le faites ?

– Et vous ? répliqua-t-elle avec irritation. Pour quelle raison persistez-vous à me harceler ?

– Vous ne voyez donc pas que je vous aime !

Elle écarquilla les yeux.

– Que dites-vous ?

– Je vous aime, Giovanna. Depuis les premiers mots échangés. Depuis cette rencontre sous l'œil de mes tortionnaires imbéciles. Depuis ce bonsoir furtif. Je vous ai portée en moi. Toutes ces années durant vous avez occupé toute la place dans le cœur de l'enfant que j'étais ; pas assez grand pour vous contenir autant que je l'aurais voulu. Par la pensée, j'ai, tous les soirs avant de m'endormir, dessiné vos traits, m'imposant de ne jamais les oublier. J'ai compté les heures, les lieues qui me séparaient de vous. Et j'ai surtout prié. J'ai prié pour vous retrouver intacte et inapprivoisée.

– Mais, Saïd... Vous n'avez que vingt ans... J'en ai...

– Dix de plus, je sais. Vous êtes chrétienne ; je suis musulman. Et en m'épousant vous serez forcée de vivre une autre vie. Avec ses entraves, ses traditions, ses coutumes ancestrales.

– Vous épouser ? souffla-t-elle ébahie.

– Oui, Giovanna. Je veux que vous soyez ma femme. La femme de Saïd pacha.

Elle crut qu'elle allait chanceler, prise de vertige. Comment était-ce possible ? Quel était cet univers qu'on entrouvrait pour elle ? Jamais jusqu'à cet instant ne l'avait effleurée l'idée de l'amour, encore moins du mariage. N'était-il pas écrit que l'un et l'autre devaient être liés ? Qu'on n'épousait que par amour ? Elle essaya de définir ce qu'elle éprouvait

pour Saïd. Affection, tendresse, amitié, voilà les premières expressions qui lui venaient à l'esprit. Il y
avait aussi ce sentiment de protection qu'elle éprouvait à son endroit ; un besoin viscéral de veiller sur
lui, afin que rien jamais ne le blessât. Dès leur première rencontre, ce fut cette volonté qui avait
dominé. Cette alchimie de sensations diffuses,
était-ce cela l'amour ?

Ses lèvres tremblèrent avant de s'entrouvrir légèrement.

– Oui, Saïd... Je serai votre femme.

Il se pencha timidement vers elle et l'attira.

– Tu seras reine d'Égypte.

Et la vibration de sa voix exprimait plus encore que
les mots.

*

Guizeh, domaine de Sabah, juin 1841

Corinne posa le narghilé aux pieds de Mohammed
Ali et regagna discrètement sa place auprès de
Joseph.

Le souverain s'empara du tuyau recouvert de
maroquin noir et le porta à sa bouche. Il aspira quelques bouffées qui firent ronronner l'eau dormante au
creux du vase.

– Ainsi, observa doucement Schéhérazade, vous
avez donné votre consentement à ce mariage.

– Je n'aurais pas dû ?

– Vous lui avez accordé un grand honneur, Sire

Sa voix trembla un peu.

– Je souhaite qu'elle soit heureuse, et surtout
qu'elle contribue au bonheur de votre fils.

– Elle y contribuera, sett Mandrino. Je n'en ai pas
le moindre doute.

Joseph risqua :

– Vous ne craignez pas que cette différence d'âge ne soit un handicap ?

– Je trouve excellent que Saïd épouse quelqu'un de plus mûr. C'est encore un enfant.

Sans transition, il pivota le buste vers Corinne et pointa vers elle l'embout du narghilé.

– Si j'en juge par votre ventre rond, vous nous préparez un nouvel héritier.

– Oui, Sire. Si Dieu veut. Je devrais accoucher dans deux mois.

– Bien ! Les enfants sont les ornements de la vie ! Faites des enfants, faites-en autant que vous pouvez. Qu'ils pullulent et envahissent la terre ! Chaque fois qu'un enfant vient au monde, il apporte dans le creux de ses menottes l'espérance d'une humanité meilleure.

Il prit une nouvelle goulée de tabac.

Dans le jardin on entendait la rumeur de l'escorte qui patrouillait autour du domaine et le pas des soldats qui montaient la garde devant l'entrée de la maison.

– Majesté, dit Schéhérazade, je ne vous ai pas remercié pour cette visite. Mais vous n'auriez pas dû. Le voyage est fatigant.

– Et je ne suis plus qu'un vieillard, je sais.

Elle protesta.

– Ce n'est pas ce que j'ai voulu dire, Sire, je...

– Aucune importance. Toi et moi avons passé l'âge des minauderies. D'ailleurs, tu as raison. S'il s'agissait uniquement de vous annoncer le mariage de nos enfants, un messager aurait suffi.

– Mais alors ? s'étonna Joseph, pourquoi vous être dérangé ?

– Parce que j'attends une réponse.

– Mais je vous l'ai donnée, Majesté, protesta Schéhérazade. Jamais je n'aurais rêvé plus beau mariage pour ma fille.

– Il s'agit d'autre chose. Seras-tu présente à la cérémonie ?

Elle répliqua d'une voix incertaine :

– Joseph et Corinne seront là.

– À quoi rime cette réponse ?

– Je vous en prie, évitons ce sujet. Ne venez-vous pas de dire que l'heure est aux réjouissances ? Plus tard, nous en reparlerons plus tard.

CHAPITRE 37

Joseph acheva de nouer sa cravate, enfila son gilet à haut col droit et jeta sa redingote sur ses épaules. Il ne lui manquait plus que son haut-de-forme et il serait fin prêt. Il se tourna vers Corinne et demanda :

– Alors ? Comment me trouves-tu ?

– Irréprochable.

Elle adopta une moue boudeuse et se mit de profil, présentant sous sa robe de mousseline l'arrondi proéminent de son ventre.

– On ne pourra pas en dire autant de moi. J'ai l'impression de ressembler à la coque d'une felouque.

Joseph la contempla avec une tendre indulgence.

– Tu n'as jamais été aussi radieuse.

– Tu connais le dicton : « Aux yeux de sa mère, la guenon est une gazelle. » Moi je me trouve difforme et moche.

Il déposa un baiser sur sa joue.

– Je vais aller voir si maman est prête. Tu nous rejoindras dans le salon ?

Elle fit oui, tout en jetant un regard contrarié vers sa psyché.

Pour la deuxième fois, Joseph frappa à la porte de la chambre de Schéhérazade. En désespoir de cause, il repoussa le battant. La chambre était déserte.

Il remonta le couloir, descendit les marches qui menaient au rez-de-chaussée et cria son nom. Il n'y eut pas de réponse. Il fouilla les pièces principales. Finalement, il l'aperçut à travers le moucharabieh, assise sur la véranda.

Elle était vêtue d'une simple abbaya noire et contemplait le paysage, pensive.

– Que fais-tu ici ? Nous allons être en retard.

– J'ai réfléchi, Joseph. Il ne serait pas sain que je vous accompagne.

– Comment ? Mais pas plus tard que ce matin, tu me disais être d'accord.

– Je te répète. J'ai réfléchi.

Il prit appui sur la balustrade et l'examina avec perplexité.

– Peux-tu m'expliquer la raison de ce revirement ?

– Oui, mon fils. Regarde...

Elle montra les rides qui couraient sur son visage.

– Je suis née d'une famille où l'on enseignait que le sort pouvait déposséder les aînés de mille privilèges ; la fortune, la terre, le rêve, le rang. Cependant, quelle que fût la perte subie, un seul de ces privilèges devait demeurer immuable : le respect. Car le respect est une des plus belles formes d'amour. Giovanna a commis le pire qu'un enfant puisse faire à ses parents. Elle a déserté son foyer, elle a injurié sa mère, elle a sali son nom. Je ne veux pas entrer dans les motivations qui l'ont poussée à agir avec autant de dureté ; je vais même te surprendre, je ne lui en ai pas tenu rigueur. Malgré mon âme déchirée, il ne s'est pas passé une nuit que je n'aie prié pour son bonheur. C'est ma fille. Mon sang.

– Mais alors...

– J'ai prié pour son bonheur, et dans le même temps j'ai invoqué le ciel pour qu'elle revienne frapper à la porte et qu'elle dise un mot, un seul : pardon. Et tous les soirs, et toutes les aubes, j'ai guetté le bruit de ses pas, de la même façon que je guettais le retour de Ricardo après Navarin. Cinq ans... À chaque automne, je trouvais une excuse à son absence, à chaque hiver, j'en trouvais une autre, et ainsi à toutes les saisons. Cinq ans... Mon imagination s'est asséchée comme le lit de ces canaux qu'il t'arrive de creuser dans le désert. Aujourd'hui, je n'ai plus d'eau dans ma mémoire.

Elle avait changé d'attitude. Sur son front levé, il y avait une sorte d'orgueil altier.

– Voilà pourquoi je ne me rendrai pas à ce mariage.

*

Dès les premières lueurs du jour, la foule s'était massée dans le quartier « d'entre les deux palais », autour de la mosquée d'El-Azhar, dans l'espoir d'entrevoir celle que l'on surnommait déjà la princesse aux yeux d'eau céleste.

De part et d'autre de la Quasabah des centaines de militaires alignés formaient comme de longues écharpes de couleur qui ondulaient le long de l'avenue.

Au cœur de la Citadelle, Giovanna venait de s'engager sur la grande esplanade d'où l'on pouvait embrasser tout Le Caire. Sous un dais de lin soutenu par des gardes en grand uniforme, elle se dirigeait à pas lents vers un trône, érigé pour l'occasion au centre du quadrilatère. Entièrement voilée, la tête ornée d'un diadème enrichi de pierres précieuses, c'est à peine si l'on pouvait distinguer de vagues reflets et l'ovale évanescent du visage. Curieusement, dans la manière dont elle se mouvait, il y avait une inflexion indicible, issue, sans doute, de cette légitimité nouvelle qui lui avait été accordée le matin même, à l'instant où le cadi avait consacré son union.

Dans son sillage, poussières d'étoiles, suivaient les membres de la famille royale. Les descendants directs du vice-roi, Ibrahim en tête, les épouses légitimes, et par ordre de préséance, les frères, les sœurs, les petits-fils – parmi lesquels Abbas pacha –, les cousins, les arrière-cousins, et enfin les familiers.

Leur emboîtant le pas, le cortège officiel dénouait son ruban disparate où se côtoyaient tarbouches et hauts-de-forme, agents consulaires et notables, austères ulémas et enfants pleins d'exubérance.

Giovanna venait de gravir les quelques marches qui conduisaient au trône, cependant qu'une légère brise faisait trembler le dôme aérien tendu au-dessus d'elle. Elle prit place et dirigea son regard vers le versant sud de l'esplanade. Quelques instants s'écoulèrent. Saïd franchit le porche, tournant le dos au puits dit « de Joseph ». Il n'était pas seul. Appuyé sur une canne au pommeau d'ivoire, Mohammed Ali cheminait à ses côtés, le dos un peu voûté, comme écrasé par le soleil.

Le père et le fils arrivèrent devant le trône improvisé et s'immobilisèrent.

Insensiblement, les rumeurs s'étaient tues.

La voix grave et chaude du vieux pacha s'éleva sur l'esplanade.

– Que la bénédiction du Très-Haut, du Très-Miséricordieux soit sur toi et lui. Et que le bonheur éclaire à jamais votre marche.

Saïd gravit les quelques marches et souleva le voile symbolique que nulle autre main que la sienne n'aurait eu le droit de toucher avant lui.

Les applaudissements et les youyous stridents des femmes jaillirent aussitôt. Détachés de l'allégresse qui montait autour d'eux, Saïd et Giovanna ne se quittaient pas des yeux, comme si chacun d'eux avait voulu graver à jamais son empreinte dans le visage de l'autre.

Mohammed Ali avait lentement pivoté sur lui-même, et contemplait rêveur la mosquée qui se découpait sur le fond azuré du ciel. L'édifice n'était pas encore achevé, mais sous la flèche du minaret reposait déjà un catafalque de marbre, celui qui abriterait un jour proche sa dépouille.

Il pensa : « Dix ans que ce maudit architecte grec a commencé les travaux, et je n'en vois toujours pas la fin... Que s'imagine-t-il ? Que j'ai signé un bail avec Dieu ? »

Sur le seuil de la mosquée, Schéhérazade se recula légèrement, surprise par le souverain qui s'était retourné. Elle se replaça à l'abri des ténèbres. Dans l'entrebâillement des vantaux, elle pouvait encore apercevoir le trône, Saïd et Giovanna.

– Viens, Latifa, chuchota-t-elle à l'intention de la servante qui se tenait debout, derrière elle. Ma fille est heureuse. Il est temps de rentrer.

CHAPITRE 38

Paris, 26 novembre 1846,
au domicile de Prosper Enfantin

Prosper Enfantin leva sa coupe de champagne et invita les six personnalités présentes à en faire autant.

– Messieurs, portons un toast à notre réussite ! Un toast à l'avenir ! Je déclare solennellement ouverte la Société d'études pour le canal de Suez !

Des exclamations chaleureuses répondirent au saint-simonien, ponctuées par le tintement des coupes de cristal.

– Ainsi, le rêve est maintenant à portée de nos mains. Je ne vous rappellerai pas les années de sacrifice, la mort des plus braves d'entre nous qui reposent aujourd'hui en terre d'Égypte, les quolibets qui ont meurtri nos cœurs... non. Je ne veux parler que de l'avenir. Il a suffi que des hommes de bonne volonté s'unissent et décident de faire abstraction de leurs différences, de leurs antagonismes nationaux et de leurs petitesses, pour qu'enfin ce qui, hier encore, paraissait utopique ou pure théorie se transforme en une entreprise bien réelle. Grâce à cette Société d'études pour le canal de Suez, j'ose affirmer que l'union universelle est possible ! S'il fallait une preuve aux politiciens qui excellent dans les raisonnements spécieux et dans l'art de prêcher les divisions, cette preuve la voilà ! C'est vous, mes frères. Voyez combien de nations sont représentées autour de cette table !

Il désigna les uns après les autres les personnages qui l'entouraient.

– Un Autrichien, M. Louis Negrelli, conseiller impérial de Mgr le prince de Metternich. Deux Anglais, M. Robert Stephenson, qui, dois-je vous le rappeler ? n'est autre que le fils de l'illustre George Stephenson, inventeur de la traction à vapeur. À ses côtés, l'ingénieur Edward Starbuck. Des Prussiens, MM. Féronce et Sellier, qui sont – nonobstant la consonance bien française de leurs noms – les dignes descendants de Frédéric-Guillaume. Et enfin des Français : MM. Paulin, Edmond et Léon Talabot, Arlès-Dufour... [1].

Il s'arrêta, adoptant un sourire modeste.

– Et votre serviteur.

Des applaudissements nourris saluèrent le discours. Enfantin les refréna d'un geste courtois.

– Cependant, au-delà de cette honorable assemblée, n'oublions pas tous ceux qui nous assurent aujourd'hui de leur soutien indéfectible. Ils sont légion : représentants des banques, des chambres de commerce, amis saint-simoniens, personnalités de la classe dirigeante de ce pays – Son Altesse le duc de Montpensier, fils de Sa Majesté Louis-Philippe, Son Excellence M. Guizot, ministre des Affaires étrangères, le duc de Joinville et le marquis

---

1. Arlès-Dufour était le plus grand industriel lyonnais de l'époque. Il fit fortune dans la soierie et étendit ses activités aux chemins de fer. Il sera le secrétaire général de l'Exposition universelle de Paris en 1855.

de la Villette, pour ne citer que les principaux. À présent, je cède la parole à mon ami Arlès-Dufour.

L'intéressé se leva et compulsa un volumineux dossier.

– Permettez-moi de vous faire part brièvement de la situation dans laquelle se trouve la Société d'études. À cette heure, le capital réuni s'élève à cent cinquante mille francs, formé pour sa totalité de nos souscriptions personnelles. Mais les adhésions et les concours financiers ne cessent d'affluer. Parmi les organismes désireux de participer au percement de l'isthme, je citerai les chambres de commerce de Lyon et de Marseille, la commune de Trieste, la Société industrielle de Vienne, sans oublier d'importants négociants de Leipzig et de Dresde. Cela pour l'aspect financier. À présent il nous faut aborder le problème purement technique du projet.

Il détacha une feuille du dossier.

– Comme nous vous l'avons annoncé, contrairement aux dernières vérifications de M. de Bellefonds, il a été prouvé par nos ingénieurs que les deux mers sont à peu près du même niveau. Bien que le mémoire de M. de Bellefonds représente toujours un outil de travail d'une valeur inestimable, cette révélation capitale nous force à remettre en question toutes les données acquises. En conséquence, il devient indispensable qu'un groupe d'études reparte sur le terrain et reprenne le projet à son point initial. Cette brigade formée par M. Talabot aura pour mission de dresser de nouveaux plans, de préciser les devis et de déterminer les perspectives commerciales.

Il marqua une pause.

– La brigade sera composée pour l'essentiel de M. Negrelli et de l'ingénieur Bourdaloue. Nous pouvons raisonnablement envisager leur départ pour le mois de mars prochain. Voilà pour l'heure.

Il se tut et demanda :

– Messieurs, si vous avez des questions à me poser, je me ferai un plaisir d'y répondre.

– Qu'en est-il du cahier des charges ? questionna Talabot. A-t-il été rédigé conformément aux propositions faites ?

– Parfaitement. Une copie sera remise à chacun des membres et actionnaires de la société. Je ne vous en citerai que les points les plus importants :

1° La neutralisation de l'isthme, c'est-à-dire la renonciation de la part de la Sublime Porte à tout droit de souveraineté ou de propriété sur ledit isthme, et la déclaration formelle qu'il ne pourra jamais appartenir à aucun État politique quelconque.

2° La faculté pour le vice-roi d'Égypte d'élaborer avec la Compagnie des conditions qu'il jugera favorables afin de mettre ladite Compagnie en possession du territoire de l'isthme déclaré neutre.

3° La perception des droits et tarifs par la Compagnie pendant quatre-vingt-dix-neuf ans. Au bout de ce laps de temps, la propriété des travaux et ouvrages exécutés tombera dans le domaine public des nations.

4° L'existence indéfinie et perpétuelle de la Compagnie, qui après l'expiration des quatre-vingt-dix-neuf ans ne percevra plus qu'un minimum de droits nécessaires pour l'entretien des ouvrages et du personnel de l'administration.

5° Le droit de la Compagnie de faire la police du passage et d'avoir par conséquent des agents sous ses ordres. Le droit de requérir main-forte, si nécessaire, en s'adressant au pacha d'Égypte ou à ses successeurs, au sultan ou enfin aux cinq grandes puissances européennes comme la Compagnie l'entendra.

6° La prohibition absolue de laisser passer, par le

canal, aucun navire de guerre, aucun corps de troupes, sous quelque prétexte que ce soit, d'une manière ostensible ou déguisée. Comme conséquence de cette prohibition, le droit de la Compagnie de vérifier la cargaison de tout navire qu'elle soupçonnera de cacher des munitions de guerre ou des troupes.

À peine Arlès-Dufour eut-il achevé sa lecture qu'Enfantin prit la relève.

– Vous l'avez compris, messieurs, la pensée qui domine ce cahier des charges se résume en quelques mots : le canal de Suez doit être la propriété du genre humain, l'œuvre de tous, et son partage se fera sans distinction de nationalité ou de race.

Il s'inclina devant l'ingénieur autrichien :

– Monsieur Negrelli, nous vous souhaitons bon voyage. Que le Dieu universel vous accompagne !

*

Palais de Ras el-Tine, juillet 1848

Mohammed Ali remonta l'épaisse couverture de laine jusque sous son menton et ses doigts se crispèrent nerveusement tandis que le Dr Clot concluait .

– C'est ainsi, Votre Altesse... le cerveau est sans aucun doute l'organe le moins connu de tous ceux qui composent le corps humain.

– Clot bey, vous ne me ferez tout de même pas croire que je suis aliéné !

– Ai-je jamais prononcé pareil diagnostic, Sire ? Il n'est pas question d'aliénation, mais uniquement d'une grande fatigue cérébrale. Vous êtes épuisé. À bout de forces. Lorsque la résistance physique est ébranlée, l'esprit en subit naturellement les conséquences. De là, une difficulté à se concentrer, une diminution des facultés de raisonnement, une perte de la mémoire.

Le vice-roi émit un grognement irrité.

– Sénilité, c'est bien ainsi que l'on qualifie ce genre de désordre ?

– Je ne pense pas que le terme soit approprié. Sénescence serait plus juste.

– Sénescence...

Clot eut l'air embarrassé.

– C'est ainsi que l'on qualifie l'ensemble des processus physiologiques par lesquels un organe vieillit au cours de la vie.

– Kalam fadi. Du vide ! Pourquoi employez-vous des termes savants, alors qu'il suffirait de quelques mots tout simples. Vous savez ce qu'on dit chez nous lorsque quelqu'un vous décrit ce genre de symptômes ? Kharfanne !

– Ce qui veut dire, Sire ?

– Que je radote !

– Majesté ! se récria Clot en se rejetant en arrière.

– Allons, allons, mon ami, ne prenez pas cet air de vierge effarouchée. Voilà des millénaires que l'humanité entière radote. J'ai longtemps cru que la nature m'avait épargné. À présent, je dois me rendre à l'évidence : j'ai rejoint le troupeau. Mais trêve de palabres. Passons aux remèdes, que me conseillez-vous ?

– Je ne vois que le repos, Majesté, et un changement d'air.

– Voyager ?

– Oui. Éloignez-vous de tout ce qui vous ronge. Partez. Videz votre esprit.

– Où pourrais-je aller ?

– Le monde est vaste. Pourquoi pas l'Europe ? La montagne vous fera du bien.

– En France ?

– Excellente idée, Sire. Vous aurez ainsi l'occasion de visiter ce pays que vous aimez tant.

Il y eut un long silence, on aurait dit que le vieux pacha luttait pour retrouver ses pensées.

– Bien, dit-il brusquement. Je ferai ce voyage. J'ignore si Dieu me donnera la force d'aller jusqu'à Paris, mais il est un endroit où je me rendrai en priorité.

– Serait-il indiscret de vous demander où, Sire ?

– Vous le saurez... Maintenant faites entrez mes enfants. J'ai à leur parler.

Clot s'inclina respectueusement et quitta la pièce.

Quelques instants plus tard, Ibrahim et Saïd succédaient au médecin.

– Approchez ! Il faut que je vous informe des décisions que je viens de prendre.

Il prit une profonde inspiration.

– Je ne suis plus en mesure de gouverner notre pays.

La réaction des deux hommes fut immédiate.

Vous n'êtes pas sérieux, père !

– Laissez-moi finir.

Il rejeta la couverture de laine et se redressa sur son lit.

– Connaissez-vous l'histoire du prisonnier russe ? Non ? Je vais vous la raconter. Un Turc avait fait un Russe prisonnier. « Conduis-moi ton prisonnier, lui crie son officier. – Il ne veut pas venir. – Alors, viens toi-même. – Il ne me lâche pas ! » Aujourd'hui, je suis cet homme. Mon cerveau est mon prisonnier russe. Il me tient sous sa menace, et je suis sans armes. Demain, quand bon lui semblera, il dirigera son fusil sur moi et me tuera. Lorsqu'un homme est dans cette situation, alors qu'il gouverne une nation, il est de son devoir de partir et de confier les rênes à plus sain que lui. S'il ne le fait pas, il faut lui trancher le cou et le jeter aux chacals.

Il fit signe à Ibrahim de se rapprocher.

– Mon fils. Tu fus de toutes mes batailles. Nous avons toutes ces années durant marché la main dans la main. Je t'ai plus d'une fois frustré de ta victoire, mais je t'ai aussi donné l'occasion de te hisser sur les sommets les plus glorieux. L'heure est venue de te remettre ce qui, par droit d'aînesse, te revient. À partir de cette heure, je te confie l'Égypte. Tu en seras le régent, jusqu'au jour de ma mort. Protège-la, aime-la autant que je l'ai aimée. Ne songe qu'à son bien et à sa prospérité. Défends-la des vautours, et par-dessus tout efforce-toi de réussir là où moi j'ai échoué : obtiens l'indépendance de notre terre. Enfin, n'oublie jamais les recommandations que je t'avais faites alors que tu partais guerroyer en Morée : « Que Dieu vous donne la victoire, mon enfant et, s'il vous la donne, qu'il vous accorde la vertu de la douceur : soyez un ennemi avec vos ennemis, mais avec le faible, soyez clément. »

Il garda un moment le silence avant de reprendre d'un ton égal, mais cette fois s'adressant à Saïd :

– Ce que je viens de dire à ton frère te concerne aussi. Un jour, ton tour viendra de lui succéder. Tu ne seras pas seul pour assumer cette tâche. Écoute la voix de ton épouse, son caractère n'est pas des plus flexibles, mais dans certaines circonstances cela peut se révéler une qualité.

– Pardonnez-moi, père, interrogea Ibrahim. Mais le Dr Clot nous a laissé entendre que vous comptiez entreprendre un voyage, sans pour autant nous en révéler la destination. Pourriez-vous nous confier votre projet ?

Mohammed Ali acquiesça.

– Quand les ténèbres se rapprochent du vieil homme, il éprouve le besoin de retrouver ses racines. Je vais aller me recueillir à Cavalla, sur la tombe de mes ancêtres. Je retrouverai mon village natal, les lieux qui ont vu s'épanouir mon enfance. Ensuite j'irai à Istanbul ; simple visite de courtoisie. Si mes forces me le permettent, je pousserai jusqu'à Paris.

Le silence retomba. Pendant un moment, le pacha continua de regarder ses fils, puis d'une voix rauque :

— À présent, laissez-moi. J'ai besoin de dormir...

*

L'enfant gonfla ses petits poumons du mieux qu'il put et souffla sur ses cinq bougies.

— Bravo, Fouad ! cria Giovanna.

Elle souleva son fils du sol et le couvrit de baisers.

— Tu es le plus fort ! Le plus grand, le plus beau !

Alors que le serviteur commençait de découper le gâteau géant, Saïd entra dans la pièce.

— Alors ? s'enquit-elle, en lui prenant la main. Il ne va pas mieux ?

Saïd ne répondit pas tout de suite. Il prit le temps d'embrasser son fils et de lui souhaiter un joyeux anniversaire, avant d'entraîner son épouse vers le balcon.

— Il a décidé d'abdiquer, laissa-t-il tomber d'une voix abattue. Il a nommé Ibrahim régent.

Contre toute attente, la nouvelle n'eut pas l'air de surprendre Giovanna.

— Il a bien fait, observa-t-elle. C'est un grand souverain.

— On dirait que tu t'attendais à cette abdication.

— C'est vrai. La seule question que je me posais, c'était : quand ? Mais je savais qu'il le ferait.

— Il n'a rien, ou si peu, laissé transparaître de son

531

désespoir, mais j'imagine la lutte intérieure qui a dû être la sienne.

Giovanna caressa affectueusement la joue de son mari.

– Crois-moi, il a été sage. Les derniers temps il lui arrivait d'oublier les titres et les fonctions des personnages qui l'entouraient. Il prenait une décision, dont il n'avait plus souvenance le lendemain.

– J'ai mal... Mal pour mon père. Pour l'homme qu'il fut et qui ne sera plus.

– Tu te trompes, mon amour. L'homme qu'il fut restera à jamais gravé dans les mémoires. Ce qui compte désormais, c'est que ses fils se montrent à la hauteur de l'héritage qu'il leur lègue.

Sa voix se fit plus passionnée.

– La semaine passée, j'ai examiné les comptes du budget. Tu sais que depuis le traité de Londres, notre pays a dû vivre dans l'inquiétude du lendemain et dans les limites étroites qui nous sont imposées. Ensuite est venue se greffer la crise du coton. Alors que la production représentait un capital brut de trente millions de livres, celle-ci a chuté de plus de la moitié. Pourtant, malgré tous ces déboires, ton père est parvenu non seulement à redresser la situation financière du pays, mais à relever ses recettes jusqu'à un niveau jamais atteint. Sais-tu à combien elles s'élèvent aujourd'hui ?

Saïd répondit par la négative.

– 840 160 bourses ! Alors que les dépenses ne dépassent pas 409 000.

– À quoi veux-tu en venir, Giovanna ?

– Je te l'ai dit : ses fils doivent se montrer dignes de l'héritage qu'il leur lègue.

– N'aie pas d'inquiétude. Ibrahim sera un grand souverain.

– J'en suis convaincue. Mais n'oublie pas qu'un

jour toi aussi tu devras être son égal. Sinon plus grand encore.

– Je le serai... aussi longtemps que tu demeureras à mes côtés.

– Alors, je n'ai plus peur de rien. Ni pour toi ni pour l'Égypte.

*

Domaine de Sabah, septembre 1848

Joseph versa un verre de karkadé à Louis Negrelli et à Robert Stephenson, et reposa la carafe sur le plateau.

– J'avoue, messieurs, que je suis impressionné. Il est vrai que le dernier courrier de M. Enfantin laissait entendre qu'il continuait de se battre, mais tout de même... Une société d'études ? Un capital ? Des adhésions internationales ?

Il pivota le buste vers Linant.

– C'est inattendu, n'est-ce pas ?

– Ça l'est en effet. Seulement voilà... J'ai bien peur que tous ces efforts ne soient vains.

L'Autrichien s'étonna.

– Pour quelle raison, monsieur de Bellefonds ?

– Il en existe deux. La première, c'est que le vice-roi est malade, qu'il est actuellement absent d'Égypte, et que c'est désormais son fils Ibrahim qui détient tous les pouvoirs. La deuxième, c'est qu'il y a quelques mois j'ai évoqué le projet avec Sa Majesté. Je lui ai parlé des efforts de M. Enfantin, des nouvelles conclusions relatives au niveau des deux mers – conclusions dont, je vous l'avoue, je ne suis pas encore convaincu. La position de Sa Majesté n'a pas changé d'un iota.

– Ce qui signifie ? questionna Stephenson.

– Mohammed Ali rattache au percement de l'isthme la pensée de toute sa vie, celle de réunir les grandes puissances dans un concert unanime ayant pour objet d'assurer à Son Altesse et à ses descendants, au moyen d'un *acte diplomatique et direct*, la libre jouissance du canal. Je percerai l'isthme, m'a-t-il dit, dès que les puissances seront tombées d'accord sur ce projet, dès que l'Europe, qui doit tirer de cette œuvre un profit inappréciable, aura fixé les limites des avantages politiques qui doivent en ressortir pour le vice-roi d'Égypte.

– Pardonnez-moi, monsieur de Bellefonds, objecta Negrelli, mais c'est justement ce que les articles un et deux de notre cahier des charges stipulent. Regardez vous-même.

Il extirpa d'une mallette une note qu'il confia à Linant. Celui-ci la parcourut et la passa à Joseph.

– Vous voyez bien, souligna Negrelli. Nous sommes en harmonie avec les volontés du pacha.

Ce fut Joseph qui lui répliqua.

– Je vais vous décevoir, mais je doute que Sa Majesté approuve jamais ces clauses.

– Pourquoi ?

– Parce que sous prétexte de dépasser les antagonismes des puissances européennes, votre cahier des charges aboutit à une négation franche de la souveraineté de l'Égypte. Vous ne semblez pas avoir bien saisi les explications de M. de Bellefonds : Mohammed Ali se refuse énergiquement à accepter l'intervention d'une compagnie, avant d'avoir obtenu que les puissances s'accordent clairement entre elles et le lui confirment par acte officiel.

– Pensez-vous qu'Ibrahim pacha conservera la même position ?

– Je le crains.

– Dans ces conditions, laissa tomber Stephenson, tout est perdu.

– Tant que Mohammed Ali aura droit de regard sur l'Égypte, je le crains hélas.

– Vous voulez dire... tant qu'il sera vivant.

– Parfaitement, monsieur Stephenson. Tant qu'il sera vivant.

CHAPITRE 39

Palais de Ras el-Tine, 10 novembre 1848

Comme un coup de tonnerre la nouvelle fondit sur l'Égypte. De Louxor à Rosette, d'Assouan à Alexandrie, on eut le sentiment que les dieux antiques avaient décidé de renverser le cours de l'Histoire et de jeter leur malédiction sur la vieille terre des pharaons.

À six heures du matin, alors que la boule flamboyante du soleil s'élevait sur l'horizon, Ibrahim, fils bien-aimé de Mohammed Ali, s'éteignait brusquement dans sa chambre du palais de Ras el-Tine.

Le vainqueur de Nézib, le pourfendeur des Turcs, l'homme en qui le vieux pacha avait fondé tous ses espoirs, n'était plus. Il n'avait régné que trois mois.

Dans l'heure qui suivit sa mort, on prévint les membres de la famille et Saïd en priorité, mais nul n'osa réveiller le souverain pour lui annoncer la terrible nouvelle. Ce fut Saïd lui-même qui s'en chargea.

Tiré de son sommeil, le pacha ne parut pas saisir les propos de son jeune fils. Il ordonna que l'on ouvrît les rideaux et demanda à Saïd de lui répéter les mots que son cerveau se refusait à assimiler.

– Ibrahim est mort, père. Le Très-Haut l'a rappelé

à lui, il y a une heure à peine. Le Dr Clot pense qu'il a été foudroyé par une attaque.

Le souverain n'eut aucune réaction. Il posa ses jambes sur le sol et chercha à tâtons l'emplacement de ses babouches avec ses pieds, puis, sans dire un mot, il se glissa dans sa robe de chambre de brocart brochée de fils d'or, et alla se placer devant la fenêtre ouverte sur Alexandrie.

Il demeura ainsi, fixant le port, confiné dans un silence rythmé par le souffle rauque de sa respiration.

Saïd n'osait rien dire. Il pressentait que de prononcer un mot, un seul, eût été comme de profaner un lieu sacré.

Au terme de ce qui parut à Saïd une éternité, le souverain finit par murmurer :

– C'est étrange, mon fils... J'éprouve une curieuse sensation. Un peu comme si le paradis était descendu tout près de la terre et que je me tienne comprimé entre les deux, respirant à peine par le chas d'une aiguille.

Et dans un soubresaut de tout le corps, il se prit le visage entre les mains.

*

Schéhérazade remontait l'allée principale du domaine, précédée par son petit-fils, lorsqu'elle sentit le sol se dérober sous elle. Elle porta la main à son cœur et s'adossa contre l'arbre le plus proche. Ce fut sans doute la volonté de ne pas effrayer l'enfant qui lui insuffla la force de rester debout. Mais ses traits devaient traduire la douleur intense qui submergeait sa poitrine, car le petit Samir s'inquiéta.

– Qu'y a-t-il, nonna [1], tu ne veux plus te promener ?

Elle articula péniblement :

1. Grand-mère.

– Non, non, tout va bien. Je me repose un peu...

Elle se cramponna au sycomore, paupières battantes, priant Dieu que le malaise s'éloigne.

– Tu es sûre que tu vas bien ?

– Oui... oui... mon chéri. Ne t'inquiète pas. Je n'ai pas ta jeunesse, tu sais.

Il vint se blottir contre elle, comme si un sixième sens lui soufflait qu'elle était en train de feindre.

Lentement la douleur s'estompa. Le pouls reprit un rythme presque régulier. Sa poitrine se libéra de l'étau qui l'avait opprimée.

– Ça va mieux. Nous allons pouvoir reprendre notre promenade.

Il refusa.

– Je préfère que nous rentrions à la maison pour retrouver Mona.

– Mais ta petite sœur dort. Il ne faut pas la déranger.

– J'attendrai qu'elle se réveille. Viens, rentrons. D'ailleurs, moi aussi je suis fatigué.

Cette fois, un sourire franc éclaira le visage de Schéhérazade. Samir était bien le digne fils de Joseph. Même sensibilité, même générosité, et ce don de lire au tréfonds des êtres.

– Bien, approuva-t-elle, puisque tu le veux, nous retournons à la maison.

Saisissant la main du garçon, elle prit le chemin du retour.

En pénétrant dans la cour, ils aperçurent Joseph plongé dans son travail. Il leur adressa un signe de bienvenue et tendit les bras vers son fils. Ce dernier s'y précipita en chuchotant à voix basse :

– Nonna a été malade... Demande-lui ce qu'elle a.

Les traits de Joseph s'assombrirent.

– Est-ce vrai, maman ? Tu ne te sens pas bien ?

Schéhérazade émit un petit rire forcé.

– Oh... ton fils est un vilain petit rapporteur. Il inverse les rôles et veille sur moi comme si j'étais son enfant. Je vais très bien. J'ai juste ressenti un vertige. Rien de méchant.

– Tu es sûre, maman ?

– Certaine.

Elle s'adressa à Samir.

– Tu ne voulais pas aller voir ta petite sœur ?

L'enfant fit « oui » et fila vers l'escalier.

– Tu as un fils merveilleux, dit Schéhérazade.

Elle montra les plans disséminés sur le banc de pierre.

– Tu travailles trop...

– Je n'ai pas le choix. Quelques semaines avant son abdication Mohammed Ali nous avait chargés Linant et moi de creuser trois nouveaux canaux navigables dans les provinces de Menoufieh, de Charkieh et de Beheira. C'est une tâche colossale. Nous avons la responsabilité de plus de cent cinquante mille ouvriers. Je me vois mal négliger une telle entreprise.

Il tendit la main vers une enveloppe.

– À propos de canaux, j'ai reçu une lettre de Lesseps.

Schéhérazade réprima discrètement un tressaillement douloureux. Pour la deuxième fois, elle ressentait cette sensation aiguë, comme si un tison chauffé à blanc s'enfonçait dans sa poitrine.

Dans un mouvement le plus naturel possible, elle prit place sur le banc qui faisait face à Joseph. De toute évidence, il n'avait rien dû remarquer d'anormal, car il poursuivait :

– Figure-toi qu'il a été décoré de la Légion d'honneur et nommé ministre plénipotentiaire à Madrid. Je te laisse deviner sa joie. Voilà des années qu'il rêvait d'un poste aussi prestigieux.

– Une belle réussite, s'efforça de commenter Schéhérazade.

– D'autant plus belle que Lesseps n'a que quarante-trois ans. C'est sans doute l'expérience de la situation ibérique qui lui a valu cette promotion.

Il allait poursuivre, lorsque brusquement la servante débula dans la cour, en proie à la plus vive excitation.

– Vous avez entendu la nouvelle ? Le pacha, le pacha est mort ! C'est l'intendant qui arrive du Caire qui vient de me l'annoncer !

– Le pacha ? Sa Majesté ? Tu veux parler de Mohammed Ali ?

– Non, non. Son fils Ibrahim. Il serait décédé ce matin même !

– Ce n'est pas possible ! L'intendant doit faire erreur !

– Non, monsieur Joseph, je vous jure. Ibrahim est mort. Même que tous les drapeaux du Caire sont en berne.

Joseph se tourna vers sa mère, complètement atterré.

– Tu as entendu ?

Elle ne répondit pas, elle s'écroula comme une poupée de chiffon.

*

Mohammed Ali prit la plume, la trempa dans l'encrier et apposa sa signature au bas du firman.

– Voilà, messieurs, annonça-t-il aux ministres réunis dans son cabinet. Ainsi que l'exige la loi, je nomme régent mon petit-fils Abbas, fils de Toussoun.

– Votre Altesse, dit Artine bey, le ministre de l'Intérieur, vous n'êtes pas sans savoir que Mgr Abbas effectue en ce moment le pèlerinage de La Mecque.

– Et alors ? Il prendra ses fonctions dès qu'il sera de retour du Hedjaz. Entre-temps, faites le nécessaire pour qu'il soit informé de la nouvelle situation.

– Vos ordres seront exécutés, Majesté.

Était-ce le ton trop compassé de son ministre ou la manière trop affectée avec laquelle il s'apprêtait à prendre congé qui alerta le souverain ? Il n'en demeura pas moins qu'il apostropha l'homme avec sécheresse.

– Qu'y a-t-il, Artine bey ? Quelque chose vous déplaît ? Peut-être l'ennui d'expédier un messager au Hedjaz ?

L'Arménien baissa la tête, gêné.

– Répondez, je vous prie !

Le ministre se racla la gorge.

– Le défunt Ibrahim, qu'Allah accueille son âme, aurait fait un grand roi. J'ignore si votre décision de le remplacer par Abbas pacha...

– Plus un mot ! Je veux oublier ce que je viens d'entendre ! Comme si j'avais le choix ? Est-ce ma faute si, de tous mes enfants, il n'en est pas un seul qui soit plus âgé qu'Abbas ? Dans toutes les monarchies d'Occident, c'est la règle de la primogéniture qui régit la succession, alors que dans l'Empire ottoman seule la prééminence de l'âge prévaut. Que puis-je faire ? Renier Abbas ? Et laisser la voie ouverte à une lutte intestine qui – n'en doutez pas un instant – sera matée par la Sublime Porte en défaveur de ma dynastie, donc de l'Égypte ? Répondez-moi, Artine bey !

Le ministre porta humblement la main à sa poitrine, ses lèvres et son front.

– Pardonnez-moi, Sire... Que Dieu vous donne longue vie, qu'Il vous protège, et qu'Il protège la nation.

C'était le 2 décembre 1848.

Huit mois plus tard, les ténèbres allaient s'abattre pour la seconde fois sur l'Égypte.

*

2 août 1849

– Khadija ? C'est bien toi ? questionna Giovanna en examinant la vieille femme que les serviteurs venaient d'introduire dans l'appartement princier.

– Oui, sayyeda [1]. C'est bien moi.

Comme pour prouver qu'elle ne mentait pas, elle fit glisser le voile de mousseline noire qui masquait une partie de ses traits.

Elle n'eut pas le temps d'aller au bout de son geste, Giovanna s'était précipitée vers elle et l'avait prise entre ses bras.

– Comment vas-tu ? Tu m'as manqué.

– Vous aussi, sayyeda.

– Laisse-moi te regarder. Ça fait combien d'années déjà ?

– Treize ans. Une vie.

Tout en parlant, la femme lançait des coups d'œil furtifs autour d'elle, on la sentait impressionnée par le faste du décor.

Giovanna l'entraîna vers un divan.

– Alors, raconte-moi, que deviens-tu ? Si je me souviens bien, lorsque tu nous a quittés c'était pour t'installer auprès de ton époux, à Beni-Souef.

– Oui. Ça n'a pas été facile, vous savez. Comme je l'avais dit à votre maman, vous étiez une deuxième famille pour moi.

Un sourire nostalgique anima ses lèvres.

---

1. Maîtresse. Mais pourrait aussi vouloir dire « sultane » ou « reine ».

– Quand je pense que je vous ai connue toute petite... Et qu'aujourd'hui...

Elle désigna l'appartement.

– Macha'Allah... Quelle prospérité !

– Tu sais, ce n'est pas le lieu où l'on vit qui compte. C'est ceux avec qui on le partage. Si je n'étais pas heureuse ici, toute l'opulence du monde n'y aurait rien changé.

– Et êtes-vous heureuse ?

– Oui. Je le suis. J'ai deux enfants merveilleux. J'aime mon époux, et il m'aime.

– Deux enfants ? Quel bonheur ! Des garçons ?

– Fouad et Malika. Un garçon, une fille. L'idéal.

– Que Dieu les protège et qu'Il leur donne tout le bien-être qu'ils méritent.

– Parlons de toi, maintenant. J'ai été très surprise que l'on m'annonce ta visite. Lorsqu'on a prononcé ton nom, j'ai eu un moment de doute. J'étais à mille lieues d'imaginer qu'il s'agissait de toi.

Khadija secoua la tête doucement.

– J'espère que vous ne m'en voulez pas ? Je n'osais pas venir, mais mon mari a tellement insisté. Il m'a dit comme ça : « Dame Mandrino est comme ta propre fille. Quand on a la chance d'avoir une fille princesse, c'est un devoir de lui rendre visite et de la féliciter. »

– Il a très bien fait.

– Sincèrement, je ne sais pas.

Elle plissa le front, brusquement embarrassée.

– Parle, Khadija. Que se passe-t-il ?

– Ce n'est pas uniquement la raison de ma visite.

– Quoi qu'il en soit. Ouvre ton cœur.

La servante aspira une goulée d'air.

– Ma famille connaît de très graves ennuis, sayyeda. Mes enfants entretiennent depuis de longues années un champ de maïs. Vous connaissez

543

aussi bien que moi la situation des fellahs de notre pays. Depuis que Sa Majesté – Allah le protège – règne sur l'Égypte, la terre ne nous appartient plus ; nous ne sommes que le bras de l'État. Les récoltes lui reviennent de droit. Bien sûr, il rémunère notre labeur, mais...

Elle dit en baissant la voix :

– Ce qu'il nous attribue est si modeste...

– Je suis au courant, Khadija. Un jour viendra où les choses changeront. Il faut patienter.

– Oh, ne vous inquiétez pas. La patience est notre seconde nature.

Ses traits s'affaissèrent.

– Les impôts, sayyeda. Depuis quelque temps ils sont devenus plus lourds que jamais. Rien que le mois passé on nous a taxés de quatre cents piastres. Vous vous imaginez ? Quatre cents piastres pour de pauvres gens comme nous ? Et ce mois-ci le moudir nous a fait savoir que cette somme sera augmentée de quinze pour cent. Jamais nous ne pourrons payer. Mon frère a six enfants à nourrir. Vous comprenez ? Alors, quand nous avons appris que vous étiez devenue l'épouse de Saïd pacha, mon mari..

Giovanna répondit sur-le-champ :

– Ne te fais pas de souci. Je vais m'en occuper personnellement.

Elle quitta le divan et se dirigea vers une petite armoire incrustée d'ivoire et de nacre. Elle l'ouvrit et en tira une petite bourse de cuir.

– Tiens. C'est pour toi. Je sais que tu en useras avec discernement. Et je ferai le nécessaire pour ton frère.

Dans un élan spontané, la servante saisit la main de Giovanna et la baisa.

– Que le Miséricordieux vous bénisse, sayyeda. Qu'Il vous le rende au centuple !

– Allons, relève-toi.

544

La vieille servante continua de se répandre en remerciements et en bénédictions. Finalement, elle s'arrêta pour s'enquérir :

– Et sett Schéhérazade ? Comment va-t-elle ?

– Bien.

– A-t-elle surmonté son deuil ? Mon Dieu, quelle tristesse ! Je crois n'avoir jamais vu une femme aussi malheureuse de toute mon existence. Mandrino bey était tout pour elle.

– Il l'était en effet.

Les prunelles de la servante se voilèrent.

– Lorsqu'un être en arrive à souhaiter la mort de celui qui souffre, c'est que sa propre souffrance doit être plus grande encore.

Giovanna cilla, un peu surprise.

– Pourquoi dis-tu cela ?

– Pourquoi, sayyeda ? Mais parce que j'ai été témoin de son désespoir. Je l'ai entendue lorsqu'elle parlait avec votre frère. Tenez... Je m'en souviens comme si c'était hier – elle ferma les paupières pour mieux se concentrer –, elle disait : « A-t-on le droit de laisser un être glisser ainsi vers la mort ? Dis-moi, Joseph. Dis-moi que je suis folle. » Et il lui a répondu : « Je comprends ce que tu ressens et ce qui a pu se passer dans ta tête. Je te rassure, je trouve ton attitude légitime. » Et elle de répliquer : « J'ai songé à le tuer, tu m'entends ? Quand j'ai tenu ce flacon dans le creux de ma main, c'est la délivrance de Ricardo que j'ai eu l'impression de tenir. Le pouvoir de mettre fin à son humiliation. » Vous voyez combien elle était déchirée ?

Giovanna hocha la tête en signe d'assentiment.

– Bon, fit la servante en se redressant. Je ne veux pas vous retenir plus longtemps. Un long voyage m'attend jusqu'à Beni-Souef.

Elle reprit la main de Giovanna et la serra avec chaleur.

– Au revoir, sayyeda. Merci encore pour votre bonté.

– Ce n'est rien. J'ai été heureuse de te revoir. Surtout n'hésite pas à me faire savoir si tu avais besoin de quoi que ce soit. Tu me le promets ?

– Oui. Allah vous garde.

Elles se dirigèrent ensemble vers la porte. En franchissant le seuil, la servante laissa tomber pensivement :

– En tout cas, j'ai bien fait de vider ce flacon. Allez savoir ce que votre maman aurait pu faire dans l'état où elle se trouvait ? Une folie, certainement.

Giovanna la dévisagea, le souffle coupé.

– Que dis-tu ?

– Quoi, sayyeda ?

– Tu as parlé d'un flacon.

– Il s'agissait de ce flacon que dame Schéhérazade avait évoqué avec votre frère.

Les lèvres sèches, Giovanna essaya de reprendre ses esprits.

– Attends. Veux-tu m'expliquer le plus clairement possible ce que tu as fait ?

Apparemment, la servante ne paraissait pas comprendre l'intérêt qu'elle venait de soulever. Elle s'exécuta quand même.

– Lorsque j'ai surpris cette conversation, j'ai tout de suite pensé que cette mixture représentait quelque chose de mal, puisqu'elle possédait le pouvoir de tuer. Alors, je me suis fait la réflexion qu'il valait mieux s'en débarrasser, avant que votre maman, malheureuse comme elle l'était, ne commette un geste irréparable. N'avait-elle pas dit : « Quand j'ai tenu ce flacon dans le creux de ma main, c'est la délivrance de Ricardo que j'ai eu l'impression de tenir » ?

– Ensuite ?

– Ensuite je suis remontée dans la chambre de

Mandrino bey, j'ai ouvert le placard, et j'ai vidé le contenu du flacon dans le lavabo. Après quoi je l'ai remis à sa place, entre le linge.

Tout à coup elle fut prise de panique.

– J'ai mal fait ? Je n'aurais pas dû ?

Giovanna balbutia d'une voix étranglée :

– Mon Dieu... Mon Dieu, pardonnez-moi. .

*

Entraînée par ses deux chevaux bais, la berline fonçait à toute allure sur la route poudreuse qui menait vers Guizeh. Comme tous les ans à l'époque de la crue, l'endroit pullulait de marécages et d'étangs que seul un cocher expérimenté savait éviter. Effrayé par le bruit du galop, un essaim de pigeons blancs bondit du sol et se dispersa dans l'azur. Giovanna baissa la glace latérale et cria :

– Plus vite, Rouchdi ! Plus vite !

Le cocher fit claquer son corbac de plus belle, et l'attelage grinça sous l'effort redoublé des chevaux.

Moins d'une heure plus tard, le domaine de Sabah était en vue.

Sans ralentir, l'équipage pénétra dans l'enceinte. Le crépuscule commençait déjà à étendre ses taches sombres sur le paysage. Seul le deuxième étage était éclairé ; on devinait le scintillement des lumières derrière les moucharabiehs. Le reste de la maison était plongé dans le noir.

À peine la berline se fut-elle immobilisée que Giovanna mit pied à terre et se précipita vers l'entrée.

Elle frappa, une fois, puis deux. Nul ne semblait l'entendre, alors elle se mit à marteler la porte à coups de poing.

Le battant s'entrouvrit enfin, et Latifa apparut dans l'encadrement.

– Que désirez-vous ?

– Ma mère est-elle là ?

– Votre mère ?

– Je suis Giovanna.

Une expression confuse envahit la servante. Bien que l'existence de Giovanna ne lui fût pas inconnue, que maintes fois elle eût entendu prononcer son nom, on aurait dit qu'elle découvrait un spectre.

– Oui... sett Mandrino est là. Cependant...

Giovanna écarta doucement la jeune fille et entra.

– Attendez ! Il faut que je vous dise...

– Qu'y a-t-il ?

– Elle... elle...

– Quoi donc ?

– Votre... votre maman est au plus mal.

Giovanna n'attendit pas la fin de la phrase. Elle se rua dans l'escalier qui menait à la chambre de Schéhérazade.

Joseph et Corinne étaient assis de part et d'autre du grand lit. Un épais silence enveloppait la pièce comme un suaire.

Giovanna s'approcha lentement, le cœur au bord des lèvres.

C'est à peine si Joseph et Corinne manifestèrent une réaction de surprise en la voyant. Ni l'un ni l'autre ne proféra un mot.

Giovanna continua d'avancer, hypnotisée par le visage hâve de Schéhérazade. Les paupières étaient closes, les lèvres bleuâtres. Sa poitrine se soulevait à peine.

Elle s'assit avec précaution au bord du lit, comme de peur qu'un mouvement, un seul, ne tranchât le fil invisible tendu entre le jour et la nuit. Instinctivement, sa respiration affleura le souffle de sa mère.

Son enfance, ses premiers pas, les premiers sons

entendus jaillirent dans une sorte d'embrasement et de faisceaux confondus. De hautes vagues emmenaient vers la grève des écumes de souvenirs. Tout tourbillonnait. Des berceuses, des odeurs de peau, l'eau salée d'une larme et ce mot : maman, mama. Une cloche tintait dans la cour d'une école. Une genou écorché. Des bras se refermaient pour apaiser des chagrins que l'on eût crus inconsolables. Une couverture remontée pour recouvrir une épaule dénudée par la nuit.

– Mama...

Elle avait parlé à son insu.

Si seulement le temps n'était pas ce fleuve insensible qui, quelles que soient les suppliques de ceux qu'il emporte, poursuivait sa course imperturbablement ! Aujourd'hui Giovanna haïssait le Nil.

– Ma fille...

La main de Schéhérazade avait quitté celle de Joseph et cherchait celle de Giovanna. Leurs doigts se nouèrent.

– Tu es de retour... Enfin.

Crier... Lui dire leur rencontre manquée par sa faute... Lui dire qu'elle n'avait rien compris... Qu'elle avait vécu aveugle... folle... Dire pardon... pardon... avant qu'il soit trop tard...

– Pardon... mama...

– Pour quoi, ma fille ?

Le souffle s'accéléra un peu.

– Tu te souviens... l'anniversaire de Ricardo... Tu te souviens ?

Giovanna esquissa le mot « oui » sans pouvoir le prononcer.

– Tu te rappelles ce qu'il t'a dit ?

La gorge prise dans un étau, Giovanna resta muette, incapable d'articuler.

– Ma fille... ma préférée...

Brusquement, la main décharnée se déplaça à tâtons, fouillant sous l'oreiller.

– Que cherches-tu, maman ? s'inquiéta Joseph.

Elle ne répondit pas. Ses doigts s'étaient refermés sur quelque chose qu'elle tendit à Giovanna.

– Tiens... Je l'ai gardée... pour toi.

Ce furent ses derniers mots.

Dans sa paume entrouverte reposait une clé. Elle ouvrait la grille de la ferme aux Roses.

*

Presque au même instant un cri déchirant monta du palais de Ras el-Tine. Mohammed Ali venait de rendre l'âme. Il était parti rejoindre ses enfants bien-aimés. Toussoun, Ismaïl, Ibrahim. Et dans les rues d'Alexandrie des voix s'élevèrent, lancinantes, répercutées à l'infini : « L'âme de l'Égypte a quitté son corps. »

Le vieux lion s'était éteint, brisé, épuisé.

Deux jours plus tard, son corps fut transporté d'Alexandrie au Caire dans un bateau à vapeur, par le canal Mahmoudieh et le Nil.

Dès que le bruit de sa mort se fut répandu, spontanément et sans aucune entente préalable, chaque consulat hissa son pavillon en berne.

Lors de l'arrivée du cercueil au pied du Mokattam, tous les membres survivants de la famille, à l'exception d'Abbas, s'en furent à sa rencontre, et ils l'accompagnèrent jusqu'au tombeau choisi par le souverain pour le repos de son âme, dans la mosquée érigée au cœur de la Citadelle.

On nota que, le lendemain, le consul d'Angleterre M. Murray écrivit à lord Palmerston :

« Ce serait chose rare pour Votre Seigneurie

d'entendre monter de toutes les provinces de l'Empire turc ces mots mêlés de larmes : " Si Allah pouvait me le permettre, je donnerais volontiers dix ans de ma vie pour les ajouter à ceux de notre vieux pacha. " »

CHAPITRE 40

Palais de Banha, février 1854

Avachi parmi les coussins, Abbas, nouveau vice-roi d'Égypte, contemplait, l'œil lubrique, le danseur qui se trémoussait devant lui. Il fallait dire que, les cheveux nattés, les sourcils noirs de khol, vêtu d'une robe fendue sur le côté, Hassan el-Belbéssi avait presque tout de la femme. Il ondulait, avec un art consommé de la féminité. De ses doigts effilés il faisait tinter des crotales et rythmait ainsi le roulement de son bas-ventre et les torsions de ses reins.

Il accomplit encore quelques pas lascifs autour du souverain, avant de s'incliner dans un salut final.

Abbas frappa deux ou trois fois dans ses mains.

– C'est bien, Hassan. Mon secrétaire m'avait vanté tes mérites, mais ses éloges étaient en deçà de la réalité

Le danseur travesti se tortilla, ravi du compliment.

– Approche donc un peu. J'aimerais tout de même vérifier si l'on ne m'a pas trompé.

– Majesté ! gloussa el-Belbéssi. Comment pouvez-vous imaginer !

Et tout en faisant mine de protester, il vint se camper le plus près possible du souverain.

Abbas glissa sa main sous la jupe, remonta le long de la jambe, s'immobilisa dans l'entrecuisse et partit d'un petit rire complice.

– Allah est Grand qui fait des hommes aussi appétissants que les femmes ! Il nous épargne ainsi l'ennui de supporter ces mièvres créatures.

Il retira sa main.

– Va, à présent ! Mon secrétaire a un cadeau pour toi.

El-Belbéssi se répandit en formules de gratitude et se retira en se tortillant de plus belle.

Une fois seul, Abbas s'allongea sur le dos et se laissa aller à ses pensées.

Il n'était pas mécontent de ses cinq années de règne. Enfin il avait pu mettre en pratique toutes les mesures dont il avait rêvé. D'abord il avait fait déménager ses proches de cet abject palais d'Alexandrie pour celui de Banha, dans la solitude du désert, propice à la méditation. Ensuite il s'était débarrassé de la plupart de ces Occidentaux qui empoisonnaient depuis si longtemps l'air de l'Égypte ; tout particulièrement les Français ; les Anglais, eux, étaient autrement plus civilisés. Il avait émis le décret interdisant aux femmes de sortir de chez elles avant le mariage. Une sage décision. Que représentaient ces créatures sinon la tentation et le péché ? Leur devoir sur cette terre était de servir et d'enfanter. Rien de plus.

Il avait aussi ordonné la fermeture de l'hôpital du Caire et de ses dépendances, celle de l'école de médecine, des maternités, de l'école des sages-femmes, des dispensaires ; autant de lieux de perdition créés par ce Dr Clot, ce suppôt du diable !

Mohammed Ali avait eu beau jeu de gouverner en autocrate ; au fond, il ne l'avait été que pour sa famille et ses sujets. Face à l'Europe il n'avait été que veule. Qu'avait-il fait de l'Égypte ? Une nation d'où les Turcs avaient été bannis ; où les chrétiens dominaient ; où les représentants des puissances étrangères pesaient sur tous les actes du gouvernement. Si lui, Abbas, devait être gouverné par quelqu'un, il aimait mieux que ce fût par le seigneur de la Sublime Porte, chef de tous les musulmans, que par les incroyants !

La mort d'Ibrahim avait été une bénédiction ; celle du vieux pacha était arrivée à point nommé. Quelques années de plus, et il ne serait rien resté de l'identité égyptienne.

Tout compte fait, la seule décision positive prise par son grand-père défunt avait été d'interdire les danses féminines. La beauté d'un corps de mâle était tellement plus incomparable. Tellement plus sensuelle !

*

Alexandrie, mars 1854, palais de Ras el-Tine

Le repas touchait à sa fin. Ni Giovanna ni Saïd n'avaient pris plaisir à ce dîner. Joseph et Corinne avaient à peine goûté à la salade. Quant à Linant, il avait systématiquement décliné tous les plats qu'on lui proposait.

Giovanna repoussa son assiette d'un geste déprimé.

– Je suis désolée, Linant, mais nous ne pouvons rien faire pour toi.

Elle prit Saïd à témoin.

– Tu as essayé de lui parler, n'est-ce pas ?

– Bien sûr. Autant discuter avec un âne. Abbas est complètement fou.

Linant s'efforça d'adopter un ton léger.

– Ce n'est pas grave, Monseigneur, je me console en me disant que je ne suis pas le seul Européen à avoir été limogé comme un mamouchi [1]. Le Dr Clot, Cerisy, le colonel Sève, tous mes compatriotes ont subi le même sort. Et si certains d'entre eux demeurent encore en poste, c'est uniquement – je suppose – parce que le vice-roi a voulu éviter une rupture définitive avec la France.

– Il y a là, fit Joseph, une volonté délibérée de conduire notre pays au désastre. Cinq ans de règne, cinq ans de décrépitude. Quand je pense que la première décision qu'il ait prise, un an à peine après son avènement, fut d'accorder à un Anglais la construction du chemin de fer entre Le Caire et Suez !

– Et pas n'importe quel Anglais, renchérit Linant. M. Robert Stephenson !

– Lui ou un autre, dit Saïd, je ne vois pas pourquoi celui-ci vous irrite particulièrement.

– Parce que cet individu faisait partie des membres fondateurs de la Société d'études pour le canal de Suez fondée par les saint-simoniens. Il est même venu nous rendre visite à Sabah, accompagné par l'un de ses collègues autrichien, M. Negrelli, pour défendre la cause du percement de l'isthme.

– Ce qui veut dire que ce gentleman aurait trahi la cause de ses amis ?

– Malheureusement, Monseigneur, je ne vois pas de quelle autre façon on pourrait qualifier son comportement.

– Tout ce qui se passe est tellement incohérent, soupira Giovanna. Abbas clame sur tous les toits qu'il veut débarrasser l'Égypte de l'influence étrangère, et pourtant il ne se passe pas un jour sans qu'il favorise l'Angleterre qui, elle, n'en espérait pas tant.

1. Mot arabe francisé signifiant « propre à rien ». Il dérive de « ma menou chi », phrase qui veut dire « non valable ». Par extension, c'était ainsi que les Européens surnommaient les fonctionnaires.

Joseph rétorqua, désabusé.

– À mon avis, en construisant cette voie ferroviaire, les Anglais espèrent sans doute rendre la voie maritime une fois pour toutes superflue. Toutes ces années durant, ils ont vécu dans la crainte que le canal de Suez ne devienne une réalité, et surtout que la France n'en soit l'architecte. Ils ont gagné.

Linant secoua la tête.

– Lorsque je pense à ce pauvre Enfantin qui continue de se battre contre vents et marées, cherchant à convaincre aussi bien notre nouvel empereur, Louis-Napoléon, que lord Palmerston du bien-fondé de son projet !

– Pourtant, s'étonna Saïd, ne m'avez-vous pas dit que le consul de France avait obtenu d'Abbas qu'il vous charge d'effectuer de nouveaux nivellements dans la région de Suez ?

– C'est exact, Monseigneur. Et Joseph et moi avons accompli cette tâche. Mais vous vous imaginez bien que votre neveu n'a aucunement l'intention d'accorder la concession à une société française, même si celle-ci défend une idée universelle.

Saïd commenta sur un ton affligé :

– Allah ne devra pas permettre plus longtemps de pareils agissements. Il est impossible que toute l'œuvre de mon père, tout ce qu'il a construit avec patience et ténacité soit piétiné.

*

\ *Juin 1854, propriété de La Chênaie, en France*

Debout devant la fenêtre de son bureau qui ouvrait sur la campagne berrichonne, Ferdinand de Lesseps contemplait pensivement la plaine bossuée. Par un jeu d'ombre et de lumière, la vitre lui renvoya sa propre image, légèrement voilée par la buée du petit matin.

Dans quelques mois il aurait quarante-neuf ans. Il avait passé des années dans la carrière, toutes consacrées à la défense des intérêts de la France, pour se retrouver aujourd'hui en état de disgrâce et devant un destin fracassé.

Comment en était-il arrivé là ?

1849... On le force d'abandonner son poste d'ambassadeur à Madrid au profit du cousin de Louis-Napoléon Bonaparte, lequel vient d'être élu à la présidence de la République.

On le nomme à Berne. Sur le point de s'y rendre, il fait un court séjour à Paris où l'Assemblée constituante débat de la conduite que doivent tenir les troupes françaises envoyées à Rome en début d'année. Rome, où le pape Pie IX a été dépossédé de son pouvoir temporel par la proclamation de la République.

Le général Oudinot, chef du corps expéditionnaire, persuadé à tort que le peuple romain aspirait à un retour du pape, attaquait la ville le 29 avril. L'offensive tournait au désastre. L'humiliation était totale.

Et voilà que, contre toute attente, c'était Ferdinand que l'on désignait comme négociateur. Spontanément, il accepta. Si seulement il avait pu mesurer toute l'ambiguïté de ce conflit au lieu de s'y précipiter tête baissée !

Au cours des semaines qui suivront, ce sera, de part et d'autre, une succession de tergiversations, de refus suivis d'assentiment, de négociations qui se concluront sur un télégramme laconique envoyé de Paris qui met fin à sa mission et lui ordonne de rentrer à Paris.

À son retour en France, il est désavoué, traduit devant une juridiction disciplinaire, rendu responsable de l'échec des négociations, de l'affrontement qui en a découlé, et mis en office de disponibilité. Sa carrière est brisée.

Dès lors, il ne lui reste plus rien, sinon l'appui de sa tendre épouse et de sa famille. Vers la fin de 1851, sa belle-mère, Mme Delamalle, hérite de grandes propriétés dans le Berry. Elle charge Ferdinand de lui trouver une maison à proximité de ces terres, et lui en confie généreusement la gestion.

Il parcourt la région, achète un vieux pavillon de chasse ayant appartenu à Charles VII et consacre son temps à superviser la restauration de La Chênaie.

C'est dans le calme de cette propriété que, le 2 décembre 1851, Ferdinand apprend le coup d'État du prince Louis-Napoléon.

Deux ans plus tard éclate l'incroyable nouvelle : le nouvel empereur a pris la décision d'épouser une jeune Espagnole de vingt-six ans, Eugénie Maria de Montijo de Guzman, comtesse de Téba. L'annonce a de quoi réjouir Ferdinand, et pour cause : Eugénie n'est autre que sa cousine.

Hélas, comme si le mauvais sort avait décidé de continuer à s'acharner sur lui, la mort fond à quatre reprises sur sa famille. Une première fois – alors qu'il s'apprêtait à se rendre au mariage impérial –, Catherine, sa mère, meurt brusquement. Un mois plus tard, elle est suivie dans la tombe par la douce Agathe, son épouse. Ferdinand n'est pas encore remis de ce double deuil qu'un troisième vient s'abattre sur lui : Charles, son fils aîné, est emporté par la scarlatine. Vers le début du mois de septembre, la tragédie atteint son point culminant. Le cadet, Ferdinand, rejoint son frère dans la mort.

Ignoble fatalité...

Le voilà aujourd'hui solitaire dans cette propriété

de La Chênaie. Hormis le va-et-vient discret des ouvriers qui poursuivent la restauration du manoir, le parc est désert.

Ferdinand retourne à son bureau.

Quelques feuillets épars côtoient les portraits de son épouse et de ses enfants disparus.

Une lettre d'Eugénie, datée du 22 juin 1853, est éclairée par un rai de soleil.

Le regard de Ferdinand parcourt machinalement les dernières phrases rédigées d'une écriture aérienne et raffinée :

...Je remercie Dieu de m'avoir choisie pour une si grande tâche et je m'en remets à Lui pour en être digne. Donnez-moi, je vous prie, des conseils chaque fois que vous le jugerez utile, non pour moi, mais pour la France. Je suis toujours à l'écoute de mes amis dévoués. Votre cousine et amie. Eugénie.

Une feuille recouvre la lettre à moitié. Ferdinand y a griffonné quelques mots à la hâte.

Suez... Suez...

*

Égypte, palais de Banha, 13 juillet 1854

Abbas s'étira nonchalamment sur son lit. Il émit un rot et aussitôt rendit grâces au Très-Haut pour le repas qu'on s'apprêtait à lui servir et l'amant qui venait de quitter sa couche.

On frappa à la porte.

Trois serviteurs apparurent, les bras chargés de victuailles. Dans un silence respectueux, ils alignèrent les plateaux sur la table de chêne massif. Après qu'ils se furent assurés que rien ne manquait, ils firent volte-face, et l'un d'entre eux demanda :

– Sa Majesté a-t-elle des ordres à exprimer ?

Abbas fit un geste ennuyé.

– Servez !

Curieusement, au lieu de s'exécuter, le serviteur avança d'un pas.

– Que fais-tu ? maugréa Abbas.

Un deuxième serviteur s'était rapproché du premier.

Ce fut le troisième qui plongea sa main sous son gilet et en extirpa le poignard.

Trois lames scintillèrent dans la lumière vacillante des lampes.

Quand Abbas comprit, il était trop tard.

Le premier poignard venait de lui transpercer la gorge.

Le deuxième s'enfonça dans sa poitrine.

Le troisième serviteur marqua un temps d'arrêt avant d'empoigner les testicules du souverain [1].

1. Il semblerait que ce fût Nazla hanem, la fille aînée de Mohammed Ali, qui organisa l'assassinat.

CHAPITRE 41

Palais de Ras el-Tine, 30 novembre 1854

– Deux cent quarante livres, soupira Saïd en descendant de sa balance. À présent, me voilà le plus gros souverain qui ait jamais régné sur l'Égypte. Reste à espérer que ce ne sera pas le seul souvenir que la postérité conservera de moi.

Giovanna leva la tête vers son époux et le contempla avec une pointe de mélancolie.

– Mohammed Saïd, vice-roi d'Égypte... J'ai du mal à y croire.

– Pourquoi ? Tôt ou tard mon tour devait arriver. Abbas a simplement retardé l'échéance.

– Il n'empêche que je me sens fière et effrayée à la fois. La tâche qui t'attend est immense, à quoi s'ajoutent ces cinq dernières années de gâchis.

– N'aie crainte, Giovanna. Je saurai me montrer digne de mon père. Du reste, je ne suis pas seul. N'es-tu pas à mes côtés ?

Elle opina.

– Mais c'est toi le souverain. C'est de toi que le peuple attend des décisions.

Il se laissa choir dans un fauteuil.

– N'ai-je pas bien agi depuis trois mois que je suis à la tête du pays ?

Il énuméra sur ses doigts :

– J'ai ordonné la réouverture des hôpitaux et des dispensaires, et de tous les établissements que cet âne bâté avait condamnés. J'ai rappelé à leur poste tous les fonctionnaires européens, et les Français en particulier. Je leur ai ouvert mon palais...

– À ce propos...

Il fronça les sourcils.

– Oui ?

– Je sais que ton attitude s'inspire d'une bonne intention, mais méfie-toi, Saïd. Ta générosité est sans limite. Depuis que tu es sur le trône, jamais l'Égypte n'a vu une telle affluence d'étrangers. À peine la mort d'Abbas a-t-elle été connue que des intrigants, des aventuriers ont débarqué des quatre coins d'Europe. La perspective de situations à occuper, d'affaires à brasser, a attiré une incroyable foule. On dirait des essaims d'abeilles sur un pot de miel. J'observe ce qui se passe autour de toi. On te soumet les projets les plus incongrus, les plans les plus extraordinaires dans l'espoir de te séduire. Il n'est qu'à voir avec quelle rapidité cet homme, dont j'ai oublié le nom...

– Bravay.

– Parfaitement. J'ignore comment il s'y est pris, mais arrivé sans le sou il y a trois mois, il est aujourd'hui multimillionnaire et tient le haut du pavé à Alexandrie [1].

Saïd l'interrompit brusquement.

– Giovanna, je ne suis pas aveugle. Je vois parfaitement ce qui se passe. Il n'est pas question que je me laisse envahir par des parasites. J'ai assez de bon sens pour reconnaître ces sortes d'individus. De toute

1. C'est ce personnage haut en couleur qui a servi de modèle au héros d'un roman d'Alphonse Daudet, *Le Nabab*.

façon, cela ne représente qu'un grain de riz devant les actions que je suis en train d'entreprendre. Et comme tu viens de le faire remarquer, la tâche est lourde : refonte du gouvernement central qui a été désorganisé sous Abbas. Reconstitution du Conseil d'État. Rétablissement de la sécurité dans les villes et les campagnes. Il faut aussi que je mette un coup d'arrêt à cette tendance au fanatisme et à l'intolérance qui a commencé à sourdre, encouragée par mon prédécesseur. C'est d'ailleurs l'une des raisons pour lesquelles j'ai choisi un chrétien comme gouverneur général du Soudan.

— Il ne faut pas m'en vouloir. Si je t'ai parlé comme je l'ai fait, c'est seulement pour te mettre en garde contre toi-même. Tu es tellement bon, Saïd. Tu as un cœur aussi gros...

— Que moi ?

Il éclata de rire en s'adossant à son fauteuil, lequel vacilla dangereusement. Redevenant tout à coup sérieux, il enchaîna, non sans une certaine solennité.

— Il y a deux choses qui me tiennent à cœur. Et je reconnais que tu en es un peu l'inspiratrice. Je veux réglementer le système inhumain de la corvée de manière à ne plus permettre à des chefs de village de disposer, pour le prétendu service du gouvernement, de malheureux fellahs comme on dispose d'animaux de trait. Mon deuxième objectif, c'est de mettre un terme au monopole de la propriété. Ainsi que tu me l'as suggéré, j'instituerai un régime transitoire qui conduira progressivement à la constitution de la propriété particulière. Les terres seront distribuées à ceux qui les cultivent. Jusqu'au jour où il existera en Égypte autant de propriétaires que de fellahs.

Il marqua une pause.

— Je me battrai aussi pour mettre fin au régime des capitulations. Voilà trop longtemps qu'il sévit, trop longtemps qu'il confère aux Européens coupables de malversations ou de crimes une immunité qui les met à l'abri de toute condamnation. J'ignore si j'y parviendrai, mais je ferai tout ce qui est en mon pouvoir pour que les étrangers présents dans notre pays soient jugés par des tribunaux nationaux.

Il scruta Giovanna comme pour juger de l'effet produit par ses propos. Elle arborait un sourire lumineux.

Soulagé, il prit une profonde inspiration et annonça :

– Il faut que je te quitte à présent. Ferdinand doit s'impatienter.

Giovanna se leva à son tour.

– As-tu bien réfléchi ?

– Oui.

– As-tu songé à toutes les conséquences qui vont découler de ta décision ?

– Oui, Giovanna. Je suis convaincu que ce sera un bienfait pour l'Égypte.

Au moment où il allait quitter le salon, elle effleura son bras.

Saïd...

Il se retourna avec une certaine impatience.

Tu n'as pas oublié la mise en garde de ton père ?

– Non !

Et il s'éclipsa.

*

Ferdinand de Lesseps faisait les cent pas dans le cabinet, essayant de maîtriser son excitation. Jamais il ne s'était senti aussi près du but. Jamais la providence n'était intervenue autant en sa faveur.

Quelques mois plus tôt, il avait appris l'avènement de Saïd alors qu'il se trouvait à La Chênaie, sous un

564

ciel plus gris que jamais. Il s'était alors empressé d'écrire au nouveau vice-roi pour le féliciter, exprimant son désir de se rendre en Égypte pour lui présenter ses respects. Et le fidèle Saïd avait immédiatement répondu, fixant leur rencontre pour la première semaine de novembre.

Alors qu'il se lançait dans les préparatifs du départ, lui parvenait une lettre d'Enfantin qui, ayant eu connaissance de l'invitation du souverain égyptien, proposait à Ferdinand de lui confier l'épais dossier constitué par l'ensemble des études liées au percement de l'isthme. Tout y était : les travaux de Linant de Bellefonds, les relevés effectués par l'Autrichien Negrelli, le mémoire de Talabot, les cartes de sondage de la mer Rouge établies par Stephenson, les plans, les propositions de tracé. Plus de quinze années d'efforts acharnés qui, hélas, n'avaient jamais abouti. C'est ce dossier que Ferdinand avait défendu deux semaines plus tôt auprès de Saïd, y apportant sa vision personnelle du projet. La veille, il lui avait soumis un brouillon de firman lui accordant la concession si longtemps espérée. Le vice-roi y avait apporté quelques changements mineurs. Il ne manquait plus que sa signature.

— Monsieur de Lesseps ! Sa Majesté vous attend !

Le cœur battant, il suivit le majordome jusqu'au cabinet du souverain.

— Ferdinand, mon ami ! Que la paix soit sur toi.

— Mes respects, Sire.

Le vice-roi désigna le fauteuil qui lui faisait face.

— Tu vas bien, Ferdinand ?

Il y avait une intonation étrange dans la voix du souverain.

— Oui, Majesté, je vous remercie.

— Je constate qu'hormis cette serviette chargée de

dossiers, tu n'as rien apporté d'autre. Es-tu certain de n'avoir rien oublié ?

– Qu'aurais-je oublié, Sire ?

Saïd croisa les bras et fit une grimace désappointée.

– C'est ainsi que tu me rends visite ? Les mains vides ?

Lesseps adopta un air confus.

– Je... Pardonnez-moi, Majesté. J'ignorais...

– Mon cœur est déçu. Tu attends pourtant de grandes choses de ce rendez-vous. Un document d'une valeur inestimable !

Ferdinand articula d'une voix hésitante :

– Je... Oui, Votre Altesse. Enfin... si tel est toujours votre souhait.

– Et tu voudrais que je te remette ce document sans rien m'offrir en échange ?

– En échange ?

Le reste de sa phrase fut noyé par un éclat de rire tonitruant.

– Allons, Ferdinand effendi ! Reviens sur terre ! Tu as la mémoire trop pleine de ton canal !

Il se pencha en avant et scanda :

– MA-CA-RO-NI ! Reconnais que ce serait bien peu de chose en échange d'un projet qui va t'immortaliser !

D'un seul coup, son regard se fit nostalgique.

– Je n'ai jamais oublié, tu sais. Jusqu'à mon dernier jour je conserverai cette image de toi, agenouillé au pied du divan où je m'étais assoupi, me présentant ce plat fumant qui me chatouillait voluptueusement les narines.

Comme par enchantement, les traits de Ferdinand se détendirent.

– Vous m'avez fait peur, Sire.

– Mais non, mon ami. J'avais seulement envie d'évoquer le passé...

Sans transition, il saisit un parchemin et le remit à Lesseps.

– Tiens... C'est la copie de mon courrier au sultan.

Les yeux brouillés par l'émotion, Ferdinand ne parcourut que la fin du texte.

> *À mon dévoué ami de haute naissance et de rang élevé, M. Ferdinand de Lesseps, la concession consentie à la compagnie requiert la ratification de Sa Sublime Majesté le sultan. Quant à la construction du canal de Suez, elle ne pourra être entreprise qu'après l'obtention de l'autorisation de la Sublime Porte.*
>
> *Fait, le troisième jour de ramadan 1271.*

Le vice-roi crut bon de préciser :

– Tu sais bien que l'approbation du sultan est simple question de forme. Si je la réclame, c'est uniquement pour manifester mon respect. Mais il faudra néanmoins que tu te rendes à Istanbul pour exposer ton projet.

Encore sous le choc, Ferdinand acquiesça en silence.

– Et pour les ingénieurs en chef. As-tu pris une décision ?

– Oui. Je nommerai Linant de Bellefonds et son second, Joseph Mandrino. Par sécurité, je leur adjoindrai M. Mougel. Ils reprendront au point de départ toutes les investigations et leur rapport sera soumis à une commission présidée par vous, Sire.

– Prends garde. Depuis cette affaire de barrage, Linant et Mougel n'ont pas les meilleurs rapports. J'ai bien peur qu'ils ne s'accordent pas. Pourquoi ne pas se limiter à Linant ? Il connaît la géographie du pays mieux que personne. Il en a dressé la carte et a également étudié dans ses moindres détails la géologie de l'isthme.

– C'est vrai. Mais si Linant n'a pas son pareil pour les travaux d'excavation, Mougel reste, à mon avis, le grand spécialiste des problèmes hydrauliques.

Saïd haussa les épaules.

– Ta décision sera la mienne.

Il marqua une pause.

– As-tu apporté les rectifications au mémorandum lié à la création de la compagnie ?

– Oui, Sire.

Ferdinand récita de mémoire les points essentiels :

– 1° La concession et tous les droits reconnus à la compagnie auront une durée de quatre-vingt-dix-neuf ans à compter de la date d'ouverture du canal.

2° La concession devra être renouvelée par périodes successives de quatre-vingt-dix-neuf ans. Le gouvernement égyptien recevra pour la première période vingt pour cent du profit annuel net de la compagnie et vingt-cinq pour cent pour la deuxième.

3° Les terres et les matériaux seront fournis gratuitement par le gouvernement égyptien. La main-d'œuvre sera fournie par la corvée.

4° Le canal sera ouvert perpétuellement à tous les navires de commerce, sans distinction, contre un paiement de droits qui ne devraient pas excéder dix francs par tonneau et dix francs par passager.

5° Pendant les dix premières années qui suivront l'ouverture du canal à la navigation, je présiderai la compagnie.

6° Le capital de la compagnie est fixé à deux cents millions de francs divisés en quatre cent mille actions de cinq cents francs chacune.

7° La compagnie sera administrée par un conseil de trente-deux membres représentant les principales nations intéressées par l'entreprise. Chaque membre devra posséder au moins cent actions qui devront être déposées en même temps que les statuts.

8° S'il résulte du percement du canal d'eau douce que les terres actuellement désertiques deviennent fertiles, la compagnie en aura la jouissance sans frais pendant les dix premières années de la concession. Après quoi, elle devra payer un loyer d'un montant égal à celui des fermages pratiqués sur des terres dans le même état de production.

Saïd fit un signe d'assentiment.

— As-tu estimé combien d'années seront nécessaires à l'achèvement du canal ?

— Cinq à six ans, Majesté.

— Que le Miséricordieux nous prête vie jusque-là !

Son regard parut flotter un instant dans le vide.

— Je pressens que nous allons avoir à livrer une terrible bataille, mon ami. Et pas uniquement contre les éléments.

— Vous voulez parler de...

— De l'Angleterre, Ferdinand. L'Angleterre... Ils vont se déchaîner. Rugir. Ils vont tout tenter pour que jamais ce canal ne jaillisse des sables.

— Je sais, Sire. Mais n'ayez crainte, je me fais fort de convaincre le gouvernement de la France de rester ferme à nos côtés.

Saïd esquissa un sourire.

— Grâce à ta cousine, l'impératrice Eugénie ?

— J'ignore jusqu'où elle me soutiendra. Mais j'ai la faiblesse de croire qu'elle me tendra la main.

Le souverain écarta les bras.

— Le sort en est jeté... Que le Miséricordieux nous protège. Qu'Il protège l'Égypte.

Il ajouta d'une voix presque inaudible.

— Fasse que jamais je n'aie à regretter ce jour du 30 novembre 1854.

Sa main se crispa sur le firman posé sur son bureau.

*

La ferme aux Roses, juillet 1856

Giovanna marchait entre Corinne et Joseph le long des allées bordées de lauriers-roses et de jasmins. Autour d'eux, des bosquets de citronniers et d'orangers projetaient leurs ombres tièdes dans l'eau des fontaines.

Non loin résonnait le rire cristallin des enfants. Samir et Mona, Fouad et Malika. D'un côté la descendance de Joseph, de l'autre celle de Giovanna.

Joseph cueillit une orange gorgée de soleil.

– Elle est belle, apprécia-t-il, en faisant rouler le fruit dans sa paume.

Il entoura la taille de Giovanna.

– Ce que tu as fait de cette terre est admirable. Maman eût été fière de toi.

– Tu crois ? Tous les jours je me dis que j'aurais pu mieux faire encore.

– Mieux ? s'étonna Corinne. Es-tu seulement consciente de tout ce que tu as entrepris au cours de ces dernières années ? Regarde autour de toi. Tu as transformé la ferme aux Roses en un coin de l'Éden.

– Peut-être. Mais c'est toute l'Égypte que j'aurais voulu voir ainsi

Joseph fit observer :

– Tu es sur la bonne voie. J'ignore jusqu'à quel point tu as pu influencer Saïd, mais tant de choses ont changé ! L'abolition de l'esclavage. La fin du monopole de l'État sur les terres agricoles. La liberté accordée aux paysans de vendre et de cultiver ce que bon leur semble. L'enseignement secondaire plus

570

répandu que du temps de Mohammed Ali. Les douanes intérieures et les octrois ont été abolis. La permission accordée au fellah en difficulté de remettre le paiement de ses impôts d'une année sur l'autre. N'est-ce pas là un formidable progrès social ?

– Sans doute, reconnut Giovanna. Mais à côté de ces réussites demeurent encore de grandes inégalités. Et par-dessus tout, il y a le canal... Lorsque Saïd m'a communiqué les conditions dans lesquelles il a accordé la concession à Lesseps, j'avoue que j'ai eu froid dans le dos. Vingt-cinq mille fellahs soumis à la corvée ?

– Saïd n'avait peut-être pas le choix ? risqua Corinne.

Elle ne parut pas l'entendre.

– Vingt-cinq mille hommes qui, pour un salaire de trois piastres, devront creuser cent soixante-deux kilomètres en plein désert et enlever des millions de mètres cubes de terre sous un soleil de plomb !

– Ils seront nourris, logés et soignés. Quoi qu'il en soit, Saïd t'a promis qu'un jour viendrait où il abolirait la corvée. Il faut lui faire confiance.

– De toute façon, il n'y a pas que le problème humain qui me tourmente. Je sens que Saïd est allé trop vite, trop loin. Il aurait dû se rappeler les propos de son père. Toi, Joseph, tu n'as pas oublié.

Joseph fit « non ».

Le temps d'un éclair, son esprit remonta le temps. Il se revit dans le cabinet de Mohammed Ali entouré de Fournel, Linant et Lesseps.

Parlons donc de ce canal. Je sais que l'Autriche et la France le souhaitent. Mais l'Angleterre ? Si nombre de nations aspirent secrètement à dévorer l'Égypte, l'Angleterre est de loin la plus vorace de toutes. Le canal de Suez ne ferait qu'accroître cette voracité. Les intérêts en présence seront trop gigantesques, les Anglais n'y résisteront pas. Au pire, ils feront de ma terre un camp armé destiné à défendre leur empire. Au mieux, ils mettront leur veto et s'opposeront avec la plus grande férocité au projet.

Or que se passait-il aujourd'hui ?

À peine informée de la création de la Compagnie universelle du canal de Suez, l'Angleterre s'était dressée comme un seul homme. On vitupérait. On faisait assaut de blâmes et de funestes prédictions. Et l'intraitable lord Palmerston s'était immédiatement adressé à la Chambre des communes avec cette hargne et ce cynisme qui n'appartenaient qu'à lui.

> *Il est hors de question que le gouvernement de Sa Majesté intervienne auprès du sultan pour le pousser à donner l'autorisation de construire le canal de Suez, pour une raison très simple : voilà quinze ans que le gouvernement de Sa Majesté use de toute son influence à Istanbul, comme en Égypte, pour empêcher l'exécution de ce projet inepte !*
>
> *C'est une entreprise qui, en ce qui concerne son caractère commercial, mérite d'être rangée parmi les « attrappe-nigaud pour capitalistes gobe-mouches ». Ce projet est inconcevable, sinon au prix de dépenses si extravagantes qu'elles anéantiraient à tout jamais toute perspective de profit. Toutefois, telles ne sont pas les seules raisons pour lesquelles le gouvernement est opposé au canal. Les individus sont libres de veiller comme ils l'entendent à leurs intérêts ; s'ils se lancent dans des entreprises impraticables, à eux d'en payer le prix.*
>
> *La vérité est que ce canal est définitivement hostile aux intérêts de l'Angleterre. Il se fonde*

aussi sur d'obscures spéculations concernant un éventuel accès plus facile à nos posses- sions indiennes, aspect sur lequel je ne m'étendrai pas, parce qu'il est évident pour quiconque veut bien accorder tant soit peu d'attention à cette affaire.

Par ailleurs, il cherche à concurrencer le chemin de fer existant d'Alexandrie à Suez, via Le Caire ; moyen de communication infini- ment plus pratique.

Le projet de M. Ferdinand de Lesseps est non seulement absurde, car inutile, mais il est certainement la plus grande escroquerie des temps modernes !

Les enfants venaient de surgir au détour d'un bos- quet et couraient vers eux.

– Notre avenir..., murmura Giovanna.

Et elle leur tendit les bras.

ÉPILOGUE

Le ciel flamboyait au-dessus du sillon bleu qui fendait l'isthme de Suez sur toute sa longueur.

Des milliers de tentes jalonnaient les rives du canal. La plupart d'entre elles appartenaient aux tribus bédouines venues du désert, pour contempler un spectacle dont on leur avait dit qu'Allah lui-même était l'inspirateur ; les autres campements de toile servaient à abriter les hôtes venus des quatre coins de la terre. Cinq mille ? Six mille ? Quel que fût leur nombre, ils avaient été invités personnellement par Ismaïl pacha, l'homme qui, six ans plus tôt, avait remplacé Saïd sur le trône d'Égypte.

La veille de ce jour, au cours d'un banquet unique dans l'histoire de l'Orient, cinq cents cuisiniers et des légions de serviteurs avaient offert aux hôtes un repas digne des *Mille et Une Nuits* : poisson à la Réunion des Deux Mers, galantine de Périgueux sur socle, galantine de faisan à volière, pâtés de gibier à la Dorsay, filets à l'impériale, crevettes de Suez au cresson, truffes au vin de champagne, salade russe, asperges d'Italie à l'huile vierge, cuissots de chevreuil à la Saint-Hubert, dindonneaux truffés, chapons garnis

575

de cailles, aspics de Nérac. On pouvait citer encore bien d'autres plats, mais qui (à part certains invités qui avaient pris soin de conserver le menu) aurait pu garder en mémoire les macédoines au kirshwasser, les biscuits de Savoie décorés ou encore le napolitain historié ?

Et dans cette foule immense, où les panamas à grand bord côtoyaient les turbans, régnait une tension extrême. Dans moins d'une demi-heure, le premier navire allait apparaître à l'horizon, venu de la Méditerranée. Ce serait l'*Aigle*, le bateau impérial battant pavillon français. À son bord, il y aurait l'impératrice Eugénie en personne et le héros de cette journée triomphale : Ferdinand de Lesseps. Dans le sillage de l'*Aigle*, une file de soixante-huit bâtiments s'engageraient à leur tour dans le canal pour le descendre de bout en bout, jusqu'aux lèvres de la mer Rouge.

Arabes, pèlerins, gens de Boukhara, Autrichiens, Anglais, Turcs, Italiens, nobles et roturiers. Tout ce que la planète comptait de races, de gens de toutes sortes, était là aujourd'hui, rassemblé, et leur cœur battait au même rythme que les flots encore vierges de navires.

Qu'ils fussent empereur d'Autriche ou prince de Hollande, marquis de Montmort ou comte de Malézieux, journaliste comme Théophile Gautier ou peintre comme Eugène Fromentin, l'émotion partagée était la même.

Un premier silence s'instaura lorsque le grand uléma d'Égypte commença à réciter d'une voix forte les versets du Coran. L'archevêque de Jérusalem lui succéda. C'est à Mgr Bauer, délégué apostolique et confesseur de l'impératrice, que revint l'honneur de prononcer le sermon principal.

Quand il eut fini, le *Te Deum* résonna dans l'azur.

Giovanna prit spontanément les mains de Fouad et de Malika, et les attira doucement contre elle. Elle avait accompli son geste avec la même spontanéité que s'il s'était agi d'enfants. Pourtant, Fouad n'était pas loin de ses vingt-sept ans. Malika en avait deux de moins. Mais une mère voit-elle jamais ses fils grandir...

Joseph caressa sa peau ridée et tannée. Sous l'éclat du soleil, avec ses cheveux clairsemés et blancs comme neige il faisait penser à un chercheur d'or épuisé, mais l'œil demeurait toujours aussi vif.

Corinne était devenue le portrait vivant de Samira.

Debout à ses côtés, sa fille Mona semblait la moins passionnée par le spectacle. Sans doute avait-elle hérité de la frivolité de la mère de Corinne, car au lieu de s'intéresser aux événements qui se déroulaient sur le canal, toute son attention était concentrée sur un jeune blond au teint nordique.

Samir, lui, avait étrangement traversé le temps. Il venait d'avoir trente ans, mais il en paraissait bien moins. Il émanait de lui une juvénilité têtue qui autorisait à croire que dans dix ou quinze ans il resterait le même.

Brusquement s'éleva de partout une rumeur confuse, immense, continue, pareille à une énorme palpitation. On aurait dit que ces milliers de personnes réunies s'étaient mises à respirer comme un seul et même être, une entité colossale.

L'*Aigle*, le bateau impérial, venait de surgir. Avec ses quatre-vingt-dix-neuf mètres de long et ses dix-huit de bau, ses gigantesques roues à aubes, il avait quelque chose d'un léviathan. Derrière lui le *Mahroussa*, le yacht de la famille royale d'Égypte, faisait figure de grande chaloupe.

Presque en même temps, les trompettes sonnèrent, mêlées au bruit des canons, et les acclamations de la foule en délire s'élevèrent au-dessus du port.

À bord de l'*Aigle* sur le pont supérieur, la gracieuse silhouette de l'impératrice Eugénie se détacha dans le contre-jour. Auprès d'elle, on pouvait apercevoir Ferdinand de Lesseps, radieux, qui tenait par le bras une jeune fille d'une vingtaine d'années. Les intimes y reconnurent sa fiancée, Louise-Hélène Autard de Bragard. Légèrement en retrait, Linant de Bellefonds fixait les flots bleus qui roulaient docilement contre la coque. À quoi songeait-il à ce moment précis ? Sans doute à cette phrase d'Enfantin : *Il n'existe aucune différence de niveau entre la Méditerranée et la mer Rouge. Vous avez bien lu : aucune différence.*

Finalement, Enfantin et ses ingénieurs avaient eu raison. Les deux mers étaient bien au même niveau. Et si, selon les marées, elles connaissaient une dénivellation, elle était dérisoire : quatre-vingts centimètres.

Linant se consolait de son erreur en se disant que le tracé qu'on empruntait aujourd'hui était tout de même le sien, celui que, des années durant, il avait si ardemment défendu.

Mais où étaient les saint-simoniens à cette heure ? Pas un seul d'entre eux n'était présent sur les rives de ce canal qu'ils avaient tant rêvé. Quelques semaines après que Lesseps eut obtenu la concession des mains de Saïd, ce fut la rupture, violente, définitive.

Quant à Enfantin, il n'aura jamais su que sa vision s'était incarnée : il était mort cinq ans plus tôt.

À bord des navires qui suivaient, on trouvait des personnalités aussi diverses que l'empereur et l'archiduc d'Autriche, le prince du Hanovre, sir Henry Elliot, ambassadeur d'Angleterre à Istanbul, le général Ignatieff, ambassadeur de Russie, M. Garnier, architecte du grand Opéra, le compositeur Charles Gounod, M. Émile Augier, l'auteur dramatique, ou encore l'émir Abd el-Kader, ancien adversaire des

Français en Algérie, venu spécialement de Damas où il résidait depuis que Napoléon III lui avait rendu la liberté.

Dénouant leurs rubans de toile et de bois, les navires progressaient le long de la nouvelle voie maritime. Indolents, impassibles.

Cinq mille ans après les pharaons et les rêves éclatés de Darius, le canal de Suez avait resurgi des sables.

Giovanna dit d'une voix tremblante :

– La mort est ignoble qui emporte les hommes de quarante ans... Saïd aurait tant aimé assister à cette journée.

– Que crois-tu ? rétorqua Joseph. Saïd nous observe de là-haut. Il ne manque rien à l'œuvre de sa vie. D'ailleurs, je suis convaincu qu'il n'est pas le seul à contempler ce spectacle. Le vieux pacha... Maman... Ricardo...

Son front sillonné de rides se plissa. Il plaça sa main en visière comme s'il cherchait à décrypter l'horizon ocre et bleu, et dit :

– Regarde, Giovanna... Regarde... Ils sont là...

Alexandrie, ce 28 août 1882

Mona, ma tendre sœur,
Voilà deux semaines que les bombarde-
ments d'Alexandrie ont cessé. Ce matin, à
l'aube, j'ai pu apercevoir de ma fenêtre les pre-
miers régiments de Sa Très Gracieuse Majesté
britannique la reine Victoria, qui faisaient
leur entrée dans la ville. Ils ont défilé au pas et
en ordre parfait, avec cette discipline altière
que le monde entier leur envie. Une légère
brise soufflant du large faisait claquer leurs
bannières, frappées à la double croix rouge et
blanc de Saint-Georges et de Saint-André, et
l'Union Jack, bien sûr. C'était presque beau.

Les troupes de l'amiral Seymour et du géné-
ral Wolseley ont pris pied à Port-Saïd et Ismaï-
lia, et leurs colonnes se sont répandues le long
des rives du canal de Suez.

Désormais, la voie d'eau est entièrement
sous le contrôle de Sa Très Gracieuse Majesté.
Jusqu'à quand ? Je serais bien incapable
d'avancer le moindre pronostic. Mais je crains
fort que ce ne soit pour de très longues années.

Cette fois ils tiennent enfin, et fermement, la proie tant convoitée. Pour quelle raison l'abandonneraient-ils ?

Il ne fait aucun doute que le nouveau maître de l'Égypte sera sir Evelyn Baring Cromer. Depuis un an, il était consul général. C'est lui que Londres a désigné pour décider de manière absolue de notre politique extérieure et intérieure. Il lui suffira d'appliquer les mêmes préceptes qu'il a déjà expérimentés lorsqu'il gouvernait les destinées de l'Inde : la main de fer dans le gant de velours. Quant à Tewfik, notre cher souverain (dont Ismaïl, son propre père, disait qu'il n'avait ni cœur, ni tête, ni courage), il jouera le rôle qu'il n'a jamais cessé de jouer : celui d'une potiche.

Comme je te l'indiquais dans ma précédente lettre, je serai à Paris le mois prochain. Corinne (je ne me résous toujours pas à l'appeler maman !) m'accompagnera. Je te conterai alors de vive voix les événements tragiques qui ont débouché sur cette journée funeste. Mais j'imagine que, vivant en France depuis bientôt sept ans, mariée à un diplomate, tu as dû certainement être tenue au courant.

Dimanche, comme tous les dimanches, j'irai fleurir la tombe de tante Giovanna et de papa. Et je dirai une prière en ton nom.

Qu'ajouter de plus ? Si ce n'est qu'avec le recul je comprends bien mieux le fatalisme du peuple égyptien. Il en est des nations comme des hommes. À certains le destin donne les moyens de s'épanouir, à d'autres il inflige l'asphyxie. Et je ne peux m'empêcher de songer à ces mots prononcés un jour par le vieux *pacha et que m'a rapportés papa quelques semaines avant sa mort : « Il est parfois donné aux hommes qui avancent en âge de pressentir la houle bien avant que le vent ne se lève. Aussi souvenez-vous de ce que je vous dis aujourd'hui, que cela reste gravé dans votre mémoire : si un jour la France et l'Égypte devaient creuser le lit du canal de Suez, c'est l'Angleterre qui s'y couchera... »*

Je t'embrasse tendrement, petite sœur, dans l'attente de te serrer dans mes bras.

Samir Mandrino.

ANNEXE

Bien que certaines libertés soient autorisées dans la rédaction de ce genre de roman (le mariage de Giovanna et de Saïd étant l'une d'elles), je me suis efforcé de *coller* à l'Histoire, le plus scrupuleusement possible. Désireux d'aller plus loin dans cette démarche, il m'a paru utile d'apporter certaines réponses aux questions purement historiques que le lecteur aurait pu se poser au fil de sa lecture.

Sur la rupture entre Ferdinand de Lesseps et les saint-simoniens

Durant les premières semaines qui suivirent l'octroi de la concession, on pouvait penser qu'une parfaite harmonie régnait entre les saint-simoniens et Lesseps. Ce n'était qu'une apparence.

D'Égypte, vers la fin de 1854 et au début de 1855, Lesseps expédiera à Arlès-Dufour des lettres du ton le plus cordial, dont voici quelques extraits :

« J'ai reçu une hospitalité royale. Réjouissez-vous et que vos amis se réjouissent. J'ai réussi au-delà de ce que je pouvais espérer. Nous poserons ensemble les bases définitives de notre grande affaire. En attendant, et sans rien conclure, je crois convenable que vous fassiez dès à présent toutes les ouvertures et démarches que vous jugerez à propos... Mille amitiés à M. Enfantin et à vous-même. »

Et à nouveau le 25 décembre 1854 :

« Je prie Dieu qu'il vous ait en sa sainte garde jusqu'à ce que nous assistions tous les deux, dans cinq ans, au mariage des deux mers, dont je suis en train, allant de l'une à l'autre, de célébrer les fiançailles. »

Mais, dès les premiers mois de 1855, le ton change. Les saint-simoniens avaient espéré un prompt retour de Lesseps à Paris ; après quoi un modus vivendi eût été débattu selon lequel les uns et les autres se seraient attelés au projet.

Le 10 février, Arlès et Enfantin écrivent à Lesseps, et se plaignent « qu'après les avoir aiguillonnés, il leur fasse marquer le pas ». Enfantin est beaucoup plus incisif et presque menaçant.

Commencent alors les premiers motifs de mésentente. On pourrait les résumer en quelques mots : rivalité d'amour-propre et d'intérêts, conceptions opposées sur la manière d'aborder le problème politique et, surtout, désaccord radical sur le tracé du canal.

Formulées tout d'abord en termes voilés, les critiques font très vite place à des attaques plus vives. Un arrangement à l'amiable aurait peut-être pu intervenir, certains malentendus auraient pu être dissipés s'il y avait eu des contacts personnels. Malheureusement, Lesseps s'attarde et pour cause, il tente de dénouer l'inextricable écheveau dont le nœud principal se trouve à Istanbul. Sous la pression anglaise, le sultan se refuse à ratifier le firman accordé par Saïd.

Le fossé s'élargit. Enfantin répète à qui veut l'entendre :

« Lesseps s'est laissé couillonner en Égypte comme il s'était laissé couillonner à Rome. Dès qu'il a eu son firman, enlevé comme une bague, en caracolant, sautant les haies, il a cru que tout était fini... Il a tout compromis sous l'impression enivrante d'un succès d'affection auprès du vice-roi. »

Il se montre tout aussi dur envers Linant, dont Lesseps a adopté le tracé.

« Linant a encore beaucoup à apprendre du métier d'ingénieur... Son Bosphore féerique est de la graine de niais. La grande carte de l'Égypte qu'il a envoyée en France est un vol manifeste, fait à ceux qui ont mis l'idée dans sa tête, en 1833, à grand-peine. »

De son côté, Lesseps maintient ses positions et s'applique à suivre une ligne de conduite qui, à ses yeux, est la seule rationnelle, la seule qui puisse permettre de mener à bien une entreprise aussi complexe et déjà si fortement attaquée par l'Angleterre.

Il s'interdit de répliquer aux saint-simoniens, et s'en ouvre en ces termes à son frère, le comte Théodore de Lesseps, dans une lettre du 26 février 1855 :

« Dis, comme tu l'entendras, à Arlès-Dufour que je n'ai ni le temps ni le désir de répondre à son courrier du 10 février et à celui d'Enfantin. Si je leur parlais sur ce ton, ils n'auraient peut-être pas ma patience et nous serions vite brouillés. »

Et il conclut :

« Ils doivent savoir par eux-mêmes que je ne suis pas homme à me laisser influencer ni intimider, lorsque je crois marcher dans la bonne voie. Qu'ils sachent bien que je n'accepterai jamais un renversement de rôles, qu'ils ne me trouveront pas disposé à aller à leur suite. Je n'ai aucune espèce de lien avec eux, pas plus qu'avec d'autres... Je pourrai regretter leur concours, mais je ne me considérerai pas comme perdu s'il venait à me manquer... »

Au printemps de 1855, les saint-simoniens prennent des initiatives qui vont provoquer l'irréparable. Parmi celles-ci, un article qui paraît dans *La Revue des deux mondes*, le 1er mai 1855, signé Talabot. Pour que nul n'en ignore, il est intitulé : « Le canal des deux mers d'Alexandrie à Suez. » Au fil de l'article, Talabot défend ce qu'il considère comme étant l'unique tracé digne d'intérêt, en deux mots : le sien. Il précise : « Tout canal qui ne partira pas d'Alexandrie et ne coupera pas par le Nil à la hauteur du Caire serait voué à un échec complet ; le tracé de Linant et de Lesseps est physiquement irréalisable ; c'est une utopie, un faux-semblant, qui doit être absolument écarté. »

Les saint-simoniens ne pouvaient ignorer que le tracé du canal avait été décidé en toute souveraineté par Saïd. Cette publicité en faveur d'un projet que le vice-roi estimait « monstrueux » – car il aurait coupé l'Égypte en deux – est ressentie par Lesseps comme une offense, voire comme une menace.

Dès lors, il ne veut plus avoir de relations avec ce groupe qu'il considère entré en dissidence, et qui le place en situation de faiblesse devant l'opinion mondiale.

Quand il arrivera à Paris en juin 1855 pour entreprendre sa propre campagne, la scission sera définitive, sans recours possible.

C'est en dehors des saint-simoniens et contre eux qu'il construira son canal.

*Sur le travail accompli par Lesseps
et l'aspect financier du canal*

Décrire la lutte qu'à dû livrer Lesseps nécessiterait la rédaction d'un volume à part. Précisons tout de suite qu'on ne peut que s'incliner devant l'extraordinaire ténacité dont il fit preuve.

Cette lutte l'opposa principalement à l'Angleterre, laquelle (comme il fallait s'y attendre) usa de tous les moyens, passant de la menace à la calomnie, pour arrêter le Français dans sa marche. Cette opposition fut d'ailleurs directement responsable du retard, voire par moments de l'immobilisation des travaux.

Lesseps dut rassurer Istanbul, déjouer les intrigues de l'Angleterre en s'appuyant sur l'Autriche et la France, à Paris même lutter – avec l'appui de l'impératrice et du banquier Fould – contre le duc de Morny et les Rothschild ; et en même temps conseiller les ingénieurs et négocier avec les hommes d'affaires. Il est probable que, sans le soutien de l'impératrice Eugénie et son influence auprès de Napoléon III, Ferdinand de Lesseps n'eût jamais achevé son entreprise.

Il ne fallut pas cinq ou six ans pour percer l'isthme, ainsi qu'on l'avait prévu, mais dix. Le premier coup de pioche ayant été donné le 25 avril 1859, au bord de la Méditerranée et du lac Menzaleh, en un lieu que Lesseps baptisa du nom de Port-Saïd, en l'honneur du vice-roi.

Pour réunir la somme de 200 millions de francs (coût estimé des travaux), Lesseps mit en vente 400 000 actions au prix de 500 francs l'action.

Ouverte le 1er novembre 1858 et close le 30, la souscription fut un éclatant succès en France où l'on acheta 207 111 actions. Des porteurs de tous milieux (que l'intraitable lord Palmerston avait qualifiés de « petites gens ») se lancèrent avec un extraordinaire enthousiasme dans cette aventure. Le sentiment patriotique ne fut certainement pas absent de leur démarche. On raconte qu'au moment de la souscription, un vieux soldat se serait approché de Ferdinand en lui disant : « Ces Anglais, je suis bien content de pouvoir me venger d'eux en achetant des parts du canal de Suez. » Ou cet autre qui venait souscrire pour « une ligne de chemin de fer dans l'île de Suède ». Lorsqu'on lui fit remarquer qu'il ne s'agissait pas d'une ligne de chemin de fer, mais d'un canal ; pas d'une île, mais de Suez, il répliqua : « Pour moi cela ne change rien, pourvu que ce soit contre les Anglais ! »

Malheureusement, si l'on excepte l'Autriche (1 083 actions) et le Piémont (1 533 actions), les autres pays ne répondirent pas à l'appel.

Quant à Saïd, plus par amitié pour Ferdinand que par intérêt, il souscrivit à lui tout seul 64 000 actions, après avoir avancé sur sa cassette personnelle une première somme de 500 000 francs.

Devant le nombre d'actions invendues, Lesseps n'eut d'autre choix que de convaincre le souverain d'Égypte de s'en rendre acquéreur.

Dans un premier temps, Saïd acheta les 94 000 actions que l'on n'avait pu placer dans l'Empire ottoman, puis les 85 506 actions non souscrites par les pays auxquels elles avaient été réservées. Il se retrouva donc à la tête de plus de 180 000 actions. Son apport initial au capital de la Compagnie de Suez s'élevait à plus de quatre-vingt-dix millions de francs. Une charge qui allait se révéler écrasante pour l'Égypte et qui, des années plus tard, servirait de prétexte à l'intervention anglaise.

La France participa dans la plus large mesure à l'entreprise, puisqu'elle y apporta 103,5 millions de francs, fournis par 25 000 souscripteurs. Hélas, il fallut attendre plus de vingt ans avant que n'apparaissent les premiers dividendes.

La presse d'alors ne manqua pas de déverser ses critiques sur Lesseps.

On peut lire dans *Le Figaro* du 27 novembre 1869, soit dix jours après l'inauguration : « En admettant qu'on le mène à bonne fin, le canal de Suez sera d'une exploitation difficile. Le péage est horriblement coûteux et empêchera les armateurs d'y faire passer leurs navires. D'autre part, les frais d'entretien en sont énormes, et les actionnaires risquent fort de ne jamais toucher les moindres dividendes. »

Et plus bas :

« À la nouvelle que, dans la traversée du canal de Suez, plusieurs navires avaient *touché*, un actionnaire a dit avec un soupir : " Ces navires sont-ils heureux ! " »

Et dans ce même journal, quelques jours plus tôt :

« À la Bourse :

– Encore une dépêche défavorable qui nous arrive de Suez ! Ce canal, décidément me sera fatal !

– Parbleu ! L'Orient, n'est-ce pas le pays du fatal-isthme ? »

Quoi qu'il en soit, le canal de Suez devait être inauguré le 17 novembre 1869.

Sur le destin de l'Égypte et du canal

Les 90 millions de francs investis par Saïd dans la Compagnie du canal grevaient lourdement le trésor. Lorsque le souverain mourut le 18 janvier 1863, ce fut son neveu Ismaïl qui lui succéda.

Le nouveau vice-roi avait alors trente-trois ans.

En 1866, en augmentant son tribut au sultan, il obtint pour lui le pouvoir héréditaire par primogéniture de ses descendants directs et en 1867 le titre persan de « khédive » qui veut dire souverain. Titre qui abolit l'idée de sujétion incluse dans le terme de vice-roi.

Ses rapports avec Lesseps ne furent pas de tout repos. En effet, à peine sur le trône, Ismaïl décida de remettre en question deux clauses approuvées par son prédécesseur, qu'il jugeait – à juste titre, il faut le reconnaître – abusives. La première concernait l'abolition de la corvée, la deuxième était liée à cette rétrocession des terres que Saïd avait trop hâtivement concédée.

Lesseps demanda l'arbitrage de Napoléon III. Le verdict tomba. Les deux clauses étaient annulées, mais en échange d'une indemnité de 84 millions de francs, payable par annuités. Le processus d'endettement de l'Égypte franchissait un nouveau pas.

La Compagnie de Suez en fut quitte pour suppléer aux bras des travailleurs de corvée par le travail mécanique.

Les choses de l'argent et Ismaïl ne firent jamais bon ménage. Le khédive dépensait avec un faste inouï.

À la mort de Saïd, la dette extérieure de l'Égypte se montait approximativement à 250 millions de francs. En 1880, elle fut évaluée à 2 500 millions.

Dans l'impossibilité où il se trouvait de faire face à une échéance, Ismaïl se trouva contraint de vendre l'ultime valeur en sa possession : les 180 000 actions du canal de Suez. Il les proposa spontanément au pays qui, selon lui, aurait dû être le plus intéressé : la France.

Le duc Decazes, ministre des Affaires étrangères, inclinait à accepter la proposition. Mais – inspirés par Dieu sait quelle folie – ses collègues du cabinet Buffet s'y opposèrent.

Huit jours plus tard, les 180 000 actions du canal de Suez devenaient la propriété du gouvernement britannique. Lord Beaconfield anticipa sur l'approbation du Parlement, et obtint l'avance du prix (100 millions de francs, une somme dérisoire) par la maison Rothschild de Londres.

C'est à partir de ce moment que tout devait se précipiter.

En avril 1876, à nouveau acculé, le souverain dut accepter l'établissement d'un « condominium » franco-britannique pour le contrôle des finances égyptiennes. Dès lors, l'Égypte ne s'appartenait plus.

Pour ce qui est du rôle de la France dans cette affaire, nul doute qu'elle considérait alors qu'en agissant avec l'Angleterre, elle sauvegardait ce qu'elle possédait encore d'influence et d'intérêts politiques, et pensait être ainsi en mesure de surveiller de près l'ingérence anglaise.

Insensiblement, devant ce que l'homme de la rue considérait comme une humiliation et une atteinte à la souveraineté de sa nation, la pression populaire monta. Grandit. Très rapidement Ismaïl se retrouva entre le marteau et l'enclume. Il tergiversa. Essaya de gagner du temps. C'est ailleurs que l'on tranchera.

Dans la première quinzaine de juin, les cabinets de Paris et de Londres chargèrent leurs agents au Caire de donner officieusement à Ismaïl le conseil d'abdiquer. Or, ce dernier, dans un sursaut d'orgueil, refusa.

Peut-être imaginait-il que la Sublime Porte soutiendrait son suzerain contre l'Europe ? Naïveté...

Dans les jours qui suivirent, sans même attendre d'en être officiellement prié par la France et l'Angleterre, le sultan signifia à Ismaïl sa déchéance et son remplacement par son fils Tewfik.

Le nouveau souverain ne peut que continuer de se plier au contrôle financier pour la liquidation de la dette égyptienne.

Parallèlement le mouvement nationaliste s'est intensifié.

En 1881, le colonel Orabi, chef du parti nationaliste, obtient qu'il soit procédé à des élections libres. Elles donnèrent la victoire à son parti. Devenu ministre de la Guerre, il réclame la suppression du contrôle financier franco-anglais.

Le 20 mai 1882, six bâtiments de guerre français et six anglais font leur entrée dans le port d'Alexandrie. On « conseille » à Tewfik d'éloigner d'Égypte le colonel Orabi et ses amis.

Orabi refuse et s'apprête à résister au débarquement allié.

La tension monte.

Le 9 juillet, notification du bombardement imminent est faite aux consuls étrangers.

Le 10, sommation est adressée au commandant militaire d'Alexandrie d'avoir à livrer à sir Beauchamp Seymour, l'amiral britannique, les batteries où des travaux sont déjà exécutés. La sommation reste sans effet.

Le 11, le feu est ouvert sur les ouvrages.

Le matin du même jour, l'escadre française de l'amiral Conrad, n'ayant pas l'autorisation de se joindre au bombardement, a quitté le mouillage d'Alexandrie pour celui de Port-Saïd. L'ordre lui en avait été donné d'avance de Paris.

Le départ de l'escadre française, ce matin du 11 juillet, fut la conséquence de la décision prise le 5 en Conseil des ministres de ne pas associer la France au bombardement. Cette abstention parut alors déplorable à l'opinion française. Depuis, les suites du bombardement d'Alexandrie ont conduit à ne pas regretter que les navires de l'amiral Conrad n'y aient pas participé.

Du côté anglais on en conclut que la France, s'étant dérobée à une opération navale, se déroberait à fortiori à une expédition militaire et déclinerait en quelque sorte toute responsabilité ultérieure dans les affaires égyptiennes.

Le 2 août, un contingent de marins anglais amenés par la mer Rouge occupent sans coup férir Suez, où débarqueront peu après des troupes venant de l'Inde.

Un an plus tard, l'Angleterre met fin au « condominium » et demeure seule pour contrôler la politique égyptienne. Par une loi organique elle s'arroge en fait toute l'autorité.

En 1885, le Soudan tombe à son tour entre ses mains. Lord Kitchener en sera le premier gouverneur.

En 1914, Londres déclare l'Égypte protectorat britannique, officialisant ainsi sa mainmise absolue sur le pays depuis 32 ans.

1952. Le 23 juillet à midi, un « Comité des officiers libres » dirigé par un certain Gamal Abd el-Nasser s'empare du pouvoir, contraignant le roi Farouk – dernier souverain régnant – à abdiquer en faveur de son fils Fouad II.

En juin 1953, la monarchie est abolie et la république proclamée.

En mai 1954, Nasser devient virtuellement le maître absolu du pays. Son premier acte est de négocier à l'amiable l'évacuation graduelle du canal par les Britanniques.

Le 18 juin 1956, le dernier soldat anglais quitte l'Égypte.

C'est à ce moment qu'intervient le moment crucial

de la rupture avec l'Occident, lorsque Washington revient sur sa promesse de financer le haut barrage d'Assouan.

Le 26 juillet de cette même année, Nasser décide de nationaliser la Compagnie universelle du canal de Suez, dont les énormes revenus doivent lui permettre d'assurer le financement des travaux.

Tenant cette décision pour un défi, Paris et Londres, emboîtant le pas à Israël, se lancent dans une aventure militaire qui sera vite stoppée par le veto américano-soviétique.

On est loin des rêves d'Enfantin...

Ouvrages de référence

M. Sabry, *L'Empire égyptien sous Mohammed Ali et la question d'Orient*, Librairie orientaliste Paul Geutner.

Gabriel Hanotaux, *Histoire de la Nation égyptienne.*

M.J.J. Marcel, de l'Institut d'Égypte, *Histoire de l'Égypte*, Firmin-Didot.

La Revue historique, t. CCXL, juillet-septembre 1968.

A. Jardin & A.-J. Tudesq, *La France des notables*, Le Seuil.

Les Saint-simoniens et l'Orient, Edisud.

Suzanne Voilquin, *Souvenirs d'une fille du peuple, ou la saint-simonienne en Égypte*, Actes et mémoires du peuple/François Maspero.

Philippe Régnier, Amin F. Abdelnour, *Les Saint-simoniens en Égypte.*

M. Sabry, *La Question d'Égypte.*

J. Lacouture, *Champollion*, Robert Laffont.

Gustave Flaubert, *Voyage en Égypte*, Grasset.

Relation du *Moniteur* sur le voyage inaugural de l'impératrice Eugénie en Égypte, novembre 1869.

Papiers secrets et correspondance du Second Empire, 1871 pp. 294-295.

Jean-Marie Carré, *Voyageurs et écrivains français en Égypte*, 1840-1869, t. II, Le Caire, Institut français d'archéologie orientale, 1956.

Alex de Lesseps, *Moi, Ferdinand de Lesseps*, Olivier Orban.

Fonds Enfantin, bibliothèque de l'Arsenal.

DU MÊME AUTEUR

Aux Éditions Gallimard

L'ENFANT DE BRUGES, *roman*, 1999 (« Folio », n° *3477*)
À MON FILS À L'AUBE DU TROISIÈME MILLÉ-
   NAIRE, *essai*, 2000 (« Folio », n° *3883*)
DES JOURS ET DES NUITS, *roman*, 2001 (« Folio », n° *3731*)

Aux Éditions Denoël

AVICENNE OU LA ROUTE D'ISPAHAN, *roman*, 1989
   (« Folio », n° *2212*)
L'ÉGYPTIENNE, *roman*, 1991 (« Folio », n° *2475*)
LA POURPRE ET L'OLIVIER, *roman*, 1992, *nouvelle édition
   révisée et complétée* (« Folio », n° *2565*)
LA FILLE DU NIL, *roman*, 1993 (« Folio », n° *2772*)
LE LIVRE DE SAPHIR, *roman*, 1996. Prix des Libraires
   (« Folio », n° *2965*). Nouvelle édition revue par l'auteur en 2004

Chez d'autres editeurs

LE DERNIER PHARAON, *biographie*, Éditions Pygmalion, 1997
L'AMBASSADRICE, *biographie*, Calmann-Lévy, 2002
LES SILENCES DE DIEU, *roman*, Albin Michel, 2003
AKHENATON, Le dieu maudit, *biographie*, Flammarion, 2004
   (« Folio », n° *4295*)
UN BATEAU POUR L'ENFER, *récit*, Calmann-Lévy, 2005
LA REINE CRUCIFIÉE, *roman*, Albin Michel, 2005

COLLECTION FOLIO

*Composé et achevé d'imprimer
par la Société Nouvelle Firmin-Didot
à Mesnil-sur-l'Estrée, le 3 juillet 2006.
Dépôt légal : juillet 2006.
1ᵉʳ dépôt légal dans la collection : octobre 1995.
Numéro d'imprimeur : 80427.*

ISBN 2-07-039383-6/Imprimé en France.